미들마치 2 <small>지방 생활의 고찰</small>

Middlemarch-A Study of Provincial Life

세계문학전집 437

미들마치 2 지방 생활의 고찰

Middlemarch-A Study of Provincial Life

조지 엘리엇

이미애 옮김

민음사

일러두기

1 이 책은 George Eliot, *Middlemarch*(Oxford World's Classics, 1998)를 저본으로 번역했다.

2 본문의 각주는 모두 옮긴이 주이다.

차례

5부

죽은 자의 손

43장

이 인물상은 비쌉니다. 몇 세대 전에 최고급 상아로
정성 들여 만든 것이지요.
유행을 타지 않고 어느 시대에나 어울리는,
너그러운 여성의 순수하고 고결한 선이 살아 있어요.
저것 또한 고가의 자기입니다. 정교한 무늬의
마욜리카 도자기로 귀족의 눈을 즐겁게 하지요.
보시다시피 완벽한 미소가 유약 바른 토기치고는
경이롭지요! 더없이 화려한 받침대에 잘 어울리는
식탁 장식품입니다.

도러시아는 남편과 동행하지 않고 집을 나서는 일이 거의
없었지만 도시에서 5킬로미터도 떨어지지 않은 곳에 사는 유
복한 숙녀들이 다 그렇듯이 물건 구입이나 자선 행사 같은 사
소한 일로 이따금 혼자서 미들마치에 가곤 했다. 주목 산책로
에서 사건이 있고 이틀이 지난 후 그녀는 그런 기회에 가능하
면 리드게이트를 찾아가 남편이 우울한 증상의 변화를 느끼
면서도 숨기는지, 그리고 그의 병세에 대해 최대한 알아내고
자 했는지 물어보기로 마음먹었다. 남편에 관한 일을 다른 사
람에게 물으려니 꺼림칙하기는 했지만 그것을 알지 못해서 부
당하거나 가혹하게 처신하는 일이 있을까 두려웠기에 망설이
는 마음을 억눌렀다. 남편의 마음에 어떤 위기가 닥쳤다고 그
녀는 믿었다. 바로 다음 날 그는 노트를 새로운 방식으로 정리

하기 시작했고, 자기 계획을 실행하는 데 전혀 새로운 방식으로 그녀를 동참하게 만들었다. 가엾게도 도러시아는 참을성을 많이 비축해야 했다.

거의 4시가 되어 도러시아는 로워 게이트에 있는 리드게이트의 집으로 마차를 달리면서 그를 만날 수 없으리라는 걱정이 들어 미리 편지를 보냈더라면 좋았을 거라고 생각했다. 그는 집에 없었다.

"리드게이트 부인은 계신가요?" 로저먼드를 본 적은 없지만 그가 결혼했다는 사실을 이제 막 떠올리고 도러시아가 말했다. 리드게이트 부인은 집에 있었다.

"부인이 허락하신다면 이야기를 나누고 싶군요. 나를 만날 수 있는지 물어봐 주겠어요? 캐소본 부인이 잠깐 이야기를 나누고 싶어 한다고요."

하인이 말을 전하러 갔을 때 열린 창문으로 음악이 들려왔다. 남자 목소리가 몇 악절을 부르고 그 후 롤라드[1]로 터져 나오는 피아노 소리가 이어졌다. 그런데 롤라드가 갑자기 그치더니 하인이 돌아와 리드게이트 부인이 기쁜 마음으로 캐소본 부인을 만나 뵐 거라고 전했다.

응접실 문이 열리고 도러시아가 들어섰을 때 신분이 다른 사람들의 차림새가 지금처럼 뒤섞이지 않은 시절에 시골에서 흔치 않던 대비되는 광경이 펼쳐졌다. 따스한 가을날 도러시아가 입은 보드라운 촉감에 은은해 보이는 얇고 흰 모직 소재

---

[1] 성악곡에서 빠르고 현란하게 진행되는 부분.

의 천이 무엇인지 정확히 아는 사람은 알려 주면 좋겠다. 그 옷은 늘 방금 세탁한 것 같았고, 향긋한 산울타리 냄새를 풍겼다. 항상 유행에 어울리지 않게 소매가 늘어진 긴 외투 모양이었다. 하지만 그녀가 숨죽인 관객 앞에 이모젠이나 카토의 딸[2]처럼 등장했더라면 더욱 적절하게 보였을지 모른다. 팔과 목은 우아하고 품위 있어 보였고, 단순하게 가르마를 탄 머리와 솔직한 두 눈 위에 얹힌 당시 여자들이 숙명처럼 피할 수 없었던 챙이 넓은 모자는 후광이라 불리는 황금빛 사각 모자 못지않게 기묘했다. 현재 둘뿐인 관객에게 캐소본 부인만큼 흥미와 기대를 일으킬 여자 주인공은 없었을 것이다. 로저먼드에게 그녀는 미들마치의 평범한 사람들과 어울리지 않는 신성한 존재라서 사소한 매너나 외모의 특징도 세밀히 살펴볼 가치가 있었다. 게다가 로저먼드는 캐소본 부인에게 자기 모습을 보여 줄 수 있어 만족스러운 느낌이 없지 않았다. 최고의 감식가에게 보여 줄 기회가 없다면 미모가 무슨 소용이겠는가? 로저먼드는 고드윈 리드게이트 경의 집에서 최고의 찬사를 받았으므로 신분이 높은 사람들에게 자기가 좋은 인상을 주리라고 믿었다. 도러시아는 늘 그렇듯 소박하고 친절하게 손을 내밀고서 찬탄하듯이 리드게이트의 사랑스러운 신부를 바라보았으며, 조금 뒤에 서 있는 신사를 의식했지만 코트를 입은 모습을 흘끗 보았을 뿐이었다. 신사는 한 여자에게 너무

---

2) 이모젠은 셰익스피어의 『심벨린』에 등장하는 인물로 정절의 귀감이며, 『카토』는 조지프 애디슨(Joseph Addison, 1672~1719)의 비극 작품이다.

정신이 팔려서 차분한 관찰자에게는 분명 두드러지게 보였을 두 여자의 대조에 대해 생각할 겨를이 없었다. 두 여자 모두 키가 크고 눈높이가 같았다. 그러나 로저먼드의 아기 같은 금발과 정교하게 땋아 올린 머리, 어떤 양재사라도 감동하지 않고는 바라볼 수 없으리만치 완벽하게 몸에 맞는 멋들어진 연푸른색 드레스, 바라건대 보는 사람이 모두 그 값을 알 만한 자수가 놓인 큰 칼라, 당연히 반짝이는 반지들로 돋보이는 자그마한 손, 그리고 많은 비용을 들여 소박함 대신 갈고 닦은, 남의 시선을 의식하는 조심스러운 매너를 상상해 보라.

"이렇게 방해하게 허락해 주어서 무척 고마워요." 도러시아가 즉시 말했다. "집으로 돌아가기 전에 리드게이트 씨를 만나고 싶었어요. 그분을 어디서 뵐 수 있을지 알려 주시거나, 혹시 곧 돌아오신다면 여기서 기다리도록 해 주시면 좋겠어요."

"남편은 새 병원에 있습니다." 로저먼드가 말했다. "언제 돌아올지 모르겠습니다만 사람을 보내서 남편을 불러올 수 있어요."

"제가 가서 모셔 와도 될까요?" 윌 래디슬로가 앞으로 걸어 나오며 말했다. 도러시아가 들어오기 전에 그는 이미 모자를 들고 있었다. 그녀는 놀라서 얼굴을 붉혔지만 의심할 여지 없이 즐거운 미소를 지으며 손을 내밀었다.

"래디슬로 씨인지 몰랐어요. 여기서 만나리라고는 생각도 못 했어요."

"제가 병원에 가서 리드게이트 씨에게 부인이 만나고 싶어 한다고 전하는 것이 어떨까요?"

"마차를 보내는 편이 더 빠를 거예요." 도러시아가 말했다. "마부에게 전갈을 주시면요."

윌이 문으로 걸어가고 있을 때 도러시아는 순식간에 여러 생각을 떠올리고 재빨리 몸을 돌려 말했다. "고맙습니다만 직접 가겠어요. 시간을 낭비하지 않고 빨리 집에 돌아가고 싶거든요. 병원으로 가서 리드게이트 씨를 만나겠어요."

그녀는 갑자기 떠오른 생각에 정신이 팔린 것이 분명했고, 주위를 거의 의식하지 못한 채 방을 나섰다. 윌이 문을 열어 주고 팔을 내밀어 마차까지 배웅하겠다고 한 것도 거의 알아차리지 못했다. 그녀는 팔을 잡았지만 아무 말도 하지 않았다. 윌은 왠지 화가 나고 비참한 기분이 들었는데 무슨 말을 해야 할지 알 수 없었다. 그는 말없이 그녀를 마차에 태워 주었고, 작별 인사를 한 다음에 도러시아는 멀어져 갔다.

마차를 타고 병원까지 가는 오 분 동안 그녀는 전혀 생소하게 느껴지는 것들에 대해 생각했다. 직접 병원으로 가겠다고 결정하고 그 방에서 나와야겠다는 생각에 사로잡혔던 것은 남편에게 언급할 수 없을 윌과의 만남을 자발적으로 더 허용한다면 일종의 기만이 될 테고, 리드게이트를 만나려는 용무가 이미 숨겨야 하는 문제라는 것을 갑자기 의식하게 되었기 때문이었다. 그녀의 마음에 명백히 드러난 이유는 그것이었다. 그러나 막연히 불편한 느낌에 휘둘린 까닭도 있었다. 이제 마차에 혼자 있으려니 그때는 그리 주목하지 않았던 남자의 목소리와 피아노 반주 소리가 내면의 의식으로 돌아와 다시 들려왔다. 그리고 리드게이트 씨가 집에 없는 동안 그 부인과 윌 래디슬로가 함께 시간을 보내고 있다는 사실이 약간 놀라웠다. 그러고 나서는 비슷한 상황에서 윌이 자신과 시간을 보냈음을 떠올릴 수밖에 없었다. 그러니 그 사실을 부적절하게 여겨야 할 이유가 있을까? 하지만 윌은 남편의 친척이므로 그녀가 친절히 맞아야 할 사람이었다. 그런데 캐소본 씨는 외출한 사이에 그 친척이 방문하는 것을 달가워하지 않는다는 징후를 은연중에 드러냈다. "어쩌면 내가 여러 가지를 오해한 모양이야." 이렇게 중얼거리며 가엾은 도러시아는 눈에서 눈물이 굴러떨어지는 바람에 급히 닦아야 했다. 혼란스럽게 불행한 기분이었고, 이전에는 아주 선명했던 윌의 이미지가 희한하게도 얼룩져 있었다. 그러나 병원 문 앞에서 마차가 멈추자 곧 리드게이트와 화단 주위를 걸으면서 그를 만나려 했던 강한 결의를 되찾았다.

한편 윌 래디슬로는 억울한 심정이었고, 그 이유를 분명히 알고 있었다. 그가 도러시아를 만날 기회는 극히 드물었다. 그런데 여기서 처음으로 그 기회가 그를 불리한 입장에 처하게 했다. 지금까지 그랬듯이 그녀가 그에게 지대한 관심을 보이지 않았을 뿐 아니라 그도 그녀에게 지대한 관심을 쏟지 않는 듯이 보이는 상황에서 그녀와 마주친 것이다. 그는 그녀로부터 더 멀리, 그녀의 일상에 속하지 않는 미들마치 사람들 속으로 밀려난 느낌이었다. 그러나 그의 잘못이 아니었다. 물론 그는 미들마치에서 숙소를 얻었기에 가급적 많은 사람과 알고 지내려 했고, 직무상 사람과 사건을 모두 알아야 했다. 지역에서 누구보다도 교류할 만한 인물은 리드게이트였고, 그 아내는 우연히도 음악에 소양이 있고 대체로 방문할 만한 여자였다. 디아나[3]가 전혀 예기치 않게 숭배자에게 내려왔을 때의 상황을 전체적으로 요약해 보면 그러했다. 억울하기 짝이 없는 상황이었다. 윌은 도러시아만 아니었더라면 자신이 미들마치에 체류하지 않았으리라는 것을 잘 알고 있었다. 하지만 미들마치에서 그가 처한 상황은 인습적인 정서적 장벽으로 인해 그를 그녀에게서 떨어뜨려 놓았다. 그 장벽은 서로 관심을 이어 가는 데 로마와 영국 사이의 거리보다 더 치명적이었다. 캐소본 씨의 위압적인 편지에서 드러난 신분과 지위에 대한 편견에는 쉽게 맞설 수 있었다. 그러나 편견이란 고약한 냄새가 나는 물건처럼 확고하면서도 미묘한 이중적 성격이 있다. 피라미드처럼 확고하면서도 스무 번째 울리는 메아리나 한때 어둠 속에서 향기를 풍기던 히아신스의 기억처럼 미묘했다. 그리고 윌은 기질적으로 미묘함을 예리하게 느끼는 사람이었다. 감각이 둔한 사람이었다면 그를 스스럼없이 대하는 것이 부적절하다는 생각이 도러시아의 마음에 처음으로 떠올랐고 그녀를 마차에 태워 주었을 때 그들의 침묵에 냉기가 감돌았다고 그처럼 예리하게 느끼지 않았을 것이다. 어쩌면 증오와 질투 때문에 캐소본이 도러시아에게 윌의 사회적 신분이 그녀보다 낮아졌다고 주장했을지 모른다. 망할 캐소본!

윌은 다시 거실에 들어가서 화가 난 표정으로 모자를 집어 들고는 작업 탁자에 앉아 있던 리드게이트 부인에게 다가가서

---

3) 로마의 여신으로 목욕하는 자신을 지켜본 악타이온을 붙잡았다.

말했다.

"음악이나 시는 일단 방해를 받으면 되돌릴 수 없습니다. 다음에 와서 「사랑하는 임을 멀리 떠나」[4]를 마저 들려 드려도 될까요?"

"그 노래를 배우면 무척 기쁘겠어요." 로저먼드가 말했다. "하지만 무척 아름다운 방해였다고 인정하시겠지요. 당신이 캐소본 부인을 잘 알고 있어서 부러워요. 부인은 대단히 영리한가요? 그렇게 보여요."

"사실 그 점에 대해서는 생각해 보지 않았어요." 윌이 골난 듯이 말했다.

"터시어스도 그렇게 대답했어요. 그 부인이 예쁘냐고 처음 물었을 때 말이죠. 당신네 신사들은 캐소본 부인과 함께 있을 때 대체 무슨 생각을 하나요?"

"그녀 자신을 생각하지요." 윌은 매력적인 리드게이트 부인을 약 올리려는 마음이 없지 않아서 말했다. "완벽한 여성을 보면 그녀의 자질에 대해서 생각하지 않습니다. 존재를 의식할 뿐이지요."

"터시어스가 로윅에 가면 질투할 거예요." 로저먼드는 보조개를 지으며 공기처럼 가볍게 말했다. "그는 돌아와서도 나를 전혀 생각하지 않겠어요."

"지금까지는 리드게이트에게 그런 영향을 미쳤던 것 같지

---

4) 이탈리아 작곡가 주세페 사르티(Giuseppe Sarti, 1729~1802)의 오페라 「줄리오 사비노」에 나오는 곡.

않군요. 캐소본 부인은 다른 여자들과 너무 달라서 비교할 수 없어요."

"당신은 열렬한 숭배자이군요. 알겠어요. 그럼 그녀를 자주 만나시겠어요."

"아뇨." 윌은 골을 내듯이 말했다. "숭배란 대개 실천보다는 이론의 문제입니다. 하지만 지금 이 순간은 지나치게 실천하고 있어요. 정말 가야겠습니다."

"언제든 저녁에 다시 와 주세요. 리드게이트 씨가 그 노래를 들으면 좋아할 거예요. 그리고 저는 남편이 있어야 음악을 잘 즐길 수 있어요."

남편이 집에 돌아왔을 때 로저먼드는 앞에 서서 양손으로 그의 코트 깃을 잡고 말했다. "래디슬로 씨가 나와 노래를 부르고 있을 때 캐소본 부인이 왔었어요. 그는 화가 난 것 같았어요. 부인을 우리 집에서 마주친 것이 마음에 걸렸을까요? 분명 당신의 지위는 그 사람보다 더 높은데, 그가 캐소본 씨 집안과 어떤 관계이든 간에 말이에요."

"아니, 아니오. 그가 정말 화가 났다면 다른 문제였을 거요. 래디슬로는 집시 같은 사람이라서 가죽이건 모직⁵⁾이건 개의치 않아요."

"노래할 때를 제외하면 늘 쾌활하지는 않아요. 당신은 그가 마음에 들어요?"

---

5) 알렉산더 포프의 장 시 『인간론』에 나오는 구절로 가죽 앞치마와 판사의 가운, 즉 사회적 신분 차이와 외모를 뜻한다.

"그래요. 좋은 사람이라고 생각해요. 다소 잡다하고 다양한 취미를 가졌지만 호감이 가는 사람이오."

"그런데 그는 캐소본 부인을 연모하는 것 같아요."

"가엾은 사람!" 리드게이트는 미소를 짓고 아내의 귀를 살짝 꼬집으며 말했다.

로저먼드는 세상살이를 많이 알게 되었다고 느꼈고, 특히 여자들이 결혼 후에도 남자들을 정복하고 사로잡을 수 있다는 사실 — 처녀 시절에는 구식 옷을 걸친 고리타분한 비극이라고 여기던 것 — 을 알게 되었다. 당시 시골 아가씨들은 레먼 부인의 학교에서 교육을 받았어도 라신[6] 이후의 프랑스 문학은 거의 읽지 않았고, 대중적인 신문이나 잡지들은 일상적인 추문들을 오늘날처럼 당당히 폭로하지 않았다. 하지만 여자가 온 마음과 온종일을 바쳐 생각할 때는 작은 암시, 특히 무한한 정복 가능성의 암시만 있어도 허영심은 풍요로운 결실을 만들어 낼 수 있다. 결혼의 옥좌에 앉아 남편을 왕관 쓴 왕자로 — 실은 남편도 일개 신하로 — 거느리면서 수많은 남자를 사로잡아 포로로 만든다면 얼마나 즐거울까. 그 포로들이 끝없는 절망에 빠져서 우러러보며 쉬지도 못하고 식욕마저 잃는다면 그럴수록 더 멋질 것이다! 그러나 현재 로저먼드의 로맨스는 주로 왕관을 쓴 왕자를 향하고 있었고, 그의 확실한 복종을 즐기는 것만으로도 충분했다. 그가 "가엾은 사람!"이라고 말했을 때 그녀는 호기심을 느끼며 장난스럽게 물

---

6) 프랑스의 극작가 장 라신(Jean Racine, 1639~1699).

었다.

"왜요?"

"아니 남자가 당신네 인어 중 하나를 연모하게 된다면 뭘 할 수 있겠어요? 일을 소홀히 하고 빚이 늘어날 뿐이지."

"당신은 일을 소홀히 할 리 없어요. 병원에서는 늘 환자들을 진찰하거나 의사들의 말다툼에 대해 생각하고, 집에 돌아와서는 늘 현미경과 유리병들을 열심히 들여다보고 있으니까요. 나보다 그런 것들을 더 좋아한다고 솔직히 고백해요."

"당신은 남편이 고작 미들마치의 의사가 아니라 더 나은 사람이 되기를 바라지 않아요?" 리드게이트는 아내의 어깨에 손을 얹고 다정하고 진지하게 바라보며 말했다. "내가 좋아하는 옛 시인의 시구를 들려줄게요.

우리 자존심은 왜 그런 동요를 일으키고
잊히려 하는가? 이처럼 유용한 일이 어디 있는가,
기록될 가치가 있는 일을 하고, 읽을 가치가 있고
세상이 즐거워할 가치가 있는 글을 쓰는 것만큼.[7]

내가 원하는 것은, 로지, 기록될 가치가 있는 일을 하고, 내가 한 일을 직접 기록하는 거예요. 그런 일을 하려면 연구를 해야지."

---

7) 새뮤얼 다니엘의 장시 『무소필러스: 학문에 대한 전반적 옹호를 포함하여』, 197~200행.

"물론이에요, 나는 당신이 새로운 것을 발견하기를 바라요. 당신이 미들마치보다 더 나은 곳에서 높은 직책을 얻기를 나보다 더 바랄 사람은 없을 거예요. 당신은 내가 연구를 방해했다고는 말하지 못해요. 하지만 우리가 은자처럼 살 수는 없지요. 내게 불만이 있는 것은 아니죠, 터시어스?"

"천만에. 너무나 만족하고 있어요."

"그런데 캐소본 부인은 당신에게 무슨 말을 하고 싶었던 거예요?"

"남편의 건강에 대해서 물어보려는 거였소. 어쨌든 그 부인이 새 병원에 좋은 일을 해 줄 듯해요. 매년 200파운드를 기부할 모양이오."

44장

나는 해안을 따라 살금살금 나아가지 않고
별빛의 인도를 받아 바다 한복판으로 배를 돌릴 거라오.

월계수를 심은 새 병원의 화단 주위를 리드게이트와 걸으
면서 캐소본 씨가 병증에 관한 진실을 알고자 했고 병세가 달
라진 조짐은 없다는 말을 들었을 때 도러시아는 남편의 새로
운 근심이 그녀의 말이나 행동 때문에 생긴 것은 아니었을지
곰곰이 생각해 보았다. 리드게이트는 자신이 특히 관심을 쏟
고 있는 목적에 도움이 될 기회를 흘려 버리고 싶지 않아서
과감하게 말을 꺼냈다.

"부인이나 캐소본 씨께서는 저희 새 병원에 무엇이 필요할
지 관심을 두신 적이 있으신지 모르겠습니다. 상황이 이렇다
보니 제가 그 문제를 꺼내는 것이 다소 이기적으로 보이기는
합니다만 제 잘못은 아닙니다. 다른 의사들이 병원에 반대하
며 갈등을 빚고 있기 때문이지요. 부인께서는 전반적으로 그

런 일에 관심이 있으실 거라고 생각합니다. 결혼하시기 전에 팁턴 그레인지에서 처음 뵈었을 때 열악한 주거 환경이 가난한 사람들의 건강에 어떤 영향을 미치는지를 물으셨지요."

"네, 그래요." 도러시아의 얼굴이 밝아졌다. "상황을 조금이라도 개선하기 위해서 어떻게 도울 수 있는지 알려 주시면 무척 감사하겠어요. 제가 결혼한 후에는 이런 일에 신경을 쓰지 못했거든요. 제 말은……." 그녀는 잠시 망설인 후에 말했다. "우리 마을 사람들은 그럭저럭 편안하게 살고 제 마음이 너무 분주해서 다른 것을 알아보지 못했어요. 그런데 여기 미들마치 같은 곳에서는 할 일이 많을 거예요."

"해야 할 일 천지입니다." 리드게이트가 갑자기 활기차게 말했다. "그리고 이 병원은 중요한 과업입니다. 오로지 불스트로드 씨의 노력 덕분에, 그리고 많은 부분이 그분의 돈에 의해 진행되어 왔어요. 하지만 이런 기획은 한 사람의 노력으로는 성사될 수 없습니다. 물론 그분은 다른 사람들의 도움을 기대하셨지요. 그런데 지금 이 도시에는 병원을 실패작으로 만들고 싶어 하는 사람들이 있어서 비열하고 치졸하게 반목하며 저항하고 있습니다."

"무슨 이유에서 그럴까요?" 도러시아는 순진하게 놀라며 말했다.

"우선은 주로 불스트로드 씨의 평판이 좋지 않기 때문입니다. 도시 주민의 절반은 어떤 노력을 들여서라도 그분을 방해하려 할 겁니다. 이 어리석은 세상에서 사람들은 대개 어떤 일을 자기편이 하지 않으면 좋지 않은 일이라고 생각합니다. 저는 여기 오기 전에 불스트로드 씨와 아무 관련도 없었어요. 저는 그분을 다분히 공정하게 보고, 그분이 마음에 품고 착수한 새로운 계획들을 공적으로 유용한 목적에 기여하도록 돌려놓을 수 있다고 생각합니다. 만일 교육을 많이 받은 사람들 상당수가 자신들 발언이 의학 학설과 관행을 개혁하는 데 공헌하리라는 신념을 갖고 일한다면 곧 더 나은 변화가 일어날 겁니다. 그것이 제가 주장하는 바입니다. 불스트로드 씨와 협력하기를 거절한다면 제 직업을 통해서 더 폭넓게 봉사할 기회에 등을 돌리는 거라고 생각합니다."

"당신 의견에 전적으로 동의해요." 도러시아는 리드게이트의 말이 그려 낸 상황에 즉시 매료되어 말했다. "하지만 불스트로드 씨에 대해서 무엇을 반대하는 건가요? 제 큰아버지께서 그분과 친하신 걸로 알고 있어요."

"사람들은 그분의 종교적인 분위기를 좋아하지 않습니다." 리드게이트는 그 부분에서 말을 끊었다.

"그렇다면 그런 반대를 무시해야 할 이유가 더 커지는군요." 도러시아는 미들마치의 그 문제를 심각한 종교 박해로 간주하며 말했다.

"공정하게 따져 보자면 사람들이 반대하는 다른 이유도 있습니다. 그분은 지배적인 성향이 강하고 다소 비사교적입니다. 그분이 관여한 사업에서 제가 알지 못하는 불평불만도 있습니다. 다만 그런 사정이 이 주의 어디보다도 훌륭한 병원을 이곳에 세우는 것이 좋은 일이 아닌가라는 문제와 무슨 관련이 있습니까? 그러나 그렇게 반대하는 직접적인 이유는 불스트로드 씨가 병원 운영을 제게 맡겼기 때문입니다. 물론 저는 기쁘지요. 좋은 일을 할 기회이니까요. 그리고 그분의 선택이 옳았음을 입증해야 한다는 것을 알고 있습니다. 그런데 미들마치의 의사 모두가 이 병원에 필사적으로 반대하게 되었고, 스스로도 협조하기를 거부할 뿐만 아니라 중상모략하면서 기부도 방해하고 있습니다."

"정말 무척 치졸하군요." 도러시아가 분개하여 소리쳤다.

"아마 싸우면서 개척해 나가야겠지요. 그러지 않으면 아무것도 이룰 수 없으니까요. 이곳 사람들의 무지는 어처구니없을 정도입니다. 제가 인정하는 바는 누구나 얻을 수는 없는 기회를 잡았다는 것뿐입니다. 그래도 제가 젊고 새로 온 이방인이고 옛 주민들보다 우연히 뭔가를 더 많이 알고 있다는 불쾌한 사실은 잠재우지 못하겠지요. 여전히 저는 더 나은 치료법을 개시할 수 있다고 믿습니다. 앞으로의 의술에 유용할 관찰과 연구를 해 나갈 수 있다고 생각하면서도 개인적 편의를 고려해서 일이 방해받도록 내버려 둔다면 비굴한 굴종에 지나지 않겠지요. 그리고 그 일은 급료가 없기 때문에 제 주장이 의심스럽게 보일 까닭이 없고 제 행동 원칙이 더 명확히 드러날 겁니다."

"이런 말씀을 해 주셔서 기뻐요, 리드게이트 씨." 도러시아가 따뜻하게 말했다. "제가 약간 도움을 드릴 수 있을 것 같아요. 돈이 조금 있는데 어떻게 써야 할지 모르거든요. 그게 제게는 종종 불편한 일이었어요. 이 원대한 목적을 위해서 일 년에 200파운드를 쓸 수 있을 거예요. 대단히 유익하다고 확신하는 일이 있어서 정말이지 행복하시겠어요! 저도 아침마다 그런 확신을 갖고 깨어날 수 있으면 좋겠어요. 그 유익한 점을 거의 보지 못하는 일에 너무 많은 노고를 기울이는 것 같아요."

마지막 말에서 도러시아의 목소리는 우울하게 가라앉았다. 그러나 곧 더 쾌활하게 덧붙였다. "로윅에 오셔서 이야기를 좀 더 해 주세요. 이 문제에 대해 남편에게 말하겠어요. 지금은 서둘러 집에 가야겠네요."

그날 저녁 그녀는 그것을 언급했고, 일 년에 200파운드를 기부하고 싶다고 말했다. 그녀는 결혼할 때 부모에게서 상속받은 연 700파운드에 달하는 재산이 있었다. 캐소본 씨는 다른 좋은 목적들을 고려해 볼 때 금액이 너무 많다고 지나가듯이 말했을 뿐 반대하지 않았고, 도러시아가 무지하게도 그 말에 반박하자 잠자코 받아들였다. 그는 돈을 쓰는 문제에 스스로도 개의치 않았고, 돈을 기부하는 것도 꺼리지 않았다. 혹시라도 돈 문제를 민감하게 느낀 적이 있다면 물적 재산에 대한 애착 때문이 아니라 다른 열정의 매개가 되기 때문이었다.

도러시아는 리드게이트를 만났다고 말했고, 새 병원에 대해 나누었던 대화의 요지를 상세히 들려주었다. 캐소본 씨는 다른 질문을 하지 않았지만 그녀가 리드게이트와 그 사이에 오간 대화를 알고 싶어 했으리라고 짐작했다. '내가 알고 있다는 것을 아내는 알아.' 그의 마음속 목소리가 끊임없이 요동치며 말했다. 그러나 서로 알면서도 언급하지 않는 일들이 늘어나면서 그들 사이의 신뢰는 더욱 멀리 밀려난 것 같았다. 그는 그녀의 애정을 믿지 않았다. 불신보다 더 쓸쓸한 외로움이 어디 있을까?

45장

"많은 사람이 선조들의 시대를 칭송하고 자기들 당대의 사악함에 대해서 비난하기를 좋아한다. 그것도 과거에서 빌려 온 도움과 풍자 없이는 멋지게 해내지 못한다. 그들이 칭송하는 시대의 사악한 표현으로 당대의 악덕을 비난하는바 그것은 두 시대에 공통된 악을 입증하지 않을 수 없다. 그러므로 호라티우스, 유베날리스, 페르시우스의 문장들이 우리 시대를 손가락으로 가리키고 있는 듯했지만 그들은 예언가가 아니었다."

— 토머스 브라운 경, 『통속적 오류』[8]

리드게이트가 도러시아에게 간략하게 설명한 새 열병 병원에 대한 적대감은 다른 적대감들과 마찬가지로 다양한 각도에서 살펴봐야 한다. 그는 그 적대감을 질투와 멍청이들의 편견이 결합한 결과라고 생각했다. 불스트로드 씨는 그 적대감에서 의사들의 질투뿐 아니라 자신의 의지를 방해하려는 결의를 보았다. 적대감은 대체로 자신이 평신도로서 강력하게 대변하려 한 극히 중대한 종교에 대한 증오심에서 비롯되었고, 그 증오심은 종교와는 상관없이 복잡하게 뒤얽힌 인간의 행위에서 너무나 쉽게 찾을 수 있는 구실을 찾아냈음이 분명했다. 이들은 보조적 견해라 부를 수 있겠다. 그런데 적대감은 무한히 다

---

8) 당대의 일반적인 오류와 미신을 논박한 백과사전적인 저서(1599).

양한 반대 의견을 마음대로 만들어 내고, 지식의 경계에서 멈출 필요 없이 방대한 무지에서 끝없이 반대 의견을 끌어낼 수 있다. 미들마치의 반대 세력이 새 병원과 병원 운영에 대해 내세운 의견은 확실히 숱한 메아리를 만들었다. 모든 사람이 새로운 의견을 만들어 내지 않도록 하늘이 주의를 기울였던 것이다. 그러나 의사 민친의 세련되고 온건한 주장과 슬로터 레인에 있는 술집 탱커드의 안주인 돌럽 부인의 신랄한 주장 사이에는 각 사회 계층의 미묘한 차이를 드러내는 특징들이 있었다.

돌럽 부인은 리드게이트가 "당신의 허락에 의해" 혹은 "당신의 허락을 받고"라고 말하지 않고 사람들의 몸을 절단하기 위해 독살까지는 안 하더라도 병원에서 그냥 죽게 내버려 둘 생각이라고 주장했고, 스스로 그렇게 주장하다 보니 점점 더 확신하게 되었다. 그 의사가 팔리가의 누구보다도 점잖은 부인이고 결혼 전에 돈을 신탁에 맡겨 두었던 고비 부인을 절단하고 싶어 했다는 것은 익히 알려진 '사실'이었다. 의사가 그런 짓을 하는 것은 뻔뻔스럽기 짝이 없는 일이다. 쓸모가 있는 의사라면 사람이 죽기 전에 무슨 병이 있는지를 알아야지 죽은 다음에 배 속을 들여다보고 싶어 해서는 안 된다. 만약 이것이 이유가 아니라면 무슨 이유가 있겠느냐고 돌럽 부인은 의문을 제기했다. 사람들 사이에서는 그녀의 의견이 강력한 보루와 같아서 만일 그것이 무너지면 신체 절단이 끝없이 일어날 거라는 생각이 널리 퍼졌다. 송진을 먹인 천을 갖고 있던 버크와 헤어[9] 사

---

9) 희생자들의 시신을 의학 연구자들에게 판 악명 높은 살인자들. 버크는

건이 잘 보여 주었듯이 말이다. 그처럼 교수형을 당할 일이 미들마치에서 일어나서는 안 된다!

그런데 슬로터 레인의 탱커드에서 주장된 의견이 의료업계에서 전혀 문제가 되지 않았다고 생각해서는 안 된다. 원래의 탱커드 — 돌럽의 집으로 알려진 그 오래된 술집 — 는 큰 공제 조합 회원들이 자주 모이던 곳이었고, 몇 달 전에 그들은 놀라운 치료를 하고 다른 개업의들이 포기한 사람들을 구할 수 있는 "이 리드게이트라는 의사"를 지지하기 위해서 오랜 기간 있었던 "의사 갬빗"을 해고해야 하는지를 놓고 투표한 적도 있었다. 그러나 두 회원 때문에 리드게이트에게 불리한 결과가 나왔다. 순전히 개인적인 이유에서 두 사람은 죽은 거나 다름없는 사람을 살려내는 능력을 장점으로만 받아들일 수는 없고 신의 은총을 간섭하는 일이 될지도 모른다고 주장했다. 하지만 그해가 지나면서 사람들의 감정이 달라졌고, 돌럽의 집에 모인 사람들의 일치된 의견이 그 변화를 보여 주었다.

일 년도 더 전에 리드게이트의 의술에 대해 알려진 바가 없었을 때 사람들의 판단은 당연히 양분되었고, 아마도 명치나 송과선의 치료 가능성에 따라서 다른 판단을 내렸지만 증거가 전혀 없는 상황에서 지침으로서 그런 판단이 가치가 없지는 않았다. 만성병을 앓거나 페더스톤 노인처럼 오랫동안 너덜너덜한 목숨을 부지해 온 사람들은 당장 리드게이트의 의술을 시험해 보고 싶어 했다. 또한 주치의의 진료비를 갚고 싶

교수형을 당했다.

지 않았던 많은 사람이 새 의사와 거래를 트는 것을 유쾌하게 생각했고, 아이들의 체질에 약이 필요할 때처럼 예전 의사들이 종종 까다롭게 구는 경우에는 거리낌 없이 그를 불렀다. 그리고 리드게이트를 부르고 싶어 하는 사람들은 모두 그가 똑똑할 거라고 생각했다. 어떤 이들은 그가 "간에 관련된 질병"에서 다른 의사들보다 더 나을 거라고, 적어도 그에게서 "약"을 몇 병 받는다고 해롭지는 않을 거라고 생각했다. 그 약이 효과가 없다는 것이 밝혀지면 정제제로 사용해도 되었고, 그런다고 황달이 없어지지는 않지만 생명에는 지장이 없었다. 하지만 이들은 그리 중요한 인물들이 아니었다. 미들마치의 좋은 집안들은 물론 합당한 이유 없이 주치의를 바꾸려 하지 않았다. 그리고 피콕 씨의 진료를 받던 사람들 모두가 그저 피콕의 후임자라는 이유로 새 의사를 받아들여야 한다고 느낀 것은 아니었다. 그들은 새로운 의사가 "피콕만 못할" 거라는 반대 의견을 제시했다.

그러나 리드게이트가 이 도시에 온 지 오래지 않아 그에 대한 구체적인 소문이 돌면서 더 명확한 기대를 낳았고, 차이점이 부각되면서 지지자들도 생겼다. 구체적인 소문이란 그 의미는 완전히 가려져 있으면서도 강한 인상을 주는 것이어서 비교 기준이 전혀 없이 끝에 감탄 부호가 달린 통계 수치 같았다.[10] 가령 성인이 매년 들이마시는 산소의 세제곱미터를

---

10) 빅토리아 시대에는 산업 및 과학의 발전과 더불어 통계학이 급속히 발전했다.

알려 주면…… 미들마치의 어떤 부류들은 그 수치에 얼마나 전율했을까! "산소라고! 그게 무언지 아무도 모르는데…… 콜레라가 단치히까지 퍼졌다는 게 놀랄 일이야? 그런데 격리해 봐야 아무 소용도 없다는 사람들이 있지!"

재빨리 퍼져 나간 소문 중 하나는 리드게이트가 약을 주지 않는다는 사실이었다. 그 사실은 배타적 특권을 침해당했다고 느낀 의사들에게나 리드게이트와 같은 급이었던 일반 개업의들에게도 불쾌한 일이었다. 바로 얼마 전만 해도 그들은 런던에서 의사 학위도 받지 않았으면서 약에 대한 수수료가 아니라 진료비를 감히 청구한 사람에 대항해 법이 자기들 편이라고 믿었을 것이다. 그러나 경험이 없는 리드게이트는 자신의 새로운 방식이 일반인들에게 더 불쾌하게 받아들여질 수 있다는 점을 예상하지 못했다. 그리고 톱 마켓의 중요한 식료품 상인 몸지 씨가 그 문제에 대해 사근사근하게 물어보았을 때 리드게이트는 몸지 씨가 자기 환자가 아니었지만 경솔하게도 성급하게 그 이유를 대략적으로 설명했다. 만일 개업의들이 노동에 대한 보수를 받는 방식이 오로지 물약이나 알약, 합제를 열거한 긴 청구서를 만드는 것이라면 그것은 개업의들의 평판을 떨어뜨리고 일반인들에게도 끝없이 해가 될 거라고 지적했다.

"그런 식으로 하다가는 열심히 일하는 의사들이 돌팔이처럼 해를 끼칠 수도 있습니다." 리드게이트는 다소 경솔하게 말했다. "빵을 벌기 위해 국왕의 백성에게 약을 지나치게 많이 투여해야 하니까요. 그것은 고약한 반역죄입니다, 몸지 씨. 몸에 치명적으로 해롭거든요."

몸지 씨는 교구의 민생위원이었을 뿐 아니라 (그가 리드게이트 씨와 이야기를 나눈 것도 원외 급료 문제 때문이었다.) 천식 환자였고 식구 수가 점점 늘어나고 있었다. 그러므로 그의 관점에서나 의학적 관점에서나 그는 중요한 인물이었다. 실로 비범한 식료품상으로서 그는 머리카락을 불꽃 같은 피라미드 모양으로 세웠고, 소매상답게 상냥하게 부추기면서 경의를 표하고 명랑하게 아첨하며 용의주도하게 속마음을 드러내지 않았다. 몸지 씨가 친절하고 명랑하게 물어보았기에 리드게이트도 같은 어조로 대답했다. 그러나 현명한 사람이 되려면 너무 성급하게 설명하지 않도록 조심하자. 성급히 설명하다 보면 실수의 원인이 몇 배로 증가하고, 그 총합이 늘어나서 그것을 따져 본 사람은 틀림없이 오판하기 마련이다.

리드게이트는 말을 마치고 미소를 지으며 박차에 발을 올려놓았고, 몸지 씨는 왕의 가신에게 인사할 때보다도 더 큰 함박웃음을 짓고서 모든 것을 분명히 이해한 사람처럼 "안녕히 가십시오, 의사 선생님."이라고 인사했다. 그러나 실은 어떻게 생각해야 할지 혼란스러웠다. 오랫동안 갖가지 항목이 자세히 기재된 의료 청구서에 돈을 내 왔고, 그래서 반 크라운이나 18펜스마다 그 값을 잴 수 있는 무언가가 배달되었다고 믿었다. 그는 남편이자 아버지로서 약값을 지불하는 것을 의무라고 여겼고, 평소보다 더 긴 청구서가 날아오면 남들에게 언급할 만한 자랑스러운 일로 뿌듯해하며 지불했다. 더욱이 약들이 '자신과 가족'에게 준 엄청난 혜택에 덧붙여 약들의 직접적

효과에 대해 예리한 판단을 내리고 재치 있게 알려 주는 갬빗 씨를 지도해 주는 기쁨을 누렸다. 개업의인 갬빗 씨는 렌치나 톨러보다 지위가 약간 낮고 특히 남자 산파로서 존중받았다. 몸지 씨는 갬빗의 능력이 다른 점에서는 보잘것없지만 산파술에서 다른 사람들보다 우월하다고 속삭이곤 했다.

이런 이유들이 새로운 의사의 천박한 말보다 더 심오했다. 몸지 씨가 가게 2층 응접실에서 그의 말을 아내에게 들려주었을 때 그것은 더 얄팍해 보였다. 부인은 아이를 잘 낳는 여자로 대접받는 데 익숙했고, 대체로 갬빗 씨를 불러다 자주 간호를 받았으며, 어쩌다 병이 날 때만 민친을 불러왔다.

"이 리드게이트라는 사람이 약을 먹어도 소용이 없다고 말한단 말이에요?" 몸지 부인이 질질 끌면서 느릿느릿 말했다. "내가 한 달 전에 미리 원기 강화제를 먹지 않았으면 장날에 어떻게 버텼을지 말해 보라고 하세요. 손님들을 끌려고 내가 뭘 준비해야 했는지 생각해 봐요!" 이 부분에서 몸지 부인은 옆에 앉아 있던 친한 친구에게 고개를 돌렸다. "큰 송아지 파이에, 소를 채운 필레 요리에, 쇠고기 넓적다리에, 햄, 혓바닥고기 등등 말이지! 근데 기운이 나게 해 주는 약은 분홍색이야, 갈색이 아니고. 여보, 당신처럼 경험 많은 사람이 그런 말을 참고 들어 주다니 놀랍네요. 나 같으면 당장에 나는 그런 바보가 아니라고 말했을 거예요."

"아냐, 아니지." 몸지 씨가 말했다. "난 그에게 내 의견을 말하지 않겠어. 내 좌우명은 이야기를 다 듣고 나서 혼자 판단하자는 거니까. 그런데 그는 자기 말을 듣고 있는 사람이 어떤 사람인지를 몰랐지. 난 그의 손끝에서 놀아날 사람이 아니라고. 사람들이 내게 뭔가 알려 주는 척하는데 차라리 '몸지, 넌 바보야.'라고 말하는 편이 더 나을 때도 종종 있다니까. 그래도 난 사람들의 약점에 비위를 맞추며 웃어 주지. 만일 나와 내 가족이 약 때문에 해를 입었다면 지금쯤은 그걸 틀림없이 알았을 거라고."

다음 날 갬빗 씨는 리드게이트가 약이 아무 소용도 없다고 떠벌렸다는 이야기를 들었다.

"설마!" 그는 눈썹을 치키고 신중하게 놀라움을 드러냈다. (그는 뚱뚱하고 억센 남자로 넷째 손가락에 큰 반지를 끼고 있었다.) "그러면 환자를 어떻게 치료한답니까?"

"내 말이 바로 그거예요." 몸지 부인이 말했다. 그녀는 습관적으로 대명사에 감정적 의미를 더하며 자기 말을 강조하곤 했다. "그는 옆에 그냥 앉았다가 가면 사람들이 돈을 낼 거라고 생각하는 모양이죠?"[11]

갬빗 씨는 몸지 부인 옆에 그냥 앉아 있었던 적이 무척 많았고, 자신의 체질이나 다른 문제에 대해 아주 자세히 이야기한 적도 있었다. 그러나 물론 그녀가 비꼬려고 한 말은 전혀 아니라는 것을 알고 있었다. 그는 빈둥거린 시간과 사담을 늘어놓은 것에 대해 의료비를 청구한 적이 없으니 말이다. 그래서 유머러스하게 대답했다.

---

11) 리드게이트의 의학 이론과 실천은 당대 관습을 상당히 앞선 것이었다. 1819년 청진기가 처음 도입되기 전 의사들은 대체로 환자의 이야기를 듣고 얼굴과 혀, 흘린 피를 보았으며 환자를 촉진하는 일은 거의 없었다.

"리드게이트는 잘생긴 젊은이더군요."

"내가 고용하고 싶은 사람은 아니에요." 몸지 부인이 말했다. "다른 사람들이야 좋을 대로 하라지."

그래서 갬빗 씨는 경쟁자에 대한 두려움을 느끼지 않으면서 식료품상의 집을 나올 수 있었다. 하지만 리드게이트가 스스로를 정직하다고 선전하면서 다른 의사들의 위신을 떨어뜨리려는 위선자이고, 누군가 그의 본성을 폭로할 만하다는 생각이 없지 않았다. 그러나 갬빗 씨의 의료업은 만족스러웠고, 현금 지급을 줄여 잔액을 남기려는 듯한 소매업의 냄새를 풍겼다. 확실한 방법을 알기 전까지는 리드게이트의 정체를 폭로하려고 시도할 가치가 없을 것 같았다. 사실 그는 교육을 많이 받지 못했기에 전문의들에게 꽤 경멸을 받으며 자기 길을 개척해야 했다. 하지만 그가 호흡기를 폐가 아니라 "표"[12]라고 부른다고 해서 산파로서 자질이 떨어지는 것은 아니었다.

다른 의사들은 자신들이 더욱 유능하다고 생각했다. 톨러 씨는 미들마치의 유서 깊은 가문 출신으로 도시의 최상류층 환자들을 진료했다. 법조계에도 톨러 집안사람이 많았고, 소매업 이상의 업종이라면 어디나 그러했다. 성미가 급한 렌치와 달리 톨러는 불쾌하리라 여겨지는 일도 비교적 태평하게 받아들였다. 품행이 단정하고 조용하고 쾌활한 사람이었다. 훌륭한 저택이 있고, 시간이 날 때 사냥을 즐겼으며, 홀리 씨

---

12) 폐를 뜻하는 lungs를 longs로 잘못 발음하는 점을 지적함으로써 그가 교육을 제대로 받지 못했다는 사실을 드러낸다.

와 매우 친하고 불스트로드 씨에 대해서는 적대적이었다. 이렇게 유쾌한 습관을 가진 사람이 자신의 개인적 사례를 냉정히 무시하면서 환자들의 피를 빼고 상처가 부풀어 오르도록 때리고 굶기는 등 과감한 치료를 한다면 기이하게 보일 것이다. 그러나 환자들은 이런 부조화 때문에 그의 능력을 높이 샀다. 그들은 톨러 씨의 거동이 굼뜨기는 하지만 치료는 더 바랄 나위 없이 적극적이고, 자기 할 일을 그처럼 진지하게 수행하는 사람은 없다고 흔히 말했다. 좀 늦게 오기는 해도 일단 오고 나면 반드시 뭔가를 해냈다. 그는 자기 집단에서 꽤 인기가 있었고, 누군가에게 불리한 것을 암시할 때는 느긋하고 반어적인 어조 때문에 이중의 효과가 있었다.

피콕 씨의 후임자가 약을 처방하지 않을 작정이라는 말을 들었을 때 당연히 그는 싫증이 나도록 미소를 띠며 "아, 그래!"라고 말했다. 어느 날 정찬 파티에서 핵버트 씨가 포도주를 마시며 그 사실을 언급하자 톨러 씨는 웃으며 말했다. "그럼 디비츠는 곰팡내 나는 약들을 다 처분하겠군. 나는 그 사람의 아이들을 좋아하네. 그가 운이 좋아서 다행이야."

"무슨 뜻인지 알겠네, 톨러." 핵버트 씨가 말했다. "나도 자네와 전적으로 같은 의견이야. 언젠가 기회를 잡아서 그런 취지로 내 의사를 밝혀야겠어. 의사는 환자들이 먹는 약의 품질을 책임져야 하네. 이것이 지금까지 통용되어 온 의료 청구 체계의 근본 바탕이지. 그리고 진정한 개선이 없는 곳에서 이처럼 개혁을 과시하는 것은 무엇보다도 불쾌한 일이지."

"과시라고, 핵버트?" 톨러 씨가 비꼬듯이 말했다. "나는 그렇게 생각하지 않네. 누구도 믿지 않는 것을 과시할 순 없거든. 거기에는 개혁이랄 것이 전혀 없어. 문제는 약에서 나오는 이윤을 의사에게 지급할 사람이 약제사인가 아니면 환자인가이고, 진찰이라는 명목에 여분의 보수가 있을 수 있는가이지."

"아, 그래. 낡아 빠진 속임수에 새 이름을 붙이는 데 불과하지." 홀리 씨가 술병을 렌치 씨에게 넘겨주며 말했다.

렌치 씨는 보통 음식을 절제했지만 파티에서는 포도주를 꽤 거리낌 없이 마셨고, 그래서 성미가 더욱 급해졌다.

"속임수에 대해 말하자면, 홀리." 렌치가 말했다. "그 단어는 남발하기 쉽네. 하지만 내가 반대하는 것은 의사들이 자기네 둥지를 더럽히면서 약을 처방하는 일반 개업의는 신사가 될 수 없다는 듯이 동네방네 떠들어 대는 짓거리라네. 나는 그런 비방을 조롱으로 갚아 주겠어. 말하자면 사람이 저지를 수 있는 가장 신사답지 못한 계략은 동종업자들 사이에 끼어들어 혁신이랍시고 뿌리 깊은 관례를 모독하는 걸세. 이게 내 의견일세. 내 말에 반박하는 사람 누구에게든 그렇게 주장할 용의가 있어." 렌치 씨의 목소리는 대단히 날카로워졌다.

"나는 그 점에 반박할 수 없네." 홀리 씨는 손을 바지 주머니에 밀어 넣으며 말했다.

"이보게." 톨러 씨가 태평하게 갑자기 입을 열면서 렌치 씨를 바라보고 말했다. "전문의들은 우리보다 권리를 더 많이 침해당한 셈이지. 위신을 따져 보자면 그건 민친과 스프래그의 문제라네."

"의료법은 이런 침해에 대항해서 아무것도 제공하지 못하나?" 핵버트 씨가 사심 없이 견해를 제시하려고 말했다. "법은 어떻게 되어 있나, 홀리?"

"그 점에서는 아무것도 할 수 없네." 홀리 씨가 말했다. "스프래그 씨를 위해 법을 들여다보았는데 빌어먹을 판사의 결정에 코만 깨질 거야."

"푸! 푸! 법 같은 건 필요 없어." 톨러 씨가 말했다. "의료에 관한 한 그런 시도는 터무니없는 짓이야. 그걸 좋아할 환자가 없을 테니까. 분명 피콕의 환자들은 좋아하지 않을 걸세. 방혈에 익숙한 사람들이니까. 포도주를 건네주게."

톨러 씨의 예측은 일부 옳다는 것이 입증되었다. 리드게이트의 진료를 받을 생각이 없던 몸지 부부는 그가 약을 사용하는 데 반대한다고 생각하며 불안하게 여겼던 반면, 왕진을 청한 사람들은 그가 각 병세에 '사용할 수 있는 모든 수단을 사용'했는지를 알아보려고 걱정스럽게 지켜보아야 했다. 심지어 선량한 파우더렐 씨도 리드게이트가 더 나은 계획을 양심적으로 추구하는 것 같았기에 늘 아량 있게 이해심을 갖고 더욱 존중하려 했지만, 아내가 전염성 피부병에 걸리자 의혹으로 마음이 뒤숭숭해져서 피콕 씨가 이와 유사한 경우에 알약을 처방했었다고 리드게이트에게 말할 수밖에 없었다. 파우더렐 부인이 유난히 더운 8월에 앓기 시작했던 병을 미카엘 축일이 되기 전에 완전히 낫게 하는 데 놀라울 정도로 효과적이었다는 것 외에는 그 약에 대해 달리 설명할 수 없었다. 그는 리드게이트의 기분을 상하게 하고 싶지 않은 마음과 모든 '수단'을 강구해야 한다는 불안감으로 갈등을 겪다가 결국 아내에게 위전의 정제제를 몰래 먹도록 권했다. 미들마치에서 존중받던 그 약은 혈액에 즉시 영향을 미쳐 모든 질병을 근원에서 억제했던 것이다. 파우더렐 씨는 이 보조 수단을 리드게이트에게 언급할 수 없었다. 자신도 확실히 믿은 것은 아니었고 그저 축복이 따르기를 바랐을 뿐이었다.

그러나 이런 의혹의 눈길을 받으며 진료를 시작한 단계에서 리드게이트는 인간들이 성급하게도 행운이라고 부르는 것의 도움을 받았다. 나는 어떤 의사라도 새로운 곳에 정착할 때는 사람들을 놀라게 만들 치료를 하게 마련이라고 생각한다. 그런 치료는 행운의 보증서라고 불릴 수 있고, 활자화되거나 인쇄된 보증서처럼 신뢰를 얻을 만하다. 리드게이트가 치료한 여러 다양한 환자들이 회복되었고, 심지어 중병에 걸렸던 사람들도 몇 명 나았다. 그래서 새로운 의사가 새로운 방법으로 적어도 죽음의 벼랑에 선 사람들을 되살리는 장점이 있다는 말이 돌았다. 그런 사례에 관한 쓰레기 같은 말에 리드게이트는 짜증스러웠다. 왜냐하면 그런 말에서 나오는 명성이란 무능하고 파렴치한 사람들이나 바랄 만한 것이고, 반감으로 부글부글 끓고 있는 다른 의사들은 그런 명성을 그의 탓으로 돌리고 그가 무식한 사람들의 칭찬을 유도했다고 생각할 것이 뻔했기 때문이었다. 그러나 무지한 해석에 맞서 싸워 봐야 안개에 채찍질하듯 소용없는 일이라고 생각했기에 그는 당당하고 솔직하게 말할 수도 없었다. 그리고 '행운' 덕분에 그런 해석이 계속해서 주장되었다.

라처 부인은 청소부의 심상치 않은 증상에 너그럽게도 격정하고 있었는데 때마침 민친이 방문했기에 당장 그녀를 살펴보고 진료소에 갈 수 있도록 진단서를 써 달라고 부탁했다. 그래서 민친은 진찰을 하고 진단서를 쓰면서 그 병을 일종의 종양으로 언급했고, 진단서를 들고 갈 낸시 내시를 외래 환자로 의뢰했다. 낸시는 진료소로 가는 길에 집에 들러서 자기가 사는 다락방의 집주인인 코르셋 제조업자와 아내에게 민친의 진단서를 보여 주었고, 이렇게 되어 처치야드 거리 인근 가게들에서는 그녀에 대한 동정적인 이야기가 오가게 되었다. 처음에는 종양이 거위알만 하고 단단하다는 이야기가 돌았는데 그날 오후가 지나면서 '주먹'만 한 크기로 수정되었다. 그 말을 들은 사람들은 대부분 그것을 잘라내야 한다고 동의했지만 누군가는 기름과 양홍[13]을 몸속에 충분히 넣으면 어떤 덩어리든 부드럽고 작아진다는 것을 알고 있었다. 기름이 덩어리를 점점 "말랑말랑하게" 만들고 양홍이 파먹어 들어간다는 것이었다.

낸시가 진료소에 갔을 때 우연히 리드게이트가 근무하는 날이었다. 질문을 하고 진찰한 다음 리드게이트는 병원에서 숙식하는 외과 의사에게 "종양이 아니라 위경련이네."라고 나지막하게 말했다. 그는 고약과 철분 혼합제를 처방하고 집에 가서 쉬라고 말하고는 그녀한테 좋은 음식이 필요하다는 내용의 쪽지를 그녀가 가장 좋은 고용주라고 말한 라처 부인에게 써서 보냈다.

---

13) 연지벌레로 만든 물감.

그러나 머지않아 다락방에서 낸시는 놀랍게도 상태가 점점 나빠져 종양이라고 여겼던 것이 부풀어 오르더니 다른 곳으로 옮겨 가서 통증을 더 악화시켰다. 코르셋 제조업자의 아내는 리드게이트를 불러왔고, 두 주 동안 그가 낸시를 집으로 찾아와 치료했으며, 마침내 그의 치료로 그녀는 완전히 나아서 다시 일하러 갈 수 있었다. 그런데 그 병은 처치야드 거리와 다른 지역에서 여전히 어떤 종양으로 묘사되었다. 아니라처 부인도 그렇게 말했다. 리드게이트의 놀라운 치료에 대해 들었을 때 의사 민친은 물론 "그 병은 종양이 아니었소. 내가 그렇게 말한 것은 착오였소."라고 말할 생각이 없었으므로 "아, 그래! 그건 치명적이지 않은 외과적 증상으로 보였소."라고 말했던 것이다. 하지만 진료소에 가서 자신이 이틀 전에 위탁한 여자에 대해 묻고 어떻게 치료했는지를 입주 의사에게서 자세히 듣고는 속으로 화가 났다. 입주 의사는 아무 탈 없이 민친의 화를 돋울 기회가 생긴 것이 내심 유감스럽지 않았다. 민친은 일반 개업의가 그렇게 공개적으로 의사의 진단을 부정한 것이 무례한 일이라고 생각했고, 리드게이트가 불쾌하게도 예의를 지키지 않는다는 렌치의 의견에 동의하게 되었다. 동등한 자격을 갖춘 사람들 사이에서도 잘못된 판단을 바로잡는 일이 흔하므로 리드게이트는 그 사건 때문에 스스로를 높이 평가하지도 (특히) 민친을 경멸하지도 않았다. 그러나 이 놀라운 종양에 대한 소문은 널리 퍼져 나갔고, 그것은 암과 명확히 구별되지 않고 이리저리 옮겨 다니기 때문에 더 무서운 병이라고 여겨졌다. 낸시가 고치기 힘든 악성 종양에 걸려

대굴대굴 굴렀음에도 병이 굴복하여 마침내 신속히 회복함으로써 리드게이트의 놀라운 기술이 입증되자 약 처방과 관련된 리드게이트의 치료에 대한 편견은 많이 사라졌다.

리드게이트가 달리 어찌할 수 있겠는가? 어떤 부인이 당신의 재주에 경탄할 때 그녀가 잘못 알고 그렇게 경탄하는 것은 오히려 어리석기 때문이라고 말한다면 그녀를 모욕하는 것이 될 뿐이다. 그리고 질병의 속성에 대해 자세히 설명한다면 의사들 간의 규율을 더욱 어기는 게 될 뿐이다. 그래서 그는 타당한 이유가 없는 무지한 찬사가 불러올 명성에서 몸을 사릴 수밖에 없었다.

보스롭 트럼불 씨처럼 독특한 환자인 경우에 리드게이트는 자신이 다른 의사들보다 나은 점이 있음을 보여 주었다고 생각했지만 이 경우에도 그가 얻은 것이 과연 자신에게 유리한지는 의심스러웠다. 달변가인 경매인은 폐렴에 걸리자 피콕 씨의 환자였으므로 리드게이트의 왕진을 청하고 그의 진료를 받겠다는 의사를 밝혔다. 트럼불 씨는 튼튼한 사람이어서 자연 요법 이론을 시험하기에 좋은 대상이었다. 즉 가급적 내버려 두고 질병의 흥미로운 진척 과정을 관찰하면서 앞으로 지침이 되도록 각 단계를 주시하는 것이다. 트럼불 씨가 증상을 묘사하는 방식으로 보아 그는 의사의 신뢰를 받고 의사의 치료에 협조자로 여겨지는 것을 좋아할 사람이라고 리드게이트는 짐작했다. 경매인은 그의 신체가 (늘 적절히 지켜보며) 그냥 내버려 두어도 되는 강한 체질이라서 질병의 진행 단계를 명확히 보여 주는 훌륭한 실례가 되고, 드물게도 강한 마음을 지녔기 때문에 자발적으로 합리적 치료의 실험자가 되어 그의 폐 질환으로 사회 전반에 혜택을 줄 수 있으리라는 말을 들었을 때 그리 놀라지 않았다.

트럼블 씨는 즉시 제안을 받아들였고, 자기 병이 의학에서 결코 평범한 사례가 아니라는 견해를 강력하게 표명하기 시작했다.

"걱정 마십시오, 선생. 선생의 말을 듣고 있는 사람이 자연의 치유력을 알지 못하는 이가 아니니까요." 그는 평소처럼 고급 어휘를 사용했지만 숨쉬기가 어려워 다소 애처롭게 보였다. 그러고 나서는 겁내지 않고 약을 먹지 않고 버텼으며, 체온이 중요하다는 것을 보여 주는 체온계를 사용했고, 현미경으로 관찰할 것을 제공하고 있다고 생각하여 자기 분비액의 품위에 적합해 보이는 새로운 단어들을 많이 배우면서 참고 견뎠다. 영리하게도 리드게이트는 전문 용어를 약간 섞어 대화하면서 그를 즐겁게 해 주었다.

병상에서 일어났을 때 트럼블 씨가 체질뿐 아니라 마음도 튼튼하다는 것을 입증한 질병에 대해 소문을 내고 싶었으리라는 것은 충분히 상상할 수 있다. 그리고 그는 자신이 다루는 환자의 자질을 알아본 의사에게 망설임 없이 공을 돌렸다. 경매인은 너그럽지 못한 사람이 아니라서 다른 이들도 적절한 혜택을 받게 해 주고 싶었고 그렇게 할 수 있다고 느꼈다. 그는 '자연 요법'이라는 단어를 포착해 이 단어와 다른 학술적인 어구들을 반복적으로 사용하면서 리드게이트가 "다른 의사들보다 한두 가지 더 많이 알고 대개의 의사들보다 자기 직업의 비법에 훨씬 정통했다."라는 확신을 퍼뜨렸다.

이 일은 프레드 빈시의 병 때문에 렌치 씨가 리드게이트에 대해 명백히 사적인 이유로 적대감을 갖기 이전에 일어난 사건이었다. 새로 온 이 의사는 의사들 간의 경쟁에서 성가신 존재가 될 것 같았고, 검증되지 않은 이론에 대해 수선을 떨지 않아도 할 일이 많고 열심히 일해 온 연장자들에게 임상적 비판이나 의견을 제시한답시고 골치 아프게 굴 것이 뻔했다. 그의 진료는 한두 구역에서 확대되었고, 처음부터 좋은 가문 출신이라는 소문이 돌면서 꽤 여러 집에서 초대했기 때문에 다른 의사들은 최상류 가정의 정찬 파티에서 그와 마주쳐야 했다. 싫은 사람을 만나야 할 때 그 만남이 늘 상호 간의 애정으로 끝나는 것은 아니다. 의사들은 리드게이트가 오만한 젊은이지만 결국 세력을 얻기 위해서 불스트로드에게 빌붙을 거라고 한마음으로 생각했다. 불스트로드 반대파의 중요한 기치였던 페어브라더 씨가 늘 리드게이트를 두둔하고 가깝게 지내는 것은 양편의 입장에서 싸우려는 페어브라더의 이해할 수 없는 방식이라고 여겨졌다.

그러므로 불스트로드 씨가 새 병원을 위해 마련한 운영 규정을 발표했을 때 의사들은 이미 혐오감을 발산할 준비가 충분히 되어 있었다. 메들리코트 경을 제외하고는 모두 옛 진료소를 돕는 편이 더 낫다는 이유로 새 병원에 협조하기를 거절했으므로, 현재 불스트로드 씨의 의지와 의도를 억제할 방법이 없었기에 그 운영 규정안이 더욱 불쾌했다. 불스트로드 씨는 모든 비용을 떠맡았고, 편견을 가진 협력자들에게 방해받지 않고 자신의 개선책을 실행에 옮길 권리를 사들이는 것을 유감스러워하지 않았다. 다만 엄청난 비용을 들여야 했고, 건축 과정에 꽤 오랜 시간이 걸렸다. 케일럽 가스가 일을 맡았는데 공사가 진행되는 동안 파산했고 내부 설비를 시작하기 전에 감독에서 물러났다. 병원에 대해서 언급할 때 가스는 불스트로드를 두드려 보면 어떤 소리가 나든지 간에 훌륭하고 견실한 목공 기술과 석공 기술을 좋아하며 배수구와 굴뚝도 잘 안다고 말하곤 했다. 사실 불스트로드는 병원에 열성적으로 관심을 쏟았고, 위원회 없이 독단적으로 병원을 지배할 수 있도록 매년 기꺼이 거금을 기부하려 했을 것이다. 그러나 그는 관심을 둔 또 다른 목표가 있었는데 거기에도 돈이 필요했다. 미들마치 근방에 토지를 구입하고 싶어 했고, 그래서 병원 운영을 위해 상당한 기부금을 받을 수 있기를 바랐다. 병원은 온갖 종류의 열병을 다룰 예정이고, 최고 의료 관리자로서 리드게이트가 특히 파리에서 공부하면서 그 중요성을 알게 된 여러 비교 연구를 자유롭게 해 나갈 것이다. 다른 방문 의사들은 자문으로서 영향력을 미치지만 리드게이트의 궁극적인 결정을 무시할 권한은 없다. 그리고 전체 운영권은 불스트로드 씨와 관련된 다섯 명의 이사들이 독점적으로 소유하고, 그들은 기부금의 비율에 따라서 투표권을 갖게 되며, 이사회가 스스로 결원을 보충하고, 잡다한 소액 기부자들은 운영 권한을 가질 수 없다.

그러자 도시의 의사들 전원이 열병 병원의 방문 의사로 일하기를 즉시 거부했다.

"좋습니다." 리드게이트가 불스트로드 씨에게 말했다. "우리에게는 우수한 입주 의사이자 약제사가 있습니다. 명석하고 손재주가 있는 사람이지요. 그리고 크랩슬리에서 누구보다도 훌륭한 개업의인 웨브를 일주일에 두 번 데려올 겁니다. 특별한 수술이 있는 경우에는 브래싱에서 프로테로를 데려오고요. 제가 더 열심히 일해야겠지요. 그뿐입니다. 저는 진료소 일을 그만두었습니다. 이 기획은 그들이 협조하지 않더라도 성공할 테고, 성공한 후에는 그들도 기꺼이 참여할 겁니다. 현재 상황이 그대로 지속될 수는 없으니까요. 곧 여러 가지 개혁이 이루어져야 하고, 그러면 젊은이들이 여기서 연구하려고 몰려들 겁니다." 리드게이트는 기분이 무척 좋았다.

"나는 물러서지 않을 거요. 그건 믿어도 좋소, 리드게이트 씨." 불스트로드 씨가 말했다. "당신이 고귀한 의도를 적극적으로 수행한다면 나는 지원을 아끼지 않겠소. 그리고 이 도시의 악령에게 저항하려는 내 노력에 지금까지 따라 주었던 축복이 사라지지 않으리라고 겸손하게 믿고 있소. 나를 도와줄 적합한 이사들도 확보할 수 있으리라 믿어 의심치 않소. 팁턴의 브룩 씨는 이미 동의해 주었고 매년 기부하겠다고 약속했소. 금액을 명시하지는 않았는데, 아마도 큰 액수는 아닐 거요. 하지만 그는 위원회의 유용한 위원이 될 거요."

유용한 위원이란 아무 안건도 내지 않고 언제나 불스트로드에게 찬성 투표하는 사람이라고 정의할 수 있을 것이다.

리드게이트에 대한 의사들의 혐오감은 이제 억제되지 않고 노골적으로 드러났다. 스프래그나 민친이 리드게이트의 지

46

식이나 치료 방법을 개선하려는 의도를 싫어한다고 말한 것은 아니었다. 그들이 싫어한 것은 그의 오만함이었고, 그것은 전적으로 부정할 수 없다고 모두들 느꼈다. 그들은 그가 무례하고 잘난 체하며 야단스럽게 허세를 부리려고 무모한 혁신에 빠져 있는데 그것이 바로 돌팔이 의사의 속성이라고 넌지시 암시했다.

돌팔이라는 단어가 일단 공중에 퍼져 나가자 도저히 끌어내릴 수 없었다. 당시 세인트 존 롱 씨[14]의 놀라운 의술이 세상의 이목을 끌었는데, 그가 환자의 관자놀이에서 수은 같은 액체를 뽑아냈다고 '귀족과 신사들'이 증언했던 것이다.

톨러 씨는 어느 날 미소를 지으며 태프트 부인에게 말했다. "불스트로드는 자기에게 딱 맞는 사람을 리드게이트한테서 찾아냈소. 종교에서 돌팔이가 다른 부류의 돌팔이를 좋아하게 마련이지."

"네, 맞아요." 태프트 부인은 속으로 바늘땀이 서른 개라는 것을 잊지 않으려고 애쓰며 대답했다. "이런 일이 너무 많이 일어난다는 건 잘 알 수 있어요. 전능하신 하느님이 비뚤어지게 만들어 놓으신 사람을 체셔 씨가 다리미로 똑바로 펴려던 일이 생각나네요."

"아니, 아니오." 톨러 씨가 말했다. "체셔는 괜찮았소. 아주 공명정대했지. 그러나 세인트 존 롱, 바로 그런 작자들이 돌팔

---

14) 환자 두 명이 죽은 후 1830년에 살인으로 유죄 판결을 받은 돌팔이 의사다.

이인 거요. 아무도 모르는 방법으로 치료한다고 떠벌리고, 다른 사람들보다 더 심오한 척하면서 소란을 떨고 싶어 하는 작자들이지. 전에 그는 사람의 머리를 두드려서 수은을 빼내는 척했소."

"맙소사! 사람 몸으로 너무나 끔찍한 장난질을 치는군요."

이후에 리드게이트가 자기 목적을 위해 점잖은 사람들의 몸으로도 장난을 쳤으며 경솔한 실험으로 병원 환자들을 엉망진창으로 만들어 놓을 거라는 주장이 여러 곳에서 제기되었다. 특히 탱커드의 안주인이 말했듯이 그가 무모하게 환자들의 사체를 절단하리라고 예상할 수 있었다. 리드게이트는 증세가 명확하지 않은 심장병으로 사망한 고비 부인을 진찰한 후에 너무나 과감하게도 시신을 열어 볼 수 있도록 허락해 달라고 친척들에게 요청했고, 그래서 그의 불쾌한 언사가 팔리가를 넘어 재빨리 퍼져 나갔다. 이처럼 그녀의 시신을 버크와 헤어의 희생자들과 관련지어 그녀에 대한 기억을 악랄하게 모욕한 사건으로 그녀는 오랫동안 그 거리 사람들의 입에 오르내렸다.

리드게이트가 병원 문제를 도러시아에게 언급한 것은 이런 상황에 처해 있을 때였다. 이미 보았다시피 그는 적대감과 어리석은 오해를 꽤 활기차게 견뎠으며 그것들이 일부는 자신의 성공에서 비롯했음을 알고 있었다.

"그들은 저를 몰아낼 수 없을 겁니다." 그는 페어브라더 씨의 서재에서 속내를 털어놓았다. "여기서 저는 가장 중요하게 생각하는 목표를 이룰 좋은 기회를 얻었어요. 필요한 것을 장만할 만큼 수입도 생길 거라고 확신합니다. 서서히, 되도록 조용히 진행할 거예요. 이제 집과 직장에서 이탈하도록 유혹하는 것도 없으니 모든 세포의 동질적 근원을 입증하리라고 점점 확신하고 있어요. 라스파이유[15]와 다른 이들도 같은 과정을 추구하고 있는데 저는 시간을 낭비했거든요."

"내가 그것에 대해 예언할 능력은 없지만……." 페어브라더 씨가 생각에 잠겨 파이프 담배를 피우면서 리드게이트의 말을 듣다가 말했다. "하지만 도시의 적대감에 관해서는 신중하게 처신하면 역경을 뚫고 나아갈 수 있을 거예요."

"어떻게 해야 신중하게 처신합니까?" 리드게이트가 말했다. "저는 그저 제 앞에 놓인, 해야 할 일을 할 뿐입니다. 베살리우스[16]와 마찬가지로 저도 사람들의 무지와 악의를 피할 수 없어요. 누구도 예상 못 할 어리석은 결론에 자기 행동을 꿰맞출 수는 없습니다."

"맞는 말이오. 그런 뜻은 아니었소. 다만 두 가지 의미인 거지. 한 가지는 될 수 있는 대로 불스트로드로부터 거리를 두라는 거예요. 물론 그의 도움을 받아서 훌륭한 연구를 계속해 나갈 수 있겠지. 하지만 얽매이지 않도록 주의해요. 내가 이런 말을 하는 것이 사적인 감정으로 보일 수 있고 — 그런 면이 다분히 있다고 인정하지만 — 사적인 감정을 요약한 느

---

15) 프랑스의 급진적 정치가이자 의사, 화학자인 프랑수아빈센트 라스파이유(François-Vincent Raspail, 1794~1878).
16) 안드레아스 베살리우스(Andreas Vesalius, 1514~1564)는 현대 해부학의 창시자로 종교 재판소에 의해 사형 선고를 받았으나 구제되었다.

낌으로 한 가지 의견을 제시한다면 항상 틀린 것은 아니니까."

"공적 관계를 제외하면 불스트로드 씨는 저와 아무 상관이 없는 사람입니다." 리드게이트가 무관심하게 말했다. "친밀한 관계를 맺을 정도로 그분을 좋아하지 않거든요. 그런데 하시려던 다른 말씀은 무엇이었지요?" 가급적 편안하게 다리를 감싸면서 사실 리드게이트는 충고가 그리 필요하지 않다고 느끼고 있었다.

"글쎄, 이거요. 조심해요. — 엑스페르토 크레데[17] — 돈 문제로 곤란해지지 않도록 조심하시오. 예전에 당신이 흘린 말에서 내가 돈을 따려고 카드놀이하는 것을 좋아하지 않는다는 걸 알았소. 그 부분에서 당신의 생각은 대단히 옳아요. 하지만 푼돈이 부족해서 그걸 바라는 일이 없도록 해요. 어쩌면 이런 말이 불필요하겠지. 하지만 사람은 자신의 나쁜 점을 예로 들어 설교하면서 스스로에 대한 우월감을 느끼기 좋아한다오."

리드게이트는 다른 사람의 말이었다면 참을 수 없었겠지만 페어브라더 씨의 말이었기에 그 암시를 다정하게 받아들였다. 최근에 진 소액의 빚을 떠올리지 않을 수 없었지만 불가피한 일이었고, 이제는 소박하게 꾸려 가겠다고 생각했다. 빚을 내어 산 가구를 다시 바꿀 일은 없을 테고, 비축해 둔 포도주도 한동안은 보충할 필요가 없을 것이다.

당시 그는 여러 가지 생각으로 기운을 냈는데 당연한 일이

---

17) experto crede. '경험자의 말을 믿다.'라는 뜻의 라틴어 경구다.

었다. 가치 있는 목표를 추구하려는 열정을 느끼는 사람이라면 치졸한 교전을 벌이고 있더라도 위대한 연구자들을 기억하며 버텨 나간다. 상처를 받지 않았을 리 없겠지만 자기 길을 개척하기 위해서 싸워야 했던 연구자들은 눈에 보이지 않게 도와주는 수호성인처럼 그의 마음에 맴돌았다. 페어브라더 씨와 이야기를 나눈 바로 그날 저녁에 그는 자기 집 소파에 앉아서 생각에 잠길 때 좋아하는 자세로 긴 다리를 쭉 뻗고는 머리를 젖히고서 깍지 낀 손으로 받치고 있었고, 로저먼드는 피아노에 앉아 여러 곡을 연달아 연주했다. 남편은 그저 곡조들이 감미로운 바닷바람처럼 자기 기분과 잘 어울린다고 (정말로 감정이 있는 코끼리처럼!) 느끼고 있었다.

그 순간 리드게이트의 얼굴에 매우 훌륭해 보이는 뭔가가 어려 있었기에 누구든지 그의 성취를 확신하며 내기라도 걸고 싶었을 것이다. 검은 눈과 입과 이마에는 충일한 사색에서 비롯하는 평온함이 감돌았고, 마음은 날카롭게 살피는 것이 아니라 관조하고 있었으며, 시선은 그 너머에 있는 것으로 채워진 듯했다.

이내 로저먼드가 피아노에서 일어나 소파 옆 의자에 앉아 남편의 얼굴을 바라보았다.

"음악을 충분히 들었어요, 군주님?" 그녀는 두 손을 앞에서 포개고 온순한 태도로 말했다.

"아, 그래요, 당신이 피곤하다면……." 리드게이트는 움직이지 않고 시선을 그녀에게로 돌리며 부드럽게 말했다. 그 순간 로저먼드라는 존재는 어쩌면 호수에 물 한 숟가락을 보탠 정도에 지나지 않았을 것이다. 그녀의 여성적 본능은 기민하게 그것을 감지했다.

"무슨 생각에 빠져 있어요?" 그녀는 몸을 앞으로 숙이고 얼굴을 가까이 대며 말했다.

그는 손을 들어 그녀의 어깨 뒤에 살짝 올려놓았다.

"300년 전 내 나이쯤에 이미 해부학의 새로운 시대를 열었던 위대한 사람을 생각하고 있었어요."

"누군지 모르겠어요." 로저먼드는 고개를 저으며 말했다. "레먼 부인의 학교에서 역사 위인들을 맞히는 놀이를 했지만 해부학은 없었어요."

"말해 주지. 베살리우스라는 사람이에요. 그가 실제로 해부학을 연구할 단 한 가지 방법은 한밤중에 묘지나 처형장에서 시신을 훔쳐 오는 것이었어요."

"아!" 로저먼드는 예쁜 얼굴에 혐오함을 드러내며 말했다. "당신이 베살리우스가 아니라서 정말 다행이에요. 그보다 덜 끔찍한 방법을 찾을 수 있었을 텐데."

"아니, 그럴 수 없었어요." 리드게이트는 매우 진지하게 말하며 그녀의 대답에 그리 주목하지 않았다. "그는 교수형을 당한 범죄자의 회칠한 시체를 확보해서 매장했다가 한밤중에 은밀히 조금씩 가져와 골격을 완성했지."

"그를 영웅 중 한 사람으로 삼지 않으면 좋겠어요." 로저먼드는 장난기를 띠고 또 약간은 불안한 기색으로 말했다. "그러지 않으면 당신이 한밤중에 일어나서 성 베드로 묘지에 가는 걸 보게 될 테니까요. 고비 부인 일 때문에 사람들이 무척 화가 났다고 당신이 말했잖아요. 당신에겐 이미 적이 많아요."

"베살리우스도 그랬어요, 로지. 갈렌[18]을 믿었던 당대의 유명한 의사들이 베살리우스가 갈렌이 틀렸다고 입증했기 때문에 몹시 흉악하게 굴었던 것을 생각하면 시대에 뒤떨어진 미들마치의 의사들이 질투심을 느끼는 것은 놀랄 일도 아니에요. 그들은 베살리우스를 거짓말쟁이라고, 해로운 괴물이라고 불렀어요. 하지만 인간의 골격에 관한 올바른 사실은 베살리우스가 밝혀냈고, 그래서 그는 그들을 압도할 수 있었어요."

"그런데 그 후에 어떻게 되었나요?" 로저먼드는 약간 흥미를 느끼며 말했다.

"아, 끝까지 싸워야 했어요. 그 사람들 때문에 한번은 몹시 화가 나서 연구의 상당 부분을 태워 버렸지. 그러고는 파도바에서 권위 있는 직책을 맡으려고 예루살렘에서 돌아오는 길에 배가 난파했어요. 좀 비참한 죽음을 맞았지요."

로저먼드는 잠시 입을 다물었다가 말을 꺼냈다. "터시어스, 알아요? 나는 당신이 의사가 아니기를 종종 바란다는 걸?"

"아니, 로지, 그런 말 하지 말아요." 리드게이트는 그녀를 끌어당기며 말했다. "그건 당신이 다른 남자와 결혼했기를 바란다는 말과 똑같으니."

"아니에요. 당신은 현명하니까 무슨 일이든 할 수 있잖아요. 다른 일도 쉽게 할 거예요. 퀄링엄의 사촌들은 당신이 전문직

---

18) 그리스의 의사이고 해부학과 생리학의 전통적 권위자 클라우디오스 갈레노스(Claudios Galenos, 129?~200?).

을 선택하는 바람에 자기들보다 신분이 낮아졌다고 생각해요.”

“퀄링엄의 사촌들은 모두 지옥에나 가라지!” 리드게이트가 경멸하듯 말했다. “그들이 당신에게 그런 말을 했다면 아주 건방지게 군 거요.”

“하지만⋯⋯.” 로저먼드가 말했다. “나는 의사가 멋진 직업이라고 생각하지 않아요.” 우리가 알다시피 그녀는 자기 의견을 아주 조용히 끈기 있게 고집했다.

“그건 세상에서 가장 숭고한 직업이오, 로저먼드.” 리드게이트가 진지하게 말했다. “그리고 당신이 내 속의 의사를 사랑하지 않으면서 나를 사랑한다고 말한다면 복숭아를 좋아하면서 그 맛을 좋아하지 않는다고 말하는 것과 같아요. 그런 말은 다시 하지 말아요. 내게 고통을 주니까.”

“알았어요, 심각한 얼굴의 의사 선생님.” 로지가 보조개를 지으며 말했다. “앞으로는 해골과 시체 도둑들, 유리병에 든 것들, 그리고 당신의 비참한 죽음으로 끝날 모두와의 싸움이 무조건 좋다고 말하겠어요.”

“아니, 그 정도로 나쁘지는 않아요.” 리드게이트는 체념하듯 항변을 그만두고는 그녀를 어루만졌다.

46장

리드게이트가 별 탈 없이 결혼하고 병원을 운영하면서 미
들마치를 상대로 의료 개혁을 위한 투쟁을 벌이고 있다고 느
끼는 동안 미들마치는 다른 종류의 개혁을 위한 전국적인 투
쟁을 점점 더 의식하고 있었다.

존 러셀 경[19]의 법안이 하원에서 논의될 무렵 미들마치는
새로운 정치적 활기를 띠었고, 새 선거가 실시되면 정당들이
새로 입장을 명확히 해서 확실한 균형의 변화를 보여 주려 하
고 있었다. 이미 이런 사건을 예측했던 몇몇 사람들은 선거법
개정 법안이 현 의회에서는 절대로 통과되지 않을 거라고 주

---

19) 그의 선거법 개혁안은 1831년 3월에 도입되었고, 의회는 4월에 해체되
었다.

장했다. 윌 래디슬로는 브룩 씨가 아직 국회 의원 후보 지명 연단에 서 보지 않았음을 축하해야 할 이유가 이것이라고 상세히 설명했다.

"전반적인 상황이 혜성이 출현하는 해[20]처럼 무르익을 겁니다." 윌이 말했다. "이제 선거법 개정안 문제가 주목을 받기 시작하면 대중의 마음은 곧 혜성 같은 열기를 띨 겁니다. 오래지 않아 또 선거가 실시될 테고, 그때쯤 미들마치는 더 많은 관념을 머릿속에 넣었겠지요. 우리가 지금 집중해야 할 일은《개척자》와 정치 모임입니다."

"맞는 말이네, 래디슬로. 여기서 우리가 새로운 의견들을 만들어야지." 브룩 씨가 말했다. "다만 선거법 개정에 대해서는 독자적인 입장을 견지하고 싶네. 너무 극단으로 나가고 싶지는 않아. 알다시피 나는 윌버포스[21]와 로밀리의 노선을 택하고, 흑인 해방 문제와 형법 분야를 파고들고 싶네. 하지만 물론 그레이를 지지해야겠지."

"개혁의 원칙을 지지하려면 상황이 제공하는 것을 받아들일 준비가 되어 있어야 합니다." 윌이 말했다. "사람들이 각자 다른 사람의 의견에 반대하면서 자기 의견만 주장한다면 현

---

20) 혜성이 나타나는 해에는 대개 기이한 사건이나 재앙이 일어난다고 여겨졌다.

21) 윌리엄 윌버포스를 구심점으로 연결된 '클래펌 분파'는 19세기 초 (1790~1830) 런던 남쪽의 클래펌에 기반을 두고 활동한 영국 국교도의 사회 개혁가 집단이다. 노예 폐지를 주장하고 사회 개혁 운동을 벌였으며, 박애주의적 운동으로 빅토리아조의 도덕적 발달에 지대한 영향을 미쳤다.

안 전체가 갈가리 찢어질 테니까요."

"그래, 그래, 자네 말에 동의하네. 그 관점을 전적으로 받아들이네. 그런 시각으로 봐야겠지. 알다시피 그레이를 지지해야 해. 나는 의회의 세력 균형이 달라지기를 바라지 않네. 그레이도 그럴 거라고 생각해."

"하지만 온 나라가 원하는 바는 바로 그것입니다." 윌이 말했다. "그렇게 되지 않으면 자신들이 무엇을 추구하는지 잘 아는 정치 연합[22]이나 다른 운동들에는 아무 의미도 없을 겁니다. 하원이 지주 계급이 지명한 사람들이 아니라 다른 이해관계의 대변인들로 채워지기를 온 나라가 바라고 있어요. 그에 미치지 못하는 개혁을 주장한다면 이미 우레 같은 소리를 내면서 일어난 눈사태의 한 부분만 요구하는 것과 같습니다."

"훌륭한 말이네, 래디슬로. 그런 식으로 표현해야지. 당장 그 말을 적어 놓게. 우리는 기계 파괴와 전반적인 곤경만 아니라 사람들의 감정에 관해서도 문서를 작성해야 하네."

"문서에 대해서 말씀드리면……." 윌이 말했다. "5센티미터의 작은 카드에도 많은 것을 담을 수 있습니다. 숫자를 몇 줄만 써넣어도 빈곤 상태를 유추하기에 충분할 테고요. 몇 줄더 붙이면 사람들의 정치적 결의가 커지는 속도를 보여 줄 겁니다."

"좋네, 그것을 조금 더 상세히 작성하게, 래디슬로. 자, 좋은 생각이네. 모두 《개척자》에 쓰게. 숫자를 집어넣고 사람들의

---

22) 1830년대 초반에 결성된 선거법 개정을 지지하던 협회.

비참한 상태를 밝혀. 다른 숫자를 제시하고 결론을 끌어내고 말이야. 이런 식으로 계속하게나. 자네는 그런 것을 제시하는 방법을 잘 아니. 버크[23]는 — 버크를 생각하니 누군가 자네에게 독점 선거구를 줄 수 있으면 좋겠다는 생각이 드는군, 래디슬로. 자네가 선출될 일은 결코 없을 테니 말이야. 하원에는 언제나 재능 있는 사람이 필요해. 하원을 어떤 식으로 개혁하더라도 재능 있는 사람이 필요할 걸세. 눈사태와 우레라는 표현은 정말이지 버크의 표현과 좀 비슷하군. 내가 바라는 게 바로 그런 걸세. 알다시피 새로운 사상이 아니라 그것을 표현하는 방법 말이지."

"독점 선거구야 괜찮겠지요." 래디슬로가 말했다. "그들이 올바르다면, 버크 같은 인물이 늘 옆에 있다면 말입니다."

브룩 씨의 칭찬이긴 하지만 윌은 버크와 비교되었다는 것이 불쾌하지 않았다. 의견을 남들보다 잘 표현할 수 있는데 주목을 전혀 받지 못한다는 사실을 의식하고 있다면 인간으로서 견디기 좀 어려운 법이니까. 올바른 일에 대한 찬사가 전반적으로 부족한 상태에서 때맞춰 우연히 들려온 시끄러운 박수갈채는 다소 기운을 북돋워 주었다. 윌은 자신의 문학적 세련미가 대체로 미들마치의 인지 수준을 넘는다고 느꼈다. 그럼에도 '못 할 이유도 없지.'라고 처음에 다소 시큰둥하게 생각하며 시작했던 일을 이제는 속속들이 좋아하게 되었고 시의

---

23) 휘그당의 유명한 정치가이자 정치 사상가인 에드먼드 버크(Edmund Burke, 1729~1797)는 독점 선거구(한 사람이나 한 집안에 의해 통제되는 선거구)를 통해 국회 의원이 되었다.

운율이나 중세주의에 기울이던 만큼 열렬한 관심을 쏟으며 정치 상황을 연구했다. 도러시아가 있는 곳에 머물려는 욕망만 아니었더라면, 그리고 달리 해야 할 일을 알지 못했기 때문이 아니었다면 당시 윌이 영국인들의 요구 사항에 대해 심사숙고하거나 영국 정치인들을 비판하는 데 전념하지 않았으리라는 것은 부정할 수 없다. 아마도 이탈리아를 방랑하면서 희곡 몇 편을 구상하고 산문을 써 보려다가 너무 무미건조하다고 느끼거나 시를 써 보려 하다가 너무 인위적이라고 느끼고, 옛 그림들을 '단편'적으로 모방해 보려다가 '쓸모없는 일'이라서 그만두고는 결국에 자기 수양이 가장 중요하다고 말했을 것이다. 그러면서 정치에서는 전반적으로 자유와 진보의 이념에 열렬히 공감을 표했을 것이다. 우리 의무감은 아마추어리즘을 대체할 어떤 일을, 우리 행동의 본질이 아무래도 좋은 문제가 아니라고 느끼게 해 줄 어떤 일을 종종 기다려야 한다.

래디슬로는 이제 주어진 일을 받아들였다. 비록 지속적으로 노력을 바칠 만한 유일한 것으로 그가 꿈꾸었던, 쉽게 규정할 수 없는 더없이 숭고한 일은 아니었지만 말이다. 삶과 행동이 가시적으로 혼합된 주제들 앞에서 그의 천성은 쉽게 활기를 띠었고, 쉽게 동요하는 반항적 기질은 공적 정신이 타오르도록 일조했다. 캐소본 씨나 로윅에서의 추방에도 불구하고 그는 행복한 편이었다. 실용적 목적을 위해 새로운 지식을 왕성하게 대거 습득했고, 《개척자》가 멀리 브래싱까지 (그 지역이 좁다는 사실에 개의치 말자. 그의 글은 전 세계의 구석구석까지 전달되는 많은 글보다 나쁘지 않다.) 칭송받게 만들었다.

브룩 씨가 이따금 짜증 나게 했지만 그는 그레인지를 방문하는 시간과 미들마치의 숙소로 물러나는 시간으로 일과를 나누고 생활에 변화를 줌으로써 성마른 기분을 풀 수 있었다.

'좀 활기차게 행보하면 브룩 씨는 내각에 들어갈 테고, 그러면 나는 차관이 되겠지. 일반적으로 그런 수순을 밟으니까. 작은 파도들이 모여 큰 파도를 만들고 일정한 무늬를 만들듯이. 캐소본 씨가 나를 교육하면서 바랐던 진로보다는 여기가 더 나아. 그런 직업에서는 너무나 엄격한 선례에 따라 활동이 정해지기 때문에 내가 역행할 수 없을 테니까. 많은 급료나 위신 따위는 관심 없어.' 그는 속으로 말했다.

리드게이트가 말했듯이 윌은 집시 같은 사람이라서 어느 계층에도 속하지 않는다는 느낌을 좋아했다. 그는 자기 일에서 모험을 한다고 느꼈고, 어디를 가든 약간 놀라움을 불러일으킨다는 사실을 기분 좋게 의식했다. 이런 즐거움은 리드게이트의 집에서 도러시아와 우연히 마주쳤을 때 새로운 거리감을 느끼면서 혼란스러워졌고, 그가 사회적 위신을 잃을 거라고 주장한 캐소본 씨에게 분노가 치밀었다. 만일 그 말을 직접 들었더라면 "제게는 사회적 위신이 있었던 적이 없습니다."라고 대답했을 테고, 그의 투명한 피부에 발그레한 색깔이 숨결처럼 재빨리 돌다가 사라졌을 것이다. 그러나 도전을 좋아하는 것과 그 결과를 좋아하는 것은 별개의 문제다.

그동안 《개척자》의 새 편집자에 대한 사람들의 의견은 캐소본 씨의 견해를 수긍하는 쪽으로 기울고 있었다. 윌이 그 훌륭한 집안의 친척이라는 사실은 리드게이트의 훌륭한 인척 관계처럼 유리한 추천장으로 작용하지 않았다. 젊은 래디슬로가 캐소본 씨의 조카이거나 사촌이라는 소문이 돌았다면 "캐소본 씨가 그와 절대 상종하지 않으려 한다."라는 소문도 함께 돌았던 것이다.

"브룩이 그를 선택한 것은······." 홀리 씨가 말했다. "제정신인 사람이라면 절대 하지 않을 일이기 때문이지. 캐소본이 양육비를 들여 교육한 젊은이를 냉대할 때는 틀림없이 그럴 만한 고약한 이유가 있을 거야. 브룩다운 일이지. 말을 팔려고 고양이를 칭찬하는 식으로 터무니없는 행동을 하는 사람이니까."

그리고 다소 시적인 윌의 기묘한 점은 《트럼펫》의 편집인이었던 켁 씨의 주장을 입증하는 것 같았다. 래디슬로에 대한 진실을 밝히자면 그는 폴란드 첩자일 뿐 아니라 머리가 돈 사람이고, 그가 연단에 오를 때 — 그가 기회가 있을 때마다 그랬듯이 순수한 일반 영국인의 체면을 손상한 유창한 달변으로 연설할 때 — 의 초자연적 민첩성과 입심 좋은 언변은 바로 그런 이유로 설명할 수 있다고 켁 씨는 주장했다. 금발의 곱슬머리에 길쭉한 사람이 일어서서 "그가 갓난아이였을 때도 이미 존재하고 있던" 제도에 대해 비판한답시고 몇 시간씩 장광설을 늘어놓는 꼴을 보면 혐오스럽기 그지없었다. 《트럼펫》의 한 중요한 기사에서 켁은 개혁 법안 회의에서 있었던 래디슬로의 연설을 "에너규먼[24]의 폭력 — 과감하고 무책임한 진술과 최신의 값싸고 천박한 지식을 불꽃놀이처럼 화려

24) energumen. 광신자라는 뜻.

한 언변으로 덮어씌우려는 파렴치한 노력"이라고 정의했다.

"어제 기사는 훌륭했네, 켁." 스프래그가 빈정거리려는 의도로 말했다. "그런데 에너규먼이란 게 뭔가?"

"아, 프랑스 혁명 중에 생긴 말입니다." 켁이 말했다.

래디슬로의 이 위험한 면모는 사람들의 입에 오르내린 다른 습성과 묘하게 대조되었다. 그는 어린아이들을 좋아했는데 예술가적 기질에서, 또한 다정한 마음에서 그러했다. 곧잘 걸어 다닐 수 있는 어린아이일수록, 아이들 옷이 우스울수록 아이들을 놀래고 즐겁게 해 주기를 더 좋아했다. 알다시피 그는 로마에서 가난한 사람들 사이를 돌아다니곤 했고, 그 취향은 미들마치에서 사라지지 않았다.

어떻게 해서인지 그는 우스꽝스러운 어린아이들을 한 무리 모았다. 닳아빠진 반바지에 꽉 끼는 셔츠는 늘어지고 모자도 쓰지 않은 어린 사내아이들, 머리카락을 흔들면서 곁눈질로 그를 바라보는 어린 여자아이들, 그리고 그들의 보호자 격인 일곱 살이나 먹은 성숙한 오빠들이었다. 호두를 줍는 철이 되면 이 무리를 이끌고 햇셀 숲으로 집시처럼 소풍을 나갔고, 날씨가 추워진 후에는 맑은 날을 골라서 아이들을 데리고 언덕 비탈의 우묵 파인 곳에 가서 나뭇가지를 모아 모닥불을 피웠으며, 아이들을 위해 생강 빵을 꺼내 작은 잔치를 열고, 집에서 만든 인형들을 가지고 즉흥으로 펀치와 주디 인형극을 공연했다. 이것이 한 가지 기묘한 점이었다. 또 하나는 그가 친하게 지내는 집에서 카펫에 몸을 쭉 뻗고 드러누워 이야기를 나눈다는 것이었다. 어쩌다 그 집을 방문한 사람들은 이런 자세로 있는 그를 보기 마련이었고, 이처럼 파격적인 행동은 그의 위험한 혼혈 혈통과 전반적 방종에 대한 생각을 확인시켜 주었다.

그러나 당파가 새로 엄밀히 나뉘면서 개혁을 지지하는 쪽으로 구분된 가정에서는 윌의 기사와 연설 때문에 당연히 그에게 호감을 나타냈다. 불스트로드의 집에도 초대를 받았는데 여기서는 물론 카펫에 드러누울 수 없었다. 불스트로드 부인은 그가 가톨릭 국가들에 대해서 마치 적그리스도와 휴전이 가능한 듯이 말한 방식이 지식인들에게서 흔히 찾아볼 수 있는 불건전한 성향을 보여 준다고 느꼈다.

하지만 얄궂게 전개되는 사건들로 인해 시국 동향에 관해서는 불스트로드와 같은 편[25]이 된 페어브라더의 집에서 그는 부인들의 총애를 받았다. 특히 체구가 작은 노블 양이 그러했으니 작은 바구니를 든 그녀를 거리에서 만나면 그는 사람들이 보는 앞에서 그녀에게 팔을 내밀었고, 그녀가 자기 몫에서 훔쳐 온 달콤한 음식을 나눠 주러 가는 곳에 함께 가겠다고 고집을 부리면서 동행하는 것도 기묘한 부분 중 하나였다.

그러나 그가 가장 자주 찾아가서 카펫에 가장 많이 드러누운 곳은 리드게이트의 집이었다. 두 남자는 비슷한 점이 전혀 없었지만 그럼에도 사이가 좋았다. 리드게이트는 퉁명스럽기는 했어도 짜증을 잘 내지 않았고, 건강한 사람의 공상에

25) 서로 성향과 관점이 다르지만 불스트로드와 페어브라더가 모두 휘그당에 속한다는 의미.

좀처럼 관심을 두지 않았다. 래디슬로는 자신의 민감한 감수성을 주목하지 않는 사람에게 감정을 낭비하지 않았다. 로저먼드에게는 골을 내기도 하면서 제멋대로 굴었다. — 아니 이따금 무례하게 굴어서 로저먼드를 무척 놀라게 했다. 그럼에도 그는 그녀와 함께 음악을 연주했고, 다양한 이야기를 들려주었으며, 진지하게 몰두하는 일이 없었기에 그녀의 즐거움에 점점 필요한 사람이 되고 있었다. 남편은 다정하고 그녀가 하고 싶은 대로 해 주었지만 자기 일에 진지하게 몰두하고 있었기에 이따금 그의 태도가 불만스러웠고, 의사업에 대한 그녀의 반감은 더 확고해졌다.

리드게이트는 사람들이 병리학의 열악한 상태에 대해서는 전혀 관심을 두지 않으면서 '그 법안'의 효력에 대해서는 미신처럼 믿는 것을 빈정거리고 싶었으므로 때로 월에게 골치 아픈 질문을 퍼부었다. 3월 어느 날 저녁 로저먼드가 목둘레에 백조의 솜털 장식이 붙은 체리색 드레스를 입고 탁자에 앉아 있었다. 방금 들어온 리드게이트는 바깥일에 지친 나머지 난롯가의 안락의자에 비스듬히 앉아서 팔걸이 위에 다리를 올려놓고 있었다. 《개척자》 칼럼을 눈으로 훑던 그의 이마에 약간 괴로운 기색이 어렸다. 로저먼드는 남편이 심란해하는 것을 알아채고는 그를 바라보지 않으면서 자신은 음울한 기질을 갖고 있지 않아 다행이라고 생각했다. 윌 래디슬로는 양탄자에 누워 커튼 봉을 멍하니 바라보며 「그대의 얼굴을 처음 보았을 때」의 곡조를 콧노래로 낮게 흥얼거렸다. 좁아진 공간에서 함께 큰대자로 엎드려 있던 스패니얼이 강력하게 항의하는 얼굴을 앞발 사이에 올려놓고 카펫을 점령한 남자를 말없이 쳐다보았다.

로저먼드가 차를 갖다주자 리드게이트는 신문을 내려놓고 월에게 말했다. 월은 깜짝 놀라 일어나서 탁자로 갔다.

"자네가 브룩을 개혁적인 지주라고 부풀려 봐야 아무 소용 없네, 래디슬로. 《트럼펫》에서 그의 결함을 더 들춰낼 뿐이지."

"상관없어. 《개척자》를 읽는 사람들은 《트럼펫》을 읽지 않으니까." 월이 차를 한 모금 마시고 나서 서성이며 말했다. "자네는 대중이 전향할 목적으로 신문을 읽는다고 생각하나? 그러려면 복수심으로 약을 달이는 마녀가 있어야겠지. '섞어라, 섞어라, 섞어라, 섞어라, 너도 섞일 것이니.'[26] 그러다 자신이 어느 쪽을 선택하려 했는지 아무도 모를 거야."

"페어브라더는 브룩에게 기회가 오더라도 선출되지 못할 거라고 생각하네. 그를 지지한다고 공언한 사람들이 나중에 적절한 때가 되면 다른 사람을 내세울 거라고."

"시도를 해 보더라도 해로울 것은 없네. 자기 고장에 상주하는 국회 의원이 있다는 것은 좋은 일이지."

"어째서?" 리드게이트는 이 곤란한 단어를 퉁명스러운 어조로 입에 올리곤 했다.

"그들은 지방의 미련한 자들을 잘 대변하거든." 월은 웃으면서 곱슬머리를 흔들었다. "그리고 이웃 주민들 사이에서 최대

---

26) 영국의 극작가 토머스 미들턴(Thomas Middleton, 1570?~1627)의 희곡 「마녀」 5장 1막에 나오는 전통적인 노래.

한 모범적으로 처신할 테니까. 브룩이 나쁜 사람은 아니야. 하지만 자기 사유지에서 몇 가지 좋은 일을 했는데 국회 의원이라는 미끼를 물 생각이 없었으면 그런 일을 절대 하지 않았을 걸세."

"공인이 되기에 적합하지 않은 사람이네." 리드게이트가 경멸하듯이 단호하게 말했다. "그를 믿었던 사람을 모두 실망시킬 거야. 병원에서 그 사실을 알 수 있었네. 다만 병원에서는 불스트로드가 고삐를 잡고 그를 몰고 있지."

"자네가 공인의 기준을 어떻게 정하느냐에 따라 다르네." 윌이 말했다. "그는 이번 경우에는 꽤 적합해. 사람들이 지금처럼 마음을 정할 때는 어떤 인간이 아니라 그저 표를 원하는 거라네."

"그건 자네처럼 정치 논평을 쓰는 사람들의 관행일세, 래디슬로. 어떤 법안이 만병통치약이라도 되는 양 찬사를 퍼붓고, 치료할 질병의 일부분인 사람들을 칭찬해 대고 말이야."

"그래서는 안 될 이유가 있나? 사람들은 알지 못하는 사이에 지상의 질병을 치료하는 데 도움이 될 수도 있다네." 윌은 예전에 생각해 보지 않은 어떤 문제에 대해서도 즉흥적으로 이유를 찾아낼 수 있었다.

"그렇다고 이 특정 법안에 대해 미신처럼 과장된 희망을 불어넣으면서 그 법안을 송두리째 삼켜 읊어 대는 것 외에는 아무짝에도 쓸모없는 앵무새를 입후보자로 올려 보내라고 돕는 데 대한 핑계가 될 순 없네. 자네는 부패에 맞서고 있는데, 정치적 속임수로 사회가 치유된다고 사람들을 믿게 만드는 것만큼 철저한 부패도 없어."

"아주 훌륭한 말이네. 하지만 자네가 말한 치유는 어디에선 가 시작되어야 하고, 이 특정한 개혁으로 시작되지 않으면 어 떤 인간들의 품위를 떨어뜨리는 수천 가지 요인이 결코 개선 되지 못한다고 말할 수 있지. 일전에 스탠리[27]가 한 말을 생각 해 보게. 하원은 이런저런 유권자들이 1기니를 받았는지를 심 의하면서 작은 뇌물 문제로 오랫동안 진을 빼 왔지만 사람들 은 그 의원석들이 대량으로 팔렸다는 것을 알고 있다고 말이 야. 국회 의원들에게서 지혜와 양심을 기대하다니…… 당찮은 일이야! 우리가 신뢰할 유일한 양심은 부당한 취급을 받은 계 층의 강력한 의식이고, 도움이 될 최고의 지혜는 상이한 주장 들의 균형을 맞추는 지혜라네. 어느 쪽이 해를 입는가, 이것이 내 기준이네. 나는 부당함을 지지하는 고결한 사람이 아니라 그들의 권리를 지지하는 사람을 지지하네."

"구체적 상황에 관한 그런 일반적인 말은 논점을 교묘히 피 할 뿐일세, 래디슬로. 내가 치료에 도움이 되는 약을 인정한다 고 말할 때 통풍의 특정한 증세에 아편을 인정한다는 뜻은 아 니야."

"나는 지금 논의하는 문제를 회피하고 있지 않네. 즉 우리 가 함께 일할 티 없이 깨끗한 사람을 찾을 때까지 아무것도 시도하지 말아야 하는가라는 문제 말이지. 자네라면 그런 식

---

27) 에드워드 조지 스미스스탠리(Edward George Geoffrey Smith-Stanley, 1799~1869). 더비 백작은 1830~1833년에 아일랜드의 국무 장관이었다.

으로 행동하겠나? 만일 의료 개혁을 떠맡을 사람이 한 명 있고 그에 반대하는 사람이 있다면 자네는 어느 쪽의 동기가 더 훌륭한지 혹은 누구의 두뇌가 더 나은지를 알아볼 텐가?"

"아, 물론……." 리드게이트는 자신도 종종 사용했던 수로 궁지에 몰린 것을 느끼며 말했다. "손닿는 곳에 있는 사람들과 함께 일하지 않으면 상황이 막다른 골목에 봉착하겠지. 불스트로드에 대한 최악의 평가가 진실이더라도 그가 내가 잘 알고 가장 관심 있는 분야에서 이뤄져야 한다고 생각하는 것을 이룰 만한 판단력과 결의를 지녔다는 사실은 진실성이 떨어지지 않네. 다만 그 바탕 위에서 나는 그와 협조하고 있어." 리드게이트는 페어브라더 씨의 조언을 떠올리며 다소 당당하게 덧붙였다. "다른 점에서는 그가 내게 아무것도 아니라네. 나는 그를 사적인 이유에서는 칭찬하지 않을 걸세. 그런 일은 피할 거야."

"그럼 자네 말은 내가 사적인 근거에서 브룩을 칭찬한다는 뜻인가?" 윌 래디슬로가 화가 나서 날카롭게 반박했다. 리드게이트 때문에 기분이 상하기는 이번이 처음이었다. 어쩌면 자신이 브룩 씨와의 관계 발전을 찬찬히 살펴보지 않으려 했기 때문일 것이다.

"천만에." 리드게이트가 말했다. "나는 그저 내 행동을 설명했을 뿐이네. 자신의 독립성을 확신할 수 있다면, 그리고 직위나 돈 같은 사적 이익을 위해서가 아니라 특별한 목적을 위해 일한다면 동기나 전반적인 행실이 수상쩍은 사람들과도 협력할 수 있다는 뜻일세."

"그렇다면 자네는 그 너그러운 생각을 다른 사람들에게도 적용하는 것이 어떻겠나?" 월은 여전히 화가 풀리지 않은 채 말했다. "자네의 독립성이 중요하듯이 내 개인적 독립성도 내게는 아주 중요하네. 자네가 불스트로드에게 사적으로 품은 기대가 있다고 내가 상상할 이유가 없듯이 자네도 내가 브룩 씨에게 사적으로 뭔가 기대한다고 상상할 이유가 없네. 동기는 명예가 달린 문제이고 — 어느 누구도 동기를 입증할 수 없네. 하지만 돈과 세속적 지위에 관해서라면……." 월은 머리를 뒤로 젖히면서 말을 맺었다. "내 결정에 그런 것이 개입되지 않았음은 꽤 분명하다고 생각하네."

"내 말을 오해했어, 래디슬로." 리드게이트가 놀라서 말했다. 그는 스스로를 정당화하는 데 몰두하고 있었기에 래디슬로가 자기 자신과 관련해서 논의를 전개하리라고는 예상하지 못했다. "의도치 않게 기분을 상하게 해서 미안하네. 사실 나는 자네가 세속적 이익을 등한시하는 낭만적 성향이 있다고 생각하네. 정치 문제에 관해서 그저 지적인 편견을 언급한 걸세."

"오늘 저녁에 두 사람은 무척이나 불쾌하게 구는군요!" 로저먼드가 말했다. "왜 돈 이야기가 나와야 하는지 모르겠어요. 정치와 의학만으로도 불쾌한 말다툼거리로 충분한데 말이죠. 당신들은 그 두 가지만 놓고도 온 세상과 그리고 서로 간에 끝없이 말다툼할 수 있을 거예요."

로저먼드는 중립적으로 보이는 표정으로 부드럽게 말하고는 일어나서 종을 울리고 방을 가로질러 일거리가 있는 탁자로 갔다.

"가엾은 로지!" 그녀가 옆을 지나갈 때 리드게이트는 손을 내밀며 말했다. "천사들에게는 논쟁이 즐겁지 않겠지. 음악을 들려줘요. 래디슬로에게 함께 노래하자고 해요."

윌이 돌아갔을 때 로저먼드가 남편에게 말했다. "오늘 저녁에 왜 화가 났어요, 터시어스?"

"내가? 기분이 상한 건 래디슬로였소. 그는 부싯깃 같아."

"그런데 내 말은 그 이전에 말이에요. 집에 들어오기 전에 뭔가 화가 날 일이 있었지요? 당신은 성난 표정이었어요. 그래서 래디슬로 씨와 논쟁을 벌인 거예요. 당신이 그런 표정일 때 나는 무척 속상해요, 터시어스."

"그랬나? 그럼 내가 짐승이로군." 리드게이트는 뉘우치듯이 그녀를 어루만지며 말했다.

"무엇 때문에 화가 났어요?"

"아, 바깥일들, 사업적인 일이오."

실은 가구 대금을 요청하는 청구서였다. 하지만 로저먼드는 곧 출산할 예정이었고, 리드게이트는 그녀를 조금도 불안해하지 않도록 보호해 주고 싶었다.

47장

진실한 사랑은 결코 헛되이 사랑하지 않는다,
가장 진실한 사랑은 가장 고결한 이득이므로.
그것은 어떤 기술로도 만들 수 없고
원소들이 육성되는 곳에서 싹터야 한다.
그래서 하늘이 정한 곳과 시간에
그 작은 자생의 꽃이 돋아난다,
아래를 향한 뿌리와 위를 향한 눈,
땅과 하늘이 만든 모습 그대로.

월 래디슬로가 리드게이트와 사소한 논쟁을 벌인 것은 우연히도 토요일 저녁이었다. 그 논쟁 때문에 그는 집에 돌아갔을 때 밤의 절반을 지새우며 자신이 미들마치에 정착하고 브룩 씨의 일에 스스로를 얽매는 과정에서 생각했던 것들을 짜증스러운 기분으로 돌아보게 되었다. 결정을 내리기 전에 느꼈던 망설임은 이후에 제안을 받아들이지 않는 편이 더 현명했으리라는 암시에 민감하게 반응했다. 그래서 리드게이트에게 화를 냈고, 그 열기로 여전히 불안하게 동요하고 있었다. 스스로 바보짓을 하고 있었던 건 아닐까? 그것도 자신이 바보보다는 낫다고 점점 생각하고 있던 시점에. 그런데 대체 뭘 위해서?

글쎄, 명확한 목적은 없었다. 사실 어렴풋이 가능한 일들을 떠올리기는 했다. 열정과 사고력을 가진 사람치고 자기 열정의 결과를 생각하지 않을 사람은 없을 테니까. — 희망으로 열정을 달래거나 두려움으로 열정을 괴롭힐 이미지들을 떠올리면서 말이다. 그러나 우리 모두에게 일어나는 이런 일들이 어떤 사람에게는 상당히 다른 식으로 일어난다. 그리고 윌은 "대로를 벗어나지 않는" 분별력 있는 사람이 아니었다. 그에게는 샛길이 있었고, 거기에는 대로에서 유유자적하며 말을 달리는 신사들이 다소 바보 같다고 생각했을 직접 고른 작은 장난감들이 있었다. 그가 도러시아에 대한 감정에서 스스로 행복을 끌어낸 방식은 한 예를 보여 준다. 캐소본 씨가 그에 대해 품었던 평범하고 천박한 상상 — 도러시아가 미망인이 될 테고, 그가 그녀의 마음속에 심어 놓은 관심 때문에 그를 남편으로 받아들이리라는 상상 — 이 그에게 유혹적이거나 매력적으로 보이지 않았다는 것은 이상하게 보일지 모르지만 사실이다. 그는 상상 속의 '다른 세계'를 통해 현실에서 천국을 만들어 내는 사람들처럼 그런 사건이 일어나는 장면에 머물지도, 그것을 추구하지도 않았다. 비열하다고 비난받을 생각을 마음에 품고 싶지 않았고, 이미 배은망덕하다는 비난에서 스스로를 변호해야 했기에 마음이 불편했기 때문만은 아니었다. 남편이 존재한다는 사실 외에도 자기와 도러시아 사이에 많은 장벽이 있다는 잠재된 의식 때문에 그의 상상력은 캐소본 씨의 신상에 닥칠지 모를 일을 추측하려 들지 않았다. 또 다른 이유도 있었다. 알다시피 윌은 자신의 수정에 조그마한 흠집이라도 보이는 것은 생각조차 할 수 없었다. 그는 도러시아가 자기를 바라보고 말을 건넬 때의 차분하고 스스럼없는 태도에 화도 나고 즐겁기도 했다. 그리고 있는 그대로의 그녀를 생각할 때 너무나 절묘한 기쁨을 느꼈으므로 그녀를 어떤 식으로든 바꾸어 놓을 변화를 바랄 수 없었다. 아름다운 멜로디를 길거리용으로 편곡한다면 우리도 외면하고 싶지 않을까? 혹은 끌로 다듬거나 조각을 새긴 어떤 희귀한 것, 몰래 훔쳐보기 위해 고통을 치렀어도 환희를 느끼며 곰곰이 되돌아보았던 것이 실은 진귀하지 않아서 일상적인 소유물처럼 손에 넣을 수 있다는 소식에 움츠러들지 않을까? 우리의 선량함은 우리 감정의 특성과 넓이에 달려 있다. 이른바 인생의 견고한 사물에는 거의 관심이 없고 그 미묘한 작용에 큰 관심을 느꼈던 월에게 도러시아에 대한 감정 같은 것을 마음에 간직하는 것은 큰 재산을 상속받은 것과 다름없었다. 다른 이들은 쓸데없는 정념이라고 불렀을 것이 그의 상상력에는 기쁨을 더해 주었다. 그는 마음의 너그러운 흐름을 의식했고, 또한 자신의 상상력을 매료시켰던 고귀한 연애시의 진실성을 직접 경험으로 입증하고 있다고 생각했다. 도러시아가 그의 영혼의 옥좌에 영원히 앉아 있을 거라고 그는 혼자 말했다. 다른 여자들은 그녀의 발받침에도 닿을 수 없었다. 그녀가 자신의 내면에 미친 영향을 불멸의 음절로 쓸 수 있었더라면 그는 늙은 드레이턴이 예시한 대로 자랑했을 것이다.

이후의 여왕들은 그녀에게 남아도는 칭송을 물려받고

기뻐하며 살겠지.[28]

그러나 이런 결과가 빚어질지 의문이었다. 그러면 그는 도러시아를 위해 달리 무엇을 할 수 있을까? 그의 헌신이 그녀에게 어떤 가치가 있을까? 알 수 없는 일이었다. 그는 그녀의 손길이 미치지 않을 곳으로는 가지 않을 것이다. 그녀가 그와 말할 때처럼 소박한 신뢰를 갖고 그녀의 친지에게 이야기를 건네는 것은 본 적이 없다. 그녀는 그가 머물면 좋겠다고 딱 한 번 말했다. 그러니 머물 것이다. 불을 내뿜는 용들이 쉭쉭거리면서 그녀를 감싸고 지키더라도.

윌의 망설임은 늘 이런 결론에 이르렀다. 그러나 자기 결심에 대한 반박이나 반발도 없지 않았다. 그는 이날 밤에 그랬듯이 브룩 씨를 상관으로 모시고 공적인 일에 노력을 바치는 일이 자신이 원하는 만큼 영웅적으로 보일 수 없다는 외부의 비판에 종종 화가 났고, 이것은 짜증을 느끼게 하는 또 다른 이유 — 도러시아를 위해 품위를 희생하고 있음에도 그녀를 거의 볼 수 없다는 것 — 와 늘 관련되어 있었다. 이 불쾌한 사실은 반박할 수 없었기에 그는 자신의 가장 강렬한 성향에 반박하며 말했다. "나는 바보야."

그럼에도 내적 논쟁은 필연코 도러시아에게로 향할 수밖에 없었기에 예전에도 그랬듯이 그녀가 자신에게 어떤 존재인지

---

28) 엘리자베스 시대의 시인 마이클 드레이턴(Michael Drayton, 1563~1631)이 쓴 연작 소네트 『관념의 거울』의 일부.

를 더욱 생생하게 실감하는 것으로 끝나고 말았다. 그러다 불현듯 이튿날이 일요일이라는 것이 떠오르자 그녀를 보러 로윅의 교회에 가겠다고 결심했다. 그는 이 생각을 하면서 잠이 들었지만 합리적인 아침 햇살을 받으며 옷을 갈아입을 때 반대 의견이 떠올랐다.

'이건 캐소본 씨의 방문 금지에 실제로 도전하는 거야. 도러시아가 불쾌해할 거야.'

'말도 안 돼!' 찬성 의견이 말했다. '이 봄날 아침에 아담한 시골 교회에 가지 못하게 막는다면 괴물 같은 인간이지. 도러시아는 기뻐할 거야.'

'캐소본 씨는 분명 네가 그를 괴롭히거나 도러시아를 보러 왔다고 생각할 거야.'

'내가 그를 괴롭히러 간다는 건 사실이 아니야. 그리고 도러시아를 보러 가서는 안 될 이유가 어디 있어? 그는 모든 걸 독차지하고 늘 편안하게 지내야 하나? 다들 어쩔 수 없이 그렇듯이 그도 좀 고통을 받으라고 해. 나는 그 교회와 신도들의 예스러운 멋을 늘 좋아했어. 게다가 터커 부부를 알아. 그들의 자리에 가 앉을 거야.'

이렇게 불합리한 논리로 반대 의견을 침묵시키고 난 후 윌은 마치 낙원으로 가듯이 로윅을 향해 걸음을 옮겼고 핼셀 공유지를 지나 숲 가장자리를 따라갔다. 새싹이 움트는 나뭇가지들 아래로 햇살이 환히 쏟아져 내려 아름다운 이끼와 땅을 가르고 나온 신록의 풀들이 선명히 드러났다. 온 세상이 주일이라는 것을 알고, 그가 로윅의 교회에 가는 데 찬성하는 것 같았다. 기분을 거스르는 것이 없을 때 윌은 쉽게 행복을 느꼈고, 이제는 캐소본 씨를 화나게 하는 것도 좀 재미있게 여겨져서 비록 찬사를 받을 일은 아니었지만 물 위에 퍼지는 햇살처럼 보기 좋은 명랑한 웃음을 터뜨렸다. 하지만 우리 대부분은 우리 길을 가로막는 사람을 가증스러운 존재로 단정해 버리는 경향이 있고, 그 사람으로 인해 우리 마음속에 일어나는 혐오감을 그에게 조금 일으키더라도 개의치 않는다. 윌은 겨드랑이에 작은 책을 끼고 양손을 호주머니에 넣은 채 책은 보지도 않고 노래를 부르며 걸어갔고, 교회 안에 있을 때와 밖으로 나올 때 일어날 장면들을 상상해 보았다. 또한 직접 지은 시에 적절할 곡조를 붙이거나 기존의 선율에 맞추기도 하고 즉흥적으로 곡조를 만들어 보기도 했다. 시어들이 정확히 말해서 찬송가는 아니었지만 이 일요일에 느끼는 감정에 분명 잘 들어맞았다.

이런, 이런, 내 사랑은
얼마나 빈약한 음식을 먹고 사는가!
여기 존재하지 않는 한 번의 스침, 한 가닥 광선,
사라져 버린 한 그림자.

가까이 다가올지 모를 꿈같은 숨결,
깊은 곳에서 메아리치는 목소리,
나를 소중히 여길 거라는 생각,
그네를 알았던 곳,

추방당한 두려움의 전율,

저지르지 않은 죄악 —

이런, 이런, 내 사랑은

얼마나 빈약한 음식을 먹고 사는가!

때로 모자를 벗어 고개를 젖히고 노래를 부르며 섬세한 목을 드러냈을 때 그는 대기에 완연한 봄의 화신처럼, 불확실한 전망이 넘치는 화사한 인물처럼 보였다.

로윅에 도착했을 때 아직 교회 종이 울리고 있었다. 그는 다른 사람들이 교회에 들어가기 전에 먼저 들어가서 부목사의 좌석으로 갔다. 하지만 신도들이 자리를 잡고 앉았을 때 그는 여전히 혼자였다. 부목사의 좌석은 작은 설교단 입구에 있는 목사석의 반대편이었고, 윌은 시골뜨기들의 얼굴을 둘러보면서 도러시아가 오지 않을지도 모른다는 불안감을 잠시 느꼈다. 하얗게 칠한 벽과 검은색의 낡은 신도석에서 신도들은 한 해가 시작해서 끝날 때까지 거의 변함이 없었고, 세월이 흘러 여기저기 부러져도 새로운 가지를 내뻗는 나뭇가지들과 다르지 않아 보였다. 리그 씨의 개구리 얼굴은 이질적이고 기묘하게 보였지만 기존 질서에 이 충격이 더해졌음에도 불구하고 월 가족과 시골 혈통의 파우더렐 가족은 신도석에 예전처럼 나란히 앉아 있었다. 형제 새뮤얼의 뺨은 변함없이 새빨갰고, 오두막에 사는 점잖은 소작인 삼대가 예전처럼 대체로 윗분들에 대한 의무감을 느끼며 들어섰다. 어린아이들은 검은 가운을 입고 가장 높은 자리에 앉아 있는 캐소본 씨를 윗분들의 우두머리이자 화를 내면 가장 무서운 사람으로 여겼을 것이다. 1831년에도 로윅은 평화로웠고, 주일의 엄숙한 설교에 동요하지 않았듯이 개혁 바람에도 동요하지 않았다. 신도들은 예전에 교회에서 윌을 보곤 했기에 노래를 부를 때 그가 두각을 드러내기를 기대한 성가대원 외에는 아무도 그를 그리 주목하지 않았다.

이 기묘한 배경에 마침내 도러시아가 나타났다. 흰 비버 모자와 회색 망토를 걸치고 짧은 복도를 걷는 그녀는 바티칸에서 보았던 차림새 그대로였다. 들어오면서 성상 안치소를 바라보았기에 그녀는 근시인 눈으로도 곧 윌을 알아보았다. 하지만 그를 지나칠 때 약간 창백해진 얼굴로 무겁게 고개를 숙였을 뿐 아무 감정도 드러내지 않았다. 놀랍게도 윌은 갑자기 마음이 불편해졌고, 서로 고개를 숙여 인사한 다음에는 감히 그녀를 바라볼 수 없었다. 이 분 후 캐소본 씨가 제의실에서 나와 그녀의 정면에 앉았을 때 윌은 더욱 몸이 굳어 버린 느낌이었다. 그는 제의실 문 너머 작은 특별석에 앉은 성가대 외에 아무것도 바라볼 수 없었다. 도러시아는 어쩌면 고통을 느꼈을 테고, 그는 한심하게도 큰 실수를 저지른 것이다. 캐소본 씨를 괴롭히는 일도 더는 즐겁지 않았다. 캐소본 씨는 아마 그를 지켜보면서 그가 감히 고개도 돌리지 못하는 것을 보았을 테니 더 유리한 입장이었다. 왜 이런 일을 미리 상상하지 못했을까? 하지만 자신이 터커 가족 사이에 파묻히지 못하고 그 네모진 신도석에 혼자 앉으리라고는 예상할 수 없었다. 새 목사가 책상에 앉아 있는 것으로 보아 터커 가족은 로윅을 완전히 떠났음이 분명했다. 이제 그는 도러시아를 바라볼 수 없으리라는 것, 아니 그가 왔다는 사실을 그녀가 무례하게 여길지 모른다는 것을 예상하지 못했기에 스스로를 바보라고 불렀다. 그렇지만 새장에 갇혀 꼼짝달싹할 수 없었다. 좌석을 응시하거나 여교사처럼 책을 바라보면서 그는 아침 예배가 이처럼 한없이 길었던 적이 없고 자신은 더없이 우스꽝스럽게 보일 거라고 느끼며 몹시 고약하고 참담한 기분이었다. 교회 서기는 래디슬로 씨가 하노버 곡조를 같이 부르지 않자 놀라서 쳐다보고는 감기에 걸린 모양이라고 생각했다.

캐소본 씨는 그날 아침에 설교를 하지 않았다. 축복의 말이 들리고 모두 일어설 때까지 월의 상황은 전혀 달라지지 않았다. 로윅에서는 '윗분'들이 먼저 나가는 것이 관례였다. 월은 자신에게 던져진 주문을 깨뜨리겠다고 갑자기 결심하고서 캐소본 씨를 똑바로 쳐다보았다. 그러나 그 신사의 눈길은 신도석 문의 고리를 향했고, 그 문을 열어 도러시아를 먼저 내보내고는 눈꺼풀을 들지 않은 채 즉시 그녀를 뒤따랐다. 월은 신도석에서 나오는 도러시아와 눈길이 마주쳤고 그녀는 다시 고개를 숙였다. 하지만 이번에는 눈물을 억누르는 듯이 동요한 표정이었다. 월이 따라 나갔지만 그들은 교회 뜰에서 관목 숲으로 이어지는 작은 문을 향해 걸어가고 있었고 단 한 번도 돌아보지 않았다.

그는 그들을 따라갈 수 없어서 아침에 희망찬 마음으로 밟았던 길을 서글픈 마음으로 되돌아올 수밖에 없었다. 빛은 그의 안팎에서 완전히 달라져 있었다.

48장

황금빛 시간은 분명 잿빛으로 변해 가고,
더 이상 춤추지 않고 부질없이 달리려 한다.
바람에 휘날리는 그들의 흰 머리 타래를 나는 바라본다 ──
폭풍에 쫓겨
끊임없이 에워싸이며 서서히 몸을 돌려
나를 바라보는 초췌한 얼굴들.

    교회를 나설 때 도러시아의 괴로움은 무엇보다도 캐소본 씨가 친척에게 말을 걸지 않기로 작정했고 교회에서 윌의 존재가 그들 사이의 괴리를 더욱 뚜렷이 드러냈다는 자각 때문이었다. 윌이 찾아온 것은 다분히 용서받을 만한 일이라고, 아니 자신이 늘 바라던 화해를 위한 우호적인 몸짓이라고 생각했다. 그녀가 생각했듯이 그도 캐소본 씨와 편하게 마주치면 악수도 나누고 친밀한 교류를 다시 시작할 수 있으리라고 여겼을 것이다. 하지만 이제 도러시아는 그 희망이 완전히 사라졌다고 느꼈다. 윌은 전보다 더 멀리 추방된 것이다. 캐소본 씨는 인정하지 않겠다고 거부한 존재가 이처럼 억지로 앞에 모습을 들이밀자 다시금 분노했음에 틀림없었다.
    그날 아침에 캐소본 씨는 숨을 쉬기가 약간 힘들어 몸이 좋지 않았고, 그래서 설교를 하지 않았다. 그러므로 점심 식사 시간에 거의 말이 없었고, 더욱이 윌 래디슬로에 대해서 전혀 언급하지 않았어도 놀라운 일은 아니었다. 그녀는 그 주제에 대해 다시는 입도 뻥긋할 수 없다고 느꼈다. 그들은 일요일에 점심과 정찬 사이의 시간을 대개 따로 보냈다. 캐소본 씨는 서재에 앉아 이따금 졸았고, 도러시아는 내실에서 좋아하는 책들 속에 파묻히곤 했다. 내닫이창 옆 탁자에는 캐소본 씨에게서 읽는 법을 배운 헤로도토스부터 예전부터 좋아하던 파스칼, 키블의 『교회 역년』[29]에 이르기까지 다양한 책들이 조그만 더미를 이루며 쌓여 있었다. 그러나 오늘은 책들을 하나씩 펼쳐 보기만 하고 읽지 않았다. 전부 다 울적해 보였다. 키루스[30]가 탄생하기 이전의 징조들, 유대인의 고대 풍습, 오, 맙소사! 경건한 구절들, 좋아하던 찬송가의 성스러운 선율, 이 모든 것이 목판 위에 올려놓고 두드려 편 곡조들처럼 똑같이 단조로웠다. 심지어 봄날의 꽃과 풀도 잠깐씩 해를 가린 오후의 구름 아래에서 따분하게 몸서리를 치는 것 같았다. 기운을 북돋워 주던 습관적인 사색도 그녀가 유일한 벗 삼아 더불어 살아가야 할 먼 미래의 피로를 담고 있는 듯했다. 가엾은 도러시아가 갈망한 것은 다른 종류의 교류, 아니 보다 충만한 교류였고, 결혼 생활에서 요구되는 부단한 노력으로 인해 그 갈망은 더욱 커져 갔다. 그녀는 늘 남편이 원하는 대로 행동하려

---

29) 19세기 옥스퍼드 운동의 주창자 중 한 사람이자 신학자인 존 키블(John Keble, 1792~1866)이 쓴 대중적인 종교시집.
30) 기원전 6세기 페르시아 제국을 세운 키루스 2세.

애썼고, 남편이 있는 그대로 그녀를 기쁘게 받아들일 때 얻을 평화로운 휴식을 누려 본 적이 없었다. 그녀가 좋아하던 것, 그녀가 자발적 관심을 느끼던 것은 이제 그녀의 삶에서 완전히 배제된 것 같았다. 그것이 허용되더라도 남편과 공유할 수 없다면 차라리 물리치는 편이 나았을 테니까. 윌 래디슬로에 대해서는 남편과 그녀 사이에 처음부터 의견의 차이가 있었다. 그리고 집안 재산 중 윌의 권리에 대한 도러시아의 강렬한 감정을 캐소본 씨가 혹독하게 퇴박 놓은 후 그 사건은 그녀가 옳고 남편이 잘못이지만 자신은 무력하기 그지없다는 사실을 확인하는 것으로 끝나고 말았다. 이 오후에 무력감은 전보다 더 견딜 수 없이 마음을 마비시키고 있었다. 그녀는 자신이 소중히 여길 대상, 그녀를 소중하게 여길 대상을 갈망했다. 햇빛과 비처럼 직접 혜택을 베풀어 줄 일을 갈망했다. 이제 자신이 살아야 할 곳은 실제로 무덤인 것 같았고, 그 안에서 소름 끼치는 노동 장치가 결코 햇빛을 보지 못할 것을 만들어 내고 있었다. 오늘 무덤 입구에 서서 그녀는 열성적인 활동과 동료애가 넘치는 머나먼 세계로 멀어져 가는 윌 래디슬로를, 그가 그녀에게 얼굴을 돌린 채 걸어가는 모습을 바라보았다.

책은 도움이 되지 않았다. 사색도 소용이 없었다. 주일이라서 마차를 타고 최근에 아이를 낳은 실리아를 보러 갈 수도 없었다. 이제 정신적 공허와 불만감에서 달아날 곳이 한 군데도 없었고, 도러시아는 두통을 참듯이 언짢은 기분을 견뎌야 했다.

정찬이 끝난 후 그녀가 평소처럼 책을 읽어 줄 시간이 되었을 때 캐소본 씨는 서재로 가자고 제안했다. 그곳에 난롯불과 촛불을 켜 놓도록 지시했다는 것이었다. 그는 기운을 차린 것 같았고, 뭔가를 골똘히 생각하는 듯했다.

서재에서 도러시아는 탁자에 쌓인 노트들이 새로 정리되었다는 것을 알아차렸다. 이제 그는 그녀가 잘 아는 노트를 그녀의 손에 쥐여 주었다. 다른 노트들의 목차를 적은 것이었다.

"오늘 저녁에는 다른 것 대신 이것을 큰 소리로 읽으면서 연필을 들고 내가 '표시'라고 말하는 곳마다 십자 표시를 해 주면 좋겠소." 그가 말했다. "내가 오랫동안 생각해 왔던 연구 방식 전환 과정의 첫 단계요. 이 일을 해 가면서 당신에게 발췌 원칙을 알려 줄 수 있을 테고, 그럼으로써 당신이 내 목적에 지적으로 협조할 수 있으리라 믿소."

이 제안은 리드게이트와의 잊을 수 없는 면담 이후에 캐소본 씨의 생각이 달라졌음을 드러낸 많은 징후에 더해진 또 다른 징후였다. 처음에는 도러시아와 함께 작업하기를 내키지 않아 하더니 이제는 정반대로 그녀에게 더 많은 관심과 노동을 요구하려는 생각으로 바뀌었던 것이다.

도러시아가 읽으면서 표시를 한 지 두 시간쯤 지나 그가 말했다. "이 노트를, 당신이 괜찮다면 연필도 2층으로 가져가야겠소. 그러면 한밤중에 책을 읽게 될 경우에 이 일을 계속할 수 있겠지. 지루하지 않으리라 믿소, 도러시아."

"저는 늘 당신이 가장 원하는 것을 읽는 것이 좋아요." 도러시아는 소박하게 진실을 말했다. 그녀에게 두려운 것은 애써 책을 읽어 주거나 다른 일을 하더라도 그가 늘 즐거워하지 않는다는 사실이었다.

그가 온갖 질투와 의심을 품고 있음에도 그녀의 진실한 약속과 그녀가 생각하는 가장 올바른 일에 헌신하는 능력을 무조건 신뢰했다는 사실은 도러시아의 어떤 성격적 힘이 주위 사람에게 강렬한 인상을 주었음을 입증했다. 최근에 그는 그녀의 이런 자질을 자신의 특별한 소유물로 생각했고 그것을 독점하고 싶어 했다.

그날 밤에도 낭독 작업이 진행되었다. 젊은 도러시아는 지쳐서 곧 깊은 잠에 빠졌다가 어렴풋이 빛을 느끼며 잠에서 깨었다. 처음에 그 빛은 가파른 언덕을 올랐을 때 갑자기 눈에 들어온 일몰 풍경 같았다. 그녀는 눈을 뜨고 깜부기불이 아직 남은 난롯가의 안락의자에 따뜻한 가운을 두르고 앉아 있는 남편을 보았다. 그는 도러시아가 깨기를 바라면서, 하지만 직접 깨우고 싶지는 않아서 촛불 두 개를 밝혀 놓고 있었다.

"어디 편찮으세요, 에드워드?" 그녀는 곧바로 일어나며 말했다.

"비스듬히 기댄 자세로 있으려니 좀 불편했소. 잠시 여기 앉아 있겠소." 그녀는 난롯불에 장작을 더 얹고 따뜻한 옷을 걸친 다음에 말했다. "책을 읽어 드릴까요?"

"그렇게 해 주면 무척 고맙겠소, 도러시아." 캐소본 씨는 예의 바른 태도로 평소보다 더 온순하게 말했다. "잠이 완전히 깨었소. 정신이 놀랍도록 명료하구려."

"신경이 지나치게 흥분한 상태가 아닌지 걱정이에요." 도러시아는 리드게이트의 주의를 기억하며 말했다.

"아니, 과도하게 흥분한 건 아니오. 생각이 수월하게 전개되고 있소." 도러시아는 감히 고집을 부리려 하지 않고 저녁에 했던 것과 같은 방식으로, 그러나 더 빨리 페이지를 넘기면서 한 시간이 넘게 읽었다. 캐소본 씨는 정신이 더 맑아진 것 같았고, 암시적인 단어를 조금만 들어도 그다음에 무엇이 나오는지를 예상하는 듯이 "그건 괜찮겠소. 거기에 표시하시오."라거나 "다음 장으로 넘어가시오. 크레타에 대한 두 번째 여담은 생략하겠소."라고 말했다. 그의 마음이 수년간 느릿느릿 기어 다녔던 곳을 이제는 새처럼 재빨리 날아다니며 내려다보는 것 같아 도러시아는 내심 무척 놀랐다. 마침내 그가 말했다.

"이제 책을 덮어요, 여보. 내일 다시 시작하겠소. 너무 오래 미뤄 왔는데 이 작업이 완성되면 기쁘겠군. 당신이 보았듯이 발췌 원칙은 현재 기술된 개요대로 서론에서 열거한 주제들 각각에 적절한 예를, 다른 것들과 비교해 균형에 어긋나지 않는 예를 제시하는 거라오. 이 점을 명확히 인지했소, 도러시아?"

"네." 도러시아는 다소 떨리는 목소리로 대답했다. 마음속 깊숙이 절망감이 스며들었다.

"이제 좀 쉴 수 있겠소." 캐소본 씨가 말했다. 그는 다시 누워서 그녀에게 촛불을 끄라고 말했다. 그녀도 누웠다. 방 안의 어둠을 깨뜨린 것은 흐릿하게 빛나는 난로 불빛뿐이었다. 그가 말했다.

"잠들기 전에 부탁할 게 있소, 도러시아."

"무엇인데요?" 가슴이 덜컥 내려앉는 것을 느끼며 도러시아가 물었다.

"내가 죽을 경우에 당신이 내가 원하는 바를 들어줄지 신중히 알려 달라는 거요. 내가 반대하는 일을 하지 않고 내가 바라는 바를 실행하는 데 전념할 것인지 말이오."

갑작스러운 기습은 아니었다. 여러 사건을 통해서 그녀는 남편이 자기에게 새 멍에를 씌우려 한다고 짐작했던 것이다. 그녀는 곧바로 대답하지 않았다.

"거절하는 거요?" 캐소본 씨가 목소리에 날을 세우면서 말했다.

"아뇨, 아직 거절한 건 아니에요." 도러시아가 명확한 목소리로 말했다. 내면에서 자유의 욕구가 불같이 일어나고 있었다. "하지만 너무 엄숙한 일이에요. 그것은 옳은 일 같지 않아요. 제가 무엇에 묶이게 될지도 모르면서 약속하는 것 말이에요. 애정에서 우러나온 것이라면 무엇이든 약속하지 않아도 할 거예요."

"하지만 당신 판단에 따라서 결정하겠지. 나는 내 판단에 순종해 달라고 청하는 거요. 당신은 거절하는군."

"아니, 아니에요!" 도러시아는 상반되는 두려움에 짓눌려 애원하듯이 말했다. "그런데 조금 시간을 두고 생각해 봐도 될까요? 당신에게 위안이 되는 일이라면 무엇이든 하고 싶어요. 하지만 갑자기 맹세를 할 수는 없어요. 더구나 무엇인지도 모르는 일을 하겠다는 맹세라면."

"그렇다면 당신은 내 소망의 성격을 신뢰하지 못한다는 말이로군?"

"내일까지 시간을 주세요." 도러시아는 간청하듯 말했다.

"그럼 내일까지로 합시다." 캐소본 씨가 말했다.

곧 잠이 든 남편의 숨소리가 들려왔지만 도러시아는 잠이 달아나고 말았다. 남편의 잠을 방해하지 않도록 가만히 누워 있으려 애쓰면서 마음은 갈등을 겪었고, 상상력이 나래를 펼쳐 사방으로 뻗어 나갔다. 남편이 장차 구속하려는 자기 행동이 남편의 저서가 아닌 다른 것과 관련되었을 것 같지는 않았다. 오히려 남편은 분명 그녀가 혼란스럽게 뒤섞여 있는 자료들을 헌신적으로 정리하기를 기대할 것이다. 그것은 의심스러운 실례를 들어서 원칙을 증명하는 작업이었고, 그 원칙이란 더더욱 의심스러운 것들이었다. 가엾게도 그녀는 남편의 평생에 걸친 야심이자 역작이었던 모든 신화의 실마리를 전적으로 믿지 못하게 된 것이다. 교육을 별로 받지 못했음에도 이 문제에 관한 그녀의 판단이 그보다 더 옳았다는 것은 그리 놀랍지 않은 일이다. 그가 온 자존심을 걸고 과감히 세우려 했던 이론의 전망을 그녀는 편견 없는 비교와 건전한 분별력의 눈으로 보았으니까. 이제 그녀는 산산이 부서진 미라라고 불러도 좋을 폐허 더미에서 그러모아 이리저리 붙여 놓은 모자이크와 다를 바 없는 전승(傳承)의 파편들을 걸러내며 보내야할 나날들, 수많은 달과 여러 해의 세월을 떠올려 보았다. 태어날 때부터 이미 꼬마 요정처럼 쭈글쭈글하게 시들어 버린 이론을 위해 자료를 가려내는 일을 하면서 말이다. 물론 박력 있게 추진한 박력 있는 과오에는 진실의 태아가 숨을 쉬기 마련이다. 황금을 만들어 내려는 탐색은 동시에 물질에 대한 탐구이기도 하기에 그 영혼이 깃들 화학의 몸을 마련한다. 그래서 라부아지에[31]가 태어난다. 그러나 모든 전승의 씨앗을 이루는 요소들에 대한 캐소본 씨의 이론은 알지 못하는 사이에 새로운 발견들과 부딪쳐 상처를 입을 일도 없을 것 같았다. 그 이론은 소리의 유사성 때문에 그럴듯해 보인 어원 연구처럼 불확실하고 가변적인 추론들 사이에서 표류했고, 마침내 소리의 유사성으로는 그런 어원론을 세우기 불가능하다는 사실이 드러났다. 그 해석 방법은 '곡과 마곡'[32]의 치밀한 전략보다 더 날카롭게 충돌하는 무언가를 구성해야 할 필요성으로 검증되지도 않았다. 그것은 하늘의 별들을 한데 엮으려는 허무맹랑한 계획처럼 어떤 방해도 받지 않았다. 도러시아는 삶을 더 가치 있게 하는 고귀한 지식에 동참한 것이 아니라 그것이 스스로 드러냈듯이 수상쩍은 수수께끼 알아맞히기 같은 일에 매달려 지루하고 조급한 마음을 번번이 억눌러야 했다! 이제 도러시아는 남편이 왜 자기한테 매달리게 되었는지 잘 이해할 수 있었다. 아마 그의 노고가 세상에 나올 수 있도록 형체를 갖추게 될 단 하나 남은 희망으로 여길 것이다. 처음에 남편은 자신이 하는 일을 잘 알지 못하게 그녀를 멀리하려는 것 같았다. 그러나 무섭게도 절박한 인간적 욕구로 말미암아 점점…… 너무도 신속히 다가올 죽음을 예상하면서…… .

이 생각이 들자 도러시아의 연민은 자기 미래에서 벗어나

31) 앙투안로랑 드 라부아지에(Antoine-Laurent de Lavoisier, 1743~1794)는 현대 화학의 창시자로 간주된다.
32) 「요한 계시록」 20장 8절 세계 종말의 마지막 전투에서 사탄이 이끄는 두 국가.

남편의 과거로 향했다. 아니 그 과거에서 자라난 운명에 맞서 현재 벌이고 있는 그의 힘겨운 투쟁으로 나아갔다. 외롭기 짝이 없는 노고와 자기 불신의 압력에 짓눌려 간신히 숨을 이어 간 야심, 점점 멀어져 간 목표와 더 무거워진 수족, 그리고 이제 마침내 그의 머리 위에 드리워진 떨리는 칼날로! 그녀는 그 삶의 노고를 돕기 위해 그와 결혼하기를 바라지 않았던가? 하지만 그 노고는 그 자체를 위해 자신이 경건하게 봉사할 수 있는 더 위대한 작업일 거라고 생각했었다. 그의 슬픔을 덜어 주기 위해서라도 그렇게 하는 것이 옳을까? 약속한다 해도 과연 가능한 일일까? 쳇바퀴 돌리듯이 끝없이 반복되는 무익한 작업이?

그렇더라도 과연 남편에게 거절할 수 있을까? "그 시들어 가는 갈망을 채워 주지 않겠어요."라고 말할 수 있을까? 그렇게 말한다면 살아 있는 남편을 위해서는 거의 반드시 해야 할 일을 죽은 남편을 위해서는 하지 않겠다고 거부하는 것이나 다름없다. 리드게이트가 말했듯이 남편이 십오 년이나 그 이상을 산다면 그녀는 분명 그를 돕고 그의 뜻에 순종하면서 하루하루를 보낼 것이다.

하지만 살아 있는 자에게 헌신하는 것과 죽은 자에게 헌신하겠다는 막연한 약속은 큰 차이가 있다. 그가 살아서 무언가를 요구할 때는 자유롭게 항의하고 거절할 수도 있다. 아니 그는 그녀가 상상할 수 없는 무언가를 요구하려는 생각이 아닐까? 믿을 수는 없지만 그런 생각이 문득문득 마음을 스쳤다. 자기가 바라는 것이 무엇인지를 분명히 밝히지 않고 오로지 실천하겠다는 약속을 바랐으니 말이다. 아니, 그의 마음은 오로지 자기 저서에 얽매여 있다. 스러지는 그의 생명에 그녀의 생명을 채워 넣어 추구해야 할 목표는 바로 그것이다.

그런데 지금 "아뇨! 당신이 죽으면 난 당신 저서에 손도 대지 않겠어요."라고 말한다면? 이미 상처 입은 마음을 짓뭉개는 일이었다.

네 시간 동안 가만히 누워서 그녀는 이런 갈등을 벌였고, 결국에는 머리도 아프고 혼란스러운 심정에 마음을 정하지 못하고 말없이 기도를 올렸다. 너무 오래 울면서 뭔가를 희구하는 아이처럼 기운 없이 거의 아침이 되어서야 잠이 들었다. 눈을 떴을 때 캐소본 씨는 이미 일어나서 자리에 없었다. 그가 기도를 올리고 아침 식사를 한 다음 서재에 있다고 탠트립이 알려 주었다.

"이렇게 창백한 얼굴은 처음이에요, 마담." 로잔에서 자매와 함께 지내며 보살펴 주던 탠트립은 튼튼한 여자였다.

"내 혈색이 좋은 적이 있었어, 탠트립?" 도러시아는 희미하게 미소를 지으며 말했다.

"혈색이 좋다고는 못 해도 벨기에 장미처럼 발그레하셨죠. 하지만 늘 가죽으로 장정한 책 냄새만 맡고 계시니 뭘 바라겠어요? 오늘 아침에는 좀 쉬세요, 마담. 마담이 편찮으셔서 그 바람도 통하지 않는 서재에 가실 수 없다고 말씀드릴게요."

"아, 아냐! 서두를게." 도러시아가 말했다. "캐소본 씨에게 내가 특히 필요할 거야."

아래층에 내려왔을 때 그녀는 그의 소망을 들어주기로 약속하겠다고 마음을 굳혔다. 하지만 나중에, 오후에 그렇게 할 것이다. 지금 당장은 아니었다.

도러시아가 서재에 들어서자 캐소본 씨는 책을 쌓아 둔 탁자에서 몸을 돌리고 말했다.

"당신이 오기를 기다리고 있었소. 아침에 당장 일을 시작하려 했지만 지금은 좀 몸이 편치 않구려. 아마 어제 너무 흥분해서 그런 것 같소. 지금 밖에 나가서 관목 숲을 한 바퀴 돌 생각이오. 공기가 더 따뜻해졌으니."

"그렇게 말씀하셔서 다행이에요." 도러시아가 말했다. "당신 마음이 어젯밤에 너무 활기를 띠어서 걱정이었어요."

"내가 마지막으로 말한 요점에 대해 결정을 보았으면 싶소, 도러시아. 바라건대 지금 대답해 줄 수 있겠지."

"곧 당신을 따라서 정원으로 나가도 되겠어요?" 도러시아는 이렇게라도 숨 쉴 틈을 약간 마련하고 싶었다.

"삼십 분간 주목 산책로에 있겠소." 캐소본 씨는 이렇게 말하고 밖으로 나갔다.

도러시아는 몹시 탈진한 기분으로 종을 울려 탠트립에게 외투를 갖다 달라고 부탁했다. 몇 분간 가만히 앉아 있었지만 앞선 갈등이 다시 시작된 것은 아니었다. 그저 자기 운명에 "네."라고 말하리라는 느낌뿐이었다. 예리한 칼날로 남편에게 상처를 주리라는 생각을 하면 너무나 무섭고 너무도 무력했기에 온전히 순종하는 것 외에는 다른 도리가 없었다. 그녀는 탠트립이 모자를 씌우고 숄을 둘러 주도록 가만히 앉아 있었다. 옷을 스스로 입는 것을 좋아했기에 꼼짝 않고 있는 것은 그녀에게 흔치 않은 일이었다.

"하느님께서 축복해 주시기를, 마담!" 탠트립은 아름답고 온유한 여자에게 억누를 수 없이 솟아오르는 애정을 느끼며 말했다. 이제 보닛의 끈을 묶었으므로 그녀를 위해 더 해 줄 일이 없었다.

이 말은 극도로 긴장한 도러시아에게 너무나 버거운 것이었기에 그녀는 울음을 터뜨리며 탠트립의 팔에 기대어 흐느꼈다. 그러나 곧 감정을 억누르고 눈물을 닦고는 유리문을 지나 관목 숲으로 갔다.

"서재에 있는 책들을 몽땅 갖다가 당신네 주인을 위해 지하 묘지를 만들면 좋겠어요." 탠트립은 조찬 식당에서 집사인 프랫을 보고 말했다. 알다시피 그녀는 로마에서 고대 유적을 구경한 적이 있었다. 그리고 다른 하인들에게 말할 때 캐소본 씨를 언제나 "당신네 주인"이라고 불렀다.

프랫은 웃었다. 그는 주인을 좋아했지만 탠트립을 더 좋아했다.

자갈길에 들어섰을 때 도러시아는 가까이 무리 지어 서 있는 나무들 사이에서 머뭇거렸고, 예전에도 한번 다른 이유에서 그랬듯이 주저하며 망설였다. 그때는 친교를 이루려는 노력이 환영받지 못할까 봐 두려웠다. 지금은 내키지 않는 친교에 스스로를 옭아맬 곳으로 나아가기가 두려웠다. 법이나 세상의 여론이 그녀에게 강요하는 것은 아니었다. 오로지 남편의 성격과 자신의 연민이, 결혼의 현실적 멍에가 아니라 관념의 멍에가 강요할 뿐이었다. 그녀는 상황을 전체적으로 명료하게 파악할 수 있었지만 그래도 그 족쇄에서 풀려나지 못했다. 자기 영혼에게 간청한 고통받는 영혼을 내칠 수는 없었다. 이것이 나약함이라면 도러시아는 나약한 여자였다. 그런데 이미 삼십 분이 지나고 있어서 더 이상 꾸물거릴 수 없었다. 그녀가 주목 산책로에 들어섰을 때 남편의 모습은 보이지 않았다. 하지만 산책로에는 굽은 길들이 있었다. 그녀는 남편이 쌀쌀한 날씨에 정원을 산책할 때 걸치던 따뜻한 벨벳 모자와 푸른 망토가 보이리라고 기대하며 걸음을 옮겼다. 그가 정자에서 쉬고 있을지 모른다는 생각이 들었다. 그곳으로 가려면 갈라진 샛길로 들어서야 했다. 모퉁이를 돌자 돌 탁자 옆 벤치에 앉아 있는 그의 모습이 눈에 들어왔다. 탁자에 팔을 올려놓고 고개를 숙여 그 위에 이마를 대고 있었다. 푸른 망토가 앞으로 늘어져 양쪽에서 얼굴을 가렸다.

"어젯밤에 남편이 무리했어." 도러시아는 처음에 그가 잠든 줄 알고 정자가 너무 축축해서 쉬기에 좋지 않을 거라 생각하며 중얼거렸다. 그러고는 최근에 그녀가 책을 읽어 줄 때 남편이 다른 자세보다 더 편안한 듯 그런 자세로 있었던 것을 떠올렸다. 남편은 때로 그렇게 고개를 숙인 채 들을 뿐 아니라 말하기도 했다. 그녀는 정자에 들어서서 말했다. "이제 왔어요, 에드워드. 준비가 되었어요."

그가 아무런 반응을 보이지 않아 그녀는 깊이 잠들었나 보다고 생각했다. 그래서 그의 어깨에 손을 얹고 다시 말했다. "준비가 되었어요!" 그래도 그는 움직이지 않았다. 갑자기 혼란스럽고 두려운 마음이 일어 그녀는 몸을 숙여 그의 벨벳 모자를 벗기고 뺨을 머리 가까이 대고는 고뇌에 찬 목소리로 외쳤다.

"일어나요, 여보, 일어나세요! 제 말을 들으세요. 대답하러 왔어요."

그러나 도러시아는 끝내 대답하지 못했다.

그날 늦은 시간에 리드게이트는 그녀의 침대 옆에 앉아 있었다. 그녀는 헛소리를 하면서 떠오르는 생각들을 크게 말했고, 전날 밤에 마음을 스쳤던 것들을 다시 떠올리기도 했다. 그녀는 리드게이트를 알아보고 그의 이름을 불렀지만 그에게 모든 것을 설명해야 한다고 생각하는 듯했다. 그리고 남편에게 설명해 달라고 거듭거듭 부탁했다.

"내가 곧 갈 거라고 전해 주세요. 약속할 준비가 되었다고요. 그저 그것에 대해 생각하려니 너무 두려웠어요. 그래서 아팠어요. 많이 아픈 건 아니니까 곧 나을 거예요. 남편에게 그렇게 말해 주세요."

그러나 남편의 귀를 채운 정적은 결코 깨지지 않았다.

49장

마법사의 주문으로도 풀 수 없을 어려운 일을
이 시골 양반이 해냈지.
우물에 돌을 던지기는 쉽지만
그것을 누가 꺼내 올 수 있으랴?

"도러시아가 이 사실을 알지 못하게 우리가 막을 수 있으면
좋겠어요." 제임스 체팀 경이 이마를 약간 찡그리고 입가에 강
렬한 혐오감을 드러내며 말했다.

그는 로윅의 서재에 있는 난로 앞 깔개 위에 서서 브룩 씨
와 이야기를 나누고 있었다. 캐소본 씨가 땅에 묻히고 난 다
음 날이었고, 도러시아는 아직 병상에서 일어나지 못했다.

"그건 어려울 걸세, 체팀. 알다시피 도러시아가 유언 집행자
이니 말이야. 그 애는 그런 것들, 자산이니 토지니 하는 것들
을 조사하기 좋아한다네. 자기 나름대로 새로운 생각이 있어
서 말이지." 브룩 씨는 불안하게 안경을 고쳐 쓰고는 들고 있
던 종이의 접힌 부분을 만지작거리며 말했다. "그리고 그 애는
실행에 옮기는 걸 좋아할 거야. 유언 집행자로서 틀림없이 책

임을 다하려 할 걸세. 그런 데다 도러시아는 작년 12월에 스물한 살이 되었네. 그러니 내가 막을 방법이 없어."

제임스 체텀 경은 일 분간 말없이 카펫을 응시하더니 갑자기 눈을 들어 브룩 씨를 뚫어지게 쳐다보면서 말했다. "우리가 할 수 있는 일을 말씀드리죠. 도러시아가 건강해질 때까지 모든 일을 숨겨야 합니다. 도러시아가 거동하게 되면 저희 집에 와서 지내야 합니다. 실리아와 아기와 함께 있으면 도러시아에게 제일 좋을 테고 잘 지낼 수 있을 겁니다. 그동안 백부님께서는 래디슬로를 다른 곳으로 보내셔야 합니다. 이 고장을 떠나게 하셔야 해요." 이 부분에서 제임스 체텀 경의 얼굴은 다시 강렬한 혐오감을 드러냈다.

브룩 씨는 뒷짐을 지고 창가로 걸어가서 몸을 약간 흔들며 등을 쭉 펴고 말했다.

"말은 쉽지, 체텀. 말하기야 쉬운 일이라고."

"친애하는 백부님." 제임스 경은 예의 바른 태도로 분노를 억누르며 주장했다. "그를 이곳으로 데려온 분이 바로 백부님이십니다. 그를 여기 두고 있는 분도 그렇고요. 그에게 일자리를 주신 것 말입니다."

"그래, 하지만 아무 이유도 없이 당장 해고할 수는 없네, 친애하는 체텀. 래디슬로는 매우 소중하고 더없이 만족스러운 사람이었네. 나는 그를 데려옴으로써 이 지역에 봉사했다고 생각하네. 그를 데려와서 말이야." 브룩 씨는 몸을 돌려 고개를 끄덕이며 말했다.

"그가 이 지역에 왔다는 사실이 유감입니다. 제가 드릴 말씀은 그뿐이에요. 어떻든 도러시아의 제부로서 저는 도러시아의 친지들이 어떤 식으로든 그를 여기 붙잡아 둔다면 강력하게 반대할 자격이 있다고 생각합니다. 제 아내 언니의 체면과 관련된 일에 제가 발언할 권리가 있다는 것을 바라건대 인정하시겠지요?"

제임스 경의 말은 점점 격해지고 있었다.

"물론, 친애하는 체텀, 물론이네. 하지만 난 자네와 생각이 달라. 다르게 생각한다고······."

"바라건대 캐소본의 이 소행에 대해서는 아니겠지요." 제임스 경이 끼어들었다. "저는 그가 더없이 부당하게 도러시아의 명예를 더럽혔다고 생각합니다. 이보다 더 비열하고 더 신사답지 못한 소행은 결코 없었어요. 결혼할 당시 도러시아의 가족이 모두 알고 가족의 신뢰를 받으며 작성한 유서에 이런 보족서를 붙이다니. 도러시아를 철저히 모욕한 겁니다!"

"글쎄, 알다시피 캐소본은 래디슬로에 대해 좀 비뚤어진 생각을 갖고 있었어. 비틀린 혐오감이랄까 그런 것에 대해서 래디슬로가 그 이유를 말해 줬네. 래디슬로는 캐소본의 관심사인 토트와 다곤[33] 같은 것들을 대단치 않게 생각했고, 캐소본은 래디슬로가 선택한 독립적인 지위가 마음에 들지 않던 걸세. 두 사람 사이에 오간 편지를 보았거든. 가엾은 캐소본은 책에 파묻혀 있었지. 그는 세상을 몰랐던 거야."

"래디슬로는 이 문제를 그런 식으로 윤색할 수 있겠지요."

---

33) 각각 이집트의 지혜의 신과 펠리시테인의 풍요의 신.

5부 죽은 자의 손

제임스 경이 말했다. "하지만 저는 캐소본이 도러시아 때문에 그를 질투했다고 믿습니다. 그리고 세상 사람들은 그가 질투할 만한 근거를 도러시아가 제공했다고 생각하겠지요. 바로 그것이 가장 혐오스러운 점입니다. 도러시아의 이름이 그 청년의 이름과 결부되어 입에 오르내리는 것 말이죠!"

"이보게, 체텀, 아무 일도 일어나지 않을 걸세." 브룩 씨가 의자에 앉아서 다시 안경을 끼며 말했다. "이건 모두 캐소본의 괴벽을 드러내는 한 가지 실례일 뿐이야. 자, 여기 있는 '개요 목차'와 더 나아가 '캐소본 부인이 사용할 것'을 보게나. 이 서류는 유언장과 함께 잠긴 책상에 들어 있었네. 그는 도러시아에게 자기 연구를 출판시킬 생각이었던 거야, 그렇지 않나? 그리고 그 애는 그 일을 할 걸세. 그의 연구에 매우 깊이 관여했으니까."

"백부님……." 제임스 경이 답답한 듯이 말했다. "그건 대수롭지 않은 일입니다. 문제는 젊은 래디슬로를 멀리 보내는 것이 타당하다는 제 의견에 백부님께서 동의하시는가 하는 겁니다."

"글쎄, 아니, 급한 일은 아니야. 차차 동의할 수는 있겠지. 사람들의 뒷공론에 대해서 말하자면, 알다시피 그를 떠나보낸다고 해서 뒷공론을 막을 수 있는 건 아닐세. 사람들은 정확한 출처가 있는 말이 아니라 자기들이 하고 싶은 말을 하니까." 브룩 씨는 자기 소망에 유리한 진실을 예리하게 지적하며 말했다. "내가 어느 정도로는 래디슬로를 내쫓을 수 있겠지. 그에게서 《개척자》를 빼앗고, 또 그런 일을 해서. 하지만 스스로 선택하지 않는 한 그를 이 고장에서 쫓아낼 수 없다네. 그가 원하지 않는다면 말이야."

고작해야 작년 날씨에 대해서 이야기하듯이 조용히 주장하며 말을 끝내고 평소처럼 기분 좋게 고개를 끄덕이는 브룩 씨는 분통 터지게 하는 옹고집쟁이였다.

"맙소사!" 제임스 경은 어느 때보다도 열을 올리며 말했다. "그에게 일자리를 얻어 줍시다. 돈을 쓰자고요. 그가 식민지 총독을 수행해 떠날 수만 있다면! 그램퍼스가 그를 데려갈 겁니다. 제가 풀크에게 편지를 보내서 부탁할 수 있어요."

"하지만 래디슬로는 가축처럼 배에 실려 가지 않을 걸세. 래디슬로는 자기 나름의 참신한 생각이 있는 사람이야. 만일 그가 내일 나와 헤어진다면 자네는 온 나라에 퍼진 그에 관한 소식을 더 많이 듣게 될 걸세. 연설하고 문서를 작성하는 능력이 뛰어나기 때문에 선동가로서 그에게 버금갈 사람이 없네. 선동가로서 말이지."

"선동가라!" 제임스 경은 이 단어의 음절을 신랄하게 되풀이하면 그 가증스러움이 충분히 드러날 거라고 생각하는 듯이 힘주어 말했다.

"합리적으로 생각하게, 체텀. 자, 도러시아를 생각해 보세. 자네 말대로 그 애는 가급적 빨리 실리아에게 가는 것이 좋겠네. 그 애가 자네 집에서 머무는 동안에 조용히 일이 정리될 수 있겠지. 섣불리 방아쇠를 당기지 말자고. 스탠디시가 우리 비밀을 지켜 줄 걸세. 그러면 오랫동안 소문이 돌지 않을 게야. 래디슬로를 멀리 보낼 일이 내가 손을 대지 않아도 스무

가지도 넘게 일어날 수 있네."

"그렇다면 결론적으로 백부님께서는 뭔가 조치를 취하기를 거절하신다는 뜻입니까?"

"거절한다고, 체텀? 아니, 거절한다는 말은 하지 않았네. 하지만 뭘 할 수 있을지 정말 모르겠어. 래디슬로는 신사라고."

"그 말씀을 들으니 반갑군요!" 제임스 경은 너무 화가 나서 잠시 침착함을 잃었다. "분명 캐소본은 신사가 아니었지요."

"자, 그가 도러시아의 재혼을 아예 가로막는 보족서를 붙였으면 더 나빴을 걸세."

"저는 그렇게 생각하지 않습니다." 제임스 경이 말했다. "그랬더라면 덜 야비했을 겁니다."

"가엾은 캐소본의 변덕일 뿐이야! 발작을 일으키고 뇌가 좀 망가졌던 모양이야. 이건 다 공연한 소란이라네. 도러시아는 래디슬로와 결혼하기를 바라지 않는다고."

"그러나 이 보족서를 보면 도러시아가 그것을 원한다고 모두 믿게끔 되어 있습니다. 저는 도러시아와 관련해 그런 것을 전혀 믿지 않습니다." 제임스 경이 말했다. 그러고는 이맛살을 찌푸리며 덧붙였다. "하지만 래디슬로에 대해서는 의심을 품고 있어요. 솔직히 말씀드리면 래디슬로를 의심합니다."

"그런 근거에서 즉각적인 행동을 취할 수는 없네, 체텀. 사실 우리가 그의 짐을 싸서 떠나보내는 것이 가능하더라도, 그를 노픽섬으로 보내거나 그런 일을 할 수 있더라도 그 사실을 아는 사람들 눈에는 도러시아가 형편없이 보일 걸세. 우리가 애를 믿지 못하는 것처럼 보일 거야. 그 애를 불신한다고 말이지."

브룩 씨의 이 주장을 논박할 수 없다고 해서 제임스 경의 분노가 가라앉은 것은 아니었다. 그는 손을 내밀어 모자를 집고 더 이상 이야기를 계속할 생각이 없다는 뜻을 드러내며 흥분이 가라앉지 않은 어조로 말했다.

"친지들이 너무 무심했기 때문에 도러시아가 과거에 희생되었다고밖에는 드릴 말씀이 없습니다. 저는 이제 매제로서 처형을 보호하기 위해 할 수 있는 일을 다 하겠어요."

"되도록 빨리 그 애를 프레싯에 데려가는 것이 최선일 걸세, 체텀. 그 계획에 전적으로 동의하네." 브룩 씨는 논쟁에 이긴 것을 무척 기뻐하며 말했다. 당시에 래디슬로와 헤어진다면 몹시 불편했을 것이다. 국회가 언제든 해산할 수 있고, 유권자들은 지방의 이익에 가장 유리한 노선을 확신할 수 있어야 했다. 브룩 씨는 자신이 의회에 들어감으로써 이런 목적을 확실히 이룰 수 있다고 진심으로 믿었다. 그는 자기 마음의 온 힘을 정직하게 나라에 바쳤다.

50장

"여기 있는 롤러[34]라는 자가 우리에게 뭔가 설교하려 합니다."
"절대로 안 돼! 못 하게 막겠어."
뱃사람이 말했다. "여기서 그는 설교할 수 없어,
복음서를 해석할 수도 가르칠 수도 없어.
우리 모두 위대한 하느님을 믿어." 그가 말했다.
"그는 분쟁의 씨앗을 뿌릴 거야."

— 『캔터베리 이야기』[35]

도러시아가 위험한 질문을 입에 올린 것은 프레싯 홀에서 거의 일주일을 무사히 지낸 다음이었다. 아침마다 실리아와 2층의 가장 예쁜 거실에 앉아 시간을 보냈다. 작은 온실로 연결되는 거실에서 실리아는 바이올렛 꽃다발처럼 흰색과 자주색이 어우러진 옷을 입고 아기의 놀라운 몸짓을 바라보았다. 경험이 없는 마음에 정말 놀랍게 보이는 아기의 행동을 설명해 달라고 현명한 유모에게 부탁하는 바람에 그들의 대화는 자주 끊어졌다. 미망인의 옷을 입고 앉아 있는 도러시아의 표정이 너무 슬퍼 보여 실리아는 화가 났다. 아기는 무척 건강할

---

34) 존 위클리프의 이단적 추종자.
35) 「선원의 이야기」 1177~1182행.

뿐 아니라 사실 그 남편은 살아 있을 때 너무나 지루하고 골치 아픈 사람이었는데, 게다가 또, 글쎄! 물론 제임스 경은 실리아에게 모든 것을 알려 주었고, 어쩔 수 없는 경우가 아니면 도러시아에게 그 사실을 빨리 알리지 않는 것이 대단히 중요하다고 강조했다.

하지만 맡겨진 일이 있을 때 도러시아가 오랫동안 가만히 있지는 않을 거라던 브룩 씨의 예측이 맞았다. 그녀는 결혼할 당시에 작성한 남편의 유언장 내용을 알고 있었다. 그리고 자기 처지를 명확히 인식하게 되자 그녀의 마음은 이제 주인으로서 로윅의 교회를 후원하면서 자신이 해야 할 일에 대해 말없이 생각에 잠기곤 했다.

어느 날 아침에 백부가 여느 때처럼 찾아와서는 의회 해산이 이제 거의 확실하다고 말하면서 평소와 달리 서둘러야 하는 이유를 설명했지만 도러시아는 말했다.

"큰아버지, 이제 로윅의 성직록을 누구에게 맡길지 생각해 봐야 할 듯해요. 터커 씨가 목사로 임명되어 떠난 후에 후임자로 어느 목사님을 염두에 두었는지 남편이 말한 적이 없거든요. 이제 열쇠를 갖고 로윅에 가서 남편의 서류를 살펴봐야겠어요. 그가 무엇을 바랐는지 이야기해 줄 것이 있을 거예요."

"서둘지 마라, 애야." 브룩 씨가 조용히 말했다. "천천히 돌아가도 괜찮아. 내가 책상과 서랍에 있는 것들을 죄다 훑어보았다. 아무것도 없었어. 그저 심오한 주제들뿐이었지. 유언장을 제외하고 말이야. 전부 다 천천히 해도 괜찮아. 성직록에 대해서는 이미 그 이권에 대한 지원자가 있단다. 꽤 괜찮은 사람이라고 말해야겠지. 타이크 씨를 강력히 추천한 사람이 있었단다. 전에도 그가 어떤 직책을 얻는 데 내가 관계했었지. 사도 같은 사람이란다. 네 기호에 적합한 그런 것들을 갖추었어."

"그분에 대해 더 잘 알고 싶어요, 큰아버지. 캐소본 씨가 원하는 바에 대해서 글을 남기지 않았으면 제가 스스로 판단하겠어요. 아마 남편은 유언장에 뭔가를 덧붙였을 거예요. 제게 지시한 부분도 있을 거예요." 도러시아는 남편의 저서와 관련한 추측을 줄곧 마음에 담고 있었다.

"교구 목사직에 대해서는 아무것도 없었단다, 얘야. 전혀 없었어." 브룩 씨는 가려고 일어서서 조카딸들에게 손을 내밀며 말했다. "연구에 관해서도 전혀 없었어. 유언장에는 아무것도 없었단다."

도러시아의 입술이 떨렸다.

"자, 넌 아직 그런 것들에 대해 생각하면 안 돼, 얘야. 천천히 생각하렴."

"이제 완전히 회복했어요, 큰아버지. 힘을 기울여 노력하고 싶어요."

"그래, 그래, 천천히 두고 보자. 하지만 이제 가야겠구나. 요새 할 일이 끝도 없이 많단다. 위기거든. 정치적 위기 말이지. 그리고 여기 실리아와 어린 아들이 있고, 너는 이제 이모가 되었잖아. 나는 할아버지가 되었고." 브룩 씨는 만일 도러시아가 모든 것을 살펴보겠다고 고집을 부린다면 그것은 자기(브룩 씨의) 탓이 아니라고 체텀에게 말할 수 있기를 바라며 그 자리에서 벗어나려고 조용히 서둘러 말했다.

큰아버지가 방을 나서자 도러시아는 다시 의자에 파묻혀서 눈을 내리깔고 포갠 두 손을 바라보며 생각에 잠겼다.

"봐, 도도! 아기를 보라고! 언니는 이런 걸 본 적 있어?" 실리아는 유쾌한 스타카토로 말했다.

"뭐가, 키티?" 도러시아는 다소 멍한 눈을 들며 말했다.

"뭐냐고? 아니 아기 윗입술 말이야. 인상을 쓰려는 듯이 입술을 끌어 내리는 걸 보라고. 놀랍지 않아! 아기도 자기 생각이 있을 거야. 유모가 여기 있으면 좋을 텐데. 아기를 봐."

도러시아가 고개를 들고 미소를 지으려 하자 한동안 눈에 고여 있던 커다란 눈물이 뺨에 굴러떨어졌다.

"슬퍼하지 마, 도도. 아기에게 뽀뽀해 줘. 뭘 그리 곰곰이 생각하고 있어? 난 언니가 최선을 다했다고 믿어. 너무 지나치게 최선을 다했지. 언니는 이제 행복해야 해."

"제임스 경이 나를 로윅에 태워다 줄지 궁금하네. 서류를 검토하고 싶거든. 내게 남긴 말이 있는지 보고 싶어."

"리드게이트 씨가 언니에게 가도 좋다고 말할 때까지는 안 돼. 그런데 아직 그런 말을 하지 않으셨잖아. (자, 유모, 아기를 데리고 발코니를 거닐어 줘요.) 게다가 언니는 늘 그러듯이 머릿속에 잘못된 생각을 갖고 있는 거야, 도도. 난 알 수 있어. 그래서 화가 난다고."

"내가 어떤 점에서 잘못되었니, 키티?" 도러시아가 아주 온순하게 말했다. 그녀는 이제 실리아가 자기보다 더 현명하다고 생각하게 되었고, 자신의 잘못된 생각이 무엇일지 약간 겁을 내며 궁금해했다. 실리아는 자신이 유리하다고 느끼면서 그것을 이용하기로 마음먹었다. 자기처럼 도도를 잘 알고, 도도를 다루는 법을 잘 아는 사람은 없었다. 실리아는 아기가 태어난 후 다시금 확고한 마음과 평온한 지혜를 느꼈다. 아기가 있는 곳에서는 모든 것이 다 옳았다. 혹시 과오가 있더라도 대개는 중심의 균형을 유지하는 힘이 부족한 데 불과했다.

"난 언니가 뭘 생각하는지 아주 잘 알아, 도도." 실리아가 말했다. "언니는 지금 언니가 해야 할 불편한 일이 있는지 알고 싶은 거지. 캐소본 씨가 원했기 때문에. 이미 언니는 고통을 충분히 겪었는데도 말이야. 그리고 그는 그런 대접을 받을 자격이 없어. 언니도 알게 될 거야. 몹시 고약하게 처신했거든. 제임스는 그에 대해 대단히 분개하고 있어. 내가 말해 주는 편이 낫겠지. 언니가 마음의 준비를 할 수 있도록."

"실리아……." 도러시아는 간청하듯이 말했다. "네 말 때문에 고통스러워. 무슨 뜻인지 당장 말해 줘."

"글쎄, 캐소본 씨가 유언장에 보족서를 붙였다는 거야. 언니에게 재산을 상속하지 않겠다고. 만일 언니가 결혼하면, 내 말은……."

"그건 전혀 중요하지 않아." 도러시아는 충동적으로 끼어들며 말했다.

"그런데 언니가 래디슬로 씨와 결혼하면 그렇다는 거야. 다른 사람과 결혼할 때는 상관없고." 실리아는 끈기 있게 조용히 말했다. "물론 어떤 면에서는 전혀 중요하지 않겠지. 언니는 절대로 래디슬로 씨와 결혼하기를 바라지 않을 테니까. 하지만 그렇기 때문에 캐소본 씨가 더 고약하게 보이는 거야."

도러시아의 얼굴과 목이 고통스러울 만큼 붉어졌다. 하지만 실리아는 정신이 번쩍 들게 하는 효과가 있으리라고 생각한 사실을 알려 주고 있었다. 그 사실은 도러시아의 건강에 몹시 해로웠던 생각들을 처리하고 있었다. 그래서 아기 옷에 대해서 말하듯 태평한 어조로 말을 이었다.

"제임스가 그렇게 말했어. 가증스럽고 신사답지 못한 일이라고. 그리고 제임스는 누구보다도 판단력이 뛰어난 사람이야. 캐소본 씨는 언니가 래디슬로 씨와 결혼하기를 원한다고 사람들이 믿게 만들려 했던 모양이야. 진짜 우스꽝스러운 일이지. 제임스는 래디슬로 씨가 돈 때문에 언니와 결혼하고 싶어 하는 것을 막기 위해서라고 말했어. 그가 언니에게 청혼할 생각을 과연 해 보기나 했다면 말이지. 캐드월레이더 부인은 언니가 차라리 흰 생쥐를 갖고 다니는 이탈리아인과 결혼하는 편이 낫겠다고 말했어. 그런데 이제 아기를 보러 가야겠네." 실리아는 조금도 달라지지 않은 어조로 덧붙이고는 가벼운 숄을 두르고 경쾌하게 걸어갔다.

이제 도러시아의 온몸은 다시 차가워졌고, 맥없이 의자에 몸을 파묻었다. 그녀는 이 순간의 경험을 자기 인생이 새로운 형태를 띠어 가고 자신은 변신 과정을 겪고 있으며 기억이 새로운 기관들의 움직임에 적응하지 못하고 있다는 모호하고도 불안한 의식에 비유할 수 있었을 것이다. 모든 것이 새로운 면모를 띠었다. 남편의 행동, 남편에 대한 순종적 감정, 둘 사이의 온갖 갈등, 더 나아가 월 래디슬로와 자신의 모든 관계가. 그녀의 세계는 경련을 일으키며 변하고 있었다. 자신에게 분명히 말할 수 있는 바는 시간을 두고 다시 생각해 보아야 한다는 것뿐이었다. 한 가지 달라진 점은 큰 죄를 짓는 듯이 두려움을 불러일으켰다. 죽은 남편에 대해 격렬하게 터져 나온 혐오감이었다. 그는 몰래 어떤 생각을 품었고, 그녀의 모든 말과 행동을 곡해했을 것이다. 그러고 나서 그녀는 또다시 온몸을 떨게 하는 또 다른 변화를 의식했다. 갑자기 이상하게 일어난 윌 래디슬로를 향한 갈망이었다. 그가 어떤 상황에서든 연인이 될 수 있으리라는 생각은 단 한 번도 떠오른 적이 없었다. 다른 사람이 그를 그런 시각에서 생각했다는 것 — 어쩌면 래디슬로도 그런 가능성을 의식했을지 모른다는 것 — 이 갑자기 드러나고 이와 더불어 부적절한 상황이 급격히 혼란스럽게 떠오르며 곧 풀릴 수 없을 의문들이 밀려들었을 때 어떤 영향을 미쳤을지 상상해 보라.

꽤 긴 시간이 지난 듯했다. 얼마나 지났는지 모르지만 실리아의 목소리가 들려왔다. "됐어요, 유모. 이제 아기를 내 무릎에 앉히면 조용해질 거예요. 가서 점심 드세요. 그리고 개럿에게 옆방에 있어 달라고 해 주세요. 내 생각은, 도도……." 실리아는 도러시아가 의자에 기대어 가만히 있으리라는 것만 보고 말을 이었다. "캐소본 씨가 심술을 부렸다는 거야. 나는 그가 마음에 든 적이 없어. 제임스도 마찬가지고. 입가가 몹시 심술궂게 보였거든. 그런데 이제 이런 식으로 처신한 거야. 언니가 종교 때문에 그에 대해 불편하게 느낄 의무는 없다고 생각해. 그를 데려가셨으면 그게 바로 신의 은총이지. 언니는 고맙게 여겨야 해. 우리는 슬퍼할 필요가 없어, 그렇지, 아가야?"

실리아는 세계의 무의식적 중심이자 균형점에게 다정하게 말했다. 아기의 주먹은 손톱까지도 완벽해서 더없이 놀라웠고, 머리카락도 꽤 있어서 모자를 벗기면 실은 뭔지 모르지만 간단히 말해 서구적으로 생긴 부처 같았다.

이런 위기의 순간에 리드게이트가 방문했고, 그는 들어서자마자 말했다. "전처럼 건강해 보이시지 않는군요, 캐소본 부인. 뭔가 걱정스러운 일이 있었나요? 맥박을 좀 재겠습니다." 도러시아의 손은 대리석처럼 차가웠다.

"언니가 서류들을 살펴보러 로윅에 가고 싶어 해요." 실리아가 말했다. "그래서는 안 되죠, 그렇죠?"

리드게이트는 잠시 아무 말도 하지 않았다. 그러고는 도러시아를 바라보며 말했다. "잘 모르겠습니다. 제 생각에는 캐소본 부인께서 가장 마음의 평안을 얻을 일을 하시는 편이 좋습니다. 행동을 억제한다고 꼭 평안해지지는 않을 겁니다."

"고맙습니다." 도러시아는 기운을 내려고 애쓰면서 말했다. "현명한 말씀이라고 믿어요. 제가 살펴봐야 할 것이 아주 많거든요. 여기 한가하게 앉았을 이유가 어디 있겠어요?" 그러고는 혼란스러운 마음과 무관한 주제를 떠올리려고 애쓰다가 갑자기 덧붙였다. "미들마치 주민들을 잘 아시지요, 리드게이트 씨. 여러 가지에 대해 알려 달라고 부탁드려야겠어요. 당장 해야 할 중요한 일들이 있어요. 성직록을 누군가에게 드려야 하고요. 아시지요, 타이크 씨와 모든……." 그러나 말을 하려고 애쓰다 보니 힘에 부쳐 울음을 터뜨리고 말았다.

리드게이트는 그녀에게 탄산 암모니아수를 마시도록 했다.

"캐소본 부인께서 원하는 대로 하시게 두시지요." 그는 집을 나서기 전에 제임스 경을 만나기를 청했다. "부인께는 다른 처방보다 완벽한 자유가 필요하다고 생각합니다."

그는 도러시아가 극도로 흥분한 상태였을 때 진찰했으므로 그녀가 겪은 삶의 시련에 대해 어느 정도 정확한 결론을 내릴 수 있었다. 그녀는 자기 억압으로 인한 긴장과 갈등을 겪어 왔다고 확신했다. 이제 풀려난 우리와는 다른 종류의 우리에서만 정상적인 상태로 되돌아갈 수 있을 것이다.

실리아가 이미 유언장에 관한 불쾌한 사실을 도러시아에게 알려 주었다는 것을 알았을 때 제임스 경은 더 망설일 필요 없이 리드게이트의 권고를 따랐다. 이제는 피할 도리가 없었고, 필요한 일을 하는 데 더 지체할 이유도 없었다. 그래서 다음 날 로윅으로 태워다 달라는 그녀의 요청을 즉시 수락했다.

"지금은 거기 머물고 싶지 않아요." 도러시아가 말했다. "견디기 힘들 거예요. 실리아와 함께 여기 프레싯에 있으면 훨씬 더 행복해요. 로윅을 멀리서 바라보면 거기서 무엇을 해야 할지 더 잘 생각할 수 있을 거예요. 그리고 얼마간 그레인지에서 큰아버지와 함께 지내고 싶어요. 예전 산책로와 마을 사람들 사이를 돌아다니면서."

"아직은 그러지 않는 게 좋겠어요. 백부님께서는 주로 정치적 동지들과 어울리시거든요. 처형은 그런 문제에서 벗어나 있는 편이 더 좋습니다." 그 순간 제임스 경은 그레인지 저택을 들락거리는 래디슬로를 생각했다. 하지만 유언장의 못마땅한 부분에 대해서는 아무 말 하지 않았다. 사실 두 사람은 서로 그 문제에 대해 도무지 언급할 수 없다고 느꼈다. 제임스 경은 남자들과 있을 때도 불쾌한 문제에 대해서는 언급하지 않으려고 조심했다. 도러시아는 그 문제에 대해 말을 꺼낸다면 꼭 언급하고 싶은 단 한 가지 사실이 남편의 불공정한 처사를 더 폭로할 것 같았기에 당장은 억눌렀다. 하지만 재산에 관한 윌 래디슬로의 도덕적 권리에 대해 자신과 남편 사이에 오갔던 이야기를 제임스 경에게 알려 주고 싶었다. 그러면 남편이 희한하게도 무례하게 붙여 놓은 단서가 대개는 그 권리에 대한 남편의 냉혹한 반발에서 촉발되었으며, 더 언급하기 곤란한 사적 감정에 의한 것만은 아니었음을 그도 명확히 인식하게 될 거라고 생각했다. 또한 윌을 위해서 그 사실이 알려지기를 바랐다는 점은 인정해야 한다. 그녀의 친지들은 그를 그저 캐소본 씨가 자선을 베풀어 준 친척으로 생각했기 때문이다. 왜 그가 흰 생쥐를 갖고 다니는 이탈리아인과 비교되어야 하는가? 캐드월레이더 부인의 말은 깜깜한 곳에서 개구쟁이가 손가락으로 주물럭거려 만든 졸렬한 모조품처럼 조롱을 담고 있었다.

로윅에 도착하자 그녀는 책상과 서랍을 뒤졌다. 남편이 개인 문서를 넣어 둔 곳을 모두 찾아보았지만 '개요 목록' 외에는 특별히 그녀에게 쓴 글을 발견하지 못했다. 그 목록은 아마도 그녀를 이끌 목적으로 작성할 예정이었던 많은 지시문의 첫 부분에 불과했을 것이다. 다른 일에서도 그랬듯이 캐소본 씨는 도러시아의 노고를 이처럼 요청하는 데서도 망설이며 느릿느릿 나아갔다. 저서를 집필할 때 그랬듯이 저서를 물려주려고 계획할 때도 무겁게 짓누르는 모호한 상황 속에서 힘겹게 움직이고 있다는 느낌에 압도되었다. 그가 준비한 것을 도러시아가 정리할 능력이 없으리라고 생각했지만 다른 편집자들에 대한 불신 때문에 그 불신을 억눌렀다. 그는 마침내 도러시아의 천성에서 자신에 대한 신뢰를 만들어 내게 되었다. 그녀는 하겠다고 결심한 일을 할 사람이었다. 그는 자기 이름이 새겨진 무덤을 세우겠다는 약속의 멍에를 쓰고 힘겹게 일하는 그녀의 모습을 기꺼운 마음으로 상상했다. (캐소본 씨가 미래의 저서를 무덤이라고 불렀다는 말은 아니다. 그는 그것을 모든 신화의 실마리라고 불렀으니까.) 그러나 여러 달이 훌쩍 앞질러 갔고 그의 계획은 뒤처지고 말았다. 그는 도러시아의 삶을 차가운 손아귀로 움켜쥘 약속을 요구할 시간밖에 없었던 것이다.

그 손아귀는 슬그머니 사라져 버렸다. 깊은 연민에서 우러나온 맹세로 엮였더라면 그녀는 그 노고를 떠맡았을 것이다. 궁극적 용도가 남편에 대한 성스러운 충실성을 입증하는 것 외에는 아무 쓸모 없는 노력이라고 그녀의 판단력이 중얼거렸더라도 말이다. 그러나 지금 그 판단력은 순종적인 헌신에 지배되지 않았고, 자신의 과거 결혼 생활에 비밀과 의심에서 비롯한 괴리가 숨어 있었다는 쓰라린 사실을 깨달으면서 더욱 예리해졌다. 살아서 고통받던 그 인간은 더 이상 눈앞에서 연민을 일깨우지 않았다. 남편에게 고통스럽게 종속되었던 기억만 남았을 뿐이다. 남편의 생각은 그녀가 믿었던 것보다 더 비열했고, 과도한 권리를 주장하면서 눈이 멀어 자기 성격도 세밀히 살펴보지 못했으며, 평범한 명예심을 가진 사람들에게 충격을 줌으로써 그 자신의 자존심마저 짓밟았다. 부부간의 유대가 깨졌음을 상징한 재산을 생각해 보면 그녀는 그 재산에서 벗어날 수 있으면 기뻤을 테고, 부모에게 물려받은 원래의 재산 이상은 갖지 않았을 것이다. 그녀가 피해서는 안 될 의무들이 재산의 소유권에 딸려 있지 않다면 말이다. 이 재산에 관해서 골치 아픈 의문들이 속속 일어나고 있었다. 절반은 윌 래디슬로에게 가야 한다는 생각이 옳지 않았을까? 그러나 이제는 그 공정한 일을 실행에 옮기는 것이 불가능하지 않을까? 캐소본 씨는 잔인하게도 효과적인 수단으로 그녀를 가로막았다. 마음속에서 그에 대한 분노를 느끼면서도 그녀는 그의 목적을 의기양양하게 교묘히 피할 듯한 행동에 대해서도 반감을 느꼈다.

검토할 서류들을 모은 후 그녀는 책상과 서랍들을 다시 잠갔다. 그 안에는 그녀에게 남긴 사적인 말이 한마디도 없었고, 남편이 홀로 생각에 잠겼을 때 마음이 그녀를 향해 나아가며 변명이나 설명을 하려 했다는 흔적도 전혀 없었다. 그의 마지막 가혹한 요구와 모욕적인 권리 주장을 둘러싼 침묵이 깨지지 않았다는 느낌을 안고 그녀는 프레싯으로 돌아갔다.

이제 도러시아는 당면한 의무를 생각하려 했고, 그중 한 가지에 대해 일깨우려고 작정한 사람들이 있었다. 리드게이트는 그녀가 성직록에 대해 언급했을 때 촉각을 곤두세웠고, 기회가 생기자마자 그 이야기를 다시 꺼냈다. 여기서 자신이 예전에 불편한 마음으로 투표했던 일에 보상할 가능성을 보았던 것이다.

"타이크 씨에 대해 말씀드리는 대신에……." 그가 말했다. "저는 다른 사람, 성 보톨프의 교구 목사 페어브라더 씨에 대해서 말씀드리고 싶습니다. 그 목사님은 성직록이 너무 적어서 자신과 가족을 근근이 부양하고 있습니다. 모친과 이모, 누이가 함께 살면서 의탁하고 있어 결혼할 수 없었을 겁니다. 저는 그분의 설교처럼 훌륭한 설교를, 그처럼 평이하고도 부드러운 웅변을 들어 본 적이 없습니다. 성 베드로 성당의 설교 연단에서 래티머[36] 다음으로 설교해도 될 분입니다. 어떤 주제를 다루더라도 그분의 이야기는 훌륭합니다. 독창적이고 소박하고 명료하지요. 저는 그를 놀라운 사람으로 생각합니다. 이제껏 해 온 것보다 더 많은 일을 했어야 하는 사람이지요."

"그런데 왜 더 많은 일을 하시지 않았나요?" 이제 도러시아는 원래 품었던 뜻을 이루지 못하고 전락한 사람들에 대해 관심을 갖게 되었다.

"그건 답하기 어려운 문제입니다." 리드게이트가 말했다. "저 자신도 마땅히 할 일을 해 나가기가 매우 어렵다고 느낍니다. 동시에 잡아당기는 줄이 너무 많기 때문이지요. 페어브라더 씨는 직업을 잘못 선택했다고 종종 암시합니다. 그분에게는 가난한 목사의 영역보다 훨씬 더 넓은 영역이 필요한데 아마 그를 도와줄 인척도 없을 겁니다. 박물학과 다양한 과학적 주제에 큰 관심이 있고, 이런 관심사와 직책을 조화시키는 데

---

36) 종교 개혁 당시의 소박하고 강렬하고 유머러스한 설교로 유명한 설교자 휴 래티머(Hugh Latimer, 1485?~1555).

곤란을 겪고 있습니다. 여분의 돈이 없고, 실은 생활을 꾸려 가기에도 충분치 못합니다. 그래서 카드놀이를 하게 되었지요. 미들마치에서는 어디서나 휘스트 게임을 하니까요. 그는 돈을 마련하기 위해 카드놀이를 하고, 돈을 잘 땁니다. 물론 그러자면 약간 지체가 낮은 사람들과 어울리게 되고 어떤 일에 소홀해지겠지요. 하지만 그럼에도 전체적으로 보자면 제가 아는 어떤 사람보다도 흠잡을 데 없는 사람이라고 생각합니다. 악의가 없고 표리부동하지도 않습니다. 겉으로는 더욱 예의 바른 사람들에게서 그런 면을 종종 찾아볼 수 있지요."

"그 습관 때문에 그분의 양심이 고통을 받고 있는지 궁금하군요." 도러시아가 말했다. "그런 습관을 끊고 싶어 하는지도 알고 싶고요."

"넉넉한 자리로 옮겨 간다면 틀림없이 끊을 겁니다. 그 시간에 다른 일들을 할 수 있어 무척 기뻐할 테고요."

"큰아버지께서는 타이크 씨가 사도 같은 분이라고 하셨어요." 도러시아는 생각에 잠겨 말했다. 그녀는 과거 열성적인 신앙의 시대가 회복되기를 바랐지만 페어브라더 씨를 생각하면서 그를 운에 따른 돈벌이에서 구해 주고 싶은 강한 욕구를 느꼈다.

"페어브라더 씨에 대해서는 사도 같다고 말씀드리지 않겠습니다." 리드게이트가 말했다. "맡은 일이 사도와는 전혀 다릅니다. 그분은 교구민들 사이에서 사는 목사일 뿐이고 그들의 생활을 더 나아지게 만들려고 노력합니다. 사실 저는 요즘 사도 같다는 말이 목사가 중요한 인물로 부각되지 않는 온갖 일에 성마르게 반응한다는 뜻이라고 생각하게 되었습니다. 병원에서 타이크 씨를 보면서 그렇게 느꼈지요. 그분의 교리는 대체로 사람들이 불편한 마음으로 그를 의식하게 만들려고 아프게 꼬집는 것 같습니다. 게다가 로윅에 사도 같은 사람이라니! 그런 사람은 프란체스코 성인이 그랬듯이 새들에게 설교할 필요가 있다고 생각하겠지요."

"그래요." 도러시아가 말했다. "농부와 일꾼들이 가르침에서 어떤 관념을 얻는지 상상하기 어려워요. 타이크 씨의 설교집을 보았는데 그런 설교는 로윅에서 소용이 없을 거예요. 제 말은 전가된 의(義)[37]와 「묵시록」의 예언에 관한 설교들 말이에요. 저는 늘 그리스도교 정신을 가르치는 여러 방법을 생각해 왔어요. 다른 방법들보다 더 널리 축복이 될 방법을 알게 될 때마다 그것이 가장 진실한 방법이라고, 제 말은 온갖 최고의 선을 받아들이고 최대한 많은 사람이 그것을 공유하도록 끌어들이는 것이라고 고집했어요. 너무 많이 저주하는 것보다는 너무 많이 용서하는 것이 분명 낫지요. 그런데 페어브라더 씨를 뵙고 그분의 설교를 듣고 싶군요."

"그렇게 하시지요." 리드게이트가 말했다. "저는 그 결과를 믿고 있습니다. 무척 많은 이에게서 사랑을 받지만 그에게도 적이 있습니다. 자기와 다르다는 이유 때문에 능력 있는 사람을 용서하지 못하는 인간이 늘 있기 마련이니까요. 그리고 카

---

37) 기독교 신학의 한 가지 이론. 그리스도의 의로움이 신앙을 가진 사람에게 전가되며 하느님은 이처럼 외적으로 주어진 의로움을 토대로 인간을 받아들인다고 주장하는 가르침이고 루터파와 개혁 종교의 특징적 교리다.

드놀이로 돈을 버는 것은 사실 수치스러운 일입니다. 부인께서는 물론 미들마치 주민들을 잘 모르시겠지요. 그런데 브룩 씨와 늘 함께 다니는 래디슬로 씨는 페어브라더 씨 노부인들의 좋은 친구이고, 그 목사님에 대해 기꺼이 찬가를 부를 겁니다. 노부인 중 한 분으로 이모이신 노블 양은 놀랍게도 예스러운 맛을 풍기는, 헌신적인 선량함의 화신이라 할 만합니다. 래디슬로가 때로 그분을 정중히 모시고 다니지요. 일전에 어느 뒷거리에서 그들을 만났어요. 부인께서는 래디슬로의 생김새를 아시지요. 코트와 조끼를 입은 다프니스[38]라고나 할까요. 이 자그마한 노부인은 팔을 뻗어 올려 그의 팔짱을 끼고 있었어요. 두 사람은 낭만적인 희극에서 떨어져 나온 한 쌍처럼 보이더군요. 하지만 페어브라더 씨에 대한 가장 확실한 증거는 직접 가서서 설교를 듣는 것입니다."

다행히 이 대화는 도러시아의 사실에서 오갔기에 리드게이트가 순진하게도 래디슬로를 언급했을 때 그녀에게 고통을 줄 다른 사람이 옆에 없었다. 리드게이트는 사적인 뒷공론에 대해 늘 그랬듯이 윌이 캐소본 부인을 연모할 거라는 로저먼드의 말을 새까맣게 잊고 있었다. 그 순간 페어브라더 가족에 대한 호감을 사려는 생각뿐이었다. 그리고 목사에 대한 반대 의견을 앞지르기 위해 그에 대해 제기할 수 있는 가장 부정적인 사실을 일부러 강조했다. 캐소본 씨가 죽고 몇 주일간 그는

---

38) 그리스 신화에 나오는 목동으로 목가를 처음 만들었다고 여겨지는 인물이다.

래디슬로를 거의 만나지 못했고, 브룩 씨의 개인 비서가 캐소본 부인에게 위험한 인물이라는 소문을 듣지 못했기에 조심할 필요가 전혀 없었다. 그가 돌아간 후 그녀의 마음에는 그가 그려 놓은 래디슬로의 모습이 좀처럼 떠나지 않았고, 그 모습은 로윅의 성직록 문제와 다투면서 마음을 독차지하려 들었다. 윌 래디슬로는 그녀에 대해 어떻게 생각하고 있을까? 유례없이 그녀의 뺨을 달아오르게 했던 그 사실을 그는 알고 있을까? 소문을 들었다면 어떻게 느낄까? 그러나 작은 노부인에게 미소 짓는 그의 모습이 더없이 생생하게 떠올랐다. 흰 생쥐를 데리고 다니는 이탈리아인이라니! 오히려 그는 사람들의 감정에 공감하는 사람이었고, 냉혹하게 저항하며 자기 생각을 주장하는 것이 아니라 사람들의 고통스러운 생각을 받아들일 줄 아는 사람이었다.

51장

당파 역시 자연적 현상. 양자가 어떻게 일치하는지
논리의 힘으로 알 수 있을 것이다.
하나 속의 다수, 다수 속의 하나,
모두는 일부가 아니고, 일부는 조금과 같지 않다.
속(屬)은 종(種)을 내포하고, 둘 다 크거나 작으며,
어떤 속은 가장 고귀하고 어떤 속은 전혀 고귀하지 않다.
각각의 종도 차이가 있기 마련,
이것은 저것이 아니고, 그는 결코 당신이 아니며,
비록 이것과 저것이 같고, 당신과 그는
일 대 일 혹은 삼 대 삼으로 같지만.

캐소본 씨의 유서에 대한 뒷공론은 아직 래디슬로의 귀에
들려오지 않았다. 의회 해산과 다가오는 선거에 대한 이야기
가 공기 중에 만연했고, 옛적부터 이어진 축제와 장이 열리는
곳에서는 그 못지않게 요란한 순회 공연이 벌어졌기에 사적인
소음은 그리 주목을 받지 못했다. 그 유명한 '술 없는 선거'[39]
가 임박했고, 공적 감정의 깊이를 낮아진 술병 수위로 잴 수
있던 시기였다. 이즈음 윌 래디슬로는 누구보다 바빴다. 도러
시아가 미망인이 되었다는 생각이 잠시도 뇌리를 떠나지 않았
지만 그것과 관련된 소문은 전혀 듣고 싶지 않았기에 리드게
이트가 찾아와서 로윅의 성직록에 대해 말했을 때도 다소 성

---

39) 투표자들을 술로 매수할 필요가 없었기에 이렇게 불렸다.

마르게 대답했다.

"왜 나를 그 문제에 끌어들였나? 나는 캐소본 부인을 전혀 만나지 못하네. 프레싯에 있으니 만날 가능성도 없지. 그곳은 토리당의 기반이고, 나와《개척자》는 총을 든 밀렵꾼처럼 환영을 받지 못하거든."

사실 윌은 브룩 씨가 예전처럼 불편할 정도로 그레인지에 자주 와 주기를 바라지 않고 이제는 가급적 오지 않도록 궁리하는 것 같다는 낌새를 채면서 더욱 민감해져 있었다. 브룩 씨는 제임스 체텀 경의 분노와 항의에 마지못해 굴복했던 것이다. 윌은 그런 면에서 극히 미묘한 암시도 예리하게 감지하며 도러시아 때문에 그레인지에서 배척하려는 모양이라고 결론을 지었다. 그렇다면 그녀의 친지들이 그를 약간 의혹의 눈길로 보고 있다는 말일까? 그들은 쓸데없는 걱정을 하는 것이다. 그가 부유한 여자의 호감을 사려는 가난뱅이 협잡꾼으로 주제넘게 나설 거라고 상상한다면 엄청난 착각이다.

지금까지 윌은 자신과 도러시아 사이의 간극을 완전히 깨닫지 못했었다. 이제야 비로소 벼랑 언저리로 걸어가 건너편에 있는 그녀를 바라보자 내면에서 분노가 일어나며 그 지역을 떠나겠다는 생각이 들기 시작했다. 도러시아에게 더 이상 관심을 보인다면 불쾌한 비난을 받을 테고, 어쩌면 그녀의 마음속에도 비난이 일지 모른다. 다른 이들이 그녀의 마음에 편견을 심어 주려 할 테니까.

'우리는 영원히 분리된 거야.' 윌은 생각했다. '내가 로마에 있더라도 그녀에게서 이보다 더 멀리 떨어져 있지는 못할 거야.' 그러나 우리가 절망이라 부르는 것은 채워지지 않은 희망의 고통스러운 열망에 불과한 경우가 종종 있다. 그가 떠나지 말아야 할 이유도 많았다. 이런 위기 상황에서 선거를 치르기 위해 '코치'가 필요한 브룩 씨를 궁지에 내버려 둬서는 안 되고, 직접적으로든 간접적으로든 선거 운동에서 할 일이 무척 많은 시기에 자기 직책을 그만둬서는 안 되는 공적 이유들이었다. 윌은 한창 열기가 고조된 체스 게임에서 말을 버려두고 싶지 않았다. 그리고 정당한 편에 선 후보자라면 그의 뇌와 골수가 신사다운 거동에 걸맞게 좀 흐물흐물하더라도 다수의 마음을 돌려놓는 데 도움이 될 것이다. 브룩 씨에게 자신의 독자성과 서서히 약진할 능력을 주장할 것이 아니라 현재의 선거법 개정안에 찬성하겠다고 약속해야 한다는 생각을 계속 상기시키고 조언하기는 쉬운 일이 아니었다. 페어브라더 씨가 예측한 "당선이 확실한" 네 번째 입후보자는 아직 등장하지 않았다. 의원 입후보자 협회나 개혁을 위한 과반수를 확보하려 살펴보고 있는 어떤 다른 세력도 자비를 들여 선출될 브룩 씨 같은 두 번째 개혁파 입후보자가 있는 한 간섭할 만한 난점이 있다고 여기지 않았다. 그러므로 선거전은 전적으로 옛 토리당원인 핑커튼과 지난 선거에서 선출된 새 휘그당원 백스터, 장차 무소속 의원이 되려는 브룩 사이에 치러졌고, 브룩은 이번 경우에만 개혁파에 속할 것이다. 홀리 씨와 그 일당은 핑커튼의 선출에 온 힘을 기울일 것이다. 브룩 씨의 성공은 백스터를 뒤처지게 할 단기명 투표자[40]들에 달리거나

---

40) 두 명 이상에게 찬성투표를 할 수 있는데도 한 후보자에게만 찬성표를

혹은 토리당의 지지자를 개혁 지지자로 새로 끌어들이는 데 달려 있었다. 물론 후자가 더 바람직할 것이다.

유권자들을 전향시키려는 이런 기대를 품으면서 브룩 씨의 관심사는 위험하게도 산만해졌다. 오락가락하는 사람들을 오락가락하는 말로 꾀어 들일 수 있으리라는 브룩 씨의 생각, 또 상반되는 주장들을 머릿속에서 떠오르는 대로 붙들고 늘어지려는 성향 때문에 윌은 상당히 애를 먹어야 했다.

"알다시피 이런 일에는 전략이 있네." 브룩 씨가 말했다. "사람들의 말을 어느 정도 인정해 주고 나서 자기 생각을 적당히 조절해 말하는 거야. '그렇소, 당신 말에도 일리가 있소.' 이런 식으로 말일세. 이번 경우가 특별하다는 자네 말에 동의하네. 시골에도 그 나름대로 의지가 있고, 정치 조합이라든가 그런 것들이 있다는 것 말이지. 하지만 칼이 너무 날카로우면 때로 베일 수가 있다네, 래디슬로. 여기 10파운드의 가계 재산[41]을 생각해 보세. 왜 10파운드여야 하나? 줄을 다른 곳에 그어 보게. 그래. 왜 꼭 10파운드라야 하냐고? 자, 그건 어려운 문제일세. 자세히 살펴보면 말이야."

"물론 그렇습니다." 윌은 조급하게 말했다. "하지만 합리적인 법안이 마련될 때까지 기다리실 생각이라면 스스로를 혁명가로 내세우셔야 합니다. 그러면 미들마치는 귀하를 뽑아 주지 않겠지요. 기회주의적으로 양쪽 모두에게 호감을 얻으려는 전

───────────

던지는 사람.
41) 선거법 개정령에서 각 선거구의 투표권을 얻을 자격은 연간 10파운드 이상의 재산 소유였다.

략에 대해서 말씀드리자면 지금은 그럴 때가 아닙니다."

브룩 씨는 언제나 끝에 가서는 래디슬로의 의견에 동의했다. 래디슬로는 여전히 셸리의 기운이 감도는 버크처럼 보였던 것이다. 그러나 얼마 지나면 자신의 현명한 전략이 전면에 나섰고, 그는 큰 기대를 품고 다시 그 전략을 사용하기 시작했다. 상황이 이런 식으로 진행되고 있을 때 그는 무척 기분이 좋았기에 많은 돈을 선불했음에도 기운을 잃지 않았다. 사람들을 납득시키고 설득하는 그의 능력이 연사들을 소개하는 의장의 인사나 미들마치 유권자들과의 대화보다 더 어려운 일에서 아직 검증되지 않았기 때문이다. 유권자들과 이야기를 나누고 돌아오면서 그는 자신이 천성적으로 입이 무겁고, 이런 일에 더 일찍 발을 들여놓지 않은 것이 유감이라고 느꼈다. 하지만 미들마치의 소매업이라는 중요한 집단의 대표자이고 당연히 가장 의심스러운 투표자 중 한 사람인 몸지 씨에게는 패배했음을 약간 의식하지 않을 수 없었다. 몸지 씨는 개혁주의자에게나 반개혁주의자에게나 똑같은 품질의 차와 설탕을 공급할 생각이었고, 또한 양쪽 의견에 공평하게 동의하려 했으며, 옛 자치시의 시민처럼 이렇게 의원을 뽑는 일이 도시에 큰 부담이라고 느꼈다. 사전에 어느 당파에나 희망을 안겨 주는 것은 위험 부담이 없더라도 결국 자기 장부책에 이름이 적힌 점잖은 분들을 실망시켜야 하는 고통이 있으니 말이다. 그는 팁턴의 브룩 씨에게서 대량의 주문을 받곤 했지만 핑커튼 위원회에 속한 많은 회원의 의견은 그 나름대로 식품 판매업에 막대한 영향을 미쳤다. 몸지 씨는 브룩 씨가 "머리가 영리한" 편이 아니므로 압박을 받아 반대표를 던진 식료품상을 더 쉽게 용서하리라고 생각하면서 그의 뒷방에서 속마음을 털어놓았다.

"가정이라는 관점에서 개혁을 보자면……" 그는 상냥하게 미소를 짓고 주머니 속의 작은 은방울을 딸랑거리며 말했다. "개혁이란 것이 제가 더 이상 살아 있지 않을 때 제 아내가 여섯 아이를 키울 수 있도록 부양해 줄까요? 그 답이 무엇인지 명확히 알기 때문에 가짜 질문을 드린 겁니다. 좋습니다, 나리. 신사분들이 제게 와서 '자네 좋을 대로 하게, 몸지. 하지만 자네가 우리에게 반대표를 던진다면 식료품을 다른 곳에서 사겠네. 나는 독주에 설탕을 넣을 때 올바른 의견을 가진 상인을 지켜 줌으로써 이 고장에 혜택을 주고 있다 느끼고 싶네.'라고 말씀하실 때 남편이자 아버지로서 제가 무엇을 해야 하는지를 여쭙는 겁니다. 지금 나리께서 앉아 계신 바로 그 의자에서 바로 그런 말씀이 나왔거든요. 존경하는 나리를 뜻하는 것은 아닙니다, 브룩 씨."

"아니, 아냐. 그건 편협한 생각이네. 내 집사가 자네 상품에 대해 불평할 때까지는……" 브룩 씨가 달래듯이 말했다. "자네가 질이 나쁜 설탕이나 양념 같은 것들을 보낸다는 말을 들을 때까지는 다른 곳에서 주문하지 못하도록 하겠네."

"나리, 저야 나리께 충실하고 큰 은혜를 입고 있습니다." 몸지 씨는 책략이 통하고 있다고 느끼며 말했다. "이처럼 명예롭게 말씀하시는 신사분을 위해 투표하면 기쁘겠습니다."

"그래, 알다시피, 몸지 씨, 우리 편에 서는 것이 옳다는 걸 알게 될 거야. 이 개혁안은 누구에게나 서서히 영향을 미칠 거라네. 철저히 대중적인 법안이고. 기본적인 가나다라 같은 거라서 다른 것들보다 먼저여야 해. 가정을 염두에 두고 상황을 봐야 한다는 말에는 전적으로 동의하네. 하지만 공적 정신을 따져 보세. 알다시피 우리 모두 한 가족이라네. 찬장이 하나인 거나 마찬가지지. 이제 투표 같은 것을 생각해 보세. 그 투표가 희망봉에서 돈을 버는 데 도움이 될 수도 있네. 투표가 어떤 결과를 가져올지는 아무도 모르거든." 브룩 씨는 약간 막막한 심정이지만 아직은 즐길 만하다고 생각하며 말을 맺었다. 그러나 몸지 씨는 단호하게 반격하는 목소리로 대답했다.

"죄송합니다만, 나리, 저는 그럴 수 없습니다. 표를 던질 때 제가 무엇을 하고 있는지를 알아야 합니다. 공손히 말씀드리건대 제 돈궤와 원장에 어떤 영향을 미칠지를 알아야 합니다. 가격이란 누구도 값어치를 알 수 없는 것이라고 저도 인정합니다. 건포도를 사들이고 난 후에 갑자기 값이 떨어지기도 합니다. 보관도 안 되는 물건인데 말입지요. 저는 그 자초지종을 들여다본 적이 없습니다만 그건 인간의 자만심을 나무라는 일입지요. 그러나 모두 다 한 가족이라는 말씀에 대해서 생각해 보자면 채무자와 채권자가 있는 법이고, 개혁을 한다고 해서 그런 사실이 없어지지는 않을 겁니다. 만일 그렇지 않다면 저는 현재 상황을 유지하는 쪽에 찬성표를 던져야겠지요. 개인적으로, 즉 저와 제 가족을 위해 말씀드리자면 저처럼 변화를 바랄 필요가 없는 사람도 없으니까요. 변화가 일어난다면 저는 잃을 것이 없지 않거든요. 교구와 개인 사업에서의 품위를 뜻하는 것이지 명예로우신 나리께서 단골로 이용해 주신 일을 뜻하는 것은 결코 아닙니다. 나리께서 친절하게 말씀해 주셨듯이 보내 드린 물품이 만족스럽기만 하면 제가 찬성투표를 하건 않건 간에 계속 단골이 되어 주실 테니까요."

이 대화 이후 몸지 씨는 위층으로 올라가서 자신이 팁턴의 브룩을 찍소리도 못 하게 했고 이제 투표소에 가는 일이 걱정되지 않는다고 아내에게 자랑했다.

브룩 씨는 이 사건에서 자신이 취한 전략을 래디슬로에게 자랑하지 않았고, 래디슬로는 자기 나름으로 선거 운동에서 순전히 논쟁적인 부분에만 관여하고 지식이 아닌 저급한 수단은 사용하지 않는다고 생각하며 흐뭇해했다. 물론 브룩 씨에게 선거 운동원들이 있었는데 그들은 미들마치 투표권자들의 성격을 이해했으며, 개혁 법안을 지지하는 쪽으로 그의 무지를 이용하는 방법을 알고 있었다. 그것은 법안을 반대하는 쪽에서 그의 무지를 이용하는 방법과 놀랍게도 흡사했다. 윌은 때로 귀를 막을 수밖에 없었다. 의회는 음식이나 의복에 이르기까지 우리 삶의 나머지 영역과 마찬가지로 그 과정에 대해 우리가 너무 적극적으로 상상력을 발휘하여 들여다보면 계속될 수 없었다. 세상에는 더러운 일을 하는 더러운 손을 가진 사람이 많았다. 그리고 윌은 브룩 씨를 이끌어 가는 데 자기가 맡은 몫은 전적으로 결백하다고 스스로에게 주장했다.

그러나 과연 자신이 올바른 편에 서서 다수에게 공헌하려는 방식이 성공할지는 대단히 의심스러웠다. 그는 연설문과 연설을 위한 메모를 많이 준비했다. 하지만 브룩 씨의 마음은 어떤 일련의 생각들을 힘겹게 기억했다가 곧 잊어버리곤 했고 그것을 찾아서 멀리 방랑하다가 쉽게 돌아오지 않는다는 것을 알아차리게 되었다. 나라에 봉사하는 방식으로 문서를 수집하는 것과 그 문서의 내용을 기억하는 것은 전혀 별개다. 아니! 브룩 씨가 적시에 적절한 주장을 생각해 내도록 강제할 유일한 방법은 그 주장이 뇌의 모든 공간을 차지할 때까지 집요하게 반복하는 것이었다. 그런데 여기서 문제는 이미 너무나 많은 것이 그의 뇌를 차지하고 있었기에 빈자리를 찾기 어렵다는 점이었다. 브룩 씨는 연설할 때 오히려 래디슬로의 의견이 방해가 된다고 말했다.

하지만 오래지 않아 래디슬로의 개인 교습이 검증을 받게 되었다. 후보 지명일 이전에 브룩 씨는 화이트 하트의 발코니에서 미들마치의 훌륭한 유권자들에게 자기 입장을 설명하게 되어 있었다. 그 건물은 안성맞춤으로 시장이 비스듬히 내다보이고 앞쪽으로 넓은 공간에서 두 거리가 수렴하고 있었다. 5월의 맑은 아침이었고 모든 것이 희망차게 보였다. 백스터의 위원회와 브룩의 위원회는 모종의 협약을 맺을 가능성이 있었고, 불스트로드 씨와 자유당 변호사 스탠디시 씨, 그리고 플림데일 씨와 빈시 씨 같은 제조업자들이 브룩의 위원회를 확고하게 받쳐 주었으며, 그린 드래건에 앉아 있는 홀리 씨와 그 패거리처럼 핑커튼을 지지하는 무리와 거의 막상막하의 세력을 이루었다. 브룩 씨는 지난 반년 동안 지주로서 농장 개혁을 단행했기에 자신을 비방하던 《트럼펫》의 공격이 약화되었음을 알았고, 마차를 타고 가는 길에 환호 소리가 조금 들려왔으므로 담황색 조끼 밑에서 심장이 한결 가볍게 뛰고 있음을 느꼈다. 그러나 결정적인 사건이 일어날 때는 막판까지 모든 순간이 편안하고 아득하게 느껴지곤 한다.

"괜찮아 보이네, 안 그런가?" 사람들이 모여들기 시작했을 때 브룩 씨가 말했다. "어떻든 청중은 많겠군. 나는 이런 게 좋네. 이렇게 가까운 이웃들로 이루어진 청중 말일세."

미들마치의 직물업자와 제혁업자들은 몸지 씨와 달리 브룩 씨를 이웃으로 생각한 적이 없었다. 그가 상자에 실려 런던에서 운송되어 왔더라도 별반 다르지 않을 만큼 그에 대한 친밀감이 없었다. 그러나 그들은 그리 소란을 일으키지 않았고, 후보자를 소개하는 연사들의 말에 귀를 기울였다. 연사 중 한 사람은 미들마치가 떠맡아야 할 의무를 알려 주려고 브래싱에서 온 정치인이었는데, 너무나 충실히 연설한 나머지 그다음에 나올 후보자가 무슨 말을 할 수 있을지 걱정스러울 정도였다. 그동안 사람들이 더 많이 모였다. 그 정치인이 연설을 끝낼 즈음 브룩 씨는 소환될 순간에 무관심한 사람처럼 계속 안경을 만지고 앞에 있는 서류를 만지작거리고 자기 위원들과 말을 주고받으면서 주목할 만한 감정의 변화를 느꼈다.

"셰리주를 한 잔 더 마시겠네, 래디슬로." 그는 바로 뒤에 있던 윌에게 느긋한 태도로 말했고, 윌은 흔히 강화제라고 알려진 술을 곧 건네주었다. 그것이 잘못된 선택이었다. 브룩 씨는 원래 술을 절제하는 사람이었다. 첫 잔을 마시고 나서 그리 간격을 두지 않고 두 번째 잔을 재빨리 마시자 몸이 깜짝 놀라서 힘을 모으기는커녕 흩뜨려 놓았다. 브룩 씨에 대해 연민을 느끼도록 하자. 순전히 사적인 동기에 대한 장광설을 늘어놓으며 스스로를 비참하게 만드는 영국 신사가 얼마나 많은가! 반면에 브룩 씨는 의회에 출마함으로써 나라에 봉사하기를 바랐다. 사실 출마는 사적인 동기에서 유발될 수도 있고, 일단 착수하면 어느 정도 장광설은 반드시 필요한 법이었다.

브룩 씨가 조금이라도 염려한 것은 연설의 시작 부분이 아니었다. 이 부분은 잘될 거라고 확신했다. 포프의 2행 시구처럼 말끔하게 준비해서 완벽하게 습득하고 있어야 한다. 출항은 수월하겠지만 이후의 망망대해를 떠올리면 겁이 덜컥 났다. "이제 문제는……." 그의 뱃속에서 막 깨어난 악마가 넌지시 말했다. "누군가 일정에 대해 물을지도 모른다는 거야." "래디슬로……." 그가 큰 소리로 덧붙였다. "일정표를 넘겨주게."

브룩 씨가 발코니에 모습을 드러냈을 때 크게 울린 환호는 고함과 불만 섞인 욕설, 비웃는 소리, 반대 의견을 나타내는 다른 소리들을 압도할 정도였다. 반대파의 소리가 너무 절제되어 있었으므로 스탠디시 씨(확실히 노련한 사람이었다.)는 옆 사람에게 귓속말로 속삭였다. "맹세코 이건 좀 위험해 보여. 홀리가 이보다는 더 교활한 술책을 마련했을 텐데." 하지만 환호 소리가 기운을 북돋웠다. 이제 가슴팍의 주머니에 수첩을 넣고서 왼손으로 발코니 난간을 잡고 오른손으로 안경을 만지작거리며 서 있는 브룩 씨보다 더 호감이 가는 후보자는 있을 수 없었다. 외모에서 두드러진 점은 담황색 조끼와 짧게 깎은 금발, 그리고 잘생기지도 못생기지도 않은 생김새였다. 그는 자신 있게 시작했다.

"신사 여러분, 미들마치의 유권자 여러분!"

이 서두가 너무나 적절했기에 그다음에는 약간 쉬는 것이 당연해 보였다.

"저는 이 자리에 서게 되어 대단히 기쁩니다. 제 생애에 이보다 더 자랑스럽고 행복했던 적은 없습니다. 이렇게 행복했던 적은 없었지요."

이것은 과감한 표현이었지만 정확히 말해서 적절한 표현은 아니었다. 불행히도 적절한 서두가 슬그머니 미끄러져 사라져 버렸던 것이다. 두려움이 와락 마음을 움켜잡고 셰리주 한 잔이 머릿속에서 연기처럼 휘몰아치면 포프의 2행 시구라도 "우리에게서 떨어져 나가 사라질"[42] 수밖에 없다. 연사 뒤의 창가에 서 있던 래디슬로는 생각했다. '이제 다 글렀어. 단 하나 남은 기회는 최고의 연설도 계속 효과적이진 못하듯이 허둥대며 실수를 하다가도 한 번은 성공할지 모른다는 거지.' 그동안 브룩 씨는 연설의 다른 실마리를 다 놓쳤기 때문에 자기 자신과 자격, 즉 입후보자에게 언제나 적절하고 품위 있는 주제를 연설의 시발점으로 삼았다.

"저는 여러분의 가까운 이웃입니다, 친애하는 벗들이여. 여러분은 치안 판사로서 저를 오랫동안 보아 왔습니다. 저는 늘 공적인 문제, 기계 문제와 기계 파괴 문제[43]를 연구해 왔고, 여러분 중 많은 분이 기계와 관련이 있지요. 그래서 최근에 그

---

42) 윌리엄 워즈워스(William Wordsworth, 1770~1850)의 시 「불멸의 암시」 ix, 15행.
43) 러다이트 운동에 대한 언급일 듯.

문제에 착수했습니다. 아시다시피 그건 안 될 일입니다. 기계를 파괴하는 것 말이지요. 모든 일은 지속되어야 합니다. 무역, 제조업, 상업, 주요 산물 교환, 뭐 이런 것들 말입니다. 애덤 스미스 이래로 그런 것은 계속되어야 합니다. 우리는 전 지구를 둘러봐야 합니다. 누군가 말했듯이 '중국에서부터 페루까지' 모든 곳을 '광대한 시각으로 관찰'하며 보아야 합니다.[44] 아시다시피 존슨이 《소요자》에서 한 말이지요. 바로 그것이 제가 어느 정도 해 온 일입니다. 멀리 페루까지 가지는 않았지만 그렇다고 늘 고국에 머물렀던 것은 아니었지요. 그래서는 안 된다는 것을 알았으니까요. 레반트에도 가 보았습니다. 바로 여러분이 생산한 미들마치의 상품을 수출하는 곳이지요. 그리고 또 발트해 연안에도 가 보았습니다. 발트해 연안 말입니다."

　정적이 극악무도한 대책을 세우지 않았더라면 브룩 씨는 이런 식으로 부지런히 기억을 더듬으며 편안한 마음으로 잘 나아갔을 테고, 가장 먼 바다에서 큰 곤경을 겪지 않고 되돌아왔을 것이다. 그러나 그 순간 브룩 씨로부터 10미터쯤 떨어진 맞은편에서 사람들의 어깨 너머로 그의 인형이 솟아올랐다. 담황색 조끼를 입고 안경을 쓴 특징 없는 얼굴로 넝마에 색칠을 해서 만든 인형이었다. 그리고 앵무새처럼 그의 말을 되풀이하는 편치의 목소리가 뻐꾸기 울음처럼 분명 공중에서

---

44) 잡지 《소요자》(1750~1752)를 집필하고 편집한 새뮤얼 존슨의 시 「인간 소망의 무상함」 첫 몇 행에 나오는 부분.

메아리치고 있었다. 사람들은 수렴하는 두 거리에 양옆으로 늘어선 집들의 열린 창문을 올려다보았다. 그러나 창가에는 아무도 없거나 웃고 있는 사람들뿐이었다. 엄숙하게 이어지는 연사의 말을 따라 하면 아무리 천진난만한 흉내라도 개구쟁이의 조롱처럼 들리기 마련이고, 더구나 이 흉내는 조금도 천진난만하지 않았다. 자연스럽게 정확히 따라 하지 않고 악의적으로 단어들을 선택해서 흉내 냈던 것이다. 그 소리가 "발트해 연안 말입니다."라고 따라 말했을 때 청중 사이에 퍼지던 웃음은 도처에서 큰 소리로 터져 나오기도 했다. 같은 당파로서 침착하게 처신해야 하는 그의 위원들도 복잡한 사정으로 말미암아 "팁턴의 브룩"과 동일시된 위대한 대의명분[45]만 아니었더라면 웃음을 터뜨렸을 것이다. 불스트로드 씨는 새 경찰[46]이 대체 무엇을 하고 있느냐고 질책하듯이 물었다. 그러나 목소리밖에 들리지 않는데 목덜미를 잡을 수는 없는 일이었다. 그리고 후보자의 인형을 공격한다 해도 홀리가 인형이 난타될 경우를 미리 생각해 두었을 터이므로 어떤 일이 벌어질지 알 수 없었다.

브룩 씨는 머릿속에서 생각이 전부 빠져나가는 느낌 외에는 아무것도 금방 알아차리지 못했다. 심지어 귓전에서 조그만 노랫소리도 들렸다. 아직 메아리를 분명히 인지하지 못하고 자기 형상을 알아보지 못한 사람은 그 혼자뿐이었다. 말해

---

45) 1차 선거법 개정안 지지를 뜻한다.
46) 로버트 필은 내무 장관으로 재직하면서 근대적 경찰 제도를 수립했다.

야 할 것에 대한 불안감보다 감각을 송두리째 사로잡는 것은 거의 없다. 브룩 씨는 웃음소리를 들었지만 토리당이 소란을 일으킬 거라고 미리 예상한 바였다. 그리고 이 순간 그를 발트해 연안에서 데려오기 위해 놓쳐 버린 서두 부분이 돌아오고 있다는 감질나면서도 찌르는 듯한 느낌에 더욱 흥분했다.

"그러니 생각나는군요." 그는 편안한 자세로 옆 주머니에 손을 밀어 넣으며 말을 이었다. "제게 선례가 필요했다면 ─ 그런데 올바른 일에서는 절대로 선례가 부족하지 않습니다 ─ 하지만 지금은 체텀이 있지요. 제가 체텀이나 피트, 그 아들 피트[47]를 지지했으리라고는 말할 수 없습니다. 그는 사상이 풍부한 사람은 아니었지요. 그리고 알다시피 우리는 사상이 필요합니다."

"사상이라니 집어치워! 우리는 개혁 법안이 필요해." 밑에 있는 청중에게서 크고 거친 소리가 들려왔다.

지금까지 브룩 씨의 말을 따라 했던 보이지 않는 펀치가 그 즉시 "사상이라니 집어치워! 우리는 개혁 법안이 필요해."라고 되풀이했다. 웃음소리가 더 커졌고, 브룩 씨는 입을 다물고 있었기에 조롱하는 메아리를 처음으로 똑똑히 알아들었다. 그러나 메아리는 그를 방해한 자를 조롱하는 말 같았고, 그런 점에서 고무적이었기에 기분 좋게 대답했다.

"당신 말에도 일리가 있습니다, 좋은 벗이여. 우리가 견해의

---

47) 체텀의 초대 백작인 윌리엄 피트(William Pitt, 1708~1778)는 유명한 휘그당 정치인이었고, 그의 둘째 아들 윌리엄 피트(1759~1806)는 두 차례 수상직을 역임했다.

자유, 언론의 자유, 해방, 그런 것들에 대해 솔직하게 터놓고 이야기를 나누지 않는다면 만날 필요가 어디 있겠습니까? 자, 선거법 개정 법안에 대해서 말하자면 당신들은 그 법안을 갖게 될 겁니다." 이 부분에서 브룩 씨는 잠시 말을 멈추었고, 안경을 쓴 다음에 가슴팍의 주머니에서 서류를 꺼내면서 구체적인 사안들을 현실적으로 노련하게 다룬다고 느꼈다. 보이지 않는 펀치의 말이 이어졌다.

"당신은 청구서[48]를 갖게 될 겁니다, 브룩 씨. 선거 운동 경합과 국회 밖으로 배달된 의자에 대해 5000파운드 7실링 4페니입니다."

폭소가 퍼지는 가운데 브룩 씨는 얼굴이 벌겋게 달아올라 안경을 떨어뜨리고는 당황해서 주위를 돌아보다가 좀 더 가까이 다가온 자신의 형상을 보았다. 다음 순간 인형은 달걀 세례를 받아 형편없이 더러워졌다. 그는 약간 기운이 솟았고 그의 목소리도 그러했다.

"익살, 장난, 진실을 시험하는 조롱, 모두 다 좋습니다." 이 부분에서 불쾌하게도 달걀 하나가 브룩 씨의 어깨에 맞아 깨지고 "모두 다 좋습니다."라는 메아리가 울려 퍼졌다. 그러자 달걀들이 빗발치듯 쏟아졌다. 대개는 인형을 겨냥했지만 때로 우연인 듯이 실물을 맞히기도 했다. 군중 사이로 새로운 사람들이 물밀듯이 밀고 들어왔다. 휘파람과 날카로운 비명, 고함, 피리 소리가 북새통을 이루었는데 그것을 제압하기 위해 소

---

48) Bill이 법안과 청구서라는 뜻으로 쓰이는 것을 이용한 말장난.

리 지르고 싸우느라 더 야단법석이었다. 어떤 목소리도 그 엄청난 소동을 뚫고 솟아오르지 못했다. 브룩 씨는 불쾌하게 달걀 세례를 받고는 더 이상 자리를 지킬 수 없었다. 덜 장난스럽고 덜 유치한 상황이었으면 분통 터지는 좌절감이 덜했으리라. 신문 기자가 "학식이 고매한 신사의 갈비뼈가 위험했다."라거나 "그 신사의 구두 밑창을 난간 너머로 볼 수 있었다."라고 정중하게 증언할 만한 심각한 공격이었으면 아마도 조금은 위안을 얻을 소지가 있었을 것이다.

브룩 씨는 위원회실로 다시 들어가며 가급적 태평하게 말했다. "이건 너무 고약하군그래. 서서히 사람들의 관심을 끌어들일 수 있었을 텐데 말이야. 그런데 사람들이 시간을 주지 않았어. 서서히 개정 법안 문제로 들어갔을 텐데." 그는 래디슬로를 힐끗 쳐다보며 덧붙였다. "하지만 후보 지명에서는 다 잘될 걸세."

그러나 상황이 괜찮아질 거라고 만장일치로 의결된 것은 아니었다. 오히려 위원회는 다소 암울한 분위기였고, 브래싱에서 온 정치인은 새로운 방안을 짜내는 듯이 바삐 글을 쓰고 있었다.

"보이어의 짓이오." 스탠디시 씨가 얼버무리듯이 말했다. "그 작자 소행이라고 광고한 거나 마찬가지지. 복화술에 뛰어난 작자니까. 이번엔 아주 잘했지, 망할! 홀리가 최근에 그 작자를 정찬에 불러들였지. 보이어는 재주가 많은 작자야."

"아니 그 사람에 대해서는 말해 주지 않았잖아, 스탠디시. 알려 주었으면 정찬에 그를 초대했을 텐데." 가엾은 브룩 씨가 말했다. 그는 자기 지역을 위해 많은 사람을 정찬에 초대해 왔던 것이다.

"미들마치에서 보이어보다 더 지질한 작자도 없습니다." 래디슬로는 분개해서 말했다. "그런데 지질한 작자들이 언제나 사태를 바꿔 놓는 것 같군요."

윌은 '상관'뿐 아니라 스스로에 대해서도 몹시 화가 났고, 《개척자》와 브룩 씨를 모두 내팽개치겠다고 반쯤 결심하고는 자기 방에 처박혔다. 도러시아와 자신 사이의 건널 수 없는 심연을 혹시라도 메우려면 여기 머물면서 브룩의 졸개로서 당연히 받게 될 경멸을 받느니 차라리 멀리 떠나서 다른 일자리를 얻는 편이 나을 것이다. 그렇게 생각하자 놀라운 일을 할 수 있으리라는 젊은 꿈이 되살아났다. 가령 오 년 후에. 이제 공적 생활의 범주가 더 넓어지며 전국적으로 확대되고 있으므로 정치 평론이나 정치 연설의 가치가 더 높아질 테고, 그러면 도러시아에게 자기 위치로 내려오도록 요구하는 듯이 보이지 않을 만큼 이름을 떨칠 수도 있을 것이다. 오 년 후에는. 다만 그녀가 그를 다른 사람들보다 더 좋아한다고 확신할 수만 있다면. 그가 스스로를 비루하게 만들지 않으면서 사랑을 고백할 때까지 멀리 떨어져 있으리라는 것을 그녀에게 알릴 수만 있다면. 그러면 편안한 마음으로 멀리 떠나서 스물다섯의 나이에 재능은 명성을 가져오고 명성은 온갖 다른 즐거움을 가져다주는 만물의 내적 체계에서 다분히 유망해 보이는 일에 착수할 것이다. 그는 연설을 하고 평론을 쓸 수 있었다. 자신이 선택하기만 하면 어떤 주제에도 정통할 수 있었다. 그리고 언제나 이성과 정의의 편에 서서 모든 열성을 바칠 것이다. 어느 날엔가 군중이 헹가래를 치는 가운데 훌륭하게 명성을 얻었다고 느껴서는 안 될 이유라도 있을까? 의심할 바 없이 그는 미들마치를 떠나 런던으로 가서 '변호사 공부를 함으로써' 스스로를 명사에 적합한 인물로 만들 것이다.

다만 당장은 아니었다. 도러시아와 어떤 신호가 오갈 때까지는. 혹시라도 그녀가 결혼 상대로 자신을 선택하더라도 그가 왜 선뜻 결혼할 수 없는지를 알려 줄 때까지는 마음을 놓을 수 없었다. 그러므로 현재의 자리를 지키고 브룩 씨를 조금 더 참아 줘야 한다.

그러나 곧 브룩 씨가 먼저 관계를 끝내고 싶어 한다고 여길 이유가 있었다. 내면의 목소리가 외부 위원회에 동의한 결과 그 박애주의자는 인류를 위해 평소보다 더 강력한 조치를 취하게 되었다. 즉 자신은 물러나고 다른 후보자를 지지하면서 그 후보자에게 혜택을 주기 위해 선거 운동 조직을 물려줄 것이다. 스스로는 이를 강력한 조치라고 불렀지만 자기 건강이 지속적인 흥분 상태를 예상만큼 잘 견뎌낼 수 없었다고 말했다.

"흥분에 불편함을 느꼈네. 너무 멀리 가면 안 되겠어." 그는 래디슬로에게 사정을 설명하면서 말했다. "나는 그만해야겠네. 가엾은 캐소본이 경고해 주었지. 나는 힘겹게 진전을 이루었네만 도랑을 판 것이었어. 좀 조잡한 일이었지. ― 이 선거 운동 말일세. 그렇지 않나, 래디슬로? 자네도 틀림없이 염증을 느꼈을 걸세. 하지만 우리는 《개척자》로 도랑을 팠고…… 상황을 궤도에 올려놓았지. 이제는 자네보다 평범한 사람이라도 계속 끌어갈 걸세. 더 평범한 사람이라도 말일세."

"제가 그만두기를 바라십니까?" 윌은 상기된 얼굴로 재빨리 책상에서 일어나 손을 주머니에 넣은 채 세 걸음을 옮겼다. "원하실 때 언제라도 그렇게 할 용의가 있습니다."

"내가 원하는 바에 대해서 말하자면, 친애하는 래디슬로, 알다시피 나는 자네의 능력을 더없이 높이 평가한다네. 그러나 《개척자》에 대해 우리 쪽 사람들과 의논했는데 그들은 내게 어느 정도 보상을 해 주고 그것을 떠맡아서 — 실은 그것을 운영하고 싶어 하네. 이런 상황이니 자네는 그것을 포기하고 — 더 활약을 펼칠 무대를 찾고 싶겠지. 이 사람들은 자네에 대해 내가 제2의 자아로, 내 오른손으로 늘 존중했던 것만큼 높이 평가하지 않을 수도 있네. — 나는 자네가 다른 일을 하기를 늘 기대했지만 말일세. 나는 프랑스로 잠시 여행을 떠날 생각이네. 하지만 자네를 위해서는 어떤 편지든 써 주겠네. 올소프[49]나 그런 사람들에게 말일세. 올소프를 만난 적이 있거든."

"대단히 감사합니다." 래디슬로는 당당하게 말했다. "《개척자》와 작별하실 테니까 제가 앞으로 취할 조처에 대해 성가시게 해 드릴 필요가 없습니다. 당분간은 여기 계속 머무를 수도 있습니다."

브룩 씨가 떠난 후에 윌은 속으로 중얼거렸다. '다른 가족

---

49) 올소프 자작 존 찰스 스펜서(John Charles Spencer, 1782~1845)는 웰링턴에 반대한 휘그당의 지도자이고 1830~1834년에 재무 장관을 역임했다.

들이 브룩에게 나를 쫓아내라고 강요한 거야. 이제 그는 내가 떠나도 개의치 않는군. 나는 원하는 만큼 오래 머물겠어. 내 뜻대로 움직일 거야. 그들이 나를 두려워하기 때문에 떠나지는 않겠어.'

52장

그의 마음은
가장 비천한 의무를 스스로 떠맡았지.

— 워즈워스[50]

페어브라더 씨가 로윅의 성직록을 얻게 되었다는 것을 안 6월의 어느 저녁 그 구식 응접실에는 기쁨이 넘쳐흘렀고 위대한 변호사들의 초상화들도 흐뭇한 표정으로 바라보는 듯했다. 모친은 차와 토스트에 손도 대지 않고 평소처럼 깔끔하고 단정한 모습으로 앉아서 발갛게 달아오른 뺨과 반짝이는 눈으로 감정을 드러낼 뿐이었다. 그렇게 노부인은 아득히 먼 젊은 시절의 모습을 잠깐 감동적으로 보여 주었다. 부인이 단호하게 말했다.

"가장 큰 위안은, 캠던, 네가 그걸 얻을 자격이 있다는 거다."

"사람이 좋은 자리를 얻을 때 그 공과의 절반은 나중에 밝

---

50) 윌리엄 워즈워스의 시 「런던 1802」 13~14행을 약간 달리 쓴 표현.

혀지지요." 아들은 넘치는 기쁨을 굳이 감추려 하지 않았다. 그의 즐거운 표정은 활발하고 힘차게 외부로 빛을 발할 뿐 아니라 내면에서 분주하게 떠오르는 생각을 내비치는 듯했다. 눈빛에서 즐거움과 더불어 생각이 보이는 것 같았다.

"자, 이모님⋯⋯." 손을 문지르면서 그는 작은 비버처럼 소리를 내고 있던 노블 양을 바라보며 말했다. "식탁에 언제나 사탕이 있을 테니 얼마든지 가져다가 아이들에게 나눠 주실 수 있을 거예요. 새 양말도 많이 선물하시고요. 꿰맬 양말이 전보다 더 많아질 거예요!"

노블 양은 약간 겁에 질린 듯 부드러운 웃음을 지으며 조카를 바라보고 고개를 끄덕였다. 새로 승진한 것을 빌미로 이미 바구니에 각설탕을 평소보다 더 많이 넣은 것을 의식하고 있었다.

"그리고 위니⋯⋯." 목사가 말을 이었다. "이제는 조금도 어려움 없이 너를 로윅의 어느 총각에게든 시집보낼 수 있겠구나. 가령 솔로먼 페더스톤 씨라든가. 네가 그를 좋아한다면 말이지."

내내 오빠를 쳐다보면서 자기 나름대로 기쁨을 표현하느라 마음껏 울고 있던 위니프리드 양은 눈물을 흘리면서도 미소를 지으며 말했다. "오빠가 본보기를 보여 줘야지, 캠. 이젠 오빠가 결혼해야 해."

"기꺼이. 하지만 누가 나를 사랑하겠니? 초라하게 나이 든 사람을 말이야." 목사는 일어서서 의자를 뒤로 밀고 스스로를 내려다보며 말했다. "어떻게 생각하세요, 어머니?"

"너야 잘생겼지, 캠던. 네 아버지처럼 멋진 풍채는 아니지만 말이다." 노부인이 말했다.

"오빠가 가스 양과 결혼하면 좋겠어." 위니프리드 양이 말했다. "그 아가씨는 우리 집을 활기에 넘치게 해 줄 거야."

"참 멋진 말이구나! 마치 아가씨들이 시장에서 파는 닭처럼 끈에 묶인 채 선택받기를 기다리는 듯이 말하다니. 내가 청혼만 하면 누구든 승낙할 듯이 말이야." 목사는 이름을 언급하지 않고 말했다.

"우리가 어느 아가씨나 다 좋아하는 건 아니야." 위니프리드 양이 말했다. "하지만 어머니는 가스 양을 좋아하시죠, 그렇지 않아요, 어머니?"

"내 아들의 선택은 내 선택이나 다름없을 거야." 페어브라더 부인이 위엄 있고 신중하게 말했다. "네 아내는 더없는 환영을 받을 거다, 캠던. 우리가 로윅으로 이사하면 너는 집에서 휘스트 게임을 하고 싶겠지. 그런데 헨리에타 노블은 (페어브라더 부인은 조그마하고 나이 든 여동생을 이처럼 근사한 이름으로 불렀다.) 휘스트 게임을 해 본 적이 없어."

"이제는 휘스트를 하지 않을 거예요, 어머니."

"아니 왜? 내가 젊을 때는 휘스트 게임이 훌륭한 성직자에게도 흠잡을 데 없는 오락이었어." 페어브라더 부인은 휘스트 게임이 아들에게 어떤 의미인지를 알지 못한 채 새로운 교리의 위험한 측면을 감지한 듯이 조금 날카롭게 말했다.

"너무 바빠서 휘스트 게임을 못 할 거예요. 두 교구를 맡게 되니까요." 목사는 게임의 미덕에 대해 왈가왈부하지 않으려

했다.

그는 이미 도러시아에게 말했다. "저는 성 보톨프 교회를 포기해야 한다고 생각하지 않습니다. 제가 그 성직록의 대부분을 다른 사람에게 준다면 사람들이 개혁하고자 하는 성직 겸임[51]에 대해 충분히 항의하는 것이 됩니다. 더 강력한 방법은 권한을 포기하는 것이 아니라 잘 사용하는 것입니다."

"저도 그 점에 대해서 생각해 보았어요." 도러시아가 말했다. "저 자신과 관련해서 보면 권력과 돈을 붙잡고 있기보다는 포기하는 편이 더 쉬울 거라고 생각해요. 제게 이 성직 수여권이 있다는 사실이 아주 부적절해 보이거든요. 하지만 제가 아닌 다른 사람이 권한을 사용하도록 해서는 안 된다고 느꼈어요."

"저는 부인께서 부인의 권한을 유감스러워하시지 않도록 처신해야 합니다."

그는 삶의 멍에로 더는 살갗이 벗겨지지 않을 때 양심이 더욱 활발하게 작용하는 사람이었다. 그 문제에 관해서 자기 비하를 드러내지는 않았지만 자기 행동이 성직록을 받지 않는 사람들도 범하지 않는 태만을 드러냈다는 것을 속으로 부끄러워했다.

"나는 목사가 아닌 다른 직업을 가졌으면 하고 종종 바랐네." 그가 리드게이트에게 말했다. "하지만 어쩌면 나 자신을

---

51) 한 성직자가 교회를 두 개 이상 맡는 것. 이런 경우에 부목사를 고용하여 많은 일을 맡기고 본인은 수익을 챙기는 경우가 많았으므로 사회적인 문제가 되었다.

가급적 훌륭한 목사로 만들기 위해 노력하는 편이 더 낫겠지. 보시다시피 좋은 성직록을 얻은 다음에 생긴 관점이라네. 그 관점에서 보면 어려운 일도 상당히 간단해지지." 그는 미소를 지으며 말을 맺었다.

그때 목사는 자신이 맡은 책무가 수월할 거라고 느꼈다. 그러나 책무는 예기치 못한 방식으로 움직이는 재주가 있다. 다시 말해 집으로 방문해 달라고 다정하게 초대했더니 우리 집 문간에 들어와 다리가 부러지는 육중한 친구 같은 데가 있다.

일주일이 채 지나지 않아 그 책무는 프레드 빈시의 모습을 하고 그의 서재에 나타났다. 그는 학사 학위를 받고 옴니버스 대학에서 막 돌아온 길이었다.

"성가시게 해 드려서 부끄럽습니다, 페어브라더 씨." 솔직하고 잘생긴 얼굴이 사근사근하게 말하고 있었다. "하지만 목사님밖에 의논할 벗이 없어서요. 전에 목사님께 모든 것을 말씀드렸고 목사님이 너무 친절하게 대해 주셔서 다시 오지 않을 수 없었어요."

"앉게, 프레드. 기꺼이 자네 이야기를 듣고 내가 할 수 있는 일을 하겠네." 이사를 준비하느라 소소한 물건들을 부지런히 꾸리고 있던 목사는 이렇게 말하며 일을 계속했다.

"이 말씀을 드리고 싶었어요." 프레드는 잠시 망설이더니 갑자기 말을 꺼냈다. "저는 이제 성직에 들어갈 수 있어요. 그리고 사실 어디를 둘러보아도 달리 제가 할 수 있는 일이 보이지 않습니다. 저는 그 일을 좋아하지 않지만 그렇게 말하면 아버지께서 무척 괴로우실 겁니다. 제게 돈을 많이 쓰셨으니까요." 프레드는 다시 한순간 멈추었다가 되풀이했다. "그런데 달리 할 수 있는 일이 보이질 않아요."

"자네 부친께 그 점에 대해 말씀드렸네, 프레드. 하지만 진전이 거의 없었어. 너무 늦었다고 하시더군. 그런데 자네는 이제 하나의 난관을 넘어섰네. 다른 어려움은 뭔가?"

"단지 제가 그것을 좋아하지 않는다는 겁니다. 저는 신학이나 설교, 엄숙하게 보여야 한다는 느낌이 싫어요. 말을 타고 시골을 돌아다니며 다른 사람들처럼 사는 것이 좋습니다. 나쁜 작자가 되기를 바라는 건 아니에요. 하지만 사람들이 목사에게 기대하는 일들은 제 취향에 맞지 않아요. 그런데 제가 달리 무슨 일을 하겠어요? 아버지께서는 제게 밑천을 떼어 주실 수 없을 겁니다. 그렇게 해 주신다면 농사를 지을 텐데요. 그리고 아버지의 사업에는 제가 끼어들 여지가 없어요. 물론 아버지께서는 제가 밥벌이를 하기 바라시는데 이제 와서 법이나 의학 공부를 시작할 수도 없고요. 제가 성직을 받는다면 잘못된 일이라고 말하는 건 좋습니다. 하지만 그렇게 말하는 사람은 제게 미개척지에 가라고 말하는 편이 차라리 나을 거예요."

프레드의 목소리는 투덜거리며 항의하는 어조를 띠었고, 페어브라더 씨는 프레드가 말한 것 이상을 상상하느라 마음이 바쁘지 않았더라면 미소를 지었을 것이다.

"교리에 관해서, 신앙 개조에 관해서 어려운 점이라도 있었나?" 그는 오로지 프레드를 위해 그 문제를 생각하려고 열심히 애쓰며 말했다.

"아뇨, 신앙 개조는 옳다고 생각합니다. 저는 어떤 주장으로든 그것을 논박할 마음은 없어요. 그리고 저보다 훨씬 더 낫고 더 똑똑한 친구들은 신앙 개조를 전적으로 지지하더군요. 제가 재판관이라도 된 듯이 그런 의혹을 역설한다면 꽤 우스꽝스러울 거예요." 프레드는 아주 소박하게 말했다.

"그러면 자네는 신학을 잘 알지 못해도 훌륭한 교구 목사가 될 수 있다고 생각한다는 말인가?"

"물론 목사가 되어야 한다면 제 의무를 다하려고 노력할 겁니다. 좋아하지는 않더라도 말이지요. 제가 비난받아야 한다고 생각하세요?"

"그런 마음으로 성직자가 되려는 것에 대해서? 그건 양심에 달렸네, 프레드. 자네가 앞날을 얼마나 멀리 내다보고 자네의 직책에 요구될 임무를 생각해 보았는지. 나는 오로지 나 자신에 대해서만 말할 수 있네. 나는 늘 너무나 안이했고 결과적으로 마음이 불편했다고 말이지."

"그런데 또 다른 장애물이 있어요." 프레드가 얼굴을 붉히며 말했다. "전에 말씀드리지 않았지만 어쩌면 제 말씀에서 짐작하셨을지 모르지요. 제가 무척 좋아하는 사람이 있어요. 어릴 때부터 사랑했습니다."

"가스 양이겠지?" 목사는 어떤 분류표를 아주 꼼꼼히 들여다보면서 말했다.

"네. 그녀가 결혼해 준다면 저는 무엇도 개의치 않을 겁니다. 그러면 제가 좋은 사람이 될 수 있다고 믿으니까요."

"그녀가 그 감정에 응한다고 생각하나?"

"그녀는 절대로 그런 말을 하지 않을 겁니다. 오래전에 제게 다시는 그런 말을 꺼내지 않겠다고 약속하게 만들었어요. 그리고 특히 제가 목사가 되는 것에 반대합니다. 그걸 알고 있어요. 하지만 그녀를 포기할 수 없어요. 그녀가 저를 좋아한다고 생각합니다. 어젯밤에 가스 부인을 만났는데 메리가 페어브라더 양과 함께 로윅 목사관에 머물고 있다고 하시더군요."

"그래, 매우 친절하게도 내 누이를 도와주고 있네. 그곳에 가 보고 싶은가?"

"아뇨, 목사님께 큰 부탁을 드리고 싶습니다. 이런 식으로 목사님을 성가시게 해 드리는 것이 부끄럽습니다. 하지만 메리는 목사님께서 그 문제를 언급하시면 — 제가 성직자가 되는 것 말입니다 — 목사님 말씀에 귀를 기울일 겁니다."

"좀 미묘한 일이로군, 프레드. 그녀에 대한 자네의 애정을 전제해야 할 테고. 자네가 원하는 대로 그 문제를 언급하려면 그녀에게 그 애정에 응하는지 말해 달라고 해야 할 테니."

"바로 그것을 그녀가 말해 주었으면 합니다." 프레드가 직설적으로 말했다. "전 그녀의 감정을 알지 못하고는 무엇을 해야 할지 모르겠어요."

"성직자가 되는 문제를 그에 따라서 결정한다는 뜻인가?"

"만일 메리가 저와 절대로 결혼하지 않겠다고 한다면 이렇게 잘못되나 저렇게 잘못되나 매한가지입니다."

"어처구니없는 말이네, 프레드. 남자들은 살면서 사랑을 넘어서게 되지만 경솔한 행동의 결과는 넘어설 수 없다네."

"제 사랑은 그렇지 않아요. 저는 메리를 사랑하지 않은 적이 없어요. 그녀를 포기해야 한다면 목발에 기대어 살아가는 것과 같을 거예요."

"내가 간섭하면 그녀가 상처를 받지 않을까?"

"아뇨, 그렇지 않을 거라고 믿습니다. 그녀는 누구보다도 목사님을 존경하고, 목사님께는 제게 그러듯이 장난으로 말을 돌리지 않을 테니까요. 물론 저도 목사님을 제외한 누구에게도 이런 이야기를 할 수 없고, 그녀에게 말씀해 주십사고 부탁할 수도 없습니다. 저희 둘 다에게 이렇게 소중한 벗이 되어 주실 분은 달리 없으니까요." 프레드는 잠시 말을 멈추었다가 조금 불평하듯이 말했다. "그리고 제가 시험에 붙기 위해 노력했다는 것은 그녀도 인정해야 해요. 제가 그녀를 위해서 노력하리라는 것을 그녀는 믿어야 해요."

잠시 침묵한 후에 페어브라더 씨는 일거리를 내려놓고 프레드에게 손을 내밀며 말했다.

"좋네, 여보게. 자네가 바라는 대로 하지."

바로 그날 페어브라더 씨는 얼마 전에 이사한 로윅의 목사관으로 말을 타고 갔다. '분명 나는 시들어 버린 줄기에 불과해.'라고 그는 생각했다. '새로 나온 어린 이파리들이 나를 밀어내고 있으니.'

메리는 정원에서 장미꽃을 모아 얇은 천 위에 꽃잎들을 흩뿌리고 있었다. 해가 나지막하게 걸렸고, 메리는 모자도 쓰지 않고 양산도 없이 큰 나무들이 그림자를 드리운 풀밭을 가로질러 돌아다니고 있었다. 그녀는 페어브라더 씨가 풀밭을 따라 다가오는 것을 보지 못하고는 자기가 뿌려 놓은 장미 이파리의 냄새를 맡으려고 자꾸 천 위에 올라가려 드는 검은색과 황갈색으로 얼룩덜룩한 작은 테리어에게 훈계하기 위해 고개를 숙이고 있었다. 그녀는 개의 앞발을 한 손으로 잡고서 다른 손 검지를 세우고 있었고, 개는 이마를 찡그리며 당황한 표정이 역력했다. "플라이, 플라이, 네가 부끄러워." 메리는 진지하게 낮은 목소리로 말했다. "이건 분별 있는 개한테 어울리지 않는 일이야. 사람들은 네가 어리석은 젊은 신사 같다고 생각할 거야."

"당신은 젊은 신사들에게 매정하군요, 가스 양." 2미터쯤 떨어진 곳에서 목사가 말했다.

메리는 깜짝 놀라서 얼굴을 붉혔다. "플라이에게 논리적으로 설명하면 늘 효과가 있어요." 그녀는 웃으며 말했다.

"하지만 젊은 신사들은 그렇지 않고요?"

"아, 어떤 사람들은 그럴 거예요. 어떤 젊은이들은 훌륭한 어른이 되니까요."

"그렇게 인정해 주니 다행이군요. 지금 어떤 젊은 신사에 대해서 당신에게 말하고 싶으니까."

"어리석은 신사가 아니면 좋겠어요." 메리는 다시 장미꽃을 따기 시작하면서 가슴이 불편하게도 두근거리는 것을 느꼈다.

"아뇨, 어쩌면 지혜로움이 장점이라고 말할 수는 없겠지만 애정과 진실함은 분명 그의 장점이에요. 그런데 지혜란 실은 사람들이 생각하는 것 이상으로 그 두 가지 자질에 달렸지요. 내가 어느 젊은 신사를 말하는지 이 두 가지 특성으로 알 수 있겠지요."

"네, 알 것 같아요." 메리는 용감하게 말했다. 표정은 더 진지해졌고 손은 차가워졌다. "프레드 빈시 말씀이시겠지요."

"성직자가 되는 문제에 대해서 당신과 이야기를 나눠 달라고 내게 부탁했어요. 내가 그러겠다고 약속한 것이 무례한 일이라고 생각하지 않으면 좋겠군요."

"그 반대예요, 페어브라더 씨." 메리는 장미를 내려놓고 팔짱을 끼었지만 올려다보지는 못했다. "목사님께서 제게 하실 말씀이 있으시면 언제나 저는 영광으로 여기니까요."

"그런데 그 문제에 들어가기 전에 부친께서 내게 털어놓으신 이야기를 잠깐 언급하기로 하지요. 프레드가 대학으로 떠난 직후 그가 내게 맡긴 임무를 수행하러 당신 집에 갔던 바로 그날 저녁이었어요. 페더스톤 씨가 죽던 날 밤에 어떤 일이 있었는지 가스 씨께서 말씀해 주셨어요. 당신이 유언장을 태우기를 거절했다고요. 그리고 그것 때문에 당신이 양심의 가책을 받고 있다고 하셨어요. 당신이 모르고서 프레드가 1만 파운드를 받지 못하도록 방해한 셈이 되었다고요. 그 이야기가 기억에 남았는데 바로 그 문제에서 당신의 심적 부담을 덜어 줄, 당신이 속죄하려고 희생할 필요가 없다는 것을 알려 줄 이야기를 들었어요."

페어브라더 씨는 잠시 말을 멈추고 메리를 보았다. 그는 프레드의 장점을 충분히 부각시킬 생각이었지만 속죄하기 위해 결혼하는 어리석은 여자들처럼 어떤 미신적인 생각에 사로잡히지 않도록 그녀의 마음에서 의혹을 완전히 지우는 것이 좋겠다고 생각했다.

"내 말은 당신의 행동이 프레드의 운명을 실제로 바꾸어 놓은 것은 아니라는 뜻이에요. 마지막 유언장을 태운 후에는 첫 번째 유언장이 법적으로 유효하지 않았으리라는 사실을 알게 되었어요. 그 유서가 의문시되었으면 유효하지 않았을 겁니다. 그리고 틀림없이 의문시되었을 거예요. 그러니 그 점에 관해서는 홀가분하게 생각해도 됩니다."

"감사합니다, 페어브라더 씨." 메리가 진지하게 말했다. "제 감정을 잊지 않고 챙겨 주셔서 고맙습니다."

"자, 이제 이야기를 시작하지요. 당신도 알다시피 프레드는 학위를 받았어요. 지금까지는 노력해서 해냈고, 이제 무엇을 할지가 문제이지요. 그것이 무척 어려운 문제라서 부친의 소망에 따라 성직자가 되려 하고 있어요. 그가 예전에 성직자가 되는 데 대해 확고한 반감을 갖고 있었다는 것은 나보다 당신이 더 잘 알겠지요. 그에 관해서 물어보았는데 전체적으로 볼 때 성직자가 되는 데 대해 도저히 극복 못 할 반감은 없는 것 같아요. 그 일에서 최선을 다하도록 마음을 다잡을 수 있다고 말하더군요. 단 한 가지 조건하에서 말이지요. 그 조건이 충족된다면 나는 최선을 다해 프레드를 도울 겁니다. 얼마 후에, 물론 처음에는 아니고, 그를 부목사로 고용할 수도 있고, 할 일이 많기 때문에 그는 내가 목사로 받던 만큼의 급료를 받을 수 있어요. 그러나 되풀이해서 말하자면 한 가지 조건이 있고, 그것이 충족되지 않으면 이런 좋은 일이 일어날 수 없습니다. 그는 솔직히 이야기했어요, 가스 양. 그리고 그를 위해서 간청해 달라고 부탁했어요. 그 조건은 오로지 당신의 감정에 달렸습니다."

메리가 무척 당황한 듯이 보여 그는 잠시 후에 말했다. "조금 걷기로 하지요." 걸으면서 그는 덧붙였다. "아주 명확히 말하자면 프레드는 당신이 아내가 되겠다고 승낙할 가능성을 줄이는 직업은 선택하지 않을 겁니다. 그러나 그 가능성이 있다면 당신이 인정하는 어떤 일에서든 최선을 다할 거예요."

"제가 꼭 그의 아내가 될 거라고는 말씀드릴 수 없어요, 페어브라더 씨. 하지만 만일 목사가 된다면 저는 결단코 그의 아내가 되지 않을 거예요. 목사님 말씀은 한없이 너그럽고 친절하세요. 제가 목사님의 판단에 대해 이러니저러니 말씀드리려는 것은 아니에요. 다만 제가 놀리기 좋아하는 여자아이들처럼 상황을 보기 때문이에요." 메리는 다시 장난기를 반짝이며 대답했고, 그래서 그 겸손함이 더욱 매력적으로 보였다.

"그는 당신의 생각을 정확히 알려 주기를 바라고 있어요." 페어브라더 씨가 말했다.

"저는 우스꽝스러운 사람을 사랑할 수 없을 거예요." 메리는 더 깊이 들어가지 않으려고 했다. "프레드는 분별력과 지식을 충분히 갖추었기 때문에 원한다면 속세의 버젓한 일에서 존중받을 수 있을 거예요. 하지만 그가 설교하고, 권고하고, 축복을 내리고, 병자 옆에서 기도하는 모습을 상상하면 익살스러운 풍자를 보는 것 같거든요. 그가 목사가 되려는 것은 오로지 점잖은 신분으로 체면을 세우기 위해서겠지요. 저는 그런 어리석은 체면보다 더 경멸스러운 것은 없다고 생각하니까요. 멍한 얼굴에 말끔한 우산을 들고 점잔 빼고 다니면서 하찮은 이야기나 늘어놓는 크로즈 씨에 대해 그렇게 생각하곤 했어요. 그런 사람들이 무슨 권리로 그리스도교를 대표하나요? 마치 교회가 점잔 빼는 바보들을 만들어 내는 기관이라도 되는 듯이, 마치……." 메리는 말을 멈췄다. 페어브라더 씨가 아니라 프레드에게 말할 때처럼 도가 지나쳤던 것이다.

"젊은 아가씨들은 가혹하지요. 남자들만큼 행동의 압박감을 느끼지 않거든요. 어쩌면 그 점에서 당신을 예외로 해야겠지만. 하지만 프레드 빈시를 그 정도 낮은 수준으로 여기는 것은 아니겠지요?"

"물론 아니에요. 그는 상당히 분별력이 있거든요. 다만 목사로서는 그 분별력이 발휘되지 않을 거라고 생각해요. 직업적으로 가식을 떠는 사람이 될 거예요."

"그럼 답은 확실히 정해졌군요. 목사로서는 희망이 없다는 것이지요?"

메리는 고개를 저었다.

"하지만 다른 방법으로 용감하게 어려움을 이겨 내고 밥벌이를 한다면 그에게 희망을 주겠어요? 그가 당신을 얻을 거라고 기대해도 될까요?"

"제가 이미 말했는데 프레드가 또다시 그 얘길 꺼낼 필요는 없다고 생각해요." 메리는 약간 화가 난 듯이 말했다. "제 말은 실제로 가치 있는 일을 하고 난 다음에 그런 질문을 하라는 뜻이에요. 그런 일을 할 수 있다고 말만 할 것이 아니라."

페어브라더 씨는 잠시 입을 다물었다 방향을 돌려 풀밭 산책로 끝에 서 있는 단풍나무 그늘 아래서 멈추었을 때 다시 말을 꺼냈다. "당신을 얽매려는 어떤 시도에 대해서도 저항하려는 것은 이해해요. 하지만 프레드 빈시에 대한 당신의 감정은 다른 애정의 가능성을 배제하거나 그러지 않거나 둘 중 하나겠지요. 그는 당신을 얻을 때까지 당신이 미혼으로 있으리라고 기대하거나 아니면 실망하게 되겠지요. 미안해요, 메리. 알다시피 난 당신을 그 이름으로 부르며 교리를 가르쳤지요. 그런데 한 여자의 감정이 다른 사람의 행복, 한 사람만 아니라 여러 사람의 행복에 영향을 미칠 때 나는 그녀가 더없이 솔직하게 말해 주는 것이 더 고귀한 행동이라고 생각합니다."

이제는 메리가 입을 다물었다. 페어브라더 씨의 태도가 아니라 진지하고 억제된 감정이 담긴 목소리에 어리둥절했다. 그의 말이 그 자신을 가리킬지 모른다는 이상한 생각이 문득 스쳤지만 믿을 수 없었고, 그런 생각이 들었다는 것이 부끄러웠다. 그녀는 짧은 양말과 끈 달린 작은 구두를 신던 어린아이였을 때 우산 고리를 손가락에 끼워 주며 아내로 삼았던 프레드 외에 다른 남자가 자기를 사랑할 수 있으리라고는 생각해 본 적이 없었다. 더욱이 그녀가 아는 작은 사회에서 가장 현명한 사람인 페어브라더 씨가 자신을 조금이라도 중요한 사람으로 여기리라는 생각은 더더욱 할 수 없었다. 순간적으로 스친 그 생각은 흐릿한 환영에 불과하다고 느꼈다. 그러나 한 가지는 명료하고 확고했다. 그녀의 대답은.

"그것이 제 의무라고 생각하시니까 말씀드리겠어요, 페어브라더 씨. 프레드에 대한 제 감정은 너무 강하기 때문에 다른 사람을 위해서 그를 버릴 수는 없을 거예요. 그가 저를 잃어서 불행하다는 것을 알면 저도 온전히 행복하지는 못할 거예요. 그 감정은 제 마음에 아주 깊이 뿌리를 내렸거든요. 아주 어릴 때부터 늘 저를 가장 사랑해 주고 제가 다치면 너무도 마음을 써 주었기에 고마웠어요. 제게 새로운 감정이 생겨서 그 감정이 약해지리라고는 상상할 수 없어요. 그가 모든 사람의 존중을 받는다면 무엇보다도 기쁘겠지요. 하지만 그때까지는 그와 결혼을 약속하지 않겠다고 말씀해 주세요. 그러지 않으면 제 부모님께서도 부끄러워하시고 슬퍼하실 거예요. 그는 자유롭게 다른 사람을 선택할 수 있어요."

"그렇다면 내 임무를 철저히 완수했습니다." 페어브라더 씨는 메리에게 손을 내밀며 말했다. "곧장 미들마치로 돌아가겠어요. 이런 앞날에 대한 희망이 있으니 프레드는 어떻게든 적절한 직업을 찾겠지요. 내가 앞으로 당신들의 혼례식을 집전할 수 있기를 바랍니다. 하느님의 축복이 있기를!"

"아, 좀 계세요. 차를 드릴게요." 메리가 말했다. 그녀의 눈에 눈물이 고였다. 뭐라 말할 수 없지만 결연히 고통을 억누르는 듯한 페어브라더 씨의 태도에 문득 슬픔을 느꼈던 것이다. 고통스러운 순간에 떨리던 아버지의 손을 보고 느꼈듯이.

"아니, 아니요. 돌아가야겠어요."

삼 분 뒤에 목사는 다시 말을 타고 달리고 있었다. 휘스트 게임을 단념하는 것보다 더 힘들고, 심지어 참회록을 쓰는 것보다 더 어려운 임무를 너그러운 마음으로 수행했던 것이다.

53장

믿음과 행위를 엮어 서로 지탱해 나가도록 무수히 존재하는 숨겨진 흡입관에 '만일'과 '그러므로'라는 죽은 장치를 연결하여 ― 외부인들이 모순이라고 부르는 것에서 위선을 결론 내리는 것은 얄팍한 성급함일 뿐이다.

불스트로드 씨는 로윅에서 새로운 자산을 획득하려 했을 때 당연히 로윅의 새 목사가 자신이 전적으로 인정한 사람이기를 특히 바랐다. 그리고 자신이 스톤 코트의 주인으로서 권리증을 손에 넣게 된 시점에 페어브라더 씨가 그 예스러운 작은 교회에서 영국 국교회의 신앙 개조에 동의하고[52] 농부와 노동자, 마을 직공 들에게 첫 번째 설교를 했다는 사실은 자기 결함과 나아가 전 국가적 결함에 대한 응징이자 경고라고 믿었다. 불스트로드 씨가 로윅 교회에 자주 나갈 생각이었거나 앞으로 한동안 스톤 코트에서 거주할 생각이 있는 것은

---

52) 목사가 처음 취임할 때 영국 국교회의 의식에 따라서 신앙 개조에 대한 믿음을 고백하는 관습.

아니었다. 그는 훌륭한 농장과 건물을 그저 은신처로 구입했을 뿐이고, 점차 토지를 늘려 나가고 집을 아름답게 꾸며 나중에 그곳에서 거주할 때 하느님의 영광을 드높일 것이다. 현재 운영하는 사업에서 일부 물러나고 예상치 않은 신의 은총으로 구입할 수 있었던 토지를 더 늘려 시골 지주로서 영향력을 복음서의 진실에 더욱 두드러지게 보태면서 말이다. 이 부분에서 하느님의 강력한 인도가 있었음은 놀랍게도 수월하게 스톤 코트를 구입할 수 있었던 과정에서 드러난 것 같았다. 사람들은 리그 페더스톤 씨가 에덴동산처럼 그곳에 집착할 거라 생각했고, 가엾은 피터 노인도 그것을 기대했다. 노인은 앞날을 내다보지도 못하면서 종종 상상 속에서 자기 몸을 덮은 펫장 너머를 올려다보고는 개구리 얼굴의 상속자가 멋진 구옥과 토지를 향유하며 다른 이들에게 끝없는 놀라움과 실망을 안겨 주는 장면을 보았던 것이다.

그러나 우리 이웃이 바라는 낙원이 어떤 곳인지를 우리는 얼마나 잘 알지 못하는가! 우리는 자기 욕망으로 판단할 뿐이고, 이웃이 늘 솔직하게 자기 욕망을 넌지시 내비치는 것은 아니다. 냉철한 판단력을 가진 조슈아 리그는 스톤 코트를 최고의 재산으로 여기지 않는다는 사실을 부친에게 알려 주지 않았다. 물론 그것을 자기 재산이라고 부를 수 있기를 바랐다. 그러나 워런 헤이스팅스가 황금을 보고 데일스퍼드를 되사겠다고 생각했듯이[53] 조슈아 리그는 스톤 코트를 보고 금을 사

---

53) 동인도 회사의 유명한 대리인으로서 조상 대대로 내려온 영지를 자기

려고 생각했다. 그는 가장 큰 이익이 될 것을 뚜렷이 강렬하게 떠올렸고, 물려받은 강렬한 탐욕은 그의 상황에 의해 특정한 형태로 나타났다. 그에게 최고의 이익이란 다름 아닌 환전상이 되는 것이었다. 어린 시절에 항구에서 잔심부름꾼으로 일할 때부터 그는 다른 소년들이 빵집 창문을 들여다보듯이 환전상의 창문을 들여다보았다. 그 매혹은 점점 깊고 특별한 열정으로 커 갔다. 재산을 모으면 여러 가지를 해 볼 생각이었고 그중 하나는 좋은 집안 아가씨와 결혼하는 것이었다. 하지만 이런 것들은 전부 다 상상으로 해결할 수 있는 사건이자 즐거움이었다. 그의 영혼이 갈망한 단 하나의 기쁨은 자주 들락거리던 선창에 환전 가게를 내고 겹겹이 자물쇠를 채우고는 거만하고 냉정하게 보이는 얼굴로 열쇠를 들고 다니며 온갖 나라의 동전들이 새끼를 치도록 거래하는 것이었다. 그러면 무력한 탐욕의 신이 쇠창살 반대편에서 시샘하는 눈길로 그를 바라볼 것이다. 이런 강렬한 열정을 품고 그는 그것을 실현하기 위해 필요한 지식을 모두 섭렵해 나갔다. 그래서 모두들 그가 스톤 코트에 정착했다고 생각했을 때 조슈아 자신은 이제 금고와 자물쇠들로 최고의 장비를 갖추고 노스 키에 정착할 날이 머지않았다고 생각하고 있었다.

이것으로 충분하다. 우리 관심사는 조슈아 리그의 토지 매각을 불스트로드 씨의 관점에서 바라보는 것이다. 불스트로드는 그것을 자신을 독려하려는 신의 섭리로 해석했고, 그가

재산으로 다시 사들였다.

얼마간 외부의 격려를 받지 못한 채 마음에 품어 왔던 목적을 승인하시는 거라고 생각했다. 그렇게 해석하기는 했지만 과신할 수 없었기에 조심스러운 말로 감사 기도를 올렸다. 그가 일말의 의혹을 느낀 것은 그 사건과 조슈아 리그의 운명이 어떤 관련성이 있을지 모른다는 생각에서가 아니었다. 조슈아의 운명은 아마도 불완전한 식민지 방식으로 지배하는 것이 아니라면 신의 통치를 받지 않는, 지도에 나타나지 않은 영역에 속했다. 그 의혹은 이 신의 섭리도 페어브라더 씨가 성직에 취임한 일이 분명 그렇듯이 자신에 대한 응징이 될지 모른다는 생각에서 일어났다.

이 말은 불스트로드 씨가 누구든 속일 목적으로 한 것이 아니었다. 그가 스스로에게 한 말이었다. ── 혹시 그의 의견에 반대한다면 여러분이 내세울 어떤 지론 못지않게 진심으로 그가 사건을 설명하는 방식이었다. 우리 지론에 개입하는 이기주의는 그 지론의 진실성에 영향을 미치지 않는다. 오히려 우리 이기심을 더 많이 충족할수록 우리 믿음은 더욱 강해진다.

어떻든, 하느님의 승인이든 아니면 응징이든 불스트로드 씨는 피터 페더스톤이 사망한 지 열다섯 달이 지나지 않아 스톤 코트의 주인이 되었고, 피터가 "알 만한 가치도 없는 작자"라고 말했던 남자는 실망한 친척들의 마음을 달래 주는 무궁무진한 이야깃거리가 되었다. 형이 세상을 떠난 후 이제 상황이 뒤집어졌고 그의 교활함이 더욱 교활한 세상사로 말미암아 좌절한 것은 솔로먼에게 생각할수록 고소한 일이었다. 월 부인은 가짜 페더스톤을 만들어 진짜를 내친 사건이 아무짝에도 쓸모없었다는 그 증거에서 우울한 승리감을 느꼈다. 마르타 누이는 초키 플랫에서 소식을 듣자마자 말했다. "맙소사, 정말! 그렇다면 전능하신 하느님께서는 결국 그 구빈원이 마음에 들지 않으셨던 거야."

애정이 깊은 불스트로드 부인은 스톤 코트를 구입하면서 남편의 건강이 좋아질 거라고 특히 기뻐했다. 그는 거의 하루도 빼놓지 않고 그곳으로 말을 달렸고, 토지 관리인과 함께 농장의 일부를 돌아보았다. 최근에 쌓아 올린 건초 가리 냄새가 옛 정원의 풍부한 숨결과 뒤섞이는 저녁나절이면 고요한 농장에 감미로운 분위기가 감돌았다. 어느 날 저녁 지평선 위에 걸린 해가 큰 호두나무 가지들 사이에서 아직 황금빛 횃불처럼 타오를 때 말에 탄 불스트로드 씨는 대문 밖에서 케일럽 가스를 기다리고 있었다. 가스는 마구간의 배수구 문제에 대한 의견을 알려 주기 위해 그를 만나기로 했고, 지금은 건초 가리가 쌓인 뜰에서 토지 관리인에게 조언을 하는 중이었다.

불스트로드 씨는 건강에 나쁘지 않은 기분전환으로 상쾌하고 평소보다 더 평온한 상태라는 것을 의식하고 있었다. 교리상으로는 자신에게 훌륭한 점이 전혀 없다고 믿었다. 그러나 교리상의 확신은 자기 결함에 대한 의식이 명확한 형체를 띠고 기억에 떠올라 따끔거리는 수치심이나 찌르는 듯한 회한을 일으키지 않을 때 별다른 고통 없이 유지될 수 있다. 아니 우리 죄의 깊이는 용서의 깊이를 재는 척도일 뿐이고 우리가 신의 뜻을 수행하는 특별한 도구라는 확고한 증거일 때 우리는 자신의 결함을 의식하면서도 강한 만족감을 느낄 수 있다. 기억이란 기질 못지않게 변덕스러우므로 그것이 떠올리는 장면을 투시화처럼 쉽사리 바꾸곤 한다. 이 순간 불스트로드 씨는 아주 젊은 청년으로 하이버리 너머 멀리 설교하러 다니던 아득히 먼 저녁나절의 햇빛과 지금의 햇살이 하나인 듯이 느껴졌다. 자신은 지금 고려 중인 권유의 봉사를 기꺼이 수행했을 것이다. 성서는 여전히 옆에 있었고, 그 말씀을 해설하는 능력도 그러했다. 그의 짧은 회상은 케일럽 가스가 돌아오는 바람에 중단되었다. 말을 타고 있던 가스는 이야기를 꺼내기 전에 고삐를 잡아당기며 큰 소리로 외쳤다.

"아니! 오솔길을 따라오는 저 검은 옷을 입은 사람은 누구지요? 경마가 끝난 다음에 볼 법한 사람 같군요."

불스트로드 씨는 말을 돌려 오솔길을 바라보았지만 아무 대답도 하지 않았다. 길을 따라오고 있는 사람은 우리가 조금 아는 래플스 씨였다. 검은 옷과 모자에 두른 상장을 제외하면 외모는 달라진 점이 없었다. 이제 그는 말에 탄 두 사람에게서 3미터도 떨어지지 않은 곳에 이르렀고, 지팡이를 위로 휘두르던 얼굴에서 누군지 알아보았다는 눈빛이 번뜩였다. 그는 불스트로드 씨에게서 눈을 떼지 못하더니 마침내 소리쳤다.

"어이쿠, 닉, 자네로군! 못 알아볼 리가 없지. 이십오 년 세월에 우리 둘 다 바보짓을 했지만 말이야! 그래, 어떻게 지냈나? 날 여기서 볼 줄은 꿈에도 몰랐겠지. 자, 악수나 하세."

래플스 씨가 다소 흥분한 상태라고 말하는 것은 지금이 저녁이라고 말하는 것처럼 자명한 일이었다. 케일럽 가스가 보기에 불스트로드 씨는 한순간 갈등하고 주저했지만 결국 냉정하게 손을 내밀며 말했다.

"이 외딴 시골에서 자네를 보리라고는 실로 예상치 못했네."

"그래, 여기가 내 의붓아들의 땅이거든." 래플스가 태도를 바꿔 으스대며 말했다. "전에 녀석을 만나러 여기 왔었지. 자네를 만난 건 그리 놀랍지 않네. 편지를 손에 넣었거든. 자네라면 하느님의 은총이라고 말할 일이지. 하지만 자네를 만나다니 기막히게 운이 좋군. 의붓아들은 만나고 싶지 않으니까. 인정머리 없는 녀석인 데다 가엾은 모친도 이제 세상을 떴어. 솔직히 말하면 난 자네에 대한 애정으로 온 거라네, 닉. 자네 주소를 알려고 왔지. 자, 여길 보라고!" 래플스는 주머니에서 구깃구깃한 종이를 꺼냈다.

케일럽 가스가 아닌 다른 사람이었다면 그 자리에 남아서 들을 수 있는 이야기를 모두 듣고 싶은 유혹을 느꼈을 것이다. 불스트로드와 이방인의 관계는 그 은행가에 대해 미들마치에 알려진 것과 전혀 다른 인생의 우여곡절을 암시하는 듯했기에 숨겨진 비밀이 호기심을 자극했을 것이 틀림없다. 그러나 케일럽은 특이한 사람이었다. 사람들의 성향 중에서 일반적으로 강렬한 성향이 그의 마음에는 거의 존재하지 않았고, 그중한 가지는 사적인 문제에 대한 호기심이었다. 특히 다른 사람에 관해 수치스러운 사실을 알게 되면 케일럽은 아예 눈을 감아 버리는 쪽을 택했다. 아랫사람의 고약한 행동이 발각되었다고 말해야 할 경우에 그 죄인보다 더 당황하기 일쑤였다. 그래서 그는 말에 박차를 가하며 "좋은 저녁 시간 보내시기 바랍니다, 불스트로드 씨. 저는 집에 돌아가야 합니다."라고 말하고는 급히 달려갔다.

"자네는 이 편지에 주소를 다 쓰지 않았더군." 래플스가 말을 이었다. "과거의 자네처럼 일류 사업가에게는 걸맞지 않은 일이지. '슈럽스(관목)'라, 그건 어디에나 있거든. 자네는 이 근방에 살겠지, 안 그래? 런던의 사업을 전부 접었고……. 시골의 지주 나리가 되셨을 테니 시골 대저택으로 나를 초대할 수 있겠군. 망할, 대체 얼마 만이지? 그 늙은 부인이 죽은 지 꽤 오래됐지. 딸이 얼마나 가난하게 사는지 알았더라면 몹시 괴로웠을 텐데 그걸 모르고 저세상으로 갔지, 안 그래? 그런데 정말이지 아주 창백하고 기운이 없어 보이는군, 닉. 가자고. 자네가 집에 갈 생각이면 옆에서 걸어가겠네."

평소에도 창백한 불스트로드 씨의 얼굴은 사실 송장처럼 시퍼렇게 질려 있었다. 오 분 전만 하더라도 드넓은 인생이 청년 시절의 기억을 되비추는 저녁 햇살에 잠겨 있었다. 죄는 교리와 내적 참회의 문제로 보였고, 수치심은 골방에서 은밀히 행하는 수행이며, 자기 행위의 의미는 오로지 영적 관계와 신성한 목적의 개념에 의해 조정된 개인적 통찰의 문제였다. 그런데 지금 마치 소름 끼치는 마술처럼 이 시끄러운 악귀가 통제할 수 없는 실체로 눈앞에 솟아난 것이다. 이는 그가 상상한 신의 응징에 포함되지 않은 무형의 과거였다. 하지만 불스트로드 씨의 머릿속은 재빨리 돌아갔다. 그는 성급하게 행동하거나 말할 사람이 아니었다.

"집으로 가는 길이네." 그가 말했다. "하지만 조금 늦어도 괜찮네. 원한다면 자네는 여기서 쉬어도 돼."

5부 죽은 자의 손

"고맙군." 래플스가 인상을 찌푸리며 말했다. "이젠 의붓아들을 만나도 괜찮아. 자네 집에 가는 게 더 좋겠지만."

"의붓아들이 리그 페더스톤 씨라면 여기 없네. 이제는 내가 여기 주인이네."

래플스는 눈을 번쩍 뜨고 길게 휘파람을 불면서 놀라움을 드러냈다. "그렇다면 반대할 것도 없지. 마찻길에서부터 꽤 많이 걸어왔거든. 나는 원래 잘 걷지 못하는 데다 말도 잘 타지 못했지. 내게 필요한 건 튼튼한 말이 끄는 작은 마차야. 말을 타기에는 늘 조금 무거웠으니까. 나를 만나서 무척 놀랍고 반갑겠지, 옛 친구!" 함께 집으로 걸어가면서 그가 말을 이었다. "그렇다고 말하지 않는군. 하지만 자네는 행운을 진심으로 고맙게 받아들인 적이 없어. 늘 그 기회를 더 이용하려 했지. 행운을 활용하는 데 기막힌 재주가 있었으니까."

래플스 씨가 자신의 재치 있는 말을 무척 즐기는 것 같았고 뻐기듯이 다리를 흔들며 걸었기에 그의 벗은 분별력과 인내심이 있었음에도 참기 어려웠다.

"내 기억이 맞다면……." 불스트로드는 차갑게 노기를 띠고 말했다. "오래전 우리 관계는 지금 자네가 허물없이 굴어도 될 만큼 가까운 사이는 아니었지, 래플스 씨. 자네가 내게 원하는 것이 있다면 더욱 기꺼이 들어주겠네. 예전에는 엄두도 내지 못했고 이십 년 넘게 왕래가 없었기에 온당하지도 않은 친근한 말투를 쓰지 않는다면 말이야."

"닉이라고 불리는 게 싫은 모양이지? 그래도 난 마음속으로 자네를 늘 닉이라고 불렀어. 눈에 보이지는 않아도 소중한 기억으로 말이야. 맹세코, 자네에 대한 내 감정은 오래 묵은 코냑처럼 무르익었지. 집에 술이 좀 있으면 좋겠군. 조시가 지난번에 내 술병을 잘 채워 줬는데.”

래플스에게 코냑에 대한 갈망은 상대를 괴롭히려는 욕망만큼 강렬하지 않았고 조금만 불쾌한 암시라도 그에게는 늘 새로운 꼬투리가 된다는 것을 불스트로드 씨는 아직 제대로 파악하지 못했다. 하지만 더 반박해 봐야 아무 소용 없으리라는 것이 적어도 분명했으므로 불스트로드 씨는 손님을 위해 숙식을 준비하라고 가정부에게 지시한 다음 단호하고 침착한 태도를 취했다.

이 가정부는 전에도 리그의 시중을 들었으므로 불스트로드 씨가 래플스를 예전 주인의 친지로 집에 들였다고 짐작하리라 생각하면 조금 안심이 되었다. 징두리널을 두른 응접실에서 손님 앞에 음식이 차려지고 다른 목격자가 없을 때 불스트로드는 말을 꺼냈다.

“나는 자네와 습성이 너무나 다르기 때문에 서로의 교류를 즐겁게 받아들일 수 없네. 그러니 우리 두 사람에게 가장 현명한 방법은 되도록 빨리 헤어지는 것이지. 자네가 나를 만나고 싶었다니 나와 거래할 일이 있다고 생각한 모양이지. 그런 사정으로 자네를 여기에서 하룻밤 지내도록 해 주겠네. 나는 내일 아침 일찍 식사 전에 이리 오겠어. 자네가 내게 할 말이 있으면 그때 듣겠네.”

“기꺼이 그렇게 하지.” 래플스가 말했다. “아주 편안한 곳이군. 계속 지내려면 약간 지루하겠지만 하룻밤은 참아 줄 수 있어. 좋은 술도 있고 아침에 자네를 다시 만날 거라는 기대도 있으니. 자네는 내 의붓아들보다 훨씬 낫군. 조시 녀석은 내가 제 어미와 결혼했다고 원한을 품었지. 그리고 우리끼리 얘긴데 내가 그 녀석을 조금도 친절하게 대하지 않았거든."

불스트로드 씨는 명랑하면서도 특이하게 조롱기가 섞인 래플스의 말투가 다분히 술 때문이기를 바라면서 술이 깰 때까지 말을 낭비하지 말고 기다리기로 작정했다. 그러나 이 남자에 대해 영원히 마음을 놓을 조치를 마련하기란 매우 어렵겠다는 생각이 집으로 돌아오는 길에 무섭게도 또렷이 떠올랐다. 존 래플스가 다시 나타난 것이 하느님의 계획에 속하지 않는다고 생각할 수는 없지만 그를 제거하고 싶은 것은 불가피한 욕구였다. 악령이 선의 도구인 불스트로드 씨를 위협해서 타도하려고 그를 보냈을 것이다. 그러나 그 위협은 틀림없이 하느님의 허락을 받았을 터이므로 새로운 응징인 셈이다. 그가 안전하게 홀로 몸부림치면서 자신의 은밀한 악행이 결국 용서받았고 봉사가 수락되었다고 느꼈던 시간들과는 전혀 다른 고뇌의 시간이었다. 그 악행을 저질렀을 때도…… 그 악행은 자신과 그가 소유한 모든 재산을 하느님의 계획을 진척시키는 데 바치겠다는 한결같은 열망으로 어느 정도 사함을 받고 정화되지 않았던가? 그런데 결국 자신은 고작 걸림돌이자 사람들이 걸려 넘어질 바윗돌[54]이 되고 말 것인가? 그의 내면

---

54) 「로마인들에게 보낸 편지」 9장 33절. "'자, 내가 걸림돌 하나를 시온에 놓으리니 사람들이 걸려 넘어질 바윗돌이라. 그러나 그를 믿는 사람은 수치를 당하지 않으리라.' 하신 말씀대로입니다."

의 노력을 누가 이해할 것인가? 그를 모욕할 구실이 있을 때 그의 온 생애와 그가 신봉한 진실을 싸잡아 욕하며 저주하지 않을 사람이 어디 있겠는가?

가장 내밀한 묵상에 빠져 있을 때 불스트로드·씨는 평생 습관적으로 자신의 가장 이기적인 공포를 초인간적 목적과 관련된 교리로 덮어씌워 생각해 왔다. 그러나 지구의 궤도와 태양계에 대해 말하고 숙고할 때도 우리는 견고한 지구와 하루하루의 흐름을 피부로 느끼고 행동을 거기에 맞춘다. 이제 자동적으로 이어지는 사변적 구절들 속에는 ― 우리가 추상적 고통에 대해 말할 때 뚜렷이 가장 깊은 곳에서 ― 다가오는 열병의 오한과 통증을 느끼듯이 이웃과 아내 앞에서 겪을 치욕의 예감이 있었다. 고통이란 치욕에 대한 공적 평가와 마찬가지로 이전에 공언한 정도에 달렸으니 말이다. 오로지 중죄를 피하려는 사람에게 죄수 수용소에 수용되지 않을 범죄는 치욕이 아니다. 그러나 불스트로드 씨는 훌륭한 그리스도교인을 목표로 세웠던 것이다.

다음 날 아침 7시 30분도 되지 않아서 그는 다시 스톤 코트에 도착했다. 멋진 고택이 그 순간보다 더 쾌적하게 보인 적은 없었다. 크고 흰 백합꽃이 만발했고, 나지막한 담장 너머로 뻗어 나간 한련의 예쁜 이파리마다 은방울처럼 이슬이 매달려 있었다. 주위의 소음도 평화롭게 들렸다. 그러나 정문 앞 자갈길을 걸어가서 래플스가 내려오기를 기다리는 주인에게는 모든 것이 엉망이었다. 고약하게도 그 남자와 함께 아침 식사를 할 신세였다.

오래지 않아 그들은 징두리널을 두른 응접실에서 차와 토스트를 앞에 놓고 마주 앉았다. 너무 이른 시간이라서 래플스는 그것밖에 먹을 수 없었다. 아침이 되어도 상태는 전날 저녁과 그리 다르지 않았고, 그의 벗이 기대한 정도에 미치지 못했다. 오히려 술기운이 빠지면서 더 침울해졌기에 남을 괴롭히며 즐기려는 마음이 조금 더 커졌을 것이다. 아침 햇살에 드러난 거동은 확실히 더 불쾌해 보였다.

"시간이 별로 없기 때문에, 래플스 씨." 차를 한 모금 마시고 토스트는 먹지 않고 부수기만 하면서 은행가가 말했다. "자네가 나를 만나려 한 이유를 즉시 말해 주면 고맙겠네. 다른 지방에 집이 있을 테니 곧 돌아가고 싶겠지."

"마음이 따뜻한 사람이라면 왜 옛 친구를 만나고 싶지 않겠나, 닉? 난 자네를 닉이라고 불러야겠어. 자네가 늙은 과부와 결혼했을 즈음 우리는 늘 자네를 젊은 닉이라고 불렀지. 누군가는 자네가 부친 닉을 빼닮았다고 했지. 하지만 자네를 니콜라스라고 부른 건 자네 모친의 잘못이었어.[55] 나를 다시 봐서 반갑지 않나? 자네가 아담한 곳에서 함께 살자고 청해 주기를 바랐네. 마누라가 죽어서 이제 내 집은 박살이 나고 말았거든. 어디 특별히 마음 붙일 데도 없고. 다른 곳보다는 여기 정착하는 게 좋겠어."

"자네가 왜 미국에서 돌아왔는지 물어봐도 되겠나? 적당한

---

55) 닉은 '니콜라스'의 애칭이다. 부자의 이름이 같지만 실제 인물 됨됨이가 다르다는 의미를 담은 빈정거림이다.

돈이 마련되면 미국에 가고 싶다고 했을 때 그 특별한 소망은 평생 거기서 살겠다는 약속이나 다름없는 줄 알았네."

"어딜 가고 싶다는 게 거기서 계속 살고 싶다는 말과 똑같은 줄 몰랐는걸. 그렇지만 십이 년이나 살았어. 더 이상은 내게 맞지 않았고. 다신 가지 않을 거야, 닉." 이 부분에서 래플스 씨는 불스트로드 씨를 쳐다보며 천천히 한 눈을 찡긋했다.

"어떤 일을 하면서 안정을 찾고 싶은가? 지금 무슨 일을 하고 있나?"

"고맙지만 내 직업은 한껏 즐기는 거라네. 이제 더는 일하고 싶지 않거든. 일을 한다면 담배 장사나 그런 걸 하면서 돌아다니겠지. 그러면 유쾌한 사람들을 만나게 되니까. 하지만 기댈 만한 독자적인 수입이 없으면 안 되지. 그게 바로 내가 원하는 거야. 내가 예전처럼 튼튼하지 않아, 닉. 물론 자네보다야 혈색이 좋지만. 나는 독자적인 수입을 바라네."

"자네가 멀리 떨어져 있겠다고 약속한다면 그걸 제공해 줄 수 있을 걸세." 불스트로드는 낮은 목소리로, 어쩌면 너무 간절히 바라는 듯이 말했다.

"그건 내 사정에 따라 달라지겠지." 래플스는 냉정하게 말했다. "내가 이 근방 사람들을 몇 명 사귀면 안 될 이유라도 있나? 나는 누구와 어울리기에도 부끄럽지 않아. 마차에서 내렸을 때 길가에 가방을 내려놓고 리넨 셔츠로 갈아입었다고. 진짜 리넨이야, 맹세코! 가슴판과 소맷부리 말고도. 그런 데다 상복을 입고 혁대를 매고 다 갖춰 입었으니 여기 사는 부자 양반들을 만나도 자네 품위가 깎이지 않을 거야." 래플스 씨는 의자를 뒤로 밀고 자기 모습을, 특히 혁대를 내려다보았다. 그는 불스트로드의 화를 돋울 심산이었지만 이제 자기 외모가 멋지게 보일 테고 자신이 잘생기고 재치가 있을뿐더러 상복을 입어서 확고한 인척 관계를 드러낸다는 생각이 들었다.

"어떤 식으로든 내게 기댈 생각이라면……." 불스트로드는 잠시 멈추었다가 말했다. "자네는 내 요구를 들어야겠지."

"아, 물론이지." 래플스가 정중한 척하면서 대답했다. "나는 언제나 그렇게 하지 않았나? 아, 자네는 날 통해서 굉장한 걸 얻어 냈지. 난 아주 쪼금밖에 못 얻었지만 말이야. 그 이후에 종종 생각했는데, 내가 그 늙은 여자한테 딸과 손자를 찾았다고 말해 줬더라면 더 나았겠더라고. 마음이 흐뭇했을 거야. 내 마음엔 다정한 구석이 있거든. 하지만 자네가 늙은 여자를 매장했을 테니 지금에야 그 여자한테 매한가지겠지만. 그런데 자넨 그 수지맞는 장사에서 큰 재산을 손에 넣었지. 진짜 축복받은 거지 뭔가. 자넨 부자가 되어 땅도 사고 시골의 높은 분이 되었단 말씀이야. 아직도 국교 반대파에 속하나, 어? 여전히 독실한 신자이고? 아니면 점잖게 교회에 나가게 되었나?"

이 순간 느릿느릿 눈을 찡긋하면서 혀를 약간 내밀고 있는 래플스 씨는 악몽보다도 끔찍했다. 그것이 꿈이 아니라 생시의 고통임이 확실했으므로. 불스트로드 씨는 몸서리나고 메스꺼웠지만 속으로는 래플스를 제멋대로 하게 내버려 두지 말고 그야말로 중상모략을 한다고 반박할지 열심히 생각하고 있었다. 곧 이 남자에 관한 나쁜 평판이 돌면 사람들은 그의 말을 믿지 않을 것이다. "하지만 그가 너에 대해 추악해 보이는 진실을 이야기할 때는 그렇지 않을 거야."라고 그의 분별력은 반론을 제기했다. 그리고 다시 생각해 보니 래플스를 멀리 보내는 것이 그리 나쁘지 않아 보였고, 불스트로드 씨는 진실한 말을 부정하는 노골적인 거짓말에서 몸을 사렸다. 용서받은 죄를 되돌아보는 것, 아니, 해이한 관습에 순응한 수상쩍은 행위를 설명하는 것과 거짓이 필요한 상황에 의도적으로 발을 들이는 것은 다른 문제였다.

불스트로드가 아무 말도 하지 않았기 때문에 래플스는 시간을 최대한 이용할 생각으로 계속 떠벌렸다.

"난 자네만큼 운이 좋지 않았어. 뉴욕에서는 엉망이었지. 양키는 뻔뻔스러운 놈들이라서 신사적인 사람은 그들과 붙어 봐야 승산이 없거든. 나는 돌아와서 결혼했지. 담배를 파는 괜찮은 여자였는데 나를 꽤 좋아했어. 하지만 그 장사는 말하자면 규제가 있거든. 그 사람은 어떤 친구 덕에 장사를 꽤 오래 해 왔어. 그런데 골치 아픈 아들놈이 있었다고. 조시와 나는 잘 맞은 적이 없어. 어떻든 난 그 상황을 최대한 이용해서 늘 좋은 친구들과 술을 마셨지. 모두 내게 공정하게 대했어. 나는 공명정대한 사람이니까. 일찌감치 자네를 찾지 않았다고 해서 날 나쁘게 생각하지는 않겠지. 나는 병에 걸려 좀 꾸물거렸던 거야. 자네가 여전히 런던에서 장사를 하면서 기도를 열심히 할 거라고 생각했는데 그곳에서 자네를 찾지 못했지. 하지만 보다시피 나를 자네에게 보내 주신 거라네. 아마 우리 둘 다에게 축복을 주시려고."

래플스는 우스꽝스러운 콧소리를 내며 말을 맺었다. 누구보다도 그는 자신의 지성이 종교적 위선보다 더 우월하다고 느꼈다. 인간의 가장 비열한 감정을 놓고 주판알을 튕기는 교활함을 지성이라고 부를 수 있다면 그는 자기 나름의 지성을 가진 셈이다. 불스트로드에게 불쑥 내뱉으며 조롱하는 목소리 아래로 몇 수 앞을 내다보고 체스의 말을 옮길 때처럼 고르고 골라 말을 하고 있음이 분명했다. 그동안 불스트로드는 자신이 놓을 수를 결정했고 점점 결의를 다지며 말했다.

"사람이 과도한 이익을 얻으려다 보면 지나친 술책을 쓸 수 있다는 점을 염두에 두는 게 좋을 걸세, 래플스. 나는 자네에 대한 의무가 전혀 없지만 정기적으로 연금을 지급할 용의가 있네. 분기마다 지불하는 식으로. 자네가 이 근방에 가까이 오지 않겠다는 약속을 지키는 한에서 말일세. 선택은 자네에게 달렸네. 잠시라도 여기 머물겠다고 주장한다면 내게서 아무것도 얻지 못할 거야. 자네를 모른다고 주장하겠네."

"하, 하!" 래플스는 웃음을 터뜨리는 척하면서 말했다. "그 말을 들으니 순경을 모른다고 주장한 어떤 도둑의 우스운 개새끼가 생각나는군."

"그따위 비유는 내게 전혀 통하지 않아." 불스트로드는 극도로 격앙하여 말했다. "자네를 통해서든 혹은 누구를 통해서든 내가 법에 걸릴 일은 없으니까."

"농담을 이해하지 못하는군, 친구. 내가 자네를 잘 안다는 걸 절대 부인하지 않겠다는 뜻이야. 하지만 진지하게 이야기하지. 분기별 지급은 내게 맞지 않아. 난 자유를 좋아하거든."

이 부분에서 래플스가 일어서더니 교묘히 생각에 잠긴 자세로 다리를 휙 움직이면서 방 안을 한두 번 돌았다. 마침내 그는 불스트로드 앞에 서서 말했다. "자, 이렇게 하지! 200파운드를 주게. 약소한 돈이지. 그러면 멀리 가겠네. 맹세코! 여행 가방을 찾아서 떠나겠어. 하지만 더러운 연금 따위를 받으며 내 자유를 포기하지는 않겠어. 마음에 드는 곳을 마음대로 오갈 거야. 어쩌면 멀리 떨어진 곳에 살면서 친구와 편지를 나누는 편이 더 마음에 들 수도 있겠지. 아닐 수도 있고. 자네, 가진 돈은 있나?"

"아니, 100파운드 있네." 불스트로드는 당장 쫓아 버리는 것이 너무나 속 시원한 나머지 불확실한 미래 때문에 거절할 생각은 못 했다. "주소를 알려 주면 나머지를 보내 주겠네."

"아니, 자네가 가져올 때까지 여기서 기다리겠어." 래플스가 말했다. "슬슬 걷다가 요기도 하고. 그러면 자네가 돌아올 시간이겠지."

전날 저녁부터 극도의 흥분으로 큰 충격을 받은 불스트로드 씨의 병약한 몸은 이 난공불락인 뻔뻔스러운 남자의 손아귀에 붙잡혀 비참하기 그지없었다. 그 순간 일시적인 평안이라도 움켜잡을 수만 있다면 어떤 조건에라도 응했을 것이다. 그가 제안대로 하려고 일어섰을 때 래플스는 갑자기 생각난 듯 손가락을 세우고 말했다.

"자네에게 말은 하지 않았지만 내가 사라를 다시 찾아봤거든. 그 젊고 예쁜 여자에게 동정심을 느꼈으니까. 그녀는 찾지 못했지만 남편의 이름을 알아냈고 그걸 적어 두었지. 그런데 망할, 수첩을 잃어버렸어. 하지만 이름을 들으면 다시 알 수 있을 거야. 내 능력은 한창때처럼 팔팔한데 이름이 기억나지 않는단 말이야, 제기랄! 어떤 때는 이름들이 적히기 전의 빌어먹을 세금 고지서 같다니까. 어쨌든 그녀와 그 가족에 대한 소식을 듣게 되면 알려 주지, 닉. 자네는 그녀를 위해 뭔가 해 주고 싶겠지. 의붓딸이니까."

"물론이지." 불스트로드 씨가 연한 잿빛 눈으로 평소처럼 침착하게 보이는 표정을 지으며 말했다. "다만 그렇게 되면 자네를 도와줄 능력이 줄어들겠지."

그가 방을 나설 때 래플스는 등을 쳐다보며 천천히 눈을 찡긋하고는 창문으로 다가가서 은행가가 실로 자기 명령에 따라 말을 타고 가는 것을 지켜보았다. 그는 입술을 오므리며 미소를 짓고 의기양양하게 짧은 웃음을 터뜨렸다.

"그런데 대체 이름이 뭐였더라?" 곧 그는 머리를 긁적이고 이마에 가로로 주름살을 만들면서 소리 내어 말했다. 실은 불스트로드를 괴롭힐 일을 꾸며내려고 사건을 떠올릴 때까지 그 잊어버린 이름에 대해서 신경을 쓴 적도 생각해 본 적도 없었다.

"L로 시작했어. 거의 모두 L이었어." 그는 매끄럽게 빠져나가는 이름이 붙잡힐 것 같은 느낌이 들어 계속 생각했다. 그러나 붙잡는 힘이 너무 약했고, 곧 그 이름을 추적하는 데 싫증이 났다. 누구보다도 래플스 씨는 혼자서 하는 일을 참지 못했고, 끊임없이 남들에게 이야기를 들려줘야 하는 사람이었다. 그는 토지 관리인과 가정부와 즐겁게 대화를 나누며 시간을 보내는 편이 더 좋았고, 미들마치에서 불스트로드 씨가 차지하고 있는 지위에 대해서 알고 싶은 것을 그들에게서 모두 알아냈다.

하지만 그러고 나서도 지루하게 시간이 많이 남아서 빵과 치즈와 맥주를 놓고 무료함을 달래야 했다. 징두리널을 두른 응접실에서 이런 것들을 앞에 놓고 혼자 앉아 있다가 그는 갑자기 무릎을 딱 치며 소리쳤다. "래디슬로!" 그가 계속하려다가 포기하고 그만두었던 기억력의 활동이 의도적 노력 없이 갑자기 스스로 목적을 달성한 것이었다. 이런 경험은 흔히 있는 일이다. 그리고 기억해 낸 이름이 아무 가치가 없더라도 그런 경험은 막히지 않고 터져 나온 재채기처럼 기분 좋아지게 만든다. 래플스는 즉시 수첩을 꺼내서 이름을 적었다. 그 이름을 사용할 일이 있을 거라고 예상해서가 아니라 혹시라도 필요할 경우에 어쩔 줄 몰라 당황하지 않기 위해서였다. 불스트로드에게는 말하지 않을 것이다. 말해 봐야 사실 좋을 일도 없었고, 래플스 씨 같은 사람이 생각하기에 이득을 얻을 가능성은 언제나 비밀에 있기 때문이었다.

그는 현재 얻은 것에 만족했고, 그날 오후 3시에 통행료 징수소에서 가방을 찾아 마차에 올랐다. 그리하여 스톤 코트의 풍경에 박혔던 추레한 검은 점은 불스트로드 씨의 눈에서 떨어져 나갔다. 그렇지만 검은 점이 다시 나타나 그의 따뜻한 난롯가에서조차 떼어 놓을 수 없을지 모른다는 두려움이 덜어진 것은 아니었다.

5부 죽은 자의 손

6부

미망인과 아내

54장

내 연인의 눈에는 사랑이 담겨 있어
그녀가 바라보는 것을 고귀하게 만드네.
그녀가 걸어가면 남자들은 그녀를 돌아보고,
그녀가 인사를 건네는 남자는 심장이 떨리고,
창백한 얼굴로 눈길을 내리고,
그제야 자신의 모든 과오에 한숨을 쉬지.
분노와 자만은 그녀 앞에서 달아나 버리지.
오, 여자들이여, 그녀를 칭송하도록 도와 달라.
다정함, 겸손한 생각이
그녀의 말을 들은 자의 마음속에서 태어나고,
바라보는 자들은 이따금 축복을 받는다네.
미소를 머금을 때 그녀의 표정은
말로 표현할 수도, 생각에 담을 수도 없다네.
너무도 희귀하고 우아한 기적이라서.

— 단테, 『신생』[56]

　래플스 씨가 최고의 향기를 뿌려 줄 훌륭한 손님이라도 되
는 양 스톤 코트의 건초 가리들이 허공에 골고루 냄새를 풍기
던 그 쾌적한 아침이 되기 전에 도러시아는 다시 로윅으로 돌
아갔다. 프레싯에서 석 달을 보내고 나니 좀 숨이 막힐 것 같
았다. 성녀 카타리나의 훌륭한 모범처럼 앉아서 실리아의 아
기를 황홀한 표정으로 바라보는 것도 하루에 몇 시간이나 계

---

56) 소네트 xxi.

속할 일이 아니었고, 그렇다고 소중한 아기 옆에 앉아서 등한 시한다면 아이가 없는 언니의 행실로서 용납될 수 없었다. 필요하다면 도러시아는 즐거운 마음으로 아기를 안고 2킬로미터라도 걸었을 테고, 그 노고 때문에 아기를 더 극진히 사랑했을 것이다. 그러나 조카를 부처로 여기지도 않고 찬탄하는 것 외에는 해 줄 일이 없는 이모에게 아기의 행동은 지루해 보이기 십상이며, 아기를 관찰하려는 관심도 줄어들기 마련이다.

이런 가능성을 전혀 눈치채지 못한 실리아는 도러시아가 자식 없이 미망인이 된 것이 어린 아서(아기 이름은 브룩 씨의 이름을 따서 붙였다.)의 출생과 잘 맞아떨어졌다고 느꼈다.

"도도는 아기든 무엇이든 자기 것을 갖는 데 그리 신경 쓰지 않아요!" 실리아가 남편에게 말했다. "언니가 아기를 낳았다면 절대로 아서처럼 귀엽지 않았을 거예요. 그렇죠, 제임스?"

"아기가 캐소본을 닮았으면 그랬겠지." 제임스 경은 약간 에둘러 대답한다고 의식하면서 말했다. 그는 장남의 완벽함에 대한 자기 생각을 절대로 남에게 털어놓지 않을 것이다.

"그럼요! 상상해 봐요! 정말이지 다행이에요." 실리아가 말했다. "나는 도도가 미망인이 되어서 아주 잘됐다고 생각해요. 언니가 우리 아기를 친자식처럼 좋아할 수 있고, 또 언니는 원하는 만큼 하고픈 것을 얼마든지 생각할 수 있으니까요."

"처형이 여왕이 아니어서 유감이오." 제임스 경이 진심으로 대답했다.

"하지만 그럼 우리는 무엇이 되었어야 하죠? 뭔가 다른 사람이었어야 하잖아요." 실리아는 그처럼 어려운 상상력의 비약에 반대하며 말했다. "나는 있는 그대로의 언니가 더 좋아요."

그리하여 도러시아가 로윅으로 떠나려고 마음먹고 있다는 것을 알았을 때 실리아는 실망감에 눈썹을 치켜올리고는 힘주지 않고 조용히 말하는 그녀의 방식으로 날카로운 말을 화살처럼 쏘아 댔다.

"로윅에서 뭘 하려고, 도도? 거기엔 할 일이 전혀 없다고 언니가 말했잖아. 소작인들이 모두 깨끗한 집에서 넉넉하게 살아서 언니가 도리어 울적하다고. 여기서 언니는 가스 씨와 함께 팁턴의 형편없는 뒷마당들을 돌아다니면서 아주 행복해했잖아. 지금은 큰아버지가 안 계시니까 언니와 가스 씨 마음대로 할 수 있고. 게다가 제임스는 언니 말이라면 뭐든지 다 들을 텐데."

"종종 올 거야. 아기가 얼마나 많이 자랐는지 보러 올 테고." 도러시아가 대답했다.

"하지만 아기를 목욕시키는 건 못 보잖아." 실리아가 말했다. "그때가 하루 중에서 제일 귀여운데." 그녀는 뾰루퉁해서 말했다. 도도가 머물러 있어도 되는데 아기를 떠나가려 하다니 잔인해 보였다.

"키티, 아기를 목욕시키는 걸 보러 와서 밤새 머물게." 도러시아가 말했다. "하지만 지금은 혼자 있고 싶어. 내 집에서. 페어브라더 씨 가족과 더 잘 알고 지내고 미들마치에서 무엇을 해야 할지 페어브라더 씨와 이야기를 나누고 싶어."

도러시아의 타고난 의지력은 이제 더는 결연한 순종으로 바뀌지 않았다. 그녀는 로윅에 가고 싶은 갈망을 느꼈고, 가겠다고 그냥 결정했고, 그 이유를 죄다 밝혀야 한다고 느끼지 않았다. 그러나 주위 사람들은 모두 반대했다. 제임스 경은 몹시 마음의 상처를 받아서 모두 다 같이 요람이라 불리는 성궤를 들고 첼트넘으로 여행을 가서 몇 달을 지내자고 제안했다. 그 시기에 첼트넘을 거부한다면 달리 무엇을 제안할지 도무지 생각할 수 없었다.

런던에 사는 딸의 집에서 돌아온 지 얼마 되지 않았던 미망인 레이디 체텀은 비고 부인에게 편지를 보내 캐소본 부인의 말벗이 되어 달라고 요청하고 싶어 했다. 젊은 미망인으로서 도러시아가 로윅의 저택에서 혼자 지내려고 생각한다니 도무지 믿을 수 없는 일이었다. 비고 부인은 왕실 가문에서 책을 읽어 주는 낭독자이자 비서로 일해 왔으므로 그녀의 지식과 세련된 감수성에 대해서는 도러시아도 흠잡을 수 없을 것이다.

캐드월레이더 부인은 은밀히 도러시아에게 말했다. "그 저택에서 혼자 지내면 틀림없이 정신이 이상해질 거예요. 헛것이 보일 거라고. 우리 모두 온전한 정신을 유지하려면 좀 애를 써야 해요. 그래야 어떤 것을 부를 때 다른 사람들이 사용하는 것과 똑같은 이름으로 부를 수 있으니까. 물론 돈이 없는 차남이나 차녀에게는 정신이 이상해지는 게 미래를 위한 대비책이 되기도 해요. 그러면 보살핌을 받을 수 있으니까. 하지만 당신은 그런 것에 빠지면 안 돼요. 여기서 당신은 틀림없이 저 선량한 미망인에게 좀 지루해졌을 거예요. 그렇지만 당신이 언제나 비극의 왕비처럼 굴면서 상황을 고상하게 받아들인다면 당신도 이웃에게 얼마나 따분한 사람으로 여겨질지 생각해 봐요. 로윅의 서재에 혼자 앉아 있다 보면 자신이 날씨를 지배한다고 상상하게 될지도 몰라요. 그런 정신 나간 말을 하면 믿어 주지 않을 사람이 몇 명은 옆에 있어야 해요. 그것이 아집을 꺾는 좋은 약이에요."

"저는 주위 사람들과 똑같은 이름으로 사물을 불러 본 적이 없어요." 도러시아가 완강하게 말했다.

"하지만 당신은 자신의 오해를 알아냈겠죠." 캐드월레이더 부인이 말했다. "그것이 정신이 온전하다는 증거예요."

도러시아는 신랄함을 느꼈지만 마음에 상처를 받지는 않았다. "아뇨." 그녀가 말했다. "저는 여전히 세상 사람 대다수가 많은 것에 대해 오해하고 있다고 생각해요. 물론 온전한 정신이면서도 그렇게 생각할 수 있겠지요. 세상 사람 대다수는 종종 자신이 가진 의견에서 깨어나야 했으니까요."

캐드월레이더 부인은 그 주제에 대해 도러시아에게는 더 이상 말하지 않았지만 남편에게 이렇게 말했다. "예법에 어긋나지 않는 한 그녀가 가급적 빨리 결혼하는 게 좋겠어요. 적절한 사람들 속에서 살 수 있게 된다면 말이죠. 물론 체텀 가족이야 그걸 바라지 않겠지. 하지만 그녀를 바로잡으려면 남편이 최선의 방책이라는 것을 분명히 알았어요. 우리가 이렇게 가난하지만 않으면 트리턴 경을 초대할 텐데. 그는 언젠가 후작이 될 테고, 그녀가 멋진 후작 부인이 되리라는 건 부정할 수 없죠. 상복을 입어도 전보다 더 예쁘게 보이더군요."

"여보, 엘리너, 가엾은 여자를 그냥 내버려 둬요. 그런 계획을 세워 봐야 아무 소용 없어요."

"소용이 없다고요? 남자와 여자를 만나게 하지 않으면 어떻게 혼사를 맺죠? 지금 그녀의 백부가 멀리 달아나서 그레인지를 닫아 버린 건 부끄러운 일이에요. 적당한 신랑감을 프레싯과 그레인지에 많이 초대해야 한다고요. 트리턴 경이 딱 적합한 사람이에요. 멍청한 방법으로 사람들을 행복하게 해 줄 계획을 잔뜩 세우고 있으니까. 캐소본 부인에게 아주 잘 맞을 거예요."

"캐소본 부인이 스스로 선택하게 돼요, 엘리너."

"당신네 현명한 남자들은 그런 한심한 말을 한다니까! 신랑감이 여럿 있을 때가 아니면 어떻게 고르고 선택한단 말이에요? 여자들의 선택이란 대개 손에 넣을 수 있는 유일한 남자를 붙잡는다는 뜻이에요. 내 말을 잘 새겨들어요, 험프리. 만일 그녀의 친지들이 애쓰지 않으면 캐소본 때보다 더 나쁜 일이 벌어질 거예요."

"제발 그 주제에 대해서는 언급하지 말아요, 엘리너! 그건 제임스 경에게 무척 쓰라린 상처니까. 당신이 불필요하게 그 문제를 언급하면 몹시 기분이 상할 거요."

"나는 그 일에 대해 입도 뻥긋하지 않았어요." 캐드월레이더 부인이 손을 벌리면서 말했다. "난 묻지도 않았는데 실리아가 유서에 대해서 죄다 알려 줬어요."

"그래, 그래요. 하지만 그들은 그 일이 덮어지길 바랄 거요. 그리고 내가 알기로 젊은 친구가 곧 이곳을 떠날 예정이오."

캐드월레이더 부인은 아무 말 하지 않았지만 빈정거리는 눈빛이 담긴 검은 눈으로 남편을 바라보며 의미심장하게 고개를 세 번 끄덕였다.

항의와 설득에도 불구하고 도러시아는 조용히 자기 뜻을 밀고 나갔다. 그래서 6월 말이 되자 로윅 매너의 덧창문들이 모두 열렸다. 아침 햇살이 평화롭게 서재에 들어와서 잊힌 신앙심의 말 없는 기념비인 거석들이 박혀 있는 단조로운 폐허를 비추듯 줄지어 쌓인 노트들을 비추었다. 장미 향기를 실은 저녁 햇살이 도러시아가 종종 앉아 있던 청록색 내실에 고요히 들어왔다. 처음에 그녀는 방마다 다 들어가 보고, 열여덟 달의 결혼 생활에 대해 의문을 품어 보고, 남편에게 들려주는 말인 듯이 생각을 이어 갔다. 그런 다음에는 서재에서 어슬렁거렸고, 남편이 보고 싶어 할 듯한 노트들을 정리하고 순서대로 신중하게 배열할 때까지 쉬지 않았다. 그녀는 화를 내며 그에게 항의했고 공정하지 못하다고 말했지만, 그러면서도 남편과의 생활에서 자신을 억제하도록 설득했던 연민이 여전히 그의 모습에 달라붙어 있었다. 그녀의 한 가지 사소한 행동은 미신이라고 웃어넘길 수도 있겠다. '캐소본 부인이 사용할 개요 목차'를 그녀는 조심스럽게 접어 봉투에 넣고 그 위에 썼다. "나는 이것을 사용할 수 없어요. 내가 믿지 못하는 것에 아무런 희망도 없이 노력을 기울임으로써 내 영혼을 당신의 영혼에 종속시킬 수 없다는 것을 지금은 알지 않아요? ── 도러시아." 그런 다음에 서류를 자기 책상 서랍에 넣었다.

이 무언의 대화가 더욱 진지했던 것은 어쩌면 그녀로 하여금 로윅에 오겠다고 실로 결심하게 만든 깊은 갈망이 그 저변에 그리고 그 사이에 계속 자리 잡고 있었기 때문일 것이다.

윌 래디슬로를 만나고 싶은 갈망이었다. 그들의 만남에서 좋은 일이 있으리라고는 생각할 수 없었다. 그녀는 무력했고, 그녀의 손은 그가 겪은 불공정한 운명을 보상해 줄 수 없도록 묶여 있었다. 그러나 영혼은 그를 보고 싶은 갈증을 느꼈다. 어떻게 그렇지 않을 수 있을까? 마법에 걸린 공주가 떼 지어 사는 무리 중에 이따금 가까이 다가와 신중하게 애원하는 인간적 시선으로 응시하는 네발 달린 짐승을 보았다면 그녀는 움직이면서 무엇을 생각하고, 그 무리가 자기 옆을 지날 때 무엇을 찾을까? 물론 자신을 주목하던 시선을, 자신이 다시 알아볼 그 눈빛을 찾을 것이다. 만일 우리 정신이 이미 있었던 일에 동하여 갈망과 한결같은 감정의 문제에 민감해지지 않는다면 인생은 번쩍이는 촛불 장식 조각과 대낮의 쓰레기 더미나 매한가지일 것이다. 사실 도러시아는 페어브라더 가족을 만나고 싶었고, 특히 새 목사와 이야기를 나누고 싶었다. 하지만 리드게이트가 윌 래디슬로와 노블 양에 대해 했던 말을 기억하고 윌이 페어브라더 가족을 만나러 로윅에 오리라고 기대한 것도 사실이었다. 로윅에 돌아온 바로 다음 일요일에 교회에 들어서기 직전에 그녀는 마지막으로 그곳에서 보았듯이 혼자 목사석에 앉아 있는 그를 보았다. 그러나 그녀가 들어섰을 때 그의 모습은 이미 사라지고 없었다.

평일에 목사관의 부인들을 만나러 갔을 때 그녀는 우연히 윌에 대한 이야기가 흘러나오기를 기다렸지만 아무 소용 없었다. 페어브라더 부인은 그 지역과 그 너머 다른 사람들은 전부 다 언급하는 것 같았다.

"미들마치에 사는 페어브라더 씨의 신자들이 그분을 따라 때로 로윅에 올 수도 있겠네요. 그렇게 생각하지 않으세요?" 도러시아는 속으로 다른 이유가 있어서 이런 질문을 하는 자기 자신이 경멸스러웠다.

"현명한 사람들이라면 그렇게 하겠지요, 캐소본 부인." 노부인이 말했다. "부인께서 제 아들의 설교를 올바로 가치 있게 평가하신다는 것을 알겠어요. 외조부가 훌륭한 목사이셨답니다. 하지만 부친은 법조계에 있었죠. 그럼에도 더없이 모범적이고 정직하셨어요. 그래서 저희가 부유하지 못한 거랍니다. 행운이란 변덕스러운 여자 같다고 하잖아요. 하지만 때로 착한 여자가 되어 공덕이 있는 사람에게 보상해 주기도 하지요. 제 아들에게 성직록을 주신 부인이 바로 그런 분이셨어요, 캐소본 부인."

페어브라더 부인은 약간 노력을 기울여 적절한 웅변을 구사하고는 품위 있게 흐뭇한 마음으로 뜨갯거리를 다시 잡았다. 그러나 도러시아가 듣고 싶었던 말은 아니었다. 가엾게도! 그녀는 윌 래디슬로가 아직 미들마치에 있는지 알지 못했고, 리드게이트 외에는 감히 누구에게도 물어볼 수 없었다. 하지만 리드게이트를 만나려면 불러오든지 만나러 가야 했다. 윌 래디슬로는 캐소본 씨가 기이한 금지령을 내렸다는 이야기를 듣고 그녀를 다시 만나지 않는 편이 더 낫다고 느꼈을지 모른다. 다른 사람들이 갖가지 이유를 대면서 반대할 만남을 그녀가 바란다면 잘못일 것이다. 그런데 이와 같은 현명한 성찰이 끝날 무렵에는 한참 숨을 참은 후 터지는 흐느낌처럼 "난 정말로 원해."라는 소리가 자연스레 나왔다. 그리고 만남은 실제로 이루어졌다. 다만 그녀가 전혀 예상하지 않았던 형식적 만남이었다.

어느 날 아침 11시쯤 도러시아는 사유지에 속한 토지의 지도와 다른 서류들을 펼쳐 놓고 내실에 앉아 있었다. 자신의 수입과 임무를 스스로 정확하게 파악할 생각이었다. 하지만 아직 일에 착수하지는 않고 양손을 포개서 무릎에 올려놓고는 멀리 들판까지 이어지는 참피나무 가로수 길을 따라 바라보고 있었다. 이파리들이 햇빛 속에서 쉬었고, 그 익숙한 풍경은 변함이 없었으며, 아무 목적 없이 안락하기 그지없는 그녀의 앞날을 보여 주는 것 같았다. ── 그녀 스스로 열성적으로 행동할 이유를 찾아내지 못한다면 아무 목적도 없이. 당시 미망인의 모자는 얼굴에 타원형 테를 두르고 정수리 부분을 높이 세웠으며, 상복은 검은 크레이프 천을 최대한 많이 덧대려는 실험처럼 보였다. 그러나 이 두껍고 엄숙한 옷 때문에 그녀의 얼굴은 되살아난 혈색과 상냥하게 묻는 듯한 솔직한 눈으로 더 젊어 보였다.

탠트립이 들어와서 그녀의 공상을 깨뜨렸다. 래디슬로 씨가 아래층에 와 있으며 너무 이르지 않으면 마담을 만날 수 있도록 허락을 요청한다는 것이었다.

"만나겠어." 도러시아는 즉시 일어서며 말했다. "응접실로 그분을 안내해요."

이 저택에서 응접실은 결혼 생활의 시련과 가장 무관하고 가장 중립적인 방이었다. 흰색과 금색의 목제 가구들과 잘 어울리는 연분홍색 능직 커튼이 드리워져 있었다. 커다란 거울 두 개와 아무것도 올려 두지 않은 탁자들이 있었고, 간단히 말해서 여기 앉으나 저기 앉으나 별반 차이가 없는 방이었다. 바로 내실의 아래층에 있었기에 가로수 길이 내다보이는 내닫이창이 달렸다. 그런데 프랫이 윌 래디슬로를 안내했을 때 창문이 열려 있어서 날개 달린 손님이 가구들을 개의치 않고 이따금 들락거리며 윙윙거렸기에 딱딱하고 사람이 거주하지 않는 느낌이 덜했다.

"다시 여기서 뵙게 되어 반갑습니다." 프랫은 블라인드를 조정하면서 말했다.

"그저 작별 인사를 하러 왔을 뿐이라네, 프랫." 윌은 캐소본 부인이 이제 부유한 미망인이 되었다고 해서 주위를 얼쩡거릴 정도로 자존심이 없는 사람은 아니라는 것을 집사에게도 알리고 싶었다.

"그 말씀을 듣게 되어 무척 유감입니다." 프랫이 물러나며 말했다. 물론 누구도 하인들에게 알려 주지 않았지만 그는 래디슬로가 아직 알지 못하는 사실을 알고 있었고 그 나름대로 결론을 내렸다. 사실 그것은 약혼녀 탠트립의 의견과 다르지 않았다. 탠트립은 말했다. "당신네 주인은 마귀처럼 질투심에 사로잡힌 거예요. 아무 이유도 없는데. 마담은 래디슬로 씨보다 훨씬 높은 사람을 쳐다볼 거예요. 아니면 내가 마담을 모르는 거지. 캐드월레이더 부인의 하녀 말로는 애도 기간이 끝나면 마담과 결혼할 귀족이 올 거래요."

윌이 모자를 손에 들고 서성인 지 얼마 지나지 않아 도러시아가 들어왔다. 로마에서 처음 만났을 때 윌이 몹시 당황하고 도러시아는 침착했던 것과 전혀 다른 만남이었다. 이제 그는 참담한 심정이었지만 단호했고, 반면에 도러시아는 동요된 상태를 감출 수 없었다. 문밖에 서서 그녀는 이 만남을 갈망해 왔지만 어떻든 너무나 곤혹스러운 느낌이었고, 윌이 다가오는 것을 보았을 때 갑자기 흔치 않은 짙은 홍조로 얼굴이 물들어 당황스러웠다. 어떻게 된 일인지 두 사람 모두 말을 하지 않았다. 그녀는 잠시 악수를 나누고는 창가로 가서 긴 의자에 앉았고 그는 맞은편에 앉았다. 윌은 묘하게 불편한 느낌이 들었다. 도러시아가 미망인이 되었다고 해서 그를 대하는 태도가 이렇게나 달라진 것은 그녀답지 않다고 생각했다. 친지들이 그에 대한 의심으로 그녀의 마음에 편견을 심어 주었을지 모른다고 얼핏 상상했지만 그들의 예전 관계에 영향을 미칠 다른 상황은 알지 못했던 것이다.

"제가 너무 주제넘게 방문한 것이 아니기를 바랍니다." 윌이 말했다. "인생을 새롭게 시작하려고 이 지역을 떠나면서 부인께 작별 인사를 드리지 않을 수 없었어요."

"주제넘다고요? 물론 그렇지 않아요. 당신이 저를 만나고 싶어 하지 않았더라면 오히려 냉정하다고 생각했을 거예요." 불안하고 동요된 마음에도 불구하고 더없이 솔직하게 진심을 말하는 습성대로 도러시아가 말했다. "곧 떠나시나요?"

"되도록 빨리 떠날 겁니다. 런던에 가서 법정 변호사가 될 생각입니다. 그것이 공적 업무를 위한 준비 단계라고 하니까요. 앞으로 서서히 정치적인 일이 많아질 겁니다. 저는 그중 어떤 일을 시도할 생각이고요. 가문이나 돈이 없어도 스스로 어렵사리 명예로운 직위를 얻은 사람들이 있으니까요."

"그렇게 얻은 지위가 더 명예로울 거예요." 도러시아가 열렬히 말했다. "게다가 당신에게는 많은 재능이 있으니까요. 당신이 연설을 잘하고 매우 명료하게 설명하신다는 말씀을 큰아버지께 들었어요. 그러니 당신이 떠나면 모두들 섭섭해하겠지요. 당신은 사람들이 공정한 대우를 받도록 노력하시겠지요. 무척 기뻐요. 우리가 로마에서 만났을 때 저는 당신이 시와 미술처럼 유복한 사람들의 삶을 장식하는 것에만 관심을 갖는다고 생각했었어요. 그런데 지금은 세상의 다른 사람들에 대해서 생각하신다는 것을 알겠어요."

이렇게 말하면서 도러시아는 당혹감에서 벗어났고 예전의 그녀와 같아졌다. 그녀는 즐겁고 신뢰에 찬 눈으로 윌을 똑바로 바라보았다.

"그렇다면 부인께서는 제가 몇 년간 떠나 세상에서 약간 두각을 드러낼 때까지 여기에 다시 돌아오지 않는 데 찬성하시는군요?" 이렇게 말하면서 윌은 최대한 자존심을 지키면서도 동시에 도러시아에게서 강렬한 감정의 표현을 얻어 내려고 애썼다.

그녀는 얼마나 입을 다물고 있었는지 알지 못했다. 고개를 돌려 창밖의 장미 덤불을 응시했고, 그 장미들은 윌이 떠나 있을 여러 해의 여름을 간직하고 있는 것 같았다. 이러는 것이 분별 있는 태도는 아니었다. 하지만 도러시아는 예절을 배우려고 생각한 적이 없었다. 윌과 자신을 떼어 놓는 슬픈 필연에 굴복하는 것을 생각했을 뿐이다. 그가 자기 의도에 관한 말을 꺼냈을 때 상황이 선명하게 드러나는 듯했다. 그는 자신과 관련된 캐소본 씨의 마지막 처사를 알고 그녀와 마찬가지로 충격으로 받아들였던 것이다. 그는 그녀에 대해 우정을 넘어서는 감정을 느낀 적이 없으며, 그녀가 느끼기로는 두 사람에 대한 남편의 모욕이 옳았다고 입증할 만한 감정을 품은 적이 없다. 그리고 그 우정을 지금도 간직하고 있었다. 무언의 흐느낌이라 불릴 만한 것이 마음속에서 흘러간 다음에야 도러시아는 맑은 목소리로 입을 열었고, 마지막 단어에 이르러서야 흐르는 액체에서 나온 듯이 목소리가 가늘게 떨렸다.

"네, 말씀대로 하시는 것이 옳겠지요. 당신이 진가를 드러냈다는 이야기를 들으면 무척 기쁠 거예요. 하지만 인내심이 필요하겠지요. 어쩌면 아주 오래 걸릴 테니까요."

'아주 오래'라는 말이 부드럽게 떨리며 나왔을 때 윌은 자신이 어떻게 그녀의 발밑에 몸을 던지지 않았는지 도무지 알 수 없었다. 그녀가 입은 상복의 끔찍한 색깔과 모양이 아마도 자기를 억눌렀을 거라고 훗날 그는 말하곤 했다. 하지만 그는 가만히 앉아서 그저 이렇게 말했다.

"저는 부인 소식을 결코 듣지 못할 겁니다. 그리고 부인은 저를 까맣게 잊겠지요."

"아뇨." 도러시아가 말했다. "당신을 결코 잊지 않을 거예요. 저는 한번 알게 된 사람은 절대 잊지 않아요. 제 생활은 혼란스러웠던 적이 없고, 앞으로도 그렇겠지요. 그리고 로윅에서 제게 남은 것은 기억을 담을 큰 공간이겠지요, 그렇지 않겠어요?"

"맙소사!" 윌은 격렬하게 소리치며 모자를 들고 일어서서 대리석 탁자로 걸어갔다. 거기서 갑자기 몸을 돌리고 탁자에 등을 기댔다. 얼굴과 목이 빨개지고 분노가 치밀어 오른 표정이었다. 그의 눈에는 그들 마음이 알고 그들 눈이 열망하는데도 두 사람이 서로를 바라보며 천천히 대리석으로 변하고 있는 것 같았다. 하지만 어쩔 도리가 없었다. 쓰라린 결심을 하고 만나러 와서 결국 그녀의 재산을 요구하는 것으로 해석될 고백으로 끝나서는 안 되었다. 게다가 그 고백이 도러시아에게 어떤 영향을 미칠지 두려운 것도 사실이었다.

그녀는 자기 말에 뭔가 불쾌한 점이 있었을 거라고 생각하면서 약간 곤혹스럽게 멀리 떨어진 곳에서 그를 바라보았다. 그러나 마음속에서는 그에게 어쩌면 돈이 필요할 테고 자신이 그를 도울 수 없다는 생각이 떠나지 않았다. 큰아버지가 집에 계셨더라면 큰아버지를 통해서 뭔가 할 수도 있었을 텐데! 그의 몫이어야 할 재산을 자신이 독차지하고 있는 반면 윌은 돈이 없어 어려움을 겪을 거라는 생각에 사로잡혀서 그녀는 말없이 다른 곳을 바라보는 그를 보며 말했다.

"위층에 걸려 있는 작은 초상화를 갖고 싶으실지 모르겠어요. 할머님의 아름다운 초상화 말이에요. 당신이 갖고 싶다면 제가 그걸 간직하는 것이 옳지 않다고 생각해요. 놀랍게도 당신과 닮았어요."

"무척 친절하시군요." 윌은 성마르게 대답했다. "아뇨, 그건 전혀 상관없습니다. 자신과 닮은 것을 갖고 있다는 건 그리 위안이 되지 않지요. 다른 사람이 원한다면 좀 더 위안이 될 겁니다."

"당신이 그분의 기억을 소중히 여길 거라고 생각했어요. 제 생각에는……." 도러시아는 문득 말을 멈췄다. 줄리아 이모의 과거사를 언급하지 말라고 그녀의 상상력이 갑자기 경고했다. "가족의 기념물로 그 초상화를 갖고 싶어 하실 거라고."

"그 밖에는 아무것도 없는데 제가 왜 그것을 갖고 있어야 합니까? 짐을 넣을 여행 가방 하나만 달랑 들고 다니는 사람은 기념물을 머릿속에 간직해야 합니다."

윌은 아무렇게나 말했다. 그는 성마른 기분을 토해 내고 있을 뿐이었다. 그 순간 할머니의 초상화를 주겠다는 제안을 받다니 좀 짜증스러웠다. 그러나 그의 말은 특유한 독침으로 도러시아의 감정을 찔렀다. 그녀는 일어서서 오만하고 분개한 기색을 띠고 말했다.

"당신은 아무것도 없기 때문에 우리 둘 중 더 행복해요, 래디슬로 씨."

윌은 깜짝 놀랐다. 그 말이 무슨 뜻이건 간에 그를 쫓아내는 듯한 어조였다. 기대고 있던 몸을 일으켜 그는 그녀 쪽으로 조금 걸어갔다. 그들의 눈길이 마주쳤는데 엄숙하게 물음을 던지는 낯선 시선이었다. 무언가 그들의 마음을 멀리 떨어뜨려 놓았고, 각자 상대의 마음속에 무엇이 들었는지 헤아리고 있었다. 사실 윌은 도러시아의 재산에 대해 자신에게 상속권이 있다고는 꿈에도 생각해 본 적이 없었다. 그러므로 그가 그녀의 현재 감정을 이해하려면 긴 설명이 필요했을 것이다.

"저는 가진 것이 없다는 사실을 지금까지 불운이라고 느껴

본 적이 없습니다." 그가 말했다. "하지만 가난은 문둥병처럼 고약할 수 있죠. 그 때문에 우리가 가장 좋아하는 것과 헤어져야 한다면 말입니다."

이 말이 마음에 사무쳐 그녀의 노기가 사그라졌다. 그녀는 서글프게 호의가 담긴 어조로 말했다.

"슬픔은 여러 가지 방식으로 찾아오지요. 이 년 전에는 그 것을 몰랐어요……. 고통이 예기치 못한 방식으로 찾아와서 우리 손을 묶어 놓고, 간절히 말하고 싶은데 침묵하게 만든다는 것을 말이에요. 저는 여자들이 인생을 더 잘 이끌어 가지 못하고 더 좋은 일을 하지 못한다고 경멸하곤 했어요. 제 뜻대로 하는 것을 무척 좋아했지요. 하지만 이제는 거의 포기했어요." 그녀는 장난스럽게 미소를 지으며 말을 맺었다.

"저는 제 뜻대로 하는 것을 포기하지 않았지만 거의 할 수가 없습니다." 윌이 말했다. 그녀에게서 2미터쯤 떨어진 곳에서 그의 마음은 서로 부딪치는 욕망과 결심들로 갈등하고 있었다. 그녀가 그를 사랑한다는 명백한 증거를 바랐지만 그런 증거가 자신을 어떤 처지에 빠뜨릴지 두려웠다. "자신이 가장 갈망하는 것이 견딜 수 없는 상황에 둘러싸였을 수 있으니까요."

그 순간 프랫이 들어와서 말했다. "제임스 경이 서재에 계십니다, 마담."

"이리 오시라고 해 줘요." 도러시아가 즉시 말했다. 동일한 전기 충격이 두 사람의 몸을 뚫고 지나간 것 같았다. 제임스 경을 기다리는 동안 그들은 각자 당당하게 저항하는 듯한 기분이었고, 서로 얼굴을 바라보지 않았다.

도러시아와 악수한 후 제임스 경은 래디슬로에게 하는 둥 마는 둥 고개를 살짝 숙여 인사했다. 윌은 그런 냉대에 똑같이 답하고는 도러시아에게 말했다.

"작별 인사를 해야겠군요, 캐소본 부인. 아마 오랫동안 뵙지 못할 겁니다."

도러시아는 손을 내밀고 다정하게 인사했다. 제임스 경이 윌을 무시하면서 무례하게 대했다고 느꼈기에 결기와 자존감이 되살아났다. 그녀의 태도에는 혼란스러운 기색이 조금도 없었다. 윌이 방을 나섰을 때 그녀가 아주 평온하고 침착한 태도로 제임스 경을 바라보며 "실리아는 어떤가요?"라고 물었기에 그는 불쾌한 일이 없었던 듯이 행동해야 했다. 그리고 달리 행동해야 무슨 소용이 있겠는가? 사실 제임스 경은 래디슬로를 잠재적 연인으로 도러시아와 연관 짓는 일조차 혐오스러웠으므로 스스로도 불쾌한 기색을 드러내고 싶지 않았을 것이다. 불쾌감이란 그 불쾌한 가능성을 인정하는 것이었을 테니까. 왜 그런 식으로 회피했는지 누군가 물었더라면 그가 당장 "래디슬로 그 작자!"라고 소리치는 것 말고는 더 충실하거나 더 정확한 대답을 못 했으리라고 나는 믿는다. 하지만 나중에 생각해 보고는 캐소본 씨의 유언 보족서 때문에 도러시아와 윌의 결혼은 불이익을 받도록 금지되어 있으므로 그들의 어떤 관계든 부적절하다고 주장했을 것이다. 자신이 간섭할 수 없다고 느꼈기 때문에 반감은 더 커졌다.

그러나 제임스 경은 스스로도 짐작하지 못한 방식으로 막

강한 힘을 발휘했다. 그 방에 들어선 순간 그는 가장 강력한 상식의 화신이었다. 그래서 윌의 자존심은 반발하는 힘이 되었고 스스로를 도러시아에게서 떨어져 나오게 했다.

55장

그녀에게 결함이 있다고? 당신에게도 결함이 있으면 좋으련만.
결함이란 잘 익은 포도주가 되기 이전의 포도즙인 것을.
아니면 갱생의 불꽃이라고 할까,
시커멓게 몰려든 구름을
태양이 지나갈 수정 길로 바꾸어 놓는 것 같은.

청춘이 희망의 계절이라면 그것은 나이 든 사람들이 젊은 이들에게 희망을 품는다는 의미에서만 종종 맞는 말이다. 젊은이들처럼 자기네 감정과 이별과 결심이 최종적인 것이라고 느끼는 나이대도 없으니 말이다. 위기에 처하면 처음 겪는 것이기에 모두 최종적으로 여겨진다. 페루의 노인들이 지진이 일어날 때마다 동요를 느낀다고 하지만 그들은 매번 충격 그 이후를 내다보고 앞으로도 많은 지진이 일어나리라고 생각할 것이다.

도러시아는 빗물처럼 하염없이 눈물을 흘리고도 갓 피어난 시계풀처럼 얼룩 한 점 없고 지친 기색도 없이 속눈썹이 길고 풍성한 눈으로 내다보는 청춘이었기에 그날 아침 윌 래디슬로와의 작별은 그들 관계의 종결인 듯이 보였다. 그는 머나먼 미지의 세월로 떠나가고 있었고, 설령 돌아온다 하더라도 다른 사람이 되어 있을 것이다. 그녀는 그의 실제 마음 상태를, 자신이 돈 많은 여자를 쫓아다니는 비렁뱅이 협잡꾼이라는 의혹이 옳지 않다는 것을 먼저 입증하겠다고 당당하게 결심했다는 것을 상상도 하지 못했다. 캐소본 씨의 유언 보족서가 자신에게 그랬듯이 그에게도 두 사람의 활발한 교류를 비열하고 잔인하게 금지하는 것으로 보였으리라고 생각하며 그의 모든 행위를 단순하게 해석했다. 서로 이야기를 나누면서, 남들은 관심을 느끼지 않을 이야기를 하면서 느꼈던 젊은 날의 즐거움은 영원히 사라지고 이제는 과거의 보물이 되었다. 그렇기 때문에 그녀는 속으로 억누르지 않고 마음껏 돌이켜 생각했다. 비할 데 없는 그 행복도 죽었으므로 어둠에 잠겨 고요한 행복의 무덤에서 스스로도 놀랍도록 격렬한 비탄을 토해 낼 것이다. 처음으로 그녀는 작은 초상화를 벽에서 떼어 자기 앞에 놓았고, 너무나 가혹한 비난을 받았던 그 여자와 자신의 심정과 판단력으로 옹호했던 그녀의 손자를 아울러 생각했다. 여자의 다정한 애정에 기뻐하는 사람이라면 그녀가 작은 타원형 초상화를 손바닥에 올려놓고, 그 위에서 쉬게 하고, 부당한 비난으로 고통받은 인물을 위로하려는 듯이 거기에 뺨을 댄 것을 나무랄 일로 여길 수 있을까? 그때 그녀는 알지 못했다. 깨어나기 직전의 꿈속에서처럼 새벽의 영롱한 색채로 날개를 반짝이며 잠시 다가왔던 것이 사랑이었음을. 그의 이미지가 저항할 수 없는 대낮의 당당하고 무자비한 햇살에 추방되었을 때 그녀가 흐느끼며 작별을 고한 것이 사랑이었음을.

그녀는 그저 자기 운명에서 뭔가 돌이킬 수 없이 빗나가고 뭔가를 잃어버렸다고 느꼈다. 그래서 미래에 대한 생각은 더욱 손쉽게 결의를 만들어 냈다. 열성적인 영혼은 다가올 생애를 그려 보면서 자기 꿈을 실현하는 데 헌신하는 경향이 있었다.

어느 날 그녀가 아기를 목욕시키는 광경을 보고 하룻밤을 머물겠다는 약속을 지키러 프레싯에 갔을 때 캐드월레이더 부인이 정찬에 참석했다. 목사는 낚시 여행을 떠나고 없었다. 무더운 저녁이었다. 열린 창가에서부터 멋지게 자란 오래된 잔디가 백합이 무성한 연못과 식물이 잘 가꾸어진 둔덕 쪽으로 비탈져 내려갔지만 쾌적한 응접실에서 느껴지는 열기가 상당했기에 흰 모슬린 옷을 입고 곱슬머리를 드러낸 실리아는 검은 드레스를 입고 꼭 끼는 모자를 쓴 도도가 어떤 느낌일지 생각하며 연민을 느꼈다. 하지만 아기와 관련된 몇 가지 일이 끝나고 마음이 한가해진 다음에야 자리에 앉아 잠시 부채를 부치다가 조용히 후음을 내는 목소리로 말했다.

"도도, 모자 좀 벗어 버려. 언니 옷 때문에 틀림없이 병이 날 거야."

"이 모자에 아주 익숙해졌어. 내 껍데기가 된 것 같아." 도러시아가 웃으며 말했다. "모자를 벗으면 오히려 벌거벗은 기분이야."

"난 언니가 모자를 벗은 모습을 봐야겠어. 그것 때문에 우리가 덥거든." 실리아는 부채를 던지고 도러시아에게 다가갔다. 흰 모슬린 옷을 입은 이 작은 숙녀가 더욱 당당한 언니에게서 미망인의 모자를 풀어 의자에 가볍게 내팽개친 것은 보기 좋은 그림이었다. 땋아서 둥글게 말아 올린 암갈색 머리카락이 풀어졌을 때 제임스 경이 방에 들어섰다. 그는 흘러내린 머리카락을 보고 만족스러운 듯이 "아!" 하고 말했다.

"내가 그랬어요, 제임스." 실리아가 말했다. "언니는 노예처럼 애도할 이유가 없어요. 친지들과 있을 때는 모자를 쓸 필요가 없다고요."

"아가, 실리아……." 레이디 체텀이 말했다. "미망인은 적어도 일 년간 상복을 입어야 한단다."

"그 전에 재혼하면 안 그래요." 캐드월레이더 부인이 좋은 벗인 미망인을 펄쩍 뛰게 놀래 주는 것을 재미있어하며 말했다. 제임스 경은 화가 나서 몸을 숙이고 실리아의 몰티즈를 만지작거렸다.

"극히 드문 일이길 바라요." 레이디 체텀이 그런 사건을 경계하려는 어조로 말했다. "우리 친구 중에 비보 부인 말고는 그렇게 처신한 사람이 없었어요. 그녀가 그렇게 했을 때 그린셀 경은 무척 괴로워했지. 첫 남편이 불쾌한 사람이었기 때문에 그녀의 재혼은 더 놀라웠어요. 그런데 가혹한 벌을 받았어요. 비보 대위가 그녀의 머리카락을 잡아끌고 다니고 장전한 권총을 그녀에게 들이댔다고 하더군요."

"아, 남자를 잘못 골랐다면야!" 캐드월레이더 부인은 짓궂은 기분이었음이 분명했다. "그런 경우라면 초혼이든 재혼이든 결혼은 고약하기 마련이죠. 다른 장점이 없는 남자라면 첫 남편이라는 것이 장점이 되지 못해요. 나는 그저 그런 첫 남편보다 훌륭한 두 번째 남편이 더 좋겠어요."

"아, 당신의 재치 있는 입담이 좀 지나치네요." 레이디 체텀이 말했다. "우리 목사님이 돌아가시면 당신이 애도 기간이 끝나기도 전에 재혼하는 일은 절대로 없을 테니까."

"아, 그런 맹세는 하지 않겠어요. 경제적으로 필요할 수도 있으니까요. 재혼은 합법적인 일이에요, 그렇죠? 그렇지 않다면 우리는 그리스도교도가 아니라 힌두교도가 되는 게 낫겠죠. 물론 적절치 못한 남자를 받아들이는 여자는 그 결과를 감수해야지요. 그리고 두 번 이상 그러는 여자라면 고약한 운명을 맞아도 싸고요. 하지만 가문과 외모와 용기를 갖춘 사람과 결혼할 수 있다면 빠를수록 더 좋겠지요."

"화제를 잘못 선택한 것 같군요." 제임스 경이 혐오감을 띤 표정으로 말했다. "다른 이야기를 하는 편이 좋겠어요."

"저 때문에 그러지는 마세요, 제임스 경." 도러시아는 훌륭한 결혼에 대한 간접적 암시로 더 이상 시달리는 일이 없도록 이 기회를 놓치지 않겠다고 작정하며 말했다. "저를 위해서 그렇게 말씀하시는 거라면 재혼 문제는 제게 무엇보다도 무관심하고 무관한 문제라고 확실히 말할 수 있어요. 여우 사냥에 나서는 여자들에 대한 이야기와 마찬가지예요. 그들의 그런 행동이 감탄스럽게 보이든 그렇지 않은 간에 저는 그들을 따르지 않을 테니까요. 캐드월레이더 부인께서 다른 주제뿐 아니라 그것에 대해서도 마음껏 말씀하시게 해 드리세요."

"캐소본 부인." 레이디 체텀이 당당하게 말했다. "바라건대 내가 비보 부인을 언급했을 때 당신을 빗대어 말했다고는 생각하지 않겠지요. 그저 머릿속에 떠오른 한 가지 사례에 불과했으니까. 그 부인은 그린셀 경의 의붓딸이었어요. 그는 테버로이 부인과 재혼했죠. 당신에 대한 암시는 전혀 없었어요."

"물론이죠." 실리아가 말했다. "누구도 그 화제를 끄집어내지 않았어요. 전부 다 도도의 모자 때문에 나온 이야기였죠. 캐드월레이더 부인께서는 옳은 말씀만 하셨어요. 미망인 모자를 쓰고 결혼할 수는 없어요, 제임스."

"쉿!" 캐드월레이더 부인이 말했다. "다시는 불쾌한 이야기를 하지 않을게요. 디도나 제노비아[57]에 대해서도 말하지 않겠어요. 자, 그럼 이제 무슨 이야기를 할까요? 인간 본성에 대한 이야기는 반대하겠어요. 그건 바로 목사 부인들의 본성이니까."

그날 저녁 늦게 캐드월레이더 부인이 돌아간 후 단둘이 있을 때 실리아가 도러시아에게 말했다. "정말이지, 도도, 모자를 벗으니까 여러 면에서 언니가 다시 언니답게 보여. 언니한테 불쾌하게 들리는 말이 오갈 때 예전처럼 솔직하게 말했고. 그런데 언니가 누구 말이 틀렸다고 생각했는지, 제임스인지 캐드월레이더 부인인지 잘 알 수 없었어."

"어느 쪽도 아니야." 도러시아가 말했다. "제임스는 나에 대한 자상한 배려로 그렇게 말했지만 내가 캐드월레이더 부인의 말에 신경 쓸 거라는 생각은 틀렸어. 그 부인이든 누구든 간에 가문이 좋고 용모가 출중한 사람을 추천할 때 내가 그 사

---

57) 재혼을 하지 않은 전설적인 미망인들. 디도는 자살했고, 제노비아는 노예가 되었다.

6부 미망인과 아내

람을 받아들여야 한다는 법이 있다면 반대하겠어."

"하지만 알다시피, 도도, 언니가 혹시 결혼한다면 가문이 좋고 잘생긴 사람과 하는 편이 더 좋을 거야." 실리아는 캐소본 씨에게 이런 미덕이 없었으며 이번에는 미리 도러시아에게 주의를 주는 것이 좋겠다고 생각했다.

"걱정하지 마, 키티. 내 인생에 대해 전혀 다른 식으로 생각하고 있으니까. 나는 절대로 재혼하지 않을 거야." 도러시아는 동생의 뺨을 어루만지며 너그러운 애정을 담은 눈길로 바라보았다. 실리아는 아기에게 젖을 먹이는 중이었고, 도러시아는 잘 자라는 인사를 하러 왔다.

"정말…… 절대로?" 실리아가 말했다. "누구와도? 아주 훌륭한 사람이라도?"

도러시아는 천천히 고개를 저었다. "누구와도 하지 않을 거야. 즐거운 계획이 있거든. 토지를 잘 연구해서 배수구를 만들고 작은 부락을 만들어서 다 함께 일하고 모든 일이 잘 이뤄지도록 할 거야. 마을 사람들을 모두 알고 그들의 친구가 되겠어. 중요한 일은 가스 씨와 상의하고. 그는 내가 알고 싶은 것을 거의 다 알려 줄 수 있을 거야."

"그러면, 언니에게 계획이 있으면 행복해질 수 있겠지." 실리아가 말했다. "어린 아서가 자라서 그런 계획들을 좋아하고 언니를 도울지도 몰라."

바로 그날 밤 제임스 경은 도러시아가 정말 누구와도 결혼하지 않기로 마음을 먹었고 예전에 그랬듯이 "온갖 종류의 계획"에 착수하리라는 이야기를 들었다. 제임스 경은 아무 대답도 하지 않았다. 속으로 그는 여자들의 재혼에 혐오스러운 점이 있다고 느꼈고, 누구와 결혼하든 도러시아의 성스러움이 더럽혀진다고 느끼지 않을 수 없었다. 그는 세상이 그런 감정을 터무니없게 여긴다는 것을, 더욱이 스물한 살의 여자와 관련해서는 더욱 그렇게 생각하리라는 것을 알고 있었다. '세상'은 젊은 미망인의 재혼을 확실한 사건으로, 어쩌면 임박한 사건으로 간주하면서 그 미망인이 그렇게 행동할 때 의미심장한 미소를 짓는 것이 관행이었으므로. 그러나 도러시아가 고독과 결혼하기로 선택한다면 그녀에게 잘 어울리는 결심이라고 그는 느꼈다.

56장

다른 이의 의지에 순종하지 않도록
태어나고 교육받은 사람은 얼마나 행복한가.
정직한 생각은 그의 갑옷,
소박한 진실은 그의 최고의 기술!
······
이 남자는 솟아오르는 희망이나 떨어지는 공포의
굴욕적 굴레에 얽매이지 않는다.
토지의 주인은 아니더라도 자신의 주인,
가진 것은 없지만 모든 것을 갖고 있다.

— 헨리 워턴 경[58]

　도러시아는 케일럽 가스가 오두막 설계도를 칭찬했다는 것을 알았을 때부터 그의 지식을 신뢰했고, 프레싯에 머무는 동안 제임스 경에게 설득되어 말을 타고 케일럽과 함께 셋이 두 농장을 돌아보면서 그 신뢰감은 더욱 두터워졌다. 케일럽은 아내에게 캐소본 부인이야말로 여자들에게서 찾아보기 극히 어려운, 사업에 대한 머리가 있다고 말함으로써 그녀의 찬탄에 값하는 찬사를 돌려주었다. 케일럽에게 '사업'이란 금전 거래가 아니라 솜씨 좋고 열성적인 노동을 뜻한다는 점을 기억할 필요가 있겠다.

---

58) Sir Henry Wotton(1568~1639). 「행복한 삶의 특징(The Character of a Happy Life)」, 1~4, 21~24행.

"극히 드물지!" 케일럽이 되풀이했다. "그 부인은 내가 어릴 때 혼자서 종종 생각하던 것을 말하더군. '가스 씨, 제가 나이가 지긋하도록 살면 이렇게 느끼고 싶어요. 넓은 땅을 개간해서 훌륭한 오두막을 많이 지었다고 말이지요. 그런 일은 진행되는 동안에도 사람들에게 이롭고, 끝난 후에는 그로 인해 사람들의 삶이 더 나아지니까요.' 바로 이렇게 말하더라니까. 그 부인은 그런 식으로 사물을 파악하더군."

"하지만 여자답게 그랬길 바라요." 가스 부인은 캐소본 부인이 순종이라는 올바른 원칙을 지키지 않을지 모른다는 의혹을 약간 느끼며 말했다.

"아, 당신은 상상도 못 할 거요!" 케일럽이 고개를 흔들며 말했다. "부인의 말소리가 마음에 들 거야, 수전. 부인은 아주 쉬운 단어로 말하는데 노래를 부르는 듯한 목소리였소. 정말이지! 「메시아」의 소절들이 연상되더군. '거기에 곧바로 천사의 무리가 나타나 신을 칭송하며 말했다.' 당신도 기분 좋게 여길 목소리였지."

케일럽은 음악을 무척 좋아했다. 기회가 있으면 오라토리오가 열리는 곳에 음악을 들으러 갔고, 강렬한 음조의 구조에 깊은 경의를 품고 돌아와서는 앉아서 깊은 생각에 잠겨 바닥을 내려다보며 양손을 내밀고 이루 형언할 수 없는 언어를 표현하곤 했다.

이처럼 서로 호의를 품고 있었으므로 당연히 도러시아는 가스 씨에게 로윅 매너에 딸린 세 농장과 많은 공동 주택에 관련된 일을 모두 맡아 달라고 부탁했다. 사실 두 사람에게도 벽찰 만큼 일거리가 많아지리라는 그의 예상은 신속히 이루어지고 있었다. 그가 말했듯이 "사업이란 새끼를 치기 마련이었다". 그리고 바로 그 시기에 새끼를 치기 시작한 한 가지 사업은 철로 부설이었다. 지금까지 가축들이 놀랄 일 없이 평화롭게 풀을 뜯던 로윅 교구에 철로가 관통하도록 예정되었다. 그래서 철로 부설 사업의 초기 갈등이 케일럽 가스의 업무에 끼어들었고, 그에게 소중한 두 사람과 관련하여 이 이야기가 나아갈 방향을 결정짓게 되었다.

해저 철도는 그 나름의 어려움이 있겠지만 바다 밑바닥이 여러 땅 주인들 사이에 나뉘어 있지 않기 때문에 계산 가능한 손해나 감정적 손해에 대한 보상을 요구받을 일이 없다. 미들마치가 속한 주에서 철로 부설 문제는 선거법 개정 법안이나 임박한 콜레라의 공포만큼이나 흥미진진한 화제였고, 그 문제에 대해 가장 단호한 의견을 가진 사람들은 여자와 땅 주인들이었다. 여자들은 젊든 늙었든 간에 증기 기관으로 여행하는 것이 터무니없고 위험한 일이라 생각했고, 무슨 일이 있어도 기차를 타지 않겠다는 반대 의사를 밝혔다. 반면 땅 주인들의 견해는 솔로먼 페더스톤 씨의 의견과 메들리코트 경의 의견이 다르듯이 각자 주장하는 바가 달랐다. 하지만 땅을 인류의 적인 악마에게 팔든 아니면 꼭 매입해야 하는 회사에 팔든 간에 이 파괴적인 대리인들이 인류에게 해를 입히는 데 허락을 얻으려면 땅 주인들에게 매우 높은 가격을 지불해야 한다는 의견에서는 일치했다.

그러나 땅을 소유한 사람 중에 솔로먼 씨와 월 부인처럼 아둔한 사람들은 오래 걸려서야 이런 결론에 이르렀다. 그들은 마음이 꽉 막혀서 큰 목초지를 둘로 나누고 그것을 세 개의 삼각형 조각들로 바꾸는 것이 어떤 것일지를 생생히 떠올리지 못했다. 어쨌든 "안 될 일"이었다. 또한 연결 교량과 많은 보상금은 요원하고도 믿을 수 없는 이야기였다.

"암소들이 모두 송아지를 조산할 거예요, 오빠." 월 부인이 몹시 우울한 목소리로 말했다. "철도가 니어 클로즈를 가로지르면 말이죠. 그리고 새끼를 밴 암말이 있으면 조산해도 놀랍지 않을 거예요. 과부의 재산을 이렇게 삽으로 마구 파내는데 법이 그런 일에 대해 아무 말 안 한다면 말도 안 돼요. 그자들이 일을 시작하면 온 천지에 길을 뚫지 못하게 무엇으로 막을 수 있죠? 잘 알다시피 나는 싸우지 못해요."

"가장 좋은 방법은 아무 말 안 하는 거야. 그리고 조사하고 측정하러 오거든 누군가를 부추겨서 귀 따가운 말로 쫓아내는 거지." 솔로먼이 말했다. "내가 듣기로는 브래싱에서 그렇게 했다는군. 진실을 말하자면 한쪽 길을 따라서 철로를 내야 한다는 건 전부 핑계일 뿐이야. 다른 교구에 가서 길을 내라고 해. 그리고 불량배들을 끌어들여 곡식을 짓밟아 놓고는 보상해 준다고 돈을 내놓을 것 같지가 않아. 회삿돈이 대체 어디 있는 거야?"

"피터 오빠는, 하느님께서 용서하시기를, 회사에서 돈을 빼냈어요." 월 부인이 말했다. "하지만 망간 회사였죠. 산산조각으로 폭파시켜 사방에 흩어 놓는 철도 회사는 아니었다고요."

"자, 이렇게 말해야겠지, 제인." 솔로먼 씨가 신중하게 목소리를 낮추며 말했다. "우리가 훼방을 많이 놓을수록 일을 진척시키기 위해 우리에게 더 많이 보상할 거야. 우리가 원하든 원치 않든 그들이 꼭 여기에 와야 한다면 말이지."

이런 추론은 솔로먼 씨가 생각한 만큼 철저하지는 않았을 것이다. 철도 노선과 관련된 그의 잔꾀는 외교가가 태양계의 전반적인 냉기 혹은 코감기에 대해 잔머리를 굴리는 것과 마찬가지였다. 그러나 그는 의혹을 부추겨서 자기 관점에 따라 철저히 외교적인 태도로 행동에 착수했다. 로윅에 있는 그의 땅은 마을에서 가장 멀리 떨어졌고, 노동자들의 오두막은 외따로 자리하거나 프릭이라 불리는 부락에 모여 있었다. 그 부락의 물방앗간과 채석장이 더디고 침체한 산업의 작은 중심지를 이루고 있었다.

철도에 대해 정확히 알지 못했기 때문에 프릭의 여론은 철로를 반대했다. 외딴 목초지에 사는 사람들의 마음은 미지의 것에 경탄하는 그 소문난 성향을 갖고 있지 않았기에 철도가 가난한 사람들에게 해로울 것 같고 이런 의심을 품는 것만이 현명한 태도라고 생각했다. 선거법 개정에 대한 소문도 프릭에서는 아직 천년왕국에 대한 기대감을 일으키지 않았다. 그 개정안에는 하이럼 포드의 돼지들을 살찌울 공짜 곡물을 나눠 준다거나 선술집 웨이츠와 스케일에서 맥주를 공짜로 제공한다거나 아니면 인접한 세 농장 주인들이 동계 임금을 올려 준다는 제안 같은 구체적 약속이 없었던 것이다. 이처럼 명확한 이득이 있는 약속이 아니면 개정안이란 행상인의 허풍과 다름없으므로 알 만한 사람들은 모두 불신을 품었다. 프릭 사람들은 식량이 부족한 형편이 아니었고, 광신에 빠져들기보다는 강하고 억센 의심을 품었으며, 자신들이 하늘의 특별한 관심을 받는다고 생각하기보다 날씨를 보면 잘 알 수 있듯이 하늘도 자기들을 속이려는 경향이 있다고 믿었다.

그러므로 프릭 주민들의 마음은 솔로먼 페더스톤 씨에게 영향을 받기에 딱 적합했다. 그는 똑같은 생각을 더 많이 갖고 있었고, 더 잘 먹고 더 한가하기 그지없는 마음으로 하늘과 땅을 의심했기 때문이었다. 당시 도로 감독이었던 솔로먼은 이따금 튼튼한 말을 타고 천천히 프릭을 한 바퀴 돌면서 노동자들이 돌을 쌓는 광경을 지켜보았고, 말을 멈추고 기이하게 생각에 잠기곤 했다. 그 모습을 보면 여러분은 그가 움직이려는 충동이 없어서가 아니라 머물러야 할 다른 이유가 있기 때문일 거라고 잘못 짐작할 것이다. 어떤 작업이 진행 중이든 그는 한참 쳐다본 후에 눈을 약간 들어 지평선을 바라보고는 이윽고 고삐를 잡아당기고 채찍으로 말을 갈기며 천천히 나아가게 했다. 솔로먼과 비교하면 시계의 시침이 오히려 빠른 편이었다. 그는 느릿느릿 움직여도 괜찮다고 기분 좋게 생각했다. 가는 길에 산울타리를 손질하는 사람이나 도랑을 파는 사람을 만나면 멈춰 서서 신중하고도 모호한 의도로 잡담을 나누었고, 이미 들은 소식이라도 기꺼운 마음으로 귀를 기울이곤 했으며, 그 소식을 일부 믿지 않으면서 자신이 상대보다 우월하다고 느꼈다. 하지만 어느 날인가는 짐마차꾼인 하이럼 포드와 이야기를 나누다가 자신이 직접 정보를 제공하기도 했다. 그는 하이럼에게 지팡이와 장비들을 들고 돌아다니며 조사하는 사람들을 본 적이 있느냐고 물었다. 스스로를 철도 부설자라고 불렀지만 그들이 과연 누구인지, 무엇을 하려는지 도무지 알 수 없는 노릇이었다. 그들이 주장한 최소한의 골자는 로윅 교구를 뒤죽박죽으로 자른다는 것이었다.

"아니, 그러면 이곳에서 저곳으로 옮겨 가지 못할 텐데." 하이럼은 자기 마차와 말들을 생각하며 말했다.

"전혀 못 하지." 솔로먼이 말했다. "그리고 이 교구처럼 멋진 땅을 난도질하다니! 그들에게 팁턴으로 가라고 해. 하지만 그 밑바닥에 뭐가 있는지 도무지 알 수가 없단 말이야. 그들은 교통을 내세우는데 결국 그건 땅에도 가난한 사람들에게도 해가 될 거야."

"런던 녀석들이더군요." 하이럼은 런던을 시골에 적대적인 중심지로 막연히 생각하고 있었다.

"아, 그럼. 그런데 내가 들은 바로는 브래싱 근방 어딘가에서는 그자들이 염탐하고 있을 때 사람들이 덮쳐서 그자들이 들고 다니는 검사창을 박살 내고 쫓아냈다는군. 다시는 오지 못하게."

"정말이지 아주 재미있었겠군요." 주위에서 재미를 볼 일이 극히 제한되어 있던 하이럼이 말했다.

"글쎄, 나라면 직접 참견하지 않겠어." 솔로먼이 말했다. "하지만 누군가는 이 고장의 좋은 날들이 다 지나갔다고 하더군. 여기 땅을 사방팔방 짓밟고 다니면서 잘라내 철로를 만들려는 이런 작자들이 들끓고 있다는 게 그 증거지. 큰 장사로 작은 장사를 삼켜 버리려고 말이지. 그래서 이 땅에는 수레 끄는 말도, 휘두를 채찍도 남아 있지 않을 거야."

"나라면 그 작자들 귀싸대기에 채찍을 날리겠어요. 그놈들이 그런 일을 하기 전에 말이죠." 하이럼이 말했고, 그사이 솔로먼 씨는 고삐를 흔들며 앞으로 나아갔다.

쐐기풀 씨앗은 굳이 땅을 파서 심지 않아도 잘 퍼져 나간다. 웨이츠와 스케일스 주점에서는 이 시골 지역이 철도로 몰락하리라는 이야기로 떠들썩했고, 목초지에서도 그러했다. 거기 모인 일꾼들은 시골에서 일 년 내내 만나기 힘든, 이야기를 나눌 기회를 얻었다.

메리 가스가 페어브라더 씨와 이야기를 나누며 프레드 빈시에 대한 감정을 고백한 지 오래 지나지 않은 어느 날 아침에 우연히 메리의 부친은 어떤 사업이 있어서 프릭으로 이어지는 길에 있는 요드럴 농장을 찾았다. 케일럽은 외진 곳에 있는 로윅 매너의 땅을 측정하고 감정해야 했고, 그 땅을 도러시아에게 유리하게 처분하기를 (그가 철도 회사에서 될 수 있는 대로 최고 가격을 받아 낼 의도였음은 인정해야 한다.) 기대했다. 그는 요드럴에서 이륜마차를 세우고 조수와 함께 측쇄를 들고 현장으로 가는 길에 기포 수준기를 조정하고 있는 철도 회사 사람들과 마주쳤다. 잠시 잡담을 나눈 후 그는 자신이 측정하려는 곳에서 조금 있다 또 만날 거라고 말하고는 다시 걸어갔다. 비가 조금 내린 뒤에 아직 잿빛 구름이 끼어 있는 아침나절이었다. 12시경 구름이 약간 흩어지면서 쾌적해졌고, 오솔길을 따라 산울타리 옆에서 흙냄새가 상쾌하게 올라왔다.

말을 타고 오솔길을 따라오던 프레드 빈시는 앞으로 무엇을 해야 할지 머리를 짜내도 소용이 없어서 괴로운 심정만 아니었더라면 흙냄새가 더욱 감미로웠을 것이다. 한편에는 그가 당장 성직자가 되기를 바라는 부친이 있었고, 다른 편에는 성직자가 되면 그를 버리겠다고 위협하는 메리가 있었다. 그리고 사업의 세계는 자본도 없고 기술도 없는 젊은 신사를 필요로 하는 기미가 없었다. 프레드가 더 이상 반항적으로 굴지 않는 데 만족한 부친이 그를 기분 좋게 대하고, 그레이하운드들을 돌보라며 이 유쾌한 승마에 내보낸 것도 그의 기질로는 더욱 견디기 힘들었다. 무엇을 하겠다고 결정하더라도 그다음에는 부친에게 말해야 하는 고충이 있을 것이다. 그러나 그보다 먼저 내려야 할 그 결정이 더욱 어려운 일이라는 사실은 인정해야 한다. (친지들이 '직위'를 얻어 줄 수 없는) 젊은이가 신사로서 체면이 깎이지 않으면서도 수익을 얻고 특별한 지식 없이도 해 나갈 일이 대체 있을까? 이런 기분으로 프릭의 오솔길을 따라 말의 속도를 늦추고 천천히 달리면서 용기를 내어 메리를 만나러 로윅의 목사관으로 돌아갈지를 생각하고 있을 때 산울타리 너머 이쪽 들판에서 다른 들판까지가 시야에 들어왔다. 갑자기 시끄러운 소리가 나는 바람에 그는 정신이 들었고, 왼쪽 들판 저 멀리에서 작업복을 입고 건초용 쇠스랑을 든 남자들 예닐곱 명이 맞은편의 철도 직원 네 명에게 위협적으로 다가가는 것을 볼 수 있었다. 케일럽과 조수는 위협받는 사람들을 도와주려고 급히 들판을 가로질러 달리고 있었다. 산울타리 입구를 찾아야 했기에 조금 지체한 프레드가 서둘러 말을 몰아 현장에 도착했을 때 작업복을 입은 일꾼들이 쇠스랑을 들고서 코트를 입은 사람들을 쫓아내고 있었다. 그들은 점심에 맥주를 한잔 걸치고 나자 이제 건초를 뒤집는 일이 그리 급하지 않았던 것이다. 케일럽 가스의 조수인 열일곱 살 먹은 소년은 케일럽의 지시에 따라서 기포 수준기를 낚아챘는데 그 와중에 얻어맞고 쓰러져서 꼼짝 못 하고 있었다. 코트를 입은 사람들은 재빨리 달아났고, 프레드는 작업복 차림인 일꾼들 앞으로 말을 달려 갑자기 달려들어서 철도 직원들이 달아나도록 엄호하고 추격을 혼란에 빠뜨렸다. "이 어처구니없는 바보들이 무슨 짓들이야?" 프레드는 우왕좌왕하며 흩어진 사람들을 쫓아가면서 채찍을 좌우로 내리치며 소리쳤다. "치안 판사 앞에서 당신네 모두에 대해 증언할 거야. 당신들이 저 소년을 쓰러뜨려서 죽였다고. 다음 순회 재판에서 당신들 모두 교수형을 당할 거야. 그래도 괜찮다는 거지." 나중에 프레드는 자기가 한 말을 떠올릴 때마다 폭소를 터뜨리곤 했다.

일꾼들은 출입구를 지나 목초지로 쫓겨 들어갔다. 프레드가 자기 말을 살펴보고 있을 때 하이럼 포드가 도전하기에 안전할 만큼 거리를 두고 몸을 돌려 그를 보면서 스스로는 알지 못했지만 호머에 어울릴 만한 도발적인 소리를 질러 댔다.

"당신은 겁쟁이야. 정말 그렇다고. 말에서 한번 내려 보시지, 젊은 나리. 그럼 한판 붙어 드리지. 정말이야. 말과 채찍이 없으면 감히 덤비지도 못할 거면서. 눈 깜짝할 사이에 깜짝 놀라게 해 드리지. 정말이라고."

"잠시 기다려. 곧 돌아올 테니까. 원한다면 당신네 모두와 돌아가면서 한 판씩 붙어 주지." 프레드는 사랑하는 형제들과의 주먹다짐에서 반드시 이길 거라고 자기 완력을 믿으며 말했다. 그러나 지금은 케일럽과 쓰러져 있는 소년에게 빨리 가 봐야 했다.

소년은 발목을 삐고 통증이 심했지만 더 다친 곳은 없었다. 프레드는 요드럴에 가서 치료를 받도록 그를 말에 태웠다.

"말을 거기 마구간에 넣게 하고 측량사들에게 장비를 가지러 돌아와도 된다고 전해라." 프레드가 말했다. "이제 깨끗하게 치웠다고."

"아니, 아니야." 케일럽이 말했다. "여기 기계가 파손되었어. 그들이 오늘 일은 포기해야 할 거야. 그편이 낫겠네. 이 물건들을 네 앞에 실어서 가져가거라, 톰. 네가 오는 걸 보면 그들은 되돌아갈 거야."

"제가 우연히도 적절한 때에 여기 오게 되어 다행입니다, 가스 씨." 톰이 말을 타고 가는 것을 보면서 프레드가 말했다. "기병이 적시에 나타나지 않았으면 무슨 일이 일어났을지 모르지요."

"아, 그래, 운이 좋았네." 케일럽은 다소 멍한 상태로 말하면서 일하다가 중단된 곳을 바라보았다. "하지만, 제기랄, 사람들이 어리석어서 이런 일이 일어나는 거야. 나는 오늘 해야 할 일을 못 하게 됐군. 측쇄를 들고 도와주는 사람이 없으면 일을 할 수 없거든. 도대체!" 그는 옆에 있는 프레드를 잊은 듯이 화가 난 표정을 하고 그쪽으로 걸어가더니 갑자기 몸을 돌려 재빨리 말했다. "자네 오늘 무슨 할 일이 있나, 젊은 친구?"

"아무 일도 없어요, 가스 씨. 기쁜 마음으로 도와 드릴게요. 그래도 될까요?" 프레드는 메리의 부친을 돕는 일이 메리에게 구애하는 거라고 느끼며 말했다.

"그래, 자네가 허리를 구부리고 더위를 참는 것을 개의치 않는다면 말이지."

"저는 뭐든 괜찮아요. 그런데 먼저 제게 도전한 저 뚱보하고 한판 붙어야겠어요. 그에게 좋은 교훈이 될 거예요. 오 분도 걸리지 않을 겁니다."

"허튼짓이야!" 케일럽은 더없이 단호한 어조로 말했다. "내가 가서 저 사람들과 이야기하겠네. 전부 다 무지해서 생긴 일이거든. 누군가 저들에게 거짓말을 한 거야. 저 가엾은 바보들은 잘 알지도 못해."

"그럼 저도 같이 가겠어요." 프레드가 말했다.

"아니, 아냐. 그냥 여기 있게. 자네의 젊은 혈기는 필요하지 않아. 나는 나 자신을 돌볼 수 있네."

케일럽은 힘이 센 사람이었고, 다른 이들에게 상처를 주거나 연설을 해야 하는 것 말고는 겁나는 일이 없었다. 그러나 이 순간에 주어진 임무는 좀 열변을 토하는 일이라고 느꼈다. 그의 마음속에는 노동자들에 대한 엄격한 생각과 실제로는 너그러운 마음 — 그 자신도 늘 힘겹게 노동하는 사람이었기에 — 이 특이하게 뒤섞여 있었다. 하루치의 노동을 하고 그 일을 잘하는 것이 행복의 중요한 부분이었기에 다른 사람들이 잘 살아가는 데도 그것이 필요하다고 생각했다. 하지만 그들에게 강한 동료애를 느끼고 있었다. 그가 다가갔을 때 일꾼들은 아직 일을 시작하지 않고서 시골 사람들이 무리 지어 있을 때 그러듯이 저마다 이삼 미터쯤 떨어져 상대 쪽으로 어깨를 돌리고 서 있었다. 그들은 한 손을 주머니에 넣고 다른 손은 조끼 단추 사이에 끼운 채 재빨리 걸어오는 케일럽을 다소 심술궂은 표정으로 바라보았다. 케일럽은 평소처럼 온화한 얼굴로 그들 사이에서 멈춰 섰다.

"아니, 이보게들, 어찌 된 일인가?" 그는 평소처럼 짧은 어구를 사용하며 말을 꺼냈다. 그 짧은 말은 간신히 물 위로 고개를 내민 식물의 풍부한 뿌리처럼 그 밑에 많은 생각이 잠겨 있었기에 그에게는 의미심장하게 여겨졌다. "어떻게 이런 실수를 하게 되었지? 누군가 자네들에게 거짓말을 한 거야. 저기 저 사람들이 나쁜 짓을 하려 든다고 생각했겠지."

"에이!" 각자 내키지 않는 마음에 따라서 사이사이 이런 대답을 툭툭 던졌다.

"말도 안 되는 소리야! 그런 일은 절대 없어! 그들은 철로가 어느 길로 나야 할지 알아보려는 거야. 자, 여보게, 자네들은 철도를 막지 못해. 자네들이 좋아하건 싫어하건 철로는 부설될 거야. 그것에 반대해서 싸우다가는 곤란한 지경에 빠질 걸세. 저 사람들은 이 땅에 올 수 있는 허가를 법적으로 받았단 말이야. 땅 주인들도 반대할 수 없어. 자네들이 훼방을 놓으면 순경들과 블레이크슬리 판사, 그리고 수갑과 미들마치 감옥과 관계를 맺게 될 거야. 누군가 자네들을 고발했으면 지금 거기 있을지도 모르지."

케일럽은 여기서 말을 멈추었다. 어쩌면 더 훌륭한 웅변가라도 이 부분에서 말을 멈춘 것이나 그가 만들어 낸 이미지보다 더 적절한 선택은 할 수 없었을 것이다.

"그런데 자네들이 해를 입히려던 건 아니야. 누군가 철도가 나쁜 거라고 자네들에게 말했겠지. 거짓말이야. 철로가 여기저기, 이런저런 것에 약간 해를 입힐 수는 있겠지. 그건 하늘의 태양도 마찬가지야. 그러나 철도는 좋은 거라고."

"에이! 거기서 돈을 만들어 낼 거물들에게야 좋겠지." 티모시 쿠퍼 노인이 말했다. 그는 젊은이들이 소동을 벌이러 갔을 때 뒤에 남아서 건초를 뒤집고 있었다. "나는 어릴 때부터 많은 걸 봐 왔어. 전쟁과 평화와 운하, 늙은 국왕 조지, 섭정 왕자,[59] 새 국왕 조지, 새 이름이 붙은 새로운 것들. 근데 그게 다 가난한 놈들에게는 매한가지였어. 운하가 가난한 놈들과 무슨 상관이야? 운하가 생겼다고 고기나 베이컨이 생긴 것도 아니고, 임금을 저축할 수 있었던 것도 아니야. 쫄쫄 굶어 가면서 저축하지 않는다면 말이지. 내가 어릴 때부터 사는 게 더 힘들어졌어. 철로도 그럴 거야. 가난한 놈들은 더 뒷전으로 밀려날 뿐이지. 하지만 간섭하는 것들은 다 바보들이야. 내가 여기 있는 녀석들에게 그렇게 말했지. 이 세상은 거물들의 세상이라고. 그런데 당신은 거물들을 위해서 일하지, 가스 씨, 당신 말이야."

티모시는 그 시절 좀체 사라지지 않는 강단 있는 노동자였

---

59) 1810년 조지 3세가 실성했다고 선포되면서 그 장남이 섭정 왕자가 되었으며, 그는 1820년에 조지 4세가 되었다. 1830년 윌리엄 4세가 그를 이었다.

다. 저축한 돈을 양말에 넣어 두었고, 외딴 오두막에서 살았으며, 봉건 시대의 정신을 거의 몰랐기에 어떤 웅변에도 동요하지 않았고, 이성의 시대와 인간의 권리에 대해서 들어 본 적도 없는 듯 믿지 않았다. 케일럽은 암흑시대에 기적의 도움 없이 시골뜨기들을 논리적으로 설득하려는 사람이 처했을 법한 궁지에 빠졌다. 그 시골뜨기들은 어렵게 체험한 과정을 통해서 알게 된 부정할 수 없는 진실을 갖고 있었고, 자신들이 느끼지 못하는 사회적 혜택을 지지하는 당신의 말끔한 주장에 대항해 그 진실을 거인의 곤봉처럼 휘두를 것이다. 케일럽은 설사 위선적인 말을 할 생각이 있었더라도 그런 말을 구사할 줄 모르는 사람이었다. 그리고 오로지 자기 '사업'을 충실히 함으로써 그런 온갖 어려움을 타개하는 데 익숙했다. 그가 대답했다.

"자네가 나를 좋지 않게 생각하더라도, 팀, 신경 쓸 것 없네. 그건 지금 대수롭지 않은 일이야. 가난한 사람에게 상황이 나쁠 수 있고, 실제로 나쁘지. 다만 난 여기 있는 젊은이들이 스스로 상황을 더 나쁘게 만들 일을 벌이지 않기 바라네. 가축이 무거운 짐을 질 수도 있겠지. 그러나 짐을 길옆 웅덩이에 내던져 버린다면 도움이 되지 않을 거야. 그 짐 일부가 그들의 사료일 때 말이지."

"우린 그저 좀 재미를 보려던 거였어." 하이럼이 결말을 예상하기 시작하며 말했다. "그게 우리가 하려던 전부야."

"자, 다시는 훼방을 놓지 않겠다고 약속하게. 그러면 아무도 자네들을 신고하지 않도록 하겠네."

"나는 관여하지 않았으니 약속할 필요도 없어." 티모시가 말했다.

"그래, 하지만 나머지는. 자, 나도 오늘 자네들처럼 부지런히 일을 해야 해. 그러니 시간이 별로 없어. 순경이 없더라도 얌전 히 있겠다고 말하게."

"에이, 훼방 놓지 않겠어요. 우리에 대해서는 안심하고 그들 마음대로 해도 돼요." 케일럽은 이런 식의 약속을 받아 낸 다 음에 서둘러 프레드에게 돌아갔다. 그는 케일럽을 따라와 산 울타리 문에 서서 바라보고 있었다.

그들은 일하러 갔고, 프레드는 활기차게 케일럽을 도왔다. 그는 날아갈 듯 기분이 상쾌했기에 산울타리 밑 축축한 흙에 털썩 미끄러져 멋진 여름 바지가 더러워져도 마음껏 즐거워했 다. 기분이 들떴던 것이 성공적인 공격 때문이었을까 아니면 메리의 부친을 도와주는 흡족함 때문이었을까? 그 이상의 무 엇이었다. 좌절했던 그의 상상력은 그날 아침에 일어난 여러 사건 덕분에 여러 면에서 매력적으로 보이는 일거리를 구체적 으로 떠올리게 되었던 것이다. 나는 가스 씨 마음속에서 어떤 목적을 향한 어떤 힘이 예전의 진동을 재개했고 그것이 이제 프레드의 눈앞에 드러나지 않았을까 생각한다. 효과적인 사건 이란 바로 기름과 심지가 있는 곳에 불을 붙이는 일이고, 훗 날 프레드는 철로가 필요한 불을 붙여 주었다고 늘 생각했다. 그러나 두 사람은 일하면서 꼭 필요할 때가 아니면 말을 나누 지 않았다. 마침내 일을 끝내고 돌아가면서 가스 씨가 말했다.

"이런 일에서 젊은이가 학사일 필요는 없지, 안 그런가, 프레드?"

"제가 학사가 되려고 마음먹기 전에 이런 일에 전념했으면 좋았을 거예요." 프레드가 말했다. 그는 잠시 입을 다물었다가 더욱 망설이는 듯이 덧붙였다. "제가 가스 씨의 일을 배우기에 너무 늦었다고 생각하세요?"

"내가 하는 일은 다양하거든." 가스 씨가 미소를 지으며 말했다. "내가 아는 것의 많은 부분은 경험을 통해서만 알 수 있어. 책에서 배우듯이 당장 아는 게 아니지. 하지만 자네는 아직 젊으니까 기초를 쌓을 수 있어." 케일럽은 마지막 문장을 힘주어 말했지만 약간 모호하게 말을 멈추었다. 최근에 그는 프레드가 목사가 되려고 결심했다는 인상을 받았던 것이다.

"제가 노력한다면 그 일을 좀 잘할 수 있을 거라고 생각하세요?" 프레드는 더 열렬히 말했다.

"그건 여러 가지에 달렸어." 케일럽은 심오한 종교적 교리를 입에 올린다고 느끼는 사람처럼 고개를 한쪽으로 기울이고 낮은 목소리로 말했다. "자네는 두 가지를 확신할 수 있어야 해. 자기가 하는 일을 사랑하는 거야. 놀이를 시작하려고 일이 언제 끝나는지 늘 살펴서는 안 돼. 그리고 또 하나는 자기 일을 부끄러워하면서 다른 일을 하는 것이 더 명예로울 거라고 생각해서는 안 된다는 걸세. 자기 일과 그 일을 잘하기 위해 배우는 것에 자부심을 가져야 하고, 저기 이러저러한 일이 있는데 내가 이러저러한 일을 했더라면 아주 잘 해냈을 거라고 말해서는 안 되지. 나는 누구든 그런 사람에게는 동전 한 푼도 주지 않을 거야." 이 부분에서 케일럽은 입을 단호하게 다물고 손가락을 부딪쳐 딱 소리를 냈다. "수상이든 짚으로 지붕을 이는 사람이든 간에 자기가 하려고 작정한 일을 잘하지 못한다면 말이지."

"저는 목사가 되면 잘할 거라는 느낌이 들지 않아요." 프레드가 논의를 한 단계 진전시키려고 말했다.

"그렇다면 접어 두게, 젊은이." 케일럽이 다짜고짜 말했다. "그러지 않으면 자네 마음이 결코 편치 않을 거야. 혹시라도 마음이 편하다면 한심한 꼭두각시에 불과하겠지."

"메리도 거의 똑같은 생각이에요." 프레드는 얼굴을 붉히며 말했다. "제가 메리에 대해 어떻게 느끼는지 잘 아실 거예요, 가스 씨. 제가 언제나 누구보다도 메리를 사랑해 왔고 앞으로도 다른 사람을 메리만큼 사랑하지 않으리라는 것을 불쾌하게 여기시지 않으면 좋겠어요."

프레드가 말하는 동안에 케일럽의 얼굴은 눈에 띄게 부드러워졌다. 하지만 엄숙하게 천천히 고개를 흔들며 말했다.

"자네가 메리의 행복을 손에 넣고 싶어 한다면 그게 상황을 더 심각하게 만든다네, 프레드."

"저도 알고 있어요, 가스 씨." 프레드가 열렬히 말했다. "메리를 위해 무엇이든 하고 싶어요. 목사가 되면 메리는 절대로 저와 결혼하지 않을 거라고 말했어요. 그리고 메리에 대한 희망을 잃는다면 저는 한없이 비참해질 거예요. 정말이지, 제가 사업이나 조금이라도 제 소질에 맞는 일을 직업으로 얻을 수 있다면 열심히 일하고 아저씨의 좋은 평가를 받도록 노력할 거예요. 저는 야외에서 하는 일을 하고 싶어요. 토지와 가축에 대해서는 이미 많이 알아요. 아시다시피 그 때문에 저를 어리석게 생각하시겠지만 저는 땅을 소유하게 될 거라고 믿었으니까요. 그런 지식은 쉽게 얻을 수 있으리라고 믿습니다. 특히 제가 어떤 식으로든 아저씨의 지도를 받는다면 말이지요."

"찬찬히 말해 보게." 케일럽은 '수전'을 떠올리며 말했다. "자네 부친께 이런 말씀을 드려 보았나?"

"아직 말씀드린 적은 없어요. 하지만 말씀드릴 거예요. 저는 성직자 대신 무엇을 할 수 있을지 알게 되기를 기다리고 있어요. 아버지를 실망시켜 드리는 건 매우 유감스러운 일이지만 스물네 살이나 된 남자라면 스스로 판단할 수 있어야겠지요. 열다섯 살의 나이에 제가 장차 무엇을 하는 것이 옳을지 어떻게 알겠어요? 제 교육은 잘못된 것이었어요."

"하지만 내 말을 들어 보게, 프레드." 케일럽이 말했다. "메리가 자네를 좋아하고 혹시 자네와 결혼할 생각이 있을 거라고 확신하나?"

"메리에게 물어봐 주십사고 페어브라더 씨에게 부탁드렸어요. 메리가 저한테는 그런 말을 안 하거든요. 그래서 달리 어찌해야 할지 몰랐어요." 프레드는 사과하듯이 말했다. "그런데 그분은 제가 명예로운 일에 전념할 수 있으면 희망을 가져도 좋다고 말씀하셨어요. 그러니까 교회 밖에서 말이지요. 제가 어떤 일을 시작하기도 전에 메리에 대한 제 소망을 주제넘게 말씀드리면서 아저씨께 부담을 드렸으니 옳지 않다고 생각하시겠지요. 물론 저는 아무것도 요구할 권리가 없습니다. 실은 이미 아저씨께 빚을 졌고, 그건 제가 돈으로 갚더라도 결코 갚을 수 없는 부채이겠지요."

"아니야, 여보게, 자네는 권리가 있어." 케일럽은 연민이 듬뿍 담긴 목소리로 말했다. "젊은이들은 앞으로 나아가도록 도와 달라고 나이 든 사람들에게 요구할 권리가 언제나 있다네. 나도 젊은 시절이 있었고, 별반 도움을 받지 못하고 헤쳐 나가야 했어. 하지만 도움을 받았더라면 무척 기뻤을 걸세. 단지 동료 의식을 느끼게 해 주는 것이었더라도 말이지. 하지만 좀 생각해 봐야겠네. 내일 9시에 사무실로 오게나. 사무실로. 기억하게."

가스 씨는 수전과 상의하지 않고는 중요한 결정을 내리지 않겠다고 생각했지만 집에 도착하기 전에 이미 결정을 내렸다는 것을 고백해야겠다. 다른 사람들이 단호하고 완고하게 고집을 부리는 많은 문제에서 그를 조종하는 것은 세상에서 가장 쉬운 일이었다. 그는 어떤 고기를 사야 하는지 전혀 알지 못했다. 만일 수전이 비용을 절약하기 위해 방 네 칸짜리 오두막에서 살아야 한다고 말했다면 자세히 물어보지도 않고 당장 "갑시다."라고 말했을 것이다. 그러나 자기 감정과 판단력이 강력한 의견을 제시한 문제에서는 전제 군주나 다름없었다. 남을 비난하는 데는 온유하고 소심한 사람이었지만, 자신이 선택한 특별한 경우에는 절대로 요지부동이라는 것을 주위 사람들은 모두 알고 있었다. 가스 부인은 아흔아홉 가지를 결정했지만 백 번째 결정에서는 평소 지론을 실행에 옮겨야 한다는, 즉 순종이라는 특히 어려운 미덕을 실천해야 한다는 것을 느끼곤 했다.

"결국 내가 생각한 대로 되었어, 수전." 케일럽 씨는 저녁에 둘이 앉아 있을 때 말했다. 프레드가 일을 도와준 사건에 대해서는 이미 이야기했지만 그 이후의 결과는 언급하지 않았었다. "애들이 서로를 좋아해. 프레드와 메리 말이야."

가스 부인은 일감을 무릎에 내려놓고 근심스러운 눈으로 남편을 뚫어져라 바라보았다.

"일이 끝난 다음에 프레드가 털어놓더군. 그 애는 목사가 되는 것을 참을 수 없고, 메리는 그 애가 목사가 되면 결혼하지 않겠다고 했다네. 프레드는 내 밑에 와서 사업에 전념하고 싶다는 거야. 그래서 나는 그 애를 받아들여 사람으로 만들어 보기로 작정했어."

"케일럽!" 가스 부인은 아주 낮은 목소리로 부르짖으며 체념과 놀라움을 드러냈다.

"좋은 일이야." 가스 씨는 의자 등받이에 몸을 딱 기대고 팔걸이를 단단히 쥐면서 말했다. "그 애를 데리고 골치를 썩이긴 하겠지만 잘 해낼 거라고 생각해. 그 애는 메리를 사랑하고, 좋은 여자에 대한 진정한 사랑은 대단한 것이지, 수전. 사랑은 거칠기 짝이 없는 녀석을 사람으로 만들어 준다고."

"메리가 당신에게 그런 이야기를 했어요?" 가스 부인은 자신이 그 문제에 대해서 통보를 받아야 한다는 사실에 마음이 조금 상했다.

"한마디도 하지 않았어. 오래전에 메리에게 프레드에 대해서 물어보고 좀 주의를 주었지. 그때 게으르고 방종한 사람과는 절대 결혼하지 않겠다고 나를 안심시키더군. 그 후에는 아무 이야기도 없었소. 그런데 프레드가 메리한테 물어봐 달라고 페어브라더 씨에게 부탁한 모양이야. 프레드가 직접 말하는 것을 메리가 용납하지 않았기 때문에. 페어브라더 씨는 메리가 프레드를 좋아한다는 것을 알아내셨다네. 그 애는 프레드가 목사가 되어서는 안 된다고 말했다는군. 프레드의 마음은 메리에게 집착하고 있어. 그걸 잘 알 수 있었지. 그래서 나는 그 애에 대해 좋게 생각하게 되었어. 그리고 우리는 그 애를 늘 좋아했잖소, 수전."

"메리에게는 유감스러운 일일 거예요." 가스 부인이 말했다.

"어째서, 유감스러운 일이라니?"

"왜냐하면, 케일럽, 메리가 프레드 빈시보다 스무 배나 더 나은 사람과 결혼할 수 있으니까요."

"뭐라고?" 케일럽은 놀라서 말했다.

"나는 페어브라더 씨가 메리에게 애정을 느끼고 있고, 또 청혼할 생각이었다고 확신해요. 하지만 물론 이제는 프레드가 그분을 사절로 이용했으니 더 나은 전망은 끝장난 거죠." 가스 부인의 말은 칼로 자르듯 정확했다. 그녀는 무척 화가 나고 실망했지만 불필요한 말을 자제하려고 애썼다.

케일럽은 갈등하는 감정들로 잠시 입을 다물었다. 그는 바닥을 바라보며 마음속에서 일어나는 논쟁에 박자를 맞추듯이 머리와 손을 움직였다. 마침내 그가 말했다.

"그랬더라면 무척 자랑스럽고 행복했을 거요, 수전. 당신을 위해서 기뻤을 거야. 나는 늘 당신이 당신 수준에 맞지 않는 곳에 있다고 느꼈소. 하지만 당신은 나를 선택했지. 내가 평범한 사람이었는데도."

"내가 아는 가장 훌륭하고 가장 현명한 사람을 선택한 거예요." 가스 부인은 그 수준에 미치지 못하는 사람이라면 결코 사랑하지 않았을 거라고 믿으면서 말했다.

"글쎄, 어쩌면 다른 사람들은 당신이 결혼을 더 잘할 수도 있었다고 생각했을 거야. 그랬더라면 내게는 더 나빴을 테고. 그렇기 때문에 내 마음은 프레드를 가깝게 느끼고 있소. 프레드는 바탕에서는 좋은 젊은이야. 올바른 길에 들어서기만 하면 일을 잘할 수 있을 만큼 영리하고. 무엇보다도 우리 딸을 사랑하고 존중하오. 그리고 그가 어떻게 되는가에 따라서 결정하겠다고 메리가 일종의 약속을 해 줬다는군. 말하자면 이 젊은이의 영혼은 내 손안에 있소. 나는 그 애를 위해 최선을 다할 생각이오. 그러니 하느님께서 도와주시기를! 그건 내 의무요, 수전."

가스 부인이 울음을 터뜨린 건 아니었다. 하지만 남편의 말이 끝나기 전에 큰 눈물방울이 굴러떨어졌다. 큰 애정과 약간의 분노가 뒤섞인 복합적인 감정에서 흘러나온 눈물이었다. 그녀는 눈물을 재빨리 닦고 말했다.

"이런 식으로 걱정거리를 늘리면서 의무라고 생각할 사람은 당신뿐일 거예요, 케일럽."

"다른 사람들이 뭐라고 생각하든 아무 의미도 없소. 내 마음속에 확고한 감정이 있고, 그걸 따를 테니까. 그리고 당신 마음도 나와 함께 가기를 바라오, 수전. 가엾은 우리 메리에게 가능한 한 모든 것을 편안하게 만들어 줄 수 있도록."

케일럽은 의자에 기대어 근심스럽게 호소하는 눈으로 아내를 보았다. 그녀는 일어서서 그에게 입을 맞추며 말했다. "하느님께서 당신을 축복하시기를, 케일럽! 우리 아이들은 훌륭한 아버지를 두었어요."

하지만 밖에 나가서 그녀는 속으로 억눌렀던 말을 보상하기 위해 실컷 울었다. 그녀는 남편의 행동이 오해를 받을 거라고 믿었다. 그리고 프레드에 대해서 합리적으로 판단했기에 희망을 가질 수 없었다. 어느 쪽이 더 선견지명이 있었다고 밝혀질까? 그녀의 합리적 판단일까 아니면 케일럽의 열성적인 너그러움일까?

다음 날 아침 사무실에 갔을 때 프레드는 예상치 못한 시련을 겪어야 했다.

"자, 프레드……." 케일럽이 말했다. "서류 작업을 해야겠네. 나는 늘 직접 서류 작업을 많이 해 왔지만 이제는 도움이 없으면 다 해 나갈 수가 없네. 자네가 회계를 알고 가격을 머릿속에 집어넣기를 바라기 때문에 다른 서기를 두지 않을 생각이네. 그러니 자네는 온 힘을 다해 노력해야지. 자네 쓰기와 계산은 잘하나?"

프레드의 마음은 불편한 동요를 느꼈다. 사무 작업에 대해서는 전혀 생각해 보지 않았던 것이다. 하지만 굳게 결심했으므로 움츠리지 않을 것이다. "산수는 겁나지 않습니다, 가스 씨. 그건 늘 쉬웠거든요. 그리고 제가 글씨를 어떻게 쓰는지는 아실 겁니다."

"어디 한번 보세." 케일럽은 펜을 들고 세밀히 살펴본 후에

잉크를 듬뿍 묻혀서 줄이 그어진 종이 한 장과 함께 프레드에게 넘겨주었다. "거기 사정 가격 한두 줄과 뒤에 있는 숫자들을 베껴 써서 내게 주게."

당시에는 글자를 알아보기 쉽게 쓰거나 적어도 서기에게 적합한 필체로 쓰는 것은 신사의 품위에 어울리지 않는다는 생각이 지배적이었다. 프레드는 당대의 어느 자작이나 주교 못지않게 신사다운 필체로 요구된 것들을 써 내려갔다. 모음은 다 똑같아 보였고, 자음은 오로지 위 혹은 아래를 향하는지로 구별만 할 수 있었으며, 획은 번져서 두꺼웠고, 글자들은 줄을 맞추기를 거부했다. 간단히 말해서 글쓴이가 무엇을 썼는지를 미리 알 때만 알아볼 수 있는 멋진 원고였다.

그것을 본 케일럽의 얼굴은 점점 찌푸려졌다. 프레드가 종이를 건네주자 그는 으르렁거리는 소리를 냈고, 종이를 손등으로 탁탁 두드렸다. 이 고약한 작업에 케일럽의 부드러운 태도는 싹 달아나고 말았다.

"젠장!" 그는 으르렁대듯이 소리쳤다. "수백 파운드나 들여 교육시키는 이 나라에서 자네를 이렇게 만들어 놓았다고 생각하니 내 참!" 그러고는 안경을 밀어 올리고 그 불운한 서기를 바라보며 애처로운 목소리로 말했다. "하느님께서 우리에게 자비를 베풀어 주시기를! 프레드, 난 이런 건 참을 수 없네!"

"제가 어떻게 해야 할까요, 가스 씨?" 프레드는 글씨체에 대한 평가뿐 아니라 사무실 서기로 자리 잡을 것 같은 자기 모습에 잔뜩 주눅이 들어서 말했다.

"뭘 하느냐고? 글자들을 똑바로 쓰고 줄을 맞추는 법을 배워야지. 아무도 알아볼 수 없다면 글을 쓰는 게 무슨 소용이 있겠나?" 케일럽은 고약한 글자들에 여념이 없어서 힘주어 말했다. "세상에 할 일이 그렇게나 없어서 자네가 온 나라에 수수께끼라도 보내 줘야 한다는 말인가? 그런데 꼭 이런 식으로 교육을 한다니까. 어떤 사람들이 내게 보내는 편지들은 수전이 해독해 주지 않으면 시간을 한없이 잡아먹을 거야. 고약한 일이지." 이렇게 말하며 케일럽은 종이를 쥐고 흔들었다.

그 순간에 낯선 사람이 사무실을 들여다보았다면 분개한 사업가와 잘생긴 젊은이 사이에 어떤 일이 벌어지고 있는지 궁금했을 것이다. 굴욕감으로 입술을 깨문 청년의 흰 얼굴은 붉으락푸르락했다. 프레드는 여러 가지 생각으로 갈등했다. 가스 씨를 처음 대면했을 때 매우 친절하고 고무적으로 대해 주었으므로 고맙고 희망찬 마음이 최고조에 올랐지만 이제는 그에 비례해서 추락하고 말았다. 그는 사무 작업에 대해서는 생각해 보지 않았고, 사실 대다수의 젊은 신사처럼 그도 불쾌한 일이 없는 직업을 원했다. 그날 그가 로윅으로 메리를 만나러 가서 그녀의 부친 밑에서 일하기로 했노라고 말하겠다는 결심을 확고히 다지지 않았더라면 그 결과가 어떻게 되었을지 나는 모르겠다. 그는 그 부분에서 스스로를 실망시키고 싶지 않았다.

"몹시 죄송합니다." 그가 끌어낼 수 있는 말은 이것이 전부였다. 하지만 가스 씨는 벌써 누그러지고 있었다.

"우리는 최선을 다해야 하네, 프레드." 그는 평소의 조용한 목소리로 돌아갔다. "누구나 다 글쓰기를 배울 수 있어. 나는 혼자 배웠지. 의지를 갖고 시작하게. 낮 시간으로 충분하지 않으면 밤에도 앉아서 노력하고. 우리는 참을성을 가질 걸세, 여보게. 자네가 배우는 동안에 캘럼이 장부 정리를 얼마간 계속할 거야. 그런데 지금 나가 봐야겠네." 케일럽이 일어서며 말했다. "자네는 우리의 합의를 부친께 알려 드려야겠지. 자네가 글씨를 쓸 수 있을 때면 캘럼의 월급을 덜어 줄 걸세. 그럼 자네에게 첫해에 80파운드를 줄 수 있네. 그 후에는 더 주고."

프레드가 부모에게 필요한 사실을 알려 주었을 때 두 사람이 보인 반응의 차이는 기억에 깊이 새겨질 정도로 놀라웠다. 그는 가스 씨의 사무실에서 곧장 아버지의 상점으로 갔다. 부친에게 큰 존중심을 품고 처신하는 방법은 그 괴로운 이야기를 되도록 진지하게 격식을 차려서 꺼내는 것이라고 올바로 생각했던 것이다. 게다가 아버지가 상점의 내실에서 가장 진지한 시간을 보내고 있을 때 만난다면 그 결정이 최종적인 것으로 더욱 확고하게 각인될 것이다.

프레드는 곧바로 이야기를 꺼냈고, 자신이 한 일과 앞으로 결심한 바를 간단히 밝히고는 끝으로 아버지에게 실망을 끼친 데 대해 유감의 뜻을 표하고 그 책임을 자신의 결함으로 돌렸다. 그 유감은 진심에서 우러나온 것이었기에 프레드는 강렬하고 소박한 단어를 사용했다.

빈시 씨는 무척 놀랐지만 단 한 번도 놀라움을 표현하는 감탄사를 내뱉지 않고 끝까지 들었다. 성급한 기질에 그 침묵은 예사롭지 않은 감정의 징후였다. 그날 아침 그는 사업 문제로 기분이 좋지 않았고, 입가에 어린 신랄한 기색은 말을 듣는 동안 점점 더 뚜렷해졌다. 프레드가 말을 마치고 나자 거의 일 분간 침묵이 이어졌고, 그동안 빈시 씨는 장부를 책상에 다시 넣고 단호하게 열쇠를 돌렸다. 그러고는 아들을 똑바로 쳐다보며 말했다.

"그러니까 마침내 마음을 정했단 말이지?"

"네, 아버지."

"좋아, 전념해서 일해라. 난 더 이상 할 말이 없다. 난 네게 올라갈 수 있는 수단을 주었는데 넌 네가 받은 교육을 내팽개 치고 사회에서 한 계단 내려갔어. 그게 전부다."

"아버지와 의견이 달라서 매우 죄송합니다. 저는 제가 택한 일에서도 부목사 못지않은 신사가 될 수 있다고 생각합니다. 하지만 저를 위해 최선을 다해 주신 아버지께 감사드립니다."

"좋아. 난 더 이상 할 말이 없어. 난 네게서 손을 떼겠다. 네 게 아들이 생기면 그 애는 네가 그에게 들인 수고를 더 잘 보 상해 주기를 바라마."

이 말은 프레드의 마음을 날카롭게 찔렀다. 그의 아버지는 우리가 슬픈 상황에서 우리 과거를 다만 그 비애의 일부인 듯 이 바라볼 때 마음을 사로잡는 부당하고 우월한 입장을 이용 하고 있었다. 사실 아들에 대한 빈시 씨의 기대에는 자부심과 무분별함, 이기적인 어리석음이 다분히 내포되어 있었다. 하지 만 실망한 아버지는 여전히 강력한 지레를 쥐고 있었다. 프레 드는 저주받으며 추방당하는 기분이었다.

"제가 집에서 계속 지내는 데 반대하지 않으셨으면 합니다 만?" 그는 가려고 일어서며 말했다. "숙식비를 낼 만큼 월급을 받게 될 겁니다. 물론 그렇게 하려고요."

"숙식비라고, 이 오라질 녀석!" 빈시 씨는 자기 식탁에 프레드의 음식이 놓이지 않으면 허전하리라는 생각에 혐오감을 느끼면서 냉정하게 말했다. "물론 어머니는 네가 집에 있기를 바라겠지. 하지만 네 말은 건사해 주지 않겠다. 그리고 네 재단사에게 네가 옷값을 지불하겠지. 네가 돈을 내야 할 때는 한두 벌 적게 지닐 테고."

프레드는 망설였다. 아직 할 말이 더 남아 있었다. 마침내 그 말이 떠올랐다.

"저와 악수해 주시고 제가 속을 썩여 드린 것을 용서해 주시기 바랍니다."

의자에 앉아 있던 빈시 씨는 가까이 다가온 아들을 재빨리 올려다보고는 손을 내밀고 서둘러 말했다. "그래, 그래, 더 이상 말하지 말자."

프레드는 어머니에게 훨씬 더 자세히 설명했지만 그녀는 남편이 결코 생각하지 못했을 일을 떠올리며 달랠 수 없는 슬픔에 잠기고 말았다. 이제 프레드는 메리 가스와 결혼할 테고, 앞으로 가스 가족과 그들의 생활 방식이 끝없이 끼어들어 자기 생활을 망쳐 놓을 것이며, "미들마치의 어느 집 아들보다도 뛰어나게" 잘생긴 얼굴과 멋진 풍채를 가진 소중한 아들이 그 집안의 평범한 외모와 무신경한 옷차림을 닮아 갈 것이 분명하다는 확신이었다. 가스 가족이 훌륭한 아들 프레드를 사로잡으려는 계략이 있는 것 같았지만 감히 이 생각을 입 밖에 내놓을 수는 없었다. 그것을 조금 암시했을 때 프레드가 전에 없이 어머니에게 소리를 지르며 '대들었던' 것이다. 그녀는 너무나 온순한 기질이라서 화를 내지 못했다. 하지만 자신의 행복이 깨져 버렸다고 느꼈고, 며칠간은 프레드를 바라보기만 해도 그가 비극적 예언의 주인공인 양 눈물이 흘러내렸다. 프레드가 어머니에게 그 가슴 아픈 문제를 아버지와 다시 이야기해서는 안 된다고 주의를 주었기에 어쩌면 평소처럼 쾌활해지는 데 더 오래 걸렸을 것이다. 남편은 그의 결정을 받아들이고 그를 용서했다. 만일 남편이 프레드에게 무섭게 화를 냈으면 그녀는 사랑하는 아들을 두둔해야 했을 것이다. 나흘째 되는 날 저녁 무렵에 빈시 씨가 아내에게 말했다.

"자, 루시, 여보, 그렇게 낙심하지 말아요. 당신은 늘 그 애를 응석받이로 키워 왔소. 앞으로도 그럴 거고."

"예전에는 이렇게 뼈에 사무치도록 마음이 아픈 적이 없어요." 아내의 아름다운 목과 턱이 다시 떨리기 시작했다. "그 애가 아플 때만 빼고요."

"홍, 쳇, 신경 쓰지 말라고! 애들 때문에 늘 문제가 있으리라고 예상해야지. 내게 기운 없는 모습을 보여서 상황을 더 어렵게 만들지 말아요."

"아, 그럴게요." 빈시 부인은 이 호소에 정신을 차리고서 곤두세운 깃털을 내리는 새처럼 머리를 약간 흔들며 매무새를 가다듬었다.

"자식 하나에 수선 떨어야 좋을 것이 없소." 빈시 씨는 약간의 불평으로 집안에 활기를 더하기를 바라며 말했다. "프레드뿐 아니라 로저먼드도 있으니."

"그래요, 가엾은 것. 로저먼드가 아기 때문에 실망해서 정말 안쓰러웠어요. 하지만 그 일을 잘 극복했어요."

"아기라고, 푸! 내가 듣기로는 리드게이트의 의료업이 엉망이 되고 있소. 게다가 빚도 지고 있다고 합디다. 로저먼드가 조만간 내게 와서 골치 아픈 이야기를 늘어놓겠지. 하지만 내게서 한 푼도 받지 못할 거요. 그의 친지에게서 도움을 받으라고 해. 나는 그 결혼이 전혀 마음에 들지 않았소. 하지만 말해 봐야 소용없지. 하인을 불러서 레몬주스를 가져오게 하고, 더 이상 침울한 표정을 짓지 말아요, 루시. 내일 당신과 루이자를 리버스톤까지 태워 주고 기분 전환을 시켜 주겠소."

57장

여덟 번째 여름을 손꼽아 세었을 때
그들의 영혼에 한 이름이 솟아올라 동요를 일으켰지,
생기를 돋우는 공기가 스며들어
새싹을 떨게 하고 숨겨진 형체를 만들 동요를.
왕족 에반 듀, 괴짜 브래드워딘,
비치 이안 보르에 대해 들려준 그 이름은
그들이 어린 시절에 알던 작은 세계를
산과 호수, 절벽의 대지로 넓히고,
멀리 떨어진 곳에 살면서
이 풍부한 기쁨과 고귀한 슬픔을 보내 준
월터 스콧에 대한 경탄과 사랑과 믿음으로 한층 더 넓혀 주었지.
그들은 이 책과 작별해야 하지만 날마다
뚱뚱한 거미처럼 비스듬히 달려가는 줄들에
그들은 그 이야기를 썼지, 툴리 베오란부터.[60]

  프레드 빈시는 저녁 5시에 출발해서 로윅 목사관으로 걸어
가던 (이 세상은 활기찬 젊은이라도 말을 부릴 수 없을 때 걸어 다
녀야 하는 곳이라는 사실을 깨달으면서) 도중에 가스 부인을 만
나러 갔다. 부인이 그들의 새로운 관계를 기꺼이 받아들이는
지 확인하고 싶었다.

  개들과 고양이들까지 가족 모두가 과수원의 큰 사과나무
밑에 모여 있었다. 가스 부인에게는 축제의 날이었다. 부인에
게 특별한 기쁨이자 자랑거리인 장남 크리스티가 짧은 휴가

---

60) 여기에 언급된 이름들은 월터 스콧 경의 소설 『웨이벌리』에 등장한다.

기간에 집에 돌아왔다. 크리스티는 앞으로 개인 지도 교수가 되고 온갖 문헌을 연구하여 부활한 포슨[61]이 되는 것을 세상에서 제일 바람직한 일로 생각했고, 그리하여 교육자인 모친에게 받은 교육의 좋은 본보기였으며 가엾은 프레드에게는 무형의 비판이었다. 크리스티는 어머니를 닮아서 이마가 네모지고 어깨가 넓고 머리가 프레드의 어깨에 닿을락 말락 했고 — 그렇기 때문에 그가 우월하게 여겨지는 것이 프레드에게는 더욱 고통스러웠다 — 늘 더없이 소박했다. 프레드가 학문에 끌리지 않는 데 대해서는 기린이 그런 것이나 마찬가지로 생각했고, 그저 자신도 그만큼 키가 크기를 바랐을 뿐이었다. 그는 지금 이마에 밀짚모자를 반듯이 얹고서 어머니의 의자 옆 땅바닥에 누워 있었고, 맞은편에서 짐이 많은 아이들의 삶을 행복하게 해 주었던 사랑하는 작가의 작품을 소리 내어 읽었다. 그 책은 『아이반호』였다. 짐은 마상 시합의 멋진 궁술 장면을 읽는 중이었는데 벤 때문에 자주 중단되었다. 아이는 오래된 활과 화살을 가져와 모두에게 보라면서 제멋대로 쏘아대고 레티의 생각에는 몹시 성가시게 굴고 있었다. 관심을 보인 것은 적극적이지만 아마도 얄팍한 잡종개일 브라우니뿐이었다. 반면에 햇빛을 받으며 누워 있던 잿빛의 뉴펀들랜드 개는 너무 늙어서 둔하고 흐릿한 눈으로 바라보았다. 레티는 탁자에 산호처럼 쌓인 체리를 줍는 일을 거들었다는 흔적을 입가와 앞치마에 드러내며 풀밭에 앉아 눈을 크게 뜨고서 낭독

---

61) 유명한 고전학자인 리처드 포슨(Richard Porson, 1759~1808).

을 듣고 있었다.

그러나 프레드 빈시가 도착하자 모두들 관심사가 바뀌었다. 그가 나지막한 의자에 앉아서 로윅 목사관에 가는 길이라고 말하자 화살을 내던지고 그 대신 몸부림치는 작은 고양이를 움켜잡고 있던 벤이 쭉 뻗은 프레드의 다리를 넘어가며 말했다. "나도 데리고 가!"

"아, 나도……." 레티가 말했다.

"넌 프레드와 내 걸음을 따라잡을 수 없어." 벤이 말했다.

"아냐, 할 수 있어. 엄마, 나도 갈 수 있다고 말해 줘요." 레티가 주장했다. 이 아이의 삶은 여자아이라고 무시당하는 데 저항하느라 큰 장애를 겪곤 했다.

"난 크리스티와 남아 있겠어." 짐의 말은 자기는 저 바보들과 다르다고 주장하는 듯이 들렸다. 그러자 레티는 손을 머리에 올리고 질투심 때문에 결정을 못 내린 채 이쪽저쪽을 바라보았다.

"우리 다 같이 메리를 만나러 가자." 크리스티가 팔을 벌리며 말했다.

"아니야, 떼 지어 목사관에 몰려가서는 안 돼. 그리고 네 낡은 글래스고 옷은 적절한 차림이 아니야. 더구나 아버지가 돌아오실 거란다. 프레드 혼자 가게 해야겠다. 네가 집에 왔다는 걸 프레드가 알려 주면 메리가 내일 돌아올 거야."

크리스티는 낡은 바지의 무릎을 힐끗 보았고, 그러고 나서 프레드의 멋진 흰 바지를 쳐다보았다. 확실히 프레드의 맞춤 옷은 영국 대학의 우월성을 드러내고 있었다. 더운 표정을 하

고 손수건으로 머리카락을 쓸어 넘길 때도 프레드의 태도는
우아했다.

"얘들아, 뛰어가렴." 가스 부인이 말했다. "친구들과 돌아다
니기에는 너무 덥구나. 형을 데려가서 토끼를 보여 줘라."

장남은 어머니의 의도를 이해했기에 즉시 아이들을 데리고
갔다. 프레드는 가스 부인이 자신에게 말할 기회를 주려 한다
고 느꼈지만 이렇게 시작할 수밖에 없었다.

"크리스티가 돌아와서 무척 기쁘시지요!"

"그래, 예상보다 빨리 왔어. 오늘 아침 9시에 남편이 나간 직
후 마차에서 내렸단다. 남편이 돌아와 크리스티가 얼마나 놀랍
게 발전했는지 들으면 좋겠어. 그 애는 작년에 어려운 연구를
해 나가면서도 학생들을 가르치며 필요한 경비를 벌어 썼단다.
곧 개인 지도 교수가 되어 외국에 나가기를 바라고 있어."

"누구에게도 폐를 끼치지 않고, 크리스티는 참 대단해요."
이 유쾌한 진실은 프레드에게 약처럼 다소 쓴맛이 났다. 잠시
가만히 있다가 그가 덧붙였다. "하지만 저는 가스 씨에게 큰
골칫거리가 될 거라고 생각하시겠지요."

"케일럽은 노고를 아끼지 않는 것을 좋아해. 그는 누가 해
달라고 요청하는 것보다 늘 더 많이 해 주는 사람이거든." 가
스 부인이 말했다. 그녀는 뜨개질을 하고 있었기에 마음 내키
는 대로 프레드를 바라보거나 보지 않을 수 있었다. 그것은 유
익한 의미가 담긴 말을 하려 할 때 늘 편리한 수단이었다. 가
스 부인은 적절히 자제할 생각이었지만 프레드가 알아야 더
좋을 것을 말하고 싶기도 했다.

"저를 무가치한 녀석이라고 생각하시는 것을 알고 있어요, 가스 부인. 그리고 그렇게 생각하시는 게 타당하다는 것도 말이지요." 프레드는 자신에게 훈계하려는 듯한 기미를 느끼며 약간 용기를 내어 말했다. "제가 최선을 바라지 않을 수 없는 분들께 최악으로 처신했으니까요. 하지만 가스 씨와 페어브라더 씨 두 분이 저를 포기하지 않는 한 제가 스스로를 포기할 이유는 없다고 생각합니다." 프레드는 가스 부인에게 이 두 남자를 본보기로 제시하는 것이 좋겠다고 생각했다.

"물론 그렇지." 그녀는 더욱 힘주어 말했다. "그 연장자 두 사람이 헌신적으로 관심을 쏟은 젊은이가 스스로를 내던져 버려서 그들의 희생을 헛수고로 만든다면 정말이지 괘씸한 죄를 저지르는 것이지."

프레드는 이 강한 표현에 약간 놀랐지만 그저 이렇게 말했다. "제가 그렇게 되지 않기를 바랍니다, 가스 부인. 메리를 얻을 수 있다는 희망이 약간 생겼으니까요. 가스 씨께서 말씀하셨지요? 아마 놀라지 않으셨겠지요?" 프레드는 순진하게 다만 자신의 사랑을 꽤 명백한 것으로 언급하며 말을 맺었다.

"메리가 네게 용기를 줘서 놀라지 않았느냐고?" 가스 부인은 빈시 가족이 뭐라고 생각하든 간에 메리의 가족은 바라지 않을 수 있다는 사실을 프레드가 더 분명히 깨닫는 것이 좋겠다고 생각했다. "아니, 솔직히 말해서 정말로 놀랐단다."

"메리가 용기를 준 것은 아니었어요. 제가 메리에게 직접 말했을 때는 전혀 그러지 않았거든요." 프레드는 메리를 두둔하려 애쓰며 말했다. "그런데 저 대신 물어봐 주십사고 페어브라더 씨에게 부탁드렸을 때 메리가 제게 희망이 있다고 전해도 좋다고 했어요."

가스 부인의 마음속에서 일어난, 그에게 훈계를 하려는 욕구는 아직 해소되지 않고 남아 있었다. 한창 피어나는 이 젊은이가 더 슬프고 더욱 현명한 사람들의 실망을 짓밟고 그 토대 위에서 잘 살아간다는 것, 나이팅게일을 잡아 요리해 먹으면서도 알지 못한다는 것, 그럼에도 그의 가족은 그녀의 가족이 이 젊은이를 사로잡으려 안달이라고 생각하리라는 것은 그녀처럼 자기 억제가 강한 사람도 견딜 수 없이 분통 터지는 일이었다. 그리고 그 분노는 남편에게 드러낼 수 없었기에 더욱 열화처럼 타올랐다. 모범적인 아내라도 이따금 이런 식으로 희생양을 찾곤 한다. 이제 그녀는 힘차고 단호하게 말했다. "페어브라더 씨에게 너를 대변해 달라고 부탁한 것은 큰 실수였어, 프레드."

"그런가요?" 프레드가 즉시 얼굴을 붉히며 말했다. 그는 깜짝 놀랐지만 가스 부인의 말이 무슨 뜻인지 몰라 사과하듯이 덧붙였다. "페어브라더 씨는 언제나 저희의 다정한 벗이었어요. 제가 알기로는 메리가 그분의 말씀을 진지하게 듣거든요. 그리고 그분은 아주 기꺼이 그 일을 맡아 주셨어요."

"그래, 젊은 애들은 대개 자신의 욕구 외에는 아무것도 못 보고, 그 욕구가 남들에게 어떤 희생을 치르게 하는지 상상도 못 하지." 가스 부인이 말했다. 그녀는 이처럼 유익한 일반적 교훈을 넘어서지는 않을 생각이었기에 진지하게 이마를 찡그린 채 뜨갯거리를 바라보며 쓸데없이 털실을 풀면서 거기에 분노를 쏟아부었다.

"그것이 어떻게 페어브라더 씨에게 고통이 될 수 있는지 모르겠어요." 프레드는 이렇게 말했지만 그럼에도 놀라운 생각이 서서히 떠오르고 있었다.

"그래. 너야 생각할 수 없겠지." 가스 부인은 칼로 자르듯 단어들을 똑똑 끊으며 말했다.

잠시 프레드는 당황하고 불안한 눈으로 지평선을 바라보고는 재빨리 고개를 돌려 날카롭게 말했다.

"그럼 페어브라더 씨가 메리를 사랑한다는 말씀이신가요, 가스 부인?"

"만일 그렇다면, 프레드, 너는 결코 놀라서는 안 되겠지." 가스 부인이 뜨갯거리를 옆에 내려놓고 팔짱을 끼며 말했다. 그녀가 일거리를 내려놓는 것은 강렬한 감정이 일고 있음을 드러내는 흔치 않은 징후였다. 사실 그녀의 감정은 프레드에게 교훈을 주었다는 만족감과 너무 지나쳤다는 생각으로 나뉘어 있었다. 프레드는 모자와 지팡이를 들고 재빨리 일어섰다.

"그럼 제가 그분과 메리를 방해하고 있다고 생각하세요?" 그는 대답을 요구하는 듯한 목소리로 물었다.

가스 부인은 즉시 대답할 수 없었다. 실제로는 그렇다고 느끼지만 숨겨 두어야 마땅한 것을 말하도록 요구받는 불편한 상황을 자초한 것이다. 그리고 말이 너무 앞서갔다는 의식 때문에 특히 수치스러웠다. 게다가 프레드가 예상외로 몹시 흥분한 기색을 드러내며 덧붙여 말했다. "가스 씨는 메리가 제게 애정을 갖고 있어서 기쁘신 것 같았어요. 가스 씨는 이런 일

을 아셨을 리 없어요.''

남편에 대한 언급에 가스 부인은 극심한 가책을 느꼈고, 자기 처신이 옳지 않다고 남편이 생각하리라는 두려움을 쉽게 떨칠 수 없었다. 그녀는 원치 않는 결과가 생기지 않도록 억제하기를 바라며 대답했다.

"나는 그저 내 추측으로 말한 거야. 메리가 그런 사실을 조금이라도 아는지는 모르겠구나.''

그러나 그녀는 자신이 불필요하게 언급한 문제에 대해 입을 다물라고 그에게 부탁할지를 놓고 망설였다. 그런 식으로 품위를 스스로 낮춘 적은 없었다. 그녀가 망설이는 동안 사과나무 아래 찻잔들이 있는 곳에서 갑작스러운 움직임이 일더니 뜻밖의 일이 벌어졌다. 뒤꿈치에 브라우니를 달고 풀밭을 가로질러 뛰어온 벤이 늘어진 털실을 물어 뜨갯거리를 잡아당기는 고양이를 보고는 소리를 지르며 손뼉을 쳤다. 브라우니가 짖어 대자 다급해진 고양이는 탁자 위로 뛰어 올라가서 우유를 엎지르고 다시 뛰어내리다가 체리 절반을 뒤집어엎었다. 벤은 반쯤 짠 양말의 윗부분을 고양이 머리에 덮어씌워 더 정신없이 날뛰게 만들었다. 레티가 뛰어와서 그런 잔인한 짓에 항의하며 어머니에게 소리쳤다. '잭이 지은 집'처럼 혼란스럽고 변화무쌍한 장면이었다. 가스 부인은 참견해야 했고 다른 아이들도 다가왔으므로 프레드와의 면담은 끝나고 말았다. 그는 가급적 빨리 그 집을 나섰다. 가스 부인은 그와 악수할 때 "하느님의 축복이 있기를!''이라고 말하며 엄격한 마음이 조금 누그러졌음을 암시했을 뿐이었다.

그녀는 "어리석은 여자들이 그러듯이"[62] 먼저 이야기를 꺼내 놓고 나서 침묵을 요구할 뻔했다는 것을 의식하며 기분이 좋지 않았다. 하지만 입을 다물어 달라고 부탁한 것은 아니었다. 남편의 비난을 막기 위해 그녀는 바로 그날 밤에 자기 잘못을 탓하며 모든 것을 고백하겠다고 마음 먹었다. 온순한 케일럽이 자기 의견을 내세울 때는 무시무시한 심판관이 될 수 있다니 참으로 묘한 일이었다. 그러나 그녀는 그 사실을 알려 주는 것이 프레드 빈시에게 큰 도움이 될 거라고 주장할 생각이었다.

의심할 바 없이 그 사실은 로윅으로 걸어가는 프레드에게 엄청난 영향을 미치고 있었다. 그가 방해하지 않았더라면 메리가 더할 나위 없이 좋은 혼인을 했으리라는 암시에 프레드의 가볍고 낙관적인 성격은 전에 없이 큰 타격을 입었다. 또한 페어브라더 씨에게 그런 중재를 요청하면서 아둔하기 짝이 없는 시골뜨기처럼 굴었다는 사실에 화가 났다. 하지만 메리의 감정에 대한 새로운 불안감이 일면서 다른 걱정을 모두 압도했으니 이는 연인이라면 당연한 감정이고, 프레드의 성격으로도 당연한 것이었다. 그는 페어브라더 씨의 관대함을 믿었고 메리의 말을 믿었지만 경쟁자가 있다고 느낄 수밖에 없었다. 생전 처음 느껴 보는 감정에 그는 최대한 저항했다. 메리를 위해서라도 단념할 생각은 조금도 없었고, 오히려 그녀를 얻기 위해 누구와도 싸울 작정이었다. 그러나 페어브라더 씨와의

---

62) 「욥기」 2장 10절.

싸움은 비유적인 것이라서 프레드에게는 완력으로 하는 싸움보다 더 어려웠다. 분명 이것은 이모부의 유서 때문에 실망했던 경험 못지않은 혹독한 고통이었다. 칼이 영혼을 파고든 것은 아니었지만 그 날카로운 칼날이 어떤 느낌일지를 상상하게 되었던 것이다. 가스 부인이 페어브라더 씨에 대해 오해했으리라는 생각은 단 한 번도 들지 않았다. 하지만 메리에 대해서는 잘못 아는지도 모른다고 생각했다. 메리는 최근에 목사관에서 계속 지냈으므로 어머니는 그녀의 마음속에서 무엇이 오갔는지 잘 모를 수 있다.

거실에서 세 부인과 함께 있는 메리의 유쾌한 표정을 보았을 때 그의 마음은 조금도 편안해지지 않았다. 그들은 어떤 주제에 대해 활발하게 이야기하고 있었는데 그가 들어서자 이야기가 중단되었다. 메리는 쌓여 있는 얕은 캐비닛 서랍의 라벨을 보기 좋은 작은 글씨로 옮겨 적고 있었다. 페어브라더 씨는 마을 어딘가에 갔고, 세 부인은 프레드와 메리의 특별한 관계를 전혀 몰랐다. 둘 중 누구도 정원으로 산책을 나가자고 제안할 수 없었기에 프레드는 그녀와 사적인 이야기를 한마디도 나누지 못하고 돌아가겠다고 예상했다. 그는 먼저 크리스티가 돌아왔다는 소식을 전해 주었고, 그다음에 자신이 그녀의 부친에게 고용되었다고 말했다. 두 번째 소식이 그녀의 마음에 큰 감동을 주었음을 보고 조금 위안을 얻었다. 그녀는 재빨리 "무척 기뻐."라고 말하고는 아무도 얼굴을 볼 수 없도록 고개를 숙여 글자들을 바라보았다. 하지만 페어브라더 부인은 이 말을 그냥 넘어가지 못했다.

"친애하는 가스 양, 목사가 되도록 교육받은 젊은이가 성직을 포기한다는 말을 듣고 기쁘다는 뜻은 아니겠지요. 상황이 그렇게 되었으니 당신 부친처럼 훌륭한 분 밑에서 일하게 되어 기쁘다는 말이겠지."

"아뇨, 실은, 페어브라더 부인, 죄송하지만 저는 두 가지가 다 기뻐요." 메리는 기어이 흘러나온 눈물 한 방울을 살짝 감추며 말했다. "저는 세속적인 마음을 가졌거든요. 웨이크필드의 목사[63]와 페어브라더 씨를 제외하고는 어떤 목사님도 좋아한 적이 없어요."

"아니 어째서?" 페어브라더 부인이 나무로 만든 큰 뜨개질 바늘을 들고 잠시 메리를 쳐다보면서 말했다. "아가씨가 의견을 말할 때는 늘 타당한 이유가 있었지. 다만 이건 좀 놀랍구려. 물론 새로운 교리를 설교하는 사람들은 논외로 삼아야지. 그런데 왜 목사님을 좋아하지 않아요?"

"아, 이런……." 메리는 잠시 생각하는 듯하더니 명랑하게 미소 지으며 말했다. "그분들 넥타이가 마음에 들지 않아서요."

"아니, 그러면 캠던의 넥타이도 좋아하지 않겠네요." 위니프리드 양이 약간 걱정스럽게 말했다.

"아뇨, 좋아해요." 메리가 말했다. "다른 목사님들의 넥타이를 좋아하지 않는 거예요. 그 넥타이를 맨 사람이 그분들이니까요."

---

63) 올리버 골드스미스의 소설 『웨이크필드의 목사』에 대한 언급. 주인공 프림로즈 박사는 친절하고 경건한 성직자다.

"정말 수수께끼 같아!" 노블 양은 자신의 이해력이 부족한 모양이라고 느끼며 말했다.

"농담이겠지. 점잖은 분들을 등한시할 때는 그보다 더 나은 이유가 있을 거예요." 페어브라더 부인이 위엄 있게 말했다.

"가스 양은 사람들에 대해서 엄격하게 생각하기 때문에 그 기준에 맞추기가 어려워요." 프레드가 말했다.

"어떻든 적어도 내 아들을 예외로 해 줘서 다행이군." 노부인이 말했다.

페어브라더 씨가 들어왔다. 프레드가 가스 씨 밑에서 일하기로 했다고 화난 듯한 어조로 말했기에 메리는 좀 의아한 느낌이었다. 그 말이 끝나자 페어브라더 씨는 "참 잘되었군."이라고 흐뭇한 듯이 조용히 말했고, 그런 다음에 고개를 숙여 메리의 쪽지를 보고는 필체를 칭찬했다. 프레드는 몹시 질투를 느꼈다. 물론 페어브라더 씨가 지극히 존경할 만한 사람이라는 것은 기쁜 일이었지만 마흔이 된 남자들이 때로 그렇듯 추하고 뚱뚱한 모습이었으면 더 좋았을 것이다. 메리는 대놓고 페어브라더 씨를 누구보다도 존경했고 여기 여자들이 그 관계를 고무하고 있음이 분명했으므로 그 결과가 어떨지는 뻔했다. 프레드가 메리와 단둘이 이야기를 나눌 기회가 없으리라고 예상할 때 페어브라더 씨가 말했다.

"프레드, 이 서랍들을 내 서재로 다시 옮기는 걸 도와주게. 멋진 새 서재를 자네는 아직 못 보았지. 가스 양도 와요. 오늘 아침에 발견한 큰 거미를 보여 주고 싶으니."

메리는 목사의 의도를 당장 알아차렸다. 잊을 수 없는 그날 저녁 이후로 그는 한 치도 벗어남이 없이 예전처럼 목사로서 친절하게 메리를 대했기에 그녀가 순간적으로 느낀 놀라움과 의혹은 완전히 사라져 버렸다. 메리는 가능성에 대해 비교적 엄격하게 생각했고, 무언가를 믿으면서 허영심이 일어날 때는 그것을 우스꽝스럽게 여기고 깨끗이 잊어야 한다고 느꼈다. 어릴 적부터 그렇게 잊어버리는 훈련을 많이 해 왔으므로. 그녀의 예상대로 페어브라더 씨는 프레드에게 서재의 가구들에 감탄하게 하고 메리에게는 거미를 보고 감탄하도록 한 후에 말했다.

"여기서 잠시만 기다리게. 판화를 한 장 찾아올 테니. 프레드는 키가 커서 그것을 달아 줄 수 있을 거야. 몇 분 내로 돌아오겠네." 그러고 그는 자리를 비웠다. 그럼에도 프레드는 메리에게 다짜고짜 말했다.

"내가 뭘 하든 아무 소용 없어, 메리. 분명 넌 결국 페어브라더 씨와 결혼할 테니까." 그의 목소리에 노기가 배어 있었다.

"그게 대체 무슨 말이야, 프레드?" 메리는 화가 나서 얼굴이 새빨개지며 소리쳤고, 또 신속하게 대답한 데 놀랐다.

"네가 그것을 분명히 알지 못한다는 건 말이 안 돼. 너는 모든 것을 꿰뚫어 보잖아."

"네가 몹시 고약하게 굴고 있다는 것은 알아, 프레드. 너를 모든 면에서 두둔해 주셨는데 페어브라더 씨에 대해 그렇게 말하다니. 대체 어떻게 그런 생각을 할 수 있어?"

프레드는 화가 났음에도 불구하고 생각을 숨겼다. 만일 메리가 정말로 알지 못하고 있다면 가스 부인의 말을 전해 봐야 좋을 일이 없었다.

"당연히 일어날 수 있는 일이잖아." 그가 대답했다. "네가 어느 모로 보나 나보다 나은 사람을 늘 보고 있고 그 사람을 누구보다도 존경하니까 내게는 가능성이 없겠지."

"넌 정말이지 고마워할 줄 모르는구나, 프레드. 내가 널 조금이라도 좋아한다는 말을 페어브라더 씨에게 하지 않았더라면 좋았을걸."

"아니, 난 고마움을 모르는 게 아니야. 이것만 아니면 난 세상에서 제일 행복할 거야. 네 아버님께 모두 말씀드렸고, 아버님께서 무척 친절하게 대해 주셨어. 나를 친아들처럼 대해 주셨다고. 이것만 아니면 글쓰기든 무슨 일이든 의욕적으로 할 텐데."

"이것? 대체 뭘 말하는 거야?" 이제 메리는 뭔가 특별한 말이나 행동이 있었던 모양이라고 생각하며 말했다.

"내가 페어브라더 씨에게 밀려날 거라는 이 끔찍한 사실 말이야."

메리는 터져 나오려는 웃음으로 화가 가라앉았다.

"프레드……" 골이 나서 자신을 외면하고 있는 그의 눈길을 끌려고 그녀는 슬쩍 들여다보며 말했다. "넌 너무나 귀엽게 우스꽝스러워. 네가 그렇게 귀여운 멍청이가 아니었다면 못된 바람둥이 여자처럼 장난을 쳐서 너 말고도 다른 사람이 날 사랑한다고 믿게 만들고 싶었을 거야."

"정말로 날 제일 좋아해, 메리?" 프레드는 애정이 듬뿍 담긴 눈으로 그녀를 바라보면서 손을 잡으려 했다.

"이 순간은 너를 전혀 좋아하지 않아." 메리는 뒤로 물러서며 손을 등 뒤로 감추었다. "너 외에는 어떤 보통 인간도 나를 사랑한 적이 없다고 말했을 뿐이야. 그렇다고 아주 현명한 사람이라면 나를 사랑할 거라고 주장하는 건 아니야." 메리가 명랑하게 말을 맺었다.

"네가 혹시라도 그분을 생각하는 일은 절대로 없을 거라고 말해 주면 좋겠어." 프레드가 말했다.

"그런 말은 더 이상 입에 올릴 엄두도 내지 마, 프레드." 메리가 다시 진지하게 말했다. "우리가 편하게 이야기를 나눌 수 있도록 페어브라더 씨가 일부러 자리를 비워 준 것도 알아차리지 못하다니 네가 멍청한지 옹졸한지 모르겠어. 그분의 섬세한 감정을 그렇게나 알지 못하다니 실망했어."

더 말할 사이도 없이 페어브라더 씨가 판화를 가지고 들어왔다. 프레드는 질투심 어린 두려움이 아직 남은 마음으로 응접실에 돌아와야 했지만 메리의 말과 태도에서 마음을 달래 주는 확신을 얻을 수 있었다. 그러나 메리에게는 그 대화가 전반적으로 더 괴로운 결과를 가져왔다. 어쩔 수 없이 새로운 마음으로 주의를 기울였고, 새로운 해석의 가능성을 보았다. 자신이 페어브라더 씨를 무시하는 듯한 입장에 있는 것 같았고, 대단히 존경하는 남자와 관련하여 철석같이 고마운 마음을 지닌 여자에게 이것은 언제나 위험한 일이었다. 이튿날 집에 돌아가야 할 이유가 있었으므로 그녀는 안도감을 느꼈다. 메리는 프레드를 가장 사랑한다는 것을 언제나 명확히 밝히기를 진심으로 바랐다. 여러 해에 걸쳐 다정한 애정이 우리 마음에 쌓여 왔을 때 그 대신 다른 애정을 받아들인다는 생각은 우리 인생을 값싸게 만드는 것 같다. 그리고 우리는 다른 보물을 지키듯이 우리의 애정과 변치 않는 지조에 불침번을 세워 지킬 수 있다.

"프레드는 기대했던 다른 것들을 모두 잃었어. 그가 이것은 간직해야 해." 메리는 입술을 오므려 미소를 지으며 말했다. 다른 종류의 환상 — 자기 삶에 결핍되어 있다고 느끼곤 했던 새로운 고위직과 인정된 가치 — 이 마음에 스치는 것은 피할 도리가 없었다. 그러나 프레드가 이런 것들의 바깥에서 살아가며 버림받고 그녀를 얻지 못해 슬퍼 보이는 한 이런 것들은 그녀의 사려 깊은 생각을 결코 유혹하지 못했다.

58장

그대의 눈에는 증오가 머물 수 없으므로
나는 그 눈에서 그대의 변화를 알지 못하네.
많은 이의 얼굴에는 거짓된 마음의 역사가
변덕과 찌푸림과 낯선 주름에 적혀 있지.
그러나 하늘은 그대를 창조할 때
그 얼굴에 달콤한 사랑이 영원히 깃들도록 명하셨지.
그대가 무엇을 생각하든, 그대의 마음이 어떻게 움직이든
그대의 표정은 사랑스러움만 보여 주네.

— 셰익스피어, 『소네트』[64]

　　빈시 씨가 로저먼드에 대한 불길한 예감을 입에 올렸을 때 그녀는 부친이 예상한 바와 같은 호소를 하게 되리라고는 꿈에도 생각하지 않았다. 가정생활에 행사가 많고 비용이 많이 들기는 했지만 아직은 수입을 얻을 수단과 방법을 걱정해 본 적이 없었다. 태아를 조산했으므로 수놓은 아기 옷과 모자들을 보이지 않는 곳에 치워 두어야 했다. 이 불행한 사건은 순전히 그녀가 남편의 만류를 무릅쓰고 고집을 부려 승마를 나갔기 때문이라고 여겨졌다. 물론 그때도 그녀가 뜻대로 하겠다고 남편에게 거칠게 말하거나 화를 냈다고 생각해서는 안 된다.

　　그녀가 특히 말을 타려던 것은 준남작의 셋째 아들인 리드

---

64) 『소네트』 xciii, 5~12행.

게이트 대위가 방문했기 때문이었다. 유감스러운 말이지만 같은 성을 가진 우리의 터시어스는 그를 (본인은 절대 따르지 않는) "천박한 유행에 따라 이마부터 목덜미까지 가르마를 탄" 아둔한 맵시꾼이고 어떤 주제에 대해서든 적절한 말을 알고 있다는 무식한 확신을 드러낸다고 혐오했다. 리드게이트는 신혼여행길에 백부의 집에 들르는 데 동의함으로써 이 방문을 초래한 자신의 어리석음을 속으로 저주했고, 그 생각을 은근히 내비쳐 로저먼드에게 다소 불쾌감을 주었다. 로저먼드는 이 방문에서 예전에 느끼지 못한 기쁨을 맛보았지만 그 기쁨을 우아하게 감추었다. 사촌인 준남작의 아들이 자기 집에 머문다는 사실을 너무도 강렬하게 의식했기에 그의 존재가 의미하는 바를 다른 사람들도 느끼리라고 상상했다. 손님들에게 리드게이트 대위를 소개할 때는 그의 신분이 향기처럼 그들에게 스며들었을 거라고 만족스러워했다. 출생 신분은 높더라도 고작 의사에 불과한 사람과 결혼하면서 느꼈던 몇 가지 실망감을 이 만족감으로 얼마 동안 녹여 버릴 수 있었다. 이제 결혼을 통해 그녀는 관념적으로뿐 아니라 가시적으로도 미들마치의 수준을 뛰어넘은 것 같았고, 퀄링엄 가문과의 서신 왕래와 방문, 결국 터시어스의 출세에 대한 막연한 기대감으로 미래가 화려하게 보였다. 특히 아마도 대위의 제안에 의해 그의 결혼한 누이 멩건 부인이 하녀를 데리고 런던으로 가는 길에 들러서 이틀 밤을 묵었기에 더욱 그러했다. 그러므로 로저먼드가 수고를 아끼지 않고 음악을 연주하고 신중하게 레이스를 고를 만한 가치는 분명히 있었다.

리드게이트 대위가 꽃다운 금발 미인들이 "스타일"이라고 부르며 무조건 좋아하는 군인의 매너와 콧수염을 갖추지 못한 젊은 신사였더라면 그의 좁은 이마와 한쪽으로 굽은 매부리코, 다소 둔중한 언변은 불리하게 작용했을 것이다. 더욱이 그는 상류층 가정 교육을 받아 중산층 집안의 하찮은 걱정거리에서 벗어나 있었고 여성의 매력을 대단히 까다롭게 평가했다. 로저먼드는 퀼링엄을 방문했을 때보다 지금 그의 찬사에 더욱 기뻐했고, 그는 그녀와 시시덕거리면서 쉽게 몇 시간을 흘려보낼 수 있음을 알았다. 요컨대 그 집을 방문해서 지금껏 맛보지 못한 유쾌한 희롱을 즐길 수 있었고, 기묘한 사촌 터시어스가 자신이 떠나기를 바란다는 의심이 들었기에 더욱 즐거웠다. 예의 바른 환대를 하지 않으니 (과장해서 말하자면) 차라리 죽는 쪽을 택했을 리드게이트는 꾹 참고 싫은 기색을 보이지 않았다. 호방한 장교의 말을 대체로 못 들은 척하기만 하면 되었고, 그의 말에 대답할 의무를 로저먼드에게 넘겨주었다. 그는 질투심을 느끼는 남편이 아니었기에 아내가 어리석은 젊은 신사의 말동무가 되도록 두 사람을 내버려 두는 편이 더 좋았다.

"식사 시간에 당신이 대위에게 말을 좀 더 많이 하면 좋겠어요, 터시어스." 어느 날 저녁 그 중요한 손님이 로엄퍼드에 주둔하는 동료 장교를 만나러 갔을 때 로저먼드가 말했다. "당신은 가끔 얼빠진 것처럼 보여요. 대위를 쳐다보는 게 아니라 그의 머리를 뚫고 나가 그 너머의 뭔가를 들여다보는 것 같아요."

"로지, 내가 그런 젠체하는 바보한테 말을 많이 건네기를 바라는 건 아니겠지." 리드게이트가 퉁명스럽게 말했다. "그의 머리통이 부서진다면 그때는 관심을 갖고 보겠지만 그 이전에는 아니오."

"당신은 왜 사촌에 대해 그렇게 경멸하듯이 말하는지 모르겠어요." 로저먼드가 손가락으로 일거리를 만지작거리며 오만한 기색이 담긴 부드럽고 진지한 목소리로 말했다.

"그 대위가 세상에서 제일 따분한 사람이라고 생각하지 않는지 래디슬로에게 물어보구려. 그가 온 후 래디슬로는 거의 발길을 끊었잖소."

로저먼드는 래디슬로 씨가 왜 대위를 싫어하는지 정확히 알고 있다고 생각했다. 그는 질투하는 것이다. 그녀는 그가 질투를 느끼는 것이 좋았다.

"별난 사람들이 무엇을 마음에 들어 할지는 알 수 없어요." 그녀가 대답했다. "하지만 내 생각에 리드게이트 대위는 완벽한 신사예요. 그리고 고드윈 경에 대한 존중심이 있다면 당신은 그 아들을 무시해서는 안 된다고 생각해요."

"물론이지, 여보. 하지만 그를 위해 정찬 파티를 열어 주었고, 그는 마음 내키는 대로 들락거리고 있소. 그에게는 내가 필요하지 않아요."

"그렇지만 같은 방에 있을 때 좀 더 관심을 보여 줄 수 있잖아요. 당신이 생각하는 아주 영리한 사람은 아니겠지요. 그의 직업은 전혀 다르니까요. 하지만 그가 꺼낸 화제에 대해 당신이 조금 이야기를 거들어 주면 훨씬 나을 거예요. 나는 그의 대화가 무척 유쾌하다고 생각해요. 그리고 결코 부도덕한 사람이 아니에요."

"요는 내가 그 작자와 조금 더 비슷해지기를 바란다는 말이군, 로지." 리드게이트는 체념하듯이 중얼거렸고, 정확히 말해서 다정하지도 명랑하지도 않은 미소를 지었다. 로저먼드는 아무 대답도 하지 않았고, 다시 미소를 짓지도 않았다. 그러나 사랑스럽게 굴곡진 그녀의 얼굴은 미소를 짓지 않아도 마음씨가 곱게 보였다.

리드게이트의 말은 그가 오래전의 꿈나라에서 얼마나 멀리 떨어져 나왔는지를 단적으로 보여 주는 슬픈 이정표 같았다. 그 나라에서 로저먼드 빈시는 세련된 인어들이 그렇듯 남편의 마음을 존중하고, 빗과 거울을 사용해서 몸단장을 하고, 흠모하는 지혜로운 남편의 휴식을 위해 노래를 불러 주는 완벽한 여성으로 보였다. 그러나 그는 상상 속 흠모를, 남자의 재능이 사회적 위신을 부여하고 상의에 꽂는 훈위나 이름 앞에 붙이는 경칭과 같기 때문에 그 재능에 끌리는 매력과 구분하게 되었다.

네드 플림데일 씨의 종작없는 대화가 한없이 지루하다고 느낀 이후로 로저먼드도 멀리 나갔다고 볼 수 있다. 그러나 대부분의 인간은 어떤 우둔함은 참아 줄 수 없다고 느끼면서 어떤 우둔함은 기꺼이 받아들일 수 있다고 느낀다. 그렇지 않으면 실로 사회적 유대가 어떻게 유지되겠는가? 리드게이트 대위의 우둔함은 우아한 향기를 띠었고, '스타일'로 향기를 전했으며, 훌륭한 억양으로 말했고, 고드윈 경과 밀접하게 관련되어 있었다. 로저먼드는 그 우둔함을 상당히 기분 좋게 여겼고 그 어구를 많이 포착했다.

그리하여 알다시피 로저먼드는 말타기를 좋아했으므로 말두 필을 끌고 따라온 시종을 그린 드래건에 투숙하게 했던 리드게이트 대위가 그녀에게 회색 말을 타러 나가자고 했을 때 다시 말을 타고 싶은 유혹을 느낄 이유가 많았다. 그는 말이 온순한 데다 숙녀를 태우도록 훈련받았다고 말했고, 실은 누이를 위해 그 말을 사서 퀄링엄으로 가져가는 길이었다. 처음에 말을 타러 나갔을 때 로저먼드는 남편에게 말하지 않았고 그가 돌아오기 전에 집에 들어왔다. 그런데 승마가 더없이 성공적이었으므로 그녀는 몸이 훨씬 더 좋아졌다고 말했고, 다시 타러 가는 것을 남편이 동의할 거라고 굳게 믿으며 그 사실을 알려 주었다.

예상과 정반대로 리드게이트는 그저 기분이 상한 정도가 아니었다. 그는 아내가 그 문제에 대해 자기 의견을 물어보지도 않고 위험을 무릅쓰며 낯선 말을 탔다는 사실에 완전히 경악했다. 처음에 우레 같은 탄성을 지른 후 — 이것만으로도 로저먼드는 어떤 일이 일어날지 충분히 예상할 수 있었지만 — 그는 한참을 아무 말도 하지 않았다.

"하지만 당신이 안전하게 돌아왔으니⋯⋯." 마침내 그는 단호한 어조로 말했다. "다시는 승마를 하지 말아요, 로지. 이건 서로 양해된 문제요. 세상에서 가장 침착하고 친숙한 말이더라도 사고의 위험은 언제나 있을 수 있어요. 바로 그런 이유 때문에 당신이 얼룩말을 타지 않기를 바랐다는 것을 잘 알잖소."

"하지만 집 안에서도 사고의 위험은 있어요, 터시어스."

"여보, 터무니없는 말은 그만해요." 리드게이트가 간청하듯이 말했다. "분명 당신을 위해서 판단해야 할 사람은 나요. 당신이 다시 나가서는 안 된다고 내가 말하면 그걸로 충분하다고 생각해요."

로저먼드는 정찬 전에 머리를 손질하는 중이었고, 거울에 비친 그녀의 머리는 긴 목을 약간 옆으로 돌린 것 외에는 조금도 달라지지 않은 사랑스러움을 보여 주었다. 리드게이트는 주머니에 손을 넣고 서성이다가 이제 확답을 기다리는 듯이 그녀 옆에 멈추었다.

"땋은 머리를 당신이 묶어 주면 좋겠어요." 로저먼드는 거기 짐승처럼 서 있는 남편에게 부끄러움을 느끼게 하려고 약간 한숨을 쉬고 팔을 내려뜨리며 말했다. 리드게이트의 손가락은 크고 섬세해서 남자 중에서도 꽤 솜씨가 좋은 쪽에 속했으므로 전에도 종종 머리를 묶어 주었다. 그는 꽃줄기처럼 땋은 머리카락을 부드럽게 쓸어 올려서 멋진 빗에 묶어 넣었다. (남자들은 이런 용도에 쓰이기도 한다!) 그런 다음에 섬세한 곡선이 드러난 정교하게 아름다운 목덜미에 입을 맞추는 것 외에 달리 무엇을 하겠는가? 그러나 우리가 앞서 한 일을 다시 할 때는 종종 차이가 있다. 리드게이트는 아직 화가 풀리지 않았고, 자신이 말하려던 요지를 잊지 않았다.

"당신에게 말을 제공하는 일 따위는 하지 말았어야 한다고 대위에게 말하겠소." 그는 다른 곳으로 걸어가며 말했다.

"절대로 그러지 않기를 간청해요, 터시어스." 로저먼드가 그를 바라보며 평소보다 더 또렷한 어조로 말했다. "그건 나를 어린아이로 취급하는 거나 마찬가지예요. 그 문제를 내게 맡기겠다고 약속해 줘요."

그녀의 항의에는 일말의 진실이 있는 것 같았다. 리드게이트는 무뚝뚝하게 "좋소."라고 순응했고, 이렇게 해서 그 말다툼은 결국 로저먼드가 그에게 약속한 것이 아니라 그가 로저먼드에게 약속하는 것으로 끝났다.

사실 그녀는 약속하지 않겠다고 마음먹고 있었다. 그녀는 격렬한 저항으로 힘을 빼지 않으면서 결국에는 이기고야 마는 끈질긴 고집을 갖고 있었다. 자신이 원하는 것이 옳은 일이었고, 그녀의 영리한 재간은 그 일을 할 수 있는 방법을 찾아내는 데 전념했다. 그녀는 다시 잿빛 말을 타러 나갈 생각이었고, 다음번 남편이 없는 틈을 타서 말을 타러 나갔으며, 오랜 시간이 지나서 전혀 문제가 되지 않을 때까지 남편에게 말하지 않을 생각이었다. 그 유혹은 실로 지대했다. 그녀는 승마를 좋아했다. 그리고 훌륭한 말에 올라탄 그녀 옆에서 고드윈 경의 아들 리드게이트 대위가 멋진 말을 달리고 있을 때의 만족감, 또한 이런 상태에서 남편을 제외한 다른 사람과 마주칠 때의 만족감은 결혼 전의 꿈처럼 멋진 것이었다. 더욱이 그녀는 퀄링엄 가문과의 관계를 돈독히 하고 있었고, 그것은 틀림없이 현명한 일이었다.

그런데 유순한 잿빛 말이 헬셸 숲 언저리에서 벌목 중이던 나무가 쓰러지자 놀라서 겁을 먹고는 로저먼드의 간담이 서

늘해지도록 마구 날뛰다가 결국에 유산까지 일으켰다. 리드게이트는 아내에게 화를 낼 수 없었지만 대위에게 좀 거칠게 굴었고, 당연히 그는 곧 떠났다.

나중에 그 사건에 대해 언급할 때마다 로저먼드는 승마가 아무 영향도 미치지 않았고, 집에 있었더라도 똑같은 증상이 나타나서 똑같은 결과를 낳았을 거라고 부드럽게 장담하곤 했다. 이전에도 비슷한 증상을 느꼈다는 것이었다.

리드게이트는 그저 "가엾은 사람, 가엾게도!"라고 말할 수밖에 없었지만 속으로는 이 부드러운 여자의 끔찍하게도 집요한 고집에 어리둥절했다. 자신이 로저먼드에 대해 무력하다는 아연할 수밖에 없는 의식이 마음속에서 점점 커지고 있었다. 자신의 탁월한 지식과 정신력은 그가 예상했듯이 어떤 경우에나 자문에 응할 수 있는 전당이기는커녕 온갖 현실적인 문제에서 간단히 무시되고 말았다. 그는 예전에 로저먼드의 영리함이 여자에게 어울리는, 즉 남의 말을 잘 받아들이는 것이라고 생각했었다. 그러나 이제 그 영리함이 어떤 것인지를 — 멀리 독자적으로 떨어져 있는 촘촘한 그물망처럼 그것이 어떤 모양으로 짜여 있는지를 — 깨닫기 시작했다. 로저먼드는 자기 취향과 관심의 궤도 안에 있는 것이면 그 원인과 결과를 누구보다도 빨리 파악했다. 그녀는 미들마치 사회에서 리드게이트가 탁월한 존재라는 것을 분명히 파악했고, 그가 재능을 발휘해서 출세했을 때의 더욱 기분 좋은 사회적 결과를 상상으로 그려 볼 수 있었다. 그러나 그의 직업적, 과학적 야심은 이 바람직한 결과와 아무 상관이 없었고, 결과적으로 불쾌한 냄새가 나는 기름을 운 좋게 발견했더라도 마찬가지였다. 그리고 자신과 아무 상관 없는 기름은 차치하고 그녀는 당연히 그의 의견보다 자기 의견을 더 믿었다. 리드게이트는 최근의 심각한 승마 사건뿐 아니라 수많은 사소한 문제에서 그녀가 애정으로 고분고분해지지 않았음을 깨달으면서 아연실색했다. 그녀에게 애정이 있다는 것은 의심치 않았고, 자신이 그 애정을 내쫓아 버릴 일을 저질렀다고는 생각하지 않았다. 자신에 대해 보자면 그는 그녀를 전과 다름없이 다정하게 사랑하고 그녀의 반대에 마음을 단단히 먹을 수 있다고 스스로에게 말했다. 그러나 글쎄! 리드게이트는 속이 몹시 탔고, 더없이 맑은 물에서 숨 쉬고 헤엄치고 빛나는 먹이를 찾아서 돌진하던 물고기에게 진흙투성이의 개울물처럼 유독한 요소가 자기 삶에 끼어들었음을 의식했다.

오래지 않아 로저먼드는 전보다 더 사랑스러운 모습으로 수를 놓거나 아버지의 마차로 드라이브를 즐기면서 퀄링엄에 초대받을지 모른다고 생각했다. 그녀는 그곳의 응접실에서 자신이 어떤 명문 집안의 딸들보다도 더 아름다운 장식이었다는 것을 알았다. 신사들이 그것을 느꼈다고 생각하면서 숙녀들이 자신들의 외모가 압도되는 상황을 바랄지에 대해서는 충분히 생각하지 않았을 것이다.

리드게이트는 그녀에 대한 걱정에서 벗어나자 그녀가 속으로 그의 변덕이라고 부른 것에 빠져들었다. 그가 그녀가 아닌 다른 문제에 몰두해서 깊은 생각에 빠져 있거나 일상사에 쓴 약초라도 섞인 듯이 불안하게 이마를 찡그리며 혐오감을 드러낼 때를 가리키는 말이었다. 그것은 사실 그의 짜증과 불길한 전조를 드러내는 기압계 같았다. 이런 상태를 만들어 낸 여러 이유 중 한 가지를 그는 로저먼드의 건강과 기분에 영향을 주지 않으려고 너그럽게도, 하지만 잘못된 판단에서 그녀에게 언급하지 않았다. 두 사람은 실로 각자의 마음의 궤도에서 완전히 벗어나 있었다. 이런 일이 서로를 끊임없이 생각하는 사람들 사이에서도 일어날 수 있다는 것은 너무 명백한 사실이다. 리드게이트는 로저먼드를 사랑하는 데 최고의 선의와 최고의 능력을 절반 이상 바치면서 여러 달을 보낸 것 같았다. 그녀의 사소한 요구와 방해를 짜증 내지 않고 견뎠고, 특히 자기 직업과 과학 연구에서 보다 객관적인 목적을 추구하려는 그의 열망에 그녀의 마음이 보여 준, 아무것도 비치지 않는 텅 빈 표면을 점점 더 환상으로 포장하지 않고 응시하면서 쓰라린 마음을 드러내지 않고 참아 왔다. 이상적인 아내라면 이유를 알지 못하더라도 어쨌든 그런 열망을 숭고한 것으로 숭배해야 한다고 그는 상상했었다. 그러나 그의 인내심에는 자기 불만이 섞여 있었다. 우리가 솔직하게 판단할 수 있다면 아내든 남편이든 간에 불만스럽고 쓰라린 마음의 절반 이상은 스스로에 대한 불만에서 비롯한다는 사실을 고백해야 할 것이다. 우리가 좀 더 위대한 사람이라면 상황이 우리에게 그리 강력한 영향을 미치지 못하리라는 것은 불변의 진실이다. 리드게이트는 자신이 로저먼드에게 양보하는 것이 종종 느슨해지는 결의의 일탈에 지나지 않고, 서서히 진행되는 마비가 생활의 일정한 부분에 순응하지 않는 열정을 잠식해 버릴 거라고 의식하고 있었다. 그리고 리드게이트의 열정을 끊임없이 짓누르는 것은 단순한 슬픔의 무게가 아니라 마음을 물어뜯는 하찮고도 수치스러운 걱정거리였다. 그것이 온갖 고귀한 노력에 어두운 조소의 그림자를 던졌다.

이것이 그가 지금까지 로저먼드에게 언급하기를 삼가던 걱정거리였다. 그리고 그는 그처럼 이해하기 쉬운 고충이 없는데도 로저먼드의 마음에는 그것이 떠오른 적이 없었다고 약간 놀라워하며 믿었다. 리드게이트가 빚을 졌다는 사실은 눈에 띄는 단서로도 쉽게 추측할 수 있었고, 제삼자들도 쉽게 짐작했다. 그는 그 늪에 매일매일 더 깊이 빠져들고 있다는 사실을 머릿속에서 오랫동안 지울 수 없었다. 늪을 아주 예쁘게 덮은 꽃들과 푸릇푸릇한 초목은 사람들을 가까이 오도록 유혹하고, 놀랍게도 재빨리 그 속에 빠뜨려 옴짝달싹할 수 없게 만든다. 그렇게 되면 온 우주의 계획을 영혼에 품은 사람이라도 자기 의지와 상관없이 주로 그곳을 빠져나올 궁리를 할 수밖에 없다.

열여덟 달 전 리드게이트는 가난했지만 푼돈 얼마라도 간절히 원한 적은 없었고, 오히려 체면을 떨어뜨리며 푼돈이나 얻으려는 사람들에게 타오르는 경멸을 느꼈었다. 지금 그는 단순한 결핍보다 더 고약한 일을 경험하는 중이었다. 지불 요구가 임박했지만 값을 치를 수 없는 물건들, 없이 지내도 괜찮았을 물건들을 대단히 많이 구입하고 사용한 사람의 천박하고 혐오스러운 시련을 겪고 있었던 것이다.

어떻게 이런 일이 일어났는지는 많은 계산을 해 보지 않아도, 가격을 몰라도 쉽게 알 수 있다. 집을 마련하고 결혼을 준비하려는 사람이 가구와 다른 물건들을 처음 장만하는데 갖고 있던 자금보다 사오백 파운드 더 들었다는 것을 알았을 때, 일 년이 지나자 생활비와 말 유지비, 기타 필요한 비용이 거의 1000파운드에 달하는 듯이 보였을 때, 예전 장부에서 추정된 의료 수익은 연 800파운드의 가치가 있었지만 여름날의 연못처럼 줄어들어 대체로 미납된 기재 항목에서 500파운드가 채 되지 않았을 때, 이런 상황에서 분명히 짐작할 수 있는 바는 그가 내키지 않았든 어떻든 간에 빚을 지고 있다는 사실이다. 당시는 우리 시대보다 물가가 비싸지 않았고 시골 생활은 비교적 검소했다. 그러나 최근에 개업을 위한 의료권을 사들이고, 말을 두 필 건사해야 한다고 생각하고, 식탁을 아낌없이 풍부하게 차려야 하고, 자기 생명 보험금과 집과 정원의 높은 임대료를 내야 하는 사람이 지출이 수입의 두 배가 된다는 사실을 쉽게 알 수 있으리라는 것은 이런 세세한 것을 고려할 만한 가치가 없다고 여기는 사람만 아니라면 누구든 생각할 수 있다. 로저먼드는 어릴 때부터 사치스러운 살림에 익숙했으므로 훌륭한 살림살이란 오로지 최고의 물건을 주문하는 일이라고 생각했고, 그 외의 물건은 "쓸모가 없었다". 그리고 리드게이트는 '무언가를 한다면 적합하게 해야 한다.'라고 생각했고, 생활 방식이 달라질 수 있다고는 생각하지 못했다. 만일 누군가 사전에 가계 지출의 큰 비중을 차지하는 항목들을 알려 주었다면 그는 "그것이 그리 큰 지출이 될 리 없어."라고 말했을 테고, 누군가가 특정 항목에서 절약하는 법,

예컨대 비싼 생선을 값싼 생선으로 대치하는 법을 암시했더라면 그저 푼돈이나 아끼려는 졸렬한 방법으로 여겼을 것이다. 로저먼드는 리드게이트 대위의 방문처럼 특별한 경우가 아니더라도 사람들을 초대하기 좋아했고, 리드게이트는 손님들을 성가신 존재라고 종종 생각했지만 간섭하지 않았다. 이런 사교적인 행사는 직업상 필요한 부분으로 여겼고 그런 접대는 적절한 품위를 갖추어야 했다. 리드게이트가 가난한 사람들의 집에 늘 왕진을 다니고 그들의 보잘것없는 수입에 적절한 음식을 처방한 것은 사실이다. 그러나 맙소사! 우리 주위에 수많은 가닥의 다양한 경험이 나란히 존재하지만 그것들이 서로 비교되지 않는다는 것은 지금쯤 놀랍지도 않은 일이고, 우리가 사람들에게서 예상하는 것 아닐까? 지출이란 — 추악함이나 과오와 마찬가지로 — 우리가 그것에 자기 인격을 부여하고 우리와 다른 사람들 사이에 (우리가 느끼기로는) 명백히 존재하는 현격한 차이에 따라 평가할 때 완전히 달라진다. 리드게이트는 옷에 무관심하다고 믿었고, 의상의 효과를 따져 보는 사람을 경멸했다. 그가 새 옷을 풍족하게 소유하는 것은 너무나 당연한 일이었으니 그런 물건은 당연히 몇 묶음씩 주문했다. 그가 지금까지는 끈질긴 빚 독촉에 시달린 경험이 없었음을 기억해야 한다. 그리고 그는 자기비판에서가 아니라 습관에 따라서 처신했다. 그런데 그 독촉이 왔다.

그것은 난생처음 겪는 일이었기에 더욱 짜증스러웠다. 그의 모든 목적과 너무나 이질적인, 그가 전념하고 싶은 목표와는 너무나 불쾌하게도 무관한 상황이 매복해 있다가 모르는 사이에 자신을 덮쳤다는 사실에 깜짝 놀라고 메스꺼움을 느꼈다. 그리고 현재도 실제로 빚을 지고 있을 뿐 아니라 지금과 같은 상태로는 부채에 점점 더 깊이 빠져들 것이 확실했다. 결혼 전에 브래싱의 두 가구점에서 빚을 지고 그 후 예상치 못한 경비 때문에 갚지 못했는데 그들이 계속해서 불쾌한 편지를 보내 그것을 기억하지 않을 수 없게 만들었다. 리드게이트처럼 부탁하기 싫어하고 누구에게도 신세 지기를 싫어하는 자존심이 강한 성격에 그것은 속이 타는 일이었다. 그는 돈 문제에 관해서 빈시 씨가 어떤 의도를 가졌는지 짐작해 보는 것도 경멸했고, 극도로 궁핍한 상태가 아니라면 장인에게 도움을 호소하려는 생각을 해 보지 않았을 것이다. 빈시 씨의 사업이 호황을 누리지 못하고 있고 그에게 도움을 기대한다면 분노를 일으키리라는 것을 결혼 후에 간접적으로 알게 되지 않았더라도 말이다. 어떤 사람들은 친지들의 선심을 쉽게 믿는다. 그러나 과거에 리드게이트는 자신이 그럴 필요가 있으리라고는 생각해 본 적이 없었다. 돈을 빌리는 것이 어떤 일일지도 생각해 보지 않았다. 그러나 이제 그 생각이 떠오르자 차라리 다른 곤경을 겪는 편이 더 나을 것 같았다. 그럭저럭 지내는 동안에 그의 수중에는 돈이 없었고, 돈이 들어올 전망도 없었다. 그의 의료업은 수익이 늘어나지 않았다.

지난 몇 달간 리드게이트가 이런 고민의 흔적을 완전히 억누를 수 없었다는 것은 충분히 있을 법한 일이다. 이제 로저먼드의 몸이 회복하여 빛나는 건강미를 되찾았으므로 그는 자신의 곤경에 대해 죄다 털어놓을지를 생각했다. 상인들의 청구서를 처음으로 꼼꼼히 살펴보면서 합리적으로 생각하고 새로운 방식으로 비교 검토해 보았다. 주문한 상품에서 꼭 필요한 것과 필요하지 않은 것을 새로운 관점에서 보았고 습성을 바꿀 필요가 있다고 생각하게 되었다. 하지만 로저먼드가 협력하지 않으면 어떻게 변화를 이루겠는가? 그 불쾌한 사실을 털어놓아야 할 직접적인 계기가 닥친 것이다.

돈이 전혀 없는 자기 같은 처지의 사람이 어떤 담보를 제공할 수 있는지에 대해서 은밀히 알아본 후에 리드게이트는 처분 가능한 한 가지 확실한 담보를 그리 거만하지 않은 한 채권자에게 제공했다. 은세공사이자 보석상이었는데, 가구업자에게 진 외상값을 떠맡고 일정 기간 이자를 받는 데 동의했다. 담보는 당연히 가구의 매매 영수증이었으며, 그 담보를 받고 채권자는 한동안 400파운드에 조금 못 미치는 외상 금액에 대해서 마음을 놓을 수 있었다. 은세공업자인 도버 씨는 새것이나 다름없는 접시들과 다른 물건들 일부를 돌려받음으로써 금액을 줄여 줄 용의가 있었다. "다른 물건"이란 보석류를 품위 있게 암시하는 말이었고, 특히 리드게이트가 신부에게 선물로 주었던 30파운드짜리 자수정을 의미했다.

이 선물을 한 것이 현명한 일이었는지에 대해서는 의견이 엇갈릴 것이다. 어떤 사람은 그것이 리드게이트 같은 사람에게 기대할 수 있는 세련된 배려였으며, 골치 아픈 결과가 빚어진 것은 고급 취향에 걸맞은 재산을 갖지 못한 의사에게 편의를 제공하지 않는 당시의 옹색하고 편협한 시골에 잘못이 있다고 생각할 것이다. 또한 리드게이트가 어리석을 정도로 까다로운 성격이라서 친지들에게 돈을 요구하지 못한 잘못도 있을 것이다.

하지만 그가 접시를 최종적으로 주문하러 갔던 맑은 날 아침에 그런 문제는 전혀 중요하지 않게 보였었다. 엄청나게 비싼 보석들도 있는 곳에서, 그리고 아직 총액을 정확히 계산해 보지 않은 상태에서 로저먼드의 목과 팔에 너무나 아름답게 어울릴 장신구를 위해 30파운드를 추가한 주문은 한도가 정해진 현금을 쓰는 것이 아니라 외상으로 지불하는 상황에서는 그리 지나친 소비로 보이지 않는다. 그러나 이제 위기에 처하자 리드게이트는 자수정을 도버 씨의 가게에 도로 갖다 놓을 가능성을 생각할 수밖에 없었다. 로저먼드에게 그러자고 제안하는 것은 상상할 수 없었지만 말이다. 전에는 습관적으로 따져 보지 않았던 일들이 어떤 결과를 가져오는지를 명확히 깨닫게 되었으니 그는 그 인식을 바탕으로 앞으로는 과학 실험의 엄밀성을 약간 (결코 전부는 아니고) 적용해 행동하겠다고 마음먹었다. 브래싱에서 말을 타고 돌아오면서 그는 용기를 내어 이 엄밀성을 일깨우려 했고 로저먼드에게 말해야 할 것에 대해서 생각했다.

저녁때가 되어 그는 집에 돌아왔다. 스물아홉 살의 재능이 많고 건강한 이 남자는 몹시 비참한 기분이었다. 자신이 심각한 실수를 저질렀다고 속으로 화를 내며 소리를 지른 것은 아니었다. 하지만 실수는 익히 아는 만성병처럼 내면에 영향을 미쳤고, 그 불편하고도 끈질긴 요구를 온갖 전망에 뒤섞었으며, 모든 생각을 나약하게 만들었다. 복도를 따라서 거실로 걸어갈 때 피아노와 노랫소리가 들려왔다. 물론 래디슬로가 와 있는 것이다! (윌은 도러시아와 작별한 지 몇 주일이 지났지만 아직 미들마치의 예전 숙소에 머물고 있었다.) 리드게이트는 대체로 래디슬로의 방문에 반감이 없었지만 지금은 집에 다른 사람이 있다는 것이 성가시게 느껴졌다. 그가 문을 열었을 때 노래를 부르던 두 사람은 으뜸음으로 나아가는 중이었고, 고개를 들어 그를 바라보았지만 그가 들어왔다고 해서 노래를 중단해야 한다고는 생각하지 않았다. 가엾은 리드게이트처럼 자기 굴레에 쏠려 생채기가 난 사람이 고통스럽게 하루를 보내고 아직도 더 겪어야 할 고통이 남아 있다고 생각하며 들어섰을 때 자신을 쳐다보고 새처럼 지저귀며 노래 부르는 두 사람은 조금도 위로가 되지 않았다. 평소보다 더 창백한 그의 얼굴은 방을 가로질러 의자에 몸을 내던졌을 때 험상궂게 찌푸려져 있었다.

세 마디만 더 하면 끝난다는 구실로 노래를 계속하던 두 사람이 그제야 몸을 돌렸다.

"어떻게 지냈나, 리드게이트?" 윌은 악수를 하려고 다가오며 말했다.

리드게이트는 그의 손을 잡았지만 대답할 필요가 있다고는 생각하지 않았다.

"식사는 했어요, 터시어스? 당신이 훨씬 일찍 돌아올 줄 알았어요." 남편이 '끔찍한 기분'이라는 것을 이미 알아차린 로저먼드가 말했다. 그녀는 평소의 자리에 앉았다.

"밥은 먹었어요. 차를 좀 마시면 좋겠소." 리드게이트는 여전히 얼굴을 찌푸린 채 앞으로 쭉 뻗은 다리를 유심히 바라보며 퉁명스럽게 말했다.

월은 너무나 민감한 사람이었기에 더 이상 암시가 필요하지 않았다. "나는 가겠네." 그가 모자를 집으며 말했다.

"차를 내올 거예요." 로저먼드가 말했다. "가지 말아요."

"아닙니다, 리드게이트가 지루해하고 있어요." 월은 리드게이트를 로저먼드보다 더 잘 이해했으므로 그의 태도에 기분이 상하지 않았고, 밖에서 불쾌한 일이 있었으리라고 쉽게 추측했다.

"그러면 더더욱 당신이 있어야 해요." 로저먼드는 장난스럽게 쾌활한 어조로 말했다. "그는 저녁 내내 내게 한마디 말도 하지 않을 거예요."

"아니, 로저먼드, 말할 거요." 리드게이트가 강한 저음으로 말했다. "당신에게 할 심각한 이야기가 있소."

이야기를 꺼낸 방식이 리드게이트가 예상했던 것과는 너무나 달랐다. 하지만 그녀의 무관심한 태도는 너무도 짜증을 북돋웠다.

"자, 그럼 나는 기술자 학교[65]에 관한 모임에 갑니다. 안녕히." 월은 재빨리 방을 나섰다.

로저먼드는 남편을 바라보지 않고 곧 일어나서 차 쟁반 앞에 자리를 잡았다. 그가 이토록 불쾌하게 보인 적이 없다고 생

---

65) 1820년대 중반 노동자들의 성인 교육, 특히 기술 교육에 초점을 둔 교육 기관이 많이 세워졌고 도서관으로 사용되면서 다양한 문화적 욕구를 충족시켜 주었다.

각했다. 리드게이트는 검은 눈으로 그녀를 바라보았다. 그녀는 가느다란 손가락으로 찻잔을 세심하게 다루면서 얼굴 곡선이 전혀 흐트러지지 않은 채, 하지만 불쾌하게 처신하는 사람에게 이루 말할 수 없는 항의를 담은 분위기로 앞에 놓인 물건들을 보고 있었다. 잠시 그는 자신에게 쌓인 고통의 상처를 잊고 한때 기민하고 영리한 감수성의 흔적이라고 해석했던 이 새로운 여성적 무감각이 요정 같은 몸에서 드러나는 것에 대해 돌연히 생각에 잠겼다. 로저먼드를 바라보면서 그의 마음은 로르를 되돌아보고 속으로 말했다. '이 여자도 내가 진저리나게 한다고 나를 죽이고 싶어 할까?' 그런 다음에 다시 말했다. '여자들은 다 똑같아.' 그러나 남자들이 말 못 하는 동물들에 대해 착각하면서 큰 우월감을 느끼게 해 주는 이 일반화의 능력은 다른 여자의 행동에서 놀라운 인상을 받았던 기억을 떠올리자 당장 허를 찔리고 말았다. 도러시아의 남편을 보살피기 시작했을 때 그녀의 얼굴에 떠올랐던 표정과 남편에 대한 감정, 남편에게 가장 위안이 될 것을 알려 달라던 열렬한 외침에서. 그녀는 남편에게 충실하려는 열망과 연민을 제외한 내면의 모든 충동을 억눌러 버릴 것 같았다. 차를 우리는 동안 리드게이트의 마음속에 이러한 인상들이 되살아나서 재빨리 꿈결처럼 이어졌다. 환영의 마지막 순간에 "조언을 해 주세요. ― 제가 무엇을 할 수 있을지 알려 주세요. ― 남편은 평생 열심히 연구하며 앞만 바라봐 왔어요. 그는 다른 것은 전혀 신경을 쓰지 않아요. ― 그리고 저도 다른 일은 아무래도 상관없어요."라고 절규하는 도러시아의 목소리를 들으면서 그는 눈을 감았다.

그 깊은 영혼을 가진 여성성의 목소리가 그의 내면에 남았다. 제왕의 홀을 든 죽은 천재의 타오르는 개념들이 내면에 남아 있듯이. (인간의 정신과 그 정신의 최종적 판단에 군림하는 고귀한 감정의 천재도 있지 않을까?) 그 음악 같은 목소리가 멀어져 가면서 사실 순간적으로 깜빡 잠이 든 순간에 로저먼드가 은방울처럼 감정이 배제된 목소리로 말했다. "여기 차 있어요, 터시어스." 그녀는 그의 옆에 있는 작은 탁자에 찻잔을 올려놓고는 그를 바라보지도 않고 자리로 돌아갔다. 리드게이트가 그녀를 무감각하다고 생각한 것은 너무 성급한 판단이었다. 그녀는 자기 나름대로 꽤 민감했고, 자신이 받은 인상을 계속 간직했다. 지금 그녀가 받은 인상은 불쾌하고 혐오스러운 것이었다. 하지만 그렇더라도 얼굴을 찡그리거나 목소리를 높이지 않았다. 어느 누구도 공정하게 자신의 흠을 찾을 수 없다고 그녀는 확신했다.

어쩌면 리드게이트와 그녀는 지금처럼 서로 멀리 떨어져 있다고 느낀 적이 없을 것이다. 하지만 이미 그가 갑작스럽게 선언하듯 말을 꺼내지 않았더라도 그 사실을 더 미루지 못하고 밝혀야 하는 강력한 이유들이 있었다. 물론 그는 자신에게 더 다감해지도록 그녀를 자극하려는 분노에 찬 욕구에 휘둘려 너무 성급하게 말했어도 그녀의 고통을 예상하며 고통을 느낄 수밖에 없었다. 그러나 찻잔을 물리고 촛불을 켜고 고요한 밤 시간이 될 때까지 기다렸다. 그사이에 쫓겨났던 애정이 원래 자리로 돌아올 시간이 남아 있었다. 그는 다정하게 말을 꺼냈다.

"사랑하는 로지, 일거리를 내려놓고 내 옆에 와 앉아요." 그는 탁자를 밀고 팔을 뻗어 의자를 옆으로 끌어당기며 부드럽게 말했다.

로저먼드는 그 말에 따랐다. 엷은 색의 투명한 모슬린 옷을 입고 다가왔을 때 그녀의 날씬하면서도 둥근 몸매는 어느 때보다 우아하게 보였다. 옆에 앉아서 그의 의자 팔걸이에 손을 올려놓고 마침내 그를 바라보며 눈을 마주쳤을 때 그녀의 섬세한 목과 뺨, 청순하게 조각된 입술은 봄철과 유아기, 온갖 달콤한 싱그러움에서 우리를 감동시키는 티끌 한 점 없는 아름다움을 어느 때보다도 강렬하게 드러냈다. 그 아름다움은 이제 리드게이트의 마음을 움직였고, 그녀를 처음 사랑했을 때의 감정이 깊은 고통의 위기에서 일깨워진 다른 기억들과 뒤섞였다. 그는 큰 손을 그녀의 손에 부드럽게 얹고 말했다.

"여보!" 그는 이 단어에 애정을 담아 발음하며 오랜 여운을 남겼다. 로저먼드도 아직 동일한 과거의 영향을 받고 있었다. 남편은 여전히 어느 정도는 칭찬을 하면서 즐겁게 해 주던 그 리드게이트였다. 그녀는 그의 이마를 덮은 머리카락을 가볍게 쓸어 넘기고 다른 손을 그의 손에 얹으며 그를 용서하고 있음을 의식했다.

"당신에게 고통스러울 이야기를 해야겠어요, 로지. 하지만 남편과 아내가 함께 생각해야 하는 문제들이 있어요. 내게 돈이 부족하리라는 것을 당신은 이미 생각해 봤겠지요."

리드게이트는 말을 멈추었다. 그러나 로저먼드는 고개를 돌려 벽난로 선반 위의 화병을 바라보았다.

"우리가 결혼하기 전 사야 했던 물건들에 대해 값을 다 지불할 수 없었어요. 그 후에도 치러야 할 다른 비용이 있었고. 결과적으로 브래싱에 큰 빚을 지고 있어요. 380파운드인데 그것 때문에 한동안 무척 고통스러웠어요. 실은 매일 점점 더 빚이 불어나고 있지. 내게 돈이 필요하다고 해서 사람들이 의료비를 더 빨리 지불하는 건 아니니까. 당신 몸이 좋지 않을 때는 그 사실을 알리지 않으려고 애썼어요. 하지만 이제는 그것에 대해 함께 생각하고 당신이 날 도와줘야 해요."

"내가 뭘 할 수 있겠어요, 터시어스?" 로저먼드는 눈을 돌려 다시 그를 바라보며 말했다. 단어 몇 개로 이루어진 단순한 말이라도 다른 언어 표현들과 마찬가지로 어조의 다양한 변화에 따라서 마음의 온갖 상태를 표현할 수 있다. 무기력한 아둔함부터 철저히 따지기 좋아하는 인식에 이르기까지, 더없이 헌신적인 우애부터 지극히 무심한 초연함에 이르기까지. 로저먼드의 메마른 목소리는 '내가, 뭘 할 수, 있겠어요?'라는 단어들에 담을 수 있는 최대한의 무관심을 집어넣었다. 그 단어들은 리드게이트의 마음에 일어난 애정에 치명적으로 찬물을 끼얹었다. 그가 화가 나서 사납게 날뛴 것은 아니었다. 너무도 슬프게 마음이 무거워졌을 뿐이었다. 다시 입을 열었을 때 그의 목소리는 억지로 임무를 완수하려는 사람의 어조에 가까웠다.

"당신이 알아둘 필요가 있소. 내가 얼마간 담보를 잡혀야하니까. 가구 목록을 만들려고 누군가 올 테니 말이오."

로저먼드의 얼굴이 붉게 달아올랐다. "아빠에게 돈을 부탁해 보았어요?" 말을 할 수 있게 되자 곧 그녀가 말했다.

"아니."

"그럼 내가 아빠에게 부탁하겠어요!" 그녀는 리드게이트에게서 손을 빼내고 2미터쯤 떨어진 곳에 가서 섰다.

"아니, 로지." 리드게이트가 단호하게 말했다. "그러기에는 너무 늦었소. 내일 목록을 작성하기 시작할 거요. 그저 담보일 뿐이라는 것을 잊지 말아요. 아무 변화도 없을 거요. 일시적인 일이니까. 아버님께는 절대 알리지 말아요. 내가 말씀드리겠다고 결정하지 않는 한." 리드게이트는 더욱 위압적으로 강조하며 덧붙였다.

분명 모진 말이었지만 그는 로저먼드가 여전히 남편의 말을 듣지 않고 조용히 무슨 일을 저지를 거라는 고약한 예상을 하지 않을 수 없었다. 그녀는 이 몰인정한 태도를 용서하기 힘들었다. 잘 울지 않고 우는 것을 싫어했지만 이제 턱과 입술이 떨리기 시작했고 눈물이 고였다. 어쩌면 리드게이트는 외부의 물질적 고통과 수치스러운 결과에 대한 자존심의 저항이라는 이중의 압박에 짓눌린 나머지 이 갑작스러운 시련이 멋대로 사치를 누려 왔고 취향에 잘 맞는 새로운 사치를 꿈꾸었던 이 어린 여자에게 무엇을 의미하는지 잘 상상이 가지 않았을 것이다. 그러나 그녀의 고통을 가급적 덜어 주기를 바랐고, 그녀의 눈물을 보자 가슴이 찢어지는 것 같았다. 그는 곧 다시 말을 꺼낼 수 없었다. 그러나 로저먼드는 계속 흐느끼지 않았다. 흥분을 가라앉히려 애쓰면서 눈물을 닦고는 벽난로 선반을 계속 응시했다.

"슬퍼하지 말아요, 여보." 리드게이트는 눈을 들어 그녀를 바라보며 말했다. 그녀가 이처럼 고통스러운 순간에 그에게서 멀어지기로 작정했기에 해야 할 말을 다 하기가 더 힘들었다. 그러나 기필코 계속해야 한다. "우리는 마음을 단단히 먹고 필요한 일을 해야지. 다 내 잘못이오. 이런 식으로 살 수 없다는 것을 진작 알았어야 했는데. 하지만 의료업계에서 나에 대한 부정적인 이야기가 많았고, 사실 지금 그것은 썰물처럼 빠져 나가 저점에 이르렀어요. 앞으로 회복하겠지만 그동안에는 우리가 노력해야 하고…… 생활 방식을 바꿔야 해요. 우리는 견뎌 나갈 거요. 이 담보를 맡기고 나면 주위를 돌아볼 시간이 생길 거요. 당신은 아주 영리하니까 가사에 관심을 쏟는다면 내게 신중한 처신을 가르쳐 줄 수 있겠지요. 나는 물건값을 결제하는 데 아무 생각도 없는 건달이었소. 하지만 자, 여보, 여기 앉아서 날 용서해 줘요."

리드게이트는 날카로운 발톱이 있지만 우리를 종종 온순하게 만드는 이성도 가진 동물처럼 멍에 밑에 목을 들이밀고 있었다. 그가 간청하는 목소리로 말을 끝냈을 때 로저먼드는 그의 옆자리로 돌아왔다. 그가 스스로를 비판하는 것으로 보아 자기 의견에 관심을 보일 거라는 희망을 갖게 되었고, 그래서 그녀는 말했다.

"왜 목록 작성을 연기하지 못해요? 내일 그 사람들이 오면 당신이 돌려보낼 수 있잖아요."

"그들을 돌려보내지 않겠소." 리드게이트의 위압적인 말투가 되살아났다. 그 이유를 조금이라도 설명할 필요가 있을까?

"우리가 미들마치를 떠난다면 물론 가구를 팔아야 할 테고, 그편이 더 나을 거예요."

"하지만 우리는 미들마치를 떠나지 않아요."

"그러는 편이 더 나을 거라고 생각해요, 터시어스. 왜 런던으로 가지 못해요? 혹은 당신 친척들이 잘 알려져 있는 더럼 근방이나?"

"돈이 없으면 아무 데도 못 가요, 로저먼드."

"당신 친지들은 당신에게 돈이 없는 것을 원치 않을 거예요. 그리고 이 불쾌한 상인들에게 그 점을 이해시키고 기다리게 할 수 있을 거예요. 당신이 적절하게 말한다면 말이에요."

"부질없는 말이오, 로저먼드." 리드게이트가 화가 나서 말했다. "당신은 당신이 이해하지 못하는 문제에서 내 판단을 받아들이는 것을 배워야 해요. 나는 필요한 계약을 맺었고, 그것을 이행해야 해요. 내 친지들에 대해 말하자면 나는 그들에게서 아무것도 기대하지 않소. 그들에게 그 무엇도 요구하지 않을 거요."

로저먼드는 꼼짝 않고 앉아 있었다. 만일 리드게이트가 어떻게 처신할지 미리 알았더라면 절대로 결혼하지 않았으리라는 생각이 들었다.

"지금은 불필요한 말을 하면서 낭비할 시간이 없어요." 리드게이트는 다시 부드럽게 대하려고 애쓰며 말했다. "당신과 함께 검토하고 싶은 몇 가지 구체적인 문제가 있어요. 도버가 접시들을 도로 가져가겠다고 말하더군. 그리고 우리가 바란다면 보석도 전부 다. 그는 사실 아주 잘해 주고 있어요."

"그럼 우리는 숟가락과 포크도 없이 지내야 하는 거예요?" 힘없이 말하며 로저먼드의 입술은 더욱 얇아지는 듯했다. 그녀는 더 이상 저항도 제안도 하지 않겠다고 결심했다.

"아니, 그럴 리가!" 리드게이트가 말했다. "하지만 이걸 좀 봐요." 그가 주머니에서 종이를 꺼내 펼치면서 말을 이었다. "이게 도버의 청구서요. 자, 내가 많은 품목에 표시를 해 놓았는데, 그 물건들을 돌려주면 총액을 30파운드나 그 이상 줄일 수 있어요. 보석은 표시하지 않았어요." 리드게이트는 사실 이 보석에 대해 무척 쓰라린 마음이었지만 엄격한 판단으로 그 감정을 극복했다. 로저먼드에게 준 특별한 선물을 돌려 달라고 말할 수는 없었지만 도버의 제안을 그녀에게 알려 줘야 한다고 다짐했었다. 그녀의 내면에서 어떤 감정이 일어나 이 문제가 쉽게 풀릴지도 모른다.

"내가 봐야 아무 소용도 없어요, 터시어스." 로저먼드가 조용히 말했다. "당신 좋을 대로 돌려줘요." 그녀는 종이에 눈길조차 주지 않았고, 리드게이트는 머리털 끝까지 화끈 달아올라 그 종이를 잡아당겨 무릎에 떨어지게 놔두었다. 그동안 로저먼드는 리드게이트가 무력한 심정으로 의아해하도록 내버려 두고 조용히 방을 나갔다. 그녀는 돌아오지 않을 것인가? 마치 이해관계가 상반된 서로 다른 종의 생물이기라도 한 듯이 그녀는 자신과 그를 이질시하는 것 같았다. 그는 고개를 가로저었고 앙갚음하듯이 손을 주머니 깊숙이 찔러 넣었다. 그래도 과학이 있었다. ─ 그래도 노력을 기울일 훌륭한 목표가 아직 남아 있었다. 그는 그래도 잡아당겨야 한다. ― 만족감을 주던 다른 것들이 사라지고 있으므로 더욱 힘차게.

그런데 문이 열리더니 로저먼드가 다시 들어왔다. 그녀는 자수정이 든 가죽 상자와 다른 보석 상자들이 담긴 조그만 장식용 바구니를 가져와서는 자신이 앉았던 의자에 올려놓고 완벽하게 예의 바른 태도로 말했다.

"이것이 당신이 내게 준 보석 전부예요. 거기서 당신이 돌려주고 싶은 것과 식기류를 돌려줘요. 물론 당신은 내가 내일 집에 있기를 기대하지 않겠지요. 나는 아빠 집에 가겠어요."

리드게이트가 던진 눈빛은 많은 여자에게 분노에 이글거리는 시선보다 더 무시무시했을 것이다. 그 눈길은 그녀가 그들 사이에 만든 거리를 받아들이는 절망감을 담고 있었다.

"그럼 언제 돌아올 거요?" 그는 매섭게 날을 세운 어조로 말했다.

"아, 저녁에요. 물론 그 문제를 엄마에게 말하지 않겠어요." 로저먼드는 자기처럼 흠잡을 데 없이 행동하는 여자는 없을 거라고 믿었다. 그녀는 일거리가 있는 곳에 가서 앉았다. 리드게이트는 잠시 생각에 잠겼다가 예전의 감정이 약간 담긴 목소리로 말했다.

"우리는 하나로 결합된 사람들이오, 로지. 우리에게 닥친 첫 번째 시련에서 당신이 나를 혼자 내버려 두면 안 돼요."

"물론 그렇지요." 로저먼드가 말했다. "내가 하기에 적합한 일이라면 다 하겠어요."

"그 일을 하인들에게 맡기거나 내가 하인들에게 지시하는 것은 적절치 않아요. 나는 나가 봐야 할지 모르고. 얼마나 일찍 나가야 할지 모르지. 당신이 돈 문제로 굴욕감을 느끼고 싶어 하지 않는 것은 이해해요. 하지만 사랑하는 로저먼드, 이건 당신만큼이나 나도 예리하게 느끼는 자존심이 걸린 문제이기 때문에 우리가 직접 처리하고 하인들에게 가급적 보이지 않는 편이 분명 더 나아요. 그리고 당신은 아내이니 내 치욕을 함께 나누지 않을 수 없어요. 치욕이 있다면 말이지."

로저먼드는 즉시 대답하지 않았지만 마침내 "좋아요. 집에 있겠어요."라고 말했다.

"이 보석들은 건드리지 않겠소, 로지. 이것들을 다시 가져가요. 하지만 내가 돌려줄 식기류 목록을 써 놓을 테니 그것을 포장해서 즉시 보낼 수 있게 해야 해요."

"하인들이 그걸 알 거예요." 로저먼드는 빈정거리는 기미가 느껴질락 말락 하게 말했다.

"자, 어떤 불쾌한 일은 불가피한 것으로 받아들여야 해요. 잉크가 어디 있지?" 리드게이트는 일어서서 더 큰 탁자에 청구서를 내려놓으며 말했다. 그곳에서 쓸 작정이었다.

로저먼드는 잉크병을 가지러 갔다 그것을 탁자에 내려놓은 다음 돌아서서 가려 했다. 그 순간 옆에 서 있던 리드게이트가 그녀의 몸에 팔을 두르고 끌어당기며 말했다.

"자, 여보, 어떻게든 이겨 내 보도록 합시다. 바라건대 단지 얼마 동안만 우리가 인색하고 까다롭게 굴면 될 거요. 입 맞춰 줘요."

그의 타고난 따뜻한 마음은 꽤 차갑게 식어 있었다. 경험이 없는 아가씨가 자신과 결혼함으로써 곤경에 빠졌다는 사실을 통렬하게 느끼는 것이 남편으로서 남자다움의 한 부분이다. 그녀는 그의 입맞춤을 받으며 힘없이 답해 주었다. 이렇게 해서 겉으로는 당분간 두 사람의 화해가 이루어졌다. 그러나 리드게이트는 생활비와 생활 방식을 완전히 바꿔야 할 필요성에 대해 앞으로도 어쩔 수 없이 의논할 일을 생각하며 두려움을 느껴야 했다.

59장

옛사람들은 영혼이 인간의 형체를 가졌다고 말했지,
육신보다 더 작고 섬세한,
내킬 때면 바람을 쐬러 떠도는 영혼.
보라! 천사 같은 그녀의 얼굴 옆에 떠 있는
창백한 입술의 공기 같은 형체가
작은 조개껍질 같은 그녀의 귀에
격려의 말을 속삭이는 것을.

소식이란 벌들이 특정한 꿀을 찾아 윙윙거리고 다니면서 (자신들이 가루투성이라는 걸 알지 못한 채) 나르는 꽃가루처럼 아무 생각 없이 효과적으로 퍼져 나가곤 한다. 이 멋진 벌의 비유는 프레드 빈시를 가리킨다. 그는 로윅 목사관을 방문한 날 저녁에 그 집의 늙은 하인이 탠트립에게 얻어들은 소식에 관해 부인들이 활발하게 나누는 이야기를 들었다. 캐소본 씨가 죽기 얼마 전에 만든 유언 보족서에 희한하게도 래디슬로 씨가 언급되어 있다는 소식이었다. 위니프리드 양은 오빠가 이미 그 사실을 알고 있었다는 데 깜짝 놀랐고, 알면서도 말해 주지 않다니 캠던은 정말 놀라운 사람이라고 말했다. 그러자 메리 가스는 보족서가 어쩌면 거미들의 습성과 얽혀 있을 거라고[66] 말했는데, 그 말에 위니프리드 양은 귀 기울이지 않으려 했다. 페어브라더 부인은 로윅에서 래디슬로 씨를 한 번밖에 만나지 못한 것이 그 소식과 관련 있을지 모른다고 생각했고, 노블 양은 동정 어린 탄성을 조그맣게 여러 번 질렀다.

프레드는 래디슬로와 캐소본 부부에 대해 아는 바가 거의 없었고 관심은 더욱 없었다. 어느 날 어머니에게 부탁을 받아서 지나가는 길에 말을 전하려고 로저먼드의 집에 들렀다가 우연히 래디슬로가 나가는 것을 볼 때까지 그 소문에 대해 한 번도 생각해 보지 않았다. 프레드와 로저먼드는 서로에게 할 말이 거의 없었다. 결혼 후 그녀는 남자 형제들의 불쾌한 언동과 맞닥뜨릴 일이 없었고, 더욱이 이제 그녀 생각으로는 그가 성직을 포기하고 가스 씨의 사업에 동참하면서 비난받아 마땅한 어리석음을 저질렀기 때문에 더욱 그러했다. 그래서 프레드는 되도록 서로에게 무관한 소식들을 알려 주었고, 이야기 끝에 "그 젊은 래디슬로에 관해" 로윅 목사관에서 들었던 소문을 언급했다.

사실 리드게이트는 페어브라더 씨처럼 많은 소문을 알고 있으면서도 입에 올리지 않았다. 한번은 윌과 도러시아의 관계에 대해 생각하다가 사실을 넘어서는 추측을 해 보기도 했다. 그는 두 사람 사이에 열렬한 애정이 있을 거라고 상상했고, 그것은 한가한 잡담거리가 될 수 없는 매우 진지한 문제라고 생각했다. 캐소본 부인에 대해 언급했을 때 윌이 흥분해

---

66) '거미'는 남을 함정에 빠뜨리는 사람을 비유하기도 한다. 여기서는 보족서에 나타난 캐소본의 행태가 거미들의 습성과 비슷하다는 의미.

서 반응했던 일을 기억했기에 더욱 신중하게 생각했다. 자기가 아는 사실에 추측을 더하면서 래디슬로에 대한 호감과 포용심은 대체로 더 커졌고, 래디슬로가 떠나겠다고 말한 다음에도 미들마치에 머물러 있는 우유부단함이 이해가 되었다. 이 문제에 대해 로저먼드에게 말해 주려는 충동을 전혀 느끼지 않았다는 사실은 두 사람의 마음이 외따로 분리되어 있음을 보여 준다. 사실 그는 아내가 윌에게 그 문제에 대해 침묵할 거라고는 믿을 수 없었다. 이 부분에서 그의 판단은 옳았다. 그녀의 마음이 어떤 식으로 움직여서 발설하게 되었는지는 전혀 예상하지 못했지만 말이다.

그녀가 프레드의 소식을 들려주었을 때 리드게이트가 말했다. "로지, 래디슬로에게는 조금도 내비치지 않게 조심해요. 그는 당신이 모욕이라도 준 듯이 펄펄 뛸 테니까. 물론 괴로운 일이지."

로저먼드는 고개를 돌리고 머리카락을 쓰다듬으며 평온한 무관심을 나타냈다. 그러나 그 후 리드게이트가 없는 동안 윌이 찾아왔을 때 그가 계획대로 런던으로 떠나지 않는 데 대해 짓궂게 놀렸다.

"난 다 알아요. 비밀을 알려 주는 작은 새가 있거든요." 그녀는 부지런히 움직이는 손가락들 사이에 높이 쳐든 뜨갯거리 너머로 고개를 귀엽게 흔들면서 말했다. "이 근방에 강력한 자석이 있는 거죠."

"물론 있지요. 그것을 당신보다 더 잘 알 사람은 없습니다." 윌은 가볍고 호기 있게 대답했지만 속으로는 화가 나기 시작했다.

"정말 너무나 매력적인 로맨스예요. 질투심에 불탄 캐소본 씨는 부인이 그토록 결혼하고 싶어 할 사람은 달리 없을 거라고 예상하고는, 또 어떤 신사만큼 그녀와 결혼을 갈망할 사람도 없을 거라고 예상하고는 만일 그녀가 그 신사와 결혼하면 재산을 전부 빼앗기게 만들어 모든 것을 망쳐 버리려는 계획을 세웠단 말이죠. 그다음에는…… 그다음에는…… 그다음에는…… 아, 그 결말은 너무나 낭만적일 거라고 믿어 의심치 않아요."

"맙소사! 무슨 말을 하는 겁니까?" 윌의 얼굴과 귀가 붉게 달아올랐고, 격렬한 전율이 스친 듯이 얼굴이 변하는 것 같았다. "농담하지 말고 무슨 뜻인지 말해 줘요."

"정말로 알지 못한다고요?" 로저먼드는 더 이상 장난하듯이 말하지 않았고, 어떤 효과를 일깨우기 위해 말하고 싶은 욕구를 더없이 강렬하게 느꼈다.

"그래요!" 그는 조급하게 대답했다.

"캐소본 부인이 당신과 결혼하면 재산을 모두 빼앗는다는 조항을 캐소본 씨가 유서에 남겼다는 사실을 모른다고요?"

"그게 사실인지 당신이 어떻게 알죠?" 윌이 열렬히 말했다.

"프레드 오빠가 페어브라더 씨의 집에서 들었대요."

윌은 의자에서 벌떡 일어나 모자를 집었다.

"아마 부인은 재산보다 당신을 더 좋아할 거예요." 로저먼드가 약간 떨어진 곳에서 그를 보며 말했다.

"제발 그런 이야기는 그만둬요." 윌은 평소의 가벼운 목소리와 달리 거칠고 낮은 목소리로 말했다. "그 부인과 나에 대한 더러운 모욕입니다." 그러더니 그는 정신이 나간 듯이 주저앉아 눈앞을 응시했지만 아무것도 보이지 않았다.

"이젠 내게 화를 내는군요." 로저먼드가 말했다. "내게 적의를 품다니 너무 나빠요. 당신에게 알려 주었으니 고맙게 여겨야지요."

"그렇게 생각합니다." 윌이 무뚝뚝하게 대답했다. 꿈을 꾸면서 대답하는 사람처럼 두 개의 영혼이 대답하는 것 같았다.

"결혼 소식이 들리기를 기대할게요." 로저먼드가 장난스럽게 말했다.

"절대로! 결혼 이야기는 절대 듣지 못할 겁니다!"

격렬하게 이 말을 내뱉고 일어서더니 그는 몽유병 환자처럼 로저먼드에게 손을 내밀고는 가 버렸다.

그가 떠나자 로저먼드는 의자에서 일어나 방의 다른 쪽 끝으로 걸어가 큰 서랍장에 기대서서 따분한 듯이 창밖을 내다보았다. 그녀는 권태와 불만감에 짓눌려 있었다. 그런 불만감은 여자의 마음속에서 늘 하찮은 질투심으로 바뀐다. 그 질투심은 진정한 권리가 있는 것도 아니고, 깊은 열정이 아니라 자신에게 많은 관심을 기울여 달라는 이기심의 모호한 욕구에서 솟아났지만 말뿐 아니라 행동을 하도록 몰아갈 수도 있다. '정말로 관심을 쏟을 것이 하나도 없어.' 가엾은 로저먼드는 답장을 보내지 않는 퀼링엄 가족을 생각하면서 속으로 말했다. 터시어스는 집에 돌아오면 생활비 문제로 괴롭힐 것이다. 그녀는 이미 그의 말을 거역하고 아버지에게 몰래 도움을 요청했다. 그런데 아버지는 "나야말로 도움이 필요하단다."라는 말로 단호하게 이야기를 끝냈다.

60장

"훌륭한 구절들은 확실히 큰 찬사를 받을 만하고, 늘 그러했다."

— 샐로 판사[67]

며칠 후 벌써 8월이 끝나 가는 어느 날 미들마치에 약간 흥분을 일으킨 특별한 사건이 있었다. 보스롭 트럼불 씨의 뛰어난 후원으로 사람들이 원한다면 가구와 책, 그림을 구입할 혜택을 누리게 되었던 것이다. 그 물건들은 에드윈 라처 향사의 소유물로 어떤 종류든 최고라는 것을 모두들 전단지에서 볼 수 있었다. 이 경매는 사업의 불황을 암시하는 판매가 아니었고, 그 반대로 라처 씨가 사업에서 큰 성공을 거두어 리버스톤 근처의 대저택을 구입했기 때문에 열리는 것이었다. 그 저택은 이미 유명한 온천지의 의사가 장만한 고품격 가구들을 구비했고, 식당에는 값비싼 큰 나체화 액자들이 걸려 있었

---

67) 셰익스피어의 『헨리 4세』, 2부 3막 2장 73행.

다. — 라처 부인은 그 주제가 성서와 관련 있다는 것을 알고 나서야 불안한 마음을 달랬다. 그러므로 구매자에게 좋은 기회라는 것이 보스롭 트럼불 씨의 전단에 잘 적시되어 있었다. 그는 미술사를 잘 알아서 최저 경쟁 가격 없이 판매될 현관 가구에 기번스[68]와 동시대인의 조각품이 한 점 포함되었다고 말할 수 있었다.

당시 미들마치에서 대규모 경매는 잔치처럼 여겨졌다. 훌륭한 장례식과 마찬가지로 식탁에는 최고의 찬 음식들이 즐비하게 차려졌다. 원하지 않는 물건이라도 사람들이 유쾌한 기분으로 통 크게 입찰하도록 기분 좋게 마음껏 술을 마실 수 있는 편의도 제공되었다. 정원과 마구간이 딸린 저택은 바로 도시의 끝자락에, 미들마치에서 뻗어 나간 런던 로드의 쾌적한 출구에 있었기에 라처 씨의 가구 경매는 맑은 날씨에 더욱 매력적이었다. 그 길은 또한 새 병원과 슈럽스라 불리는 불스트로드 씨의 한적한 저택으로 가는 길로 이어졌다. 간단히 말해서 경매는 축제 마당처럼 흥겨웠고, 여유를 누릴 수 있는 온갖 계층의 사람들을 끌어모았다. 그저 물건값을 올리려고 시험 삼아 값을 부르는 사람들에게 경매는 경마의 도박과 거의 비슷했다. 최고급 가구가 판매될 두 번째 날에는 '모두'가 그곳에 모여들었다. 심지어 성 베드로 교회 목사인 더시거 씨도 조각이 새겨진 탁자를 사고 싶어서 잠시 들여다보았고, 뱀브리지 씨와 호록 씨하고 어울렸다. 미들마치의 숙녀들이 식당의

---

68) 영국의 조각가 그릴링 기번스(Grinling Gibbons, 1648~1721).

큰 테이블 주위에 놓인 의자에 둥그렇게 앉았고, 보스롭 트럼 불 씨는 탁자에 망치를 갖추고 서 있었다. 그러나 그 뒤에 줄 지어 늘어선 남자들의 얼굴은 잔디밭으로 통하는 커다란 내 닫이창과 문을 드나드는 사람들로 인해 종종 바뀌었다.

그날 모인 '모두'에 불스트로드 씨는 포함되지 않았다. 그의 건강 상태로는 혼잡한 군중과 외풍을 잘 견딜 수 없었다. 그 러나 불스트로드 부인은 특히 사고 싶은 그림이 있었는데 경 매 목록에서 귀도[69]의 그림으로 추정된 「엠마우스의 저녁 식 사」[70]였다. 경매 전날 일이 끝나기 직전에 불스트로드 씨는 이제 자신이 지분을 갖고 있는 《개척자》의 사무실을 찾아와 래디슬로 씨에게 불스트로드 부인을 위해 그의 뛰어난 미술 지식을 이용하여 그 특정한 그림의 가치를 평가해 주면 고맙 겠다고 부탁했다. "만일 그 경매에 가는 것이 내가 알기로 임 박한 당신의 출발 일정에 방해가 되지 않는다면 말이오."라고 정중한 은행가는 세심하게 덧붙여 말했다.

이 단서는 윌이 그런 조롱에 신경을 쓸 기분이었다면 좀 비 꼬는 말로 들렸을 것이다. 그 말은 몇 주 전에 그가 신문사 소 유주들과 합의한 사항을 가리키고 있었다. 즉 미들마치를 떠 나겠다고 최종적으로 결정한 이후 그가 훈련해 온 부편집자 에게 언제든 자신이 원하는 날에 자유롭게 운영을 넘겨준다 는 것이었다. 그러나 야심적으로 떠올린 불명확한 미래는 습

---

69) 이탈리아의 화가 귀도 레니(Guido Reni, 1575~1642)로 보인다.
70) 그리스도의 부활을 그린 그림.

관적인 일이나 심심풀이 삼아 즐겁게 보이는 일을 할 때의 편안함에 비하면 구속력이 약하다. 그리고 어떤 결심이 필요 없어지기를 은근히 기대하면서 실행에 옮기는 것이 얼마나 어려운 일인지 우리 모두 알고 있다. 그런 마음 상태에서는 한없이 의심이 많은 사람이라도 기적이 일어나기를 은밀히 기대한다. 소망을 어떻게 실현할지 도무지 생각해 낼 수 없지만 그래도 세상에는 대단히 놀라운 일이 일어나는 법이다! 윌은 이런 나약함을 스스로 인정하지 않았지만 계속 머물렀다. 이 휴가철에 런던에 가야 무슨 소용이 있겠는가? 그를 기억할 럭비[71] 출신들은 런던에 없었다. 정치 평론에 대해서 말하자면 몇 주일간 《개척자》에서 계속 써 나가는 편이 더 나았다. 하지만 이제 불스트로드 씨가 그 말을 꺼내자 떠나야겠다고 확고하게 결심하면서 동시에 도러시아를 한 번 더 만날 때까지는 떠나지 않겠다고 굳게 결심했다. 그래서 출발을 조금 더 미룰 이유가 되었으므로 경매에 기꺼이 가겠다고 대답했다.

윌은 도전적인 기분에 사로잡혀 있었다. 자기를 쳐다보는 사람들이 그 사실을 아마 알고 있으리라고 생각하면서 그의 의식은 깊은 상처를 입었다. 재산 처분 조항으로 인해 좌절한 인간이라고 그를 비열한 계략이나 세우는 놈팡이로 고발하는 것이나 다름없는 그 사실 말이다. 관습적인 차별에 관해서 자유를 주장하는 대부분의 사람이 그렇듯이 그도 그런 주장을 하는 데는 개인적인 이유가 있고 그의 혈통과 태도, 혹은 그

---

71) 영국의 사립 학교.

가 견해라는 가면을 씌워 놓은 그의 성격에 뭔가가 숨겨져 있다고 누군가 암시할 것 같으면 돌연히 성급하게 말다툼을 벌일 태세였다. 이런 노여운 기분에 빠져 있을 때 그는 며칠이고 도전적인 표정으로 돌아다녔고, 투명한 피부색이 경계 태세를 갖춘 듯이 붉게 달아올랐으며, 마치 공격할 대상을 찾는 것 같았다.

경매장에서 이런 표정이 유난히 두드러져 보였기에, 온유하고 기묘한 상태였거나 밝고 즐거운 기분이었을 때 윌이 본 사람들은 그 뚜렷한 차이에 놀랐을 것이다. 그는 공공장소에서 톨러나 핵버트, 그 밖에 미들마치의 다른 씨족들 앞에 모습을 드러낼 기회가 생긴 것이 유감스럽지 않았다. 그들은 그를 협잡꾼이라고 경멸했고, 단테에 대해 야만스럽게도 무지했으며, 그의 폴란드계 혈통을 비웃었다. 그들도 이종 교배가 대단히 필요한 혈통이었다. 그는 경매인에게서 멀지 않은 눈에 띄는 곳에 서 있었고, 집게손가락을 옆 주머니에 넣고 고개를 젖힌 채 누구에게도 말을 걸지 않았다. 자신의 뛰어난 재능을 적극적으로 발휘하기 좋아하는 트럼불 씨가 그를 안목이 높은 감식가로 친절하게 환영했지만 말이다.

직업상 말재주를 부려야 하는 사람 가운데 가장 행복한 사람은 분명 자신의 농담을 예리하게 의식하고 백과사전적인 지식을 자랑스러워하는 성공한 시골 경매인이다. 무뚝뚝하고 찌무룩한 사람이라면 장화 벗는 기구부터 베르헴[72]의 그림에

---

72) 네덜란드 화가 니콜라에스 베르헴(Nicolaes Berghem, 1620~1683).

이르기까지 모든 물건의 장점을 끊임없이 열거하는 일을 싫어할 수 있겠지만 보스롭 트럼불 씨는 상쾌한 액체가 핏줄에 흐르는 사람이었다. 그는 천성적으로 경탄하기를 좋아했고, 그의 나무망치 밑에 온 우주를 놓고 경매할 수 있었더라면 좋아했을 테고, 그의 찬사 덕분에 우주가 더 비싼 값에 팔릴 거라고 느꼈을 것이다.

그때까지는 라처 부인의 응접실 가구로 족했다. 윌 래디슬로가 방에 들어섰을 때 트럼불 씨는 제자리에서 잊혔던 두 번째 난로 망에 대해 갑자기 열의를 느꼈다. 그는 가장 큰 찬사를 받을 필요가 있는 물건을 가장 많이 칭찬한다는 공정한 원칙에 따라서 열광적인 찬사를 쏟아 냈다. 그 난로 망은 번쩍이는 강철로 만들었고 작은 창 모양으로 도림질 세공을 했으며 모서리가 날카로웠다.

"자, 숙녀 여러분." 그가 말했다. "여러분께 호소하겠습니다. 여기 있는 난로 망은 다른 경매에서라면 최저 경쟁 가격 없이 제공되지 않겠지요. 말하자면 고품질의 강철과 예스러운 디자인으로 되어 있어 일종의……." 이 부분에서 트럼불 씨는 목소리를 낮추고 약간 코맹맹이 소리를 내면서 왼쪽 손가락으로 얼굴을 쓰다듬었다. "평범한 취향과는 맞지 않을 수도 있습니다. 다만 앞으로는 이런 양식의 세공이 유행하리라고 말씀드리죠. 반 크라운이라고 하셨어요? 감사합니다. 이 특이한 난로 망이 반 크라운이라. 상류 사회에서는 고풍스러운 모양을 아주 많이 찾으신다는 특별한 정보를 알려 드리지요. 3실링이라고요. 3실링 6펜스, 높이 들어 보게나, 조셉! 숙녀 여러분, 저

고상한 디자인을 보십시오. 지난 세기에 제조되었다는 것은 의심할 바 없습니다! 4실링이라고요, 몸지 씨? 4실링."

"저건 내 응접실에 놓고 싶지 않아요." 몸지 부인이 성급한 남편에게 경고하려고 다 들리도록 말했다. "라처 부인이 놀랍기만 하네요. 저기 부딪치면 어떤 아이든 소중한 머리가 두 동강 날 텐데. 모서리가 칼날 같아요."

"맞습니다." 트럼불 씨가 재빨리 대답했다. "가죽 구두끈이나 줄을 잘라야 하는데 칼이 가까이 없을 때 칼 대신 물건을 자를 수 있는 난로 망이 옆에 있으면 매우 유용하지요. 많은 사람이 목이 매달린 채로 있었던 것은 칼이 없어서 끊고 내려올 수 없었기 때문입니다. 신사 여러분, 혹시라도 여러분이 불행히도 스스로 목을 매달게 된다면 순식간에, 놀랍도록 재빨리 줄을 끊어 여러분을 내려 줄 난로 망이 여기 있습니다. 4실링 6펜스, 5실링, 5실링 6펜스. 사주식 침대가 있고 약간 정신이 이상한 손님이 머무는 여분의 침실에 적합한 물건이지요. 6실링, 감사합니다, 클린텁 씨. 6실링입니다. 없습니까? 팔렸습니다!" 입찰하려는 몸짓에 초자연적으로 민감하게 반응하며 주위를 훑어보던 경매인은 이제 앞에 놓인 종이를 내려다보았고, 착 가라앉은 목소리로 무관심하게 신속히 처리하듯이 말했다. "클린텁 씨. 빨리 준비하게, 조셉."

"늘 농담거리가 될 난로 망이라면 6실링의 가치는 있겠지." 클린텁 씨가 나지막하게 웃으며 옆에 앉은 사람에게 변명하듯이 말했다. 그는 소심하지만 뛰어난 정원사였고, 사람들이 자신의 입찰을 어리석다고 생각할까 봐 걱정이었다.

그동안 조셉은 쟁반 가득 작은 물건들을 담아서 가져왔다. "자, 숙녀 여러분." 트럼불 씨가 물건 하나를 집어 올리며 말했다. "이 쟁반에는 대단히 희귀한 물건들이 있습니다. 응접실 탁자에 놓을 소소한 물건들이죠. 그리고 소소한 것들이 인간적 품위의 절정을 이룹니다. 소소한 물건보다 더 중요한 것은 없으니까요. (네, 래디슬로 씨, 네, 조금 있다가.) 그 쟁반을 돌리게, 조셉. 이 보석은 자세히 살펴보셔야 합니다, 숙녀 여러분. 제가 들고 있는 이것은 독창적인 고안물로 실용적인 수수께끼 그림이라고 부를 수 있겠습니다. 보시다시피 우아한 하트 모양의 상자처럼 보이고, 주머니에 넣어 다닐 수도 있지요. 그런데 다시 화려한 겹꽃처럼 보이면서 탁자에 올려놓을 장식품이 됩니다. 그리고 이제는……." 트럼불 씨는 그 꽃을 놀랍게도 하트 모양의 나뭇잎들 사이에 떨어뜨렸다. "수수께끼책이 됩니다! 아름다운 빨간색으로 수수께끼가 500개 이상 인쇄되어 있어요. 신사 여러분, 제가 좀 덜 양심적이라면 여러분이 이 희귀한 물건에 높은 값을 부르시지 않기를 바랄 겁니다. 제가 갖고 싶은 욕구를 느끼니까요. 훌륭한 수수께끼처럼 순수한 즐거움을 주고, 또 말하자면 미덕을 고양하는 것이 어디 있을까요? 그것은 저속한 언어를 막고, 남자가 세련된 여성과 교제하도록 도와줍니다. 우아한 도미노 상자와 카드 바구니 등을 빼고 이 독창적인 물건 하나만으로도 이 무더기에 높은 값을 매길 수 있습니다. 주머니에 넣고 다니면 어떤 모임에 가더라도 각별한 환영을 받을 테니까요. 4실링이라고요? 이 놀라운 수수께끼 모음집과 기타 등등을 포함해서 4실링입니다. 여기 있는 한 가지 수수께끼를 들려 드리지요. '무당벌레(lady-birds)를 잡으려면 꿀(honey)의 철자를 어떻게 써야 할까? 답은 돈(money)'입니다. 들으셨어요? 무당벌레-꿀-돈. 이런 오락은 머리가 좋아지게 해 줍니다. 여기에 가시가 있고, 소위 풍자라는 것이 있고, 외설스럽지 않은 위트가 있습니다. 4실링 6펜스, 5실링."

열렬한 경합을 벌이며 입찰이 계속되었다. 보이어 씨가 입찰하고 있었는데 너무나 분통 터지는 일이었다. 보이어는 살여유가 없었지만 다른 사람들이 나서는 것을 막고 싶었던 것이다. 그 흐름에 호록 씨도 휩쓸렸다. 하지만 입찰에 끼어들었어도 그의 무관심한 표정은 거의 달라지지 않았기에 뱀브리지 씨가 옆에서 친근하게 욕설을 내뱉지 않았더라면 그렇게 값을 부른 사람이 호록 씨였음을 알지 못했을 것이다. 뱀브리지 씨는 말 장수로서 대다수 세상 사람들에게서 기분 좋게 알아보았던 파멸 상태에 빠진 방물장수에게나 적합할 형편없는 물건으로 호록이 무엇을 할 생각인지 알고 싶었다. 그 물건 일체는 마침내 1기니에 스필킨스 씨에게 낙찰되었다. 근방에 사는 젊은 슬렌더[73]였던 그 사람은 무분별하게 돈을 쓰곤 했는데 자신이 수수께끼를 잘 기억하지 못한다고 느꼈던 것이다.

"이봐, 트럼불, 이건 너무 심하군. 자넨 노처녀들이나 간직할 쓰레기를 팔고 있잖아." 톨러 씨가 경매인에게 다가서며 말했다. "나는 그림들이 어떻게 되는지 보고 싶네. 그리고 곧 가야

---

73) 셰익스피어의 『윈저의 명랑한 아내들』에 나오는 우둔한 젊은이.

한다고."

"즉시 시작합니다, 톨러 씨. 이건 그저 여러분이 고귀한 마음으로 허락하는 자선 행위일 뿐입니다. 조셉, 빨리 그림들을 가져오게. 235번 경매 품목입니다. 자, 신사 여러분, 예술품을 감식하시는 분들은 특별한 즐거움을 맛보실 겁니다. 웰링턴 공작이 워털루 전장에서 참모들에게 둘러싸여 있는 판화입니다. 사실 우리의 위대한 영웅을 구름 속에 가린 최근의 사건들[74]이 있었지만 과감히 말씀드리자면 — 저와 같은 분야에서 일하는 사람은 정치적 회오리에 휩쓸려서는 안 되니까요 — 바로 우리 시대에 속하는 현대적인 주제, 인간에 대한 이해를 다룬 것으로 이보다 더 훌륭한 주제는 찾아볼 수 없습니다. 천사들이라면 그럴 수 있겠지요. 하지만 인간은, 신사 여러분, 인간은 그렇지 못합니다."

"누가 그린 그림이오?" 파우더렐 씨가 매우 깊은 인상을 받고 말했다.

"글자를 넣기 전에 시험 인쇄한 겁니다, 파우더렐 씨. 화가 미상입니다." 트럼불은 마지막 말에 숨을 헐떡이며 대답했고, 그런 다음 입술을 내밀고 주위를 돌아보았다.

"1파운드를 내겠소." 파우더렐 씨가 공격에 맞서는 사람처럼 결의에 찬 목소리로 말했다. 경외감 때문인지 동정심 때문인지 누구도 그가 제시한 가격을 올리지 않았다.

---

74) 웰링턴이 비국교도(1828)와 가톨릭 해방(1829)을 지지한 사건을 시사하고 있다.

톨러 씨는 그다음에 나온 네덜란드 판화 두 점에 관심을 보였고, 그것을 구매한 다음에 가 버렸다. 다른 판화들과 그다음에 나온 몇몇 그림들은 각자 특별한 마음을 먹고 왔던 미들마치의 중요 인사들에게 팔려 나갔고, 사람들이 더 활발하게 들락거렸다. 원하는 것을 구입해 떠나는 사람들도 있고, 처음 들어오거나 잔디밭의 천막 아래 차려진 음식을 먹으러 잠시 나갔다가 돌아오는 사람들도 있었다. 뱀브리지 씨는 이 천막을 사려고 마음먹었고, 자기 소유물을 미리 맛보려고 뻔질나게 들락거리며 그것을 살펴보고 싶어 했다. 마지막으로 돌아왔을 때 그가 데리고 들어온 낯선 사람이 눈에 띄었다. 트럼불 씨와 다른 이들도 전혀 알지 못하는 사람이었는데, 외모로 보아 말 장수의 친척이고 마찬가지로 "도락에 빠진" 인물일 거라고 짐작할 수 있었다. 눈에 띄는 구레나룻과 당당하게 으스대는 몸짓, 다리를 흔들며 걷는 모습이 눈에 띄었지만 다소 초라한 검은 정장 옷자락을 보면 원하는 만큼 도락에 탐닉할 수 없었으리라고 짐작이 되었다.

"자네가 데리고 온 사람은 누군가, 뱀?" 호록 씨가 귓속말로 물었다.

"직접 물어보게." 뱀브리지 씨가 대답했다. "방금 대로에서 방향을 돌려 이쪽으로 왔다더군."

호록 씨는 낯선 사람을 바라보았다. 그는 한 손에 든 지팡이에 몸을 기대고 다른 손으로 이쑤시개를 사용하고는 상황에 맞게 어쩔 수 없이 입을 다물고 분명 산만한 기색으로 주위를 돌아보고 있었다.

마침내 「엠마우스의 저녁 식사」가 나오자 윌은 큰 안도감을 느꼈다. 경매 과정이 너무나 지루한 나머지 약간 뒤로 물러서서 경매인 바로 뒤쪽 벽에 어깨를 기대고 있었다. 이제 다시 앞으로 나오자 눈에 띄는 낯선 사람이 보였다. 놀랍게도 그 사람은 그를 뚫어지게 바라보고 있었다.

"네, 래디슬로 씨, 네, 이 그림이 감식가로서 당신의 흥미를 끄는군요." 경매인은 점점 열기를 더해 가며 말했다. "이런 그림을 신사 숙녀 여러분께 보여 드리게 되어 기쁩니다. 감식력뿐 아니라 재력을 갖춘 분께는 값을 헤아릴 수 없는 그림입니다. 이탈리아 유파의 그림으로서 세상에서 가장 위대한 화가이자 이른바 옛 대가 가운데 으뜸이었던 유명한 귀도의 그림입니다. 한두 가지 면에서 우리 대부분을 뛰어넘는 경지에 이르렀고, 지금도 대다수 인간들이 알지 못하는 비밀을 알고 있었기에 저는 그분들을 대가라고 인정합니다. 신사 여러분, 저는 옛 대가들의 그림을 많이 보았는데 모두 이 수준에 이른 것은 아니라고 말씀드릴 수 있습니다. 어떤 그림들은 너무 어두워서 여러분이 좋아하지 않을 테고, 온 가족이 보기에 적합하지 않은 주제도 있습니다. 그러나 여기 귀도의 그림은 액자만으로도 몇 파운드의 가치가 있고, 어떤 숙녀라도 자랑스럽게 걸어 놓으실 수 있습니다. 자선 기관의 이른바 큰 식당에 적합한 그림이지요. 기관을 후원하시는 신사들께서 아낌없이 베풀고 싶으시다면 말입니다. 그림을 약간 돌려 볼까요? 네, 조셉, 그것을 래디슬로 씨 쪽으로 약간 돌리게. 래디슬로 씨는 외국에서 사신 경험이 있으셔서 이런 그림의 가치를 알아보시는 거죠."

그 순간 모두의 눈길이 윌을 향했고, 그는 냉정하게 "5파운
드."라고 말했다. 경매인은 거세게 항의하기 시작했다.

"아니! 래디슬로 씨, 액자만도 그 가격은 됩니다. 신사 숙녀
여러분, 도시의 명예를 위해서! 여기 이 도시의 우리 가운데에
보석 같은 그림이 있는데 미들마치의 어느 누구도 가치를 알
지 못한 것이 나중에 밝혀졌다고 해 봅시다. 5기니, 5기니 7실
링 6펜스, 5기니 10실링. 더, 숙녀분들, 더 없습니까? 이건 보
석입니다. 그리고 '많은 보석'[75]이 어느 시인이 말했듯이 명목
상의 가격에 팔려 나갔습니다. 대중의 감식력이 부족했기 때
문이라고, 그것을 보신 분들의 안목이 높지 못했기 때문이라
고 말하려고 했습니다만 아닙니다! 6파운드, 6기니, 귀도의
최고 수준의 그림이 6기니라니! 종교에 대한 모독입니다, 숙녀
분들. 이런 주제가 그렇게 낮은 가격에 팔리다니 그리스도교
인으로서 우리 모두에게 가슴 아픈 일입니다, 신사분들, 6파
운드 10실링, 7파운드……."

입찰이 활발히 진행되었다. 윌은 불스트로드 부인이 그 그
림을 몹시 갖고 싶어 한다는 것을 기억하면서 계속 값을 불렀
고, 값을 12파운드까지 올리겠다고 생각했다. 하지만 10기니
에 그에게 낙찰되었다. 그러고 나자 그는 사람들 사이를 뚫고
내닫이창으로 가서 밖으로 나갔다. 날도 덥고 목이 탔기에 천

---

75) 토머스 그레이(Thomas Gray, 1716~1771)의 시 「교회 묘지에서 쓴 만
가」에 나오는 표현이다. "고요하고 더없이 순수한 광채를 발하는 많은 보석
이/ 헤아릴 수 없이 깊고 어두운 바다의 동굴에 묻혀 있네."

막에 가서 물을 마시려고 했다. 다른 손님들은 전혀 없었다. 그는 시중드는 여자에게 찬물을 갖다 달라고 부탁했다. 그녀가 자리를 뜨기도 전에 성가시게도 그를 쳐다보던 불그레한 낯선 이가 다가오는 것이 보였다. 그 순간 윌은 개혁 문제에 대한 자신의 연설을 들었다고 한두 번 친분을 주장했던 정치판의 뻔뻔스러운 기생충 같은 사람일지 모른다고 생각했다. 새로운 소식을 알려 준다면서 1실링을 얻어 낼 속셈일 것이다. 이런 생각을 하며 바라보자 여름 날씨에는 이미 너무 더워 보이는 그 옷차림새가 더욱 불쾌하게 보였다. 윌은 정원 의자의 팔걸이에 반쯤 기대앉아 차분하게 낯선 사람에게서 시선을 돌렸다. 그러나 그것은 우리가 아는 래플스 씨에게는 전혀 문제가 되지 않았다. 그는 자기 목적에 맞는 일이라면 주저 없이 나서서 상대방이 원치 않더라도 주목하게 만들었다. 그는 한두 걸음 옮겨 윌 앞에 서서 큰 소리로 재빨리 말했다. "실례합니다, 래디슬로 씨. 어머님 성함이 사라 던커크이셨소?"

월은 깜짝 놀라 벌떡 일어서서 이마를 찡그리며 한 걸음 물러나 약간 거칠게 말했다. "네, 그렇습니다. 그런데 그게 무슨 상관입니까?"

윌의 성격상 제일 먼저 쏘아 댄 섬광은 질문에 대한 단도직입적인 대답이자 그 결과에 대한 도전이었다. 처음에 "그게 무슨 상관입니까?"라고 말했더라면 발뺌하려는 듯이, 자기 출생에 대해 누군가 아는 것을 꺼리는 듯이 보였을 것이다.

반면에 래플스는 래디슬로의 위협적인 태도에서 내비치는 충돌을 그리 바라지 않았다. 여자처럼 고운 피부에 날씬한 젊은이는 달려들려는 살쾡이처럼 보였다. 이런 상황에서는 상대의 짜증을 돋우면서 느낄 재미를 보류해야 했다.

"나쁜 뜻이 있는 건 아니오, 불쾌해하지 마시오! 그저 모친을 기억하고 있을 뿐이니까. 처녀 시절의 당신 모친을 알았었지. 그런데 당신은 부친을 닮았군. 기쁘게도 부친을 뵌 적이 있소. 부모님께서 살아 계시겠지요, 래디슬로 씨?"

"아뇨!" 윌은 똑같은 태도로 소리쳤다.

"당신에게 도움이 된다면 기쁘겠소, 래디슬로 씨. 맹세코, 그럴 거요! 다시 만나기를 바라오."

그 말을 끝으로 모자를 들어 인사하고 래플스는 몸을 돌려 다리를 가볍게 흔들며 걸어갔다. 윌은 잠시 그를 바라보았다. 남자는 경매장으로 다시 들어가지 않고 길 쪽으로 걸어가고 있었다. 남자가 계속 떠벌리도록 내버려 두지 않은 것이 어리석었다는 생각이 잠시 스쳤다. 하지만 아니! 그 부분에 대해서는 대체로 모르는 채 사는 편이 더 나았다.

하지만 그날 저녁 늦게 래플스는 길거리에서 그를 따라왔고, 이미 무례한 응대를 받았던 것을 잊었거나 용서하면서 친숙한 태도로 복수를 할 작정인 듯했다. 그는 윌에게 명랑하게 인사를 건네며 다가와 함께 걸으면서 도시와 인근 지역의 쾌적한 환경에 대한 말을 늘어놓기 시작했다. 남자가 술에 취했다고 생각하고 윌이 어떻게 떨쳐 버릴지를 궁리하고 있을 때 래플스가 말했다.

"나는 외국에 나가 본 적이 있소, 래디슬로 씨. 세상 돌아가는 것을 보았지. 협상을 좀 거들기도 했소. 당신 부친을 만난 곳은 불로뉴였소. 당신은 부친을 특이하게도 쏙 빼닮았소. 입이며 코, 눈, 머리카락이 이마를 덮고 돌아가는 것까지 부친과 똑같소. 약간 이국적인 모양으로 말이오. 존 불은 그렇게는 하지 못하지. 그런데 내가 당신 부친을 만났을 때 무척 편찮으셨소. 정말이지! 손이 투명하게 들여다보일 정도였어. 당신은 그때 아주 어린 아이였지. 부친께서는 건강해지셨소?"

"아뇨." 윌은 무뚝뚝하게 말했다.

"아! 그렇지! 모친은 어떻게 되었는지 종종 궁금했소. 젊은 아가씨였을 때 친지들에게서 달아났지. 자존심이 강한 아가씨였소. 정말이지 예쁘고. 당신 모친이 왜 달아났는지 난 그 이유를 알고 있소." 래플스는 곁눈질로 윌을 바라보며 천천히 눈을 찡긋했다.

"제 모친에 대해 불명예스러운 것을 아시는 건 아니겠지요." 윌은 다소 거칠게 그를 바라보며 말했다. 그러나 래플스 씨는 지금 윌의 달라진 태도에 반응하지 않았다.

"전혀 아니오!" 그는 머리를 단호하게 흔들며 말했다. "당신 모친은 좀 지나치게 고상한 사람이라서 자기 가족을 좋아할 수 없었던 거요. 바로 그거였소!" 이 부분에서 래플스는 다시 천천히 눈을 찡긋했다. "정말이지, 나는 그 집안에 대해 죄다 알고 있소. 약간 뭐랄까, 점잖은 도둑질이라 할 만한 일에 종사했지. 고급 장물을 취급하는 곳이었다고 할까. 누추한 변두리 가게가 아니라 최고급 일류 가게였고, 수익도 높고 실수도 전혀 없었지. 하지만 맙소사! 사라는 전혀 몰랐을 거요. 멋진 아가씨였지. 훌륭한 기숙 학교를 나왔고, 귀족의 아내감으로도 손색이 없었어. 그런데 아치 덩컨이 악랄하게 그 사실을 넌지시 알려 줬지. 그녀가 자기와 관계를 맺지 않으려 했기 때문에. 그래서 당신 모친은 모든 것에서 달아난 거요. 나는 신사다운 방식으로 그들을 찾아다녔소. 많은 수고비를 받고. 그 가족은 처음에 딸이 달아난 것을 개의치 않았소. 독실한 사람들이었지. 아주 독실했어. 그런데 당신 모친은 배우가 되었더군. 당시에는 아들이 살아 있었기 때문에 딸을 염두에 두지 않은 거였어. 아니! 블루 불에 왔군. 래디슬로 씨, 어떻소? 들어가서 한잔하는 게?"

"아뇨, 작별해야겠군요." 윌은 로윅 게이트로 이어지는 좁은 길을 뛰다시피 하며 급히 래플스에게서 벗어났다.

그는 로윅 로드에서 한참을 걸어 도시에서 멀리 벗어났다. 별이 빛나는 어둠 속이라서 다행이었다. 그는 자신을 조롱하는 요란한 아우성 속에서 오물을 뒤집어쓴 기분이었다. 그 작자의 말을 뒷받침해 주는 한 가지 사실이 있었다. 어머니는 왜 가족들에게서 달아났는지 그 이유를 절대로 말해 주지 않으려 했다.

자! 외가에 대한 진실이 더없이 추악하다면 그 자신 윌 래디슬로의 상황은 더 나빠진 것일까? 어머니는 추악함으로부터 스스로를 떼어 내기 위해 용감하게 고난에 맞섰다. 그러나 도러시아의 친지들이 이 이야기를 들었다면, 체텀 가족이 이 사실을 알았다면 자기들의 의혹을 그럴듯하게 꾸몄을 테고, 그를 그녀에게 접근하기에 적합하지 않은 인물로 단정할 근거를 얻게 되어 기뻐했을 것이다. 그러나 제멋대로 무엇을 의심하든 간에 그들은 그 생각이 틀렸음을 알게 될 것이다. 그의 핏줄에 흐르는 피는 그들의 피와 마찬가지로 비열한 오점이 없다는 것을 알게 될 것이다.

61장

서로 모순된 사물이 둘 다 옳을 수는 없지만 인간에게는 둘 다 진실이라고
여겨지네." 임락이 대답했다.

— 『라셀라스』[76]

그날 밤 불스트로드 씨가 볼일이 있어서 브래싱에 갔다가
돌아왔을 때 선량한 아내가 현관에서 그를 맞아 그의 사실로
데리고 갔다.

"니콜라스……." 그녀는 정직한 눈으로 걱정스럽게 남편을
바라보며 말했다. "아주 불쾌하게 보이는 사람이 와서 당신을
찾았어요. 그래서 몹시 불안했어요."

"어떤 사람이었소, 여보?" 불스트로드 씨는 불안한 심정으
로 그 답을 짐작하며 말했다.

"구레나룻이 있고 얼굴이 붉은 사람이었어요. 아주 염치없

---

76) 새뮤얼 존슨의 교훈적인 로맨스로 원제는 '아비시니아의 왕자 라셀라스
의 일대기'다. 임락은 작품에서 라셀라스를 따라 이집트로 여행하는 노철학
자다.

는 태도였어요. 옛날 친구라면서 당신이 자기를 만나지 못해 섭섭해할 거라고 하더군요. 그는 여기서 기다리고 싶어 했는데 내일 아침에 은행에서 당신을 만날 수 있다고 말했어요. 정말 뻔뻔스러웠어요! 나를 뚫어지게 쳐다보더니 친구 닉이 아내들을 얻는 데는 운이 좋다고 말하더군요. 블러처가 우연히 목줄을 끊고 자갈길을 달려오지 않았더라면 가지 않았을 거예요. 내가 정원에 있었거든요. 그래서 그 사람에게 '가시는 편이 좋겠어요. 저 개는 무척 사나워서 제가 말릴 수 없거든요.'라고 말했어요. 정말로 아는 사람인가요?"

"누구인지 알 것 같소." 불스트로드 씨가 평소처럼 차분한 목소리로 말했다. "예전에 내가 너무 많이 도와줬던 불운하고 방탕한 작자요. 어쨌든 당신이 그 사람에게 다시 시달릴 일은 없을 거요. 아마 은행으로 오겠지. 틀림없이 구걸하러."

이튿날 그가 시내에서 돌아와 저녁을 먹기 위해 옷을 갈아입을 때까지 그 사람에 대한 이야기는 더 이상 오가지 않았다. 남편이 집에 돌아온 것을 알지 못했던 아내는 옷방을 들여다보다가 코트와 넥타이를 벗고 한 팔을 서랍장에 기댄 채 멍하니 바닥을 응시하고 있는 그를 보았다. 그녀가 들어서자 그는 불안한 기색으로 깜짝 놀라 올려다보았다.

"몸이 몹시 불편한 모양이군요, 니콜라스. 무슨 문제라도 있어요?"

"머리가 무척 아프구려." 불스트로드 씨가 꽤 자주 아팠으므로 아내는 그가 침울한 이유를 늘 쉽게 믿었다.

"앉아요. 식초로 문질러 드릴게요."

불스트로드 씨의 몸에 식초가 필요한 것은 아니었지만 아내의 다정한 관심은 정신적인 위안을 주었다. 늘 예의 바르게 대하기는 해도 그는 남편으로서 그런 보살핌을 아내의 의무로 냉담하게 받아들이곤 했다. 그러나 오늘 그녀가 그에게 몸을 굽히고 있을 때 그는 왠지 낯선 어조로 말했다. "당신은 아주 좋은 사람이오, 해리엇." 그녀는 그 말이 왜 낯설게 들리는지 알지 못한 채 여자다운 근심으로 남편이 병에 걸렸을지 모른다는 생각을 불현듯 떠올렸다.

"혹시 골치 아픈 일이 있었어요?" 그녀가 말했다. "그 남자가 은행으로 찾아왔던가요?"

"그래요. 예상했던 대로였소. 과거에는 더 잘해 나갈 수도 있는 사람이었는데. 방탕한 술주정뱅이로 타락했더군."

"완전히 돌아간 건가요?" 불스트로드 부인이 걱정스럽게 말했다. 그러나 어떤 이유에선지 "그 사람이 당신 친구라는 말을 듣기가 몹시 불쾌했어요."라는 말은 하지 않았다. 그 순간 그녀는 과거에 남편과 관련되었던 사람들이 자기 친척들과 같은 수준이 아니었으리라는 평소의 생각을 내비치고 싶지 않았을 것이다. 남편이 과거에 맺었던 관계들에 대해서 그녀는 잘 알지 못했다. 처음에 남편은 은행에 취직했고, 그다음에는 그가 도시 사업이라고 부른 일에 종사했으며, 서른세 살이 되기 전에 재산을 모았고, 그래서 훨씬 나이가 많은 미망인과 결혼했다는 것이 그녀가 관심을 갖고 알아낸 사실의 거의 전부였다. 그 미망인은 비국교도였다. 두 번째 아내의 냉정한 판단력으로 따져 보건대 그 미망인은 첫 번째 아내에게서 흔히 볼 법한 다른 불리한 자질도 갖고 있었을 것이다. 그 밖에 그녀가 아는 사실은 불스트로드 씨가 이따금 들려준, 어린 시절 종교에 경도되어 설교자가 되려고 생각했다거나 선교와 박애주의 사업에 동참하려 했다는 이야기에서 어렴풋이 느꼈던 것뿐이었다. 그녀는 남편이 성직자가 아닌 속세인 중에서 특별히 고귀한 신앙심을 가진 사람이라고 믿었다. 그에게 정신적 감화를 받은 나머지 그녀의 마음은 진지함을 추구하게 되었고, 그가 소유한 썩어 없어질 재화는 그녀의 사회적 지위를 높여 주는 수단이 되었다. 그녀는 또한 불스트로드 씨가 해리엇 빈시를 아내로 얻은 것은 어느 모로 보아도 잘한 일이라고 생각하며 흐뭇해 했다. 미들마치의 빛 — 런던의 대로나 비국교 교회의 뜰에 비치는 것보다는 분명 훨씬 나은 빛 — 에 비춰 보면 그녀의 집안은 흠잡을 구석이 한 군데도 없었다. 개화하지 않은 시골 사람들은 런던을 불신했고, 진정한 신앙심이 있으면 어디에서나 구원을 얻겠지만 정직한 불스트로드 부인은 교회에서 구원을 받는 것이 더 훌륭하다고 믿었다. 그녀는 남편이 런던의 비국교도였었다는 사실을 다른 사람들에게 인정하지 않으려 했고, 심지어 남편과 이야기할 때도 그 사실을 묵살하려 했다. 그는 이를 잘 알고 있었다. 사실 어떤 면에서는 이 정직한 아내를 다소 두려워했다. 그녀의 모방적인 신앙심과 세속적 천성은 둘 다 똑같이 진심이었기에 부끄러울 것이 전혀 없었고, 그는 순전히 좋아하는 마음에서 그녀와 결혼했으며 그 마음은 지금도 남아 있었다. 그러나 그는 남들이 인정하는 자신의 패권을 유지하기 위해 노심초사하는 사람들처럼 두려움을 느꼈다. 진실에 대한 적대감으로 그를 미워하지 않는 사람들과 아내에게서 존경을 받지 못하게 된다면 죽음의 시작으로 여겨질 것이다. 그녀가 "완전히 돌아간 건가요?"라고 물었을 때 그는 "아, 그래요, 그렇다고 믿소."라고 되도록 차분하고 무심하게 보이려고 애쓰며 대답했다.

하지만 사실 불스트로드 씨는 그렇게 차분히 믿을 수 있는 상태가 아니었다. 은행에서 만났을 때 래플스는 상대를 괴롭히려는 욕구가 어떤 탐욕보다도 강렬하다는 것을 적나라하게 드러냈다. 그는 미들마치를 둘러보고 이 지역이 살기에 적합한 곳인지를 알아보러 일부러 왔다고 까놓고 말했다. 갚을 빚이 예상보다 더 많기는 했지만 200파운드가 다 떨어진 것은 아니었다. 에누리 없이 25파운드만 더 있으면 당분간은 돌아갈 노자로 충분할 것이다. 그는 무엇보다도 친구 닉과 그 가족을 만나고, 자기가 대단히 좋아하는 그 친구가 얼마나 잘사는지 보고 싶었다. 머지않아 다시 돌아와서 더 오래 머물 작정이었다. 이번에 래플스는 그의 표현으로는 "구내에서 전송"받기를 거부했고, 불스트로드의 감시하에 미들마치를 떠나기를 거절했다. 그는 이튿날 역마차를 타고 떠날 생각이었다. 그럴 마음이 내키면 말이다.

불스트로드는 무력하기 그지없는 심정이었다. 위협해도 달래도 전혀 소용이 없었다. 지속적인 두려움도 어떤 약속도 믿을 수 없었다. 오히려 오래지 않아 래플스가 ― 하느님의 섭리로 인해 죽음이 그를 가로막지 않는다면 ― 틀림없이 미들마치에 돌아올 거라는 가슴이 서늘해지는 확신을 느꼈다. 그 확신은 공포와 다름없었다.

불스트로드가 법적 처벌을 받거나 거지가 될 위험에 처한 것은 아니었다. 다만 과거의 어떤 사실이 폭로되어 이웃에게 비판받고 아내가 슬프게도 알게 될 위험에 처한 것이었다. 그 사실은 그를 조롱거리로 만들고, 그가 애써 자신과 결부시켜 온 종교에 먹칠을 할 것이다. 비판받으리라는 두려움은 기억을 생생하게 일깨운다. 그 두려움은 오랫동안 돌아보지 않았던 과거, 그저 일반적인 구절로 회상하곤 했던 과거에 어쩔 수 없이 눈부신 섬광을 비춘다. 기억이 없더라도 인생은 성장과 쇠퇴에서 인과의 끈에 의해 하나로 엮인다. 그러나 강렬한 기억은 인간으로 하여금 질책받을 만한 과거를 고백하게 한다. 다시 터진 상처처럼 기억이 따끔거리기 시작할 때 인간의 과거는 그저 죽은 역사가 아니라 현재의 옛 기반이다. 그것은 이미 회개하여 삶에서 떨어져 나간 과오가 아니라 여전히 떨고 있는 자신의 일부이고, 전율과 쓰라린 맛, 상응하는 수치심의 따끔거리는 통증을 일으킨다.

이제 불스트로드의 과거가 이 두 번째 삶에 떠오르자 즐거움이 사라진 것 같았다. 회상과 공포가 괴이한 현재에 뒤섞인 짧은 수면 시간을 제외하면 밤낮으로 조금도 중단 없이 그는 과거의 여러 장면이 자신과 그 밖의 모든 것 사이로 비집고 들어오는 것을 느꼈다. 불이 켜진 방에서 창문을 통해 바깥을 내다볼 때 유리창이나 나무들이 아니라 등 뒤에 있는 사물이 여전히 눈앞에 있는 듯 그 장면들은 끈질기게 어른거렸다. 안팎에서 일어난 연속적인 사건들이 거기 한눈에 볼 수 있게 펼쳐져 있었다. 각각의 사건들을 차례로 심사숙고할 수 있겠지만 나머지 사건들도 계속해서 의식을 움켜쥐고 놓지 않았다.

다시 한번 그는 젊은 은행원이었던 자기 모습을 보았다. 보기 좋은 외모에 숫자를 다루는 데 능숙하고 언변이 유창할뿐더러 신학 해설을 좋아하는 젊은이였다. 하이버리의 칼뱅주의 교회에 다니는 아직 젊지만 특출한 신자였던 그는 특별한 체험을 통해서 죄를 확신하고 면죄를 이해했다. 또다시 그는 기도 모임과 교회 설교단에서 연설하거나 개인 가정에서 설교할 때 그를 불스트로드 형제라고 부르던 소리를 들었다. 성직이 소명일지 모른다고 생각하던 마음을 다시 느꼈고, 선교 활동에 종사하려던 의지를 느꼈다. 그때가 일생에서 가장 행복한 시기였다. 지금 선택할 수 있다면 그 시절에 깨어나 나머지는 꿈이었음을 알게 되면 좋을 것이다. 불스트로드 형제를 뛰어난 인물로 여긴 사람들은 소수에 불과했지만 아주 가깝게 지내면서 그의 만족감을 더욱 부추겨 주었다. 그의 능력은 좁은 공간에서 뻗어 나갔지만 그는 그 효과를 더욱 강렬하게 느꼈다. 그는 자기 내면에 작용하는 신의 특별한 은총을, 신이 자신을 특별한 도구로 쓰려 하신다는 징후를 순순히 믿었다.

그러고 나서 전환의 순간이 다가왔다. 상업 자선 학교에서 교육받은 고아였던 그는 신도 가운데 가장 부유한 던커크 씨의 멋진 교외 주택에 초대받았을 때 품격이 높아졌다고 느꼈다. 곧 저택 식구들과 가깝게 지내게 되었고, 그의 신앙심으로 인해 그 아내의 존경을 받았으며, 그의 능력으로 인해 남편에게 주목을 받았다. 던커크 씨는 런던과 웨스트엔드에서 번창

하던 장사로 돈을 벌어들였다. 여기서 불스트로드의 야심에 새로운 흐름이 밀려들었고, 하느님의 '도구'로서 그의 앞날을 탁월한 종교적 재능과 성공적인 사업을 결합하는 쪽으로 이끌어 갔다.

이윽고 하느님의 인도하심이 명확히 드러났다. 신임을 받던 하급 동료가 죽자 사장은 큰 타격으로 느꼈던 빈자리를 채우는 데 젊은 친구 불스트로드만큼 적합한 사람이 없다고 느꼈다. 그가 비밀 회계원이 되기로 동의한다면 말이다. 제안은 수락되었다. 그 사업은 전당포였는데 규모나 수익에서 엄청났다. 사업에 들어선 지 얼마 되지 않아 불스트로드는 막대한 이윤을 낼 한 가지 방법은 제공된 물건의 출처를 엄격하게 묻지 않고 너그럽게 받아들이는 것임을 알게 되었다. 그러나 웨스트엔드에도 분점이 있었고, 수치스러운 일을 암시할 비열하거나 음침한 구석은 전혀 없었다.

그는 처음에 몸을 사렸던 순간들을 떠올렸다. 그 내밀한 순간들은 논쟁으로 채워졌고, 때로 기도로 채워지기도 했다. 사업은 오랜 뿌리를 갖고 확고히 자리 잡혀 있었다. 싸구려 술집을 새로 내는 것과 오래된 술집에서 투자금을 받는 것은 전혀 다른 문제가 아닌가? 타락한 영혼들로부터 얻는 수익. ─ 선은 어디에 그을 것인가? 인간적인 거래는 어디에서 시작되는가? 하느님이 선택된 자들을 구원하시는 방식도 그런 것이 아니었던가? "당신은 아십니다." 당시 젊은 불스트로드는 이렇게 말했었다. 지금 늙은 불스트로드가 "당신은 제 영혼이 이런 것들에 사로잡히지 않았으며, 제가 황야의 여기저기에서 구한 모든 것을 당신의 정원을 경작하기 위한 도구로 여기고 있음을 아십니다."라고 말하듯이.

이와 관련된 비유나 선례는 부족하지 않았고 특별한 영적 경험도 부족하지 않아서 마침내 자기 자리를 계속 유지하는 것이야말로 하느님이 그에게 요구하는 봉사로 보이게 되었다. 큰 재산을 얻을 전망이 이미 눈앞에 펼쳐져 있었고, 불스트로드의 망설임은 은밀한 비밀로 남았다. 던커크 씨는 조금이라도 망설임이 있으리라고는 예상하지 않았다. 장사가 구원의 계획과 관련이 있으리라고 생각해 본 적이 없었던 것이다. 사실 불스트로드는 자신이 서로 다른 두 가지 삶을 살아가고 있음을 알게 되었다. 종교 활동이 사업과 상충하지 않는다고 느끼도록 스스로를 설득하자 그것은 양립할 수 있었다.

정신적으로 다시 그 과거에 둘러싸여 불스트로드는 똑같은 것을 간청했다. ── 실은 지난 세월이 그 간청을 끊임없이 자아내어 커다란 거미집처럼 복잡하고 두껍게 만들어서 도덕적 감수성을 덧대었다. 아니 나이가 들면서 이기심은 더욱 왕성해졌지만 즐거움은 더욱 줄었으므로 그의 영혼은 하느님을 위해서 모든 일을 했고 자신에게는 그 일이 아무래도 상관없다는 믿음에 흠뻑 젖어 들었다. 그렇지만…… 만일 젊고 가난했던 머나먼 시절로 되돌아갈 수 있다면…… 아, 그렇다면 그는 선교사가 되기를 선택할 것이다.

그러나 그가 스스로를 가둔 대의명분의 고리는 계속 이어졌다. 하이버리의 멋진 주택에 문제가 생겼던 것이다. 몇 년 전에 외동딸이 달아나 부모에게 반항하고 배우가 되었다. 그런데 이제 외동아들이 죽었고, 얼마 지나지 않아 던커크 씨도 죽었다. 소박하고 경건한 아내는 엄청난 사업의 안팎에서 모든 유산을 물려받았는데 그 사업의 내막을 잘 알지 못했다. 그녀는 불스트로드를 신뢰해 왔고, 여자들이 종종 목사나 '인간이 만든'[77] 성직자를 흠모하듯이 순진하게 그를 흠모했다. 얼마 후 그들이 결혼을 생각하게 된 것은 자연스러운 일이었다. 하지만 던커크 부인은 오래전에 하느님과 부모를 모두 저버렸다고 생각했던 딸에 대한 걱정과 그리움을 느꼈다. 딸이 결혼했다는 소문은 들었지만 완전히 종적을 감추었다. 어머니는 아들을 잃었으므로 손자를 마음에 그렸고, 그래서 두 가지 의도에서 딸을 되찾고 싶어 했다. 딸을 찾는다면 재산을 나눠 줄 방법이 있을 테고, 손자 여러 명에게도 넉넉히 물려줄 수 있을 것이다. 던커크 부인은 재혼하기 전에 딸을 찾아보려 했다. 불스트로드는 동의했다. 그러나 광고를 내고 여러 방법으로 수소문해 본 후에 어머니는 딸을 찾을 수 없다고 믿고 재산에 대한 유보 조항 없이 결혼하기로 동의했다.

실은 딸이 발견되었다. 다만 그 사실을 아는 것은 불스트로드 외에 단 한 사람뿐이었고, 그는 비밀을 지키고 멀리 떠난다는 조건으로 돈을 받았다.

이것이 적나라한 사실이었고, 이제 불스트로드는 구경꾼들이 융통성 없이 어떤 행위의 골자만 바라보듯이 그것을 보아야 했다. 그러나 오래전 그에게는 지금 불타는 듯한 기억에서

도 그렇듯이 그 사실은 작은 연속적 사건들로 나뉘었고, 각각의 사건이 일어날 때마다 도덕적으로 옳다고 입증하는 듯한 추론으로 정당화되었다. 그때까지 걸어온 길이 놀라운 은총으로 신의 승인을 받았다고 불스트로드는 생각했다. 그 은총은 그가 많은 재산을 최선의 방법으로 사용하고, 그것이 악용되지 못하도록 거둬들이는 대리인이 되는 길을 가리키는 것 같았다. 여러 죽음과 한 여성의 신뢰처럼 신의 섭리를 두드러지게 드러내는 사건들이 일어났다. 불스트로드는 크롬웰의 말[78]을 인용할 수도 있었으리라. "이것이 한낱 우연한 사건에 불과하다는 겁니까? 주님께서 당신을 가엾이 여기시기를!" 사건들은 비교적 사소했지만 그 본질적 조건은 동일했다. 즉 그의 목적에 유리하다는 것이었다. 자신에 대한 하느님의 의도가 무엇인지를 자문함으로써 그는 다른 사람들에게 무엇을 주어야 하는지를 쉽게 결정할 수 있었다. 이 재산의 상당 부분이 젊은 여자와 그 남편에게 넘어가는 것이 과연 하느님께 봉사하는 일이 될까? 더없이 경박한 일에 빠져 있고, 재산을 시시한 데 흩뿌릴 것이며, 놀라운 은총의 길에서 벗어나 있는 사람들에게? 불스트로드가 미리 "딸을 못 찾게 하겠어."라고 속으로 말한 적은 한 번도 없었다. 그럼에도 결정적인 순간이 왔을 때 그녀의 존재를 숨겼다. 그리고 다른 순간들이 이어졌을 때 그는 그 불행한 젊은 여자가 살아 있지 않을 거라고 어머니를 위로했다.

불스트로드가 자기 행동이 옳지 않았다고 느낀 시간들도

---

78) 크롬웰이 에든버러성의 사령관에게 보낸 편지. 1650년 9월 12일.

있었다. 하지만 어떻게 되돌아가겠는가? 그는 마음속으로 번민했고, 스스로를 무가치한 존재라고 불렀고, 보속을 얻었고, 계속해서 하느님의 도구가 되는 길로 나아갔다. 그리고 오 년이 지나자 그의 길을 확장하려고 죽음이 다시 찾아와서 아내를 앗아 갔다. 그는 차차 자본을 회수했지만 사업을 청산하는 데 필요한 희생은 치르지 않았다. 사업은 그 후에도 십삼 년이나 계속되다가 결국 망하고 말았다. 그동안 니콜라스 불스트로드는 수십만 파운드를 신중하게 굴려 왔고, 확고한 터전을 잡은 지방의 중요 인사로서 은행가이자 영국 국교도이고 공공의 후원자가 되었다. 또한 장사에도 익명 동업자로 관여해 빈시 씨의 실크를 못쓰게 만든 염료 공장에서 그랬듯이 원자재를 효율적으로 다루는 부문에서 능력을 발휘했다. 이제 이 대단한 사회적 지위가 삼십 년 가까이 흔들리지 않고 유지되어 온 마당에, 과거의 모든 일이 마비된 채 오랫동안 의식 속에 침잠해 있었을 때, 그 과거가 솟아올라 그의 생각을 흡수해 버린 것이다. 마치 병약한 존재에게 버거운 짐을 지울 새로운 의식이 무섭게 난입한 듯이.

한편 그는 래플스와 이야기를 나누다가 중대한 사실을 알게 되었는데 그것이 갈망과 공포 사이의 갈등에 적극적으로 끼어들었다. 거기에는 정신적 구원을 향해, 어쩌면 물질적 구원을 향해 나아갈 기회가 있으리라고 그는 생각했다.

그는 진정으로 정신적 구원을 갈망했다. 세상을 속이려고 의도적으로 신앙심이나 감정을 꾸며 내는 야비한 위선자들이 있지만 불스트로드는 그런 사람이 아니었다. 그는 다만 이론적인 믿음보다 욕망이 더 강한 사람이었고, 자기 욕망의 충족이 그 믿음에 만족스럽게 들어맞도록 차차 설명해 나갔을 뿐이었다. 만일 이것이 위선이라면 이 과정은 우리 모두에게서 이따금 드러난다. 우리가 어떤 신앙을 고백하든, 인류가 미래에 완벽해질 거라고 믿든 혹은 가까운 시일 내에 세계 종말이 정해졌다고 믿든. 지구가 우리를 포함해서 구조된 잔존물들을 부패시키는 병균의 온상이라고 간주하든 아니면 인류의 유대를 열렬히 믿든 간에 말이다.

불스트로드는 평생 종교적 대의를 위한 봉사를 기반으로 자기 행동을 선택해 왔다고 스스로에게 주장했다. 그는 기도할 때 이 심리적 동기에 대해서 토로했다. 자기보다 돈과 지위를 더 잘 이용할 사람이 어디 있겠는가? 스스로를 혐오하면서 하느님의 대의를 드높이는 데 자신을 능가할 사람이 누가 있겠는가? 그리고 불스트로드 씨에게 하느님의 대의란 자신의 정직한 행위와는 다른 것이었다. 그것은 하느님의 적들을 차별할 것을 요구했다. 그 적들은 단순한 도구로 사용되어야 하고, 가능하면 돈과 그 영향력이 그들의 손에 들어가지 못하도록 막는 편이 나았다. 또한 이 세상의 지배자의 능력이 가장 적극적인 책략을 보여 준 사업에서 유익한 투자는 하느님의 하인 손으로 그 이익을 올바르게 이용할 때 축성되었다.

이런 맹목적 추론은 기본적으로 복음주의 신앙에만 특유한 것이 아니고, 편협한 동기를 광의적인 말로 포장하는 것이 영국인들에게만 특유한 일이 아닌 것과 마찬가지다. 어떠한 일반적 교리도 각각의 인간들과 직접 동류의식을 나누는 뿌리 깊은 습관으로 억제되지 않는다면 우리의 도덕성을 잠식해 버릴 수 있다.

그러나 자신의 탐욕이 아닌 다른 것을 믿는 사람이라면 반드시 양심이나 어떤 기준이 있어야 하고 그것에 자신을 어느 정도 맞춰야 한다. 불스트로드의 기준은 하느님의 대의에 자신이 쓰일 수 있는가였다. "저는 죄인이고 무가치한 존재입니다. ── 쓰임으로써 축성될 그릇에 불과합니다. ── 그러나 부디 저를 써 주십시오!" 그는 이 틀에 지배적인 중요 인사가 되려는 엄청난 욕구를 억지로 집어넣었다. 그런데 이제 그 틀이 깨지고 완전히 폐기될 위험에 처한 듯한 순간이 다가온 것이다.

자신을 신의 영광을 위한 더 강력한 도구로 만들어 주었기 때문에 그가 감수한 행위들이 만일 비웃음거리가 되고 신의 영광을 훼손한다면? 만일 이것이 하느님의 판결이라면 그는 부정한 제물을 바친 사람처럼 사원에서 쫓겨난 것이다.

그는 오랫동안 참회의 말을 토해 왔다. 그러나 오늘 토해 낸 참회는 더욱 쓰라렸고, 위협적인 하느님은 한낱 교리상의 거래가 아닌 일종의 속죄를 촉구했다. 신의 법정은 그에게 양상이 달라져 있었다. 엎드려 통회하는 것으로는 충분치 않았고, 그의 손으로 배상을 가져와야 한다. 실제로 신 앞에서 불스트로드는 가능한 배상을 시도하려고 했다. 엄청난 공포가 민감한 육체를 움켜잡았고, 살을 태울 듯이 뜨거운 수치심이 내면에서 새로운 정신적 욕구를 일으켰다. 밤낮으로 위협적인 과거가 되살아나 내면의 양심을 일깨우는 동안 그는 어떤 방법으로 평온과 신뢰를 되찾을지 생각했다. 어떤 희생을 치러야 떨어지는 회초리를 멈출까. 이 공포의 순간에 그는 자발적으로 옳은 일을 하면 하느님이 악행의 결과에서 자신을 구해 주실 거라고 믿었다. 신앙이란 그것을 채운 감정이 변할 때만 달라질 수 있고, 사적 두려움으로 채워진 신앙은 야만인의 수준에서 벗어나지 못한다.

불스트로드는 래플스가 브래싱의 역마차를 타고 실제로 떠나는 것을 보았고 그것은 일시적인 위안이었다. 임박한 공포의 압박은 덜었지만 정신적 갈등과 보호를 받으려는 욕구는 끝나지 않았다. 마침내 그는 어려운 결정에 이르렀고, 윌 래디슬로에게 사적인 면담을 위해 그날 저녁 9시에 슈럽스로 와 달라고 청하는 편지를 썼다. 그 요청에 윌은 특별히 놀라지 않았고,《개척자》에 관한 새로운 의견이 있기 때문일 거라고 생각했다. 그러나 불스트로드 씨의 사실에 들어섰을 때 은행가의 얼굴에서 극히 지친 모습을 보고는 깜짝 놀랐다. "어디 편찮으신가요?"라고 물으려다가 그렇게 갑작스러운 질문을 억누르고 다만 불스트로드 부인의 안부와 그녀를 위해 구입한 그림에 만족해했는지 물었다.

"고맙소. 아내가 무척 좋아했소. 오늘 저녁에는 딸들과 함께 외출했소. 내가 와 달라고 청한 것은, 래디슬로 씨, 대단히 사적인 이야기를 하기 위해서요. — 실은 종교적으로 비밀스러운 성격의 이야기를 하고 싶소. 아마도 과거에 당신의 삶과 내 삶을 연결할 중요한 인연이 있었다는 것을 꿈에도 상상하지 않았으리라 믿소."

윌은 전기 충격을 받은 기분이었다. 그는 과거의 인연이라는 말에 이미 극도로 민감한 상태인 데다 아직 흥분이 가라앉지 않았던 것이다. 불길한 예감이 떠올랐다. 혼란스럽게 변화하는 꿈 같았다. ─ 그 뻔뻔스럽고 우쭐대던 이방인이 시작한 행동을 흐리멍덩한 눈에 병자처럼 보이는 이 유력 인사가 이어받은 것 같았다. 신사의 나지막한 목소리와 구변 좋게 격식을 차린 말들은 이 순간 그와 대조되는 기억 못지않게 혐오스러웠다. 그의 얼굴빛이 확 달라졌다.

"네, 전혀 없습니다."

"당신이 눈앞에서 보고 있는 사람은 깊은 고통을 받고 있소, 래디슬로 씨. 내 양심이 촉구하지 않았더라면, 내가 인간의 눈으로 보시지 않는[79] 그분의 법정에 서 있음을 알지 못했다면 나는 당신을 오늘 밤에 여기 오도록 청했을 때 의도했던 숨김없이 털어놓겠다는 충동을 느끼지 않았을 거요. 인간의 법으로는 당신은 내게 아무 권리도 없소."

윌은 의아하기보다 불편한 심정이었다. 불스트로드 씨는 말을 멈추고 한쪽 손에 머리를 기대고 바닥을 바라보았다. 그러더니 이제 살피려는 시선으로 윌을 똑바로 쳐다보며 말했다.

"당신 모친의 이름이 사라 던커크이고 친지들에게서 달아나서 배우가 되었다고 들었소. 또 당신 부친이 한때 질병으로 무척 쇠약해졌다고. 이 진술을 확인해 줄 수 있는지 요청해도 되겠소?"

"네, 모두 사실입니다." 윌은 은행가가 조금 전에 내비친 이

---

79) 「사무엘서」 상, 16장 7절.

야기의 준비 단계로 여길 만한 질문들이 나온 순서에 놀라서 대답했다. 하지만 불스트로드 씨는 오늘 밤에 자기 감정의 순서를 따르고 있었다. 그는 배상의 기회가 왔음을 의심하지 않았고, 응징을 면할 수 있도록 참회를 표현하려는 충동에 압도되어 있었다.

"모친의 가족에 대해서 구체적으로 알고 있소?" 그가 말을 이었다.

"아뇨, 어머니께서는 가족에 대한 이야기를 싫어하셨습니다. 어머니는 매우 관대하고 명예로운 분이셨어요." 윌은 거의 화를 내듯이 말했다.

"나는 당신 모친에 대해 부정적인 주장을 할 생각이 없소. 모친은 어머니에 대해서 한 번도 언급한 적이 없었소?"

"어머니께서 집에서 달아나신 이유를 그 모친께서 모르실 거라고 말씀하신 적이 있습니다. 동정하시듯이 '가엾은 어머니'라고 하시더군요."

"그 어머니는 내 아내가 되었소." 불스트로드가 말하고는 잠시 멈추었다가 덧붙였다. "당신은 내게 권리를 주장할 수 있소, 래디슬로 씨. 이미 말했듯이 법적인 권리는 아니지만 내 양심이 인정하는 권리요. 그 결혼으로 나는 부자가 되었소. 만일 당신 외할머니가 딸을 찾을 수 있었더라면 그런 일은 아마 일어나지 않았을 거요. 분명 같은 정도로는 아니었겠지. 그 딸이 이제 생존해 있지 않다고 들었소."

"그렇습니다." 윌은 너무나 강렬하게 솟구치는 의심과 혐오를 느꼈기에 자기도 모르게 바닥에서 모자를 집어 들고 일어섰다. 방금 밝혀진 인척 관계를 거부하려는 충동이 일었다.

"제발 앉으시오, 래디슬로 씨." 불스트로드가 불안하게 말했다. "물론 당신은 이렇게 갑자기 밝혀진 사실에 무척 놀랐을 거요. 하지만 내면의 시련으로 이미 기가 꺾인 사람에게 참을성을 가져 달라고 부탁하겠소."

윌은 이렇게 스스로를 비하하는 연로한 사람에게 약간 경멸이 섞인 연민을 느끼며 다시 앉았다.

"나는 당신 모친이 박탈당한 것에 대해 보상하고 싶소, 래디슬로 씨. 당신에게 재산이 없다는 것을 알고 있소. 그래서 만일 당신 조모께서 모친의 존재를 확신하고 찾아낼 수 있었더라면 이미 당신의 몫이었을 재산에서 적절한 금액을 제공하고 싶소."

불스트로드 씨는 말을 멈추었다. 그는 지금 자신의 제안이 듣는 사람에게 대단히 양심적인 행위로 평가될 것이며, 하느님의 눈에는 참회의 행동으로 비칠 거라고 느꼈다. 그는 윌 래디슬로의 마음 상태를 전혀 읽지 못했다. 그 마음은 래플스의 명확한 암시로 인해 이미 깊은 상처를 받았고, 의미를 간파하는 데 타고난 영리함은 기꺼이 어둠 속으로 돌려보내고 싶은 사실을 발견하리라 예상하면서 날카로워져 있었다. 윌은 몇 분간 대답하지 않았다. 말을 마친 후 바닥을 내려다보던 불스트로드 씨는 이제 눈을 들어 살피는 시선으로 윌을 바라보았다. 윌은 정면으로 그 시선을 마주하며 말했다.

"불스트로드 씨께서는 제 어머니의 존재를 알고 계셨고, 어디서 어머니를 찾을지 아셨을 거라고 생각합니다."

불스트로드는 움찔했고, 얼굴과 손이 눈에 보일 정도로 떨리고 있었다. 그는 자기 제안이 이런 반응에 직면하리라든가 혹은 자신이 필요하다고 미리 정했던 것 이상을 밝히도록 압박을 받으리라고는 예상하지 못했다. 그러나 그 순간에 감히 거짓말을 할 수는 없었다. 조금 전만 하더라도 어느 정도 자신감을 갖고 밟았던 지반이 갑자기 불안하게 느껴졌다.

"당신의 추측이 옳다는 것을 부정하지 않겠소." 그는 떨리는 목소리로 대답했다. "그리고 나를 통해 손실을 입은, 지금 남아 있는 유일한 사람인 당신에게 보상하고 싶소. 내 목적에 동참해 주리라 믿소, 래디슬로 씨. 내 목적은 단순한 인간의 권리 주장보다 더 높은 것에 관련되어 있고, 이미 말했듯이 법적 강제력과는 전적으로 무관하오. 나는 내 자산과 가족의 장래 기대를 줄여 내 생전에는 당신에게 매년 500파운드를 지급하고 내가 사망할 때 그에 상당하는 자산을 남기겠다고 약속할 용의가 있소. 아니, 당신이 바람직한 계획을 실행하는 데 꼭 필요하다면 더 많이 지급하겠소." 불스트로드 씨는 이런 말이 래디슬로에게 강력한 영향을 미칠 테고, 고맙게 받아들이려는 마음에 다른 감정들이 용해될 거라고 기대하면서 구체적인 이야기로 나아갔다.

그러나 윌은 입술을 내밀고 손가락들을 옆 주머니에 밀어넣은 채 더없이 완강한 표정을 짓고 있었다. 그는 전혀 영향을 받지 않고 확고한 목소리로 말했다.

"그 제안에 대한 답변을 드리기 전에, 불스트로드 씨, 한두 가지 질문에 답해 주시기를 청합니다. 불스트로드 씨께서는 지금 말씀하신 재산을 처음에 일군 그 사업과 관련이 있으셨습니까?"

'래플스가 벌써 말했군.'이라고 불스트로드는 생각했다. 이 질문을 끌어낸 이야기를 자발적으로 꺼낸 마당에 어떻게 대답하지 않겠는가? 그는 대답했다. "그렇소."

"그러면 그 사업은 순전히 수치스러운 것이었습니까? 아니면 그렇지 않았습니까? 아니, 그 성격이 공공연히 알려진다면 거기 관련된 사람들이 도둑이나 죄인으로 분류될 만한 것이었습니까?"

윌의 어조는 모질고 가차 없었다. 그는 가급적 노골적으로 질문을 제기할 생각이었다.

불스트로드의 얼굴은 억누를 수 없는 분노로 붉어졌다. 그는 자기 비하의 장면을 연출할 준비가 되어 있지만, 자신이 혜택을 베풀려는 이 젊은이가 심판관 같은 기세로 반격하자 강한 자존심과 지배권을 행사하려는 습성이 되살아나 회개하려는 마음과 두려움마저 압도했다.

"사업은 내가 관련되기 이전에 이미 확고한 기반이 잡혀 있었소. 또한 이런 종류의 심문은 당신이 제기할 수 있는 것이 아니오." 그는 목소리를 높이지 않았지만 재빨리 도전적으로 말했다.

"아뇨, 할 수 있습니다." 윌이 모자를 들고 다시 일어서면서 말했다. "저는 불스트로드 씨와 거래하고 돈을 받을지를 결정할 때 당연히 이런 질문을 제기해야 합니다. 오점 없는 명예가 제게는 중요하니까요. 제 출생과 인척 관계에 오점이 없는 것은 제게 중요한 문제입니다. 그런데 이제 보니 제가 피할 수 없는 오점이 있었군요. 제 모친은 그것을 느끼셨고 되도록 거기서 벗어나려 하셨고요. 저도 그렇게 하겠습니다. 부정하게 얻은 돈을 계속 간직하십시오. 제게 돈이 조금이라도 있다면 불스트로드 씨께서 제게 들려주신 이야기가 다 거짓이라고 증명해 줄 사람에게 기꺼이 그 돈을 주겠습니다. 제가 불스트로드 씨께 감사드릴 것은 그 돈을 지금껏 간직해 오셨다는 겁니다. 이제 그걸 거절할 수 있으니까요. 어떤 사람이 신사인지는 그의 자아에 달렸겠지요. 안녕히 계십시오."

불스트로드가 말을 하려 했지만 윌은 단호하게 재빨리 나가 버렸고, 다음 순간에 그의 등 뒤에서 현관문이 닫혔다. 윌은 어쩔 수 없이 알게 된 물려받은 오점에 대한 격렬한 반발감에 지나치게 사로잡혀 있었다. 그래서 불스트로드에게 너무 가혹하게 말한 것은 아니었는지, 시간이 너무 많이 흘러서 애써 봤자 부질없는 시점에 보상하려고 애쓰는 예순 살이나 된 사람에게 너무 오만하게도 무자비한 것은 아니었는지 지금은 되돌아볼 수 없었다.

제삼자가 이 이야기를 들었더라면 윌의 충동적인 거절이나 가혹한 말을 속속들이 이해하기 어려웠을 것이다. 그에게 자존감과 관련된 것은 모두 도러시아와의 관계에, 그리고 자신에 대한 캐소본 씨의 처우에 직접 관련된다는 것을 그를 제외하고는 아무도 알지 못했다. 불스트로드의 제안을 내팽개쳤을 때 분출한 충동에는 그 제안을 받아들였다고 도러시아에게 도저히 말할 수 없으리라는 생각도 섞여 있었다.

불스트로드에 대해 말하자면 윌이 가 버렸을 때 그의 몸은 격렬한 반응을 일으켰고, 여자처럼 흐느껴 울었다. 래플스보다 더 나은 사람에게서 노골적인 조롱을 받기는 이번이 처음이었다. 그 조롱이 몸속에 독처럼 재빨리 퍼져 나가면서 위안을 얻을 감정은 남아 있지 않았다. 그러나 눈물 흘리며 마음을 달래는 것을 억눌러야 했다. 오래지 않아 아내와 딸들이 어느 동양 선교사의 강연을 듣고 집에 돌아와 무엇보다도 아빠가 흥미로운 이야기를 듣지 못한 것을 유감스러워하면서 그 이야기를 들려주려 했던 것이다.

어쩌면 그에게 숨어 있는 여러 생각 중에서 가장 다행스럽게 여겨졌던 것은 윌 래디슬로가 그날 저녁에 일어난 일을 적어도 다른 사람들에게 알리지 않으리라는 짐작이었다.

62장

그는 헝가리 국왕의 딸을 사랑한
신분 낮은 향사였네.

— 옛 로맨스

이제 윌 래디슬로는 도러시아를 다시 만나고 즉시 미들마치를 떠나야겠다고 단단히 결심했다. 마음을 뒤흔든 불스트로드와의 만남이 있고 나서 이튿날 그는 도러시아에게 짧은 편지를 썼다. 여러 가지 이유가 있어 예상보다 더 오래 머무르게 되었다고 말하고, 이제 떠나려 하지만 그녀가 만남을 허락해 준 다음에야 떠날 생각이므로 되도록 이른 시일 내에 그녀가 정한 시간에 로윅을 방문할 수 있도록 허락해 달라고 요청했다. 그는 편지를 사무실에 두고 로윅 매너에 사람을 보내 편지를 전하고 답장을 받아 오도록 지시했다.

래디슬로는 마지막 작별 인사를 다시 청하는 것이 어색하다고 느꼈다. 예전에 제임스 체텀 경이 듣는 데서 이미 인사를 나누었고, 집사에게도 마지막이라고 알려 주었으니까. 다시 나타날 거라고 누구도 예상하지 않을 때 다시 나타나면 사람의 품위가 확실히 손상된다. 첫 번째 작별 인사에는 비애감이 있지만, 두 번째로 작별 인사를 하러 가면 희극이 시작된다. 윌이 좀처럼 떠나지 못하는 이유에 대해서도 신랄한 조롱이 떠돌고 있을지 모른다. 그렇지만 우연히 마주치는 느낌을 줄 방법을 모색하기보다 도러시아를 만나는 직접적인 방법을 택하는 편이 전반적으로 더 만족스러웠고, 그 만남을 진지하게 바란다는 것을 그녀에게 알려 주고 싶었다. 전에 헤어졌을 때 그는 그들의 관계에 새로운 양상을 부여했고, 당시 그의 예상보다 더 확실하게 관계를 끊어 놓은 그 사실을 알지 못했었다. 도러시아의 고유 재산에 대해 몰랐고 그런 문제에 대해 생각해 본 적이 없으므로 그는 그녀가 윌 래디슬로와 결혼한다는 것은 캐소본 씨가 정해 놓은 바에 따라서 무일푼이 되는 데 동의한다는 뜻이라고 당연히 생각했다. 그는 마음속 가장 깊은 곳에서도 그런 상황을 바랄 수 없었다. 혹시 그녀가 그를 위해 지금까지와 사뭇 다른 고난을 맞닥뜨릴 용의가 있다 하더라도 말이다. 게다가 그의 외가 친척에 대한 사실이 밝혀지면서 새로 돋아난 상처도 있었다. 그 사실이 알려진다면 도러시아의 친지들은 그를 그녀에 비할 수 없이 저급한 인간이라고 더욱 경멸할 것이다. 몇 년 후 적어도 그녀의 재산과 대등한 인격적 가치가 있다고 느끼면서 돌아올 수 있으리라는 은밀한 희망은 이제 덧없는 꿈처럼 보였다. 상황이 이렇게 달라졌으므로 도러시아에게 한 번 더 만나 달라고 부탁해도 분명 정당화될 수 있을 것이다.

그러나 도러시아는 그날 아침에 집에 없어서 월의 쪽지를 받지 못했다. 그녀는 큰아버지가 편지를 보내어 일주일 내에 도착한다고 알려 주었으므로 우선 그 소식을 전하러 프레싯에 들러야 했고, 또 그레인지에 가서 큰아버지가 "이런 종류의 사소한 일에 신경을 쓰는 것이 미망인에게 좋은 일"이라고 생각하면서 맡긴 몇 가지 지시 사항을 전달할 생각이었다.

만일 월 래디슬로가 그날 아침에 프레싯에서 오간 대화를 약간 엿들을 수 있었다면 그가 그 지방을 떠나지 못하는 것을 조롱하는 사람들이 있으리라는 의심이 확인되었다고 느꼈을 것이다. 제임스 경은 사실 도러시아에 대한 걱정을 많이 덜기는 했지만 방심하지 않고 래디슬로의 동태를 알아보았고, 어쩔 수 없이 스탠디시 씨에게 그 문제에 관한 비밀을 털어놓고 정보를 알려 달라고 부탁했다. 래디슬로가 곧 떠날 거라고 공언하고 나서도 두 달이 다 되도록 미들마치에 머물러 있다는 사실은 제임스 경의 의심을 부추겼고, 적어도 그 '젊은 이'에 대한 혐오감을 정당화시켜 주었다. 그는 친지들의 유대나 진지한 전문직을 통해서 확고한 터전을 얻지 못한 처지에 잘 어울리는 경박하고, 변덕스럽고, 무모하기 짝이 없는 인물로 보였다. 바로 얼마 전에 스탠디시에게 들은 이야기를 통해서 그는 월에 대한 이런 선입견을 정당화했고, 도러시아와 관련하여 위험을 없앨 수단을 얻었다.

우리는 익숙하지 않은 상황에 처했을 때 다소 우리답지 않게 행동할 수 있다. 더없이 위엄 있는 사람이 재채기를 해야 할 때도 있고, 마찬가지로 어울리지 않는 방식으로 우리의 감정에 따라 행동할 수도 있다. 그날 아침에 선량한 제임스 경은 평소의 그와 너무나 다른 상태였고, 평소에는 부끄럽게 여기며 피해 왔던 문제에 대해 뭔가 도러시아에게 말하고 싶은 초조함을 느꼈다. 문제의 추문은 실리아에게 알려 주고 싶지 않았기에 실리아를 통해 말을 전할 수도 없었다. 우연히 그날 아침에 도러시아가 들르기 전까지 그는 수줍음을 타는 데다 굼뜬 말재주로 어떻게 그 이야기를 꺼낼지를 열심히 생각하고 있었다. 뜻밖에 그녀가 찾아오자 그는 그 불쾌한 이야기를 도저히 꺼낼 수 없겠다며 체념하고 말았다. 그러나 필사적으로 생각해 보니 묘안이 떠올랐다. 그는 캐드월레이더 부인에게 보내는 쪽지를 말구종에게 들려 안장을 벗긴 말에 태워서는 파크를 가로질러 보냈다. 그녀는 이미 소문을 알고 있으므로 요청받는 만큼 되풀이한다고 해서 자기 위신이 떨어진다고는 생각하지 않을 것이다.

제임스 경은 도러시아가 만나고 싶어 한 가스 씨가 한 시간 내에 올 거라는 좋은 핑계로 그녀를 붙잡아 둘 수 있었다. 도러시아가 자갈길에서 케일럽과 이야기를 나누는 동안 목사의 아내를 기다리던 제임스 경은 그녀가 오는 것을 보고 맞으러 가서 원하는 바를 암시했다.

"알았어요! 이해해요." 캐드월레이더 부인이 말했다. "당신은 오점 하나 묻지 않을 테고, 나는 완전히 검둥이라서 더 더러워질 수 없다는 말이죠."

"그게 중요하다는 뜻은 아닙니다." 제임스 경은 캐드월레이더 부인이 속내를 너무나 잘 간파하는 것이 마음에 들지 않았다. "다만 도러시아가 그를 다시는 응대하지 말아야 할 이유를 아는 게 바람직하다는 거지요. 사실 내가 처형에게 그런 말을 할 수는 없거든요. 부인의 입에서 가볍게 나와야지요."

그 이야기는 실로 아주 가볍게 흘러나왔다. 도러시아가 케일럽과 헤어지고 그들에게 다가왔을 때 캐드월레이더 부인은 아기에 대한 부인들 특유의 관심으로 실리아와 잡담을 나누려고 우연히 파크를 가로질러 온 것 같았다. 그래 브룩 씨가 돌아오신다고요? 즐거운 소식이군요! 의회니 개척자 운운하는 열병은 완전히 나아서 돌아오시면 좋겠어요. 《개척자》 말이 나왔으니 말인데 누군가는 그것이 곧 죽어 가는 돌고래 같아질 거라고 예언했다더군요. 스스로 어쩔 줄 몰라서 온갖 색깔로 변한다고요. 브룩 씨가 보호해 주던 탁월한 젊은이 래디슬로가 떠났다든가 떠날 거라든가 해서 말이죠. 제임스 경은 그 소식을 들었어요?

세 사람은 자갈길을 따라 천천히 걷고 있었고, 제임스 경은 몸을 옆으로 돌려 채찍을 관목에 휘두르며 그런 이야기를 들었다고 말했다.

"죄다 거짓말이에요!" 캐드월레이더 부인이 말했다. "그는 떠나지도 않았고, 분명 떠나지 않을 거예요. 《개척자》는 자기 색깔을 유지하고 있어요. 올랜도 래디슬로 씨는 리드게이트 부인과 끊임없이 노래를 불러 대면서 슬픈 감색[80] 스캔들을 일으키고 있거든요. 사람들 말로는 그녀가 더할 나위 없이 예

---

80) 자유당 색깔.

쁘다더군요. 그 집에 어쩌다 들르는 사람들은 이 젊은 신사가 카펫 위에 벌렁 드러누워 있거나 피아노 반주에 맞춰 노래를 부르는 것을 보게 된대요. 그렇지만 공업 도시에 사는 사람들은 늘 평판이 나쁘지요."

"부인께서는 한 가지 소문이 거짓말이라고 하시면서 말씀을 시작하셨지요, 캐드월레이더 부인. 그런데 저는 그 소문도 거짓말이라고 믿어요." 도러시아가 분개해서 힘주어 말했다. "적어도 와전되었다고 확신해요. 래디슬로 씨에 대해 나쁜 말은 듣지 않겠어요. 그는 이미 너무나 부당한 대접을 많이 받았어요."

격한 감정이 일어날 때 도러시아는 남들이 자기 감정에 대해 어떻게 생각할지 거의 개의치 않았다. 그런 것에 생각이 미치더라도 오해받을까 두려워서 윌을 중상하는 말에 입을 다문다면 비열하다고 여겼을 것이다. 그녀의 얼굴은 붉게 달아올랐고 입술이 떨렸다.

그녀를 힐끗 쳐다본 제임스 경은 자신의 묘책을 후회했다. 그러나 어떤 경우에도 대처할 능력이 있었던 캐드월레이더 부인은 손바닥을 펼쳐 내밀면서 말했다. "제발 그랬으면 좋겠어요! 내 말은 누구에 대해서든 나쁜 소문은 거짓일 수 있다는 뜻이에요. 그렇지만 젊은 리드게이트가 미들마치의 아가씨와 결혼한 것은 유감스러운 일이에요. 높은 가문 출신이라서 좋은 집안의 여자를 얻었을 텐데 말이죠. 또 그의 직업을 잘 참아 줄 만한 너무 어리지 않은 여자 말이에요. 가령 클라라 하파거 같은 아가씨도 있어요. 그 아가씨의 친척들은 그녀를 어떻게 해야 할지 모르고 있는데 그녀에게는 지참금도 있거든요. 그렇게 되었더라면 그녀가 우리와 가까운 곳에서 살 수 있었을 텐데. 어떻든! 다른 사람들 일에 이러니저러니 현명한 판단을 내려 봐야 아무 소용이 없죠. 실리아는 어디 있죠? 들어가도록 합시다."

"저는 곧장 팁턴으로 가겠어요." 도러시아가 다소 오만하게 말했다. "안녕히 계세요."

제임스 경은 그녀를 마차까지 배웅하면서 아무 말도 할 수 없었다. 이미 속으로 수치심을 느끼게 한 계책의 결과에 불만스러울 뿐이었다.

열매가 매달린 산울타리와 낫으로 베어 낸 밀밭 사이를 마차가 달리고 있을 때 도러시아의 눈에는 주위의 아무것도 보이지 않고 들리지도 않았다. 눈물이 솟아 뺨에 흘러내렸지만 알지 못했다. 세상이 추악하고 가증스럽게 변해 가는 것 같았고, 그녀가 신뢰할 곳이 한 군데도 없었다. '그건 사실이 아니야. 사실이 아니라고!' 이 내면의 목소리에 그녀는 귀를 기울였다. 하지만 그동안에도 늘 막연한 불안감을 일으켰던 어떤 기억이 기어이 의식을 비집고 들어왔다. 리드게이트 부인과 함께 있는 윌 래디슬로를 보고 피아노 반주에 맞춰 노래 부르는 그의 목소리를 들었던 날의 기억이었다.

'그는 내가 탐탁히 여기지 않을 일은 절대로 하지 않겠다고 말했어. 그런 일은 찬성하지 않는다고 말할 수 있었으면 좋았을걸.' 가엾은 도러시아는 묘하게도 윌에 대한 분노와 열렬한 두둔 사이에서 갈팡질팡하고 있었다. '사람들은 모두 내 앞에서 그를 헐뜯으려고 해. 그가 비난받을 이유가 없으면 나는 고통을 느끼지 않을 거야. 그는 좋은 사람이라고 늘 믿었으니까.'

마차가 그레인지의 아치 대문에 들어서는 것을 느끼며 그녀는 이 생각을 끝으로 서둘러 손수건으로 얼굴을 닦고 할 일을 생각하기 시작했다. 마부가 말발굽에 문제가 있어서 삼십 분간 말들을 몰고 다녀오겠다고 했다. 도러시아는 그동안 잠시 쉴 생각으로 현관의 조각상에 기대서 가정부와 이야기를 나누며 장갑과 모자를 벗었다. 마침내 그녀가 말했다.

"잠시 여기 있어야겠어요, 켈 부인. 서재에 가서 큰아버지께서 편지로 일러 주신 몇 가지 지시 사항을 써 줄게요. 덧창을 열어 주겠어요?"

"덧창은 열려 있습니다, 마담." 켈 부인이 도러시아를 따라오며 말했다. "래디슬로 씨께서 거기서 뭔가를 찾고 계세요."

(윌은 전에 짐을 꾸리면서 빠뜨렸던 화첩을 남겨 두고 싶지 않아 가지러 온 것이었다.)

이 말에 충격을 받아 심장이 두근거리는 것 같았지만 도러시아는 걸음을 멈추지 않았다. 실은 윌이 거기 있다는 것을 알자 잃어버린 소중한 물건을 되찾았을 때처럼 흐뭇한 기분이었다. 문에 이르러서 켈 부인에게 말했다.

"먼저 들어가서 내가 여기 있다고 말해 줘요."

윌은 화첩을 찾아 구석에 있는 탁자에 올려놓고는 스케치를 넘기면서 잊지 못할 그림을 보고 즐거워하고 있었다. 도러시아가 도무지 이해할 수 없다고 말했던, 자연과의 신비로운 관계를 드러낸 그림이었다. 그것을 바라보고 미소를 지으며 미들마치에 돌아가면 도러시아의 편지가 기다리고 있을 거라고 생각하면서 스케치들을 순서대로 정리할 때 켈 부인이 들어와서 말했다.

"캐소본 부인께서 들어오실 거예요."

윌은 재빨리 몸을 돌렸다. 바로 다음 순간에 도러시아가 들어오고 있었다. 켈 부인이 문을 닫고 나갔을 때 그들은 서로를 마주 보았다. 각자 상대를 바라보았지만 뭔가 벅차오르는 느낌에 아무 말도 할 수 없었다. 당황해서 잠자코 있었던 것은 아니었다. 둘 다 작별이 임박했다는 것을 느꼈고, 서글픈 작별에 부끄러움을 느낀 것은 아니었으니까.

그녀는 무의식적으로 책상에 바싹 붙여 놓은 큰아버지의 의자로 걸어갔고, 윌은 그 의자를 약간 당겨 준 다음 몇 걸음 떨어진 곳에서 그녀를 마주 보고 섰다.

"좀 앉으세요." 도러시아가 무릎 위에 손을 포개며 말했다. "당신을 여기서 만나게 되어 무척 기뻐요." 윌은 그녀의 얼굴이 로마에서 처음 악수했을 때와 똑같아 보인다고 생각했다. 보닛에 고정한 미망인의 모자를 벗었을 때 그녀가 좀 전에 흘린 눈물 자국이 보였으므로. 그러나 그녀의 혼란스러운 마음에 섞여 있던 분노는 그를 보자마자 사라져 버렸다. 그의 얼굴을 마주하면 그녀는 언제나 서로에 대한 이해와 함께 신뢰감과 행복한 자유로움을 느꼈다. 다른 사람들의 말이 그런 감정을 어떻게 갑자기 가로막으랴? 우리 몸을 사로잡고 우리를 위해 대기를 기쁨으로 채워 줄 음악을 다시 한번 울리게 하라. 그것이 울리지 않을 때 헐뜯는 말을 들었다고 해도 무슨 의미가 있을까?

"오늘 로윅에 편지를 보냈어요. 부인을 만날 수 있게 허락해 주십사고 청했습니다." 윌은 맞은편에 앉으면서 말했다. "저는 곧 떠날 겁니다. 부인을 한 번 더 만나지 않고는 갈 수 없었어요."

"몇 주 전에 로윅에 오셨을 때 작별했다고 생각했어요. 그때 떠난다고 생각하셨지요." 도러시아의 목소리가 약간 떨렸다.

"네, 하지만 그때는 모르던 사실을 알게 되었어요. 그것이 미래에 대한 제 감정을 바꾸어 놓았습니다. 전에 부인을 만났을 때는 언젠가 돌아오리라는 막연한 꿈을 꾸고 있었어요. 지금은 다시는 돌아오지 않을 거라고 생각합니다." 윌은 이 부분에서 말을 멈췄다.

"그 이유를 알려 주고 싶으신가요?" 도러시아가 겁을 먹은 듯 말했다.

"네." 윌은 충동적으로 고개를 뒤로 젖히고 화가 난 표정으로 다른 곳을 보면서 말했다. "물론 그러기를 바랍니다. 부인의 눈에, 그리고 다른 사람들의 눈에 저는 엄청난 모욕을 받았습니다. 제 인격을 헐뜯는 비열한 암시가 있었지요. 저는 어떤 상황에서도 비열해지지 않을 거라고 알려 드리고 싶습니다. 어떤 상황에서도 제가 뭔가 다른 것을 추구한다는 핑계를 대면서 실은 돈을 탐냈다고 사람들이 비난할 기회를 절대로 주지 않겠어요. 저를 가로막을 다른 안전장치는 필요 없습니다. 재산이라는 안전장치만으로도 충분하니까요."

윌은 이 말을 끝으로 의자에서 일어나 걸음을 옮겼다. 어디로 걷는지도 알지 못했다. 그러나 가장 가까이 있는 미들 창으로 걸어갔고, 일 년 전 같은 계절에 도러시아와 함께 서서 이야기를 나누었을 때처럼 창문은 열려 있었다. 그녀의 마음은 이 순간 윌의 분노에 공감하는 흐름에 휩쓸려 갔다. 자신은 그를 부당하게 생각한 적이 없음을 확인시켜 주고 싶었다. 그는 마치 그녀도 적대적인 세계의 일부이기라도 한 듯이 그녀에게서 몸을 돌린 것 같았다.

"제가 혹시라도 당신을 비열한 사람으로 여겼으리라고 생각하신다면 너무 불친절하신 거예요." 그녀가 말했다. 그러고는 그에게 항변할 생각에 열렬한 태도로 의자에서 일어나 예전에 서 있던 창가로 가서 그의 앞에 섰다. "제가 혹시라도 당신을 불신한 적이 있으리라고 생각하세요?"

그 자리에 선 그녀를 보았을 때 윌은 흠칫 놀라서 시선을 피하며 창가에서 물러섰다. 도러시아는 그의 분개한 목소리에 이어 이 동작에 마음이 상했다. 그녀는 그 사실이 그에게도 그렇듯이 자기에게도 괴로운 일이고 자신은 무력하다고 말할 생각이었다. 하지만 둘 다 터놓고 언급할 수 없었던 관계의 기묘하고 특이한 상황 때문에 늘 필요 이상으로 말하게 될까 걱정스러웠다. 이 순간 그녀는 윌이 어떤 경우라도 자신과 결혼하기를 원하리라고는 전혀 믿지 않았고, 그런 믿음을 암시할 말을 하게 될까 봐 걱정스러웠다. 그녀는 그의 마지막 말을 떠올리면서 그저 진지하게 말했다.

"당신을 막는 안전장치는 필요한 적이 없다고 생각해요."

윌은 아무 대답도 하지 않았다. 폭풍처럼 요동치는 그의 감정에 그녀의 이 말은 잔인하게도 냉정하게 들렸다. 분노를 쏟아 낸 후 그의 얼굴은 창백하고 비참해 보였다. 그는 탁자로 가서 화첩을 묶었고, 그동안 도러시아는 조금 떨어진 곳에 서서 그를 바라보았다. 그들은 견디기 어려운 침묵 속에서 함께 있는 마지막 순간을 낭비하고 있었다. 그가 무슨 말을 하겠는가? 자기 마음의 가장 높은 자리를 끈질기게 차지하고 있는 그녀에 대한 열렬한 사랑을 입에 올리지 못하도록 스스로 금지했으니! 그녀는 무슨 말을 하겠는가? 그에게 아무 도움도 줄 수 없을 테고, 그가 소유했어야 하는 돈을 어쩔 수 없이 갖고 있어야 하고, 오늘 그는 그녀의 완벽한 신뢰와 애정에 예전처럼 답하는 것 같지 않았으니.

그러나 마침내 월은 화첩에서 시선을 돌리고 다시 창가로 다가왔다.

"가야겠습니다." 그는 빛을 너무 가까이서 바라보다가 지치고 그을린 듯이 쓰라린 감정에 때로 수반되는 특이한 눈빛으로 말했다.

"앞으로 무슨 일을 하실 건가요?" 도러시아가 소심하게 물었다. "전에 작별했을 때와 똑같은 생각이신가요?"

"네." 월은 그 문제를 흥미롭지 않은 것인 양 털어 버리듯이 말했다. "제일 먼저 손에 잡히는 일을 열심히 할 겁니다. 사람은 행복이나 희망을 품지 않고도 일하는 습관을 갖게 되니까요."

"아, 너무 슬픈 말이에요!" 도러시아는 위험하게도 눈물이 흐를 것 같았지만 미소를 지으려고 애쓰며 덧붙였다. "우리 둘

다 너무 격하게 말하는 것이 비슷하다고 동의했었지요."

"지금 그 말은 너무 격한 것이 아니었습니다." 윌은 벽 귀퉁이에 몸을 기대며 말했다. "남자의 인생에서 단 한 번만 겪을 수 있는 어떤 것이 있습니다. 가장 좋은 것이 다 지나가 버렸다고 언젠가 느끼겠지요. 이런 경험이 제게 아주 젊은 나이에 일어난 겁니다. 그게 전부예요. 제가 다른 무엇보다도 좋아하는 것이 완전히 금지되었어요. 단지 제 손이 닿지 않을 곳에 있다는 뜻이 아니라 손에 닿더라도 자존심과 명예심 때문에…… 제가 저 자신을 존중하는 모든 것 때문에 금지되어 있다는 뜻입니다. 물론 저는 무아지경에서 천국을 본 사람들이 살아가듯이 그렇게 살아갈 겁니다."

윌은 도러시아가 이 말을 오해할 수 없으리라고 생각하며 말을 멈췄다. 사실 그는 이렇게 분명하게 말하는 것이 원래의 의도와 맞지 않고 스스로도 찬성할 수 없는 일을 저지르는 행위라고 느꼈다. 하지만 한 여자에게 절대로 구애하지 않겠다고 말하는 것은 정확히 따져 보자면 그 여자에게 구애하는 말로 볼 수 없다. 구애의 유령 같은 것으로 보아야 한다.

그러나 도러시아의 마음은 윌과 전혀 다른 눈으로 과거를 재빨리 돌아보고 있었다. 윌이 가장 좋아하는 것이 자신일지 모른다는 생각이 일순간 고동치며 마음을 스쳤지만 다음 순간에는 의혹이 들었다. 그들이 함께 보낸 짧은 시간들의 기억은 윌이 늘 어울리는 다른 사람과의 교제가 훨씬 더 충만한 것이었으리라고 암시한 기억 앞에서 빛을 잃고 움츠러들었다. 그의 말은 죄다 그 다른 관계를 가리킬 것이다. 그리고 그와 자신 사이에 있었던 일은 그녀가 늘 생각했듯이 순전히 소박한 우정으로 설명할 수 있고, 남편의 모욕적인 처사로 인해 우정이 잔인하게 차단되었다. 도러시아는 꿈을 꾸듯이 눈을 내리깔고 잠자코 서 있었다. 그동안 그녀의 머릿속에 몰려든 이미지들은 윌이 언급한 사람이 리드게이트 부인이라는 끔찍한 확신을 남겼다. 하지만 왜 끔찍하다는 것일까? 그 부분에서도 그는 자기 행동이 의심받을 소지가 없다는 것을 그녀에게 알려 주고 싶어 했다.

그녀의 침묵에 윌은 놀라지 않았다. 그녀를 바라보면서 그의 마음도 빠르게 요동치고 있었다. 무엇인가 일어나서, 자신들의 조심스러운 말을 통해서가 아니라 어떤 기적이 일어나서 작별을 막아 줘야 한다고 다소 무모하게 느끼고 있었다. 하지만 결국 그녀는 자신을 조금이라도 사랑했을까? 그녀가 사랑의 고통을 느끼지 않는다고 차라리 믿고 싶다는 생각으로 스스로를 속일 수는 없었다. 그녀가 자신을 사랑한다는 확신을 얻으려는 은밀한 갈망이 그가 내뱉은 모든 말의 밑바닥에 깔려 있음을 부정할 수 없었다.

그런 상태로 얼마나 오래 서 있었는지 알지 못했다. 그녀가 눈을 들고 말을 꺼내려는 순간에 문이 열리더니 마부가 들어와서 말했다.

"마차가 준비되어 언제라도 출발하실 수 있습니다, 마담."

"곧 갈게요." 도러시아가 말했다. 그러고는 윌에게 몸을 돌리고 말했다. "가정부에게 메모를 남겨야 해요."

"저는 가야 합니다." 문이 다시 닫혔을 때 윌이 그녀에게 다가서며 말했다. "모레 미들마치를 떠날 겁니다."

"당신은 어느 모로 보나 올바르게 행동하셨어요." 도러시아가 낮은 목소리로 말했다. 가슴을 짓누르는 압박감 때문에 말을 하기 힘들었다.

그녀는 손을 내밀었다. 윌은 그녀의 말이 잔인하게도 냉정하고 그녀답지 않았기에 아무 말 없이 잠시 손을 잡았다. 눈길이 마주쳤지만 그의 눈에는 불만이 어렸고, 그녀의 눈에는 오로지 슬픔이 배어 있었다. 그는 몸을 돌려 화첩을 겨드랑이에 끼었다.

"저는 당신에게 부당한 일을 한 적이 없어요. 저를 기억해 주세요." 도러시아가 솟구치는 흐느낌을 억누르며 말했다.

"왜 그런 말을 하시는 겁니까?" 윌이 화가 나서 말했다. "마치 다른 것을 잊을 위험은 없다는 듯이."

그 순간 그는 정말로 그녀에 대한 분노가 치밀었고, 그래서 즉시 가 버려야 했다. 도러시아에게는 모든 일이 순식간에 일어난 것 같았다. 그의 마지막 말 — 방문에 이르러 멀리서 고개를 숙여 한 인사 — 그가 더는 그곳에 있지 않다는 느낌. 그녀는 의자에 털썩 주저앉아 몇 분간 조각처럼 꼼짝도 하지 않았다. 그동안 수많은 이미지와 감정이 급히 몰려들었다. 뒤따라오는 위협적인 것들에도 불구하고 제일 먼저 밀려온 것은 기쁨이었다. 윌이 사랑하고 포기하려는 사람이 실로 그녀라는 것, 그가 명예심 때문에 스스로를 다그쳐서 두고 멀리 떠나려는, 더 인정받지 못하고 더욱 비난받을 다른 사랑은 없다는 것, 바로 이런 느낌에서 솟아난 기쁨이었다. 그럼에도 그들은 헤어졌다. 하지만 — 도러시아는 깊은숨을 내쉬었고 다시 기운이 솟는 것을 느꼈다 — 그녀는 마음껏 그를 생각할 수 있었다. 그 순간에 작별은 차라리 견디기 쉬웠다. 사랑하고 있고 사랑받고 있다는, 처음으로 든 느낌이 슬픔을 차단해 주었다. 마치 그녀를 억누르던 얼음처럼 차갑고 단단한 것이 녹아 버려서 의식이 뻗어 나갈 공간이 생긴 것 같았다. 과거의 기억이 더 넓은 의미를 띠고 되돌아왔다. 돌이킬 수 없는 작별이었기에 그 기쁨이 줄지는 않았고, 어쩌면 그 순간에는 그래서 더 완벽했다. 어느 누구의 눈빛이나 입에서 나올 비난을, 경멸 어린 불신을 상상하지 않아도 되었으니까. 그는 비난에 도전하고 그래서 의심을 경의로 바꾸도록 행동했던 것이다.

그녀를 지켜본 사람이라면 내면에서 용기를 북돋우는 생각이 일고 있음을 보았을 것이다. 즐겁고 편안하게 창의력이 발휘될 때 관심을 쏟아야 할 사소한 일들은 햇빛에 갈라진 틈새에 불과한 듯이 완전히 처리되는 것처럼 도러시아는 이제 편안하게 메모를 쓸 수 있었다. 그녀는 유쾌한 목소리로 가정부에게 마지막 당부를 남겼다. 마차에 올랐을 때 우중충한 보닛 밑에서 그녀의 눈은 반짝였고 뺨은 발그레하게 빛나고 있었다. 그녀는 무거운 검은색 베일을 뒤로 젖히고 앞을 바라보며 윌이 어느 길로 갔을지 궁금해했다. 그녀의 본성은 그가 비난할 데 없이 결백한 사람이라는 것을 자랑스럽게 여겼고, 온갖 감정이 교차하는 가운데 이런 생각이 끊이지 않았다. '그를 두둔한 것이 옳았어.'

마부는 늘 빠른 속도로 잿빛 말들을 몰았다. 캐소본 씨가 책상에서 멀리 떨어져 있을 때는 무엇도 즐기지 못하고 조급해하면서 집으로 빨리 돌아가고 싶어 했던 것이다. 그래서 도러시아는 이제 미끄러지듯 신속히 나아가고 있었다. 지난밤 내린 비에 먼지가 가라앉았고 흘러가는 거대한 구름 덩어리들 너머로 멀리 푸른 하늘이 보였기에 말을 달리는 것이 쾌적했다. 방대한 하늘 밑에서 대지는 행복한 곳으로 보였고, 도러시아는 윌을 따라잡아 그를 한 번 더 볼 수 있기를 바랐다.

굽은 길을 돌자 화첩을 겨드랑이에 끼고 걸어가는 그가 보였다. 그러나 바로 다음 순간에 그를 지나쳤고 그는 모자를 들어 인사했다. 그녀는 그를 뒤에 남겨 둔 채 자신은 거기, 일종의 높은 곳에 앉아 있는 것이 고통스러웠다. 하지만 그를 돌아볼 수는 없었다. 수많은 무심한 사물이 그들을 강제로 떼어 놓고 억지로 다른 길로 몰면서 점점 더 멀리 실어 가 돌아보아도 소용없게 만드는 것 같았다. 그녀는 그를 기다리도록 마차를 세울 수도 없었고, 또한 "우리가 헤어질 필요가 있을까?"라고 말하는 듯한 암시를 드러낼 수도 없었다. 아니, 이날의 결정을 뒤엎을 미래를 향해 나아가려는 그녀의 생각을 가로막으려고 얼마나 많은 이유가 몰려들 것인가?

'내가 미리 알았으면…… 그가 알고 있으면…… 그러면 우리가 영원히 헤어지더라도 서로를 생각하면서 무척 행복할 수 있을 텐데. 그리고 그에게 돈을 줄 수만 있었더라면, 그래서 편안한 상황을 만들어 줄 수 있었더라면!' 이런 갈망이 가장 끈질기게 되돌아왔다. 하지만 독자적인 힘이 있음에도 세상은 그녀를 너무도 무겁게 짓눌렀기에 윌에게 그런 도움이 필요하며 세상에서 불이익을 당하고 있다는 생각과 더불어 자신들의 가까운 관계는 어떤 것이든 부적절하다는 모든 친지의 의견이 거듭 떠올랐다. 그녀는 윌의 행위를 촉발한 부득이한 동기들을 속속들이 느꼈다. 그녀가 남편이 그들 사이에 세워 놓은 장벽에 도전하리라고 그가 어떻게 꿈꿀 수 있겠는가? 그녀는 그것에 도전하겠다고 혹시라도 스스로에게 말할 수 있을까?

마차가 멀어지면서 점점 작아졌을 때 윌은 더욱 쓰라린 확신을 갖게 되었다. 그 순간의 민감한 기분에는 아주 작은 문제라도 그의 상처를 문질러 더 큰 아픔을 줄 수 있었다. 현재 그가 원하는 것을 거의 주지 않는 세상에서 자기 자리를 얻으려는 불쌍한 녀석처럼 터벅터벅 걸어간다고 느끼고 있을 때 도러시아가 마차를 타고 지나가 버린 광경은 그의 행위를 한낱 궁핍의 문제로 보이게 했고 부단한 결의를 앗아 가 버렸다. 결국 그는 그녀가 자신을 사랑한다는 확신을 조금도 얻지 못했다. 이런 경우에 고통을 혼자 짊어지고서 그저 즐거울 뿐이라고 주장할 사람이 과연 있을까?

그날 저녁을 윌은 리드게이트 부부와 보냈고, 다음 날 저녁에 떠났다.

7부

두 가지 유혹

63장

"이 변변찮은 것들이 변변찮은 사람에게는 중요하다."

— 골드스미스[81]

"최근에 당신의 천재 과학자 리드게이트를 자주 보셨소?" 크리스마스 정찬 파티에서 톨러 씨가 오른쪽에 앉은 페어브라더 씨에게 말했다.

"유감스럽게도 자주 만나지는 못했습니다." 목사는 새로운 의학 지식에 비추어 자신의 신앙심에 대해 농담을 일삼는 톨러 씨의 말을 받아넘기는 데 익숙했다. "제가 그를 만날 수 없는 곳에 있기도 하고 그가 너무 바쁘기도 해서 말이죠."

"바쁘다고? 그렇다면 다행이군." 민친이 온화함과 놀라움이 뒤섞인 어투로 말했다.

"그는 새 병원에서 많은 시간을 보내고 있습니다." 페어브라

---

81) 올리버 골드스미스의 시 「여행자」, 43행.

더 씨는 그 화제를 더 끌어갈 이유가 있었다. "그곳에 자주 들르는 제 이웃 캐소본 부인께서 말씀하시더군요. 리드게이트가 지칠 줄 모르고 일하면서 불스트로드 씨의 병원을 훌륭한 곳으로 만들고 있다고요. 콜레라가 퍼질 경우에 대비해 새로운 병동을 준비하고 있답니다."

"그리고 환자들을 대상으로 실험할 이론들을 세우고 있겠지." 톨러 씨가 말했다.

"자, 톨러 씨, 솔직히 말씀하시지요." 페어브라더 씨가 말했다. "당신은 너무 영리한 분이라서 다른 분야와 마찬가지로 의학에서도 과감하고 참신한 마음이 유익하다는 것을 모를 리 없을 테니까요. 그리고 콜레라를 어떻게 치료해야 하는지 확실히 아는 사람은 없겠지요. 어떤 사람이 새로운 길로 좀 멀리 나아간다면 대체로 그가 해를 입힐 사람은 다른 사람이 아니라 바로 그 자신일 겁니다."

"자네와 렌치는 리드게이트에게 고마워해야겠지." 민친이 톨러 쪽을 바라보며 말했다. "그 덕분에 피콕의 환자 중 제일 나은 사람들이 자네에게 갔으니."

"리드게이트는 젊은 신참자 치고는 호사스럽게 살아왔어요." 양조업자인 해리 톨러 씨가 말했다. "아마 북부에 사는 친척들이 뒤를 대는 모양입니다."

"그렇다면 좋겠는데." 치첼리 씨가 말했다. "그렇지 않다면 우리 모두가 좋아했던 예쁜 아가씨와 결혼하지 말았어야지. 망할, 이 도시에서 가장 예쁜 아가씨를 데려간 남자에게는 질투를 느끼기 마련이거든."

"아, 그래! 최고로 멋진 아가씨였지." 스탠디시 씨가 말했다.

"내 친구 빈시는 그 결혼을 그리 탐탁해하지 않았어요. 나는 압니다." 치첼리 씨가 말했다. "그는 많이 보태 주지 않았어요. 다른 쪽 친척들이 얼마나 돈을 냈는지는 모르지만." 치첼리 씨는 입조심하려는 태도가 역력했다.

"아, 나는 리드게이트가 생활비를 벌려고 개업했다고는 생각하지 않소." 톨러 씨는 약간 빈정거리듯이 말했고, 이 부분에서 그 화제는 중단되었다.

리드게이트의 지출이 분명 의료 수입으로 감당 못 할 정도라는 암시를 이번에 처음 들은 것은 아니었지만 페어브라더 씨는 리드게이트가 결혼 당시에 쓴 많은 돈을 감당할 만한 재원이나 유산이 있을지 모르고, 그래서 의료업에서 실망하더라도 고약한 결과가 빚어지지 않을 거라고 생각했다. 최근에 리드게이트와 예전처럼 이야기를 나누려고 일부러 미들마치에 갔던 어느 날 저녁에 그는 리드게이트가 편안히 입을 다물고 있거나 할 말이 있을 때면 돌연히 힘차게 침묵을 깨뜨리던 평소 태도와 달리 흥분해서 애를 쓰는 기미를 알아차렸다. 작업실에 앉아서 리드게이트는 쉴 새 없이 말했고, 어떤 생물학적 관점의 가능성에 대한 찬반양론을 펼쳤다. 그러나 인내심을 갖고 지속적으로 진행할 연구의 길잡이가 될 만한 명확한 개념들을 말하거나 보여 주지는 못했다. 가령 그가 "모든 탐구에는 수축과 이완이 있어야 한다."든가 "인간의 마음은 인간의 전체 시계(視界)와 광학기 렌즈의 시계 사이에서 끊임없이 확장되고 수축되어야 한다."라고 주장했을 때처럼 말이다. 그날 저녁에 그는 어떤 개인적 의미에도 저항하기 위해서 포괄적으로 두루뭉술하게 말하는 것 같았다. 오래지 않아 응접실로 들어갔을 때 리드게이트는 로저먼드에게 음악을 들려 달라고 말하고는 이상한 눈빛으로 의자에 파묻혀서 말없이 앉아 있었다. '아편을 먹는지도 모르겠군.' 페어브라더 씨의 마음에 문득 그런 생각이 스쳤다. '혹시 안면 신경통이 있거나, 아니면 의료상 근심거리가 있든지.'

페어브라더 씨는 리드게이트의 결혼 생활이 즐겁지 않으리라고 생각해 본 적이 없었다. 다른 사람들처럼 그도 로저먼드가 사랑스럽고 유순한 여자라고 믿었다. 다소 흥미롭지 못한 여자라고 생각했고, 좀 지나치게 신부 학교의 모범적인 견본처럼 보였다. 그의 모친은 헨리에타 노블이 방에 있을 때 로저먼드가 아는 척을 하지 않았기 때문에 그녀를 용서하지 않았다. '하지만 리드게이트가 사랑한 여자니까 그의 취향에 맞겠지.' 목사는 그렇게 생각했다.

페어브라더 씨는 리드게이트가 자존심이 강한 사람이라는 것을 알았다. 하지만 그에게는 그에 상응하는 기질이 거의 없었고 일신상의 품위에 대해서도 비열하거나 어리석지 않다는 의미의 품위가 아니라면 생각해 보지 않았기에 리드게이트가 사적인 문제에 대해서는 불에 데기라도 한 듯 몸을 사리며 언급하지 않는 태도를 충분히 참작할 수 없었다. 그리고 톨러 씨 집에서 대화를 나눈 직후에 목사는 어떤 사실을 알게 되었기 때문에 리드게이트에게 어떤 곤경에 대해서든 마음을 털어놓고 싶다면 기꺼이 들어 줄 친구가 있다고 에둘러 알려 줄 기회를 얻으려 했다.

그 기회는 빈시 씨네서 왔다. 새해 첫날에 그의 집에서 파티가 열렸는데 페어브라더 씨는 목사이자 교구 목사[82]로서 지위가 높아진 첫해에 옛 친구들을 저버려서는 안 된다는 간청에 초대를 받아들일 수밖에 없었다. 파티는 매우 화기애애했다. 페어브라더 집안의 부인들이 모두 참석했고, 빈시의 아이들 모두 정찬 식탁에서 식사했다. 프레드 빈시는 어머니에게 메리 가스를 초대하지 않으면 메리를 각별한 벗으로 생각하는 페어브라더 씨 가족이 모욕을 당했다고 생각할 거라며 설득했다. 메리가 왔고 프레드는 들뜬 기분이었지만 그의 즐거운 마음은 여러 차례 변화를 겪어야 했다. 중요한 손님들에게 메리가 중요한 사람이라는 것을 어머니가 알게 되겠기에 의기양양한 기분이었지만 페어브라더 씨가 그녀 옆에 앉았을 때는 질투심이 일었다. 프레드는 "페어브라더 씨에게 밀려날" 가능성을 겁내기 이전에는 자신의 성취에 대해 보다 느긋했는데 그 두려움이 지금도 남아 있었다. 부인다운 원숙미가 넘치는 빈시 부인은 메리의 자그마한 체구와 거친 곱슬머리, 백합과 장미를 전혀 닮지 않은 얼굴을 보면서 놀라워했고, 결혼식 드레스를 입은 메리의 모습을 좋아하고 가스 집안의 "얼굴을 닮은" 손자들에게 만족해하는 자신을 상상해 보려 했지만 실패하고 말았다. 그래도 파티는 흥겨웠고 메리는 특히 명랑했다.

---

82) 원문은 vicar와 rector. vicar는 봉급만 받는 목사인 데 반해 rector는 교구세를 받을 수 있는 목사다.

프레드의 가족이 그녀를 친절하게 대하는 것이 프레드를 위해서 즐거웠고, 또한 그들이 분별 있는 사람이라고 인정하는 다른 이들이 자신을 소중하게 여긴다는 사실을 알게 되겠기에 기꺼운 마음이었다.

페어브라더 씨는 리드게이트가 권태로운 표정을 짓고 있으며 빈시 씨가 사위에게 거의 말을 걸지 않는다는 것을 알아차렸다. 로저먼드는 완벽하게 우아하고 평온한 모습이었다. 예의 때문에 서로 떨어져 있더라도 남편이 주위에 있을 때 사랑하는 아내가 드러내기 마련인 관심을 그녀가 전혀 보이지 않는다는 사실을 알아차리려면 지금껏 그녀에게 쏟은 적이 없는 세심한 관찰력이 필요했을 것이다. 리드게이트가 대화를 나눌 때 그녀는 마치 다른 방향으로 고정된 프시케 조각처럼 남편이 있는 쪽을 외면했다. 한두 시간 동안 그가 불려 나갔다가 다시 방에 들어왔을 때도 그 사실을 전혀 알지 못하는 것 같았다. 열여덟 달 전이라면 그 사실이 자릿수를 표시하는 영 앞에 놓인 숫자와 같은 효과를 미쳤을 테지만 말이다. 그러나 실은 그녀는 리드게이트의 목소리와 동작을 강렬하게 의식하고 있었다. 의식하지 않는 듯이 보이는 예쁘고 상냥한 태도는 의도적으로 남편의 존재를 부정하려는 것이었고, 그런 식으로 예절에 어긋나지 않게 남편에 대한 마음속 항의를 표현했다. 리드게이트가 후식을 먹다가 밖으로 불려 나간 후 숙녀들이 응접실에 모였을 때 페어브라더 부인이 우연히 로저먼드 옆에 있다가 말을 건넸다. "남편과 함께 있는 시간을 많이 포기해야겠군요, 리드게이트 부인."

"네, 의사 생활은 무척 고단해요. 특히 제 남편처럼 직업에 헌신적일 때는 말이에요." 로저먼드는 예의에 맞게 짧은 말을 끝내고는 곧 다른 곳으로 걸어갔다.

"제 딸은 어울릴 사람이 없어서 몹시 지루할 거예요." 노부인 옆에 앉아 있던 빈시 부인이 말했다. "로저먼드가 아파서 제가 함께 지낼 때 보니 정말이지 그런 생각이 들더라고요. 아시다시피, 페어브라더 부인, 저희 집은 늘 떠들썩거리든요. 저도 쾌활한 성격인 데다 빈시 씨는 늘 사람들과 어울리는 것을 좋아하니까요. 로저먼드는 이런 생활에 익숙했고요. 아무 때나 나가서 언제 집에 돌아올지 모르고, 내성적이고 자존심이 강한 남편과는 전혀 다르지요. 제 생각에는 말이에요." 경솔한 빈시 부인은 이 말을 덧붙이면서 목소리를 조금 낮췄다. "그렇지만 로저먼드는 늘 천사 같은 성격이었어요. 제 오라비들이 종종 불쾌하게 굴어도 화를 낸 적이 한 번도 없었어요. 아기 때부터 언제나 착했고 나무랄 데 없는 성격이었죠. 다만 다행히도 제 아이들은 모두 성격이 좋아요."

넓은 모자 끈을 뒤로 젖히면서 일곱 살부터 열한 살의 어린 세 딸을 바라보며 미소 짓는 빈시 부인을 본 사람이라면 누구라도 이 말을 쉽게 믿었을 것이다. 그런데 그녀는 미소를 지으며 바라본 광경에 메리 가스를 끼워 넣을 수밖에 없었다. 세 소녀가 이야기를 해 달라고 메리를 구석 자리로 끌어들였던 것이다. 메리는 룸펠슈틸츠헨 이야기[83]를 막 끝내고 있었

---

83) 그림 형제의 대표적 동화 가운데 하나.

다. 레티가 가장 좋아하는 빨간 책에 나오는 이야기를 무식한 언니 오빠들에게 지치지 않고 들려주었기에 메리는 그 이야기를 잘 알고 있었다. 빈시 부인이 귀여워하는 딸 루이자가 달려와 눈을 크게 뜨고 흥분해서 소리쳤다. "아, 엄마, 엄마, 조그만 남자가 너무 세게 발을 구르는 바람에 발을 다시 꺼낼 수 없었어요!"

"저런, 요 귀여운 천사!" 엄마가 말했다. "내일 엄마에게 전부 들려주렴. 이제 가서 들어라!" 그러고는 루이자를 바라보고 그 매력적인 구석 자리로 눈길을 보내면서 프레드가 다시 메리를 초대하고 싶어 한다면 아이들이 그녀와 함께 있는 것을 좋아하니까 반대하지 않겠다고 생각했다.

구석 자리는 더욱 활기를 띠었다. 페어브라더 씨가 들어와 루이자 뒤에 앉아서는 아이를 무릎에 앉혔던 것이다. 그러자 소녀들은 목사가 룸펠슈틸츠헨 이야기를 들어야 한다고, 메리가 처음부터 다시 들려줘야 한다고 졸랐다. 목사도 그렇게 요구했으므로 메리는 불평하지 않고 똑같은 단어를 쓰면서 적절한 표현으로 다시 시작했다. 페어브라더 씨가 아이들을 즐겁게 해 주려고 과장된 흥미를 표현하면서 분명 찬탄하는 얼굴로 메리를 바라보지 않았더라면 가까이 앉아 있던 프레드는 메리의 실감 나는 이야기에 그저 의기양양한 기분이었을 것이다.

"이제는 내 외눈박이 거인 이야기를 좋아하지 않겠구나, 루이자." 다른 쪽 구석에서 프레드가 말했다.

"아냐, 좋아할 거야. 이제는 그 이야기를 해 줘." 루이자가 말했다.

"오, 그래? 난 그만뒀어. 페어브라더 씨에게 부탁드려."

"그래." 메리가 덧붙였다. "톰이라는 거인 때문에 아름다운 집이 부서진 개미 이야기를 해 달라고 페어브라더 씨께 부탁드려 봐. 그 거인은 개미들 울음소리를 듣지 못하고 손수건으로 눈물 닦는 것을 보지 못했기 때문에 개미들이 개의치 않는다고 생각했단다."

"이야기해 주세요." 루이자가 목사를 올려다보며 말했다.

"아니, 아냐, 나는 진지한 늙은 목사란다. 내 가방에서 옛날 이야기를 꺼내려고 하면 그 대신 설교가 나오지. 설교를 해 줄까?" 그는 근시안용 안경을 쓰고 입술을 내밀며 말했다.

"네……." 루이자는 망설이며 대답했다.

"그럼, 보자. 케이크에 대해서. 케이크는 나쁜 거란다. 특히 달콤하고 자두가 들어 있으면 말이지."

루이자는 이 말을 자못 심각하게 받아들이고 목사의 무릎에서 내려와 프레드에게 갔다.

"아, 새해 첫날에는 설교를 하면 안 된다는 걸 알겠군." 페어브라더 씨는 이렇게 말하며 일어서서 다른 곳으로 갔다. 최근에 그는 프레드가 자신을 질투한다는 것과 메리를 다른 여자들보다 더 좋아하는 자기 마음이 사그라지지 않았음을 알게 되었다.

"가스 양은 무척 기분 좋은 아가씨예요." 아들을 지켜보던 페어브라더 부인이 말했다.

"그래요." 노부인이 대답을 기대하며 바라보았기에 빈시 부인은 어쩔 수 없이 대답해야 했다. "더 예쁘지 않은 건 유감이에요."

"나는 그렇게 생각하지 않아요." 페어브라더 부인이 단호하게 말했다. "표정이 좋거든요. 선량하신 하느님께서는 미모 없이도 탁월한 아가씨를 만들 수 있다고 생각하셨는데 우리가 늘 미모를 바라서는 안 되지요. 첫 번째로 중요한 것은 훌륭한 태도예요. 그리고 가스 양은 어떤 자리에서든 잘 처신하는 법을 알아요."

노부인은 메리를 장차 며느릿감으로 생각했기에 약간 날카로운 어조로 말했다. 프레드에 관한 메리의 태도는 사람들에게 밝히기 곤란했기에 그 사실을 알지 못하는 로윅 목사관의 세 숙녀는 캠던이 가스 양을 아내로 선택하기를 여전히 바라고 있었다.

새로운 손님들이 들어왔고, 응접실에서 음악과 게임이 한창인 동안에 현관 맞은편의 조용한 방에서는 휘스트 카드놀이를 위한 탁자가 마련되었다. 페어브라더 씨는 모친을 기쁘게 해 주려고 3판 승부 게임을 했다. 그 어머니는 이따금 자신이 휘스트를 하는 것이 그 놀이와 관련한 비방이나 새로운 의견 — 남이 내놓은 패와 같은 패를 낼 수 있으면서도 그렇게 하지 않는 것을 점잖은 일로 여기는 — 에 대한 항의라고 생각했다. 그러나 마침내 목사는 치첼리 씨를 대신 앉히고 방을 나섰다. 그가 현관을 가로질러 갈 때 리드게이트가 막 들어와서 코트를 벗고 있었다.

"바로 자네를 찾고 있었네."라고 목사는 말했다. 그들은 응접실로 들어가지 않고 현관을 따라 걷다가 벽난로를 등지고 섰다. 쌀쌀한 바깥 공기가 들어와서 불꽃이 활활 일었다. "보다시피 난 이제 휘스트 탁자에서 아주 쉽게 일어설 수 있다네." 그는 리드게이트를 보고 미소를 지으며 말했다. "지금은 돈을 따려고 카드놀이를 하지 않으니까. 그게 자네 덕이라고 캐소본 부인이 말씀하시더군."

"어째서요?" 리드게이트가 냉정하게 대답했다.

"아, 자네는 내게 알려 주지 않을 생각이었겠지. 그런 과묵함은 너그럽지 못하네. 자네가 좋은 일을 해 줬다는 것을 누군가가 기뻐할 수 있게 해 줘야지. 어떤 사람들은 신세 지는 것을 싫어하지만 나는 그런 감정에 공감하지 않네. 맹세코, 난 내게 잘해 준 사람들에게 신세를 지는 편이 더 좋다네."

"무슨 말씀인지 모르겠군요." 리드게이트가 말했다. "딱 한 번 캐소본 부인에게 목사님에 대해서 말한 적이 있는 것 말고는. 그렇지만 내가 그런 말을 했다는 것을 언급하지 않기로 약속해 놓고 부인이 약속을 깨뜨릴 줄은 몰랐어요." 리드게이트는 벽난로 모서리에 등을 기대며 어두운 얼굴로 말했다.

"누설한 사람은 브룩 씨였네. 바로 얼마 전에. 내가 그 성직록을 얻게 되어 무척 기쁘다고 입에 발린 말을 하시더군. 자네가 나를 켄이며 틸롯슨[84]이며 그런 사람이라고 칭찬을 해 대면서 그분의 계획을 방해하는 바람에 캐소본 부인이 다른 사람들의 말을 들으려 하지 않았다고."

---

84) 17세기의 유명한 성직자이자 작가.

"브룩은 입이 가벼운 바보예요." 리드게이트는 경멸하듯이 말했다.

"그래, 그때는 그의 입이 가벼워서 고마웠네. 자네가 나를 돕고 싶어서 한 일을 왜 내게 알리지 않으려 했는지 모르겠어. 내게 확실히 큰 도움을 주었는데. 인간의 올바른 행위 중 아주 많은 것이 궁핍하지 않은 상태여야 가능하다는 것을 알면 독선적인 자아도취를 힘껏 억누르게 되지. 악마의 도움이 필요하지 않으면 악마의 비위를 맞추려고 「주기도문」을 거꾸로 외우려는 유혹을 받지 않을 걸세. 이제 나는 행운의 미소에 매달릴 필요가 없다네."

"행운 없이 과연 돈을 벌 수 있을지 모르겠군요." 리드게이트가 말했다. "직업에서 돈을 번다 하더라도 그건 분명 운이 좋아서 버는 겁니다."

페어브라더 씨는 예전에 리드게이트가 말하던 방식과는 확연히 다른 이 말을 과중한 업무 때문에 마음이 편치 않은 사람의 우울한 기분에서 종종 일어나는 심술로 설명할 수 있다고 생각했다. 그는 기분 좋게 수긍하는 어조로 대답했다.

"아, 세상살이에는 엄청난 인내심이 필요하지. 하지만 자신을 사랑해 주고 능력이 닿는 대로 보살펴 주겠다고 자청하는 친구들이 있을 때 참을성을 갖고 기다리는 것이 더 쉬워진다네."

"아, 그렇겠죠." 리드게이트는 자세를 바꾸고 시계를 보면서 무관심한 어조로 말했다. "사람은 자신의 곤경을 필요 이상으로 지나치게 과장하지요."

그는 페어브라더 씨가 도와주겠다고 자청하고 있다는 것을 분명히 알았고, 그것을 참을 수 없었다. 우리 인간이란 무척 기묘한 존재라서 그는 목사를 은밀히 도왔다는 생각으로 오랫동안 뿌듯해했으면서도 목사가 이제 자기를 도와줄 필요를 느꼈다는 암시를 내비친 것만으로도 몸을 사리고 입을 굳게 다물었다. 게다가 그런 제안에 어떤 답변이 이어지겠는가? '사정을 구구절절 늘어놓아야' 하고, 특히 무엇이 필요하다고 넌지시 암시해야 한다. 그 순간 차라리 죽는 편이 더 쉬워 보였다.

페어브라더 씨는 매우 민감한 사람이었으므로 그 대답의 의미를 알아들었다. 리드게이트의 체격에 걸맞은 굳센 태도와 어조는 그가 첫 번째 요청에 퇴짜를 놓았으면 이후에도 절대 설득할 수 없으리라는 사실을 알려 주는 것 같았다.

"지금 몇 시지?" 목사는 상처받은 감정을 누르며 말했다.

"11시가 지났군요." 리드게이트가 말했다. 그리고 그들은 응접실로 들어갔다.

64장

첫 번째 신사: 권력이 있는 곳에 또한 허물이 있다네.
두 번째 신사: 아니, 권력이란 상대적인 것이지. 다가오는 흑사병을
　　　　　　국경의 요새로 겁줄 수 없고,
　　　　　　교묘한 주장으로 잉어를 낚을 수도 없지.
　　　　　　모든 힘은 하나 속에 들어 있는 둘. 결과가 존재하지 않으면
　　　　　　원인은 원인이 아니라네. 행동하는 자아는
　　　　　　수동적인 자아를 내포해야지. 따라서 명령은
　　　　　　복종이 있어야 존재하는 법.

　리드게이트는 사정을 털어놓을 생각이 혹시 있었더라도 자신에게 당장 필요한 것을 페어브라더 씨가 도와줄 수 없음을 알고 있었다. 상인들에게서 연말 청구서가 날아오고 도버의 가구 저당권이 위협하는 데다 불쾌감을 주어서는 안 되는 환자들로부터 의료비가 천천히 감질나게 조금씩 들어오는 것을 제외하면 수입이 전혀 없는 상태에서 — 프레싯 홀과 로윅 매너에서 받은 두둑한 의료비는 쉽게 소진되어 버렸기에 — 적어도 1000파운드는 있어야 현재의 곤란한 재정 상태에서 벗어나고 조금 남는 돈으로, 그런 상황에서 기대감을 표현하는 유행어를 따르자면 "주위를 돌아볼 시간"이 생길 거였다.

　즐거운 크리스마스는 으레 행복한 새해로 이어지고, 이때 동료 시민들은 미소를 지으며 이웃에게 베풀어 준 노고와 상

품에 대한 보상을 받기를 원한다. 그래서 리드게이트의 마음은 너저분한 근심거리에 너무나 옥조인 나머지 다른 문제들에 관해서는 일상적으로 줄곧 요구되는 문제에서도 지속적으로 생각할 수 없었다. 그는 원래 성마른 사람이 아니었다. 웬만큼 편안한 상태였다면 그의 튼튼한 신체와 활력적인 지성, 열성적이고 친절한 마음은 고약한 성미를 부리게 하는 쩨쩨하고 무절제한 감정에서 언제라도 벗어날 수 있었을 것이다. 그러나 지금은 그런 골칫거리뿐 아니라 그 밑에 깔린 부차적인 의식, 즉 자신이 힘을 허비하고 있으며 수치스러운 일에 빠져 있다는 의식으로 지독한 염증에 시달렸다. 그가 예전에 세웠던 목적과 정반대되는 것들이었다. '내가 생각하는 것은 이것이고, 내가 생각할 수 있었을 것은 저것이야.'라는 내면의 쓰디쓴 소리가 끝없이 이어지면서 온갖 고충을 이중으로 자극해 더욱 초조한 기분을 불러왔다.

어떤 신사들은 자신의 위대한 영혼이 실수로 빠져든 우주라는 따분한 덫에 대해 전반적인 불만을 표현함으로써 문학계에서 놀라운 인물이 되기도 했다. 이처럼 어마어마하게 큰 자아와 하찮은 세계를 의식한다면 그 나름의 위안이 있을 것이다. 그러나 리드게이트의 불만은 더욱 견디기 어려웠다. 그것은 사고와 효과적인 행동에서 위대한 존재가 자기 주위에 있는 반면 자신의 자아는 점점 협소해지면서 비참하게 고립된 이기적인 두려움에 빠져들고 그런 두려움을 줄여 줄 사건을 천박하게도 노심초사하며 바라고 있다는 의식이었다. 그의 고통은 한심하게도 구질구질하게 보일 테고, 빚이라면 오로지

막대한 규모의 부채만 생각하는 고귀한 사람들에게는 주목할 가치조차 없을 것이다. 물론 그것은 구질구질했다. 그리고 고귀하지 않은 대다수의 사람은 돈에 대한 갈망에서 자유롭지 않다면 구질구질함에서 벗어날 길이 없다. 그 갈망의 온갖 비열한 희망과 유혹, 죽음을 기다리는 밤샘, 요청의 암시, 나쁜 물건을 좋은 물건으로 속여 넘기려는 말 장수의 욕망, 다른 사람의 몫이어야 하는 직분을 얻으려는 시도, 광범위한 재앙에서 종종 행운을 갈망하는 충동에서 자유롭지 않다면.

리드게이트는 극도로 불쾌한 이 멍에 밑에 목을 들이대고 있다는 생각으로 몸부림쳤기에 신랄하고 음울한 상태에 빠져들었고, 이로 인해 로저먼드와의 괴리감은 끊임없이 커지고 있었다. 청구서에 대해 처음 알려 준 후 그는 생활비를 줄이려는 방안에 그녀가 동의하게 하려 애썼고, 크리스마스가 위협적으로 다가오면서 그의 제안은 점점 더 명확해졌다. "하인 한 명만 있으면 우리 둘이서 살림을 꾸려 나가고 아주 적은 생활비로 살 수 있을 거예요." 그가 말했다. "나는 말을 한 마리만 부리겠소." 이미 보았듯이 리드게이트는 생활비에 관해 점점 분명한 인식을 갖고 따져 보게 되었다. 그리고 체면과 관련된 자존심이 아무리 강하더라도 채무자로 낙인찍히거나 사람들에게 돈을 빌려 달라고 부탁하면서 구역질을 느낄 자존심과 비교하면 하찮았다.

"물론 당신이 원한다면 다른 하인 두 명을 해고할 수 있어요." 로저먼드는 말했다. "하지만 우리가 그렇게 초라하게 산다면 당신 지위에 해로울 거예요. 당신 의료업의 평판도 더 낮아질 거라고 예상해야 해요."

"사랑하는 로저먼드, 이것은 선택하고 말고 할 문제가 아니요. 우린 너무 사치스럽게 시작했어요. 당신도 알다시피 피콕은 이보다 훨씬 좁은 집에서 살았어요. 내 잘못이오. 판단을 잘했어야 했는데. 당신을 익숙하지 않은 가난한 생활에 끌어들였으니 나는 매질을 — 내게 그럴 권리가 있는 사람이 있다면 — 당해도 싸다고 생각해요. 하지만 우리는 서로 사랑했기 때문에 결혼했어요. 그러니 상황이 나아질 때까지 사랑으로 잘 버텨 나갈 거요. 자, 여보, 일거리를 내려놓고 내게 와요."

사실 그는 그 순간 그녀에 대해 냉담하고 울적한 기분이었다. 그러나 애정 없이 살아갈 앞날이 두려웠기에 그들 사이에 점점 끼어들 불화에 저항하려고 작정했다. 로저먼드는 그 말에 순순히 따랐고 그의 무릎에 앉았지만 영혼 깊은 곳에서는 그에게서 완전히 멀어져 있었다. 가엾은 여자는 오로지 세상이 자기 마음에 들게 돌아가지 않는다는 것을 보았고, 리드게이트는 그 세상의 일부였다. 그러나 그는 한 손으로 허리를 감싸고 다른 손을 부드럽게 그녀의 두 손에 올려놓았다. 다소 통명스러운 이 남자는 여자에게 무척 다정하게 대했고, 여자의 심신의 구조적 약점과 건강의 미묘한 균형을 늘 염두에 두고 있는 것 같았다. 그는 다시 설득하듯 말했다.

"이제 좀 살펴보았더니, 로지, 살림살이에서 놀랍게도 많은 돈이 빠져나가더군. 하인들이 부주의했겠지. 그리고 사람들을 무척 많이 초대했고. 하지만 우리 같은 처지에서 훨씬 적은 돈으로 생활을 꾸려 가는 사람도 틀림없이 많을 거요. 내 생각에 그들은 훨씬 값이 싼 물건을 쓰고, 남은 것을 아낄 테고. 그러면 돈이 조금밖에 들지 않을 거요. 렌치는 최대한 수수한 물건을 사용하니까. 그리고 그는 환자가 무척 많아요."

"아, 당신이 렌치 가족처럼 살 생각이라면!" 로저먼드는 고개를 약간 돌리면서 말했다. "하지만 당신은 그런 생활이 혐오스럽다고 말한 적이 있잖아요."

"그래요, 그들의 취향은 어느 모로 보나 형편없어요. 절약을 추하게 보이도록 만들지. 우리가 그럴 필요는 없어요. 내 말은 렌치에게 환자가 아주 많지만 낭비를 하지 않는다는 거요."

"당신에게는 왜 환자가 많지 않은 거예요, 터시어스? 피콕 씨는 많았잖아요. 당신은 사람들에게 불쾌감을 주지 않도록 더 조심하고 다른 의사들처럼 약을 처방해 줘야 해요. 당신이 처음에는 잘 시작했다고 믿어요. 몇몇 훌륭한 집안의 주치의가 되었고요. 괴짜처럼 굴어서는 성공할 수 없어요. 당신은 사람들이 대체로 무엇을 원하는지 생각해야 해요." 로저먼드는 단호하게 충고하려는 목소리로 작게 말했다.

리드게이트는 화가 치밀었다. 여자의 약점은 너그럽게 감싸 줄 용의가 있지만 여자의 명령에 대해서는 그렇지 않았다. 물의 요정의 천박한 영혼은 훈계를 늘어놓기 전까지만 매력적으로 보일 것이다. 그러나 그는 화를 억눌렀고, 그저 독단적으로 단호하게 말했다.

"내 의료업에서 어떻게 할지는 내가 판단할 일이오, 로지. 그건 우리 둘 사이의 문제가 아니라고. 당신은 우리 수입이 아주 적고, 앞으로 한동안은 400파운드도 채 안 되고 그보다도

적을 수 있다는 걸 알면 되는 거요. 우리는 그 사실에 따라서 생활을 꾸려 가도록 애써야 해요."

로저먼드는 잠시 앞을 바라보며 가만히 있다가 말했다. "당신은 그 병원에 할애하는 시간에 대해 불스트로드 고모부에게서 급료를 받아야 해요. 무료로 일하는 건 옳지 않아요."

"그건 처음부터 무보수 봉사로 합의가 되었소. 그 문제도 논의할 필요가 없어요. 나는 유일한 방법을 이미 이야기했어요." 리드게이트는 성마르게 말했다. 그러다가 자제하면서 더 조용히 말을 이었다.

"현재의 곤경을 벗어날 한 가지 방법이 있는 것 같아. 네드 플림데일 씨가 소피 톨러 양과 결혼할 거라는 말을 들었거든. 그들은 부유하고, 미들마치에 훌륭한 집이 비는 경우는 흔치 않으니 아마 기꺼이 이 집과 가구 대부분을 얻고 싶어 할 거요. 임대료를 후하게 지불할 테고. 플림데일에게 말해 보라고 트럼불 씨에게 위탁해야겠소."

로저먼드는 남편의 무릎에서 일어나 천천히 방의 다른 구석으로 걸어갔다. 그녀가 몸을 돌려 그에게 다가왔을 때 눈물을 흘린 자국이 선명했다. 그녀는 울지 않으려고 아랫입술을 깨물고 양손을 꽉 쥐고 있었다. 리드게이트는 비참한 심정이었다. 화가 치밀어 올랐지만 바로 그 순간에 화를 내는 것은 남자답지 못하다고 느꼈다.

"미안해요, 로저먼드. 이 일이 고통스럽다는 걸 알아요."

"식기류를 돌려보내고 가구 물품 명세서를 작성하도록 참아 주면서 생각했어요. 그걸로 충분하리라고요."

"그때 당신에게 설명했었지. 그것은 담보일 뿐이고, 담보 뒤에는 빚이 있는 거요. 그리고 그 빚을 다음 몇 달 내로 갚아야 해요. 그러지 않으면 가구가 경매될 거요. 만일 플림데일이 우리 집과 가구 대부분을 넘겨받는다면 우리는 그 빚과 다른 빚도 갚을 수 있고, 우리에게는 너무 비싼 이 집을 떠날 거요. 좀 더 작은 집을 얻을 수 있겠지. 내가 알기로는 트럼불이 연 30파운드에 세를 얻을 아주 근사한 집을 알고 있어요. 이 집은 90파운드나 되는데." 리드게이트는 얼빠진 사람에게 긴급한 사실을 주입할 때처럼 망치로 땅땅 두들기듯이 퉁명스럽게 말했다. 소리 없이 로저먼드의 뺨에서 눈물이 흘러내렸다. 그녀는 그저 손수건으로 얼굴을 누르고는 벽난로 위의 큰 화병을 바라보며 서 있었다. 예전에 느껴 보지 못한 괴로운 순간이었다. 마침내 그녀는 천천히 신중하게 힘주어 말했다.

"난 당신이 이런 식으로 처신하고 싶어 하리라고는 전혀 생각하지 못했어요."

"하고 싶어 한다고?" 리드게이트는 소리를 지르며 의자에서 벌떡 일어나 주머니에 손을 찔러 넣고 난롯가에서 떨어진 곳으로 성큼 걸어갔다. "이건 좋아하고 말고의 문제가 아니오. 물론 나는 그렇게 하고 싶지 않아요. 내가 할 수 있는 유일한 방법일 뿐이지." 그는 몸을 돌려 그녀 쪽을 바라보았다.

"그것 말고 다른 방법들이 있을 거예요." 로저먼드가 말했다. "가구를 팔고 미들마치를 완전히 떠나도록 해요."

"무엇을 위해? 미들마치의 내 일을 놔두고 일거리가 없는 곳으로 떠날 이유가 어디 있소? 여기서 그렇듯 다른 곳에 가도 우리는 돈 한 푼 없을 텐데." 리드게이트는 더욱 화가 나서 말했다.

"우리가 그런 처지가 된다면 그건 순전히 당신의 소행이에요, 터시어스." 로저먼드는 몸을 돌려 확신에 찬 목소리로 말했다. "당신이 마땅히 그래야 하듯이 당신 가족에게 예의 바르게 대하지 않았으니까. 당신은 리드게이트 대령의 기분을 상하게 했어요. 고드윈 경은 우리가 퀄링엄에 있을 때 내게 무척 친절하게 대해 주셨는데. 당신이 그분에게 적절한 존중심을 보여 드리고 사정을 말씀드렸으면 무엇이든 해 주셨을 거예요. 그런데 당신은 그렇게 하기보다는 우리 집과 가구를 네드 플림데일 씨에게 넘기는 편이 낫다는 거죠."

다시 격한 감정으로 대답했을 때 리드게이트의 눈에서 사나운 빛이 일렁였다. "자, 그렇다면, 당신이 그런 식으로 말하겠다면, 나는 그렇게 하는 편이 좋소. 아무 소용도 없는 곳에 구걸하러 가서 나 자신을 웃음거리로 만드는 것보다는 그편이 훨씬 좋다고 인정하겠소. 그러니 잘 들어요. 바로 그것이 내가 하고 싶은 일이오."

마지막 말을 할 때 그의 어조는 억센 손으로 로저먼드의 섬세한 팔을 우악스레 움켜잡는 것 같았다. 하지만 그렇더라도 그의 의지가 그녀보다 조금이라도 더 강한 것은 아니었다. 그 즉시 그녀는 아무 말 없이, 하지만 리드게이트가 하려는 일을 가로막겠다고 굳게 결심하며 방에서 나갔다.

그는 집을 나섰다. 그러나 흥분이 가라앉고 냉정해지자 아내와 상의하면서 결국 마음속에 두려움만 쌓였다고 느꼈다.

앞으로의 일에 대해 속마음을 털어놓을 때 자신이 또다시 격한 말을 쏟아내리라는 두려움이었다. 부서지기 쉬운 수정에 금이 가기 시작한 것 같았고, 조금만 움직여도 돌이킬 수 없는 결과를 가져올까 두려웠다. 서로를 계속 사랑할 수 없다면 그의 결혼은 신랄한 풍자 한마디에 지나지 않을 것이다. 그는 그녀의 부정적인 면모라고 생각했던, 자신의 특별한 소망과 전반적인 목적을 무시하는 데서 드러난 그녀의 감수성 결핍에 대해 오래전에 체념했다. 첫 번째 큰 실망은 견뎌 냈다. 이상적인 아내의 다정한 헌신과 부드러운 찬탄은 포기해야 했고, 팔다리를 잃은 사람들이 그러듯이 삶에 대한 기대 수준을 낮춰서 받아들여야 했다. 그러나 현실의 아내는 권리를 주장할 뿐 아니라 여전히 그를 사로잡고 있었다. 그는 아내가 자기를 계속 강력하게 사로잡기를 절실히 바랐다. 결혼 관계에서 '나는 그녀를 더는 사랑하지 않을 거야.'라는 두려움보다 '그녀가 결코 나를 많이 사랑하지 않을 거야.'라는 확신이 차라리 견디기 쉬웠다. 그러므로 화를 낸 후에는 그녀를 완전히 용서하고 부분적으로는 자기 잘못으로 일어난 괴로운 상황을 탓하려고 속으로 노력했다. 그날 저녁에 그는 그녀를 다정하게 어루만지면서 아침에 남긴 상처를 달래려고 애썼다. 로저먼드는 쌀쌀맞거나 심술궂은 성격이 아니었다. 사실 그녀는 남편이 자기를 사랑하고 있으며 평정을 잃지 않았다는 징후를 즐겁게 받아들였다. 그러나 그것은 그를 사랑하는 것과는 전혀 다른 문제였다.

리드게이트는 집을 처분하려는 계획을 곧 다시 언급하지

않으려 했다. 계획을 실행할 생각이었지만 가급적 이야기는 꺼내지 않았다. 그러나 로저먼드가 먼저 이야기를 꺼냈고, 아침을 먹으면서 부드럽게 말했다.

"트럼불 씨에게 이야기했어요?"

"아니." 리드게이트가 말했다. "오늘 아침에 나가는 길에 들러야지. 시간을 낭비해서는 안 되니까." 그는 로저먼드의 질문을 내면의 저항을 철회했다는 의미로 받아들였고, 일어서서 나가며 그녀의 머리카락에 애무하듯이 입술을 댔다.

로저먼드는 오전 방문에 적절한 시간이 되자 네드 씨의 모친인 플림데일 부인을 찾아갔고, 상냥하게 축하 인사를 건네면서 다가오는 결혼에 대한 이야기를 꺼냈다. 어머니로서 플림데일 부인은 로저먼드가 이제 자신의 어리석음을 되돌아보았으리라고 생각했다. 그리고 지금은 아들이 전적으로 유리한 입장이라고 느끼면서 친절한 여자였으므로 상냥하게 대했다.

"그래, 네드는 무척 행복하다오. 소피 톨러는 며느리에게 바랄 만한 것을 모두 갖추었고, 물론 그 부친이 상당한 재산을 마련해 줄 거라오. 그분 같은 양조업자에게 당연히 기대할 만한 것이지. 인척 관계도 나무랄 데 없어요. 하지만 내가 보는 것은 그게 아니에요. 그녀가 너무나 훌륭한 아가씨라는 거지. 젠체하지도 않고 우쭐대지도 않아요. 최고 수준의 아가씨예요. 물론 작위가 있는 귀족을 뜻하는 건 아니지만. 자기 본분을 벗어나려는 사람들은 거의 다 좋은 점이 별로 없어요. 내말은 소피가 이 도시의 최고 상류층과 같은 수준이고, 그녀가 그것에 만족한다는 뜻이지."

"저는 늘 그녀가 무척 쾌활하다고 생각했어요." 로저먼드가 말했다.

"네드가 최고 집안과 인척 관계를 맺게 된 것은 그 아이가 너무 거만하게 처신한 적이 없어서 보상을 받은 거라고 생각해요." 플림데일 부인의 타고난 예리한 의식은 자신이 상황을 정확하게 보고 있다는 열렬한 생각으로 둔감해졌다. "그리고 톨러 씨 가족은 상당히 까다로운 분들이기에 우리와 교류하는 몇몇 벗들이 그들의 벗들과 다르다고 해서 반대할 수도 있었어요. 당신 고모 불스트로드와 내가 어릴 때부터 친했다는 것은 잘 알려져 있고, 내 남편은 늘 불스트로드 씨 편이었으니까. 나도 진지한 의견을 좋아하고. 그런데도 톨러 씨 가족은 네드를 기꺼이 받아들였어요."

"네드 씨는 매우 가치 있고 훌륭한 원칙을 가진 분이라고 믿어요." 로저먼드는 플림데일 부인이 유리하게 바로잡은 말에 대한 반응으로 교묘히 후원을 베풀듯이 말했다.

"내 아들은 육군 대위 같은 스타일이나 사람들을 부리는 듯한 태도는 갖고 있지 않아요. 과시적으로 말을 잘하거나 노래를 잘하거나 지적인 재주도 없고. 하지만 그래서 감사하게 생각하지. 그런 자질은 현세를 위해서나 내세를 위해서나 별 도움이 되지 않으니까."

"아, 네, 외모는 행복과 거의 관련이 없지요." 로저먼드가 말했다. "그들은 행복한 부부가 될 거예요. 집은 구했나요?"

"아, 그저 얻을 수 있는 집에 만족해야 할 거예요. 성 베드로 광장에 있는 핵버트 씨네 옆집을 보았어요. 그분의 소유인

데 멋지게 수리를 하고 있어요. 아마 더 좋은 집은 얻지 못할 것 같아. 실은 오늘 네드가 그 문제를 결정할 거예요."

"그 집은 멋질 거예요. 저는 성 베드로 광장을 좋아해요."

"글쎄, 교회 가까이 있고 고풍스러운 지역이죠. 하지만 창문이 좁고 작은 층계가 많아요. 혹시 앞으로 빌 집을 알고 있어요?" 플림데일 부인은 갑자기 든 생각에 활기를 띠며 둥글고 검은 눈으로 로저먼드를 뚫어지게 바라보았다.

"아뇨, 그런 것에 대해서는 들은 바가 없어요."

방문하려고 나섰을 때 로저먼드가 이런 질문과 대답을 예상한 것은 아니었다. 그저 불쾌하기 짝이 없는 상황에서 집을 떠나지 않을 수 있도록 어떤 정보라도 얻으려는 생각뿐이었다. 자신의 거짓 답변에 대해 그녀는 곰곰이 생각하지 않았고, 외모가 행복과 관련이 없다는 말의 진의에 대해 생각해 보지 않은 것과 마찬가지였다. 자신의 목적은 전적으로 정당하다고 그녀는 믿었다. 용서할 수 없는 생각을 품은 사람은 리드게이트였다. 그녀가 마음속의 계획을 다 실행에 옮기면 그가 자신의 품위를 떨어뜨린 것이 얼마나 큰 잘못이었는지 증명할 수 있었다.

그녀는 집으로 돌아가는 길에 보스롭 트럼불 씨의 사무실에 들렀다. 용무라는 형식으로 무언가를 해 보겠다고 생각한 것은 생전 처음이었지만 그 상황을 감당할 수 있다고 느꼈다. 극히 혐오스러운 것을 강요받는다는 생각에 그녀의 조용한 고집은 적극적인 창의력으로 바뀌었다. 이런 경우에는 그저 말을 듣지 않고 침착하고 평온하게 고집을 부리는 것만으로 충분하지 않았다. 그녀는 자기 판단에 따라 행동해야 했고, 자신의 판단이 옳다고 생각했다. '물론 내 판단이 옳지 않다면 그것에 따라 행동하고 싶은 마음이 들지 않았을 거야.'

트럼불 씨는 사무실의 뒷방에 있다가 더없이 친절한 태도로 로저먼드를 맞았다. 그는 그녀의 매력을 민감하게 느낄 수 있었을 뿐 아니라 리드게이트가 곤경에 처하는 바람에 놀랍도록 예쁜 여자, 최고로 매력적인 이 젊은 숙녀가 고통스러운 압박감을 느낄 테고 스스로 억제할 수 없는 상황에 말려들었음을 알게 되었으리라고 확신하면서 선량한 마음이 일었던 것이다. 그는 그녀에게 앉으라고 청했고, 자신은 그 앞에 서서 매무새를 가다듬으며 너그러운 배려와 열의를 다해서 대했다. 로저먼드는 우선 남편이 그날 아침에 트럼불 씨를 방문해 자신들의 집을 처분하려는 이야기를 했는지 물었다.

"네, 마담, 네. 그러셨지요. 오셨었지요." 선량한 경매인은 말하면서 위로를 해 주려는 듯 되풀이했다. "가능하면 오늘 오후에 말씀대로 성사시키려 하고 있었어요. 질질 끌지 않기를 바라셨거든요."

"더 이상 진척시키지 마시라고 말씀드리러 왔어요, 트럼불 씨. 그리고 이 문제에 대해 제가 드린 말씀을 언급하시지 않으셨으면 해요. 제 부탁을 들어주시겠어요?"

"물론입니다, 리드게이트 부인. 물론이지요. 사업이든 다른 일이든 비밀을 지키는 것은 제게 생명과도 같습니다. 그럼 그 위탁은 취소된 것으로 생각하면 되겠습니까?" 트럼불 씨는 푸른 넥타이의 긴 끄트머리를 양손으로 만지작거리며 경의에 찬 눈으로 로저먼드를 보았다.

"네, 제발 그렇게 해 주세요. 네드 플림데일 씨는 집을 구했 더군요. 성 베드로 광장에 있는 핵버트 씨 댁의 옆집으로요. 제 남편은 자신이 위탁한 일이 소용없게 되어 화를 낼 거예 요. 그것 말고도 상황이 달라져서 그 부탁이 불필요하게 되었 어요."

"아주 좋습니다, 리드게이트 부인. 좋습니다. 제 도움이 필 요하실 때는 언제나 부인의 분부를 따르겠습니다." 트럼불 씨 는 돈을 마련한 모양이라고 짐작하면서 흔쾌히 말했다. "저를 믿으세요. 이 일은 더 이상 진척시키지 않겠습니다."

그날 저녁에 로저먼드가 최근 어느 때보다 더 생기가 도는 모습으로 요청을 받지 않고도 남편을 기쁘게 해 주려는 듯이 보였기에 리드게이트는 약간 마음이 놓였다. 그는 생각했다. '아내가 행복해하고 내가 그럭저럭 꾸려 나갈 수 있다면 이깟 일이 뭐 대수겠어? 우리가 기나긴 여행에서 지나야 할 좁은 늪에 불과할 뿐인데. 내가 마음을 다잡으면 헤쳐 나가겠지.'

그는 기운이 나서 예전에 찾아보려 했지만 끊임없이 이어진 사소한 근심들로 밀려온 절망감 때문에 포기하고 말았던 실 험 기록을 뒤적이기 시작했다. 원대한 탐구에 몰두하면서 그 는 예전과 같은 기쁨을 조금 느꼈고, 그동안 로저먼드는 저녁 나절 호수에서 노를 철썩이는 소리처럼 그의 사색에 도움이 되는 음악을 조용히 연주했다. 시간이 꽤 지나서 그는 책들을 밀어 놓고 머리 뒤로 깍지를 낀 채 난롯불을 바라보며 새로운 검사를 위한 실험 방법을 구상하는 문제에 몰두하고 있었다.

그때 로저먼드가 피아노에서 일어나 남편 쪽으로 놓인 의자에 기대앉으며 말했다.

"네드 플림데일 씨는 벌써 집을 구했더군요."

리드게이트는 잠을 자다가 방해를 받은 사람처럼 깜짝 놀라서 잠시 말없이 올려다보았다. 그러고는 불쾌한 느낌으로 얼굴을 붉히며 물었다.

"어떻게 알았어요?"

"오늘 아침에 플림데일 부인을 방문했어요. 성 베드로 광장의 핵버트 씨네 옆집을 구했다고 하시더군요."

리드게이트는 말이 없었다. 그는 깍지 낀 손을 풀고 흔히 하듯이 무릎에 팔꿈치를 괸 채 이마에 늘어진 머리카락을 손으로 눌렀다. 숨이 막혀서 나가려고 문을 열었는데 그 문이 벽으로 막혀 있음을 알게 된 듯이 극심한 실망감을 느꼈다. 그렇지만 그에게 실망감을 준 사실이 로저먼드에게는 틀림없이 기쁨을 주었을 것이다. 그는 처음의 발작적인 분노가 지나갈 때까지 그녀를 쳐다보지 않고 말도 하지 않으려 했다. 그는 쓰라린 기분으로 생각했다. 결국 여자들에게 집과 가구만큼 큰 관심사가 어디 있겠는가? 그런 것들이 없다면 남편이란 한심한 존재일 뿐이다. 고개를 들고 머리카락을 옆으로 밀었을 때 그의 검은 눈은 처량하게도 공감을 기대하지 않는 멍한 빛을 띠고 있었지만 그저 차갑게 말했다.

"어쩌면 다른 사람이 나타날지 모르지. 플림데일이 안 되더라도 계속 찾아봐 달라고 트럼불에게 말했어요."

로저먼드는 아무 말도 하지 않았다. 그녀는 어떤 사건이 일어나서 자신의 개입이 옳았음이 입증될 때까지 남편과 경매인 사이에 더는 접촉할 일이 없을 거라고 믿었다. 어떻든 당장 두려운 사건은 막았다. 잠시 후에 그녀가 말했다.

"그 불쾌한 사람들이 원하는 돈이 얼마예요?"

"불쾌한 사람들이라니 누구 말이오?"

"가구 목록을 가진 사람들과 다른 사람들 말이에요. 내 말은 돈이 얼마나 있어야 그 사람들이 만족하고 당신은 고통을 받지 않느냐고요?"

리드게이트는 어떤 병증을 찾으려는 듯이 그녀를 찬찬히 뜯어보며 말했다. "플림데일에게서 가구값과 집세로 600파운드를 받으면 그럭저럭 버텼을 거요. 도버의 빚을 갚고 다른 상인들이 좀 더 기다리도록 할부금을 낼 수 있을 테니까. 우리가 생활비를 줄인다면 말이지."

"내 말은 우리가 계속 이 집에 살려면 얼마가 필요하냐고요?"

"도저히 손에 넣을 수 없는 금액이오." 리드게이트는 약간 귀에 거슬리게 비꼬듯이 말했다. 로저먼드가 현실적으로 가능한 노력을 외면하고 비현실적인 소망을 생각하는 것이 화를 돋웠다.

"왜 액수를 말해 주지 않아요?" 로저먼드는 그의 태도가 마음에 들지 않는다는 것을 부드럽게 드러내며 말했다.

"글쎄······." 리드게이트는 어림짐작하듯이 말했다. "편안해지려면 적어도 1000파운드는 필요할 거요." 그는 가시 돋친 말투로 덧붙였다. "내가 생각할 문제는 그 돈이 있으면 어떻게 할지가 아니라 그 돈 없이 어떻게 해야 하는가요."

로저먼드는 아무 대답도 하지 않았다.

그러나 다음 날 그녀는 고드윈 리드게이트 경에게 편지를 쓰려는 계획을 실행에 옮겼다. 대위가 방문하고 돌아간 다음에 그와 누이 맹건 부인은 그녀의 유산을 위로하고 다시 퀼링엄에서 만나기를 바란다는 모호한 편지를 보냈다. 이런 예의상의 말치레는 아무 의미도 없다고 리드게이트가 말했지만 그녀는 리드게이트 집안이 남편을 소홀히 대한다면 그것은 남편의 냉정하고 경멸적인 태도 때문이라고 믿었다. 그녀는 아주 매력적인 답장을 보냈고, 구체적인 초대 편지가 날아올 거라고 확신했다. 그러나 아무 답장이 오지 않았다. 대위는 편지쓰기를 좋아하지 않는 사람이 분명했고, 누이들은 외국에 있을 거라고 로저먼드는 생각했다. 그러나 고국에 있는 친지들을 생각할 계절이 되었고, 어떻든 그녀의 턱을 토닥거리면서 1790년에 그를 사로잡았던 유명한 미인 크롤리 부인과 비슷하다고 말했던 고드윈 경은 그녀의 호소에 마음이 동할 것이며, 조카에게 마땅히 해 줘야 할 것을 그녀를 위해서 기쁜 마음으로 해 주려고 생각할 것이다. 로저먼드는 자신이 성가시게 곤란한 일을 겪지 않도록 그 신사가 뭔가를 해 줘야 한다고 순진하게도 믿고 있었다. 그래서 그녀가 보기에는 더없이 현명하게 여겨지는, 자신의 탁월한 사리 분별력을 보여 줄 편지를 고드윈 경에게 썼다. 터시어스가 재능에 걸맞지 않은 미들마치 같은 곳을 떠나는 것이 바람직하고, 이곳 주민들의 고약한 특성 때문에 그의 직업이 성공을 거두지 못하고 있으며, 그 결과 그가 겪고 있는 금전적 어려움에서 완전히 벗어나려면 1000파운드가 필요할 거라고 말했다. 편지를 보내는 것을 터시어스가 모르고 있다는 말은 덧붙이지 않았다. 남편이 늘 최고의 벗이었던 고드윈 백부님에게 큰 존경심을 품고 있다고 쓴 부분과 일치하려면 남편이 그녀의 편지를 승인한다고 상정할 필요가 있을 듯했다. 가엾은 로저먼드가 이제 실제 용무에 응용한 전략은 그 정도의 위력밖에 없었다.

이 편지를 보낸 것이 신년 축하 파티가 열리기 전이었고, 고드윈 경의 답장은 아직 오지 않았다. 그런데 파티가 열리는 바로 그날 아침에 리드게이트는 보스롭 트럼불에게 위탁한 일을 로저먼드가 철회했다는 사실을 알게 되었다. 그녀가 로윅게이트의 집을 떠나야 한다는 사실에 차차 익숙해져야 한다고 생각하면서 그는 내키지 않는 마음을 억누르고 다시 그 이야기를 꺼냈던 것이다. 아침을 먹으면서 그가 말했다.

"오늘 아침에 트럼불을 만나서 《개척자》나 《트럼펫》에 광고를 내 달라고 말해야겠어요. 광고가 나가면 이사할 생각이 없던 사람이라도 이 집을 얻어야겠다는 마음이 생길 수 있으니까. 이런 지방에서는 가족이 많이 늘어도 어디서 집을 구할지를 모르기 때문에 그냥 옛집에 눌러사는 사람들이 있지. 트럼불은 아직 건진 게 없는 모양이야."

로저먼드는 불가피한 순간이 다가왔음을 알았다. "내가 트럼불에게 더 이상 알아보지 말라고 했어요." 그녀는 방어적인 태도로 차분하게 조용히 말했다.

리드게이트는 어안이 벙벙해서 그녀를 바라보았다. 삼십 분 전만 해도 그는 그녀의 땋은 머리를 묶어 주고 애정이 넘치는

'밀어'를 속삭였으며, 로저먼드는 응답하지 않았지만 그 말을 받아들이며 평온하고 사랑스러운 조각처럼 숭배자에게 놀랍게도 이따금 보조개를 지어 보이지 않았던가! 아직 그런 감정에 들떠 있는 상태에서 그가 받은 충격은 당장 뚜렷한 분노로 표출될 수 없었다. 그것은 혼란스러운 통증이었다. 그는 들고 있던 나이프와 포크를 내려놓고 의자에 등을 기댄 다음에 이윽고 차갑게 비꼬는 어조로 말했다.

"당신이 언제, 왜 그렇게 했는지 물어도 되겠소?"

"플림데일이 집을 구했다는 것을 알았을 때 그에게 우리 집을 언급하지 말라고 이야기하러 갔었어요. 그리고 그 일을 더 이상 진척시키지 말라고 했어요. 당신이 집과 가구를 넘기려 한다는 사실이 알려지면 당신에게 큰 해가 되리라는 걸 아니까요. 내가 강력하게 반대했잖아요. 그 이유로 충분하다고 생각해요."

"그러면 내가 절박한 사정에 대해 당신에게 이야기했고, 다른 결론에 이르렀고, 그에 따라서 집을 내놓은 것이 당신에게는 전혀 상관없는 일이었나?" 이마와 눈빛에 천둥 번개가 내리칠 듯 공격적인 기세가 솟구치는 가운데 리드게이트가 물어뜯듯이 말했다.

누구든 화를 내면 로저먼드는 늘 차가운 혐오감으로 얼어붙곤 했다. 다른 이들이 뭐라 말하든 간에 자기는 잘못 처신하는 사람이 아니라고 굳게 믿으면서 더욱 차분하게 정당함을 주장했다.

"당신 못지않게 내게도 관련되는 일에 대해서는 나도 말할 권리가 있다고 생각해요."

"물론 그래요. 당신은 말할 권리가 있소. 하지만 내게 말했어야지. 내가 위탁한 것을 몰래 취소하고 나를 바보 취급할 권리는 없소." 리드게이트도 똑같은 어조로 말하고는 더욱 경멸하듯이 덧붙였다. "그 결과가 어떤 것인지 대체 당신에게 이해시킬 수 있을까? 내가 왜 이 집을 넘기려고 하는지 다시 말해본들 소용이 있겠소?"

"다시 말할 필요 없어요." 로저먼드는 차가운 물방울이 똑똑 떨어지듯이 말했다. "당신 말을 다 기억하고 있으니까. 당신은 지금처럼 난폭하게 말했어요. 그렇더라도 당신이 내게 몹시 고통스러운 조처를 취하기보다 다른 방법을 찾아봐야 한다는 내 생각은 달라지지 않아요. 그리고 이 집을 광고하는 것은 당신 품위를 몹시 떨어뜨릴 거라고 생각해요."

"당신이 내 의견을 무시한 것처럼 내가 당신 의견을 무시한다면?"

"물론 그렇게 할 수 있겠죠. 하지만 당신이 자기 고집을 꺾기보다는 나를 최악의 상황에 밀어 넣는 쪽을 택할 거라고 결혼 전에 말해 주었어야 한다고 생각해요."

리드게이트는 말없이 고개를 한쪽으로 젖히고 절망적인 기분으로 입가를 씰룩거렸다. 로저먼드는 그가 쳐다보지 않는 것을 알고는 일어서서 그의 커피 잔을 그 앞에 내려놓았다. 그러나 그는 주목하지 않았다. 이따금 의자에서 몸을 뒤척이며 한 팔을 식탁에 올려놓고 손으로 머리카락을 문지르면서 속으로 극적인 장면들을 전개하며 논쟁을 이어 갔다. 마음속에 오만 가지 감정과 생각이 모여들었기에 화만 낼 수도, 완고하게 한 가지 결단만 밀고 나갈 수도 없었다. 그가 침묵하는 틈을 타서 로저먼드가 말했다.

"우리가 결혼했을 때 모두들 당신의 지위가 매우 높다고 생각했어요. 당신이 가구를 죄다 팔고 방이 새장만 한 브라이드가의 집을 구하리라고는 상상도 할 수 없었어요. 우리가 그런 식으로 살아야 한다면 적어도 미들마치를 떠나야 해요."

"그건 상당히 설득력이 있을 거요." 리드게이트는 반쯤 빈정거리듯이 말했다. 마시지도 않고 커피 잔을 바라보는 그의 입술은 메마르고 핏기가 없었다. "상당히 설득력 있는 제안이었겠지. 만약 내가 빚더미에 파묻혀 있지 않았다면 말이야."

"그만큼 빚을 진 사람이 많을 거예요. 하지만 그들이 존중받을 만하면 사람들은 신뢰해요. 토빗 가족이 빚을 졌지만 아주 잘해 나갔다고 아빠가 말씀하시는 것을 들었어요. 성급한 행동은 좋을 리가 없어요." 로저먼드는 침착하게 지혜를 발휘하며 말했다.

리드게이트는 서로 부딪치는 충동들로 마비된 것 같았다. 아무리 논리적으로 설명해도 로저먼드에게 동의를 얻어낼 수 없을 것 같았으므로 적어도 강한 인상을 남기도록 뭔가를 박살 내고 으깨 버리고 싶었다. 아니면 자기가 주인이고 그녀는 복종해야 한다고 야만적으로 주장하고 싶었다. 그러나 그런 극단적인 행동이 두 사람의 관계에 미칠 영향이 두려웠을 뿐 아니라 그가 어떤 식으로 권위를 주장해도 절대적인 것으로 인정하지 않고 조용히 교묘하게 빠져나가는 로저먼드의 집요한 고집이 점점 더 두려워졌다. 또 그녀는 그와 결혼할 때 행복할 거라는 허황한 꿈에 속았다고 암시함으로써 그가 가장 민감하게 느끼는 부분을 건드렸다. 그가 주인이라는 말도 사실이 아니었다. 그가 합리적인 논리와 명예로운 자존심에 따라 확고하게 결심하더라도 그녀의 가오리[85]에 닿으면 흐물흐물해졌다. 그는 커피를 반쯤 들이켜고 일어섰다.

"적어도 당분간은 트럼불에게 가지 말라고 당신에게 부탁해도 되겠지요. 다른 방법이 없다는 것을 알게 될 때까지는." 로저먼드가 말했다. 큰 걱정이 되었던 것은 아니지만 고드윈 경에게 편지를 썼다는 사실은 밝히지 않는 편이 더 낫다고 느꼈다. "몇 주일 동안, 아니 내게 말하지 않고는 그에게 가지 않겠다고 약속해요."

리드게이트는 별안간 짧은 웃음을 터뜨렸다. "내게 말하지 않고는 아무 일도 하지 않겠다는 약속을 받아 낼 사람은 바로 나요." 그는 날카로운 눈으로 그녀를 바라보고는 문으로 걸어가며 말했다.

"오늘 아빠 집에서 있을 정찬 파티에 갈 거니 기억해요." 로저먼드는 그의 태도가 달라져서 더 전적으로 양보하기를 바라며 말했다. 그러나 그는 참을 수 없다는 듯이 "아, 그래."라고만 말하고 나가 버렸다. 그녀는 그가 그런 괴로운 제안을 한 것으로 모자라 그처럼 불쾌하게 화를 낸 것이 몹시 밉살스럽다고 생각했다. 트럼불을 다시 찾아가는 것을 연기해 달라고

---

85) 전기가오리. 전기를 발산하여 먹잇감을 마비시킨다.

온건하게 요청했을 때 그가 무엇을 할 작정인지 알려 주지 않은 것도 잔인했다. 그녀는 자신이 모든 점에서 최선을 위해 행동했다고 믿었다. 리드게이트의 거슬리는 말이나 분노의 표현은 모두 그녀의 마음에 기록된 불쾌한 기억에 더해졌을 뿐이었다. 가엾은 로저먼드는 지난 몇 달간 남편을 실망감과 결부시키게 되었고, 끔찍하게도 융통성 없는 결혼 관계는 즐거운 꿈을 북돋우는 매력을 잃고 말았다. 결혼하면서 그녀는 친정집의 불쾌한 것들에서 벗어났지만 바라고 희망하던 바를 모두 얻은 것은 아니었다. 그녀가 사랑했던 리드게이트는 그녀에게 환상적으로 보인 조건들의 결합체였는데 그 조건들은 대부분 사라졌다. 그 자리를 메운 일상적인 것들을 시시각각 서서히 견뎌야 했고, 자신이 좋아하는 것만 재빨리 골라서 그 사이로 둥둥 떠다닐 수 없었다. 리드게이트의 직업적 습관, 거의 병적인 흡혈귀의 취향처럼 보인, 집에서도 과학적 주제에 몰두하는 습성, 구애 시절에는 거의 입에 담지 않았던 특이한 관점들…… 이런 것들이 끊임없이 그들 사이를 멀어지게 했고, 그가 도시에서 불리한 입장에 처했다는 사실이나 도버에게 진 빚을 밝혔을 때 처음 받은 충격이 없었더라도 남편을 지루한 존재로 느끼게 했을 것이다. 거의 신혼 초부터 네 달 전까지 늘 유쾌한 관심을 일으킨 다른 존재가 있었지만 그도 가 버렸다. 로저먼드는 그 이후의 공백감이 지독한 권태감과 어느 정도나 관련이 있는지를 스스로에게도 고백하지 않을 것이다. 만일 퀄링엄에서 초대를 받고 리드게이트가 미들마치 아닌 다른 곳, 가령 런던이나 불쾌하지 않은 다른 도시에 정착해서 직업을 얻는다면 그녀는 매우 만족할 테고 윌 래디슬로의 부재에 무관심해질 거라고 생각했다. (어쩌면 그녀의 생각이 옳다.) 윌이 캐소본 부인을 몹시 떠받들었기에 그에게 약간 화가 났던 것이다.

리드게이트와 로저먼드가 그녀 아버지 집에서 열린 새해 첫날 정찬 파티에 참석했을 때 그들의 상황은 이러했다. 그녀는 아침 식사 때 그가 성미를 부렸던 것을 기억하며 그에 대해 온순하면서도 무관심한 태도를 보였고, 그는 아침 식탁에서의 장면이 일례로 드러낸 여러 중요한 사건 때문에 더욱 심각한 내적 갈등을 겪고 있었다. 페어브라더 씨에게 돈을 버는 방법은 본질적으로 다 똑같아서 우연이 절대적으로 지배하니 선택이란 바보들이나 꿈꾸는 환상이라고 얼굴을 붉히며 냉소적으로 주장한 것도 흔들리는 결의의 징후에 불과했고, 열정의 친숙한 자극에 마비된 반응이었을 뿐이다.

그가 무엇을 해야 할까? 그는 로저먼드가 브라이드가의 작은 집으로 이사할 때 초라한 가구에 둘러싸여 속으로 불만감이 팽배한 채 살아갈 비참한 상황을 그녀보다도 더욱 예리하게 그려 보았다. 궁핍의 징조가 위협적으로 드러난 이후에 궁핍한 생활과 로저먼드와 함께 살아가는 생활이라는 두 가지 그림은 점점 더 조화를 이루기 어려웠다. 두 그림을 강제로 엮어 보겠다고 결심하더라도 그 고통스러운 변화에 필요한 준비 단계로 손에 넣을 수 있는 것이 전혀 보이지 않았다. 그는 아내가 요구한 약속을 하지는 않았지만 트럼불에게 다시 가지도 않았다. 당장 고드윈 경을 만나러 북부에 갈지 생각해 보기도 했다. 전에는 무슨 일이 있어도 백부에게 돈을 청할 일이 없을 거라고 믿었다. 하지만 그때는 그보다 더 불쾌한 대안의 압력을 철저히 느끼지 못했다. 편지를 보내면 소용이 없을 것 같았으므로 아무리 불쾌하더라도 직접 대면해서 사정을 자세히 설명하고 친척이란 존재들이 과연 도움이 될지를 시험해 볼 수도 있을 것이다. 가장 손쉬운 방법으로 그것을 떠올리자 그 반작용으로 분노가 밀려왔다. 자신과는 공통된 목표가 없다고 오만하게 생각하며 그들의 호의나 호주머니를 노리는 이기적 열망이나 비열한 이해타산과는 동떨어져 살겠다고 오래전에 결심했던 그가 그들의 수준으로 떨어졌을 뿐 아니라 그들에게 간청하는 수준으로 떨어진 것이다.

65장

어차피 우리 둘 중 하나는 져야 해요,
그러니 여자보다 도리를 더 잘 아는 남자인
당신이 참아야 하지 않아요?

— 초서, 『캔터베리 이야기』[86]

서신 왕래를 더디게 이어 가려는 인간의 성향은 요즘처럼
전반적인 상황이 빠른 속도로 전개되는 때에도 의기양양하게
건재하다. 그러니 1832년에 고드윈 리드게이트 경이 남들에게
나 중요하지 그에게는 하등 중요할 것이 없는 편지에 답장을
늦게 보낸다고 해서 놀랄 일이 어디 있을까? 새해가 되고 거의
삼 주가 지났고, 자신의 매력적인 편지에 답장을 기다리던 로
저먼드는 아침마다 실망했다. 그녀의 소망을 전혀 알지 못했
던 리드게이트는 밀려드는 청구서를 보면서 도버가 다른 채권
자들에 대한 우선적 권리를 행사할 날이 임박했다고 느끼고
있었다. 그는 퀄링엄을 찾아가려는 생각을 로저먼드에게 내비

---

86) 「바스 여장부의 서시」, 440~442행.

치지 않았다. 화를 내며 거부하고 나서 아내의 소망에 굴복하는 듯이 보일 일은 마지막 순간까지 자백하고 싶지 않았다. 하지만 속으로는 곧 출발해야 한다고 생각하고 있었다. 일정 구역을 기차로 이동하면 나흘 만에 갔다 돌아올 수 있었다.

그러나 어느 날 아침에 리드게이트가 외출한 후 그에게 편지가 왔고, 로저먼드는 고드윈 경이 보낸 것임을 알아보았다. 그녀는 기대에 부풀었다. 어쩌면 자기에게 보내는 특별한 쪽지가 들어 있을 것이다. 돈이나 다른 도움을 제공하는 문제에 대해서는 당연히 리드게이트에게 직접 말해야 했을 것이다. 편지가 왔다는 사실, 아니 그 편지를 쓰는 데 그렇게나 오래 걸렸다는 사실은 요청을 들어주는 답장임을 증명하는 것 같았다. 너무나 흥분한 나머지 그녀는 이 중요한 편지의 겉봉이 위로 향하도록 앞 탁자에 올려놓고 식당의 따뜻한 구석 자리에 앉아서 손쉬운 바느질을 할 수밖에 없었다. 12시경에 남편의 발걸음 소리가 복도에서 들리자 그녀는 경쾌하게 걸어가서 문을 열고 한껏 경쾌한 목소리로 말했다. "터시어스, 이리 들어와요. 당신에게 온 편지가 있어요."

"그래?" 그는 모자를 벗지도 않고 가까이 있는 그녀를 돌려세우고는 편지가 있는 곳으로 가서 말했다. "고드윈 백부님이시군!" 로저먼드는 다시 자리에 앉아서 편지를 뜯는 그를 지켜보았다. 그가 놀랄 거라고 그녀는 예상했다.

짧은 편지를 급히 훑어보는 동안 평소 연갈색이었던 리드게이트의 얼굴이 새파랗게 변해 갔다. 콧구멍과 입술을 떨며 그는 편지를 그녀 앞에 내던지고 격렬하게 말했다.

"당신과 함께 사는 걸 도저히 못 견디겠소. 당신이 늘 몰래 행동한다면…… 내 말에 반대로 행동하고, 그걸 숨기고."

그는 말을 억누르고 등을 돌렸다. 그러고 나서 몸을 돌려 서성이다가 앉았고 다시 불안하게 일어서서는 호주머니 깊숙이 들어 있던 물건을 꽉 잡았다. 돌이킬 수 없이 잔인한 말을 하게 될까 봐 두려웠던 것이다.

편지를 읽는 로저먼드의 얼굴빛도 달라졌다. 편지에는 이렇게 쓰여 있었다.

친애하는 터시어스, 부탁할 일이 있을 때 아내를 시켜서 편지를 보내지 말게. 자네가 그렇게 에둘러 감언이설로 속일 사람이라고는 생각하지 않았네. 나는 사업 문제에 관해서는 절대로 여자에게 편지를 쓰지 않네. 자네에게 1000파운드나 그 절반이라도 제공하는 것은 절대로 불가능하네. 내 가족을 돌보는 데 마지막 동전 한 푼까지 다 들어가니까. 어린 두 아들과 세 딸을 양육하느라 돈이 남을 가능성이 거의 없지. 자네는 돈을 꽤 빨리 써 버리고 일을 엉망으로 만든 것 같군. 다른 지역으로 빨리 옮길수록 더 나을 걸세. 하지만 나는 자네 같은 직업을 가진 사람들과 친분이 없어서 그 분야에서 자네를 도와줄 수도 없네. 후견인으로서 자네를 위해 최선을 다했고, 자네 뜻대로 의사가 되도록 허락했네. 자네는 군인이 되거나 성직자가 될 수도 있었을 걸세. 그랬더라면 돈이 그렇게 빨리 없어지지 않았을 테고, 자네의 출세를 도와줄 더 확실한 연줄이 있었겠지. 찰스 백부는 자네가 그런 직업을 택하지 않아 유감으로 여겼지만 나는 그렇지 않네. 나는 늘 자네가 잘되기를 바라지만 이제 자네는 홀로 완전히 독립했다고 생각해야 하네.

다정한 백부
고드윈 리드게이트

편지를 다 읽고 나서 로저먼드는 극심한 실망감을 조금도 드러내지 않은 채 손을 앞에 포개고서 가만히 앉아 꼼짝하지 않고 남편의 분노에 맞서 자신을 지켰다. 리드게이트는 걸음을 멈추고 그녀를 다시 바라보면서 신랄하게 말했다.

"당신이 몰래 간섭하면 해가 된다는 것을 이 편지로 충분히 납득할 수 있겠소? 당신이 나 대신 판단하거나 행동할 능력이 없고, 내가 결정할 문제에 당신이 알지도 못하면서 나서서 방해할 자격이 없다는 것을 이제 인정하겠소?"

몹시 가혹한 말이었지만 리드게이트가 아내 때문에 좌절을 겪은 것은 이번이 처음이 아니었다. 그녀는 그를 바라보지도 않고 대답도 하지 않았다.

"나는 퀄링엄에 직접 가려고 생각 중이었소. 괴로운 일이지만 그래도 조금은 소용이 있었을 거요. 하지만 내가 뭘 생각하든 전혀 소용이 없지. 당신이 언제나 몰래 방해했으니까. 당신은 거짓으로 동의하는 척 나를 속이고는 계략을 써서 날 꼼짝달싹할 수 없게 만들었어. 내가 바라는 것에 반대할 작정이면 터놓고 반박해요. 그러면 내가 뭘 하고 있는지는 적어도 알 테니까."

두 젊은이의 삶에서 사랑의 친밀한 결속감이 가혹하게 쓰라린 상처로 변해 버린 끔찍한 순간이었다. 감정을 억누르려 애쓰고 있었지만 로저먼드의 눈에 말없이 눈물이 고여 입술 위로 흘러내렸다. 여전히 말 한마디 없었지만 그 침묵 속에는 격렬한 감정이 숨어 있었다. 더없이 혐오스러운 저 남편이라는 인간을 만나지 않았더라면 좋았을 것이다. 다정한 마음은 하나도 없이 무례하게 행동한 고드윈 경은 도버나 다른 채권 자들과 같은 인간이었다. 자기들 생각만 하면서 그녀를 얼마나 괴롭히는지 조금도 개의치 않는 불쾌한 사람들이었다. 심지어 아버지도 친절하지 않았다. 그녀를 위해서 뭔가 해 줄 수도 있었을 테니까. 사실 로저먼드의 세계에서 비난받을 이유가 없는 사람은 단 한 명뿐이었다. 금발을 땋아 올리고 조그만 손을 포개고 앉아 있는 우아한 여자, 단 한 번도 격에 맞지 않는 말을 한 적이 없고 늘 최선을 위해 — 물론 그녀는 최고인 것들을 가장 좋아하므로 — 행동한 여자였다.

걸음을 멈추고 그녀를 바라보면서 리드게이트는 격정적인 사람들이 치미는 울화를 쏟아 내고 나서 결백하게 보이는 침묵을 대면할 때 느끼기 마련인 반쯤 미칠 듯한 무력감을 느끼기 시작했다. 유순한 희생양 같은 태도는 오히려 다른 사람들이 잘못했다고 암시하는 것 같고 결국에는 더없이 공정한 분노라도 과연 공정한지를 의심하게 만든다. 그는 부드럽게 말함으로써 자신이 옳다는 의식을 온전히 되찾아야 했다.

"로저먼드, 당신은 모르겠어요?" 그는 신랄한 기색 없이 오로지 진지하게 말하려고 애쓰면서 다시 말을 꺼냈다. "우리 사이에 정직과 신뢰가 부족하면 무엇보다도 치명적이라는 걸 말이오? 내가 원하는 바를 분명히 밝히면 당신은 동의하는 듯이 보이고, 그런 다음에는 몰래 내 뜻을 거스른 일이 벌써 여러 번 있었지. 그런 식으로 하면 내가 뭘 믿어야 할지 알 수 없어요. 당신이 이런 사실을 인정한다면 우리에게 조금이나마 희망이 있을 텐데. 내가 그렇게도 불합리하게 화를 내고 날뛰는 야만인이오? 왜 당신은 내게 솔직하게 말하지 않는 거지?"

여전히 침묵이 이어졌다.

"당신이 착각했다고, 앞으로는 몰래 행동하지 않을 거라고 믿어도 된다고 말해 주겠소?" 리드게이트는 절박하게, 하지만 요청이 담긴 어조로 말했고, 로저먼드는 그 어조를 재빨리 포착했다. 그녀는 냉정하게 말했다.

"난 당신이 내게 한 말을 인정하지 못하고, 그런 말에 대해서 약속할 수 없어요. 그런 말은 들어 본 적도 없어요. 당신은 내가 '몰래 방해'하고 '알지도 못하면서 간섭'하고 '거짓으로 동의'했다고 말했어요. 난 당신에 대해 그런 식으로 말한 적이 없어요. 당신이 내게 사과해야 한다고 생각해요. 당신은 나와 사는 것이 불가능하다고 말했지요. 정말이지 당신은 요즘 내 생활을 몹시 불쾌하게 만들었어요. 결혼으로 인해 내가 겪게 된 곤경을 조금이라도 막아 보려 애쓰는 것은 당연하다고 생각해요." 로저먼드가 말을 마쳤을 때 눈물이 또 굴러떨어졌고, 그녀는 첫 번째 눈물처럼 그것도 조용히 닦아 냈다.

리드게이트는 궁지에 몰린 심정으로 의자에 털썩 주저앉았다. 대체 그녀의 마음속 어디에 항변이 박혀 있었을까? 그는 모자를 내려놓고 팔걸이에 팔을 올리고는 잠시 아무 말 없이 바닥을 내려다보았다. 로저먼드는 그의 공정한 비난에 대해서는 둔감하게 반응하고 이제 결혼 생활의 부정할 수 없는 고충에는 민감하게 반응하면서 남편에 대해 이중으로 유리한 고지를 확보했다. 실은 집 문제와 관련해서 플럼데일 가족에게 알리지 못하도록 막음으로써 그가 아는 것 외에도 그를 속인 일이 더 있었지만 그녀는 정확히 말해서 자기 행동을 기만이라고 부를 수 있다고는 생각하지 않았다. 우리 행위를 식료품이나 옷감처럼 엄밀한 분류에 따라서 밝힐 필요가 없는 것이다. 로저먼드는 괴롭힘을 당했다고 느꼈고 리드게이트가 알아야 할 것은 바로 그 점이라고 생각했다.

리드게이트에 대해서 말하자면 항의할수록 더욱 완고해지는 그녀의 성격에 적응하는 수밖에 없었고, 그래야 할 필요성이 마치 집게처럼 그를 꽉 움켜쥔 것 같았다. 그는 그녀의 사랑이 돌이킬 수 없이 식어 버리고 그 후에 황폐해질 자신들의 삶을 두려운 마음으로 예감하기 시작했다. 처음에 격렬하게 화를 내고 나면 그의 예민하고 풍부한 감정은 재빨리 이 두려움으로 채워졌다. 자신이 그녀의 주인이라고 말한다면 물론 공허한 자랑에 지나지 않았다.

"당신은 요즘 내 생활을 불쾌하게 만들었어요." "결혼으로 인해 내가 겪게 된 곤경." 이런 말들이 통증으로 인해 과장된 꿈을 꾸듯이 그의 상상력을 찔러 대며 자극하고 있었다. 만일 그가 자신의 가장 고귀한 결의에서 추락할 뿐 아니라 가정의 증오라는 소름 끼치는 족쇄 속에 파묻힌다면?

"로저먼드." 그는 우울한 표정으로 그녀를 바라보며 말했다.

"당신은 실망하고 분노한 사람의 말을 참작해야 해요. 당신과 나의 이해관계는 상반될 수 없어. 내 행복을 당신의 행복과 떼어 놓을 수도 없고. 내가 당신에게 화를 낸 것은 어떤 속임수든 우리 사이를 갈라놓는다는 걸 당신이 알지 못하는 것 같기 때문이오. 내가 어떻게 당신에게 고통을 줄 말이나 행동을 바라겠어요? 당신에게 고통을 주면 내 한 부분에 고통을 주는 것과 같은데. 당신이 내게 완전히 솔직해진다면 당신에게 결코 화를 내지 않을 거요."

"난 그저 당신이 불필요하게 비참한 상태로 급히 몰아가지 않도록 막으려 했을 뿐이에요." 이제 남편의 태도가 부드러워졌기 때문에 부드러운 감정으로 다시 눈물을 흘리며 로저먼드가 말했다. "여기 아는 사람들 속에서 그렇게 가난하게 사는 건 너무 견디기 힘들어요. 아기와 함께 죽었더라면 좋았을걸."

그녀는 너무나 유순하게 말하면서 눈물을 흘렸다. 이런 부드러운 태도 때문에 그녀의 말과 눈물은 마음이 다정한 남자에게 절대적인 지배력을 갖게 되었다. 리드게이트는 의자를 그녀 쪽으로 끌어당기고 강하고도 섬세한 손으로 그녀의 부드러운 머리를 뺨에 가져다 댔다. 그는 아무 말 없이 그녀를 쓰다듬기만 했다. 대체 무슨 말을 할까? 그녀를 두렵고 비참한 상황에서 보호해 주겠다고 약속할 수도 없었다. 그럴 수 있는 확실한 방법을 알지 못하니까. 그녀를 두고 다시 밖으로 나왔을 때 그는 그녀가 자기보다 열 배는 더 힘들 거라고 중얼거렸다. 자신은 집에서 벗어난 독자적인 생활이 있었고 남들을 위해 활동하라는 요청을 끊임없이 받고 있으므로. 할 수만 있다면 그녀의 모든 점을 용서하고 싶었다. 이처럼 용서하려는 기분에 잠겼을 때는 그녀를 더욱 나약한 종의 생물처럼 생각하지 않을 수 없었다. 그럼에도 그를 지배한 것은 그녀였다.

66장

유혹을 받는 것과 타락하는 것은
별개라네, 에스칼루스.

— 『법에는 법으로』[87]

    리드게이트가 사적인 근심거리를 잊는 데 업무가 도움이
된다고 생각한 것은 물론 그럴 만한 이유가 있었다. 이제 그에
게는 자발적 연구와 추론적 사색에 쏠 여력이 없었다. 하지만
환자들의 병상 옆에서 그의 판단력과 공감을 직접 요구하는
외부의 요청이 있었기에 그는 자기 문제에서 벗어나기 위해
필요한 힘을 얻을 수 있었다. 그의 의료 행위는 어리석은 사람
들을 부끄럽지 않게 살아가게 하고 불행한 사람들을 평온하
게 살아가도록 도와주는 판에 박힌 굴레만은 아니었다. 그것
은 사고를 즉각적으로 새롭게 적용하고 다른 사람의 욕구와
시련을 배려하라는 끝없는 요구였다. 우리 중에 많은 이가 지

---

87) 셰익스피어의 희비극. 2막 1장 17~18행.

나온 삶을 되돌아보면서 자기한테 가장 친절하게 대해 준 사람이 의사였다고 말할 것이다. 또는 심오한 지식의 인도로 훌륭한 솜씨를 발휘한 의사가 우리에게 필요할 때 다가와서 기적을 일으키는 사람보다 더 숭고한 은혜를 베풀어 주었다고 말할 것이다. 병원에서나 개인 가정에서 일할 때 리드게이트에게는 그처럼 두 배로 축복받은 은총이 늘 함께했다. 불안감과 정신적으로 퇴보한다는 의식 속에서 그가 차분히 견디도록 아편보다 더 큰 도움을 준 것은 바로 그것이었다.

하지만 아편과 관련한 페어브라더 씨의 의심은 사실이었다. 예상된 곤경이 처음으로 짜증스럽게 압박을 가했을 때, 그리고 결혼 생활에서 외로움의 멍에를 지지 않으려면 사랑받는 데 개의치 말고 계속 사랑하려고 노력해야 한다는 것을 처음 깨달았을 때 그는 한두 번 아편을 시도해 보았다. 그러나 타고난 체질이 뇌리를 떠나지 않는 고통으로부터의 그런 일시적 도피를 갈구하지 않았다. 그는 몸이 튼튼하고 포도주를 많이 마실 수 있었지만 술을 좋아하지 않았다. 주위 사람들이 술을 마실 때 설탕물을 마셨고, 취기로 흥분한 사람들에 대해서 경멸 어린 동정심을 느꼈다. 도박에 대해서도 마찬가지였다. 파리에 있을 때 도박하는 광경을 많이 보면서 질병을 관찰하듯 관찰했었다. 그는 술의 유혹을 받지 않았듯이 돈을 따려는 유혹도 받지 않았다. 그가 따고 싶은 유일한 것은 유익한 결과를 향해 나아가는 고난도의 신중한 결합 과정을 주도함으로써 얻어야 한다고 스스로에게 말했다. 그가 갈망한 힘은 낙심한 스무 명이 걸었던 판돈을 싹 쓸어 가는 사람의 눈빛에 어린 야만적이고도 백치 같은 의기양양함이나 높이 쌓인 동전 더미를 움켜잡으려는 흥분한 손가락에서 드러나는 것이 아니었다.

그러나 아편에 손을 댔듯이 이제는 도박에도 생각이 미쳤다. 그 흥분을 맛보고 싶어서가 아니라 남에게 간청하거나 책임질 필요 없이 손쉽게 돈을 벌 방법을 갈구하게 되었던 것이다. 당시 그가 런던이나 파리에 있었더라면 그런 감정을 해소할 기회가 널렸으므로 도박장에 갔을 테고, 도박꾼들을 관찰하려는 생각에서가 아니라 그들과 비슷한 욕망을 느끼며 지켜보았을 것이다. 만일 운이 좋아서 돈을 딸 수 있었다면 그 엄청난 욕구로 혐오감을 억눌렀을 것이다. 백부에게서 도움을 얻으려는 생각을 배제하고 얼마 지나지 않아 일어난 사건은 도박의 기회가 있었더라면 어떤 결과가 빚어졌을지를 단적으로 보여 준 징후였다.

그린 드래건의 당구장에는 우리가 아는 뱀브리지 씨처럼 대개 도락에 빠졌다고 여겨지는 부류의 사람들이 늘 드나들었다. 바로 여기에서 가엾은 프레드 빈시는 내기를 하다가 돈을 잃고 그 유쾌한 남자에게 돈을 빌리는 바람에 도저히 잊지 못할 빚을 졌다. 그린 드래건은 이런 식으로 많은 돈을 잃기도 하고 따기도 하는 곳이라고 미들마치 전역에 알려져 있었기에 방탕한 유흥 시설이라는 평판이 돌았고, 그래서 어떤 부류의 사람들은 유혹을 느끼기도 했다. 아마 정기적으로 찾는 사람들은 프리메이슨 단체에 입문한 사람처럼 혼자만 간직할 굉장한 사건이 벌어지기를 바랐을 것이다. 그러나 그들은 비밀

결사 단체가 아니었으므로 젊은이들만 아니라 나이 든 점잖은 사람들도 때로 당구장에 들러서 어떤 일이 벌어지는지 구경하곤 했다. 당구에 적합한 체격이고 그 게임을 좋아했던 리드게이트는 미들마치에 온 지 얼마 되지 않았을 때 그런 드래건에서 한두 번 큐를 잡기도 했다. 하지만 그 후에는 게임을 할 시간도 없었고, 그곳 사람들과 어울릴 마음도 없었다. 그런데 어느 날 저녁에 그곳에 가서 뱀브리지 씨를 찾았다. 말 장수가 리드게이트에게 남아 있던 홀륭한 말을 살 사람을 알아봐 주기로 약속했었다. 리드게이트는 그 말 대신 값싼 말을 살 생각이었고, 이렇게 품격을 낮춤으로써 20파운드를 남기려 했다. 이제는 상인들의 인내심을 달래는 데 도움이 될 푼돈에도 관심이 미쳤던 것이다. 지나는 길에 당구장에 들르면 시간이 절약될 것이다.

뱀브리지 씨는 아직 오지 않았지만 곧 올 거라고 그의 친구 호록 씨가 말했다. 리드게이트는 기다리면서 시간을 보내려고 게임을 한 판 했다. 그날 저녁에 그의 눈빛은 페어브라더 씨가 한번 느꼈듯이 특이하게 빛났고 평소답지 않게 활기에 넘쳤다. 그가 그곳에 있다는 이례적인 사실은 거기 모여 있던 많은 미들마치 사람의 눈길을 끌었다. 게임을 하던 사람들뿐 아니라 구경꾼들도 신이 나서 돈을 걸었다. 리드게이트는 시합을 잘하고 있었고 자신감을 느꼈다. 그에게 거는 돈이 쏟아져 들어오고 있었다. 재빨리 둘러보고는 말을 팔아 얻을 이익의 두 배는 얻을 거라고 생각하며 자기 게임에 내기를 걸었고 연거푸 이겼다. 뱀브리지 씨가 들어왔지만 리드게이트는 그를 주목하지 않았다. 게임에 흥분했을 뿐 아니라 더 큰 규모의 도박이 열리는 브래싱에 이튿날 가야겠다는 생각이 번뜩이고 있었다. 그곳에서 악마의 미끼를 힘껏 낚아챈다면 갈고리에 걸리지 않고도 돈을 따서 매일같이 졸라대는 빚 재촉에서 벗어날 수 있을 것이다.

그가 아직 이기고 있을 때 두 사람이 새로 들어섰다. 하나는 런던에서 법학을 공부하고 돌아온 지 얼마 되지 않은 홀리 씨의 아들이었고, 다른 사람은 예전에 자주 드나들다가 최근 들어 몇 번 저녁 시간을 보낸 프레드 빈시였다. 당구 솜씨가 탁월한 홀리는 새롭고 멋진 기량을 발휘했다. 하지만 프레드 빈시는 리드게이트가 흥분한 기색으로 돈을 거는 것을 보고 깜짝 놀라 당구대 주위에 서 있는 사람들 뒤로 물러섰다.

프레드는 최근에 약간 느슨해지면서 그간의 결심을 보상하고 있었다. 여섯 달 동안 가스 씨 밑에서 온갖 바깥일을 열심히 해 왔고, 엄격한 훈련으로 잘못된 필체를 거의 바로잡았다. 글씨 연습은 다른 것들보다 덜 힘들었는데 종종 저녁나절에 가스 씨의 집에서 메리가 보는 데서 했기 때문이었다. 하지만 페어브라더 씨가 미들마치에 머물면서 교구의 계획을 추진하는 지난 두 주 동안 메리는 로윅 목사관에서 부인들과 함께 지냈다. 그래서 프레드는 달리 즐거운 일이 없었으므로 그린 드래건에서 당구도 조금 치고 말이나 스포츠, 그 밖의 전반적인 것들에 대해 엄밀히 정확하지는 않은 관점에서 바라보며 대화를 나누는 익숙한 정취를 맛보고 싶었다. 그는 사냥철에 한 번도 사냥을 나간 적이 없었고, 부릴 말도 없었으며, 주로 가스 씨와 그의 이륜마차를 타거나 혹은 가스 씨가 빌려 준 차분하고 튼튼한 말을 타고 여기저기를 돌아다녔다. 그러다 보니 목사가 되었을 때보다도 더 엄격하게 일상에 얽매여 지내는 것이 좀 지나치다는 생각이 들었다. "그런데 말이야, 메리 양, 측량하고 도면을 그리는 법을 배우는 건 설교문을 쓰는 것보다 훨씬 더 힘들 거야." 그는 메리를 위해 자신이 어떤 고통을 겪고 있는지를 그녀가 제대로 알기를 바라면서 말했다. "헤라클레스나 테세우스도 내게 비하면 아무것도 아니야. 그들은 사냥도 했고, 장부 정리를 위한 필체를 배우지도 않았거든." 그런데 이제 메리가 잠시 떨어져 있었으므로 프레드는 개 목걸이에서 벗어나지 못하는 억센 개들처럼 박혀 있는 밧줄을 힘껏 끌어당겨 약간 이탈한 것이었다. 물론 재빨리 멀리 도망갈 생각은 없었지만 당구를 치지 않아야 할 이유가 없었고, 돈은 걸지 않겠다고 결심했다. 이제 돈에 관해 말하자면 프레드는 가스 씨가 연봉으로 제안한 80파운드를 거의 다 저축해서 빚을 갚겠다는 영웅적인 계획을 세우고 있었다. 옷은 넘치도록 쌓여 있고 숙식비가 들지 않았으므로 쓸데없이 돈을 낭비하지만 않으면 쉽게 갚을 수 있었다. 그렇게 저축해서 일 년이 지나면 가스 부인에게서 불행히도 지금보다 더 절실하게 돈이 필요했을 때 빼앗은 90파운드를 대부분 갚을 것이다. 그럼에도 최근 들어 다섯 번째로 그린 드래건에 들른 이날 저녁에 지난 반년간의 급료에서 자신을 위해 쓰려고 남겨 두려던 10파운드가 (메리가 집에 돌아올 때 가스 부인에게 30파운드를 갚으려는 즐거운 계획을 세우고 있었으므로) 주머니 속은 아니더라도 마음속에 있었음을 인정해야 했다. 그는 내기를 걸 좋은 기회가 생기면 뭔가 큰맘 먹고 해볼 밑천으로 10파운드를 염두에 두고 있었다. 왜? 글쎄, 1파운드짜리 금화들이 눈앞에서 날아다닐 때 그중 몇 개라도 붙잡으려 해선 안 될 이유가 있을까? 다시는 그 길로 멀리 나가지 않을 것이다. 하지만 사람은, 특히 대체로 오락을 즐기는 사람이라면 마음이 내킬 때 장난삼아 무엇을 할 수 있을지 확인하고 싶어 한다. 그리고 병에 걸리지 않도록, 알거지가 되지 않도록, 혹은 인간의 좁고 제한된 능력으로 최대한 문란한 말을 하지 않도록 자제한다면 바보라서 그런 것이 아니라는 점을 확인하고 싶어 하는 법이다. 프레드는 이유를 제대로 따져 보지 않았다. 그 이유란 되살아난 옛 습관의 가슴 설레는 흥분과 젊은 혈기의 변덕을 일부러 꾸며서 부정확하게 표현한 말이다. 하지만 그날 저녁 그의 마음속에는 당구를 시작할 때 내기를 걸고, 펀치도 좀 마시고, 다음 날 아침에 전체적으로 '다소 불편한 몸'을 느끼리라는 예감이 도사리고 있었다. 이처럼 뭐라 말할 수 없는 마음의 움직임에서 종종 행동이 시작된다.

그러나 프레드가 절대로 예상하지 못한 것은 매제인 리드게이트가 프레드 자신이 했을 것과 똑같이 잔뜩 흥분한 얼굴로 돈을 거는 광경을 보게 되리라는 사실이었다. 리드게이트는 잘난 체하는 데다 터무니없이 우월감을 의식하는 인간이라는 예전의 생각은 완전히 사라지지 않았다. 프레드는 리드게이트가 빚을 지고 있으며 아버지가 도와주기를 거절했다는, 막연히 아는 사실로는 설명할 수 없는 큰 충격을 받았다. 그러자 게임을 하고 싶은 기분이 싹 사라졌다. 희한하게도 태도가 반전되었다. 프레드의 흰 얼굴과 푸른 눈은 대체로 명랑하고 태평한 기분으로 재미있어 보이는 것에 쉽게 관심을 기울였지만 지금은 적절치 않은 광경을 본 듯이 자기도 모르게 진지하고 당혹한 표정을 띠었다. 반면에 습관적으로 침착하고 강인한 분위기에 더없이 예리한 관찰력 이면에서 어떤 사색에 잠기는 듯이 보이던 리드게이트는 맹렬한 눈에 발톱을 오므린 동물을 연상시키는 흥분 상태의 집중된 의식으로 행동하고, 보고, 말했다.

리드게이트는 자기 게임에 돈을 걸고 16파운드를 땄지만 젊은 홀리가 들어서자 판세가 달라졌다. 홀리는 당구 솜씨가 최상급이었기에 리드게이트를 상대로 내기를 걸기 시작했다. 리드게이트는 솜씨에 대한 소박한 자신감을 느끼다가 이제 그 솜씨에 대한 다른 사람의 불신에 도전하면서 신경이 팽팽히 긴장했다. 도전은 자신감보다 더 흥미로웠지만 결과는 더 불확실했다. 그는 계속해서 돈을 걸었지만 잃기 시작했다. 그러나 가파른 절벽의 갈라진 틈새에서 배회하는 무지한 사람처럼 그의 마음은 게임의 절벽 틈새로 더욱 깊이 빠져들었다. 리드게이트가 신속히 돈을 잃는 것을 보면서 프레드는 불쾌하지 않게 리드게이트의 관심을 다른 곳으로 돌릴 방법을 찾고 거기서 나가야 할 이유를 떠올리기 위해 머리를 짜내야 하는 새로운 상황에 봉착하게 되었다. 다른 사람들도 리드게이트의 평소답지 않은 기이한 행동을 관찰하고 있었다. 그의 팔꿈치를 잡아서 잠시 옆으로 끌어내는 것만으로도 몰입 상태에서 벗어나게 할 수 있으리라. 로지를 보고 싶고 누이가 그날 저녁에 집에 있는지 궁금하다는 어처구니없는 말 외에는 더 나은 핑곗거리가 생각나지 않았다. 생각하다 못해 이 한심한 방법을 실행에 옮기려는 순간 웨이터가 다가와서 페어브라더 씨가 아래층에 있고 그와 이야기를 나누고 싶어 한다고 전했다.

프레드는 깜짝 놀랐고 그리 편치 않은 마음이었지만 곧 내려가겠다는 말을 전하게 한 다음에 갑자기 충동적으로 리드게이트에게 다가가 말했다. "잠깐 이야기 좀 할까요?" 그러고는 그를 옆으로 끌어냈다.

"페어브라더 씨가 방금 제게 이야기를 나누고 싶다는 전갈을 보내셨어요. 아래층에 계신다고요. 매제가 혹시 그분께 할 말이 있으면 여기 계신다는 것을 알려 주려고요."

"엄청나게 돈을 잃고 있어요. 모두들 당신을 쳐다보고 있고요. 당장 그만두는 편이 좋겠어요."라고 말할 수 없었기에 프레드는 이런 핑계로 말을 건넨 것이었다. 그러나 그 순간의 신통한 생각은 더없이 효과적이었다. 프레드가 있는 줄 몰랐던 리드게이트는 그가 갑자기 나타나서 페어브라더 씨를 언급하자 깜짝 놀랐다.

"아니, 아니." 리드게이트가 말했다. "특별히 할 말은 없어. 그렇지만 게임이 끝났으니 가야겠군. 뱀브리지를 만나러 왔는데."

"뱀브리지는 저쪽에 있는데 싸움을 벌이고 있어요. 지금은 용건을 이야기할 상태가 아닌 것 같은데요. 함께 페어브라더 씨에게 가지요. 아마 내게 한바탕 화를 내실 테니 매제가 좀 막아 줘요." 프레드는 교묘하게 말했다.

리드게이트는 수치심을 느꼈지만 페어브라더 씨와 만나기를 거절함으로써 그런 감정을 드러낼 수는 없었다. 그는 아래층으로 내려갔다. 그들은 그저 악수를 나누었고 서리가 내렸다는 이야기를 주고받았다. 세 사람이 거리에 나섰을 때 목사는 리드게이트에게 작별 인사를 할 작정인 것 같았다. 지금은 프레드와 단둘이 이야기하려는 생각임이 분명했다. 그는 친절하게 말했다. "자네에게 긴히 할 이야기가 있어서 방해했네, 젊은 신사. 나와 함께 성 보톨프 교회까지 걷겠나?"

하늘에 별들이 총총한 맑은 밤이었고, 페어브라더 씨는 런던 로드로 돌아서 가자고 제안했다. 그런 다음 말을 꺼냈다.

"리드게이트가 그린 드래건에는 절대로 가지 않는 줄 알았는데."

"저도 그랬어요." 프레드가 말했다. "뱀브리지를 만나러 왔다고 하더군요."

"그렇다면 당구 게임을 한 건 아니었나?"

프레드는 그럴 의도는 없었지만 어쩔 수 없이 솔직히 대답해야 했다. "게임을 했어요. 하지만 우연히 그랬을 거예요. 전에는 그를 본 적이 없거든요."

"그럼 자네는 최근에 자주 들른 모양이지."

"아, 대여섯 번 정도요."

"자네가 그곳에 다니는 습관을 버려야 할 이유가 충분히 있는 줄 알았는데."

"네, 전부 다 아시잖아요." 프레드는 이런 식으로 캐묻는 것이 마음에 들지 않았다. "목사님께 다 솔직하게 털어놓았으니까요."

"그렇기 때문에 지금 그 문제에 대해 이야기할 정당한 이유가 있다고 생각하네. 우리는 솔직히 우정을 나누는 관계라고 서로 생각하고 있으니까. 그렇지 않나? 내가 자네 말을 들어주었으니 자네도 내 말을 기꺼이 들어 주겠지. 이제 순서를 바꿔서 나 자신에 대해 좀 이야기하겠네."

"저는 목사님께 더없이 큰 신세를 졌습니다." 프레드는 불편한 마음으로 짐작하며 말했다.

"자네가 내게 신세를 졌다는 것은 부정하지 않겠네. 하지만 솔직히 고백하자면, 프레드, 난 지금 자네에게 아무 말도 하지 않으면서 그것을 뒤엎으려는 유혹을 받았어. '젊은 빈시가 또다시 매일 밤 당구대에 붙어살게 되었어요. 그는 구속된 생활을 오래 견디지 못할 겁니다.'라고 누군가 내게 말했을 때 난 지금의 행동과는 정반대로 가만히 입을 다물고 기다리라는 유혹을 받았네. 자네가 다시 탈선하는 동안에 말이지. 처음에는 내기를 걸다가 그다음에는……."

"내기는 하지 않았어요." 프레드가 조급하게 말했다.

"그 말을 들으니 반갑군. 하지만 내가 하려던 말은 자네가 그릇된 길로 나아가면서 가스 씨의 인내심을 소진시키고, 자네 인생 최고의 기회를, 좀 힘겹게 노력해서 얻은 기회를 놓치는 것을 보고 싶은 충동을 느꼈다는 걸세. 내 마음속에서 어떤 감정이 그런 유혹을 일으켰는지 짐작하겠지. 자네가 알고 있으리라 믿어. 자네의 애정에 대한 보상이 내 애정의 보상을 받지 못하도록 방해한다는 것을 알고 있겠지."

잠시 침묵이 이어졌다. 페어브라더 씨는 프레드가 그 사실을 인정하기를 기다리는 듯했다. 맑은 목소리에서 느껴지는 감정 때문에 그의 말은 엄숙하게 들렸다. 그러나 어떤 느낌도 프레드의 갑작스러운 불안감을 가라앉힐 수 없었다.

"제가 그녀를 포기하길 기대하실 수는 없습니다." 그는 잠시 망설인 후에 말했다. 너그러운 척할 계제가 아니었다.

"물론 그렇지. 그녀의 애정이 자네의 애정에 응했으니. 하지만 그런 관계는 오래 지속되었더라도 언제든 변할 수 있는 법이야. 그녀가 자네에 대해 느끼는 결속의 끈이 풀어지도록 자네가 행동하는 것을 쉽게 상상할 수 있으니까. 그녀는 다만 조건부로 자네에게 묶여 있다는 것을 기억해야지. 만일 그렇게 된다면 그녀의 존중을 받고 있다고 우쭐해하는 다른 사람이 자네가 놓친 존중심뿐 아니라 그녀의 애정을 얻는 데도 성공하겠지. 나는 그런 결과를 쉽게 상상할 수 있네." 페어브라더 씨가 힘주어 되풀이했다. "언제나 기꺼이 공감을 나눌 수 있는 교제가 있고, 그것이 가장 오래 지속된 관계보다 더 나을 수도 있어."

페어브라더 씨가 유창한 언변이 아니라 맹수의 부리와 발톱으로 공격했더라도 프레드에게는 이보다 더 잔인할 수 없을 것 같았다. 이 가정법 문장의 이면에는 메리의 감정이 실제로 달라졌음을 알고 있다는 인식이 깔렸으리라는 무시무시한 확신이 들었다.

"물론 저와 관계가 쉽게 끝장나리라는 것은 알고 있어

요." 그는 괴로운 어조로 말했다. "그녀가 비교하기 시작한다면……." 그는 모든 감정을 드러내고 싶지 않아 말을 멈추었다가 약간 신랄한 어투로 덧붙였다. "하지만 목사님은 제게 친절하신 줄 알았어요."

"그렇다네. 그래서 우리가 여기 있는 거지. 하지만 그러고 싶지 않다는 강한 충동을 느꼈지. 속으로 이렇게 말했다네. '저 젊은이가 스스로를 망칠 가능성이 있다면 무엇 때문에 간섭한다는 말인가? 너도 그만한 가치가 있지 않아? 그리고 그보다 십육 년의 세월이나 더 오래 다소 굶주리며 살아왔으니 만족감을 느낄 권리가 그보다 더 크지 않겠어? 그가 타락할 가능성이 있으면 그냥 내버려 두라고. 어쩌면 막을 방법도 없을 테니까. 그러고 나서 네가 이득을 얻는 거지.'"

말이 끊기자 프레드는 몹시 불안한 마음에 소름이 끼쳤다. 다음에 무슨 이야기가 이어질까? 메리에게 어떤 이야기를 했다는 말을 듣게 될까 봐 두려웠고, 경고라기보다 협박을 받는 기분이었다. 목사가 다시 입을 열었을 때 그의 어조는 용기를 북돋듯이 다시 장조(長調)로 돌아가 있었다.

"하지만 나는 예전에 더 나은 의도를 갖고 있었고, 그래서 예전의 의도로 다시 돌아왔네. 그 점에서 나를 안전하게 지키려면 자네에게 내 안에서 일어난 일을 말해 주는 게 제일 낫겠다고 생각했어. 자, 내 말을 이해하겠나? 나는 자네가 그녀의 삶을, 그리고 자네의 삶을 행복하게 만들어 가기를 바라. 내 경고 한마디가 그 반대로 나아갈 위험을 벗어나게 해 줄 수 있다면……. 자, 나는 경고했네."

마지막 단어들에서 목사의 목소리는 깊이 가라앉았다. 그는 말을 멈췄고, 그들은 성 보톨프 교회로 이어지는 갈림길이 있는 푸른 풀밭에 서 있었다. 목사는 대화가 끝났음을 암시하려는 듯 손을 내밀었다. 프레드는 완전히 새로운 감동을 받았다. 훌륭한 행동을 심사숙고하기 잘하는 어떤 사람은 그것이 온몸에 재생의 전율을 일으키고 새 삶을 시작할 준비가 되었다고 느끼게 해 준다고 말했다. 바로 그때 프레드 빈시의 마음속에 일어난 것은 다분히 그런 것이었다.

"부끄럽지 않은 인물이 되도록 노력하겠어요." 그는 말을 끊었다가 다시 이었다. "그녀뿐 아니라 목사님께도." 그사이 페어브라더 씨는 조금 더 덧붙이려는 마음이 일었다.

"현재 자네에 대한 그녀의 애정이 줄었다고 내가 믿는다고 생각해서는 안 되네, 프레드. 마음을 편히 가져. 자네가 올바른 길로 나아간다면 다른 것들도 올바로 이뤄질 거야."

"목사님께서 해 주신 일을 결코 잊지 않을 거예요." 프레드가 대답했다. "말할 가치가 있는 말은 하나도 할 수 없습니다만…… 목사님의 선의가 허사가 되지 않도록 노력하겠어요."

"그것으로 충분하네. 잘 가게, 하느님의 축복이 있기를."

이렇게 그들은 헤어졌다. 하지만 둘 다 오래 걷지 않아 별빛이 사라진 곳에 이르렀다. 프레드의 뇌리에 거듭 떠오른 생각을 요약하면 이랬다. '그녀가 페어브라더 씨와 결혼한다면 분명 좋은 일이었을 거야. 하지만 그녀가 나를 제일 사랑하고 내가 좋은 남편이 된다면?'

페어브라더 씨의 생각은 어깨를 한 번 으쓱하고 내뱉은 짤

막한 말로 요약될 것이다. '한 조그만 여자가 남자의 인생에 얼마나 지대한 영향을 미치는 것일까! 그녀를 체념하기 위해 영웅적 행위를 잘 흉내 내야 하고, 그녀를 얻기 위해 스스로 를 단련해야 한다니!'

67장

이제 영혼 속에서 내전이 벌어졌다.
시끄럽게 요구하는 욕구에 밀려
결의는 신성한 옥좌에서 내쫓겼고,
고관대작인 자존심은 비굴한 계약을 맺고
특사이자 말솜씨 좋은 변론가로서
굶주린 폭도를 위해 비위를 맞춘다.

다행히 당구장에서 돈을 잃는 것으로 끝났기에 리드게이트는 행운을 잡아 보겠다는 용기를 갖고 돌아올 수 없었다. 다음 날 오히려 딴 돈보다 사오 파운드를 더 갚아야 했을 때 그는 스스로가 마냥 혐오스러웠고, 그린 드래건에 있던 사람들과 어울렸을 뿐 아니라 그들과 똑같이 행동한 자기 자신이 몹시 역겨웠다. 현명한 사람이라도 내기에 빠지면 같은 상황에 있는 속물들과 거의 구별되지 않는다. 차이점이 있다면 그 이후의 사색에서나 찾아볼 텐데 리드게이트는 그런 점에서 몹시 불쾌하게 되새김질을 해야 했다. 장면이 조금만 달랐더라면, 행운을 엄지와 검지로 집어 올리는 것이 아니라 양손으로 움켜잡을 도박장으로 향했더라면 그 사건이 파멸로 확대될 수도 있었을 거라고 그의 이성이 말했다. 그렇지만 이성으로 도박의 욕구를 억누르기는 했어도 행운이 따라 줘서 필요한 금액을 확보할 수만 있었다면 점점 더 불가피해 보이는 대안보다는 도박을 선택했을 거라고 느꼈다.

그 대안은 불스트로드 씨에게 부탁하는 것이었다. 그는 자신이 불스트로드 씨에 대해 완전히 독립적이며 그의 계획을 통해 자신의 전문적이고 독창적인 생각을 실행에 옮기고 공적 혜택을 줄 수 있기 때문에 그를 돕고 있다고 스스로에게나 다른 사람들에게 여러 차례 자랑해 왔다. 리드게이트는 이 독단적인 은행가와 사적으로 접촉할 때 사회적으로 그를 잘 활용하고 있다는 생각으로 늘 자존심을 지켰고, 그의 의견을 하찮게 여겼으며, 그의 동기에는 상반된 감정이 불합리하게 뒤섞여 있다고 종종 생각했다. 그러므로 관념 속에는 사적인 문제로 그에게 중요한 청탁을 하는 것에 대한 강력한 장애물이 이미 세워져 있었다.

하지만 3월 초가 되자 그의 형편은 최대 위기로 몰리게 되었다. 그런 위기에 봉착했을 때 흔히 사람들은 아무것도 모르고 서약했었다고 말하기 시작하고, 자신들에게 일어날 리가 없다고 생각했던 일들이 명백히 현실로 나타나는 것을 보게 된다. 지긋지긋한 도버의 담보가 곧 현실이 될 것이다. 그가 받은 의료 수입은 밀린 빚을 갚는 데 전부 들어갔고, 최악의 상황이 알려진다면 일상 생필품의 외상 거래도 중단될 가능성이 있었다. 무엇보다도 로저먼드의 절망적인 불만이 뇌리를 떠나지 않는 가운데 리드게이트는 어쩔 수 없이 자존심을 굽히고 누군가에게 부탁해야 한다고 생각하게 되었다. 처음에는 빈시 씨에게 편지를 쓰려고 생각해 보았다. 하지만 로저먼드에게 물어본 결과 이미 예상했던 대로 그녀가 부친에게 두 번이나 부탁했다는 것을 알게 되었다. 두 번째로 부탁한 것은 고드윈 경에게 실망한 다음이었다. 아빠는 리드게이트가 독자적으로 해결해야 한다고 말했다는 것이었다. "아빠가 장사하면서 빌린 대금이 매년 더 늘어났다고 하셨어요. 그래서 여러 가지 오락도 포기해야 하셨다고. 생활비로 쓰는 비용에서 100파운드도 뺄 수 없대요. 아빠는 불스트로드 씨에게 부탁해 보라고 하셨어요. 당신과 그분은 늘 같은 편이었다고요."

실은 리드게이트도 어쩔 수 없이 무담보로 돈을 빌려 달라고 간청해야 한다면 다른 사람보다 불스트로드에게 하는 편이 적어도 순전히 사적이지만은 않은 요청이 되리라는 결론에 이르렀다. 불스트로드는 리드게이트의 의료업이 실패하는 데 간접적으로 영향을 미쳤고, 자기 계획에 동조하는 의사를 얻어서 대단히 만족해했다. 그러나 지금 리드게이트처럼 일종의 의존적 입장에 처한 사람 중에서 자기도 주장할 권리가 있다고 믿지 않을 사람이 어디 있겠는가? 청탁의 굴욕감을 줄여 줄 권리가. 최근 들어 병원에 대한 불스트로드의 관심이 시들해진 것은 사실이었다. 그러나 건강이 나빠졌고 만성적인 신경 불안 증세를 드러낸 것 외에는 달라진 점이 없어 보였다. 그는 늘 대단히 정중했지만 리드게이트의 결혼이나 다른 사적인 문제에 관해서는 처음부터 눈에 띄게 냉정하게 처신했고, 지금까지 리드게이트는 그 냉정함을 따뜻하고 친밀한 관계보다 더 선호했다. 그는 그 계획을 하루하루 미루었다. 자신의 결론에 따라 행동하는 습성이 온갖 가능한 결론과 이어지는 행동에 대한 염증 때문에 약해졌던 것이다. 그는 불스트로드 씨를 자주 보았지만 그런 기회를 사적 목적을 위해 이용하려 하지 않았다. 어떤 순간에는 생각했다. '편지를 써야겠어. 완곡하게 말하는 것보다는 그편이 나을 거야.' 다음 순간에는 이렇게 생각했다. '아니, 직접 말하면 꺼리는 징후가 보이기 전에 물러설 수 있을 거야.'

하지만 하루하루가 지나갔고, 편지도 보내지 않았고, 특별히 만나자고 요청하지도 않았다. 불스트로드에 대한 굴욕적인 의존적 입장을 피해 보려고 그는 자신이 기억하는 자아와 더욱 맞지 않는 다른 조치를 머릿속에서 굴려 보기 시작했다. 그의 분노를 일으키곤 했던 로저먼드의 철없는 생각, 즉 일만 벌려 놓은 채 그 이상은 거들떠보지 않고 미들마치를 떠난다는 생각을 과연 실행에 옮길 수 있을지 스스로 고려하기 시작했고, 이런 의문을 떠올리곤 했다. '지금으로는 내 의료권의 가치가 형편없을 텐데 과연 살 사람이 있을까? 떠날 준비를 하려면 그것을 팔아야 할 텐데.'

그러나 이런 조치를 하는 것은 현재의 일을 포기하는 경멸스러운 행동이고, 정당한 목적도 없이 다른 일을 시작하기 위해 이미 실재하는 가치 있는 활동을 확대할 통로가 될 일에서 죄의식을 갖고 돌아서는 것이라는 생각이 떠나지 않았다. 또한 그 조치에는 이런 장애가 있었다. 혹시 의료권을 매수할 사람을 찾더라도 가까운 시일 내에는 가능하지 않으리라는 것이었다. 그리고 그다음에는? 대도시든 아주 멀리 떨어진 소도시든 초라한 집에서 생활한다면 로저먼드는 우울함을 벗어나지 못할 테고, 자신은 그녀를 그런 생활에 빠뜨렸다는 비난에서 벗어나지 못할 것이다. 운세가 기울어 바닥에 떨어질 때는 직업적으로 성취하는 바가 있더라도 그 바닥에 오래 머물러야 할 테니까. 영국 사회의 분위기에서 과학적 통찰과 가구 딸린 셋방이 공존하지 못하는 것은 아니었다. 공존하지 못하는 것은 대체로 과학적 야심과 그런 셋방에 불만을 품은 아내다.

그런데 망설이는 동안 어떤 기회가 생기는 바람에 그는 마음을 굳힐 수 있었다. 불스트로드 씨가 쪽지를 보내서 은행으로 방문해 달라고 요청한 것이다. 최근 은행가는 우울증 증세가 나타났는데 실제로는 만성 소화불량 증세가 심해지면서 수면 부족을 일으키자 임박한 정신 착란의 징후라고 생각했다. 그는 당장 그날 아침에 리드게이트와 상담하기를 원했다. 리드게이트는 이미 이전에 설명했던 것 외에 더 할 말이 없었고, 불스트로드는 리드게이트의 설명이 반복에 불과했지만 주의 깊게 들으며 두려움을 해소했다. 불스트로드가 안도감을 느끼며 의사의 의견을 받아들인 순간에 리드게이트는 예상보다 더 편안하게 사적인 요청을 입에 올릴 수 있을 것 같았다. 그는 불스트로드에게 사업에 대한 관심을 줄이는 편이 좋겠다고 주장해 왔었다.

"정신적 긴장은 아무리 대수롭지 않더라도 민감한 신체에 영향을 미치는 것을 볼 수 있습니다." 리드게이트는 개인적인 사례에서 일반적인 사실의 언급으로 넘어갔다. "젊고 활력적인 사람에게도 근심 걱정이 얼마쯤은 깊은 흔적을 남기니까요. 저는 건강한 체질을 타고 났습니다만 최근에 걱정이 쌓이면서 신경이 쇠약해졌습니다."

"지금 나처럼 민감한 상태의 체질이면 콜레라가 이 지방에 퍼질 경우에 특히 걸리기 쉬울 것 같소. 런던 근방에서 콜레라가 발병했다니 우리는 스스로를 보호하기 위해 속죄소[88]에 몰려가는 편이 낫겠지." 불스트로드 씨는 리드게이트의 암시를 도외시할 생각에서가 아니라 진심으로 자기 건강에 대한 근심에 사로잡혀 말했다.

"어떻든 은행장님은 도시를 위해서 실제로 유용한 방비책을 마련하는 데 큰 역할을 하셨고, 하느님의 보호를 요청하는 가장 좋은 방법은 바로 그것입니다." 리드게이트는 은행가가 종교적으로 엉터리 비유와 어설픈 논리를 사용하는 데 강한 혐오감을 느꼈고, 분명 그가 자기 상황에 공감을 보이지 않았기에 더 강한 반감을 느끼면서 말했다. 그러나 그의 마음은 오래 준비해 온, 도움을 요청할 순간을 포착했고, 아직 그 마음은 억제되지 않았다. 그는 덧붙였다. "이 도시는 청소와 설비 마련에서 잘 대비해 왔습니다. 만일 콜레라가 닥친다면[89] 새 병원의 설비가 공공의 이익이라는 것을 적들도 인정할 거라고 생각합니다."

"맞소." 불스트로드 씨는 약간 냉정하게 말했다. "당신이 내

---

88) 「출애굽기」 25장 17절과 22절에 나오는 '계약의 궤'를 덮고 있는 황금 뚜껑으로 '하느님의 보좌'를 뜻한다.

89) 조지 엘리엇은 1831년 콜레라가 선덜랜드와 뉴캐슬에서 처음 발병했고 1832년 에든버러와 런던으로 퍼졌다고 노트에 기록했다.

정신적 노고를 줄이라고 제안한 것에 대해서, 리드게이트 씨, 나는 얼마간 그런 취지의 목적을 마음에 품고 생각해 보았소. 매우 과단성 있는 목적이오. 자선 사업이든 영리적 사업이든 많은 사업 운영에서 적어도 일시적으로 물러나려고 생각 중이지. 또한 얼마간 다른 지역에서 거주할 생각도 있소. 슈럽스를 비워 두거나 세를 주고 바닷가 근처에서 살 곳을 얻을 거요. 물론 건강에 유익할지 조언을 듣고 나서 말이지. 이런 조처를 권하시겠소?"

"아, 물론입니다." 리드게이트는 은행가의 흐릿하고 진지한 눈과 오로지 자기 자신에게만 관심을 쏟는 태도에 조급함을 잘 억누르지 못하고 의자에 몸을 기대며 말했다.

"우리 병원과 관련해서 이 문제를 당신과 터놓고 이야기하려고 얼마간 생각해 왔소." 불스트로드가 말했다. "지금 언급한 상황에서는 물론 현재 내가 병원 운영에 갖고 있는 개인 지분을 회수해야 할 거요. 내가 지켜볼 수도 없고 어느 정도 통제할 수도 없는 기관에 상당한 재산을 계속 투자하는 것은 내가 생각하는 책임에 맞지 않는 일이오. 따라서 미들마치를 떠나기로 최종적인 결정을 내린다면 새 병원의 건축비를 대부분 제공했고, 나아가 성공적인 운영을 위해 많은 금액을 기부한 것 외에 다른 지원은 철회할 생각이오."

불스트로드가 버릇대로 말을 멈췄을 때 리드게이트는 생각했다. '이미 상당한 손실을 봤을 거야.' 그의 예상에 꽤 놀라운 변화를 가져온 그 말을 가장 그럴듯하게 설명할 만한 이유는 바로 이것이었다. 리드게이트는 대답했다.

"유감스럽게도 병원에서 보신 손실은 거의 만회할 수 없겠지요."

"거의 그렇소." 불스트로드가 똑같이 신중하고 낭랑한 어조로 말했다. "계획을 조금 변경하지 않으면 말이오. 병원에 기꺼이 더 많이 기부해 주리라고 확실히 믿을 수 있는 사람은 캐소본 부인뿐이오. 나는 부인과 이 문제에 대해 상의했고, 지금 당신에게 이야기하려는 것처럼 부인에게도 새 병원 체제를 바꿔서 보다 일반적인 지원을 얻는 것이 바람직하리라고 지적했소."

또다시 말이 멎었지만 리드게이트는 대답하지 않았다.

"내가 말한 변화는 새 병원이 예전 진료소의 특별 부속 기관으로 간주되도록 진료소와 통합하고 동일한 위원회를 두는 것이오. 또한 두 병원의 의료 체계도 결합할 필요가 있을 거요. 이런 식으로 하면 새 병원을 적절히 운영하는 데 어려움이 없겠지요. 도시의 후원자들도 양분되지 않을 테고."

불스트로드 씨는 다시 말을 멈추고 리드게이트의 얼굴에서 시선을 돌려 자기 코트의 단추들을 바라보았다.

"의심할 바 없이 그것은 수단이나 재원을 얻는 데 좋은 방안입니다." 리드게이트는 목소리에 반어적인 날을 세우고 말했다. "하지만 제가 당장 그것을 기뻐할 수는 없겠군요. 가장 먼저 일어날 결과 중 하나는 다른 의사들이 제 방법을 뒤엎거나 방해하는 것일 테니까요. 별다른 이유 없이 그저 제가 만든 방법이라서 말입니다."

"아시다시피, 리드게이트 씨, 나 자신은 당신이 근면하게 도입한 새롭고 독자적인 절차의 가능성을 높이 평가했소. 고백하건대 나는 하느님의 뜻에 순종하여 원래의 계획을 매우 소중하게 여겼소. 그러나 신의 섭리가 내게 포기하기를 요구하시는 조짐이 있으니 포기하는 거요."

이 말에서 불스트로드는 다소 짜증스러운 자질을 드러냈다. 듣는 사람의 경멸을 일으켰던 그의 동기에 대한 엉터리 비유와 어설픈 논리는 사실을 제시하는 방식과 일관성이 있었기에 리드게이트는 분노와 실망감을 터뜨리기 어려웠다. 잠시 재빨리 생각한 후에 리드게이트는 이렇게만 물었다.

"캐소본 부인께서는 뭐라고 하셨습니까?"

"그것이 내가 더 진술하려는 부분이오." 장관이라도 된 듯이 불스트로드는 설명할 사항들을 철저히 준비해 놓고 있었다. "그 부인은 알다시피 아낌없이 기부하려는 성향을 가졌고, 다행히 재산을 소유하고 있소. 내 생각에 큰 재산은 아니지만 부인이 충분히 쓸 수 있는 자금이지. 그 자금 대부분을 다른 목적에 쓰려고 했지만 병원과 관련해서 내가 맡았던 자리를 전적으로 떠맡을지 생각해 볼 의향이 있다고 알려 주셨소. 다만 그 문제에 대해 충분히 시간을 두고 심사숙고하여 생각을 정리하기를 바라고 있소. 그리고 나는 서둘 필요가 없고 실은 내 계획도 아직 확정된 것은 아니라고 부인에게 말했소."

'캐소본 부인이 당신 자리를 떠맡는다면 손실이 아니라 이득이 될 겁니다.'라고 리드게이트는 말하고 싶었다. 하지만 아직 마음을 짓누르는 문제가 있었기에 이처럼 유쾌하고 솔직한 대답은 할 수 없었다. 그는 말했다. "그렇다면 제가 이 문제에 대해 캐소본 부인과 의논할 수 있겠군요."

"그렇지. 부인은 특히 그것을 바라고 있소. 부인의 결정은 상당 부분 당신의 의견에 달렸다고 하시더군. 하지만 당장은 아니오. 내가 알기로는 부인이 바로 얼마 전에 여행을 떠났으니까. 여기 편지가 있소." 불스트로드 씨는 말하면서 편지를 꺼내 읽었다. "'지금은 제게 다른 약속이 있습니다.' 부인의 말씀이오. '제임스 경과 레이디 체텀과 함께 요크셔에 갈 겁니다. 그곳에서 어떤 토지를 돌아보고 내리는 결정에 따라서 병원에 기부할 여력이 있는지 결정하게 될 겁니다.' 그러니, 리드게이트 씨, 이 문제에 대해 서둘 필요는 없소. 하지만 앞으로 일어날 수 있는 일에 대해서 미리 알려 주려 한 거요."

불스트로드 씨는 편지를 옆 주머니에 넣고 용무가 끝난 듯이 자세를 바꿨다. 병원에 대한 새로운 희망을 품으면서 자신의 개인적 희망에 해로울 사실들을 더 의식할 수밖에 없었던 리드게이트는 도움을 요청하려면 지금 활기차게 시도하는 수밖에 없다고 느꼈다.

"미리 자세히 알려 주셔서 대단히 감사합니다." 그는 확고한 의도를 담은 어조로 말했지만 말을 끊으면서 내키지 않는 마음을 드러냈다. "제게 최고의 목적은 제 전문업이고, 제가 현재 제 전문 지식을 최대한 활용할 수 있는 곳으로 그 병원을 생각해 왔습니다. 그러나 최선을 다해 활용한다고 해서 늘 금전적 성공과 일치하는 것은 아닙니다. 병원의 평판을 떨어뜨린 요인들이 다른 이유들 — 모두 제 직업적 열의와 관련된 이유들이라고 생각합니다만 ─ 과 결합해 의사로서 제 평판을 떨어뜨렸습니다. 제가 받는 환자들은 주로 의료비를 지불할 수 없는 사람들입니다. 제가 누군가에게 돈을 지불해야 할 일이 없다면 저는 그 환자들을 제일 좋아할 겁니다." 리드게이트가 잠시 기다렸지만 불스트로드는 그저 고개를 한 번 끄덕이고 그를 뚫어지게 바라보았다. 그래서 리드게이트는 먹기 싫은 대파를 물어뜯듯이 똑똑 끊어지는 어투로 말을 이었다.

"저는 돈 문제로 곤경에 빠졌는데 저와 제 장래를 신뢰하는 누군가가 담보 없이 돈을 대부해 주지 않으면 헤어날 방법이 없습니다. 여기 왔을 때 돈이 별로 남지 않은 상태였습니다. 제 친지들에게서 돈을 기대할 수도 없고, 결혼한 후로 생활비는 예상보다 훨씬 많이 들었습니다. 그래서 모든 것을 해결하려면 1000파운드 정도 필요합니다. 가장 큰 빚의 담보로 잡힌 물건들이 경매에 넘어갈 위험에서 벗어나고, 다른 빚들도 갚고, 적은 수입이 들어오기 전에 근근이 생활해 나갈 수 있도록 소액을 남기려면 말이지요. 아내의 부친께서는 그 금액을 대부해 주실 수 없다는 것을 알고 있습니다. 그래서 제 처지를 말씀드리는 겁니다. 제 성공이나 몰락에 개인적으로 약간 관련되었다고 생각할 수 있는 유일한 분께 말입니다."

자기가 듣기에도 혐오스러운 말이었다. 그러나 이제 말했고, 오해의 여지 없이 단도직입적으로 말한 것이다. 불스트로드 씨는 서두르지 않고, 하지만 망설이지도 않고 대답했다.

"참으로 딱한 일이오, 리드게이트 씨. 고백하자면 이 이야기에 놀란 것은 아니지만 말이오. 나로 말하자면 당신이 내 처남의 가족과 인척 관계를 맺은 것이 유감스러웠소. 그 집안은 늘 낭비하는 습관이 있는 데다 현재 상태를 유지할 수 없을 만큼 이미 내게 큰 빚을 지고 있소. 내가 충고하려는 바는, 리드게이트 씨, 더 이상 채무 관계에 연루되어 불확실한 노력을 기울이지 말고 그냥 파산하라는 거요."

"그러면 제 앞날이 개선되지 않을 겁니다." 리드게이트가 일어서면서 신랄하게 말했다. "그 자체로는 더 바람직한 일이라도 말이죠."

"그것은 언제나 시련이오." 불스트로드가 말했다. "하지만 시련이란 우리가 현세에서 겪어야 하는 운명이고, 꼭 필요한 교정책이오. 내 조언을 심사숙고하라고 충고하겠소."

"감사합니다." 리드게이트는 무슨 말을 하는지도 잘 모르는 채 대답했다. "너무 긴 시간을 빼앗았군요. 안녕히 계십시오."

68장

미덕은 어떤 우아한 옷을 걸쳐야 할까,
악덕이 똑같이 우아한 옷을 입고 잘해 나간다면?
거짓, 교활함, 경솔이
똑같이 칭찬할 만한 목적을 갖고 아름다운 역할을 수행한다면?
사건들이 기록된 이 막강한 책,
세계, 행위의 보편적 지도는
강력히 통제하고 온갖 몰락으로부터 입증한다,
가장 곧은 길이 그래도 가장 성공한다는 것을.
전 세계의 눈으로 바라보고
모든 시대의 지성을 간직한
진지하고 조예 깊은 경험이
안내자 없는 기만보다 더 안전한 길을 가지 않을까?

— 다니엘, 『무소필러스』[90]

　불스트로드가 리드게이트와 대화를 나누면서 말했거나 암시한 계획과 관심의 변화는 라처 씨 집에서 경매가 벌어진 날의 중대한 사건 이후로 가혹한 시련을 겪으면서 결정되었다. 그때 래플스는 윌 래디슬로를 알아보았고, 은행가는 괴로운 결과를 막아 보려고 하느님의 은총을 구하기 위해 헛되이 배상 행위를 시도했던 것이다.

　그는 래플스가 살아 있는 한 오래지 않아 미들마치에 돌아오리라 확신했고 그 예상은 옳다는 것이 입증되었다. 크리스

---

90) 영국 시인 새뮤얼 다니엘의 장시. 905~912, 915~918행.

마스이브에 래플스는 다시 슈럽스에 나타났다. 때마침 불스트로드는 집에 있었기에 그를 맞아들였고 다른 가족들이 그와 이야기를 나누지 못하게 막을 수 있었다. 그러나 자신의 명예를 실추시키지 않고 아내가 놀라지 않도록 완전히 막을 수는 없었다. 래플스는 전보다 더 억제할 수 없는 상태였다. 습관적인 폭음으로 정신적 불안 상태가 고질화되어 상대의 말을 듣고도 금세 모두 다 털어내 버렸다. 그는 그 집에서 머물겠다고 주장했다. 불스트로드는 두 가지 해악을 비교해 보고 그가 도시에 들어가느니 차라리 자기 집에 머무는 편이 낫겠다고 생각했다. 그는 저녁에 래플스를 자기 방에 묵게 하면서 잠자리에 드는 것을 지켜보았고, 그동안 래플스는 큰 부자이자 점잖은 동료 죄인의 화를 돋우며 재미를 보았다. 그는 그 재미를 유용하게 부려 먹고도 마땅한 수익을 다 주지 못한 사람을 대접하면서 친구가 느낄 즐거움에 대한 공감이라고 익살맞게 표현했다. 이 야비한 농담의 이면에는 교활한 계산이 숨어 있었고, 그것은 새로 받게 된 고문에서 벗어나기 위한 변상금으로 불스트로드에게서 큰 재산을 뽑아내겠다는 냉정한 결심이었다. 그러나 그의 교활함은 표적을 약간 너무 멀리 잡았다.

실로 불스트로드는 래플스의 야비한 성질로는 상상할 수 없을 만큼 고문받고 있었다. 아내에게는 이 악덕의 희생자인 비열한 인물이 자해하지 않도록 돌봐주고 있을 뿐이라고 말했다. 그를 돌봐야 할 가족 관계가 있고 래플스에게 정신 착란의 징후가 있으므로 주의해야 한다면서 노골적으로 거짓을 말하지 않고 넌지시 암시했다. 다음 날 아침에 직접 그 불행한

자를 떠나보낼 것이다. 부인에게 이런 암시를 하며 그는 딸들과 하인들에게 조심하도록 일러 주고는 자기 외에 누구든 음식을 갖다주기 위해서라도 그 방에 들어가면 안 되는 이유를 설명하고 있다고 느꼈다. 그러나 래플스가 과거의 일들을 큰소리로 또렷하게 주절거리는 소리가 밖에서 들리지 않을지, 아내가 문밖에서 엿들으려는 유혹을 느끼지 않을지 생각하며 고통스러운 공포에 질려 앉아 있었다. 아내를 어떻게 막을 수 있을까? 밖에 있는지 확인하기 위해 문을 열어 보면서 두려운 마음을 드러낼 것인가? 아내는 정직하고 곧은 성품을 가진 여자이니 그렇게 비열한 방법으로 괴로운 사실을 알아내려 하지 않을 것이다. 그러나 극심한 공포에 질린 나머지 그는 있을 법한 일을 따져 볼 겨를도 없었다.

이런 식으로 래플스는 지독한 고문을 가했고, 그렇게 함으로써 의도치 않았던 결과를 낳았다. 그 자신이 도무지 통제될 수 없는 인물이라는 것을 보여 줌으로써 불스트로드로 하여금 강력한 도전밖에 남은 방법이 없다고 느끼게 만들었던 것이다. 그날 밤 래플스를 잠자리에 들게 한 후 은행가는 밀폐된 마차를 다음 날 아침 7시 30분에 대기시키라고 명령했다. 새벽 6시가 되기 한참 전에 그는 이미 옷을 다 차려입고 비참한 기분으로 얼마간 기도를 올리면서 만일 자신이 어떤 일에서든 거짓을 이용하여 하느님 앞에 진실이 아닌 것을 말했다면 그것은 최악을 피하기 위해서였다고 애원했다. 불스트로드는 보다 간접적으로 저지른 수많은 악행과 어울리지 않는 강경한 태도로 직접적인 거짓말에서 몸을 사렸던 것이다. 그러나 그것들이 우리가 마음에 두고 욕망하는 목적을 이루더라도 이 많은 악행은 감지하기 힘든 근육의 움직임과 같아 의식은 그 것들을 주목하지 않는다. 그리고 우리는 우리가 생생하게 의식하는 것만을 전지하신 하느님께서 보고 계신다고 생생하게 상상할 수 있다.

불스트로드는 촛불을 들고 래플스의 침대 옆으로 다가갔다. 그는 고통스러운 꿈을 꾸고 있음이 분명했다. 불스트로드는 불빛에 그가 서서히 조용히 깨어나기를 바라면서 가만히 서 있었다. 갑자기 깨우면 소란을 떨까 봐 걱정스러웠다. 잠에서 깨어야 멈출 듯 몸서리를 치고 헐떡이는 모습을 이삼 분 넘게 지켜보았을 때 래플스가 반쯤 짓눌렸던 긴 신음을 토해 내며 벌떡 일어나더니 공포에 질려 몸을 부르르 떨고는 헐떡거리면서 멍한 눈으로 주위를 돌아보았다. 그러나 그 이상의 소음은 내지 않았다. 불스트로드는 촛불을 내려놓고 그가 정신을 차리기를 기다렸다.

십오 분이 더 지나 불스트로드는 전에 없이 냉정하고 위압적인 태도로 말했다. "자네를 이렇게 일찍 깨우러 온 것은, 래플스 씨, 7시 30분에 마차를 대기하라고 명령했고 자네를 직접 일슬리까지 데리고 갈 생각이기 때문이네. 그곳에서 기차를 타든지 마차를 기다릴 수 있겠지."

래플스가 말하려고 입을 벌렸지만 불스트로드는 고압적으로 앞질러 말했다. "입 다물고 내 말을 듣게. 지금 자네에게 돈을 줄 테고, 이따금 적절한 금액을 보내 주겠네. 자네가 내게 편지로 요청한다는 조건하에서 말이지. 하지만 다시 이곳에 나타난다면, 미들마치에 또다시 돌아온다면, 그리고 내게 해가 되도록 자네의 혀를 놀린다면 내 도움은 일절 없이 자네의 악의가 맺을 결실에 따라 살아가게 될 걸세. 내 이름을 매도한다고 해서 자네에게 돈을 줄 사람은 없을 테니까. 나는 자네가 저지를 수 있는 최악의 행동을 알아. 감히 내 앞에 다시 나타난다면 당당하게 맞서겠네. 자, 일어나서 내가 지시하는 대로 해. 소리 내지 말고. 그러지 않으면 경찰을 불러서 내 부지 밖으로 쫓아내겠어. 그러면 도시의 선술집마다 돌아다니며 소문을 퍼뜨려 봐야 거기서 먹은 술값으로 동전 한 푼도 내게서 뜯어내지 못할 걸세."

평생 불스트로드는 이처럼 억세고 거칠게 말한 적이 없었다. 그는 밤을 꼬박 새우면서 이 말을 생각했고 이 말이 미칠 효과를 심사숙고했다. 이런 말로 래플스가 돌아오는 것을 완전히 막으리라고는 기대하지 않았지만 그래도 시도해 볼 만한 최고의 묘수라고 결론을 내렸다. 이 말은 그날 아침 쇠약한 남자를 강제로 복종시키는 데 효과가 있었다. 그 순간 그의 병든 몸은 불스트로드의 냉정하고 단호한 태도에 겁을 먹었기에 집안 식구들의 아침 식사 시간이 되기 전에 조용히 마차에 올랐다. 하인들은 그를 가난한 친척일 거라 생각했고, 그들의 주인처럼 세상에서 머리를 꼿꼿이 쳐들고 다니는 엄격한 사람이 그런 친척을 부끄러워하면서 빨리 내보내고 싶어 하는 것을 이상하게 여기지 않았다. 은행가는 마차를 몰고 가증스러운 벗과 함께 16킬로미터를 달리는 것으로 크리스마스 날 아침을 음울하게 시작했다. 그러나 목적지에 거의 이르자 래플스는 활기를 되찾았고, 은행가에게서 100파운드를 얻었다는 뿌듯한 이유로 흡족해하며 헤어졌다. 불스트로드는 이처럼 돈을 아끼지 않은 데 여러 이유가 있었지만 그 이유가 무엇인지 면밀히 따져 보지 않았다. 불편한 잠에 빠진 래플스를 지켜보면서 그 남자가 처음에 200파운드를 받은 이후로 무척 쇠약해졌다는 생각이 떠오른 것은 분명했다.

불스트로드는 래플스에게 다시는 호락호락 넘어가지 않겠다는 의지를 날카로운 말로 되풀이해서 알려 주었고, 그를 매수하거나 도전하거나 위험은 매한가지라는 것을 래플스 자신이 보여 주었다는 사실을 각인시키려 했다. 그러나 혐오스러운 존재에게서 벗어나 조용한 집으로 돌아왔을 때 불스트로드는 일시적 유예 이상을 얻어 냈는지 확신할 수 없었다. 마치 지긋지긋한 꿈에서 깨어났는데 그 형상과 가증스러운 느낌을 떨쳐 낼 수 없는 것 같았다. 자기 삶의 쾌적한 환경에 위험한 파충류가 끈적거리는 흔적을 남겨 놓은 듯했다.

그의 가장 내밀한 삶에서 얼마나 많은 부분이 자신에 대한 다른 사람들의 의견으로 여겨지는 것들로 이루어졌는지를 그 의견이라는 직물이 찢겨 나갈 위험에 처할 때까지 누가 알 수 있겠는가?

불스트로드는 아내가 조심스럽게 그것에 대한 언급을 피했기 때문에 아내의 마음에 불안한 예감이 쌓여 있음을 더 의식하게 되었다. 그는 매일 지배력을 맛보고 완벽한 존경의 찬사를 받는 데 익숙했다. 그런데 치욕적인 비밀이 있으리라고 의심하는 은밀한 눈길로 관찰당하고 평가된다고 확신하자 사람들을 교화하려고 말할 때 목소리가 떨려 나왔다. 불스트로드처럼 기질적으로 불안한 사람에게 무언가를 예상하는 것은 실제로 보는 것보다 종종 더 나쁠 수 있다. 그리고 그의 상상력은 임박한 치욕의 고통을 끝없이 고조시켰다. 그렇다, 임박한 치욕. 만일 래플스에게 도전한다 해도 멀리 쫓아 버릴 수 없다면 — 그는 그런 결과를 위해 기도했지만 희망을 품기는 어려웠다 — 치욕은 필연적이었다. 만일 그것이 허용된다면 그 치욕은 하느님의 천벌이자 응징이며 축제일 전의 준비일 거라고 말해 봤자 아무 소용이 없었다. 그는 상상의 뜨거운 불길에서 뒷걸음쳤다. 그리고 자신이 굴욕을 당하지 않는 것이 하느님의 영광을 더욱 드높인다고 판단했다. 이렇게 뒷걸음질하다 보니 급기야 미들마치를 떠나야겠다는 충동이 일었다. 만일 자신에 대한 사악한 진실이 세상에 알려져야 한다면 오랜 이웃의 경멸에 찬 눈길에 살을 그을리지 않을 먼 곳으로 떠날 것이다. 그의 생활이 예전처럼 많은 주목을 받지 않을 낯선 곳에서라면 고문자가 따라오더라도 그렇게 무섭지는 않을 것이다. 미들마치를 완전히 떠난다면 아내가 몹시 괴로워하리라는 것을 알았고, 또 다른 면에서 보아도 그 역시 뿌리를 내린 곳에 머무는 편이 더 좋았다. 그래서 그는 처음에 당분간 떠나 있을 준비를 시작했다. 만일 하느님의 은총으로 상황이 유리하게 전개되어 공포심을 산산이 날려 버리게 된다면 잠시 떠났다가 돌아올 여지를 사방에 남겨 두고 싶었다. 그는 건강이 악화되었다는 이유로 은행 경영을 양도하고 다른 사업들의 적극적 경영도 포기하려고 준비했지만 그 일들을 장차 다시 떠맡을 가능성은 배제하지 않았다. 이런 조치를 하려면 비용이 더 들기 때문에 수입은 전반적인 경기 침체로 이미 줄어든 것 외에도 약간 더 감소할 것이다. 그런데 지출의 중요 항목 중에서 경비를 상당히 절감할 수 있는 곳이 병원이었다.

바로 이런 일들 때문에 그는 리드게이트와 이야기를 나누겠다고 마음을 먹었다. 그러나 그 계획이 불필요하다는 사실이 입증되면 대부분은 아직 취소할 수 있는 단계였다. 그는 최종 단계를 계속 미뤘다. 배가 난파할 지경에 처했거나 고삐 풀린 말 때문에 마차에서 내동댕이쳐질 위험에 처한 사람들이 대부분 그렇듯이 공포에 휩싸인 와중에도 최악의 상황을 막아 줄 어떤 일이 일어날지 모르고 늘그막에 다른 곳으로 이주함으로써 삶을 망치는 것은 너무 성급한 일이라는 생각이 뇌리를 떠나지 않았다. 특히 아내가 살고 싶어 하는 유일한 곳을 떠나서 기약 없는 유형길에 올라야 하는 이유를 만족스럽게 설명하기 어렵기 때문이었다.

불스트로드가 처리할 문제 중에 그의 부재 시 스톤 코트 농장을 운영하는 문제도 있었다. 그는 미들마치와 인근에 소유한 저택들과 토지에 관한 모든 문제에서 그랬듯이 이 문제도 케일럽 가스와 상의했다. 다른 지주들과 마찬가지로 그도 자기 이익보다는 고용주의 이익을 더 고려하는 관리인을 두고 싶어 했다. 불스트로드가 스톤 코트와 관련해 농장의 전체 자산을 계속 보유하면서 원할 때 직접 경영하는 즐거움을 다시 누릴 수 있도록 처리되기를 바랐으므로 케일럽은 농장을 토지 관리인에게 맡기지 말고 소작인에게 매년 토지와 가축, 농

기구를 임대하고 수익에 비례하는 몫을 받도록 제안했다.

"당신이 그런 조건으로 소작인을 찾아 줄 거라고 믿어도 되겠소, 가스 씨?" 불스트로드가 말했다. "그리고 우리가 의논한 이 문제들을 관리하는 것과 관련해 당신의 노고를 보상할 급료를 알려 주시겠소?"

"생각해 보겠습니다." 케일럽이 무뚝뚝하게 말했다. "어떻게 해 나갈 수 있을지 살펴보지요."

프레드 빈시의 장래를 고려해야 하는 것만 아니었다면 아마 가스 씨는 할 일이 조금이라도 더 늘어나는 것이 반갑지 않았을 것이다. 아내는 나이를 먹어 가는 남편에게 일이 너무 많다고 늘 걱정이었다. 그러나 대화를 마치고 불스트로드와 헤어졌을 때 스톤 코트를 세놓는 것에 대해 아주 유혹적인 생각이 떠올랐다. 만일 자신이 관리를 책임진다는 조건으로 프레드 빈시가 그곳의 소작인이 되는 데 불스트로드가 동의한다면? 프레드에게는 좋은 교육이 될 것이다. 그곳에서 수입도 조금 얻을 테고, 그러고도 남는 시간에 다른 사업을 도우면서 지식을 쌓아 갈 수 있을 것이다. 그가 너무나 즐거운 표정으로 이 생각을 들려주었기에 아내는 일을 너무 많이 떠맡는다는 평소의 걱정을 늘어놓으며 그의 기쁨에 찬물을 끼얹을 수 없었다.

"프레드는 더없이 행복할 거야." 그는 의자에 등을 털썩 기대며 빛나는 얼굴로 말했다. "다 결정되었다고 그 애에게 말해 준다면 말이지. 생각해 봐요, 수전! 그 애의 마음은 페더스톤 노인이 죽기 몇 해 전부터 그 저택에서 맴돌았소. 아이가 나무랄 데 없이 근면하게 일하고 사업에 전념하다가 결국 저택을 차지하게 된다면 더할 나위 없이 멋진 역전이 되는 거요. 불스트로드가 그 애에게 그곳을 맡길 가능성이 커요. 그러면서 차차 농장 자산을 사들이는 거지. 불스트로드가 어디 다른 곳에서 영원히 정착할지 아닐지는 아직 결정되지 않았다고 하더군. 내 평생 이보다 더 기쁜 생각이 들었던 적은 없어. 그러면 애들이 차차 결혼할 수 있겠지, 수전."

"불스트로드 씨가 계획에 동의할지 확인할 때까지는 프레드에게 일언반구도 하지 말아요." 가스 부인이 부드럽게 주의를 주듯이 말했다. "그리고 결혼에 관해서는, 케일럽, 우리 나이 든 사람들이 결혼을 서두르도록 도와줄 필요는 없어요."

"글쎄, 잘 모르겠소." 케일럽은 머리를 옆으로 흔들면서 말했다. "결혼은 길들이는 일이지. 프레드에게 내 재갈과 고삐가 덜 필요할 거야. 어떻든 내가 어디를 밟고 있는지 확실히 알 때까지는 아무 말도 하지 않겠소. 다시 불스트로드에게 이야기를 해 보지."

그는 최대한 빨리 기회를 잡아서 그렇게 했다. 불스트로드는 조카 프레드 빈시에 대해 따뜻한 관심을 느낀 적은 없지만 여러 군데 흩어져 있는 사업 문제에 가스 씨의 도움을 받기를 간절히 바랐고, 그것들이 양심적으로 관리되지 않는다면 틀림없이 손해가 막대하리라고 믿었다. 이런 이유에서 그는 가스 씨의 제안에 반대하지 않았다. 또한 빈시 가족 일원에게 혜택을 주는 데 유감스럽지 않은 기분으로 동의한 또 다른 이유가 있었다. 불스트로드 부인은 리드게이트의 빚에 대한 이야기를 들었을 때 남편이 가엾은 로저먼드를 위해 뭔가 해 줄 수 없는지를 알고 싶어 했고, 리드게이트의 문제는 쉽게 해결책을 찾을 수 없으며 가장 현명한 계획은 "자연히 되어 가는 대로" 내버려 두는 것이라는 말을 듣고 몹시 심란해했던 것이다. 그때 불스트로드 부인이 처음으로 말했다. "당신은 늘 내 친척들에게 좀 가혹했던 것 같아요, 니콜라스. 실로 내 친척들을 내쳐야 할 이유는 전혀 없다고 믿어요. 그들이 너무 세속적일지 모르지만 점잖지 않다고는 누구도 말하지 못해요."

"해리엇." 불스트로드 씨가 눈물이 고인 아내의 눈빛에 움찔하며 말했다. "나는 당신 오라버니에게 큰 자금을 대 주었어. 내게 그의 결혼한 자식들까지 돌봐 주기를 기대할 수는 없지."

이 말은 사리에 맞는 것 같았기에 불스트로드 부인의 항의는 가엾은 로저먼드에 대한 연민으로 가라앉고 말았다. 조카딸의 사치스러운 교육이 어떤 결과를 낳을지에 대해서는 늘 예상해 왔으므로.

그 대화를 잊지 않았기에 불스트로드 씨는 아내에게 미들마치를 떠날 계획을 자세히 알려 줄 때 조카 프레드에게 도움이 될 계획을 세웠다고 말하면 흐뭇할 거라고 생각했다. 지금으로는 슈럽스를 몇 달 비우고 남부의 바닷가에서 집을 얻을 생각이라고만 말했던 것이다.

이렇게 되어 가스 씨는 바라던 확답을 들었다. 즉 불스트로드가 무기한으로 미들마치를 떠날 경우에 프레드 빈시가 제안된 조건으로 스톤 코트의 소작권을 갖게 될 것이다.

케일럽은 상황이 "멋지게 역전"되리라는 희망에 너무 부풀어 있었기에 아내의 다정한 꾸지람으로 자제하지 않았더라면 "위안을 주고 싶어서" 메리에게 전부 다 털어놓았을 것이다. 하지만 그는 감정을 억제했고, 토지와 가축 상태를 보다 세밀히 살펴보고 예비 평가를 하기 위해 스톤 코트에 여러 차례 갔으면서도 프레드에게는 엄중한 비밀로 유지했다. 그는 일의 진척 속도에 따라 필요 이상으로 열심히 그곳을 찾아갔다. 아버지로서 기쁜 마음에 부풀어 프레드와 메리를 위해 숨겨 둔 생일 선물처럼 자신이 마련한 이 작은 행복의 가능성에 열중했던 것이다.

"하지만 만일 모든 계획이 공중누각이 된다면 어떻게 해요?" 가스 부인이 말했다.

"글쎄, 그렇더라도······." 케일럽이 대답했다. "그 누각은 누구의 머리에도 굴러떨어지지 않을 거요."

69장

"네가 어떤 말을 들었으면 그 말이 네게서 사라지게 해라."

— 「집회서」[91]

리드게이트를 만난 날 오후 3시쯤 불스트로드 씨가 아직 은행장실에 앉아 있을 때 서기가 들어와 말이 준비되었고, 또 가스 씨가 와서 이야기 나누기를 청한다고 말했다.

"좋고말고." 불스트로드가 말했다. 케일럽이 들어오자 "앉으시오, 가스 씨."라고 은행가는 기분 좋은 목소리로 말했다. "내가 있는 시간에 맞춰 오셔서 다행이오. 당신에게는 단 몇 분도 중요하다는 것을 알고 있으니."

"아, 네." 케일럽은 고개를 천천히 한쪽으로 기울이며 말하고 자리에 앉아 모자를 바닥에 내려놓았다. 그는 몸을 앞으로 숙이고 긴 손가락들을 다리 사이에 내려뜨린 채 바닥을 보았

---

91) 『구약 성서』 외경 중 「집회서」 19장 10절.

다. 손가락들이 그의 크고 차분한 이마에 가득 찬 생각을 나누는 듯이 차례로 움직였다.

케일럽을 아는 다른 사람들처럼 불스트로드 씨는 케일럽이 중요하게 생각하는 주제에 관한 말을 꺼낼 때 뜸을 들이는 데 익숙했고, 그가 블라인드맨스 코트에 있는 집들을 몇 채 구입해서 철거하자는 말을 다시 꺼낼 거라고 예상했다. 그것들을 허물면 그 자리에 공기와 햇빛이 유입되어 좋은 보상을 받을 수 있다고 말이다. 이런 식의 제안으로 케일럽은 때로 고용주들의 골치를 아프게 해 왔다. 하지만 불스트로드는 대체로 개선을 위한 계획에 동의하려 했으므로 서로 별 탈 없이 지냈다. 그러나 다시 입을 열었을 때 그는 다소 낮은 목소리로 말을 꺼냈다.

"방금 스톤 코트에서 오는 길입니다, 불스트로드 씨."

"그곳에 문제가 없기를 바라오." 은행가가 말했다. "나도 어제 갔었소. 에이블이 올해 태어난 새끼 양들을 잘 돌봐 주었더군."

"아, 네." 케일럽은 심각한 표정으로 올려다보며 말했다. "문제가 있습니다. 어떤 낯선 이가 있어요. 중병에 걸린 것 같습니다. 그에게 의사가 필요하다는 말씀을 드리러 왔습니다. 래플스라는 사람입니다."

그는 자기 말에서 받은 충격이 불스트로드의 온몸을 관통하는 것을 보았다. 은행가는 이 문제에 관한 공포심이 끊임없이 경계하고 있어서 기습을 당할 리 없다고 생각했으나 착각이었다.

"가엾은 사람!" 그는 입술이 약간 떨렸지만 동정 어린 목소리로 말했다. "그가 어떻게 거기에 갔는지 아시오?"

"제가 직접 데려다주었습니다." 케일럽이 조용히 말했다. "제 마차에 태워 주었지요. 역마차에서 내려 요금 징수소가 있는 모퉁이를 좀 지난 곳을 걷고 있더군요. 제가 거기를 지나는데 스톤 코트에서 은행장님과 함께 저를 봤던 기억을 떠올리고 태워 달라고 청했습니다. 몹시 아파 보이더군요. 그래서 쉴 수 있는 곳으로 데려다주는 것이 좋겠다고 생각했습니다. 이제 지체 없이 의사의 진찰을 받아야 할 것 같습니다." 그는 말을 마치면서 모자를 집어 들고 천천히 일어섰다.

"물론이오." 불스트로드는 이 순간 여러 가지 생각으로 머릿속이 복잡했다. "가시는 길에 리드게이트 씨에게 들러 주면 고맙겠소. 아니, 잠깐! 그는 이 시간에 아마 병원에 있을 거요. 먼저 그곳으로 시종을 보내서 즉시 쪽지를 전하게 하고 내가 직접 스톤 코트에 가겠소."

불스트로드는 재빨리 쪽지를 써서 시종에게 맡기러 밖으로 나갔다. 그가 돌아왔을 때 케일럽은 여전히 한 손을 의자 등받이에 올려놓고 다른 손은 모자를 잡은 채 서 있었다. 불스트로드의 마음을 지배한 생각은 이런 것이었다. '래플스는 가스에게 아프다는 이야기만 했겠지. 가스는 그 꼴사나운 인간이 나를 잘 알고 있다는 것이 의아하겠지. 예전에도 그렇게 느꼈겠지만. 그래도 아무것도 모를 거야. 그는 나에게 우호적이고…… 나는 그에게 도움이 될 수 있어.'

불스트로드는 이런 희망적인 짐작을 확인하고 싶었지만 래플스가 어떤 말을 하고 행동을 했는지를 물어본다면 두려움을 드러내는 거나 마찬가지였다.

"큰 신세를 졌소, 가스 씨." 그는 평소처럼 정중하게 말했다. "몇 분 내로 하인이 돌아오면 내가 직접 가서 그 불쌍한 사람을 위해 뭘 할 수 있을지 알아보겠소. 혹시 내게 다른 볼 일이 있으시오? 그러면 앉으시오."

"감사합니다." 케일럽은 오른손을 약간 움직여 제안을 거절하며 말했다. "저는 귀하의 사업을 다른 사람에게 맡기시도록 요청드리고 싶습니다, 불스트로드 씨. 스톤 코트를 세놓는 일이나 다른 일에서 제 의견에 관대하게 응해 주셔서 감사합니다. 하지만 저는 그만둬야겠습니다."

날카로운 확신이 불스트로드의 영혼을 칼처럼 꿰뚫었다.

"너무 갑작스럽군요, 가스 씨." 처음에 할 수 있는 말은 이것뿐이었다.

"그렇습니다." 케일럽이 말했다. "하지만 완전히 결정한 일입니다. 저는 그만두겠습니다."

그는 매우 부드러우면서도 단호하게 말했고, 그 부드러운 어조에 불스트로드가 위축되는 것을 볼 수 있었다. 불스트로드의 얼굴은 메말라 보였고, 눈은 그를 바라보는 시선을 외면하고 있었다. 케일럽은 깊은 동정심을 느꼈지만 설사 도움이 된다 하더라도 다른 핑계를 대서 자신의 결심을 설명할 수는 없었다.

"당신이 이런 결정을 내린 것은 그 불행한 사람이 나에 관한 비방을 늘어놓았기 때문인 것 같소." 불스트로드는 이제

438

궁극적 사실을 알아야겠다고 생각했다.

"그렇습니다. 그 사람에게서 들은 이야기를 토대로 행동한다는 것은 부정할 수 없습니다."

"당신은 양심적인 사람이오, 가스 씨. 하느님 앞에서도 자기 행위를 해명할 수 있는 사람이라고 믿소. 중상모략하는 말을 너무 쉽게 믿고 내게 해를 끼치고 싶지 않을 거요." 불스트로드는 케일럽의 마음에 호소할 변명거리를 궁리하면서 말했다. "그것은 서로에게 유익한 관계를 포기하는 이유로 충분하지 않다고 생각하오."

"할 수만 있다면 저는 누구에게도 해를 끼치지 않겠습니다." 케일럽이 말했다. "하느님께서 눈감아 주신다 해도 말이지요. 저는 함께 살아가는 사람들에게 동정심을 베풀 수 있기를 바랍니다. 하지만 이 래플스라는 사람의 말은 진실이라고 믿지 않을 수 없습니다. 그래서 은행장님과 함께 일하면서, 은행장님을 통해 이익을 얻으면서 행복을 느낄 수 없습니다. 제 마음이 고통스러우니까요. 다른 관리인을 찾으시도록 요청해야겠습니다."

"좋소, 가스 씨. 하지만 적어도 그가 당신에게 말한 최악의 사실을 알려 달라고 요구해야겠소. 내가 어떤 비열한 말에 희생될지 알아야겠소." 자기 이익을 단념한 이 차분한 남자 앞에서 느낀 굴욕감에 어느 정도 분노가 뒤섞이기 시작했다.

"그건 불필요한 일입니다." 케일럽은 손을 가로젓고 고개를 약간 숙이고는 이 가련한 남자를 용서하려는 자비로운 의도에서 벗어나지 않는 목소리로 말했다. "그가 한 말은 제 입에서 절대로 나오지 않을 겁니다. 지금으로는 알지 못하는 어떤 일이 벌어져서 어쩔 수 없는 경우가 아니라면 말이지요. 은행장님이 이득을 얻으려고 남에게 해를 입히면서 살아오셨고 다른 사람이 권리를 찾지 못하도록 속여서 막으셨다면 틀림없이 후회하시겠지요. 되돌리고 싶지만 그러실 수 없겠지요. 그건 무척 괴로운 일일 겁니다." 여기서 케일럽은 말을 멈추고 고개를 저었다. "은행장님의 삶을 더 고통스럽게 만드는 것은 제 일이 아닙니다."

"하지만 당신은 그렇게 하고 있소. 내 삶을 더 힘들게 하고 있다고." 불스트로드는 부득이 진심으로 간청하듯 큰 소리로 말했다. "당신은 내게 등을 돌리면서 내 삶을 더 힘들게 만들고 있소."

"그건 어쩔 수 없습니다." 케일럽은 손을 들어 올리며 더욱 부드럽게 말했다. "죄송합니다. 제가 은행장님을 평가하면서 '저 사람은 사악하고 나는 옳다.'라고 말하는 것이 아닙니다. 당치 않은 일이지요. 제가 모든 것을 알 수는 없으니까요. 사람은 잘못을 저지를 수 있고, 자기 의지로 그 잘못에서 깨끗이 벗어날 수 있습니다. 그래도 결백해지지는 않겠지만 말입니다. 그것이 참기 어려운 벌이겠지요. 만일 은행장님의 사정이 그렇다면 저는 무척 안쓰럽게 느낍니다. 하지만 은행장님과 일을 계속할 수는 없다고 생각합니다. 그뿐입니다, 불스트로드 씨. 제 의지로 할 수 있는 한 다른 일은 모두 잊겠습니다. 안녕히 계십시오."

"잠깐만, 가스 씨!" 불스트로드는 조급히 말했다. "그렇다면 일말의 진실이 있더라도 악의적인 주장에 불과한 그 말을 남자든 여자든 누구에게도 되풀이하지 않겠다는 당신의 엄숙한 약속을 믿어도 되겠소?"

케일럽은 갑자기 분개한 어조로 말했다.

"그럴 마음이 없으면 왜 그런 말을 하겠습니까? 저는 은행장님을 전혀 두려워하지 않는데요. 그런 이야기는 절대로 입에 담고 싶지 않을 뿐입니다."

"용서하시오. 내가 흥분했소. 나는 이 방탕한 남자의 희생자요."

"잠시만! 은행장님께서는 그의 악행으로 이득을 본 후에 그 사람을 더 타락하게 만들지 않았는지 생각해 보셔야 합니다."

"당신은 그의 말을 지나치게 믿으면서 나를 부당하게 대하고 있소." 불스트로드는 래플스가 했을 말을 정면으로 딱 잘라 부정할 수 없다는 사실에 마치 악몽에 짓눌리듯 마음이 무거웠지만 케일럽이 전면적인 부정을 요구하는 식으로 묻지 않았기에 다행히 모면했다고 느꼈다.

"아뇨." 케일럽은 그 말에 반대하듯이 손을 들어 올리며 말했다. "저는 더 나은 사실이 입증된다면 기꺼이 믿겠습니다. 제가 은행장님을 좋게 볼 가능성을 배제한 것은 아닙니다. 그리고 소문을 내는 것에 대해서 말씀드리자면, 어떤 무고한 사람을 구하기 위해서 꼭 필요하다고 믿는 경우가 아니라면 어떤 사람의 죄를 폭로하는 것은 범죄라고 생각합니다. 저는 그렇게 생각합니다, 불스트로드 씨. 그리고 제가 한 말에 대해서는 맹세할 필요가 없습니다. 그럼 안녕히 계십시오."

몇 시간 후 집에 돌아왔을 때 케일럽은 아내에게 지나가듯이 말했다. 불스트로드와 약간 의견 차이가 있었고, 그래서 스톤 코트를 떠맡으려는 생각을 전부 단념했으며, 실은 앞으로 그를 위해 일하는 것을 모두 그만두었다고 말이다.

　"그 사람이 너무 지나치게 간섭하려고 했군요, 그렇죠?" 가스 부인은 남편의 민감한 부분이 상처를 받았고, 자재나 작업 방식에서 옳다고 생각하는 대로 할 수 없게 된 모양이라고 상상하며 말했다.

　"그래요." 케일럽은 고개를 끄덕이면서 진지하게 손을 가로저었다. 가스 부인은 이것이 그 문제에 대해 더 이상 언급하지 않겠다는 신호라는 것을 알고 있었다.

　불스트로드에 대해 말하자면 그는 곧장 말에 올라타 리드게이트보다 먼저 도착하려고 마음을 졸이며 스톤 코트를 향했다.

　그의 마음을 혼란스럽게 채운 여러 모습과 추측은 마치 우리의 온몸을 뒤흔드는 진동에서 들리는 음조처럼 그의 희망과 공포를 표현한 언어였다. 케일럽 가스가 그의 과거를 알고 후원을 거부했다는 사실에서 그가 움츠리며 느낀 깊은 굴욕감은 래플스가 이야기를 털어놓은 상대가 다른 사람이 아닌 가스였다는 사실에서 느낀 안도감과 교차하면서 거의 사라졌다. 그리하여 비밀을 유지하려는 희망의 길이 열렸고, 그것은 더 나쁜 결과가 초래되지 않도록 구해 주시려는 하느님의 의도를 보여 주는 전조 같았다. 래플스가 병에 걸렸다는 사실, 래플스가 다른 곳이 아닌 스톤 코트로 가게 되었다는 사실,

바로 이 사실들이 떠올린, 앞으로 일어날지 모르는 사건을 상상하면서 그의 심장은 두근거렸다. 치욕을 당할 위험에서 완전히 벗어날 수 있다면, 온전히 자유롭게 숨을 쉴 수 있다면 전보다 더 성스러운 목적에 인생을 바칠 것이다. 그는 이 맹세로 자신이 갈망하는 결과가 촉진될 수 있기라도 하듯 속으로 소리 높여 맹세했고, 결의에 찬 이 기도의 효력을 믿으려 했다. — 죽음을 좌우할 수 있는 효력을. 그는 "당신의 뜻이 이루어지기를."이라고 말해야 한다는 것을 알았고 자주 그렇게 말했다. 그러나 하느님의 뜻은 바로 그 가증스러운 인간의 죽음일 거라는 강렬한 욕망이 사라지지 않았다.

하지만 스톤 코트에 도착했을 때 그는 래플스의 달라진 모습에 충격을 받을 수밖에 없었다. 창백한 안색과 무기력한 몸을 제외하면 그 변화는 순전히 정신적인 것이라고 불스트로드는 생각했을 것이다. 래플스는 야비하게 괴롭히려는 마음이 아니라 강렬하고 모호한 공포를 드러냈고, 돈이 모두 사라졌다고 화를 내지 말라며 불스트로드에게 애걸하는 것 같았다. 그는 약탈당했고 그 돈의 절반을 빼앗겼다. 여기 온 것은 오로지 몸이 너무 아프고 누군가 그를 쫓고 있기 때문이었다. 누군가 그를 뒤쫓고 있었다. 그는 누구에게도 입도 뻥긋하지 않았다. 입을 꾹 다물고 있었다. 불스트로드는 이런 증상이 무엇을 뜻하는지 알지 못했기에 이 새로운 신경 불안증을 이용해서 래플스에게 겁을 주어 진실을 고백하게 만들려 했고, 그가 아무 말 하지 않았다는 것은 거짓이라고 비난했다. 그를 마차에 태워 스톤 코트에 데려온 사람에게 이미 말했으니까.

래플스는 엄숙히 맹세하며 그 사실을 부인했다. 실은 의식의 연결 고리들이 이미 끊어졌으므로 공포에 질려 케일럽 가스에게 털어놓았던 상세한 이야기들은 일련의 환상적인 충동에 이끌려 나왔다가 다시 망각의 어둠에 빠져 버린 것이었다.

불스트로드는 비열한 남자의 마음을 도무지 알 수 없고, 가장 궁금한 사실, 즉 근방에서 케일럽 가스를 제외한 다른 사람들에게 정말로 입을 다물었는지에 대한 그의 말을 믿을 수 없어서 다시 낙심했다. 가정부는 가스 씨가 돌아간 후에 래플스가 맥주를 달라고 했고, 그 후에는 아무 말도 하지 않았으며 무척 아파 보였다고 조금도 긴장하지 않은 태도로 말했다. 여기서는 비밀이 누설되지 않았다고 그는 판단했다. 에이블 부인은 슈럽스의 하인들과 마찬가지로 낯선 사람이 부자들의 골칫거리인 불쾌한 '친척'일 거라고 생각했다. 처음에는 리그 씨의 친척인 줄 알았고, 재산이 많은 집에는 그처럼 곤드레만드레 마셔 대는 술꾼들이 우글거리는 것이 당연하다고 생각했다. 그가 어떻게 불스트로드 씨의 '친척'이 되는지는 분명치 않았지만 에이블 부인은 "도무지 알 길이 없다."라는 남편의 의견에 동의했다. 그 말은 그녀에게 대단히 큰 마음의 양식이 되었으므로 더 이상 생각해 보지 않고 고개를 끄덕였다.

한 시간이 채 안 되어 리드게이트가 도착했다. 불스트로드는 래플스가 있는 징두리널을 두른 응접실 밖에서 그를 맞으며 말했다.

"아주 오래전에 내 밑에서 일했던 불쌍한 사람을 봐 달라고 왕진을 청했소, 리드게이트 씨. 이 사람은 그 후 미국에 갔다가 돌아와서는 유감스럽게도 게으르고 방탕하게 살았소. 무일푼이기 때문에 내게 도움을 청할 권리가 있소. 이곳의 전 주인인 리그와 친척이고, 그래서 이리 왔던 거요. 병이 심각하다고 믿소. 분명 정신이 오락가락하고 있으니. 나는 그를 위해서 최선을 다해야 한다고 느끼오."

불스트로드와 마지막으로 나눈 대화를 생생히 기억하고 있던 리드게이트는 불필요한 말을 할 기분이 아니어서 설명에 대한 답변으로 고개를 살짝 끄덕였다. 그러나 방으로 들어가기 직전에 무심코 몸을 돌리고 물었다. "이름이 무엇입니까?" 이름을 아는 것이 경험 있는 정치가뿐 아니라 의사도 갖추어야 할 재주의 일부인 듯이 말이다.

"래플스, 존 래플스요." 불스트로드는 래플스에게 어떤 일이 일어나든 간에 리드게이트가 그에 대해서 잘 알게 되지 않기를 바라며 말했다.

리드게이트는 환자를 세밀히 진찰하고 살핀 다음 그를 침대에 눕히고 될 수 있는 대로 조용히 지내도록 지시했다. 그러고는 불스트로드와 다른 방으로 갔다.

"걱정스럽게도 심각한 증세일 것 같소." 리드게이트가 입을 열기 전에 은행가가 말했다.

"아뇨…… 네." 리드게이트는 좀 미심쩍은 듯이 말했다. "오래 진행된 합병증의 결과에 대해서는 판단하기 어렵습니다. 하지만 일단 저분은 체질이 튼튼합니다. 물론 몸이 불안정한 상태이기는 하지만 이번 발병이 치명적일 것 같지는 않습니다. 상태를 잘 지켜보고 잘 보살펴야 합니다."

"내가 직접 여기 남아 있겠소." 불스트로드가 말했다. "에이블 부부는 경험이 없으니 내가 여기 머물면서 밤에 보살펴 주겠소. 당신이 불스트로드 부인에게 내 쪽지를 전해 준다면."

"그러실 필요까지는 없을 겁니다." 리드게이트가 말했다. "지금은 온순하고 겁에 질린 듯이 보입니다만 통제할 수 없어질지도 모릅니다. 여기에 거주하는 남자분이 있겠지요?"

"나는 한적한 곳에서 지내려고 여기서 며칠 밤 묵은 적도 여러 번 있소." 불스트로드가 대수롭지 않은 듯이 말했다. "지금도 그렇게 할 용의가 있고. 필요하면 에이블 부인과 그 남편이 도와주거나 교대할 수 있겠지."

"좋습니다. 그러면 은행장님께만 지시 사항을 알려드리면 되겠군요." 리드게이트는 불스트로드의 약간 특이한 습성에 놀라지 않았다.

"그러면 병세가 희망적이라고 생각하시오?" 리드게이트가 지시 사항을 다 알려 주고 나자 불스트로드가 말했다.

"제가 지금 감지하지 못한 또 다른 합병증이 일어나지 않는 한 그렇습니다." 리드게이트가 말했다. "더 악화될 수도 있습니다만, 제가 알려 드린 지침들을 잘 지킨다면 며칠 내에 회복되더라도 놀랍지 않을 겁니다. 그것을 확실히 지켜야 합니다. 우선 어떤 종류든 술을 요구한다면 절대로 주지 말아야 한다는 것을 기억하셔야 합니다. 제 생각에 저런 상태에 있는 사람들은 병 때문이 아니라 치료가 잘못되어서 죽는 경우가 많습니다. 하지만 새로운 증상이 나타날 수도 있습니다. 내일 아침에 다시 오겠습니다."

불스트로드 부인에게 전할 쪽지를 기다린 후에 리드게이트는 말을 타고 나섰다. 그는 래플스의 과거사에 대해서는 전혀 생각하지 않았고, 최근에 웨어 박사가 미국에서 목격한 풍부한 사례들을 출판하면서[92] 알코올 중독증의 올바른 치료법과 관련해 상당한 논란을 일으켰던 주장들을 하나씩 돌이켜 보았다. 외국에 있을 때 리드게이트는 이미 이 문제에 관심이 있었다. 알코올을 허용하면서 다량의 아편을 지속적으로 복용시키는 현재의 일반적인 치료법에 대해 반대 의견이 확고했고, 그런 확신에 따라 치료하면서 좋은 결과를 여러 차례 본 적이 있었다.

'병에 걸린 상태이지만……' 그는 생각했다. '아직은 견딜 힘이 꽤 남아 있어. 아마 불스트로드가 자선을 베푼 사람이겠지. 사람들의 성격에 냉혹한 면과 다정한 면이 공존한다는 건 참 희한한 일이야. 불스트로드는 어떤 사람들에게 내가 지금껏 보지 못한 가장 비정한 사람처럼 굴지. 하지만 자기가 자선을 베푸는 대상에 대해서는 수고를 아끼지 않고 많은 돈을 쓴단 말이야. 아마 하느님이 관심을 느끼시는 대상을 알아내는 방법이 있는 모양이지. 하느님이 나에 대해서는 관심이 없으시다고 판단한 거야.'

이 한 줄기 쓰라린 흐름이 풍부한 수원에서 나타나더니 로윅 게이트에 가까이 가고 있는 그의 생각을 타고 점점 확대되

---

92) 존 웨어 박사(John Ware. 1795~1864)의 「전진섬망의 병력과 치료에 대한 논평」.

었다. 이날 아침에 불스트로드와 만난 후 병원에 있다가 은행가의 심부름꾼을 만났으므로 그는 아직 집에 돌아가지 못했다. 다가오는 곤궁에서 벗어나게 해 줄 돈을 구할 희망이 완전히 사라진 채 집으로 돌아가기는 처음이었다. 결혼 생활을 견딜 만하게 만들어 주었던 모든 것 — 그와 로저먼드가 서로에게 위안이 될 수 없음을 인정해야만 하는 적나라한 고립 상태에서 자신들을 구해 주었던 모든 것 — 이 박탈될 것이다. 자신의 애정으로 그녀에게 다른 물건들의 결핍을 보상해 주지 못한다는 사실을 깨닫기보다는 차라리 애정을 받지 못하는 것을 견디는 편이 더 쉬웠다. 지난 굴욕감과 앞으로의 굴욕감으로 자존심은 상당히 날카로운 상처를 입었지만 그 괴로움은 그것을 압도하는 더욱 예리한 고통, 로저먼드가 그를 실망과 불행의 주된 원인으로 간주하리라고 예상하며 느끼는 고통과 거의 구별되지 않았다. 그는 가난에 허덕이며 이럭저럭 꾸려 나가는 것을 좋아한 적이 없고, 앞날을 전망할 때 그런 경우를 예상한 적이 한 번도 없었다. 그러나 이제는 서로를 사랑하고 많은 생각을 공유하는 두 사람이 웃으면서 초라한 가구에 대해 이야기하고 버터와 달걀을 얼마나 오래 먹을 수 있을지 헤아리는 장면을 그려 보게 되었다. 하지만 이렇게 흘끗 떠올린 시적인 광경은 태평스러운 황금시대처럼 아득히 멀리 있는 것 같았다. 가엾은 로저먼드의 마음은 사치품들이 사소하게 보일 만큼 넓지 않았던 것이다. 그는 쓸쓸한 기분으로 말에서 내려 저녁 식사 외에는 기분을 달래 줄 것에 대한 기대가 전혀 없이 집에 들어섰다. 그날 밤 안으로 로저먼드에게 불스트로드한테 부탁했으나 실패했다고 말하는 편이 낫겠다고 생각했다. 시간을 낭비하지 말고 그녀가 최악의 사태에 대비하도록 마음의 준비를 시키는 편이 좋을 것이다.

그러나 저녁 식사는 오래 기다려야 했다. 집에 들어서자마자 도버의 대리인이 이미 사람을 집에 보냈다는 사실을 알게 된 것이다. 리드게이트 부인이 어디 있는지를 묻자 침실에 있다는 대답이었다. 위층에 올라가 보니 그녀는 하얗게 질린 얼굴로 말없이 침대에 누워 있었고, 그의 말이나 눈길에 무표정한 채 아무 반응도 보이지 않았다. 그는 침대 옆에 앉아서 그녀에게 몸을 숙이고 거의 기도하듯이 소리쳤다.

"이런 고통을 주다니 날 용서해 줘요, 가엾은 로저먼드! 그저 서로를 사랑합시다."

그녀는 여전히 초점 없이 절망적인 눈으로 말없이 그를 바라보았고, 그런 다음에야 푸른 눈에 눈물이 고이더니 입술이 떨리기 시작했다. 튼튼한 남자는 그날 참아야 할 일이 너무나 많았다. 그는 그녀의 머리 옆에 머리를 파묻고 흐느꼈다.

다음 날 아침 일찍 부친에게 가는 그녀를 그는 막지 않았다. 이제는 마음대로 하도록 방해하지 말아야 할 것 같았다. 삼십 분이 지나 그녀는 돌아왔고, 이토록 비참한 상태가 지속되는 동안에는 친정집에서 지내기를 아빠와 엄마가 바란다고 말했다. 아빠는 빚에 대해 아무것도 해 줄 수 없다고 말했다. 이번 빚을 갚아 주면 대여섯 가지 빚이 더 있을 것이다. 리드게이트가 편안한 집을 마련할 때까지 그녀는 친정에서 지내는 편이 나았다. "당신은 반대해요, 터시어스?"

"당신 좋을 대로 해요." 리드게이트가 말했다. "하지만 위기가 당장 닥치지는 않을 거요. 서둘 필요 없어요."

"내일까지는 가지 않겠어요." 로저먼드가 말했다. "옷을 꾸려야 하니까요."

"아, 나라면 내일보다는 좀 더 오래 기다리겠소. 무슨 일이 일어날지 모르니." 리드게이트는 쓰라리게 빈정거리며 말했다. "내 목이 부러질지도 모르고. 그러면 당신에게 더 편안한 상황이 되겠지."

로저먼드에 대한 리드게이트의 애정은 충동적인 감정이기도 하고 깊이 숙고해서 나온 결심이기도 했지만, 이처럼 비꼬듯이 또는 항의하듯이 터져 나오는 분노 때문에 애정이 부득이 가로막힌 것은 리드게이트의 불행이고 또 로저먼드의 불행이기도 했다. 그녀는 그가 그렇게 화를 낼 만한 정당한 이유가 없다고 생각했고, 그처럼 특히 가혹한 말이 일으킨 혐오감 때문에 더 지속적인 애정을 받아들이지 못할 위험이 있었다.

"당신은 내가 가는 것을 바라지 않는군요." 그녀는 차갑고 부드럽게 말했다. "왜 그렇게 말하지 못해요? 그런 난폭한 말을 쓰지 않으면서요. 당신이 내게 달리 요구할 때까지 집에 머물러 있겠어요."

리드게이트는 더 이상 말하지 않고 회진을 하러 나섰다. 온몸에 멍이 들고 부서진 느낌이었고, 눈 밑에는 로저먼드가 예전에 보지 못한 검은 줄이 있었다. 그녀는 그를 바라보는 것을 견딜 수 없었다. 터시어스가 일을 처리하는 방식 때문에 그녀에게는 상황이 훨씬 더 고약해졌다.

70장

우리의 행위는 멀리서부터 꾸준히 우리와 함께 여행하고,
과거 우리의 모습이 현재의 우리를 만든다.

리드게이트가 스톤 코트를 나선 후 불스트로드는 제일 먼
저 래플스의 주머니를 뒤져 보았다. 몸이 아프고 돈이 없어 리
버풀에서 곧장 왔다는 말이 사실이 아니라면 그가 머문 곳들
의 숙박비 청구서 같은 증거물이 있을 거라고 생각했다. 수첩
에 다양한 청구서가 끼워져 있었지만 크리스마스 이후 날짜가
적힌 것은 없었다. 딱 한 군데에 그날 아침 날짜가 적혔는데
마시장 전단과 함께 뒷주머니에 쑤셔 박혀 있었고, 그 장이 열
린 빌클리, 미들마치에서 적어도 60킬로미터 떨어진 도시의
한 여관에서 삼 일간 숙박한 비용이 적혀 있었다. 청구서는 과
도한 금액을 요구했고, 래플스에게는 짐이 없었으므로 아마도
그가 찻삯을 절약하기 위해 가방을 남겨 두고 돈을 지불한 것
같았다. 지갑은 텅 비었고, 주머니에는 6펜스 동전 두 개와 1페

니 동전 몇 개만 남아 있었다.

불스트로드는 래플스가 크리스마스 시즌의 잊지 못할 방문 이후에 실로 미들마치에서 멀리 떨어진 곳에서 지냈다는 이 증거물을 보고 안도감을 느꼈다. 그가 알지 못하는 먼 지역 사람들 사이에서 래플스가 미들마치의 은행가에 대해 중상모략하는 옛날이야기를 늘어놔 봤자 자화자찬하면서 남을 괴롭히려는 그의 기질에 무슨 만족감이 있겠는가? 그리고 설사 떠벌렸다 해도 무슨 해가 되겠는가? 이제 중요한 일은 그의 헛소리가 조리 있게 들릴 가능성이 있는 한, 케일럽 가스에게 그랬듯이 비밀을 누설하려는 설명할 수 없는 충동이 일어나는 한 그를 주의 깊게 지켜보는 것이다. 래플스가 리드게이트를 보고 그런 충동에 압도되지 않을지 큰 걱정이었다. 그는 래플스 옆에 앉아서 밤을 새웠고, 가정부에게는 부를 때 언제든 올 수 있도록 평상복을 입고 자라고 말해 두었다. 그는 잠이 오지 않고 의사의 지시를 잘 따르고 싶다는 이유를 댔다. 그는 충실하게 지시를 따랐다. 래플스는 끊임없이 브랜디를 달라고 성화였고, 몸이 밑으로 가라앉는다고, 땅이 몸 아래서 꺼지고 있다고 말했다. 신경이 너무 흥분한 상태라 잠을 이루지 못했지만 아직은 기가 꺾여서 온순하게 굴었다. 리드게이트가 지시한 음식을 권하자 거절했고, 그가 요구한 것들이 거절당하자 불스트로드를 공포의 대상으로 여기는 것 같았다. 래플스는 불스트로드에게 화를 내지 말라고, 복수하기 위해 굶겨 죽이지 말아 달라고 애원했고, 어떤 인간에게도 그를 비난하는 말은 한마디도 하지 않았다고 주장하며 맹세했다. 이런 말도 리드게이트가 듣게 된다면 좋을 리가 없다고 불스트로드는 느꼈다. 그러나 새벽녘의 어스름 속에서 더욱 놀랍게도 래플스는 갑자기 의사가 옆에 있다고 상상하며 자기는 한마디도 하지 않았는데 불스트로드가 반대로 생각하고는 그 보복으로 굶겨 죽이려 한다고 헛소리를 하면서 정신 착란 상태가 발작적으로 진행되는 징후를 드러냈다.

불스트로드는 타고난 독단적 성격과 강인한 결단력으로 잘 버텼다. 신경이 불안한 이 허약한 남자는 온 힘을 기울여야 하는 상황에서 필요한 추진력을 찾아냈다. 온기는 없기만 다시 움직일 수 있도록 생기를 얻은 시체처럼 차가운 무감각으로 상황을 장악하면서 괴로운 밤 시간과 새벽 시간 내내 그의 마음은 무엇을 경계해야 하고 어떻게 해야 무사할지를 열심히 생각했다. 그가 어떤 기도를 올리든, 이 남자의 비열한 정신 상태에 대해, 그리고 자신이 다른 사람에게 재앙이 일어나기를 바라기보다 하느님이 정해 주신 벌에 순종할 의무에 대해 속으로 뭐라 말하든 이런 말들을 응결시켜 마음을 다지려고 모든 노력을 기울이는 와중에도 그가 바라는 사건의 환영이 억누를 수 없이 생생하게 뚫고 들어와 퍼져 나갔다. 연달아 떠오르는 환영들 속에는 변명도 있었다. 그는 래플스의 죽음을 떠올릴 수밖에 없었고, 그 사건에서 해방감을 느끼지 않을 수 없었다. 이 비열한 인간이 제거되면 어떻다는 말인가? 그는 뻔뻔스러운 작자였다. ── 공개된 범죄자들도 뻔뻔스러운 작자들이 아니었던가? ── 하지만 그들의 운명은 법의 심판을 받았다. 만일 하느님께서 이 경우에 죽음을 내리신다면 죽음이 바람직한 결말이라고 생각하더라도 죄가 되지 않았다. 그의 손으로 죽음을 앞당기지만 않는다면, 지시 사항을 양심적으로 따른다면 말이다. 하지만 여기에도 실수가 있을 수 있다. 인간의 처방이란 실수가 있을 수도 있다. 리드게이트는 잘못된 치료가 죽음을 앞당겼다고 말했다. ─ 리드게이트의 치료 방법은 그렇지 않다는 것인가? 그러나 물론 옳고 그름을 따지는 문제에서 가장 중요한 것은 의도다.

그리고 불스트로드는 자신의 의도를 욕망과 분리하려고 애썼다. 그는 지시를 따를 생각이라고 속으로 선언했다. 이 처방이 유효한지에 대해 이러쿵저러쿵 따질 필요가 어디 있겠는가? 그것은 욕망의 흔한 계략에 불과했다. ─ 전혀 상관없는 의심을 이용하여 효과의 불확실성에서, 그리고 원칙이 없어 보이는 온갖 불명확함에서 욕망의 영역을 넓혀 가는 것이다. 아직은 그는 지시된 처방을 따랐다.

그의 불안한 마음은 끊임없이 리드게이트 쪽으로 나아갔다. 그리고 전날 아침에 나눈 대화를 떠올리자 실제로 대화할 때는 전혀 일지 않았던 감정이 잇달아 일어났다. 그때는 병원 운영의 변화에 대한 암시를 리드게이트가 고통스럽게 받아들였으리라는 것을 거의 개의치 않았다. 또한 자기 생각에는 터무니없는 요구를 정당하게 거절한 사건이 혹시라도 자신에 대해 어떤 감정을 일으킬지 모른다는 것도 거의 고려하지 않았다. 이제 그 장면을 돌이켜 보니 자신이 리드게이트를 적으로 만들었을지 모른다는 생각이 들었고, 그를 달래려는 욕구가, 아니 오히려 큰 신세를 졌다는 강한 의무감을 일으키려는 욕구가 일었다. 불합리한 일이었지만 그 자리에서 당장 돈을 제물로 바쳤더라면 좋았을 거라는 후회가 들었다. 리드게이트에게 큰 호의를 베풀었더라면 그가 불쾌한 혐의를 품거나 래플스의 헛소리에서 뭔가를 짐작했더라도 그의 마음에 든든한 방어 기지를 세워 놓았다고 느꼈을 것이다. 어쩌면 너무 늦은 후회인지 모른다.

이 불행한 남자의 영혼에서 생소하고 가련한 갈등이 이어졌다. 오랜 세월 동안 현재보다 더 나은 인간이 되기를 갈망했고, 자신의 이기적인 열정을 규율에 넣어 더 엄격한 옷을 입히고 경건한 성가대처럼 함께 걸어왔는데 결국 지금은 그것들 사이에서 공포가 솟아올라 더는 찬송가를 부르지 못하고 구해 달라고 다 같이 소리를 질러 댔다.

거의 정오가 되어서야 리드게이트가 도착했다. 좀 더 일찍 올 생각이었지만 지체되었다고 말했다. 그가 기진맥진해 보이는 것을 불스트로드는 알아차렸다. 그러나 리드게이트는 즉시 환자에게 관심을 쏟았고, 어떤 일이 있었는지를 꼬치꼬치 캐물었다. 래플스는 상태가 악화되었고 음식을 거의 먹지 않았으며 얕은 잠에서 계속 깨어나 들뜬 상태에서 헛소리를 했지만 난폭하지는 않았다. 공포에 질린 불스트로드의 예상과 달리 그는 리드게이트의 존재를 거의 알아차리지 못하고 두서없이 말하거나 중얼거렸다.

"어떻게 생각하시오?" 불스트로드가 은근히 물었다.

"증상이 악화되었습니다."

"그러면 가망이 줄었소?"

"아뇨, 여전히 회복할 거라고 생각합니다. 여기서 머무실 건가요?" 리드게이트가 갑작스럽게 질문하며 바라보자 사실 의심을 품은 질문은 아니었지만 불스트로드는 불안해졌다.

"그렇소, 그럴 거요." 불스트로드가 자제하면서 신중히 말했다. "불스트로드 부인은 내가 집에 가지 못하는 이유를 알고 있소. 에이블 부부는 경험이 많지 않아서 두 사람만 둘 수 없고. 그리고 이런 일은 그들이 해야 할 일에 포함되지 않으니 말이오. 아마 새로운 지시 사항이 있으리라 믿소."

리드게이트의 새로운 지시는 몇 시간 후에도 잠을 이루지 못할 경우에 아편을 극소량 투여하라는 것이었다. 그는 미리 아편을 챙겨서 가져왔고, 그 용량과 복용을 중단할 한계치에 대해 자세히 설명했다. 중단하지 않을 경우의 위험에 대해 강조했고 술은 절대 주지 말아야 한다는 지시를 되풀이했다.

"이런 증상에서 제 생각에……." 그가 끝으로 말했다. "가장 걱정스러운 문제는 바로 마약 중독입니다. 음식은 그리 먹지 않아도 이럭저럭 버틸 겁니다. 기운이 꽤 남아 있어요."

"당신도 병이 난 것 같군요, 리드게이트 씨. 매우 특이한, 아니 내가 당신을 알기로는 전례 없는 일이라고 하겠소." 불스트로드는 전날의 냉담함과 달리 걱정스러운 표정을 지으며 말했다. 자신의 피로는 전혀 개의치 않는 것도 평소에 자기 몸을 끔찍하게 생각하며 불안해하던 것과 확연히 달랐다. "극심한 고통을 받고 있지나 않은지 걱정이오."

"네, 그렇습니다." 리드게이트는 모자를 집어 들고 나가려 하면서 퉁명스럽게 말했다.

"유감스럽게도 새로운 일이 있는 모양이군." 불스트로드가 묻듯이 말했다. "앉으시오."

"아뇨, 감사합니다." 리드게이트가 약간 오만하게 대답했다. "제 상황이 어떤지는 어제 말씀드렸습니다. 그 후 실제로 집이 강제 집행에 들어갔다는 것 외에는 덧붙일 말이 없습니다. 짧은 문장으로도 큰 고통을 표현할 수 있지요. 그럼 안녕히 계십시오."

"잠시만, 리드게이트 씨, 잠깐만 계시오." 불스트로드가 말했다. "그 문제를 다시 생각해 보았소. 어제는 내가 갑자기 놀라는 바람에 피상적으로 생각했었소. 아내가 조카딸 때문에 걱정하고, 나도 당신의 지위에 몹시 불행한 변화가 생긴다면 마음이 아플 거요. 사람들이 내게 많은 것을 요구하고 있소. 하지만 재고해 보니 당신을 도와주지 않는 것보다는 내가 약간 손실을 보는 편이 옳다고 생각하게 되었소. 1000파운드면 당신이 부담을 완전히 벗고 확고한 기반을 회복할 수 있다고 말한 것 같은데?"

"그렇습니다." 리드게이트는 별안간 솟구치는 기쁨에 다른 것을 모두 잊었다. "그 돈이면 빚을 모두 갚고 약간 남을 겁니다. 좀 더 절약하면서 생활을 꾸려 갈 수 있고요. 그리고 제 의료업도 서서히 호전되겠지요."

"잠시 기다린다면, 리드게이트 씨, 그 액수의 수표를 써 드리겠소. 이런 경우에 실효를 보려면 전적으로 도와야 한다는 것을 아니까."

불스트로드가 수표를 쓰는 동안 리드게이트는 창가에 몸을 돌리고 서서 집을 생각했고, 좌절에서 벗어나 이제 새롭게 시작할 삶과 아직 꺾이지 않은 인생의 훌륭한 목표를 생각했다.

"이 수표에 대한 어음을 써서 보내 주시오, 리드게이트 씨." 은행가는 수표를 들고 다가오며 말했다. "서서히 돈을 갚을 상황이 되기를 바라오. 그동안에는 당신이 더 이상 곤경을 겪지 않으리라고 생각하면서 흐뭇할 거요."

"진심으로 감사드립니다." 리드게이트가 말했다. "다소 행복한 마음으로 일하면서 훌륭한 일을 이룰 기회를 제게 돌려주셨습니다."

리드게이트는 불스트로드가 이미 거절했던 사안을 재고했다는 것이 매우 자연스럽게 여겨졌다. 그의 성격상 인색하지 않은 면과도 잘 맞아떨어졌다. 그러나 빨리 집에 가서 로저먼드에게 기쁜 소식을 알리고 은행에 가서 현금으로 바꿔 도버의 대리인들에게 빚을 갚으려고 말을 달리고 있을 때 어떤 불길한 예감이 눈앞에서 검은 날개를 흔들며 날아가듯이 몇 달 사이에 일어난 변화가 머릿속에 떠오르며 불쾌감을 주었다. 남에게 큰 신세를 지게 된 것을 이렇게 기뻐하다니. 불스트로드에게서 돈을 받고 기뻐서 어쩔 줄 모르다니.

은행가는 불안감을 일으키는 한 가지 요인을 해소했다고 느끼면서도 마음이 더 편해진 것은 아니었다. 리드게이트의 호의를 사려 했던 것에 얼마나 많은 불순한 동기가 들어 있는지 따져 보지 않았지만 그 동기는 핏속에 염증을 일으키는 병균처럼 활발히 작용하고 있었다. 인간은 맹세를 하고도 맹세를 깨뜨릴 수단을 내버리지 않을 수 있다. 그는 분명 맹세를 깨뜨리려는 의도를 갖고 있을까? 전혀 그렇지 않을 것이다. 그러나 맹세를 깨뜨리려는 욕망이 내면에서 미약하게 꿈틀거렸다. 그 욕망은 상상력으로 밀고 들어가서 그가 맹세한 이유들을 스스로 되뇌는 바로 그 순간에 그의 근육을 이완시킬 것이다. 래플스가 신속히 회복해서 가증스러운 능력을 다시 마음대로 쓰게 된다면……. 그가 어찌 그것을 바라겠는가? 그를 구제할 수 있는 것은 죽은 래플스의 모습이었다. 그는 그런 식으로 구제되기를 에둘러 간청했고, 가능하면 여기 지상에서 남은 나날 동안 하느님께 봉사하는 도구인 자신을 완전히 파멸시킬 치욕의 위협에서 벗어나게 해 달라고 간구했다. 래플스에 대한 리드게이트의 진단은 이 기도가 실현될 가능성을 희박하게 만들었다. 낮 시간이 지나면서 불스트로드는 죽음의 침묵에 빠져들면 좋았을 이 남자에게 끈질기게도 목숨이 붙어 있었기에 짜증스러운 기분이 일었다. 그의 독단적 의지는 이 야만적인 생명에 대한 살인적 충동을 일으켰지만 의지 그자체로는 무력했다. 그는 너무 지쳤다고 중얼거렸다. 오늘 밤에는 환자 옆에서 밤을 새우지 않고 에이블 부인에게 맡길 것이다. 필요하면 그녀가 남편을 부를 수 있다.

6시쯤 되자 래플스는 잠깐씩 혼란스러운 잠에 빠졌다가 발작적으로 다시 깨어나서 들뜬 상태로 몸이 가라앉고 있다고 끊임없이 소리를 질러 댔다. 그래서 불스트로드는 리드게이트의 처방대로 아편을 주기 시작했다. 삼십 분 후 그는 에이블 부인을 불러서 더 이상 밤을 새울 수 없다고 말했고, 이제 환자를 그녀에게 맡겨야 하므로 각 약의 복용량에 대한 리드게이트의 지시 사항을 말해 주었다. 지금까지 에이블 부인은 리드게이트의 처방에 대해 전혀 몰랐고, 불스트로드가 명령한 것을 준비하고 지시대로 했을 뿐이었다. 그녀는 이제 아편을 주는 것 외에 무엇을 해야 하는지를 물었다.

"현재로는 아무것도 없소. 수프나 소다수를 권하는 것 외에는. 더 궁금한 것이 있으면 내게 물으러 와도 좋소. 심각한 변화가 없으면 오늘 밤 나는 환자의 방에 다시 들어가지 않겠소. 필요하면 남편에게 도움을 청해요. 나는 일찍 잠자리에 들어야겠소."

"참말로 나리께서는 기운을 내실 수 있게 더 잘 드셔야 합니다." 에이블 부인이 말했다.

불스트로드는 이제 래플스가 헛소리를 하면서 무슨 말을 할지 걱정하지 않고 자기 방으로 갔다. 그 헛소리가 두서없는 중얼거림으로 바뀌었기에 위험한 확신을 줄 것 같지 않았다. 어떻든 그 정도의 위험은 무릅쓸 수밖에 없었다. 그는 징두리널을 두른 응접실에 들어갔고, 말에 안장을 얹고 달빛을 받으며 집에 돌아가서 세속적 결과에 대한 걱정을 그만두는 편이 낫지 않을지를 생각했다. 그런 다음에는 리드게이트에게 밤에 왕진을 와 달라고 청하는 편이 나았을 거라고 생각했다. 어쩌면 리드게이트는 다른 의견을 제시하고, 래플스가 회복할 가능성이 더 희박해졌다고 생각할지 모른다. 리드게이트를 불러와야 할까? 래플스의 상태가 실로 악화되면서 서서히 죽어 가고 있다면 하느님의 은총에 감사하며 잠자리에 들 수 있을 것이다. 그러나 실로 악화되고 있는 걸까? 리드게이트가 와서 보고는 래플스의 상태가 예상대로 진행되고 시간이 지나면 깊은 잠에 빠질 것이며 회복될 거라고 말할지도 모른다. 그를 불러올 필요가 어디 있겠는가? 불스트로드는 그런 결과에 주춤했다. 어떤 생각이나 의견을 떠올려 보아도 앞으로 일어날 일은 래플스가 회복되면 전과 다름없을 테고 기운을 차려 고문하리라는 것밖에 없다는 사실을 직시해야 했다. 그는 친지들과 고향으로부터 멀리 떨어진 곳에서 여생을 보내도록 아내를 강제로 끌고 가야 할 테고, 아내의 마음속에 품은 의혹으로 서로 멀어질 것이다.

이런 갈등 속에서 그는 난롯가에 한 시간 삼십 분 동안 앉아 있다가 갑자기 떠오른 생각에 벌떡 일어나서 가지고 들어왔던 침실의 촛대에 불을 붙였다. 에이블 부인에게 아편 복용을 중단해야 할 때를 말하지 않았던 것이다.

그는 촛대를 들었지만 한동안 꼼짝 않고 가만히 서 있었다. 이미 리드게이트의 처방보다 더 많이 주었을지 모른다. 그리고 지금처럼 피로한 상태에서 그가 지시 사항의 일부를 잊은 것은 충분히 용서받을 일이었다. 그는 촛불을 들고 위층으로 올라갔지만 곧장 자기 방으로 가서 잠을 청할지, 아니면 바로 환자의 방에 가서 빠뜨린 지시 사항을 알려 줄지 마음을 정하지 못했다. 그는 복도에 서서 래플스의 방을 바라보았고, 신음 소리와 중얼거리는 소리를 들을 수 있었다. 그렇다면 잠이 들지 않은 것이다. 아직 잠을 이루지 못하고 있으니 리드게이트의 처방을 따르기보다 따르지 않는 편이 더 나을지 누가 알겠는가?

그는 자기 방으로 들어갔다. 옷을 다 갈아입기도 전에 에이블 부인이 문을 두드렸다. 그는 그녀의 작은 목소리가 들리도록 문을 조금만 열었다.

"죄송합니다만, 나리, 저 가엾은 사람에게 브랜디나 그런 것을 줄 수 없을까요? 몸이 떨어지고 있다고 합니다. 그리고 아편 외에는 아무것도 삼키지 않으려 해요. 삼킨다 해도 기운이 날 것도 없는데요. 그런 데다 땅속으로 가라앉고 있다고 자꾸 자꾸 말하고 있어요."

불스트로드 씨에게서 대답이 없었기에 그녀는 놀랐다. 그의 내면에서 싸움이 벌어지고 있었다.

"이런 식으로 가면 저 사람은 기운이 없어서 죽을 거예요. 제가 전에 가엾은 주인어른 로빈슨 씨를 간호할 때는 포트와인과 브랜디를 계속해서 드려야 했어요. 그것도 한 번에 큰 잔으로 말이에요." 에이블 부인은 약간 항의조로 덧붙였다.

그러나 여전히 불스트로드 씨가 아무 대답도 하지 않았기에 그녀는 말을 이었다. "사람이 죽음의 문턱에 있을 때는 뭘 아낄 때가 아니고, 정말이지 나리께서도 그걸 바라시지 않겠지요. 그게 아니면 저희가 가진 럼주를 갖다주려고요. 하지만 나리께서 밤을 새워 간호하셨고, 하실 수 있는 것을 죄다 하셨으니까……."

이 부분에서 문틈으로 열쇠 하나가 쑥 나왔고, 불스트로드 씨의 쉰 목소리가 들렸다. "그게 포도주 저장실 열쇠요. 거기 브랜디가 많이 있을 거요."

다음 날 아침 일찍 6시경에 불스트로드는 일어나서 기도

하며 시간을 보냈다. 은밀한 기도는 솔직한 것일 수밖에 없다고, 행동의 밑바닥까지 파헤칠 수밖에 없다고 생각하는 사람이 혹시라도 있을까? 은밀한 기도는 들리지 않는 말이고, 말이란 표현이다. 혼자서 생각할 때라도 자기 자신을 있는 그대로 표현할 사람이 어디 있을까? 불스트로드는 지난 스물네 시간 동안의 뒤얽힌 충동들을 마음속에서 아직 다 풀어내지 못했던 것이다.

그는 복도에서 귀를 기울였고, 코를 고는 거친 숨소리가 들려왔다. 그런 다음 정원으로 나가서 풀잎과 새로 돋은 이파리에 내려앉은 이른 아침의 서리를 보았다. 다시 집 안으로 들어왔을 때 에이블 부인을 보고 깜짝 놀랐다.

"환자는 어떻소? 아마 잠이 들었겠지?" 그는 쾌활한 어조를 띠려고 애쓰면서 말했다.

"아주 깊이 잠들었어요, 나리." 에이블 부인이 말했다. "서너 시경에 차츰 잠이 들었답니다. 가서 보시겠어요? 혼자 둬도 괜찮을 것 같았어요. 제 남편은 들에 나갔고, 어린 딸아이가 물을 끓이고 있어서요."

불스트로드는 위층으로 올라갔다. 한눈에 보아도 래플스는 기운을 회복할 잠에 든 것이 아니라 점점 더 죽음의 늪으로 빠져드는 잠에 취해 있었다.

방 안을 둘러보다 브랜디가 조금 남아 있는 술병과 아편이 거의 남지 않은 약병이 보였다. 그는 약병을 치우고 브랜디 병을 아래층으로 가져가 포도주 보관 창고에 넣고 잠갔다.

아침을 먹으면서 그는 즉시 미들마치로 돌아갈지 리드게이트가 도착하기를 기다릴지 생각했다. 그는 기다리기로 결정하고 에이블 부인에게 자신이 병실을 지킬 테니 일을 보라고 말했다.

그곳에 앉아서 그는 마음의 평화를 깨뜨렸던 원수가 돌이킬 수 없는 침묵에 빠져들어 가는 것을 지켜보며 지난 몇 달간 느끼지 못했던 편안함을 느꼈다. 그의 양심은 비밀의 날개에 감싸여 위안을 얻었고, 그것은 마치 바로 그때 그를 안심시켜 주려고 내려온 천사 같았다. 그는 수첩을 꺼내 미들마치를 떠나려 하면서 세웠던 계획들과 부분적으로 실행했던 여러 기록을 검토했고, 이제 단기간만 떠나 있을 터이므로 그 계획들을 어느 정도나 유지하고 취소할지를 생각했다. 돈을 절약하는 것이 바람직하다고 느꼈던 사업들에 대해서는 이번 기회에 일시적으로 경영에서 손을 떼는 편이 여전히 바람직할 것이다. 그는 캐소본 부인이 병원에 들어갈 여러 경비의 큰 부분을 맡아 주기를 여전히 바랐다. 이런 생각을 하면서 시간을 보내고 있을 때 코 고는 소리가 갑자기 확연히 달라지는 바람에 병상으로 눈길을 돌렸고, 숨이 끊어지고 있다고 생각하지 않을 수 없었다. 한때 자신의 뜻에 따랐고, 한때 즐겁게도 자기 의지대로 부릴 수 있었던 비열한 목숨이었다. 과거의 그 즐거움이 이제 그 목숨이 끝나고 있음을 즐거워하게 만들었다.

그리고 래플스의 죽음이 앞당겨졌다고 누가 말할 수 있겠는가? 무엇이 그를 구할 수 있었을지 과연 누가 알겠는가?

리드게이트는 10시 30분에 도착해 마지막으로 숨이 끊어지는 장면을 간신히 목격했다. 불스트로드는 방에 들어선 순간 그의 얼굴에 떠오른 표정을 보았다. 놀라움이라기보다 자기 판단이 틀렸다는 인식이었다. 그는 죽어 가는 사람을 지켜보면서 침상 옆에 한동안 아무 말 없이 서 있었고, 그 억제된 표정으로 마음속에서 논쟁을 벌이고 있음을 드러냈다.

"이런 변화가 언제 일어났습니까?" 그가 불스트로드를 보며 물었다.

"어젯밤에는 내가 지켜보지 않았소." 불스트로드가 말했다. "너무 지쳐서 에이블 부인에게 간호를 맡겼소. 부인 말로는 서너 시경에 잠들었다더군. 아침 8시 전에 들어와 보니 거의 이런 상태였소."

리드게이트는 더 이상 묻지 않고 말없이 지켜보다가 말했다. "다 끝났습니다."

그날 아침 리드게이트는 되살아난 희망으로 홀가분한 마음이었다. 예전처럼 활기차게 일하러 나섰고, 결혼 생활의 온갖 결핍을 견딜 만큼 스스로가 강하다고 느꼈다. 그리고 불스트로드가 은인이었음을 의식하고 있었다. 하지만 병세에 관해서는 불편한 마음이 없지 않았다. 이 증세가 이렇게 끝나리라고는 예상하지 않았던 것이다. 하지만 그 문제에 대해 불스트로드가 무례하다고 느끼지 않도록 물어볼 방법을 알지 못했다. 만일 가정부에게 묻는다면……. 어쨌거나 이 사람은 이미 죽었다. 누군가의 무지나 경솔함 때문에 죽었다고 암시해 봐야 아무 소용 없을 것 같았다. 그리고 결국 자신의 판단이 틀렸을 수도 있다.

그는 불스트로드와 함께 말을 타고 미들마치로 돌아오면서 여러 가지 이야기를 나누었고, 주로 콜레라와 상원에서 선거법 개정 법안이 통과될 가능성, 그리고 '정치 연합'[93]의 확고한 결의에 대해 이야기했다. 래플스에 대해서는 로윅의 교회묘지에 안장해야겠다고 불스트로드가 말한 것이 다였다. 그가 알기로는 가엾은 사람에게 리그를 제외하고는 친척이 없었으며, 리그가 불친절했다고 불평했다는 것이었다.

집에 돌아오자마자 리드게이트는 페어브라더의 방문을 받았다. 그 전날 목사는 도시에 없었지만 저녁나절에 구두장이이자 교구 서기인 스파이서 씨에 의해 리드게이트의 집이 강제 집행에 들어갔다는 소식이 로윅에 전해졌던 것이다. 그는 로윅 게이트에서 종을 매다는 일을 하는 점잖은 형에게 소식을 들었다고 했다. 리드게이트가 프레드 빈시와 함께 당구장에서 내려왔던 그날 저녁 이후로 페어브라더 씨는 그를 생각할 때마다 마음이 무거웠다. 그린 드래건에서 한두 번 당구를 치는 것이 다른 사람들에게는 사소한 일일지 모르지만 리드게이트의 경우에는 예전과 달라지고 있음을 보여 주는 몇 가지 징후 중 하나였다. 심지어 그는 예전에 지나치게 경멸하던 일도 하기 시작했다. 떠들썩하게 퍼져 나간 한심한 뒷공론에서 은근히 암시되었듯이 결혼 생활의 어떤 불만이 이런 변화와 관련이 있는지도 몰랐다. 하지만 페어브라더 씨는 점점 더 명확한 소문이 돌고 있는 그의 빚 때문에 이런 변화가 일어났

---

93) 개혁을 선동하기 위해 설립된 단체들. 가장 먼저 1830년에 설립된 버밍엄 정치 연합은 통화 개혁, 세금 감축, 의회 개혁을 요구했다.

으리라고 확신했고, 리드게이트에게 물려받은 재산이나 유력한 친지들이 있으리라는 사람들의 생각은 잘못짚은 예상이었다는 걱정이 들었다. 처음에 리드게이트에게 솔직히 속사정을 털어놓도록 접근했을 때 퇴짜를 맞았기에 다시 시도하고 싶지는 않았다. 그러나 집이 실제로 강제 집행되었다는 소식에 목사는 내키지 않는 마음을 억눌렀다.

그때 막 리드게이트는 큰 관심을 느끼던 가난한 환자를 돌려보낸 참이었다. 그가 손을 내밀고 솔직하고 유쾌한 태도로 맞았기에 페어브라더는 어리둥절했다. 이것도 공감과 도움을 당당하게 거부하는 태도일까? 어떻든 상관없었다. 공감과 도움을 기꺼이 보여 주어야 한다.

"잘 지내나, 리드게이트? 자네에 관해 걱정스러운 소문이 들리기에 보러 왔네." 목사가 선량한 형 같은 목소리로 말을 꺼냈다. 다만 질책하려는 기미가 전혀 담겨 있지 않을 뿐이었다. 둘 다 자리에 앉자 리드게이트가 즉시 대답했다.

"무슨 말인지 알겠어요. 집에 강제 집행이 떨어졌다는 이야기를 들으셨군요."

"그렇다네. 사실인가?"

"사실입니다." 리드게이트는 이제 그 문제에 대해 개의치 않는다는 듯이 홀가분한 기색으로 말했다. "하지만 위험이 지나갔어요. 빚을 갚았고. 이제 곤경에서 벗어났어요. 빚에서 풀려나 더 나은 계획으로 새롭게 출발하기를 기대하고 있습니다."

"그 말을 들으니 정말 고맙네." 목사는 의자에 등을 기대고 무거운 짐에서 벗어났을 때 종종 그러듯이 나지막한 목소리로 재빨리 말했다. "《타임스》에 실린 온갖 소식보다 더 반가워. 솔직히 말하면 아주 무거운 마음으로 자네를 보러 왔거든."

"와 주셔서 고맙습니다." 리드게이트는 상냥하게 말했다. "이제 마음이 홀가분하기 때문에 호의를 더 기쁘게 받아들일 수 있어요. 정말이지 꽤 옥조였거든요. 앞으로도 한동안은 그 상처가 고통스러울 겁니다." 그는 다소 슬픈 듯이 미소를 지으며 말했다. "하지만 지금으로는 그저 고문의 압박이 없어졌음을 느낄 뿐이지요."

페어브라더 씨는 잠시 입을 다물었다 진지하게 말했다. "여보게, 한 가지만 물어보도록 해 주게. 내가 무람없이 굴어도 용서해 주게나."

"우리 감정을 해칠 질문은 하시지 않으리라고 믿습니다."

"그렇다면 이건 내 마음이 완전히 편해지기 위해 필요한 질문이네만, 자네가 빚을 갚기 위해 다른 빚을 진 건 아니겠지, 안 그런가? 앞으로 더욱 큰 고통이 될 빚 말일세."

"아뇨." 리드게이트는 약간 얼굴을 붉히며 말했다. "불스트로드 씨에게 빚을 졌다는 말씀을 드리지 않을 이유가 없겠지요. 사실이 그러니까요. 그분이 거금을 빌려주셨어요. 1000파운드를 말이지요. 그리고 갚을 때까지 기다려 주실 겁니다."

"아, 대단히 너그러운 일이군." 페어브라더 씨는 싫은 사람을 칭찬하려고 애쓰며 말했다. 섬세한 마음으로 그는 불스트로드와 사적으로 얽히는 일이 없도록 주의하라고 리드게이트에게 늘 당부했다는 사실도 떠올리지 않으려 했다. 그는 즉시 덧붙여 말했다. "불스트로드는 당연히 자네의 안위에 관심을 둘 테지. 그와 함께 일해 오면서 자네의 수입이 늘기는커녕 되레 줄었을 테니까. 그가 그런 사정을 참작하고 행동했다고 생각하니 반갑네."

리드게이트는 이 친절한 추측에 불편한 느낌이 들었다. 몇시간 전에 처음으로 어렴풋이 떠올랐던 불편한 생각, 즉 불스트로드가 더없이 냉랭하게 거절한 후에 갑자기 자선을 베푼동기가 순전히 이기적인 것일지도 모른다는 생각이 더 뚜렷하게 떠올랐다. 그는 목사의 호의적인 암시에 아무 대답도 하지않았다. 자신이 대부를 요청했던 이야기를 구구절절이 늘어놓을 수는 없었지만 그 장면이 전보다 더욱 생생하게 떠올랐고, 또한 목사가 섬세한 마음으로 모르는 체 넘어간 사실, 즉 불스트로드에게 사적으로 신세를 지는 이런 관계를 피하겠다고자신이 예전에 굳게 다짐했던 일도 떠올랐다.

대답하는 대신 그는 앞으로의 절약 계획과 삶을 다른 시각으로 보게 되었다는 이야기를 시작했다.

"앞으로 조제실을 만들 겁니다." 그가 말했다. "그 점에서제 노력이 잘못되었던 것 같아요. 그리고 로저먼드가 반대하지 않는다면 도제를 둘 생각입니다. 저는 그런 것들을 좋아하지 않지만 충실히 실행해 나간다면 품위를 떨어뜨리지 않겠지요. 저는 처음부터 심한 타격을 입었어요. 그러니 이제 조금씩부딪치는 것은 쉽게 견딜 겁니다."

가엾은 리드게이트! 생각의 일부로 무심결에 입에서 튀어나온 "로저먼드가 반대하지 않는다면"이란 말은 그가 지고 있는 멍에를 의미심장하게 드러냈다. 그러나 페어브라더 씨의 희망은 리드게이트의 희망에 강렬하게 공감하며 같이 흘러갔고, 그에 관해 우울한 예감을 일으킬 수 있는 것을 전혀 알지 못했기에 다정한 축하의 말로 작별했다.

71장

어릿광대: ……실로 나리께서는 포도송이 선술집에 앉아 있기를 좋아하셨지요, 그렇지 않나요?
프로스: 그랬지. 방이 탁 트여 있고, 겨울에 좋으니까.
어릿광대: 자, 그렇다면 좋습니다. 여기에 진실이 있기를 바랍니다.
— 『법에는 법으로』[94]

래플스가 죽은 지 닷새가 지났을 때 뱀브리지 씨는 그린 드래건의 뜰로 이어지는 큰 아치형 입구에 한가로이 서 있었다. 혼자 생각에 잠기기 좋아하는 사람은 아니었지만 그 술집에서 막 나온 참이었고, 이른 오후에 아치형 입구에 한가로이 서 있는 사람은 먹을거리를 찾은 비둘기처럼 동무들을 금세 끌어들일 것이 분명했다. 이 경우에 물질적인 음식은 없었지만 합리적인 눈으로 보면 잡담이라는 형태의 정신적 양식이 있을 가능성이 엿보였다. 건너편 포목상 주인인 온순한 홉킨스 씨는 고객이 주로 여자들이어서 남자들과의 대화를 더욱 바랐으므로 누구보다도 먼저 이 내면의 직감에 따라 움직였

---

94) 셰익스피어의 희곡. 2막 1장 133~137행.

다. 뱀브리지 씨는 홉킨스가 당연히 자신과 이야기를 나누고 싶어 할 테지만 홉킨스에게 쓸데없이 말을 낭비하지 않겠다고 생각하며 포목상에게 다소 퉁명스럽게 굴었다. 하지만 오래지 않아 지나가다가 걸음을 멈추거나 그린 드래건에서 뭔가 특별한 일이 일어나고 있는지를 알아보려고 일부러 어슬렁거리며 더 중요한 사람들이 모여들어 작은 무리가 형성되었다. 뱀브리지 씨는 바로 얼마 전에 북부를 여행하고 돌아왔기에 거기서 본 멋진 종마들과 구입한 말들에 대해 근사한 이야기를 들려줄 가치가 있다고 생각했다. 거기 모인 신사들이 원한다면 동커스터에 가서 네 살이 되어 가는 순종 암말을 볼 수 있을 텐데, 그 구렁말을 앞지를 말을 누군가 보여 줄 수 있다면 뱀브리지 씨는 신사들을 기쁘게 해 주기 위해 "여기서부터 헤리퍼드까지" 쏜살같이 달려가겠다고 장담했다. 또한 사륜마차용 검은 말 한 쌍은 1819년에 100기니를 받고 포크너에게 팔았던 말 한 쌍을 떠올리게 했는데, 포크너는 두 달 후 그 말을 160기니에 팔았다. 이 이야기가 거짓말이라고 반박할 신사가 있다면 뱀브리지 씨를 몹시 고약한 이름으로 부르면서 목이 타도록 욕해도 좋았다.

대화가 이런 식으로 활기를 띨 때 프랭크 홀리 씨가 나타났다. 그는 그린 드래건에서 빈둥거리며 품위를 떨어뜨릴 사람이 아니었지만 우연히 하이 스트리트를 지나다가 건너편에 있는 뱀브리지를 보고는 전에 찾아봐 달라고 부탁했던 최고의 이륜마차용 말을 구했는지 물어보려고 성큼성큼 가로질러 왔던 것이다. 뱀브리지는 홀리 씨에게 빌클리에서 골라 온 말을 살펴볼 때까지 기다려 달라고 했다. 그 말이 홀리 씨의 기대에 한 치도 어긋나지 않게 들어맞지 않는다면 자신은 전혀 말을 볼 줄 모르는 사람이고, 이런 가능성은 도무지 생각할 수 없는 일이었다. 거리를 등지고 선 홀리 씨가 말을 살펴보고 시승할 시간을 정하려 하고 있을 때 어떤 사람이 말을 타고 천천히 지나갔다.

"불스트로드군!" 두세 사람이 동시에 낮은 목소리로 말했고, 그중 포목상의 목소리는 경의를 담아 '씨'를 덧붙였다. 하지만 이렇게 감탄사처럼 이름을 부른 사람 중에 멀리서 나타나는 마차를 보고 "리버스턴 역마차군."이라고 말했을 때보다 더 깊은 의미를 둔 사람은 없었다. 홀리 씨는 무심히 불스트로드의 등을 흘끗 바라보았지만 뱀브리지는 그 등을 바라보면서 조롱하듯 얼굴을 찡그렸다.

"진짜, 이제야 생각나는군." 그는 목소리를 조금 낮추고 말을 꺼냈다. "홀리 씨, 당신 마차용 말 외에도 빌클리에서 다른 것을 얻어 왔소. 불스트로드에 대한 멋진 이야기를 들었지. 그가 재산을 어떻게 얻었는지 아시오? 희한한 이야기를 원하는 신사에게는 공짜로 알려 드리지. 만일 사람들이 제각기 걸맞은 보상을 받았다면 불스트로드는 보터니만[95]에서 기도를 올려야 했을걸."

"무슨 말이오?" 홀리 씨는 손을 주머니에 찔러 넣고 아치형 입구 밑에서 앞으로 약간 밀치고 나오며 말했다. 불스트로드

---

95) 오스트레일리아의 유형지.

가 악당이라는 사실이 밝혀진다면 그야말로 그 자신 프랭크 홀리는 예언가의 영혼을 가진 것이다.

"불스트로드의 옛 단짝이던 이에게 들은 이야기요. 그를 처음에 어디서 만났는지 알려 드리지." 뱀브리지가 갑자기 검지를 들고 말했다. "그 작자를 라처의 경매에서 처음 봤소. 그때는 그에 대해 아무것도 몰랐지. 그가 슬그머니 빠져나갔거든. 틀림없이 불스트로드를 찾아갔을 거요. 자기가 불스트로드를 슬쩍 찌르기만 하면 얼마든지 돈을 받아낼 수 있다더군. 그의 비밀을 모두 안다고. 어떻든 그는 빌클리에서 그 비밀을 누설했지. 독한 술을 마시더군. 빌어먹을! 그 작자가 공범자에게 불리한 말을 할 생각은 없었을 거요. 하지만 워낙에 허풍 떨기 좋아하는 인간이라서 그 허풍이 울타리를 넘어 도랑으로 줄줄 흘러간 거지. 급기야는 절름발이 병든 말이 돈을 벌어다 줄 듯이 허풍을 떨더라니까. 사람은 언제 말을 멈춰야 하는지 알아야 하는데 말이지." 뱀브리지 씨는 혐오스럽다는 듯이 말하며 자신의 허풍은 잘 팔리는 상품을 알아보는 훌륭한 판단력을 보여 준다고 흡족해했다.

"그 사람 이름이 뭐요? 어디서 찾을 수 있소?" 홀리 씨가 말했다.

"어디서 찾을지는 몰라도 사라센스 헤드 여관에서 그와 헤어졌소. 이름이 래플스요."

"래플스라고!" 홉킨스 씨가 소리쳤다. "어제 내가 그의 장례식에 쓸 물품을 공급했는데. 로윅에 매장되었어. 불스트로드 씨가 운구를 따라갔소. 꽤 버젓한 장례식이었지."

사람들 사이에서 열띤 탄성이 일었다. 뱀브리지 씨가 갑자기 소리를 질러 댔는데 그 가운데 '제기랄'이 가장 온건한 단어였다. 홀리 씨는 이마를 찡그리고 고개를 숙이며 소리쳤다. "뭐라고? 그가 어디서 죽었소?"

　"스톤 코트에서 죽었소." 포목상이 말했다. "가정부 말로는 주인의 친척이라네. 병이 들어 금요일에 그곳에 왔다고 했소."

　"아니 내가 그 작자와 술을 마신 게 수요일이었는데." 뱀브리지가 끼어들었다.

　"의사의 진찰을 받았소?" 홀리 씨가 말했다.

　"리드게이트 씨가 보살폈소. 불스트로드 씨가 간호하며 하룻밤을 새웠고. 그는 셋째 날 아침에 죽었소."

　"말해 보게, 뱀브리지." 홀리 씨가 집요하게 말했다. "그 작자가 불스트로드에 대해 뭐라고 하던가?"

　무리 중에 시청 서기장이 끼었다는 사실은 들을 만한 이야기가 있다는 것을 보장해 주었으므로 사람들이 점점 늘어났고, 뱀브리지 씨는 도합 일곱 명에게 이야기를 들려주었다. 대체로 윌 래디슬로와 관련된 이야기를 포함해서 우리가 이미 아는 사실에 지방색과 정황을 더한 것이었다. 불스트로드가 누설될까 봐 두려워했고, 래플스의 시신과 함께 영원히 묻히기를 바랐으며, 말을 타고 그린 드래건의 아치형 입구를 지날 때 하느님의 자비로 말미암아 벗어나게 되었다고 믿었던 과거의 삶에서 출현한 유령이었다. 그렇다, 하느님의 은총으로 말미암아. 불스트로드는 아직 스스로에게도 그 목적을 위해 계략을 꾸며 뭔가 저질렀다는 고백은 하지 않았다. 그저 자신에게 주어진 듯한 것을 받아들였을 뿐이다. 자신이 그 사람의 영혼이 빨리 떠나도록 재촉할 일을 저질렀다는 것은 입증할 수 없었다.

그러나 불스트로드에 대한 이 소문은 불길에서 피어오른 연기처럼 미들마치 전역에 퍼져 나갔다. 프랭크 홀리 씨는 건초에 대해 문의한다는 핑계를 대고 믿을 만한 서기를 스톤 코트에 보냈고, 래플스와 그의 병세에 대해 에이블 부인에게서 꼬치꼬치 캐내어 정보를 추가했다. 이런 방법을 통해 그 남자를 마차에 태워 스톤 코트에 데려간 사람이 가스 씨라는 것을 알아냈고, 그런 다음에는 케일럽을 만날 기회를 포착하여 사무실로 찾아가서는 어떤 중재가 필요할 경우 맡아 줄 수 있는지를 문의하면서 래플스에 대한 질문을 덧붙였다. 케일럽은 불스트로드에게 해가 될 말을 무심코 하지는 않았지만 지난주에 그의 일을 그만두었음을 인정해야 했다. 홀리 씨는 래플스가 가스에게 비밀을 털어놓았을 테고 그래서 가스가 불스트로드의 일을 그만두었으리라고 짐작하며 몇 시간 후에 톨러 씨에게 그렇게 말했다. 이 말이 사람들 입에 오르내리면서 급기야 추측이라는 성격이 사라져 버리고 가스에게서 직접 나온 정보로 여겨지게 되었다. 그러므로 정확한 사실을 부지런히 알아내려는 사람이라도 불스트로드의 악행을 주로 폭로한 장본인은 케일럽이라는 결론을 내렸을 것이다.

홀리 씨는 래플스가 누설한 사실이나 그의 죽음과 관련된 정황에 법을 적용할 근거가 없다는 것을 오래지 않아 알아냈다. 그는 직접 말을 타고 로윅에 가서 교구 기록부를 살펴보고

그 문제에 관해 페어브라더 씨와도 이야기를 나누었다. 목사
는 공정한 마음을 지녔으므로 자신의 반감에서 결론을 끌어
내지 않았지만 불스트로드의 추악한 비밀이 밝혀지게 되었다
는 사실에 변호사와 마찬가지로 그리 놀라지 않았다. 그러나
이야기를 나누는 동안 페어브라더 씨의 마음속에 또 다른 공
모의 가능성에 대한 의혹이 일었고, 그것은 오래지 않아 당연
한 '추론의 결과'로 미들마치에서 시끌벅적하게 입방아에 오
를 의혹의 전조였다. 불스트로드가 래플스를 겁낸 이유와 관
련해서 바로 그 두려움 때문에 의사에게 큰돈을 빌려주었으
리라는 생각이 문득 떠올랐던 것이다. 리드게이트가 그 돈이
뇌물인 줄 알면서 받았을 것 같지는 않았지만 이렇게 뒤얽힌
사건이 그의 평판에 먹칠을 하게 될 듯했다. 현재로는 홀리 씨
가 리드게이트의 빚이 갑자기 청산된 사실을 전혀 모른다는
것을 알고 목사는 그 문제에 접근하지 않도록 조심스럽게 다
른 화제로 돌렸다.

"글쎄……." 깊은 한숨을 내쉬며 목사는 법적으로 입증되
지 못하지만 있을 수 있었던 일에 대한 끝없는 이야기를 마무
리 지으려 했다. "참 이상한 이야기로군요. 그래, 그 변화무쌍
한 래디슬로의 혈통이 그렇게 기묘하다는 말이지요! 기개 있
는 아가씨와 음악적 재능이 뛰어난 폴란드인 애국자만으로도
출생 기반이 충분해 보였는데. 유대인 전당포 주인이 또 접목
되었으리라고는 생각도 못 했어요. 어떻든 어떤 혼합물이 나
올지는 미리 알 수 없는 법입니다. 어떤 종류의 오물은 정화에
도움이 되고요."

"내가 예상했던 그대로요." 홀리 씨는 말에 오르면서 말했다. "유태인에다 코르시카인, 집시, 염병할 외국 피가 다 섞여 있다고."

"그가 당신에게 골칫거리라는 것은 알고 있습니다만, 홀리씨, 그는 정말로 공정하고 세속에 물들지 않은 사람이에요." 페어브라더 씨가 미소를 지으며 말했다.

"아, 그건 당신이 휘그당이라서 갖는 편견이오." 홀리 씨가 말했다. 그는 페어브라더가 매우 기분 좋고 심성이 좋은 사람이라서 토리당원으로 착각할 정도라고 변명하듯이 말하곤 했었다.

말을 타고 집으로 돌아가면서 홀리 씨는 리드게이트가 래플스를 진찰했다는 사실이 불스트로드 쪽에 유리한 증거라고 생각했다. 그러나 리드게이트가 자기 집의 강제 집행을 중단시켰고 빚을 한 번에 다 갚았다는 말이 재빨리 퍼져 나가서 여러 가지 추측과 의견들이 쌓이자 그 소문에 새로운 형태와 추진력이 더해졌다. 이는 곧 홀리 씨 외에도 다른 사람들의 귀에 들어갔다. 홀리 씨는 이처럼 갑자기 돈을 손에 넣은 사건과 래플스의 추문을 억누르려는 불스트로드의 욕망 사이에서 의미 있는 상관관계를 즉시 알아차렸다. 그 돈이 불스트로드로부터 나왔으리라는 짐작은 직접적인 증거가 없어도 절대 틀리지 않았다. 예전에 리드게이트의 장인이나 친척들이 그를 위해 아무것도 해 주지 않으리라는 소문이 돌았던 것이다. 그리고 은행의 서기뿐 아니라 순진한 불스트로드 부인도 직접적인 증거를 제시했다. 부인은 리드게이트에게 돈을 빌려주었다는 사실을 플림데일 부인에게 언급했고, 그 부인은 톨러 집안의 자기 며느리에게 언급했으며, 톨러는 그 사실을 어디서나 말했던 것이다. 이 문제는 공적으로 중요한 사건이라고 여겨졌기에 소문을 널리 퍼뜨리려면 정찬 파티를 열어야 했고, 그래서 불스트로드와 리드게이트에 얽힌 추문 덕분에 식사에 초대하고 응낙하는 일이 더욱 빈번해졌다. 아내와 미망인, 미혼의 숙녀들도 그들 나름대로 평소보다 더 자주 티파티에 초대되었고, 그린 드래건부터 돌럽에 이르기까지 대중적인 유흥업소에서 그 소문은 상원에서 선거법 개정 법안이 부결될 것인가 하는 문제도 얻지 못했던 비상한 흥미를 불러일으켰다.

불스트로드가 리드게이트에게 후하게 돈을 빌려준 데 어떤 수치스러운 이유가 깔려 있으리라는 것은 누구도 의심하지 않았다. 홀리 씨는 처음에 톨러 씨와 렌치 씨를 포함하여 특별히 의사들을 초대했고, 래플스가 앓은 병으로 일어날 법한 일에 대해서 특히 철저한 토론을 벌였으며, 그 질병이 알코올중독에 의한 섬망증 때문이라는 리드게이트의 진단과 관련하여 에이블 부인에게서 알아낸 구체적인 사실을 모두 들려주었다. 그 질병에 관해 과거의 치료 방식을 변함없이 고수하던 의사들은 구체적 사실들에서 혐의를 둘 합당한 근거를 전혀 찾아볼 수 없다고 주장했다. 그러나 혐의를 둘 도덕적 근거는 남아 있었다. 래플스가 제거되기를 간절히 바랐을 불스트로드의 심리적 동기, 그리고 리드게이트에게 도움이 필요하다는 사실을 틀림없이 얼마간 알았으면서도 바로 그 결정적 시점에 도와주었다는 사실, 더욱이 불스트로드가 나쁜 짓을 예사로 저지를 사람이라고 믿으려는 일반적 심리, 또 돈이 궁할 때 다른 거만한 사람들처럼 리드게이트도 쉽게 매수되었으리라고 생각하지 않을 이유가 없다는 것이었다. 비록 그 돈이 불스트로드의 추악한 과거에 대해 그저 입막음하려고 준 것이더라도 그로 인해 리드게이트는 가증스럽게 보였다. 그는 높은 지위를 얻으려고 은행가에게 굽실거리고 연로한 의사들의 체면을 떨어뜨렸다고 오랫동안 조롱받아 왔던 것이다. 그러므로 스톤코트에서 발생한 사망 사건과 관련해서 유죄의 직접적 증거가 없음에도 불구하고 홀리 씨의 파티에 참석한 특별한 손님들은 사건의 '모양새가 추악하다.'라고 생각하며 헤어졌다.

그러나 연로하고 실력 있는 전문가들도 고개를 가로저으며 신랄하게 빈정거리도록 만들었던 이 불확실한 범죄에 대한 막연한 확신은 일반 대중에게는 사실보다 훨씬 강력한 미스터리의 영향력을 갖고 있었다. 사람들은 상황이 어떠했는지를 정확히 알기보다 추측하기를 더 좋아했다. 오래지 않아 추측은 아는 사실보다 더 대담해져서 양립할 수 없는 것도 더욱 과감하게 인정하기에 이르렀다. 불스트로드의 과거사에 관련된 확실한 추문도 어떤 사람들의 마음에서는 엄청난 미스터리에 녹아들어서 대단히 박진감 넘치는 재료로 대화에 쏟아져 들어갔고 제멋대로 기상천외한 형태를 띠게 되었다.

슬로터 레인에 있는 선술집 탱커드의 활기찬 안주인 돌럽 부인이 주로 시인한 사고 방식은 바로 이런 것이었다. 그녀는 바깥 세계에서 들려온 소문이 자기 마음속에서 '일어난' 것과 똑같이 중요하다고 생각하면서 손님들의 얄팍한 합리적 사고에 종종 저항해야 했다. 마음속에서 어떻게 일어났는지 자신도 알지 못했지만 마치 벽난로 판 위에 백묵으로 그은 것처럼 눈앞에 떠올랐다는 것이다. "불스트로드의 말마따나 그의 뱃속은 머리털이 마음속 생각을 아는 것처럼 완전히 시커멨어요. 그는 머리털을 뿌리째 잡아 뜯을걸요."

"이상하군요." 생각에 잠기기 좋아하는 구두장이 림프 씨가 흐릿한 눈으로 쳐다보면서 날카로운 소리로 말했다. "그건 웰링턴 공작이 입장을 바꿔 로마 가톨릭으로 넘어가면서[96] 한 말이라고 《트럼펫》에서 읽었는데."

"그렇겠죠." 돌럽 부인이 말했다. "어느 악당이 그런 말을 했으면 다른 악당이 그렇게 말할 이유가 더 많아지는 거죠. 그런데다 그는 위선자여서 매사에 거만하게 굴었다고요. 이 지방에는 자기에게 걸맞은 훌륭한 목사님이 없어서 늙은 악마와 의논했는데 늙은 악마가 그에게 너무 많았어요."

"그래, 맞아요. 그는 살인 공범자인데 이 지방에서 쫓아낼 수 없대요." 유리 장수인 크랩 씨는 얻어들은 많은 소식을 막연히 더듬어 찾으며 말했다. "하지만 내가 들은 바로는 불스트로드는 발각될까 겁나서 벌써 도망치려 했대요."

"원하건 원치 않건 간에 쫓겨날 거요." 방금 들어온 이발사 딜 씨가 말했다. "오늘 아침에 홀리의 서기인 플레처를 면도해 줬는데 — 그는 손가락을 잘 쓸 수 없어서 말이지 — 사람들이 불스트로드를 쫓아낼 생각이라고 하더라고. 더시거 씨가

---

[96] 웰링턴이 가톨릭 해방(1829)을 지지한 것에 대한 언급.

불스트로드에게 등을 돌렸고 교구 밖으로 내쫓기를 바란다나? 그리고 이 도시 신사들은 차라리 죄인 호송선에 탄 사람과 식사를 같이 하는 편이 낫겠다고 말한다더군. '나라도 그렇게 하겠어요.' 플레처가 이렇게 말하더라고. '감옥에서 바퀴를 밟아 돌리는 죄수들보다 더 악랄한 주제에 가까이 다가와서는 자기 종교를 악용하고 「십계명」으로 충분하지 않다고 떠벌리는 사람보다 더 밥맛 떨어지는 사람이 어디 있어요?' 플레처가 그러더라니까."

"하지만 불스트로드의 돈이 빠져나가면 도시에는 좋지 않을걸요." 림프 씨가 떨리는 소리로 말했다.

"그래, 더 나은 사람이 돈을 형편없이 쓰기도 하지." 염색공이 확고한 목소리로 말했다. 진홍색으로 물든 손이 성질 좋아 보이는 그의 얼굴과 어울리지 않았다.

"하지만 내가 알기로 그는 돈을 간수하지 못해." 유리 장수가 말했다. "그 돈을 뺏을 사람이 있다고들 하지 않았어? 내가 알기론 재판을 걸면 그에게 남은 마지막 동전 한 푼까지도 뺏을 수 있다는 거야."

"그런 일은 절대 없소!" 이발사는 돌럽에 모인 사람들보다 조금 더 지위가 높다고 느끼며 그래서 더 기분 좋게 말했다. "플레처 말로는 그런 문제가 아니라더군. 이 젊은 래디슬로가 누구의 자식인지를 거듭거듭 증명한다 해도 내가 펜 집안 출신이라는 걸 입증한 거나 마찬가지라서 동전 한 푼도 손댈 수 없다더라고."

"아니, 저런!" 돌럽 부인이 화가 나서 소리쳤다. "어미 없는 자식에게 법이 해 줄 게 그것뿐이면 내 자식을 데려가신 하느 님께 감사드려야겠군요. 그럼 아비가 누구든 어미가 누구든 아무 소용이 없으니 말이에요. 그리고 변호사 한 사람의 말을 듣고 다른 변호사에게 물어보지도 않다니 당신처럼 영리한 사람에게 놀라운 일이군요, 딜 씨. 언제나 두 쪽이 있다고 하 잖아요. 더 많지는 않더라도. 그렇지 않으면 누가 재판을 받으 려 하겠어요? 법이란 게 이런 법, 저런 법, 그렇게나 많은데 누 구 자식인지 입증하는 데 소용이 없다면 참 한심하기 짝이 없 어요. 플레처야 자기 맘대로 말하라고 해요. 내 말은 플레처의 생각을 내게 강요하지 말라는 거예요!"

딜 씨는 변호사를 상대하고도 남을 돌럽 부인에게 아첨하 듯이 웃는 척했다. 오래 묵은 술값 외상이 있었기에 술집 안 주인의 비웃음을 받아도 감수할 마음이었다.

"만일 재판이 벌어지고, 사람들이 하는 말처럼 전부 사실이 라면 돈보다 다른 문제가 있대요." 유리 장수가 말했다. "이 가 없은 사람이 죽어 버렸다는 거지. 내가 알기론 그가 불스트로 드보다 더 훌륭한 신사이던 시절이 있었대요."

"더 훌륭한 신사라! 내가 장담하죠." 돌럽 부인이 말했다. "내가 듣기로는 훨씬 풍채가 좋은 사람이었대요. 세금 징수원 인 볼드윈 씨가 들어와서 당신이 앉은 곳에 서서는 '불스트로 드가 이 도시에 왔을 때 도둑질과 사기로 돈을 모은 거였답니 다.'라고 말했을 때 내가 그랬죠. '당신 말은 하나도 새로울 게 없어요, 볼드윈 씨. 그가 집을 구하려고 여기 슬로터 레인에 들어섰을 때부터 그를 보기만 해도 온몸의 피가 스멀스멀 머리로 올라가는 것 같았다니까요. 가루 반죽 같은 얼굴색에 등뼈 속까지 들여다보고 싶은 듯 뚫어지게 쳐다보는 사람은 괜히 그러는 게 아니에요.' 내가 이렇게 말했다고요. 볼드윈 씨가 내 증인이 되어 줄 거예요."

"또 그 말이 옳다고 하겠죠." 크랩 씨가 말했다. "내가 듣기로 이 래플스라고 불리는 작자가 보기 좋게 튼튼하고 혈색이 좋은 데다 어울리기에 최고인 사람이었다는군요. 비록 지금은 죽어서 로윅 교회 묘지에 묻혔지만 말이지. 그리고 내가 알기로 그가 어떻게 묘지에 가게 되었는지에 대해 알아서는 안 될 것을 아는 사람도 있다더군."

"그렇고말고요!" 돌러 부인은 크랩 씨가 드러낸 아둔함을 경멸하는 기색으로 말했다. "어떤 사람이 꾐에 빠져서 외딴집에 끌려갔고, 이 지방의 병원과 간호사들 절반의 비용을 댈 수 있는 사람이 혼자서 밤낮으로 지켜보았고, 주저하는 일이 없다고 알려진 의사 외에는 아무도 얼씬 못 했을 때, 게다가 의사란 작자는 가난에 몹시 허덕이다가 갑자기 돈이 쏟아져 들어오는 바람에 지난 성 미카엘 축일 이후로 일 년이나 밀린 최상품 고깃덩어리 외상값을 푸줏간 주인 바일스 씨에게 갚을 수 있었을 때 우리 기도서에 나오지 않는 일이 벌어졌다는 건 누가 말해 주지 않아도 알 수 있어요. 눈짓을 하거나 눈을 깜빡거리면서 생각할 필요도 없다고요."

돌럽 부인은 좌중을 지배하는 데 익숙한 여주인의 몸짓으로 주위를 돌아보았다. 더 용감한 사람들은 이구동성으로 동조했지만, 림프 씨는 한 모금 마신 후 양손을 꼭 잡고 무릎 사이에서 힘주어 누르며 침침한 눈으로 생각에 잠겨 내려다보았다. 살을 태울 듯 힘찬 돌럽 부인의 말이 그의 기지를 완전히 말려 버려 다시 수분을 얻어야 정상으로 돌아올 것 같았다.

"그럼 왜 그 작자를 다시 파내서 검시하지 않는 거지?" 염색 공이 말했다. "그런 일이 많았는데. 만일 부정한 일이 있었다면 알아낼 수 있을 텐데."

"그렇지 않아요, 조나스 씨!" 돌럽 부인이 힘주어 말했다. "나는 의사들이 어떤 인간들인지 잘 알아요. 너무 교활해서 절대 붙잡히지 않을 사람들이죠. 그리고 이 리드게이트라는 의사는 환자의 숨이 완전히 끊어지기도 전에 그들을 절단해 보려 했으니 멀쩡한 사람의 배 속을 들여다보면서 어떻게 이용하려 했을지 안 봐도 뻔해요. 당연히 그는 약을 잘 알겠죠. 당신들이 삼키기 전이나 후에나 냄새를 맡을 수도 볼 수도 없는 약 말이에요. 나도 의사 갬빗이 주문한 물약을 보았는데 그분은 우리 클럽 의사로 성격이 좋고 미들마치의 누구보다도 아이를 많이 받아서 세상에 내보냈죠, 그 물약은 물에 타든 타지 않든 조금도 달라지지 않았어요. 그런데 다음 날 엄청난 통증을 일으키더라고요. 그러니 당신 스스로 판단해요. 내게 말하지 말고! 내가 할 수 있는 말은 우리 클럽에 이 리드게이트가 고용되지 않은 게 천만다행이라는 거예요. 그랬더라면 많은 어머니의 자식들이 한탄했을 테니까."

이처럼 돌럽에서 오간 이야기들은 도시의 모든 계층에서 화제에 올랐다. 한편으로는 로윅 목사관에, 다른 한편으로는 팁턴 그레인지에 전해졌고, 빈시 가족의 귀에도 죄다 들어갔으며, 불스트로드 부인의 친구들은 "가엾은 해리엇."이라고 슬픈 어조로 이야기를 나누었다. 하지만 리드게이트는 사람들이 이상하게 쳐다보는 이유를 알지 못했고, 불스트로드는 비밀이 누설되었으리라고 꿈에도 생각하지 않았다. 그는 이웃과 다정한 교류에 익숙지 않았으므로 친절한 인사를 건네지 않는다고 해서 아쉬울 것도 없었다. 더욱이 이제는 미들마치를 떠날 필요가 없다고 마음먹었고, 그래서 이전에 중단시켜 놓았던 문제들을 결정할 수 있었으므로 사업상의 문제로 여러 차례 출장을 다녀왔다.

"한두 달 내에 첼트넘으로 여행을 갈 거요." 그가 아내에게 말했다. "그 도시에 가면 맑은 공기와 바다 외에도 정신적으로 매우 큰 이점이 있을 거요. 거기서 여섯 주를 머물면 우리 마음도 아주 상쾌해지겠지."

그는 실로 정신적인 이점을 믿었고, 앞으로의 삶은 나중에 지은 죄 때문에 더욱 헌신적이어야 한다고 생각했다. 그 죄를 스스로에게도 가정법으로 표현했고, 용서받기 위해 기도할 때도 "만일 제가 여기에서 죄를 범했다면"이라고 말했다.

병원에 대해서는 리드게이트에게 더 이상 언급을 피했다. 래플스가 죽자마자 갑자기 계획을 바꾸었다고 말하기가 두려웠다. 내밀한 영혼 속에서 자신이 처방을 의도적으로 어겼으리라고 리드게이트가 의심하고 있으며, 그와 더불어 동기를 의심할 거라고 믿었다. 그러나 래플스의 과거에 대해 리드게이트에게 밝혀진 바가 없었으니 불스트로드는 모호한 의혹을 겉으로 드러낼 일은 조금도 하지 않으려고 애썼다. 리드게이트는 어떤 특정한 치료법이 환자를 살리거나 죽일 수 있다는 확고한 독단론에 저항하면서 끊임없이 논쟁을 벌이고 있었다. 그에게는 뭐라 말할 권리가 없었고, 입을 다물어야 할 이유만 있을 뿐이었다. 그러므로 불스트로드는 신의 은총으로 말미암아 안전해졌다고 느꼈다. 그가 두려움으로 움츠러들었던 경우는 어쩌다 케일럽 가스와 마주칠 때뿐이었지만 가스는 온화하고 진지한 태도로 모자를 들어 인사했다.

그사이 도시의 주요 인사들 사이에서 불스트로드에 대한 적대적인 강한 결의가 점점 거세지고 있었다.

시청에서 위생 문제에 관한 회의가 열렸는데 도시에 콜레라 환자가 발생하면서 위생 문제가 시급하게 중요한 문제로 떠올랐던 것이다. 긴급히 통과된 의회령[97]이 위생 시설에 대한 평가를 인가하면서 위생 시설을 감독하기 위한 위원회가 미들마치에서도 임명되었고, 휘그당과 토리당 모두 대대적인 청결 작업과 준비 작업에 동의했다. 이제 안건은 도시 외곽의 땅을 매장지로 확보하면서 세액으로 충당할지 아니면 사적 기부로 충당할지였다. 회의는 누구에게나 개방될 예정이었으므로 도시의 중요 인사들이 모두 참석하리라고 예상되었다.

불스트로드 씨는 위원회 위원으로서 사적 기부 계획안을 주장하겠다고 생각하며 12시 직전에 은행에서 출발했다. 자신의 사업 계획이 유동적이었을 때는 한동안 뒷전에 물러나 있었지만 이제 생애를 마감하리라고 예상되는 도시의 공무와

97) 새로운 하수도와 배수 시설을 제공하기 위해 1828년에 통과된 법령.

관련하여 영향력 있는 활동가로서 지위를 되찾아야 한다고
느꼈다. 같은 방향으로 걸어가는 사람들 중에서 리드게이트를
보고는 회의 안건에 대해 이야기를 나누며 함께 들어갔다.

도시의 중요 인물들이 모두 그들보다 먼저 도착한 것 같았
다. 하지만 커다란 중앙 탁자의 상석 가까이에 아직 남은 자리
가 있었기에 그들은 그쪽으로 향했다. 페어브라더 씨는 반대
편의 홀리 씨에게서 멀지 않은 곳에 앉아 있었다. 의사들도 모
두 모여 있었다. 더시거 씨가 의장이었고, 팁턴의 브룩 씨는 그
의 오른쪽에 앉아 있었다.

리드게이트는 불스트로드와 함께 자리에 앉았을 때 사람
들 사이에서 특이하게 오가는 시선을 알아차렸다.

의장은 회의를 시작하고 안건에 대해 충분히 설명한 후 공
동묘지로 쓰일 만큼 넓은 땅을 기부금으로 구입하는 이점을
지적했다. 그런 후에 불스트로드 씨가 일어나 의견을 발표할
수 있도록 허락을 요청했다. 이런 종류의 회의에서 도시 사람
들은 다소 높은 음조의 차분하면서 유창한 그의 목소리를 듣
는 데 익숙했다. 리드게이트가 또다시 특이하게 오가는 시선
들을 알아차렸을 때 홀리 씨가 갑자기 일어나 확고하고 낭랑
한 목소리로 말했다. "의장님, 누구든 이 문제에 대한 의견을
발표하기 전에 먼저 시민들의 감정이 걸린 문제에 관해 의견을
진술할 수 있기를 요청합니다. 저뿐 아니라 여기 참석하신 많
은 신사분이 선결되어야 할 문제라고 여기고 있으니까요."

홀리 씨의 말투는 공공 예절을 지키느라 '지독한 말씨'를
억누르고 있을 때도 무서울 정도로 퉁명스럽고 냉정했다. 더

시거 씨가 요청을 수락하여 불스트로드 씨는 자리에 앉고 홀리 씨가 말을 이었다.

"제가 말씀드리려는 바는, 의장님, 제가 독단으로 결정한 것이 아닙니다. 주위에 앉아 계신 동료 시민 여덟 분 이상의 동의와 특별한 요청에 따라서 발언하는 것이니까요. 우리는 불스트로드 씨가 납세자로서뿐 아니라 신사들 중 최고 신사로서 차지하는 공적 지위에서 사임하도록 요구해야 한다는 일치된 감정을 갖고 있고, 따라서 지금 저는 그것을 요청합니다. 법으로 처벌 가능한 많은 범죄보다 더 죄질이 나쁘더라도 정황에 따라서 법을 적용할 수 없는 술책이나 행위가 있습니다. 그런 행위를 저지른 사람과 동료가 되기를 바라지 않는 정직한 사람과 신사들은 가급적 스스로를 잘 보호해야겠지요. 이 요청의 의뢰인이라고 부를 제 동료들과 제가 하려는 바는 바로 그것입니다. 저는 불스트로드 씨가 수치스러운 행동을 저질렀다고 말하려는 것이 아니라 지금은 죽고 없는, 그리고 그의 집에서 죽은 어떤 사람이 불스트로드 씨에 대해 진술한 추문, 즉 그가 여러 해 동안 사악한 일에 종사했으며 부정한 방법으로 재산을 얻었다는 비방을 공적으로 부정하고 논박하기를 요청합니다. 아니면 오로지 최고 신사로서 그에게 허용되었던 지위에서 물러나기를 요청합니다."

방 안의 모든 눈이 불스트로드를 향했고, 그는 이름이 처음 거론된 순간부터 허약한 몸으로 견딜 수 없을 만큼 충격적인 감정의 위기를 겪고 있었다. 리드게이트는 어떤 희미한 예감이 실제로 끔찍하게 해석되면서 충격을 받았지만, 그럼에도 마음속에서 일어난 분노와 증오가 치유자의 본능으로 억제되는 것을 느꼈다. 그 본능은 납빛으로 변한 불스트로드의 쭈글쭈글하고 비참한 얼굴을 보았을 때 고통받는 사람을 구하고 위안을 주려는 충동을 먼저 일으켰던 것이다.

자기 인생은 결국 실패했고, 그가 늘 질타하는 태도로 대했던 사람들의 눈앞에서 이제 불명예스러운 인간으로 겁을 먹어야 하며, 하느님이 인간들 앞에서 자신을 내치셨고 자기네 증오심이 정당화되어 기뻐할 사람들의 의기양양한 조롱 앞에 자신을 감싸 주지 않고 내버려 두셨다는 예리한 직감 — 공범자의 생명을 다루었을 때 얼버무린 양심이 아무 소용도 없어서 이제 발각된 거짓말이라는 완전히 성숙한 독아로 독을 내뿜었다는 의식 — 이 모든 생각이 극단적 공포의 전율로 그의 몸에 밀려들었지만 죽음을 가져오지는 않고 파도처럼 되밀려오는 저주에 귀를 열어 놓았다. 안정을 되찾은 후 갑자기 발각되었다는 인식이 범죄자의 거친 몸이 아니라 자기 삶의 조건이 마련해 준 지배적 우위에서 가장 강렬한 존재를 추구했던 사람의 예민한 신경에 들이닥친 것이다.

그러나 그 강렬한 본성에는 강력한 반응이 내재해 있었다. 자신을 보호하려는 치열한 의지의 끈질긴 신경이 허약한 신체 곳곳으로 뻗어 나갔고, 그 의지는 불꽃처럼 끊임없이 튀어오르며 온갖 교리의 공포를 흩뿌리면서 심지어 자비로운 자에게 동정의 대상으로 앉아 있는 동안에도 창백하게 잿빛으로 질린 얼굴 밑에서 꿈틀대며 작열하기 시작했다. 홀리 씨의 입에서 마지막 말이 나오기도 전에 불스트로드는 답변을 해야 한다고, 자신의 대답은 반격이 될 거라고 느꼈다. "나는 죄가 없소. 그 이야기는 모두 거짓이오."라고 감히 말할 수는 없었다. 혹시 대담하게 그런 말을 하더라도 감히 지금처럼 폭로되었음을 예리하게 느끼는 순간에 그 말은 벌거벗은 몸을 가리려고 조금만 당겨도 찢어질 낡은 넝마를 잡아당기는 것처럼 부질없이 보였을 것이다.

몇 분간 숨죽인 듯 사방이 고요했고, 방 안의 모든 사람이 불스트로드를 바라보았다. 그는 의자 등받이에 등을 딱 기댄 채 미동도 않고 앉아 있었다. 위험을 무릅쓰고 일어설 수는 없었다. 말을 시작하면서 그는 양손으로 양옆의 의자를 눌렀다. 목소리는 평소보다 더 거칠어도 또렷이 잘 들렸고, 숨이 가쁜 듯 문장이 끝날 때마다 멈추기는 했지만 단어들을 또박또박 발음했다. 그는 먼저 더시거 씨를 보고 그다음에 홀리 씨를 바라보면서 말했다.

"나는 그리스도교 목사인 당신 앞에 악의적인 증오심에서 비롯된, 나에 대한 의사 진행을 허락한 것에 항의합니다. 내게 적대적인 사람들은 어떤 수다쟁이가 나에 대해 중상모략한 이야기를 무엇이든 기꺼이 믿을 겁니다. 그리고 그들의 양심은 나를 엄격하게 비판하겠지요. 나를 희생양으로 만들려는 사악한 말들이 내 위법 행위를 고발한다면……." 이 부분에서 불스트로드의 목소리가 높아지면서 한층 신랄한 억양을 띠었다가 나지막한 외침으로 바뀌었다. "누가 나를 고발하겠소? 그리스도교인답지 않은, 아니 수치스러운 삶을 사는 사람들은 아니겠지요. 목적을 이루려고 비열한 수단을 사용하는 사람이나, 그저 속임수투성이에 불과한 전문직을 가진 사람이나, 감각적 즐거움에 수입을 다 써 버리는 사람은 아니겠지요. 반면에 나는 현세의 삶과 내세의 삶에 관련하여 최고의 목적을 증진하는 데 내 수입을 바쳐 왔소."

속임수라는 말에 중얼거리는 소리와 쉿 소리로 소란스러워졌고 네 사람이 동시에 벌떡 일어섰다. 홀리 씨와 톨러 씨, 치첼리 씨, 핵버트 씨였다. 홀리 씨가 즉시 폭발하듯이 열변을 쏟아 내자 나머지 사람들은 그에 가려져 입을 다물었다.

"나를 가리켜서 그렇게 말하는 거라면 당신과 모두에게 내 직업 활동을 조사해 보라고 하겠소. 그리스도교인답다든가 그렇지 못하다는 비판에 대해서 말하자면 나는 위선적인 감언이설로 속이는 당신의 그리스도교 정신을 거부하겠소. 그리고 내 수입을 쓰는 방식에 대해 말하자면 종교를 후원하고 성인처럼 금욕적인 인물로 자처하려고 도둑들이나 거느리며 그 자식이 당연히 받아야 할 유산을 사취하는 것은 내 방식이 아니오. 내가 섬세한 양심을 가졌다고는 주장하지 않겠소. 하지만 당신의 행동을 평가하는 데 필요한 섬세한 기준은 아직 찾지 못했소. 그리고 다시 요구하건대 당신과 관련된 추문에 대해서 만족할 만한 해명을 하든지, 아니면 어떻든 우리가 당신을 동료로 인정할 수 없는 그 자리에서 물러날 것을 다시 요구하겠소. 다시 말하자면 우리는 소문과 최근의 행동으로 인해 낙인이 찍힌 사람이 결백을 밝히지 않는 한 그와 함께 일하기를 거부합니다."

"실례하겠소, 홀리 씨." 의장이 말했다. 홀리 씨는 여전히 씩

씩거리며 열을 내고 있었지만 성마르게 반쯤 고개를 숙이고 양손을 주머니에 깊이 밀어 넣은 채 앉았다.

"불스트로드 씨, 내가 생각하기에 현재의 논의를 지속하는 것은 바람직하지 않소." 더시거 씨가 핏기 없이 헬쑥한 얼굴로 떨고 있는 사람을 바라보며 말했다. "나는 홀리 씨가 공적 감정을 표명하며 제안한 사안에 지금까지 동의하므로 당신이 그 불운한 비방에 관해서 가능하면 결백을 밝히는 것이 그리스도교인으로서 당신의 신앙에 마땅한 일이라고 생각하오. 충분한 발언의 기회를 드리고 싶소만 현재 당신의 태도는 당신이 공명하려고 노력했던, 그리고 내가 그 명예를 지켜야 하는 그리스도교의 원칙과 안타깝게도 일치하지 않는다고 말해야겠소. 당신의 목사로서, 그리고 당신이 다시 존중받기를 바라는 사람으로서 나는 지금 당신이 이 방을 나서서 더 이상 의사 진행을 방해하지 않기를 권고하겠소."

잠시 망설인 후 불스트로드는 모자를 집고 천천히 일어섰다. 하지만 비틀거리며 의자 귀퉁이를 붙잡았기에 리드게이트는 그가 혼자서 걸을 힘이 없다고 느꼈다. 그가 무엇을 하겠는가? 바로 옆에 있는 사람이 도움을 받지 못해 쓰러지는 것을 그냥 두고 볼 수는 없었다. 그는 일어서서 불스트로드를 팔로 부축했고, 그렇게 그를 데리고 방을 나섰다. 하지만 너그러운 의무감과 순수한 동정심에서 비롯한 이 행위가 이 순간 그에게는 이루 말할 수 없이 견디기 어려웠다. 마치 자신과 불스트로드의 제휴 관계에 서명하는 것 같았고, 그 의미를 다른 사람들 못지않게 속속들이 이해하게 되었던 것이다. 이제야 비로소 그는 자기 팔에 기대어 떨고 있는 이 남자가 1000파운드를 뇌물로 주었으며, 래플스의 치료가 사악한 동기로 인해 어떻게든 조작되었을 거라고 확신했다. 그 추론들은 서로 긴밀히 연결되어 있었다. 사람들은 그가 돈을 빌린 것을 알고, 그것을 뇌물이라고 생각했으며, 그가 그것을 뇌물로 받았다고 믿었다.

가엾은 리드게이트는 무섭게 뇌리를 사로잡은 이 놀라운 사실에 비틀거리면서도 동시에 도의적으로 불스트로드 씨를 은행에 데려가고, 그의 마차를 불러오게 하고, 그를 집에 데려다주기 위해 기다려야 했다.

그동안 회의는 신속히 진행되었고, 사람들은 회의의 마무리 삼아 여러 무리를 이루어 불스트로드 건, 그리고 리드게이트 건을 놓고 열띤 토론을 벌였다.

앞서 불확실한 언질만 듣고도 불스트로드의 체면을 세워주는 데 대해 '약간 너무 지나쳤었다.'라고 몹시 불편한 감정을 느꼈던 브룩 씨는 이제 사건의 전모를 알자 리드게이트를 추악한 시각으로 보게 되었음을 약간 너그럽게도 서글프게 느끼며 페어브라더 씨에게 말했다. 페어브라더 씨는 걸어서 로윅으로 돌아가고 있었다.

"내 마차에 타시게." 브룩 씨가 말했다. "캐소본 부인을 만나러 가는 길이네. 어제 요크셔에서 돌아왔을 걸세. 나를 만나면 반가워할 거야."

그래서 마차를 타고 달리면서 브룩 씨는 리드게이트의 행동에 실로 사악한 면이 전혀 없었으리라는 선량한 희망을 품고 이야기를 꺼냈다. 젊은이가 백부 고드윈 경의 편지를 가지고 찾아왔을 때 평범한 사람들을 뛰어넘는 자질이 있다고 느꼈던 것이다. 페어브라더 씨는 거의 입을 열지 않았다. 그는 깊은 슬픔을 느꼈다. 인간의 나약함을 예리하게 인식하고 있었기에 굴욕적인 궁핍으로 압박받았을 때 리드게이트가 자기 수준 밑으로 전락하지 않았으리라고 확신할 수 없었다.

마차가 로윅 매너의 정문에 다다르자 자갈길에 나와 있던 도러시아가 맞으러 다가왔다.

"그래, 애야……." 브룩 씨가 말했다. "방금 회의에서 돌아오는 길이란다. 위생에 관한 회의였어."

"리드게이트 씨도 참석했어요?" 도러시아는 건강과 활기가 넘치는 듯한 모습으로 모자를 쓰지 않은 채 4월의 햇빛을 받고 있었다. "그를 만나서 병원에 대해 중요한 이야기를 나누고 싶어요. 그러기로 불스트로드 씨와 약속했거든요."

"아, 애야……." 브룩 씨가 말했다. "나쁜 소식을 들었단다. 아주 나쁜 소식이야."

페어브라더 씨가 목사관으로 가려고 했기에 그들은 함께 정원을 가로질러 교회 정문을 향해 걸어갔다. 도러시아는 슬픈 이야기의 전모를 들었다.

그녀는 깊은 관심을 느끼며 귀를 기울였고, 리드게이트에 관련된 사실과 의견들을 다시 들려 달라고 부탁했다. 교회 정문 앞에 멈춰 서서 잠시 입을 다물고 있던 그녀는 페어브라더 씨를 바라보며 힘주어 말했다.

"리드게이트 씨가 비열한 일을 저질렀다고는 믿지 않으시지

요? 저는 믿지 않겠어요. 진실을 밝혀서 그분의 혐의를 풀어
주도록 해요!"

8부

일몰과 일출

72장

충만한 영혼들은 이중 거울이라서
앞에 놓인 아름다운 것들이
뒤에 끝없이 되풀이되는 원경을 만들어 낸다.[98]

리드게이트가 뇌물로 돈을 받았으리라는 의혹에 대해 당장 그를 옹호하러 나섰을 도러시아의 충동적이고 너그러운 성향은 페어브라더 씨의 경험에 비추어 사건의 모든 정황을 고려하게 되었을 때 우울하게도 억제되었다.

"조심스럽게 접근해야 할 문제입니다." 페어브라더가 말했다. "우리가 어디에서부터 알아볼 수 있을까요? 공적으로 행정 판사와 검시관을 통해 알아보거나, 아니면 개인적으로 리드게이트에게 물어봐야겠지요. 첫 번째 방법으로는 명확한 근거를 찾을 수 없을 겁니다. 그렇지 않았으면 홀리가 벌써 그 방법을 택했을 테니까요. 리드게이트에게 솔직히 물어보는 것

---

98) 조지 엘리엇, 「작은 예언자」, 『주벌의 전설과 다른 시』.

에 대해서 솔직히 고백하자면 저는 두렵습니다. 치명적인 모욕으로 받아들일 테니까요. 그와 사적인 문제에 대해 이야기를 나누기가 어렵다는 것을 여러 번 경험했습니다. 그리고…… 좋은 결과를 확신하려면 먼저 그의 행위에 관한 진실을 알고 있어야겠지요."

"저는 리드게이트 씨의 행동에 죄가 없다고 확신해요. 사람은 이웃이 생각하는 것보다 거의 언제나 더 훌륭하다고 믿어요." 도러시아가 말했다. 지난 이 년간 몇 가지 치열한 경험을 통해서 그녀는 다른 사람들의 비판적 해석에 강력히 저항하려는 마음을 굳혔던 것이다. 페어브라더 씨에 대해서 처음으로 약간 불만스러웠다. 정의와 자비를 베풀려는 노력을 열렬히 지지하는 것이 아니라 이처럼 신중하게 결과를 따져 보는 것이 싫었다. 그런 노력을 열렬히 지지한다면 그 감정의 힘으로 압도할 수 있을 것이다. 이틀 후 목사는 로윅 매너에서 그녀의 백부와 체텀 부부와 정찬을 함께했다. 식탁에 아직 먹지 않은 후식이 남아 있고, 시중들던 하인들이 방을 나가고, 브룩 씨는 졸고 있을 때 그녀는 다시 생기를 띠면서 그 문제로 돌아갔다.

"리드게이트 씨는 벗들이 그에 대한 비방을 들었을 때 무엇보다도 그를 옹호하고 싶어 한다는 것을 이해할 거예요. 서로의 삶을 덜 힘들게 해 주는 것이 아니라면 우리 삶에 대체 무슨 목적이 있겠어요? 나는 내가 힘들 때 조언해 주고 내가 아플 때 돌봐 주었던 사람의 곤경에 무관심할 수 없어요."

도러시아의 어조와 태도가 삼 년 전쯤 백부의 식탁 상석에 앉아 있었을 때보다 더 힘찬 것은 아니었다. 그러나 그 이후에 겪은 경험으로 확고한 의견을 표명할 권리는 더 커졌다. 다만 이제 제임스 체텀 경은 소심하고 순종적인 구혼자가 아니었다. 마음을 써 주는 제부로서 처형에 대해 진심으로 찬탄했지만 그녀가 캐소본과 결혼했을 때처럼 또다시 고약한 환상에 빠지지 않을지 늘 걱정이었다. 그가 미소를 짓는 경우도 전보다 훨씬 줄었다. "맞습니다."라고 말할 때도 그 말이 다른 의견을 꺼내기 위한 서두에 불과한 경우가 순종적이었던 총각 시절보다 훨씬 많아졌다. 도러시아는 그를 겁내지 않겠다고 결심해야 할 지경이었음을 놀랍게도 깨닫게 되었다. 그가 진정으로 그녀에게 가장 좋은 벗이었기에 더욱 놀라웠다. 지금도 그는 그녀의 의견에 반대했다.

"하지만 도러시아……." 그는 항의하듯이 말했다. "처형은 그런 식으로 어떤 사람의 인생을 대신 떠맡을 수 없어요. 리드게이트는 알아야 해요. ─ 적어도 자기 입지가 어떤지 곧 알게 될 거예요. 그가 결백함을 입증할 수 있으면 그렇게 하겠지요. 그 스스로 행동해야 해요."

"벗들은 기회가 생길 때까지 기다려야 한다고 생각합니다." 페어브라더 씨가 말했다. "있을 수 있는 일입니다. ─ 저 자신에게서 많은 약점을 종종 느껴 왔기에 제가 늘 믿었듯이 리드게이트처럼 명예로운 성향을 가진 사람이라도 오래전의 치욕적인 사실을 입막음하기 위해 다소 간접적인 뇌물로 제공된 돈을 받으려는 그런 유혹에 굴복할 수 있다는 것이지요. 그가 견디기 어려운 상황의 압박을 받고 있었다면 ─ 틀림없이 그랬을 텐데 ― 쉴 새 없이 괴롭힘을 당했다면 그런 일을 상상해 볼 수 있다는 것입니다. 유력한 증거가 있는 게 아니라면 저는 리드게이트에 대한 나쁜 혐의를 절대로 믿지 않을 겁니다. 하지만 어떤 과오에는 무서운 인과응보가 따르기 마련이고, 그런 것을 좋아하는 사람들은 늘 그런 과오를 범죄로 해석할 수 있습니다. 자신의 양심과 주장 외에는 그에게 유리한 증거가 없으니까요."

"아, 정말 잔인해요!" 도러시아가 양손을 꽉 쥐며 말했다. "세상 사람들이 모두 다 그를 중상하더라도 그 사람의 무고함을 믿어 주고 싶지 않으세요? 게다가 사람의 성품이 이미 그 사람을 대변하잖아요."

"하지만 친애하는 캐소본 부인……." 페어브라더 씨는 그녀의 열의에 온화하게 미소를 지으며 말했다. "성품이란 대리석으로 조각된 것이 아닙니다. 견고하고 불변하는 것이 아니지요. 그것은 살아 있고 변화합니다. 우리 육신처럼 병이 들 수도 있고요."

"그렇다면 구해 주고 치료할 수 있겠네요." 도러시아가 말했다. "저는 리드게이트 씨를 도울 수 있도록 제게 진실을 말해 달라고 겁내지 않고 청하겠어요. 제가 왜 두려워해야 해요? 이제 제가 그 땅을 구입하지 않을 예정이니까, 제임스, 불스트로드 씨의 제안대로 그분 대신 병원에 자금을 기부할 수 있어요. 그리고 현재 계획을 유지하면서 유익한 일을 할 전망이 어떤지를 자세히 알기 위해 리드게이트 씨와 의논해야겠어요. 그에게 속마음을 털어놔 달라고 부탁할 절호의 기회예요. 그는 상황을 전부 해명해 줄 수 있겠지요. 그러면 우리 모두 그를 지지하면서 그가 곤경에서 벗어나도록 도울 거예요. 사람들은 온갖 용감한 행위를 칭송하면서도 가장 가까운 이웃을 위해 해 줄 수 있는 용감한 행동은 칭찬하지 않아요." 도러시아의 눈에 물기가 어리며 빛을 발했고, 그녀의 달라진 어조에 큰아버지가 잠에서 깨어나 귀를 기울였다.

"진실로 우리 남자들이 시도한다면 성공할 가능성이 거의 없는 공감적인 노력을 여자들은 과감히 시도할 수 있습니다." 도러시아의 열의에 거의 마음이 움직여서 페어브라더 씨가 말했다.

"분명 여자들은 신중해야 하고, 자신들보다 세상을 더 잘 아는 사람들의 말에 귀를 기울여야 해요." 제임스 경이 이맛살을 약간 찌푸리며 말했다. "결국 어떤 일을 하든지 간에, 도러시아, 지금은 처형이 자제하고 이 불스트로드 사건에 자진해서 쓸데없이 끼어드는 일이 없어야 해요. 무슨 일이 밝혀질지 아직 모르니 말이죠. 제 말에 동의하시겠지요?" 그는 페어브라더 씨를 바라보며 말을 맺었다.

"기다리는 편이 더 나을 거라고 생각합니다." 페어브라더가 말했다.

"그래, 그래, 얘야." 이야기가 어디로 가고 있는지 잘 몰랐지만 어디에나 적절할 말을 덧붙이면서 브룩 씨가 말했다. "너무 지나치게 나가기 쉽단다, 얘야. 생각이 제멋대로 줄행랑을 치도록 내버려 둬서는 안 돼. 그리고 성급하게 어떤 계획에 돈을 쓰는 것도, 그래서는 안 된단다. 가스가 보수 작업이며 배수

공사며 그런 일에 유별나게 날 끌어들였어. 그래서 이런저런 것들로 유난히 손해를 많이 봤지. 이제는 자제시켜야겠어. 그리고 체텀, 자네는 자네 땅 주위에 참나무 울타리를 세우느라 많은 돈을 쓰고 있더군."

도러시아는 이런 만류에 불편한 마음으로 굴복하며 실리아와 함께 서재로 갔다. 그곳은 보통 그녀의 응접실로 쓰였다.

"자, 도도, 제임스의 말을 들어." 실리아가 말했다. "그러지 않으면 곤란한 지경에 빠질 거야. 언니는 늘 그랬고, 앞으로도 그럴 거야. 언니 마음대로 무슨 일을 하겠다고 작정하면 말이지. 이제 어떻든 제임스가 언니 대신 생각해 줄 테니까 다행으로 여기도록 해. 언니 마음대로 계획을 세우게 해 주면서 다만 언니가 속지 않도록 막아 주잖아. 남편이 아니라 제부가 있어 좋은 점이 바로 그거야. 남편이라면 언니 마음대로 계획도 세우지 못하게 했을걸."

"내가 남편을 원하기라도 하는 듯이 말하는구나!" 도러시아가 말했다. "내가 원하는 건 오로지 내 감정이 여기저기에서 저지되지 않는 거야." 캐소본 부인은 여전히 자제력을 배우지 못한 나머지 분노의 눈물을 흘렸다.

"자, 정말이지, 도도……." 실리아가 평소보다 더 심하게 후음을 내면서 말했다. "언니는 앞뒤가 안 맞잖아. 처음에는 이러다가 다음에는 저렇게 하고. 정말 부끄럽게도 언니는 캐소본 씨에게 철저히 순종했어. 그분이 요구했으면 언니는 나를 보러 오는 것도 완전히 포기했을걸."

"물론 남편에게 순종했어. 그게 내 의무였으니까. 그에 대한 내 감정은 그것이었어." 도러시아는 눈물에 비친 영롱한 빛을 통해 바라보면서 말했다.

"그럼 왜 제임스가 원하는 것에 조금 순종하는 걸 의무라고 생각하지 못해?" 실리아는 자신의 주장에 설득력이 있다고 느끼면서 말했다. "제임스는 언니에게 좋을 일만 바라고 있잖아. 물론 남자들은 모든 일에 대해 제일 잘 알지. 여자들이 더 잘 아는 것만 빼고 말이야."

도러시아는 웃음을 터뜨리며 눈물을 잊었다.

"아니, 아기나 그런 일들에 대해서 말이야." 실리아가 설명했다. "난 제임스가 틀렸다는 것을 알면 순종하지 않을 거야. 언니는 캐소본 씨에게 그랬지만 말이지."

73장

괴로워하는 사람을 가엾게 여겨라. 이 떠도는 고뇌가
당신과 나를 찾아올 수 있으리.

리드게이트는 불스트로드 부인에게 남편이 회의 도중에 갑
자기 현기증을 느꼈지만 곧 나아질 것이며 그녀가 먼저 사람
을 보내어 부르지 않는다면 이튿날 다시 방문하겠다고 말하
고 그녀의 걱정을 달래 주었다. 그런 다음 곧장 집으로 가서
말에 올라 사람들이 없는 곳으로 가려고 도시를 벗어나 5킬
로미터를 달렸다.

그는 찌르는 고통에 광란하듯이 난폭하고 무분별해지고 있
다고 느꼈다. 미들마치에 발을 들여놓은 그날을 저주하고 싶
은 심정이었다. 그곳에서 일어난 모든 일이 오직 이 가증스러
운 치명적 운명을 위한 준비 같았다. 그것이 자신의 명예로운
야심에 어두운 그림자를 드리웠고, 통속적으로 판단하는 사
람들조차 그의 평판이 돌이킬 수 없이 훼손되었다고 생각하

게 만들었다. 이런 순간에 사람은 사랑하는 마음을 잃어버릴 수밖에 없다. 리드게이트는 자신이 피해자이고, 다른 사람들이 자기 운명에 해를 입혔다고 생각했다. 그는 모든 것을 전혀 다르게 만들어 갈 생각이었다. 그런데 다른 사람들이 자기 삶에 끼어들어 목적을 방해했던 것이다. 결혼은 영락없는 재앙이었다. 그는 로저먼드를 보기만 해도 화가 치밀어 뒷감당을 할 수 없는 행동을 하게 될까 봐 이처럼 홀로 분노를 다 발산하기 전에는 그녀를 보기 두려웠다. 대부분 남자의 삶에는 그의 가장 고귀한 자질이 내면의 미래상을 채우는 목적에 단념의 그림자를 드리울 수밖에 없는 사건들이 일어난다. 그 순간 리드게이트의 다감한 마음은 그를 애정으로 기울인 것이 아니라 다정한 마음에 어긋나지 않으려는 두려움으로만 존재했다. 몹시 비참한 상태였으니까. 지고한 지성적 삶, 즉 숭고한 사상과 목적의 씨앗을 품은 삶을 아는 사람만이 그런 평온한 활동에서 추락하여 영혼을 사로잡아 소진시키는 세속적 골칫거리와의 몸부림에 빠져든 사람의 깊은 슬픔을 이해할 수 있다.

자신을 비열하다고 의심하는 사람들 속에서 어떻게 스스로를 변명하지 않고 살아갈 것인가? 어떻게 미들마치에서 조용히, 마치 정당한 비난 앞에서 물러나듯이 사라질 것인가? 그런데 무고함을 주장하려면 어떻게 할 것인가?

조금 전에 목격한 회의 장면은 구체적 사실을 밝히지 않았지만 자기 상황을 충분히 명료하게 알려 주었다. 불스트로드는 래플스가 어떤 추문을 누설할까 봐 두려웠던 것이다. 리드게이트는 이제 사건의 전모를 구성해 볼 수 있었다. '그는 내가 듣는 곳에서 뭔가 누설될까 봐 두려웠던 거야. 내게 큰 은혜를 베풀어서 나를 묶어 두고 싶었겠지. 그래서 냉정하게 굴다가 갑자기 너그러워진 거였어. 그리고 환자에게 함부로 손댔을 수 있어. 내 처방을 어겼을지 모르지. 아마 그랬을 거야. 그랬든 안 그랬든 간에 세상은 그가 남자를 독살했고 내가 그 범죄에 가담하지 않았다면 적어도 눈감아 줬을 거라고 믿고 있어. 하지만…… 하지만 그는 최후의 범죄를 저지르지 않았을 수도 있어. 나에 대한 태도가 달라진 것은 진정으로 마음이 누그러졌기 때문일 '가능성'도 있어. 그가 주장했듯이 다시 생각해 보고 나서 말이야. 그런 '가능성'이 때로 사실일 수도 있고, 우리가 쉽게 믿을 수 있는 것이 엄청난 거짓이기도 하지. 남자와 마지막으로 접촉했을 때 불스트로드는 결백했을 수도 있어. 그 반대일 거라는 의심도 들지만 말이지.'

그가 처한 입장은 마음을 마비시키는 잔인한 것이었다. 다른 고려는 일체 배제하고 오로지 자신의 결백을 주장한다 하더라도 — 으쓱거리는 어깻짓이나 차가운 시선, 회피를 자신에 대한 비난으로 여기고 그에 맞서 자기가 아는 사실을 모두 공적으로 진술한다 하더라도 과연 누가 믿어 주겠는가? 자신을 위해 스스로 증언하겠다고 나서서 "나는 그 돈을 뇌물로 받지 않았소."라고 말한다면 바보짓에 불과할 뿐이다. 그의 주장보다 정황이 더 강력할 테니까. 게다가 앞에 나서서 자신에 관해 모든 사실을 밝히려면 불스트로드에 대해 진술할 수밖에 없고, 그러면 그에 대한 혐의는 더 강해질 것이다. 그는 처음에 절박한 돈 문제를 불스트로드에게 언급했을 때 래플스를 알지 못했고, 그 대화의 결과로 순진하게 돈을 받은 것이라고 말해야 한다. 남자를 진찰하러 불려 갔을 때 돈을 빌려주려는 새로운 동기가 생겼을 수 있다는 것은 알지 못했다고. 그리고 불스트로드의 동기에 대한 의심은 결국 부당한 것일 수도 있다.

그러나 과연 돈을 받지 않았다면 그때와 똑같이 처신했을 것인가라는 물음이 떠올랐다. 물론 그가 도착했을 때 래플스가 살아 있어서 더 치료를 받았더라면, 그리고 불스트로드가 그의 지시를 어겼다고 생각했더라면 엄밀하게 따져 물었을 것이다. 그리고 자기 짐작이 맞았다면 바로 직전에 과중한 신세를 졌음에도 불구하고 그 사례를 폭로했을 것이다. 하지만 돈을 받지 않았더라면 ─ 불스트로드가 파산을 권고하던 냉정한 태도를 번복하지 않았더라면 ─ 그는, 리드게이트는 남자가 죽었다는 것을 알았더라도 따져 묻기를 자제했을까? 다시 말해 불스트로드를 모욕하지 않으려고 몸을 사렸을까? 모든 의학적 치료가 미심쩍고 그의 치료법이 대개의 의사들에게는 잘못된 방법으로 통한다는 주장이 똑같이 강력하거나 중요하게 여겨졌을까?

사실을 되돌아보고 온갖 비난에 저항하는 동안 리드게이트의 의식 한구석에서 불편했던 점은 바로 이것이었다. 만일 그가 남에게 의존하지 않았다면 환자의 치료라는 이 문제와 그에게 맡겨진 생명을 위해 최선이라고 믿는 바를 행하고 그렇게 되도록 살펴야 한다는 분명한 원칙은 가장 단확하게 지켜 나갈 핵심이었을 것이다. 그때 사실 그는 자기 지시를 어긴 일이 어떻게 일어났든 간에 범죄로 간주될 수 없고, 일반적인 통념에서 보면 오히려 지시를 충실히 지키는 것이 치명적으로 여겨질 수 있으며, 그 문제는 그저 동업자 간의 불문율에 속한다는 생각에 안주했다. 반면 그가 독자적이었던 시절에는 병리학적 의혹을 도덕적 의혹으로 왜곡하는 것을 거듭 비판하고 이렇게 말했다. "치료에서 가장 순수한 실험은 그래도 양심적일 수 있다. 내 일은 생명을 보살피고, 그것을 위해 내가 생각할 수 있는 최선을 다하는 것이다. 과학은 교조적 논리보다 당연히 더욱 양심적이다. 교조적 논리는 실수할 수 있는 특권을 주지만, 과학의 본질은 실수와 경합을 벌이는 것이고 양심이 죽지 않게 지켜야 한다." 슬프게도! 과학적 양심이 타락해서 금전적 의무와 이기적인 고려와 한패가 된 것이다.

'미들마치의 의사 가운데 나처럼 스스로 의문을 제기할 사람이 있을까?' 리드게이트는 다시 자기 운명의 질곡에 대해 격렬한 반발을 쏟아 냈다. '그런데도 그들은 내가 문둥병 환자라도 되는 듯이 자기들과 나 사이에 넓은 간극을 만들고 정당하다고 느끼겠지. 내 의료업과 평판은 완전히 결딴나고 말았어. 분명해. 유효한 증거가 나와서 혐의를 벗는다 해도 여기 이 축복받은 세계는 아무것도 달라지지 않을 거야. 나는 이미 타락한 사람으로 낙인찍혔고, 어떻거나 그들에게 무시받겠지.'

지금까지 그를 어리둥절하게 만든 징후가 이미 많았다. 그가 빚을 갚고 쾌활하게 활보할 때 사람들은 그를 피하거나 이상하게 바라보았고, 그가 알기에도 다른 의사에게 옮겨 간 환자가 두 명이나 있었다. 이제 그 이유는 너무나 분명했다. 그를 추방하려는 전반적 움직임이 시작된 것이다.

리드게이트의 강렬한 성격을 고려하면 끔찍한 오해를 받고 있다는 느낌이 끈질긴 저항으로 쉽게 바뀌었다는 것은 전혀 이상하지 않다. 이따금 네모진 이마가 잔뜩 찌푸려진 것은 의미 없이 일어난 우연이 아니었다. 찌르는 고통을 느끼며 처음 몇 시간 동안 말을 달리고 나서 다시 도시로 돌아오고 있을 때 그의 마음은 최악의 상황이 벌어지더라도 미들마치를 떠나지 않겠다는 결의를 이미 굳히고 있었다. 재앙 앞에서 굴복하듯이 순순히 물러나지 않겠다. 그 재앙을 끝까지 대면할 테고, 어떤 행위로도 그가 겁먹었음을 보여 주지 않을 것이다. 불스트로드에게 신세를 졌다는 의식을 회피하지 않고 적나라하게 드러내겠다는 결심은 도전적인 강렬한 성격뿐 아니라 관대함에서 비롯한 것이기도 했다. 이 남자와의 관계가 그에게 치명적이라는 것은 사실이었고, 실로 아직 빚을 갚지 않고 1000파운드를 손에 쥐고 있었다면 그 돈을 돌려주었을 것이며, 뇌물 혐의로 더럽혀진 구제보다는 (그는 인간의 아들 가운데 가장 자존심이 강한 사람 중 하나였음을 기억하자.) 구걸하는 쪽을 택했을 것이다. 그럼에도 그는 도움을 준 이 짓밟힌 동료 인간에게서 얼굴을 돌리지 않을 것이며, 악을 쓰고 그를 비난함으로써 자신은 면책받으려는 가련한 노력을 하지 않을 것이다. '나는 옳다고 생각하는 대로 하겠어. 누구에게도 해명하지 않고. 그들은 나를 굶겨 죽이려 하겠지, 그러나⋯⋯.' 그는 완강한 결의를 다졌지만 집에 가까워지고 있었고, 로저먼드에 대한 생각이 고개를 내밀어 더럽혀진 명예와 자존심의 괴로운 몸부림에 밀려났던 중요한 자리를 다시 차지했다.

　로저먼드는 이 일을 어떻게 받아들일까? 여기에 그가 끌어야 할 또 하나의 무거운 사슬이 있었다. 가엾은 리드게이트는 그녀의 말 없는 지배를 참아 줄 기분이 아니었다. 곧 둘 다에게 잘 알려질 고충을 그녀에게 말하고 싶은 기분도 아니었다. 조만간 사건들이 벌어져 우연히 밝혀지기를 기다리는 편이 나았다.

74장

"저희가 함께 늙어 가도록 자비롭게 허락해 주십시오."

— 「토비트서」 중 「결혼 기도」[99]

미들마치에서는 남편에 대해 사람들이 수군거리는 것을 아
내가 오랫동안 모를 수 없었다. 어떤 친한 친구도 우정을 나눈
답시고 그 아내에게 남편과 관련해 알려졌거나 진실로 여겨지
는 불쾌한 사실을 솔직하게 말해 주지는 않을 것이다. 그러나
머릿속이 한가한 여자가 이웃에게 대단히 불리한 사실을 갑
자기 골똘히 생각하기 시작하면 여러 도덕적 충동이 일어나
서 발설을 부추기게 된다. 그 충동 중 하나는 솔직함이다. 미
들마치의 어법으로 보자면 솔직하다는 말은 일찌감치 기회를
잡아서 친구들에게 그들의 능력이나 행동, 지위에 대해 당신
이 기분 좋게 생각하지 않는다는 사실을 알려 준다는 뜻이다.

---

99) 「토비트서」는 『성경』의 경외서 가운데 하나다.

넘치는 솔직함은 의견을 알려 달라는 요청을 받을 때까지 기다리는 법이 없다. 그다음으로는 진실에 대한 사랑이 있다. 이말은 폭넓은 의미를 갖지만 여기서는 아내가 남편의 인격으로보장되는 것보다 더 행복해 보이거나 자기 운명에 너무 만족한 듯이 보일 때 적극적으로 항의한다는 뜻이다. 진실을 알고나서 모자나 정찬 파티용의 세련된 식기류에서 느낄 만족감이 줄어들도록 그 가엾은 여자에게 진실을 약간 귀띔해 줘야한다. 무엇보다도 강한 충동은 때로 영혼이라 불리는 친구의도덕성 향상에 대한 관심이다. 수심에 잠긴 듯 가구를 바라보거나 상대의 감정을 배려해서 마음속 말을 절대로 발설하지않겠다고 암시하는 태도로 울적하게 만들 말을 입에 올릴 때친구의 영혼은 큰 혜택을 입을 것이다. 전체적으로 보면 열렬한 자비심으로 고결한 마음이 작용하여 친구에게 유익하도록그녀를 불행하게 만들려 한다고 말할 수 있다.

미들마치의 아내 가운데 결혼 생활의 불행이 서로 다른 방식으로 이런 도덕적 활동을 불러일으킬 대상은 누구보다도로저먼드와 고모 불스트로드였다. 불스트로드 부인은 불쾌한여자가 아니었고, 의도적으로 누군가에게 해를 입힌 적도 없다. 남자들은 그녀를 예쁘고 기분 좋은 여자라고 생각했으며,세속적 쾌락을 경시하는 불스트로드가 자기 기준에 어울리게 핼쑥하고 음울한 여자를 선택하지 않고 발랄한 빈시 집안여자를 선택한 것은 위선을 드러내는 증거라고 생각했다. 그에 대한 추문이 돌자 그들은 그녀에 대해서 말했다. "아, 가엾은 여자! 대낮처럼 정직한 여자인데 말이야. 정말이지 그녀는

남편에게 잘못이 있다고는 추호도 의심한 적이 없었어." 그녀
와 가깝게 지내는 여자들은 모여서 "가엾은 해리엇"에 대한 이
야기를 많이 나눴고, 그녀가 사실을 모두 알게 될 때 어떤 감
정일지 상상했으며, 이미 어느 정도나 알고 있을지 추측해 보
았다. 그녀에 대해서는 악의적인 감정이 없었다. 오히려 이런
상황에서 그녀가 무엇을 느끼고 무엇을 하는 것이 좋을지를
확인하려는 박애심이 활발히 일어났고, 그래서 해리엇 빈시였
을 때부터 지금까지 그녀의 성격과 생애를 되돌아보는 일에
상상력을 쏟아부었다. 불스트로드 부인과 그녀의 처지를 돌
아보면서 그들은 그 고모처럼 앞날에 어두운 그림자가 드리
워진 로저먼드를 떠올려야 했다. 로저먼드는 더 가혹한 비판
을 받았고 동정은 덜 받았다. 그녀도 미들마치에서 오래 살아
온 점잖은 빈시 집안의 한 사람으로서 침입자와 결혼해 희생
양이 되고 말았다고 여겨졌지만 말이다. 빈시 집안에 약점이 있
기는 했지만 대체로 표면적인 약점일 뿐이었다. 그 집안에 "캐
내야 할" 수상쩍은 비밀은 없었다. 불스트로드 부인은 남편과
유사한 혐의가 전혀 없다고 옹호되었다. 해리엇의 결함은 본인
의 것이었다.

"그녀는 늘 허세를 부렸어요." 핵버트 부인이 몇몇 손님들을
위해 차를 준비하며 말했다. "남편에게 맞추려고 늘 종교를 내
세우면서 말이죠. 리버스톤인지 그런 곳의 목사님들과 누군지
도 모르는 사람들을 초대한다고 소문을 내면서 미들마치 사
람들보다 더 높이 머리를 쳐들고 다니려고 했죠."

"그렇다고 해서 비난할 수는 없겠지." 스프래그 부인이 말했

다. "이 작은 도시의 최고 계층에 속한 사람들은 불스트로드와 어울리기를 좋아하지 않았고, 그녀도 자기 식탁에 누군가를 초대해야 했으니까."

"더시거 씨는 늘 그를 은근히 지지했어요." 핵버트 부인이 말했다. "지금은 무척 유감스러울 거예요."

"그렇지만 더시거 씨가 속으로 그를 좋아한 적은 없어요. 누구나 다 알고 있지요." 톰 톨러 부인이 말했다. "더시거 씨는 절대 극단에 치우치지 않아요. 그분은 복음을 전도하는 데서 진실을 고수하거든요. 타이크 씨 같은 목사님들만 비국교도의 찬송가책이나 그런 저급한 신앙을 이용하려 들었고, 불스트로드를 자기들 취향에 맞는다고 생각했어요."

"내가 알기로는 타이크 씨가 불스트로드 때문에 큰 곤란을 겪는 모양이더군요." 핵버트 부인이 말했다. "당연하지요. 사람들 말로는 불스트로드 가족이 타이크 씨 가족을 절반은 먹여 살렸다는 거예요."

"물론 그의 교리에도 부끄러운 일이지." 나이가 많고 생각이 구식인 스프래그 부인이 말했다. "앞으로 한동안은 미들마치에서 사람들이 감리교도라고 자랑하는 일이 없겠어."

"사람들의 나쁜 행동을 종교 탓으로 돌리면 안 된다고 생각해요." 지금까지 잠자코 듣고만 있던 매처럼 생긴 플림데일 부인이 말했다.

"아, 저런, 잊고 있었군." 스프래그 부인이 말했다. "당신 앞에서 이런 말을 하면 안 되는데."

"내가 편파적이어야 할 이유는 없다고 생각해요." 플림데일 부인이 얼굴을 붉히며 말했다. "내 남편이 불스트로드 씨와 늘 사이가 좋았던 것은 사실이고, 해리엇 빈시는 그와 결혼하기 전에 오랫동안 내 친구였어요. 그러나 나는 늘 내 나름의 의견이 있고, 해리엇이 어떤 점에서 잘못되었는지 말해 주었어요, 가엾은 여자! 하지만 종교를 놓고 보자면 이렇게 말해야겠어요. 종교가 없었더라도 불스트로드 씨는 지금 저지른 일을, 아니 더 나쁜 일도 저지를 수 있었다는 거예요. 종교를 좀 지나치게 내세운 면이 없었다는 말은 아니에요. 나 자신은 중용을 좋아해요. 하지만 진실은 진실이죠. 순회 재판에서 재판받은 사람들이 죄다 지나치게 종교적인 것은 아니거든요."

"글쎄요." 핵버트 부인이 교묘히 화제를 돌리며 말했다. "내가 할 수 있는 말은 그녀가 그와 갈라서야 한다는 거예요."

"난 그렇게 말할 수 없겠어." 스프래그 부인이 말했다. "알다시피 그녀는 그를 좋든 나쁘든 간에 받아들였으니까."

"하지만 '나쁘든'이란 말은 남편이라는 사람이 뉴게이트 감옥에 갈 만한 인간이라는 것을 알게 되었다는 뜻일 수 없잖아요." 핵버트 부인이 말했다. "그런 남자와 사는 것을 생각해 보세요! 나라면 독살당할 것 같을 거예요."

"그래요, 그런 남자가 좋은 아내의 보살핌과 시중을 받는다면 범죄를 부추기는 것이 되겠지요." 톨러 부인이 말했다.

"가엾은 해리엇은 좋은 아내였어요." 플림데일 부인이 말했다. "자기 남편이 최고라고 생각해요. 그가 그녀의 요구를 거절한 적이 없는 건 사실이죠."

"자, 그녀가 앞으로 어떻게 할지 보게 되겠죠." 핵버트 부인이 말했다. "가엾게도 아직 아무것도 모를 거예요. 난 그녀와 만나지 않기를 진심으로 바라고, 그러리라고 믿어요. 남편에 대해 입을 놀리게 될까 봐 겁이 나서 숨이 막힐 거예요. 그녀가 조금이라도 낌새를 챘다고 생각하세요?"

"아뇨." 톰 톨러 부인이 말했다. "불스트로드 씨는 목요일 회의 이후 몸이 아파서 집 밖으로 한 발자국도 나오지 않았다더군요. 하지만 그녀가 어제 딸들과 교회에 왔는데 새로운 토스카나식 모자를 썼더라고요. 모자에 깃털이 달렸고요. 신앙심 때문에 그녀의 옷차림이 달라진 건 한 번도 본 적이 없어요."

"그녀는 늘 산뜻한 무늬가 있는 옷을 입어요." 플림데일 부인은 약간 괴로운 심정으로 말했다. "그리고 내가 알기로 깃털은 색깔을 맞추려고 일부러 옅은 자주색으로 염색한 거예요. 해리엇은 옳은 일을 하려는 사람이라고 말해야겠어요."

"그런데 이미 벌어진 일을 오랫동안 감출 수는 없을 거예요." 핵버트 부인이 말했다. "빈시 씨가 회의에 참석했으니까 빈시 가족은 알고 있어요. 그에게는 엄청난 타격이겠죠. 누이뿐 아니라 딸도 연루되었으니."

"정말 그렇지." 스프래그 부인이 말했다. "리드게이트 씨가 미들마치에서 계속 머리를 꼿꼿이 들고 다닐 수 있다고는 누구도 생각 못 하겠지. 그 남자가 죽었을 때 1000파운드를 받았다는 사실은 너무 음험해 보이니까. 정말 소름이 끼친다고."

"자만심은 반드시 꺾여야 해요." 핵버트 부인이 말했다.

"난 사실 로저먼드 빈시는 그 애 고모에 대해서만큼 유감스럽지는 않아요." 플림데일 부인이 말했다. "그 애에게는 교훈이 필요했거든요."

"아마 불스트로드 가족은 어디 다른 곳에 가서 살겠지." 스프래그 부인이 말했다. "치욕적인 일을 벌인 집안은 대개 그렇게 하니까."

"해리엇에게 가장 끔찍한 타격일 거예요." 플림데일 부인이 말했다. "어떤 여자보다도 기가 죽고 말 거예요. 정말이지 진심으로 안됐어요. 결함이 있기는 해도 그녀보다 나은 여자는 거의 없거든요. 소녀 시절부터 더없이 반듯했고, 늘 착했고, 대낮처럼 솔직했어요. 어쩌다 그녀의 서랍을 들여다보면 늘 똑같았어요. 그리고 케이트와 엘런을 그렇게 키웠고요. 낯선 사람들 사이로 가는 것이 그녀에게 얼마나 괴로운 일일지 다들 아실 거예요."

"우리 남편은 리드게이트 부부에게 그렇게 권해야겠다고 하더군." 스프래그 부인이 말했다. "리드게이트는 프랑스에서 살았어야 했다고."

"그편이 로저먼드에게도 잘 맞을 거예요." 플림데일 부인이 말했다. "그녀는 그런 경박한 데가 있으니까요. 하지만 그 점은 어머니에게서 물려받았어요. 불스트로드 고모에게서 받은 것이 아니라. 그녀는 조카딸에게 늘 좋은 충고를 해 주었고, 내가 알기로는 조카딸을 다른 곳에 시집보내고 싶어 했죠."

플림데일 부인의 상황은 약간 복잡한 감정을 일으켰다. 그녀는 불스트로드 부인과 친한 사이였을 뿐 아니라 중요한 플림데일 염색 공장이 불스트로드 씨와 유리한 사업 관계를 맺고 있었기에 한편으로는 그의 성격에 대한 가장 너그러운 해석이 사실이기를 바랐지만 다른 한편으로는 그의 죄를 변명하는 듯이 보일까 봐 조심스러웠다. 또한 최근에 톨러 씨 집안과 혼사를 맺으면서 최고층과 인척이 되었으므로 모든 점에서 흡족했으나 그녀가 다른 의미에서 최고라고 생각한, 진지한 사고에 이끌리는 성향에서는 그렇지 않았다. 이 자그마하고 예리한 여자의 양심은 서로 다른 '최고'들 간의 조화를 찾고, 최근에 일어난 사건들에서 슬픔과 만족감을 조절하느라 약간 고충을 겪고 있었다. 그 사건들은 오만한 콧대가 꺾여야 할 사람들을 겸손하게 만들겠지만 오랜 친구에게도 극심한 타격을 줄 테고 그녀는 친구의 결점이 유복한 상황에서 드러나는 편이 더 보기 좋았을 것이다.

그동안 가엾은 불스트로드 부인은 래플스가 마지막으로 슈럽스에 온 후 마음속을 떠나지 않았던 은밀한 불안감이 더 커진 것 말고는 닥쳐오는 재앙으로 인한 동요를 느끼지 않았다. 그 혐오스러운 사람이 병들어 스톤 코트에 왔고, 남편이 거기 머물면서 간호한 것은 래플스가 과거에 남편에게 고용되었을 때 도움을 주어 이제 비천하고 무력해진 그에게 자비를 베풀어야 할 유대감이 있기 때문이라고 설명했다. 그 후 남편이 자신의 건강에 대해 더 낙관적으로 말하고 사업에도 계속 관심을 쏟을 수 있다고 했으므로 순진하게도 그녀는 활기를 얻었다. 그러나 리드게이트가 회의에서 갑자기 탈이 난 남편을 집으로 데려왔을 때 평화는 깨지고 말았다. 그 뒤로 며칠 간 리드게이트가 그녀의 마음을 편하게 해 주려고 장담했음에도 불구하고 그녀는 남편의 고통이 그저 몸의 병이 아니라 마음의 괴로움이라고 확신하게 되면서 몰래 눈물을 흘렸다. 남편은 소리와 움직임에 신경이 민감해졌다고 말하며 그녀가 책을 읽어 주거나 함께 앉아 있지도 못하게 했다. 하지만 자기 방에서 혼자 서류들을 검토하고 싶어 하는 듯했다. 무슨 일이 일어난 것은 확실했다. 어쩌면 막대한 금전적 손실을 보았을지 모른다. 그런데 그녀는 아무것도 알지 못했다. 교회에 갈 때 빼고 외출하지 않았던 그녀는 회의가 열린 지 닷새가 되던 날 감히 남편에게 물어볼 수 없었으므로 리드게이트에게 말했다.

"리드게이트 씨, 제발 솔직히 말해 주세요. 진실을 알고 싶으니까요. 불스트로드 씨에게 무슨 일이 있었나요?"

"약간 정신적 충격을 받으셨습니다." 리드게이트는 분명치 않게 말했다. 고통스러운 사실을 자신이 밝힐 수는 없다고 느꼈던 것이다.

"그런데 왜 그런 일이 생겼어요?" 불스트로드 부인은 크고 검은 눈으로 그를 똑바로 바라보며 말했다.

"회의장 공기가 종종 해로울 수 있습니다." 리드게이트가 말했다. "튼튼한 사람들은 견딜 수 있지만 신체의 허약함에 따라서 영향을 받기도 하지요. 병에 걸린 정확한 순간을 설명하기란, 아니 어떻게 해서 튼튼한 신체가 어떤 순간에 병에 굴복하게 되는지를 말하기란 불가능합니다."

불스트로드 부인은 이런 대답에 만족하지 못했다. 남편에게 뭔가 재앙이 일어났으며 그에 대해 자신이 전혀 모르고 있다는 확신이 사라지지 않았다. 그리고 그녀의 천성은 그런 은

폐를 강력히 거부했다. 그녀는 딸들에게 아버지를 보살피라고 부탁한 다음에 몇 군데를 방문하려고 마차를 타고 도시로 갔다. 남편의 사업에 문제가 생겼다면 그 징후를 보거나 들을 수 있으리라고 짐작했다.

그녀는 더시거 부인을 방문했지만 집에 없어 교회 뜰 맞은편에 있는 핵버트 부인의 집으로 향했다. 핵버트 부인은 2층 창문에서 그녀가 오는 것을 내려다보고는 그녀를 만나기가 겁날 거라고 예전에 말했던 것을 기억하고 자신이 집에 없다는 말을 전하게 하는 편이 더 일관성이 있다고 느꼈다. 하지만 흥미진진한 대면을 놓치고 싶지 않은 욕구가 갑자기 치솟았으므로 속내를 조금도 내비치지 않겠다고 굳게 결심했다.

그래서 불스트로드 부인은 응접실로 안내되었고, 핵버트 부인은 입술을 평소보다 더 꼭 오므린 채 양손을 비비면서 그녀를 맞았다. 제멋대로 말이 튀어나오지 않도록 예방책을 취한 것이다. 그녀는 불스트로드 씨의 건강이 어떤지 묻지 않겠다고 결심했다.

"나는 근 일주일간 교회 외에는 어디도 나다니지 않았어요." 불스트로드 부인이 몇 마디 인사말을 한 다음에 말했다. "불스트로드 씨가 목요일 회의 이후 몸이 너무 안 좋아서 집을 비우고 싶지 않았거든요."

핵버트 부인은 가슴에 올려놓은 손등을 다른 손바닥으로 문지르고 바닥 깔개의 무늬들 사이에 눈길을 고정했다.

"핵버트 씨도 회의에 참석하셨나요?" 불스트로드 부인이 계속 추궁했다.

"네, 그랬어요." 핵버트 부인은 똑같은 자세로 말했다. "묘지 터는 기부금을 받아서 사기로 한 모양이더군요."

"콜레라가 더 이상 돌지 않아서 묻힐 사람이 없기를 바라야지요." 불스트로드 부인이 말했다. "그건 끔찍한 천벌이에요. 하지만 나는 미들마치가 아주 건강에 좋은 곳이라고 늘 생각했어요. 어릴 때부터 여기에 익숙하기 때문일 거예요. 그렇지만 여기 말고 다른 곳에서 살고 싶다거나 특히 말년을 지내고 싶다는 생각은 해 본 적이 없어요."

"당신이 늘 미들마치에서 산다면 나는 무척 기쁠 거예요, 불스트로드 부인." 핵버트 부인이 약간 한숨을 쉬며 말했다. "하지만 우리 운명이 정해 주는 곳이 어디든 그곳에서 살도록 체념하는 법을 배워야겠지요. 물론 당신이 잘되기를 바라는 사람들이 이 도시에 언제나 있으리라고 믿지만요."

핵버트 부인은 "당신이 내 충고를 따른다면 남편과 헤어지는 편이 좋을 거예요."라고 말하고 싶었다. 하지만 가엾은 여자가 머리 위에 떨어질 날벼락을 전혀 모르는 것이 분명했으므로 조금 마음의 준비를 시키는 것 외에는 달리 할 일이 없었다. 불스트로드 부인은 갑자기 오한이 나고 몸이 떨렸다. 핵버트 부인의 이 말에는 뭔가 특별한 의미가 숨어 있었다. 하지만 모든 것을 알아내겠다는 심정으로 집을 나섰음에도 지금은 그 용감한 목적을 추구할 수 없을 것 같았다. 그래서 핵버트 부인의 어린아이들에 대한 질문으로 화제를 돌리고는 이내 플림데일 부인을 만나러 가겠다고 말하며 작별했다. 그곳으로 가는 길에 그녀는 회의에서 남편과 적들 사이에 유난히 격렬한 논쟁이 벌어진 모양이라고 상상하려 했다. 핵버트 씨는 그 중 한 명이었을 것이다. 그러면 모든 사정이 설명되었다.

그러나 플림데일 부인과 이야기를 나누는 동안 그처럼 위안이 되었던 설명이 더는 설득력 있게 보이지 않았다. '셀리나'는 애처로운 애정으로, 그리고 가장 평범한 화제에 교훈적인 대답을 해 주려는 마음으로 그녀를 맞았지만 불스트로드 씨의 건강 악화라는 중대한 결과를 일으킨 일상적 논쟁에 대해 한마디도 하지 않았다. 불스트로드 부인은 다른 사람보다 플림데일 부인에게 묻는 편이 낫겠다고 생각했지만 놀랍게도 옛 친구가 항상 가장 편안하게 비밀을 털어놓을 상대는 아니라는 것을 알게 되었다. 지금과는 전혀 다른 상황에서 오간 대화의 기억이 방해가 되었다. 오랫동안 자신을 우월하다고 인정해 온 친구에게 동정을 받으며 정보를 얻는 것이 영 내키지 않았다. 플림데일 부인이 친구들에게 결코 등을 돌리지 않을 거라고 말하면서 흘린 몇 가지 수수께끼 같고 특이한 단어 때문에 이제 불스트로드 부인은 어떤 재난이 일어났음이 틀림없다고 느꼈다. 하지만 타고난 솔직한 성격으로 "지금 무슨 생각을 하고 있어?"라고 물을 수는 없었고, 오히려 더 명확한 이야기를 듣기 전에 달아나고 싶었다. 재난이 단순한 금전적 손실은 아니라는 것이 분명해지자 불안해지기 시작했고, 조금 전에 핵버트 부인이 그랬듯이 지금 셀리나도 외모의 결점을 못 본 척하듯이 남편에 대한 자기 말을 못 들은 척하고 있다는 사실을 예리하게 감지했다.

그녀는 불안한 마음으로 서둘러 작별 인사를 하고 마부에게 빈시 씨의 상점으로 가자고 말했다. 그 짧은 거리를 달리는 동안 자신이 아무것도 모른다는 생각에 점점 두려움이 커져서 오빠가 앉아 있는 사무실에 들어섰을 때는 무릎이 후들거렸고 평소의 혈색 좋은 얼굴이 송장처럼 창백했다. 누이를 보자 그도 똑같이 안색이 달라졌다. 그는 벌떡 일어나 다가가서 누이의 손을 잡으며 충동적으로 다급히 외쳤다.

"하느님께서 도와주시길, 해리엇! 전부 다 알았구나."

그 순간은 어쩌면 이후의 어떤 순간보다도 나빴을 것이다. 그 순간에 응축된 경험은 엄청난 감정적 위기에 처한 인간의 성향을 드러내고 중간의 몸부림을 끝낼 궁극적인 행위를 예고한다. 래플스를 기억하지 않았더라면 그녀는 여전히 금전적 몰락만 생각했을 것이다. 그러나 이제 오빠의 표정과 말에서 남편에게 뭔가 죄가 있다는 생각이 쏜살같이 머리를 스쳤고 ― 그러자 공포가 밀려드는 가운데 굴욕을 당하는 남편의 모습이 떠올랐고 ― 그러고는 한순간 살을 태울 듯한 수치심 속에서 오로지 세상의 눈길을 느낀 후 그녀의 마음은 단숨에 펄쩍 뛰어올라 남편 옆에 서서 슬프지만 비난하지 않으며 수치와 고립의 유대감을 나누었다. 이 모든 일이 눈 깜짝할 사이에 내면에서 일어나는 동안 그녀는 의자에 털썩 주저앉아 옆에 서 있는 오빠를 올려다보았다. "난 아무것도 몰라, 월터. 무슨 일이야?" 그녀는 힘없이 말했다.

그는 모든 것을 분명치 않은 발음으로 웅얼거리며 천천히 끊어 가면서 말했고, 그 추문이 특히 래플스의 죽음과 관련해 증명 가능한 정도를 넘어 확대되었음을 알려 주었다.

"사람들은 계속 수군댈 거야." 그가 말했다. "판사가 무죄라는 판결을 내려도 사람들은 계속 수군대고 고개를 끄덕이고 눈짓을 할 거라고. 세상이 이런 식으로 돌아가는 한 죄가 있으나 없으나 매한가지일 수도 있어. 몰락을 가져올 충격이고, 불스트로드뿐 아니라 리드게이트에게도 해가 될 거야. 나는 과연 뭐가 진실인지 안다고 말하지 않겠어. 다만 우리가 불스트로드나 리드게이트의 이름을 들어 본 적이 없었더라면 더 좋았겠지. 네가 빈시라는 이름을 평생 달고 있는 편이 나았을 텐데. 로저먼드도 마찬가지고."

불스트로드 부인은 아무 대답도 하지 않았다.

"하지만 할 수 있는 한 잘 버텨야 해, 해리엇. 사람들이 너를 비난하는 건 아니야. 그리고 뭘 하겠다고 마음먹든 난 너를 지지할 거야." 오빠가 거칠지만 선의를 담은 애정으로 말했다.

"마차까지 부축해 줘, 월터." 불스트로드 부인이 말했다. "너무 어지러워."

집에 돌아와서 그녀는 딸에게 말했다. "몸이 안 좋구나. 가서 누워야겠다. 아빠를 보살펴 드리렴. 나를 조용히 있게 해다오. 저녁은 먹지 않겠어."

그녀는 방으로 들어가서 문을 잠갔다. 자신에게 주어진 자리로 흔들림 없이 걸어갈 수 있으려면 상처받은 의식과 가련하게도 잘려 나간 삶에 익숙해질 시간이 필요했다. 새롭게 살펴보려는 빛이 남편의 성격을 비췄고, 그녀는 남편을 너그럽게 평가할 수 없었다. 남편이 자신을 숨겼기 때문에 그를 믿고 존경했던 이십 년의 세월이 가증스러운 속임수처럼 보이도록 한 구체적인 일들과 함께 떠올랐다. 그는 사악한 과거를 뒤에 숨기고 그녀와 결혼한 것이다. 그녀는 그에게 씌워진 최악의 죄에 대해 무고하다고 항의할 믿음도 남아 있지 않았다. 그녀의 정직하고 과시적인 성격 때문에 그 죄에 상응하는 치욕을 나누는 것은 어느 인간에게보다 쓰라렸다.

그러나 교육을 변변히 받지 못해 말투나 습성이 묘하게도 들쑥날쑥했던 이 여자는 내면에 고결한 정신을 갖고 있었다. 거의 반생 동안 유복한 생활을 함께 누려 왔던 남자, 변함없이 그녀를 소중하게 대했던 이 남자에게 이제 천벌이 떨어졌다고 해서 어떤 식으로든 그를 저버릴 수는 없었다. 버림받은 영혼과 여전히 같은 식탁에 앉고 같은 침상에 누우면서도 가까이에서 사랑을 주지 않음으로써 그 영혼을 더욱 움츠러들게 만든다면 그 또한 저버리는 것이다. 방문을 잠갔을 때 그녀는 불행한 남편에게 가서 그의 슬픔을 동반자로 삼고 그의 죄에 대해 "나는 슬퍼할 거예요. 비난하지 않고."라고 말할 준비가 되어야 그 문을 열리라는 것을 알고 있었다. 다만 힘을 모을 시간이 필요했다. 삶의 모든 기쁨과 자존심에 눈물을 흘리며 작별을 고할 시간이 필요했다. 이제 내려가려고 마음을 먹자 그녀는 냉정한 구경꾼에게는 그저 어리석게 보일 사소한 행동으로 준비를 마쳤다. 그것은 눈에 보이거나 보이지 않는 구경꾼들에게 자신이 굴욕을 끌어안는 새로운 인생을 시작했음을 알려 주는 그녀 나름의 의식이었다. 그녀는 장신구를 모두 떼고 수수한 검은색 옷을 입었다. 장식이 많은 모자를 쓰고 큰 나비 리본을 다는 대신에 머리를 빗어 내려 평범한 보닛을 썼다. 그러자 갑자기 그녀의 모습이 초기 감리교 신도처럼 보였다.

아내가 외출했다가 돌아와서 몸이 좋지 않다고 했다는 말을 들은 불스트로드는 그녀 못지않은 동요에 휩싸여 시간을 보냈다. 아내가 다른 사람들에게서 추문을 들었으리라고 예상했고, 직접 고백하기보다는 그편이 더 수월할 거라고 그 가능성을 묵묵히 받아들였다. 그러나 이제 그녀가 알았다고 생각하자 결과를 기다리며 고뇌에 빠지지 않을 수 없었다. 그는 혼자 있게 해 달라고 딸들을 억지로 내보냈고, 음식을 가져오는 것은 내버려 두었지만 손도 대지 않았다. 동정받지 못하고 비참한 심정으로 서서히 죽어 가는 느낌이었다. 다정한 아내의 얼굴을 다시는 보지 못할지 모른다. 하느님에게 도움을 청하면 아무 대답도 없이 응보의 압력이 짓누르는 것만 같았다.

저녁 8시가 지나자 문이 열리고 아내가 들어왔다. 그는 감히 아내를 올려다볼 수 없었다. 그는 눈을 내리깔고 앉아 있었고, 그녀는 다가서면서 그가 훨씬 왜소해 보인다고 생각했다. 그는 너무 시들고 쪼그라든 것 같았다. 새로운 연민과 예전의 애정이 큰 파도처럼 너울거리며 그녀의 몸속을 지나갔다. 의자 팔걸이에 놓인 그의 손에 손을 얹고, 다른 손을 그의 어깨에 올려놓으며 그녀는 엄숙하게, 하지만 다정하게 말했다.

"고개를 들어요, 니콜라스."

그는 약간 놀라서 눈을 들고 어리둥절해하며 잠시 그녀를 보았다. 창백한 얼굴과 애도하듯 검은 옷으로 갈아입은 모습, 떨리는 입술이 모두 "이제 알아요."라고 말하고 있었다. 그녀의 손과 눈이 부드럽게 그에게 머물러 있었다. 그는 갑자기 울음을 터뜨렸고, 그녀는 옆에 앉아서 함께 울었다. 둘이 함께 나누는 치욕이나 그들에게 치욕을 가져온 행위에 대해서 아직은 서로 언급할 수 없었다. 그는 말없이 고백했고, 그녀는 말없이 충실하겠다고 약속했다. 그녀는 솔직한 성격이었지만 그럼에도 서로 의식하는 것을 가리킬 말을 피했다. 타오르는 불똥을 피하듯이. 그녀는 "어느 정도나 중상모략이고 잘못된 혐의인가요?"라고 말할 수 없었고, 그는 "나는 죄가 없소."라고 말하지 않았다.

75장

현재의 쾌락이 허망하다는 의식과 부재한 쾌락의 공허함에 대한 무지가 변덕을 일으킨다.

— 파스칼[100]

위협적인 사람들이 자기 집에서 물러나고 불쾌한 채무자들의 빚을 다 갚았을 때 유쾌한 빛이 한 가닥 돌아와서 어슴푸레 로저먼드를 비추었다. 그러나 그녀는 즐겁지 않았다. 결혼 생활은 그녀가 소망하던 것들을 하나도 채워 주지 못했고, 그녀의 생각에는 완전히 결딴난 것이나 다름없었다. 잠시 평온이 유지된 이 시기에 리드게이트는 자신이 몹시 불안했던 시간에 종종 난폭하게 굴었던 것을 기억하고 로저먼드가 견뎌야 할 고통을 생각하면서 조심스럽고 다정하게 그녀를 대했다. 그러나 그도 예전의 활기를 다소 잃어버렸다. 그는 여전히 검소한 생활 방식으로 바꾸자고 말해야 한다고 느꼈고 그녀

---

100) 블레이즈 파스칼의 『팡세』.

를 차차 적응시키려고 노력했다. 그녀가 런던에 가서 살고 싶다고 대답하면 그는 치밀어 오르는 화를 억눌렀다. 이런 대답도 하지 않을 때는 아무 열의 없이 그의 말을 들었고, 자기 삶에 무엇을 목표로 삼을지 의아해했다. 남편이 화가 났을 때 내뱉었던 가혹하고 모멸적인 말들은 그가 처음에 적극적으로 만족시켜 주었던 그녀의 허영심에 깊은 상처를 주었다. 또한 그녀의 생각에 사물을 보는 남편의 비뚤어진 방식은 은밀한 혐오감을 키웠고, 그래서 그녀는 그의 애정이 그가 주지 못한 행복을 보상하기에는 턱없이 부족하다고 받아들였다. 그들은 이웃과도 불편한 관계였고, 퀄링엄에 대해서는 더 이상 바라볼 것이 없었다. 이따금 윌 래디슬로가 보낸 편지를 제외하면 기대할 것이 전무했다. 그녀는 윌이 미들마치를 떠나려고 결심했을 때 고통과 실망을 느꼈다. 그가 도러시아를 연모한다는 것을 알고 짐작하고 있었지만 자신을 더 연모하거나 반드시 그렇게 되리라고 은근히 믿었던 것이다. 로저먼드는 남자가 연모를 품어 봐야 희망이 없는 상황만 아니라면 자신을 좋아할 거라는 생각에 빠져서 사는 여자 중 하나였다. 캐소본 부인이야 괜찮은 여자였다. 하지만 그 부인에 대한 윌의 관심은 리드게이트 부인을 알기 전에 생긴 것이었다. 로저먼드는 윌이 자신의 흠을 잡는 장난기 어린 말투와 과장된 관심을 뒤섞어서 말하는 방식이 더 깊은 감정을 숨기려는 것이라고 받아들였다. 그와 함께 있으면 리드게이트가 옆에 있을 때는 더 이상 마술처럼 일어나지 않는 낭만적인 드라마 같은 느낌이 들고 기분 좋게 자극된 허영심을 느꼈다. 그녀는 윌이 자기 감정을 자극하려고 캐소본 부인에 대한 연모의 감정을 과장한다고 상상하기도 했다. 남자든 여자든 이런 문제에서 무엇을 상상해 보지 않겠는가? 윌이 떠나기 전에 가련한 로저먼드의 머릿속은 이런 상상으로 분주했다. 윌이 리드게이트보다 훨씬 더 적합한 남편이 되었을 것 같았다. 이보다 더 잘못된 생각은 없었을 것이다. 결혼 생활에서 로저먼드의 불만은 남편의 성격이 아니라 결혼 그 자체의 조건, 즉 결혼이 요구하는 자기 억제와 포용력 때문에 비롯되었으니 말이다. 그러나 마음에 쉽게 품은 더 나은 남자에 대한 허구적 관념은 감상적인 매력이 있었고 권태를 덜어 주었다. 그녀는 단조로운 일상에 변화를 줄 작은 로맨스를 만들었다. 윌 래디슬로는 언제나 독신이어야 하고, 가까운 곳에서 살아야 하며, 늘 자신의 명령에 따라야 하고, 넘치도록 표현하지 않아도 서로 잘 아는 열정을 간직해야 한다. 그 열정은 이따금 흥미진진한 장면에서 부드럽게 빛나는 불꽃을 발할 것이다. 윌이 떠나자 그녀는 그에 비례하는 실망감을 느꼈고, 슬프게도 미들마치에 대해 더욱 진절머리가 났다. 그러나 처음에는 퀄링엄 가족과 교제를 기대하며 즐거운 꿈을 마련해 두었다. 그 후 결혼 생활의 고충은 더욱 깊어졌고, 다른 위안이 없기 때문에 한때 마음에 품었던 보잘 것없는 로맨스를 더욱 안타까운 마음으로 돌아보게 되었다. 남자든 여자든 사람은 자신의 어떤 징후에 대해 딱하게도 착각을 잘하고, 막연하고 불안한 갈망을 비상한 재능으로 여기거나 때로 신앙심으로 여기며, 더 흔하게는 강렬한 사랑으로 여기기도 한다. 윌 래디슬로는 기탄없이 솔직한 편지를 그녀와 리드게이트 각각에게 보냈고, 그녀는 답장을 썼다. 그녀는 그들의 이별이 궁극적인 것이 아니라고 느꼈고, 이제 무엇보다도 리드게이트가 런던으로 이주하기를 갈망했다. 런던에 가면 모든 일이 다 즐거울 것이다. 그래서 이 목적을 이루겠다는 조용한 결심으로 일에 착수했고, 그때 갑자기 즐거움을 기대할 일이 생기는 바람에 기운이 났다.

시청에서 기억에 남을 회의가 있기 직전에 윌 래디슬로가 리드게이트에게 편지를 보낸 것이었다. 사실 편지는 식민지 개발 계획에 대한 그의 새로운 관심을 주로 기술했는데 몇 주 안에 미들마치를 방문할 필요가 있을지도 모른다는 말이 덧붙여져 있었다. 부득이한 일이지만 학생들의 방학처럼 매우 즐거운 일이라고 그는 썼다. 카펫에 그의 옛 자리가 남아 있고 음악이 많이 준비되어 있기를 바랐다. 하지만 언제가 될지는 확실하지 않았다. 리드게이트가 편지를 읽어 주었을 때 로저먼드의 얼굴은 더욱 예쁘고 화사하게 다시 피어나는 꽃처럼 보였다. 이제 무엇이든 참을 수 있었다. 빚을 갚았고, 래디슬로 씨가 오고 있으며, 리드게이트를 설득해서 미들마치를 떠나 런던에 정착할 것이다. 런던은 '시골의 소도시와는 전혀 다를' 것이다.

이때는 화창한 아침 같았다. 그러나 오래지 않아 가엾은 로저먼드의 하늘에 시커먼 구름이 몰려들었다. 리드게이트는 자신에게 드리워진 새로운 우울함에 대해서 입을 다물었지만 — 갈가리 찢긴 감정을 드러내어 그녀의 무관심과 오해를 받을 것이 두려웠으므로 — 그녀는 오래지 않아 그 우울함에 대한 괴롭게도 기이한 설명을 듣게 되었다. 그녀의 행복에 영향을 미칠 수 있다고 예전에 생각했던 것들과 전혀 다른 이질적인 것이었다. 다시 활기를 찾고 명랑해졌을 때 그녀는 리드게이트가 자기 말에 대답도 하지 않고 가급적 자신을 피하고 싶어 하는 것이 평소보다 더 변덕스럽게 우울한 기분에 싸여 있기 때문이라고 생각하며 그 회의가 열린 지 며칠 후에 남편에게 의논도 하지 않고 소규모의 저녁 파티에 참석해 달라는 초대장을 사람들에게 보냈다. 사람들이 거리를 두는 듯했고 예전처럼 교류하고 싶었기에 그것이 현명한 방법이라고 믿었다. 초대에 응하는 답장이 오면 리드게이트한테 말하고 의사가 이웃에게 어떻게 처신해야 하는지 현명한 조언을 들려줄 것이다. 로저먼드는 다른 사람들의 의무에 대해서는 더없이 진지하게 약간 으스대며 말할 수 있었으니까. 그러나 초대는 모두 거절되었고, 마지막 답장이 리드게이트의 손에 들어갔다.

"이건 치첼리의 글씨로군. 그가 당신에게 무슨 편지를 보냈을까?" 리드게이트는 편지를 넘겨주며 의아한 듯이 물었다. 그녀는 편지를 보여 줄 수밖에 없었고, 그는 그녀를 험악한 눈으로 바라보았다.

"대체 왜 내게 아무 말도 하지 않고 초대장을 보냈지, 로저먼드? 제발 이 집에 아무도 초대하지 말아요. 아마 다른 사람들도 초대했고, 그들도 거절했겠지."

그녀는 아무 대답도 하지 않았다.

"내 말 듣고 있소?" 리드게이트가 호통을 쳤다.

"그래요, 물론 잘 들려요." 그녀는 목이 긴 우아한 새처럼 고개를 한쪽으로 돌리며 대답했다.

리드게이트는 전혀 우아하지 않게 고개를 뒤로 젖히고 스스로를 위험하다고 느끼면서 방을 나섰다. 로저먼드는 그를 점점 더 참아 줄 수 없다고 느꼈고, 이런 독단적인 태도에 특별히 새로운 이유가 있는 것은 아니라고 생각했다. 그녀가 관심을 느끼지 않으리라고 미리 단정한 문제에 대해서는 아무 말도 않는 것이 이제 리드게이트에게 무조건적인 습관이 되었기에 그녀는 1000파운드를 불스트로드 고모부에게서 빌렸다는 사실 외에는 아무것도 몰랐다. 돈 문제에서 벗어났는데도 리드게이트가 불쾌하기 짝이 없게 성질을 부리고 이웃들이 분명 자기들을 피하려는 것은 도무지 설명할 수 없는 일이었다. 사람들이 초대를 받아들였으면 며칠간 만나지 못한 부모와 다른 친지들도 초대했을 것이다. 그녀는 이제 안부 인사차 그들을 방문하기 위해 모자를 쓰고 집을 나서며 누구에게나 불쾌감을 주는 남편과 자신을 고립시키려는 음모가 있을지 모른다는 생각을 불현듯 떠올렸다. 정찬 시간이 지나서 부모는 응접실에 함께 앉아 있었다. 그들은 슬픈 표정으로 맞으며 "그래, 왔구나!" 하고는 더 이상 말이 없었다. 그녀는 아버지가 그렇게 풀이 죽은 모습을 본 적이 없었다. 아버지 옆에 앉으면서 그녀가 물었다.

"무슨 일이 있어요, 아빠?"

그는 대답하지 않고 빈시 부인이 말했다. "아, 아무 말도 못 들었니? 오래지 않아 듣게 될 거야."

"터시어스와 관련된 일이에요?" 로저먼드의 안색이 달라졌다. 뭔가 문제가 있다는 생각이 들자 곧바로 터시어스의 이해할 수 없던 행동과 연결되었다.

"아, 그래. 네가 결혼해서 이런 골칫거리에 말려든 걸 생각하니. 빚을 진 것도 고약한 일이었는데 이건 더 고약할 거야."

"진정해요, 진정해, 여보." 빈시 씨가 말했다. "불스트로드 고모부에 대해 아무 이야기도 듣지 못했니, 로저먼드?"

"못 들었어요." 이 가엾은 여자에게는 고통이 이제껏 겪은 것이 아니라, 강철 같은 손아귀로 움켜쥐어 자신의 영혼을 까무러치게 만든 눈에 보이지 않는 힘처럼 느껴졌다.

아버지는 모든 상황을 알려주고 나서 말했다. "네가 아는 편이 낫겠지. 리드게이트는 이 도시를 떠나야 할 게다. 상황이 그에게 불리하게 되었으니. 어쩔 수 없었을 게야. 나는 그가 잘못을 저질렀다고는 생각하지 않아." 예전에 빈시 씨는 늘 리드게이트를 최대한 흠잡으려 했었다.

로저먼드는 무서운 충격을 받았다. 자기 운명보다 더 잔인하고 가혹한 운명은 없을 것 같았다. 치욕스러운 혐의를 받는 인물과 결혼했다니. 범죄의 가장 고약한 부분이 치욕이라고 느끼는 것은 많은 경우에 어쩔 수 없는 일이다. 그리고 이 순간 남편이 범죄를 확실히 저질렀다고 밝혀진 경우에 느낄 고통보다 지금의 고통이 덜하다고 생각하려면 뒤엉킨 것들을 풀면서 깊이 생각해야 했지만 로저먼드는 평생 그런 숙고를 해본 적이 없었다. 온갖 치욕이 전부 모여 있는 것 같았다. 그런데 순진하게도 이 남자와 결혼하면서 그와 그의 가문이 자신에게 명예가 될 거라고 믿었다니! 그녀는 평소처럼 부모 앞에서 말을 삼갔고, 자신이 원하는 대로 리드게이트가 따랐더라면 이미 오래전에 미들마치를 떠났을 거라고만 말했다.

"로저먼드가 더할 나위 없이 잘 견디고 있어요." 그녀가 떠난 후 어머니가 말했다.

"그래, 다행이오!" 빈시 씨가 몹시 낙심한 마음으로 말했다.

그러나 로저먼드는 당연히 남편에 대한 맹렬한 반감을 품고 집으로 돌아갔다. 그는 실제로 무슨 일을 저질렀는가. 실로 어떤 행동을 했는가? 그녀는 전혀 알지 못했다. 그는 왜 모든 것을 말하지 않았을까? 남편은 그 문제에 대해 말하지 않았고, 물론 그녀도 말할 수 없었다. 다시 친정으로 돌아가게 해 달라고 아버지에게 부탁할까 하는 생각이 떠올랐다. 그러나 그런 앞날을 곰곰이 생각해 보자 몹시 따분하게 여겨졌다. 결혼한 여자가 부모와 함께 살려고 돌아가다니. 그런 상황에 처한다면 인생에 아무 의미도 없을 것 같았다. 그녀는 자신이 그런 처지에 있는 것을 생각할 수 없었다.

다음 이틀간 리드게이트는 그녀에게 변화가 있음을 알아채고 그녀가 그 소식을 들었을 거라고 생각했다. 아내가 그에 대한 이야기를 꺼낼까? 아니면 침묵으로 일관하면서 그에게 죄가 있다고 믿고 있음을 암시할까? 그는 음울한 상태에 빠졌고, 그런 상태에서는 어떤 접촉이든 고통스럽다는 것을 우리는 기억해야 한다. 분명 로저먼드 쪽에서는 이 경우에 그의 침묵과 신뢰의 결핍을 불평할 타당한 이유가 있었다. 그러나 그는 자신의 쓰라린 영혼을 핑계로 삼았다. 그런데 이제 그녀가 사실을 알면서도 말하려는 충동을 느끼지 않으니 그가 직접 말하지 않은 것이 옳았다는 사실을 입증한 셈이지 않을까? 하지만 자신에게도 잘못이 있다는 의식이 더 깊이 내재하고 있었기에 그는 불안해졌고, 둘 사이의 침묵을 견디기 힘들었다. 두 사람이 난파선의 잔해에 실려 함께 표류하면서 서로 다른 곳을 바라보는 것 같았다.

그는 생각했다. '내가 바보야. 아무것도 기대하지 않기로 단념했잖아? 내가 결혼한 여자는 날 도와줄 사람이 아니라 내가 보살펴야 하는 사람이야.' 그리고 그날 저녁에 그가 말을 꺼냈다.

"로저먼드, 괴로운 이야기를 들었어요?"

"네." 그녀는 일감을 내려놓으며 대답했다. 평소와 달리 활기 없이 멍한 상태로 일을 하고 있었다.

"무슨 이야기를 들었소?"

"전부 다. 아빠가 말씀해 주셨어요."

"사람들이 나를 불명예스럽게 생각한다는 것을?"

"그래요." 그녀는 다시 기계적으로 뜨개질을 시작하며 들릴락 말락 하게 말했다.

침묵이 이어졌다. 리드게이트는 생각했다. '만일 아내가 나를 조금이라도 믿는다면, 내가 어떤 사람인지 조금이라도 알고 있다면 지금 말해야 해. 내가 수치를 당할 사람이 아니라고 믿는다고.'

그러나 로저먼드는 기운 없이 손가락을 계속 움직였다. 이 주제에 대해 할 말이 있다면 무슨 말이든 터시어스가 꺼내야 한다고 생각했다. 자신이 뭘 안다는 말인가? 만일 그가 어떤 잘못도 저지르지 않았고 결백하다면 왜 스스로 해명하려 하지 않는가?

아내의 침묵은 아무도 자기를 믿지 않는다고 생각하며 느끼던 쓰라린 상처를 새로 문질러 더욱 쓰라리게 했다. 심지어 페어브라더도 나서지 않았다. 그는 대화를 통해 둘 사이에 짙게 드리워진 차가운 안개를 흩뜨려 놓을 생각으로 그녀에게 질문을 던지기 시작했지만 그 결심이 절망적 분노로 억제되는 것을 느꼈다. 심지어 그녀는 이 고통도 다른 것들과 마찬가지로 혼자 겪는 고통이라고 여기는 듯했다. 그녀에게 그는 늘 외따로 떨어진 존재였고, 그녀가 반대하는 일을 하는 사람이었다. 그는 화가 나서 충동적으로 벌떡 일어나 손을 주머니에 찔러 넣고 방 안을 서성거렸다. 그러는 동안 이 분노를 억누르고 그녀에게 모든 것을 털어놓아 사실을 믿게 해야 한다는 생각이 내내 의식의 바닥에 깔려 있었다. 그는 그녀의 성격에 맞춰 자신을 굽혀야 하고, 그녀에게는 공감이 부족하므로 자신이 더 많이 공감해 줘야 한다는 교훈을 거의 배우지 않았던가. 그는 솔직히 털어놓으려던 의도를 이내 다시 떠올렸다. 기회를 놓쳐서는 안 된다. 만일 그가 현재의 중상모략에 맞서야 하며 달아나서는 안 된다고, 모든 문제는 돈이 절실히 필요했기 때문에 생긴 일이라고 진지하게 느끼도록 그녀를 설득할 수 있다면 지금이야말로 어려운 시절을 헤쳐 나가고 독립적으로 생활하기 위해 가급적 생활비를 줄이기로 함께 결심하자고 강력하게 촉구할 순간일 것이다. 그가 취하려는 명확한 조치를 언급하고 그녀에게서 기꺼이 응하려는 마음을 얻어 낼 것이다. 이를 시도해야 한다. 달리 무엇을 할 수 있겠는가?

그는 얼마나 오래 불안하게 서성였는지 알지 못했다. 하지만 로저먼드는 긴 시간이라고 느꼈고, 그가 자리에 앉기를 바랐다. 그녀 또한 터시어스에게 무엇을 해야 할지 충고할 기회라는 생각이 들었다. 온갖 불행에 관한 진실이 무엇이든 간에 한 가지 두려움이 명확히 드러났다.

마침내 리드게이트가 자리에 앉았다. 평소 앉던 의자가 아니라 로저먼드와 좀 더 가까운 곳에 앉아서 그녀 쪽으로 몸을 숙이고 슬픈 이야기를 다시 시작하기 전에 진지하게 그녀를 바라보았다. 그는 어느 정도 자신을 이겨 냈고, 다시는 이런 기회가 없을 듯이 엄숙한 마음으로 이야기를 꺼내려 했다. 그가 막 입을 떼려는 순간 로저먼드가 손을 내려놓고 그를 바라보며 말했다.

"물론, 터시어스……."

"응?"

"물론 이제는 미들마치에서 살겠다는 생각을 결국 포기했겠죠. 나는 여기서 계속 살 수 없어요. 런던으로 가도록 해요. 아빠도, 다른 사람들도 모두 당신이 떠나는 게 좋겠다고 했어요. 내가 어떤 고통을 겪더라도 여기서 떠나면 견디기 쉬울 거예요."

리드게이트는 비참하게도 신경을 건드리는 충격을 느꼈다. 어렵게 마음을 다스려 마련한 중요한 이야기를 토로하는 것이 아니라 쳇바퀴를 또다시 돌려야 한다니. 도저히 견딜 수 없었다. 얼굴빛이 확 달라지면서 그는 일어나 밖으로 나가 버렸다.

그녀의 공감이 부족하기 때문에 자신의 공감이 더 커야 한다는 결심을 지켜 나갈 만큼 강한 사람이었더라면 그는 어쩌면 그날 저녁에 더 나은 결과를 얻었을지 모른다. 만일 그의 힘이 좌절감을 억눌렀다면 그는 로저먼드의 상상력과 의지에 영향을 미쳤을지 모른다. 아무리 고집이 세거나 성격이 별난 사람이라도 자기보다 더 단단한 존재가 그런 영향력을 발휘한다면 저항할 수 없었을 것이다. 거센 공격을 받아 잠시 개심하고 자신들을 그 열렬한 추진력으로 휘감은 영혼의 일부가 될지 모른다. 하지만 가엾은 리드게이트의 내면에서는 고통이 요동쳤고, 그의 힘은 그런 일을 하기에 턱없이 부족했다.

서로 이해와 결의에 이르는 과정의 시작은 늘 그렇듯 요원하게 보였다. 아니, 노력했지만 실패했다는 생각에 막혀 버린 것 같았다. 그들은 각자의 생각이 따로따로인 채 하루하루를 살았다. 리드게이트는 절망적인 기분으로 할 일을 했고, 로저먼드는 그가 잔인하게 행동한다고 느꼈다. 그녀의 감정에 정당한 부분이 없지는 않았다. 터시어스에게 뭐라고 말해 봐야 소용이 없었다. 하지만 윌 래디슬로가 오면 모두 털어놓겠다고 그녀는 마음먹었다. 그녀는 대체로 입이 무거웠지만 자신이 겪은 부당한 고통을 알아줄 누군가가 필요했다.

76장

모두 비탄에 잠겨
    자비와 연민, 평화, 사랑을 기도한다,
그리고 기쁨을 주는 그 미덕들에
    감사를 바친다.
      ......
자비는 인간의 가슴을,
    연민은 인간의 얼굴을,
사랑은 인간의 성스러운 형상을,
    평화는 인간의 의상을 걸치고 있으니.
　　　　　　　　　— 윌리엄 블레이크, 『순수의 노래』[101]

　며칠 후 리드게이트는 도러시아의 전갈을 받고 로윅 매너로 말을 달리고 있었다. 그 부름을 예상치 못했던 것은 아니었다. 먼저 불스트로드가 편지를 보내서 자신은 미들마치를 떠나려는 계획에 다시 착수했고 병원에 관해 전에 나누었던 대화를 상기시키며 그 취지는 여전히 고수하고 있다고 알렸다. 자신은 그 문제를 더 진척시키기 전에 캐소본 부인의 의사를 타진할 의무가 있었고, 부인은 전과 마찬가지로 그 문제를 리드게이트와 의논하고 싶어 한다는 것이었다. "선생의 생각은 달라졌을지 모르겠소." 불스트로드 씨가 썼다. "하지만 그런 경우라도 선생이 직접 부인에게 의사를 밝히는 것이 좋겠소."

---

101) 윌리엄 블레이크의 『순수의 노래』 중 「성스러운 이미지」, 1~4, 9~12행.

도러시아는 열렬한 관심을 느끼며 그가 도착하기를 기다렸다. 자신에게 조언한 남자들의 의견을 존중해서 제임스 경이 "불스트로드 사건에 끼어드는 일"이라고 부른 것을 자제하려 했지만 리드게이트가 처한 곤경이 마음속에서 떠나지 않았다. 불스트로드가 병원 문제에 관해 다시 문의해 왔을 때 지금껏 방해를 받아 서두르지 못했던 기회가 왔다고 느꼈다. 호사스러운 집에서 자기 소유의 거대한 나무들 밑을 이리저리 거닐며 그녀의 생각은 다른 이들의 운명을 향했고, 감정은 그 안에 엮여 있었다. 힘이 닿는 범위에서 적극적으로 유익한 일을 하려는 생각이 "열정처럼 뇌리를 떠나지 않았다".[102] 그리고 다른 사람이 처한 곤경이 선명한 이미지로 떠오르자 위안을 주고 싶은 열망에 사로잡혔고, 자신의 안락함이 혐오스럽게 느껴졌다. 그녀는 리드게이트가 과묵하다는 다른 사람들의 말이나 자신이 아주 젊은 여자라는 사실에 조금도 개의치 않았고, 그와의 만남에 희망찬 자신감을 느꼈다. 인간적 우애를 보여 주려는 마음이 일었을 때 그녀가 젊다거나 여자에 불과하다는 주장처럼 당치 않게 보이는 말도 없었다.

서재에 앉아서 기다리는 동안 그녀는 리드게이트와 엮인 과거의 장면들을 되돌아보았다. 모두 자신의 결혼과 그 고통에 관련되어 의미 있는 장면들이었다. 아, 그렇지 않다. 리드게이트의 이미지가 곤혹스럽게도 그의 아내와 또 다른 사람과 관련된 경우가 두 번 있었다. 그 고통은 도러시아에게서

---

102) 윌리엄 워즈워스의 시 「틴턴 수도원」, 77행.

이미 사그라졌지만 리드게이트에게 결혼 생활이 어떻게 느껴질지 추측을 일깨우고 리드게이트 부인에 대한 사소한 암시도 민감하게 받아들이도록 했다. 이런 생각들은 한 편의 드라마 같아서 그녀는 그저 갈색 서재에 서서 짙은 상록수들과 대조되어 두드러져 보이는 밝은 연녹색 싹들과 잔디밭을 내다볼 뿐이었지만 두 눈은 반짝였고 온몸은 긴장한 자세를 하고 있었다.

리드게이트가 들어섰을 때 그의 달라진 얼굴은 거의 충격적이었다. 두 달 가까이 보지 못했기에 그 변화는 눈에 띄게 두드러져 보였다. 몸이 쇠약해서 생긴 변화가 아니라 젊고 튼튼한 사람이라도 지속되는 분노와 실망에 오래지 않아 나타날 결과였다. 손을 내밀었을 때 그녀의 친절한 표정에 그의 표정도 부드러워졌지만 우울한 기색은 사라지지 않았다.

"꽤 오랫동안 뵙고 싶었어요, 리드게이트 씨." 둘 다 자리에 앉자 도러시아가 말했다. "하지만 불스트로드 씨가 병원에 대해 다시 연락하실 때까지 와 주십사는 요청을 미루었어요. 병원을 진료소와 분리해서 운영할 때의 이점이 당신에게 달렸다고, 아니 적어도 당신이 병원을 관리하실 때 기대할 수 있는 효과에 달렸다고 들었어요. 어떻게 생각하시는지 정확히 말해 주시길 거절하지 않으시겠지요."

"부인께서는 병원에 관대하게 기부할지를 결정하시려는 것이겠지요." 리드게이트가 말했다. "제 행동을 토대로 그렇게 하시라고는 양심적으로 권고드릴 수 없습니다. 저는 이 도시를 떠나야 할 겁니다."

그는 로저먼드가 반대하기로 마음먹었다면 자신의 어떤 목적도 이룰 수 없다는 데 절망적인 고통을 느끼며 무뚝뚝하게 말했다.

"당신을 믿는 사람이 없기 때문은 아니겠지요?" 도러시아가 벅차오르는 가슴에서 쏟아 내듯이 또박또박 말했다. "당신에 대한 불운한 오해를 들었어요. 처음부터 오해라는 것을 알았어요. 당신은 비열한 일을 저지른 적이 없어요. 불명예스러운 일이라면 어떤 일도 하시지 않았을 거예요."

이것은 리드게이트의 귀에 처음으로 닿은, 그에 대한 믿음의 선언이었다. 그는 깊은숨을 내쉬고 말했다. "고맙습니다." 더 이상 아무 말도 할 수 없었다. 한 여자에게서 나온 몇 마디 되지 않는 신뢰의 말이 그토록 엄청난 의미가 있다는 것은 그의 인생에서 매우 새롭고 생소한 일이었다.

"전부 어찌 된 영문인지 말씀해 주시면 좋겠어요." 도러시아가 두려움 없이 말했다. "진실이 당신의 혐의를 풀어 줄 거라고 믿어요."

리드게이트는 자신이 어디 있는지도 잊은 채 의자에서 벌떡 일어나 창가로 걸어갔다. 그는 마음속으로 모든 상황을 설명하면서 불스트로드에 대해 어쩌면 불공정하게 비난하는 듯한 모양새를 더 악화시키지 않을 가능성을 거듭거듭 따져 보았고, 그럴 가능성이 없다고 여러 번 결론을 내린 바 있었다. 자신이 주장해 봤자 사람들의 생각은 달라지지 않을 거라고 종종 스스로에게 말했기에 도러시아의 말은 그가 말짱한 정신으로 이미 무분별한 시도라고 판단했던 일을 하라는 유혹처럼 들렸다.

"제발 말씀해 주세요." 도러시아는 소박하고 진지하게 말했다. "그러고 나서 함께 의논하도록 해요. 사람들이 잘못해서 누군가에 대해 나쁘게 생각하도록 내버려 두는 것은 옳지 않아요. 그걸 막을 수 있을 때 말이지요."

리드게이트는 자신이 어디 있는지를 깨닫고는 몸을 돌렸고, 신뢰에 찬 상냥하고 진지한 얼굴로 올려다보는 도러시아를 보았다. 너그러운 소망과 열렬한 자비심을 가진 고결한 존재가 옆에 있으면 우리의 시각이 달라진다. 우리는 사물을 더 넓고 더 고요한 전체 안에서 다시 보고, 우리 역시 우리의 전체 인격 안에서 보이고 판단될 수 있다고 믿게 된다. 많은 날 동안 군중 속에 끌려 들어가 그 속에서 몸부림친 사람처럼 인생을 보아 온 리드게이트에게 그런 영향이 서서히 미치고 있었다. 그는 다시 앉았고, 자신의 예전 자아를 믿는 사람과 함께라는 것을 의식하면서 그 자아가 되살아남을 느꼈다.

"저는 불스트로드 씨를 곤란하게 해 드리고 싶지 않습니다." 그가 말했다. "그분은 제게 몹시 필요했던 돈을 빌려주셨어요. 돈을 받지 않았기를 지금은 바라지만 말입니다. 그분은 사냥감처럼 추격당했고 비참한 상태인 데다 실낱같은 목숨이 붙어 있을 뿐입니다. 하지만 부인께 모든 것을 말씀드리고 싶습니다. 이미 신뢰를 받고 있어 저 스스로 정직하다고 주장하는 듯이 보이지 않을 곳에서 마음을 털어놓으면 큰 위안이 될 테니까요. 부인께서는 제게 무엇이 공정한지를 아시듯이 다른 사람에게도 무엇이 공정한지 느끼시겠지요."

"저를 믿어 주세요." 도러시아가 말했다. "당신의 동의를 받지 않고는 어떤 말도 옮기지 않겠어요. 그렇지만 적어도 당신이 모든 정황을 명백히 설명했고, 당신에게 아무 죄도 없다는 것을 안다고 말할 수 있겠지요. 페어브라더 씨는 제 말을 믿을 거예요. 백부님과 제임스 체텀 경도요. 아니, 제가 찾아갈 수 있는 다른 분들도 있어요. 그분들은 저를 잘 모르지만 제 말을 믿으실 거예요. 제게 진실과 정의 외에 다른 동기가 없다는 것을 아실 거예요. 저는 어떤 노력을 바쳐서라도 당신의 혐의를 풀도록 노력하겠어요. 달리 할 일이 거의 없거든요. 이 세상에서 제가 할 수 있는 이보다 더 나은 일은 없어요."

이렇게 어린아이처럼 자신이 하려는 일을 말했을 때 도러시아의 목소리는 그녀가 일을 효과적으로 잘 해내리라는 증거로 여겨질 수도 있었을 것이다. 마음에 스며드는 다정한 그녀의 여성적 어조는 만반의 준비를 갖춘 고발자에 대항하여 변호하는 데 적합한 목소리로 들렸다. 리드게이트는 그녀가 돈키호테 같은 열광적인 공상가라고 생각할 여유가 없었다. 난생처음 그는 강한 자존심과 과묵함에 짓눌리지 않은 채 너그러운 공감에 전적으로 의지하고 있다는 강렬한 느낌에 스스로를 내맡겼다. 그는 곤경에 너무 시달린 나머지 내키지는 않지만 불스트로드에게 처음 돈을 빌려 달라고 부탁했던 때부터의 사정을 이야기했고, 점차 말을 해 나가는 과정에서 위안을 얻으며 마음속에서 일어났던 일을 더욱 자세히 이야기했다. 환자에 대한 치료법이 일반적 관행과는 상반된 것이었다는 사실, 마지막에 스쳤던 의혹, 의사의 의무에 대한 자신의 이상, 그 돈을 받았기 때문에 공적으로 인정된 의무의 수행에서는 아니더라도 개인적 의도와 전문적 행위에 약간 달라진 점이 있었다는 불편한 의식까지 충실히 언급했다.

"그 후에 홀리 씨가 사람을 보내서 스톤 코트의 가정부를 조사했다는 것을 알게 되었습니다." 그가 덧붙였다. "가정부가 환자에게 제가 두고 온 약병의 아편을 다 주었고 브랜디도 많이 줬다고 말했다더군요. 그러나 그것은 일반적인 처방과 다르지 않습니다. 아니, 최고 일류 의사가 내린 처방과도 상반되지 않을 겁니다. 저에 대한 혐의는 거기에 근거를 둔 것이 아닙니다. 제가 돈을 받았고, 불스트로드 씨에게는 그 남자의 죽음을 바랄 명확한 이유가 있었으며, 환자에 대한 이러저러한 위법 행위에 동의하도록 돈을 뇌물로 줬으리라는 추측에서 나왔지요. 어떻든 제가 입을 다물기로 하고 뇌물을 받았다는 겁니다. 이런 혐의야말로 한없이 끈질기게 남는 것이지요. 혐의를 두려는 사람들의 의도에서 나왔기 때문에 그것이 틀렸다고 증명하는 일도 불가능하니까요. 어떻게 해서 제 지시 사항들이 지켜지지 않았는가라는 물음에 대해서는 답을 알지 못합니다. 불스트로드 씨에게 범죄적 의도가 전혀 없었을 수도 있습니다. 그분은 지시를 어긴 것과 관련이 없을 수도 있고, 혹은 제 지시를 가정부에게 전하지 않았을 수도 있습니다. 그러나 그런 일은 대중의 믿음과는 아무 관련이 없습니다. 이런 사례는 사람이 성격 때문에 유죄를 선고받는 경우라고 하겠지요. 어떤 사람이 뭔가 분명치 않은 방식으로 범죄를 저질렀다고 믿는 겁니다. 그렇게 할 이유가 있으니까요. 그리고 불스트로드 씨의 인격이 저를 덮어 버렸습니다. 제가 그의 돈을 받았으니까요. 저는 말라 버린 밀 이삭처럼 꺾이고 만 겁니다. 이미 벌어진 일이고, 도로 주워 담을 수 없습니다."

"아, 너무나 가혹한 일이에요!" 도러시아가 말했다. "당신의 무고함을 입증하기 어렵겠다는 걸 알겠어요. 그런데 남들보다 더 고귀한 삶을 살려 노력하고 더 나은 방법을 찾으려 애쓰신 분에게 이런 일이 일어나다니! 이런 일을 바로잡을 수 없다고 생각하고 체념하는 건 도무지 참을 수 없어요. 당신이 고귀한 의도를 품었다는 것을 아니까요. 병원에 대해서 처음 이야기를 꺼내셨을 때 하신 말씀을 기억해요. 그런 슬픔에 대해서 무엇보다도 많이 생각했어요. 위대한 것을 사랑하고 그것에 도달하려 애쓰지만 실패하고 마는 것 말이에요."

"네." 리드게이트는 이 부분에서 자신이 느끼는 슬픔의 의미를 속속들이 이해할 여지를 찾았다고 느꼈다. "저는 야심이 있었습니다. 모든 것을 다르게 만들 의도였습니다. 제게 더 강한 힘과 통제력이 있다고 생각했지요. 그러나 가장 무시무시한 장애는 남들이 알지 못하는, 오직 자신만이 볼 수 있는 것입니다."

"만일……" 도러시아는 생각에 잠겨 말했다. "만일 우리가 병원을 현재 계획에 따라서 운영하고 당신이 몇몇 사람의 호의와 지지밖에 얻지 못하더라도 여기 계속 남아 계신다면 당신에 대한 악감정은 차차 사라질 거예요. 사람들은 당신의 목적이 순수하다는 것을 알게 되고 당신에게 공정하지 않았음을 인정해야 할 때가 올 테고요. 그러면 당신이 말씀하신 루이와 라에네크처럼 큰 명예를 얻으실 수 있어요. 우리 모두 당신을 자랑스럽게 생각하겠지요." 그녀가 미소를 지으며 말을 맺었다.

"제가 예전처럼 자신에 대한 신뢰를 가지면 가능하겠지요." 리드게이트가 서글프게 말했다. "이런 중상모략 앞에서 몸을 돌려 달아나는 것보다 더 쓰라린 일은 없습니다. 그 중상을 속수무책으로 뒤에 남겨 둔 채 말이지요. 하지만 제게 달린 계획에 많은 돈을 기부하시도록 부탁할 수는 없습니다."

"제게는 대단히 가치 있는 일이 될 거예요." 도러시아가 소박하게 말했다. "생각해 보세요. 저는 가진 돈이 무척 불편하거든요. 제가 가장 좋아하는 원대한 계획을 이루기에는 돈이 너무 적다고들 해요. 하지만 저는 너무 많이 갖고 있어요. 그 돈으로 무엇을 해야 할지도 모르고요. 제 재산에서 연 700파운드가 들어오고 캐소본 씨가 남긴 재산에서 연 1900파운드가 들어오고 은행에서 당장 찾을 수 있는 돈이 삼사천 파운드가량 돼요. 저는 땅을 구입해서 촌락을 만들고 실업 학교를 세우도록 융자를 얻은 후 제게 필요하지 않은 수입으로 차차 갚아 나가고 싶었어요. 그런데 제임스 경과 백부님은 그런 일이 너무 위험성이 크다고 설득하셨어요. 그러니 아시겠지만 제게 가장 기쁜 일은 제 돈으로 뭔가 좋은 일을 하는 거예요. 다른 사람들의 생활을 더 낫게 만드는 데 쓰고 싶어요. 그 돈이 원치도 않는 내게 오는 바람에 몹시 불편하거든요."

리드게이트의 우울한 얼굴에 미소가 번졌다. 어린아이처럼 진지한 눈길로 간절하게 말하는 도러시아의 태도는 저항할 수 없이 매혹적이었고, 고귀한 경험에 대한 그녀의 섬세한 이해심과 감탄스럽게도 혼연일체를 이루었다. (이 세상사에서 큰 비중을 차지하는 비열한 경험에 대해서는 상상력이 거의 미치지 못했으므로 가엾은 캐소본 부인은 근시처럼 아주 흐릿하게 알고 있을 뿐이었다.) 그러나 그녀는 그 미소를 자기 계획을 고무하는 것으로 받아들였다.

"이제 당신이 지나치게 망설이셨다는 것을 아시겠지요." 그녀는 설득하려는 어조로 말했다. "병원은 한 가지 좋은 일이 될 테고, 당신 삶을 다시 온전하고 건강하게 만드는 것은 또다른 좋은 일이 될 거예요."

리드게이트의 미소가 사라졌다. "부인께서는 그 모든 일을 이루실 재력뿐 아니라 선량함을 지니고 계십니다. 그 일이 일어날 수 있다면 말이지요." 그가 말했다. "하지만……."

그는 잠시 주저하면서 멍한 눈으로 창가를 바라보았고, 그녀는 말없이 기다렸다. 이윽고 그가 그녀에게 눈을 돌리고 충동적으로 말했다.

"말씀드리지 않을 이유가 없겠지요……. 부인께서는 결혼이 어떤 속박인지 아시니까요. 모든 사정을 이해하실 겁니다."

도러시아는 심장이 더 빨리 뛰기 시작하는 것을 느꼈다. 그에게도 그런 슬픔이 있었던 것일까? 하지만 그녀는 말을 꺼내기 두려웠고, 그가 곧 말을 이었다.

"지금 저는 아내의 행복을 고려하지 않고는 어떤 일도 할 수 없고 어떤 조처도 취할 수 없습니다. 제가 독신이라면 하고 싶었을 일들이 이제는 불가능해졌습니다. 아내가 불행해하는 것을 볼 수 없으니까요. 그녀는 어떤 곤경에 빠질지 알지 못하고 저와 결혼했습니다. 저와 결혼하지 않았더라면 훨씬 나았을 겁니다."

"네, 알겠어요. 부인에게 고통을 줄 수 없으신 거죠. 정 피할 수 없는 경우가 아니라면." 도러시아는 자신의 결혼 생활을 생생히 떠올리며 말했다.

"그리고 아내는 여기서 사는 것에 반대하기로 마음을 굳혔습니다. 떠나고 싶어 하죠. 여기서 겪은 고통에 지쳤어요." 리드게이트는 너무 말을 많이 하지 않도록 다시 끊었다.

"하지만 여기 머물면 생길 수 있는 이점을 부인이 아신다면……." 도러시아는 방금 고려했던 이유들을 리드게이트가 잊어버린 양 그를 바라보며 항의하듯 말했다. 그는 금방 대답하지 않았다.

"아내는 알지 못할 겁니다." 마침내 그는 무뚝뚝하게 말했고, 처음에는 더 이상 설명을 덧붙이지 않을 생각이었다. "그리고 사실 저도 이곳에서 살아가는 데 기운을 잃었습니다." 잠시 말을 멈추었다가 그는 도러시아에게 자기 삶의 고충을 더 깊이 보여 주려는 충동에 따르며 말을 이었다. "실은 이렇게 닥친 재앙이 아내에게는 혼란스러울 겁니다. 우리는 그 문제에 대해 서로 이야기를 나눌 수 없었어요. 그녀가 어떻게 생각하는지 저는 모릅니다. 제가 정말로 비열한 짓을 저질렀다고 걱정할지도 모르지요. 제 잘못입니다. 더 허심탄회하게 말해야 했는데. 하지만 저는 몹시 큰 고통을 겪었습니다."

"제가 부인을 만나러 가도 될까요?" 도러시아가 열렬히 말했다. "부인께서 제 지지를 받아들이실까요? 당신은 본인의 판단을 제외하면 누구의 판단으로도 비난받을 여지가 없다고 말하겠어요. 공정한 마음을 가진 사람들은 당신에 대해서 혐의를 두지 않는다고 말하겠어요. 부인의 기운을 북돋워 주겠어요. 제가 부인을 만나러 가도 될지 물어봐 주시겠어요? 전에 한 번 부인을 뵌 적이 있어요."

"물론 그러셔도 됩니다." 리드게이트는 이 제안에 약간 희망을 품고 말했다. "아내는 영광이라고 느낄 겁니다. 부인께서 적어도 저를 조금 존중해 주신다는 증거에 기운을 얻을 거예요. 부인께서 방문하실 거라고는 말하지 않겠습니다. 제가 원했기 때문에 방문하셨다고 아내가 생각하지 않도록 말이지요. 어떤 문제에 관해서든 아내가 다른 사람을 통해서 듣게 하지는 말아야 한다는 것을 잘 알고 있습니다만, 그러나……."

그는 말을 멈췄고 잠시 침묵이 이어졌다. 도러시아는 마음속의 말을 억눌렀다. 남편과 아내의 대화에 보이지 않는 장벽이 있음을 너무나 잘 안다는 것을. 이는 공감을 나타내는 것만으로도 상처를 줄 수 있는 문제였다. 그녀는 리드게이트의 외적 상황으로 화제를 돌리며 쾌활하게 말했다.

"만일 부인께서 당신을 믿고 지지하는 벗들이 있다는 것을 알면 당신이 여기 머물면서 희망을 되찾고 원래 의도했던 일을 하시는 것을 기쁘게 생각하실 거예요. 그러면 당신은 병원에서 계속 일하시라는 제 제안에 동의한 것이 옳았다고 생각하시겠지요. 확실히 그러실 거예요. 당신의 지식을 유용하게 만들 수단으로 병원에 대한 믿음을 여전히 갖고 계신다면 말이죠."

리드게이트는 대답하지 않았고, 그녀는 그가 속으로 논쟁을 벌이고 있음을 알았다.

"당장에 결정하실 필요는 없어요." 그녀가 부드럽게 말했다. "제가 며칠 더 있다가 불스트로드 씨에게 답장을 보내도 늦지 않으니까요."

리드게이트는 여전히 말이 없었지만 마침내 더없이 단호한 어조로 말했다.

"아니요. 망설일 여지를 두지 않는 편이 좋겠습니다. 저는 더 이상 저 자신에 대해 완전히 확신할 수 없습니다. 이제 달라진 상황에서 제가 무엇을 할 수 있을지 모르겠다는 뜻입니다. 다른 분들이 저를 신뢰하시면서 중대한 일에 참여하기로 약속하시도록 내버려 둔다면 명예롭지 못한 일입니다. 저는 결국 떠나야 할 테니까요. 그 밖의 다른 가능성은 거의 찾을 수 없습니다. 상황 전체가 너무나 불확실하니까요. 그래서 부인의 선의를 헛되이 낭비하는 원인이 되는 데는 동의할 수 없습니다. 아뇨, 새 병원을 원래의 진료소와 통합하고, 제가 여기 오기 이전과 똑같이 모든 일이 진행되도록 하시지요. 제가 그 병원에서 진료를 본 후로 귀중한 자료를 기록해 두었습니다. 그 기록을 이용할 수 있을 사람에게 보내겠습니다." 그는 씁쓸히 말을 맺었다. "앞으로 한동안은 수입을 얻는 것 외에 다른 생각을 할 수 없습니다."

"그렇게 절망적으로 말씀하시니 무척 마음이 아프군요." 도러시아가 말했다. "당신의 장래와 훌륭한 일을 하실 능력을 믿고 있는 벗들이 당신을 돕도록 허락해 주시면 기쁠 거예요. 제게 돈이 얼마나 많은지 생각해 보세요. 당신이 지금 부족한 수입의 족쇄에서 풀려날 때까지 매년 그 돈의 일부를 사용하신다면 제게는 부담을 덜어 주시는 거나 마찬가지예요. 사람들이 그래서는 안 될 이유가 있을까요? 각자의 몫을 조금이라도 공평하게 나누는 건 너무 어려운 일이에요. 이것이 한 가지 방법이고요."

"하느님의 축복이 있으시기를, 캐소본 부인!" 리드게이트는 충동적으로 힘차게 말하며 벌떡 일어서서 앉아 있던 큰 가죽 의자의 등받이에 팔을 올려놓고 말했다. "부인께서 그런 감정을 느끼시는 것은 좋은 일입니다만 그 감정으로 제가 이득을 보도록 놔두어서는 안 됩니다. 저는 보증이 될 만한 것을 충분히 보여 드리지 못했어요. 제가 이루지도 못한 성과에 대해 연금을 받는 식으로 스스로 품위를 떨어뜨려서는 안 됩니다. 준비되는 대로 빨리 미들마치를 떠나는 방법 외에 어디에도 의존해서는 안 된다는 것이 제게는 대단히 명료해 보입니다. 여기서는 최선의 상황이라 하더라도 앞으로 오랫동안 수입을 얻지 못할 겁니다. 그리고 새로운 곳에 가면 필요에 따라 변하기가 더 쉽겠지요. 다른 사람들처럼 처신하고, 세상 사람들의 호감을 사고 돈벌이가 될 것을 생각해야겠지요. 런던의 혼잡한 지역에서 조그만 틈새를 찾아내 밀고 들어가거나 온천지에서 개업을 하든지, 아니면 한가한 영국인이 많은 남부 도시에 가서 스스로 과대광고를 할지도 모르지요. 저는 그런 껍데기에 기어들어 그 안에서 제 영혼이 죽지 않도록 애써야겠지요.”

“하지만 그건 용감하지 않아요.” 도러시아가 말했다. “싸움을 포기하는 것 말이에요.”

“네, 용감하지 않습니다.” 리드게이트가 말했다. “하지만 스멀스멀 다가드는 마비 상태가 두렵다면요?” 그러고는 다른 어조로 덧붙였다. “그러나 부인께서 저를 믿어 주셨기에 부쩍 용기가 났어요. 부인께 말씀드리고 나니 이제 모든 것을 훨씬 더 잘 견딜 것 같습니다. 몇몇 분들, 특히 페어브라더 씨에게 저에 대한 혐의를 풀어 주신다면 깊이 감사드리겠습니다. 제 지시 사항이 지켜지지 않았다는 사실은 언급하지 않으셨으면 합니다. 쉽게 왜곡될 수 있으니까요. 결국 저에 대한 증거라고는 사람들이 이미 저에 대해 갖고 있던 견해뿐입니다. 저 자신에 관련된 것은 다른 분들께 말씀하셔도 괜찮습니다.”

“페어브라더 씨는 믿을 거예요. 다른 사람들도 믿을 거고요.” 도러시아가 말했다. “당신에 대해서 제가 할 말들은 당신이 뇌물을 받고 사악한 일을 할 거라는 가정이 어리석은 생각이라는 것을 보여 줄 거예요.”

“잘 모르겠습니다.” 리드게이트는 신음하듯이 말했다. “제가 뇌물을 받은 것은 아닙니다. 하지만 때로 행운이라 불리는 모호하고도 미묘한 뇌물이 있지요. 그럼 부인께서 또 제게 친절을 베푸셔서 제 아내를 만나러 와 주시겠어요?”

“네, 그럴게요. 무척 예쁜 분이라고 기억해요.” 도러시아가 말했다. 로저먼드의 인상은 그녀의 마음속 깊이 새겨져 있었다. “부인께서 저를 좋아하시면 좋겠어요.”

리드게이트는 말을 타고 가면서 생각했다. '이 젊은 여자는 성모 마리아에 견주어도 손색이 없을 넓은 마음을 가졌어. 분명 자기 장래에 대해서는 전혀 고려하지 않고 수입의 절반이라도 내주겠다고 당장 약속할 거야. 기도하는 가엾은 인간들을 맑은 눈으로 내려다보기 위해 앉아 있을 의자 외에는 필요한 것이 하나도 없는 듯이 말이지. 예전에 어떤 여자에게서도 보지 못한, 인간에 대한 우애의 샘 같은 것이 있는 것 같아. — 남자도 그녀와 친구가 될 수 있을 거야. 캐소본은 그녀의 마음에 어떤 영웅적 환영을 불러일으켰을까? 그녀가 남자에게 그 밖의 다른 열정을 느낄지 궁금하군. 래디슬로? 두 사람 사이에 특별한 감정이 있었던 것은 확실해. 캐소본은 틀림없이 그것을 알았겠지. 글쎄…… 남자에게 그녀의 사랑은 그녀의 돈보다 더 큰 도움이 될 거야.'

도러시아는 당장 리드게이트를 불스트로드와의 채무 관계에서 벗어나게 할 계획을 세웠다. 작은 부분이기는 하지만 그가 견뎌야 할 쓰라린 압박감의 일부일 거라고 생각했다. 그녀는 그 대화에 고무되어 즉시 앉아서 짧은 편지를 썼다. 리드게이트에게 도움이 될 돈을 제공하면서 만족감을 느낄 권리는 불스트로드 씨보다 자신에게 더 많다고 주장했다. 이 사소한 문제에서 그를 도울 자격을 인정해 주지 않는다면 리드게이트가 불친절한 것이며, 용도가 정해지지 않은 돈이 넘쳐나는 상황에서 호의를 받는 쪽은 전적으로 자기 자신이라고 썼다. 그가 요청을 수락한다는 뜻이라면 자신을 채권자나 다른 이름으로 불러도 좋다. 그녀는 1000파운드 수표를 봉투에 함께 넣

었고, 다음 날 로저먼드를 만나러 갈 때 그 편지를 가져가겠
다고 마음먹었다.

77장

그리하여 그대의 몰락은 얼룩을 남겼고,
근심에 가득한 인간,
혐의를 입은 인간을 나타냈네.

— 『헨리 5세』[103]

　　다음 날 리드게이트는 브래싱에 가야 했고 저녁때까지 돌아오지 않을 거라고 로저먼드에게 말했다. 최근에 그녀는 교회에 갈 때를 제외하면 집과 정원을 벗어나지 않았고, 언젠가 아버지를 만나러 가서 말했다. "터시어스가 떠난다면 우리가 이사하도록 도와주실 거죠, 아빠? 우리는 돈이 거의 없을 거예요. 정말이지 누군가 도와주면 좋겠어요." 그러자 빈시 씨가 말했다. "그래, 얘야, 일이백 파운드 정도는 개의치 않겠다. 이제 끝을 볼 수 있으니." 이런 경우를 제외하면 그녀는 활기 없이 우울하고 불안한 마음으로 집에 앉아서 희망과 관심을 품을 단 하나의 사건으로 윌 래디슬로의 도착에 관심을 쏟았다.

---

103) 『헨리 5세』, 2막 2장, 138~140행.

그녀는 이 사건을 리드게이트가 미들마치를 떠나 런던으로 가기 위해 당면한 준비를 하는 데 전에 없이 다급하게 서두르는 것과 연결 지었고, 급기야는 왠지 몰라도 윌의 도착이 출발을 유도하는 강력한 원인이 될 거라고 확신했다. 이런 식으로 인과 관계를 가정하는 것은 너무나 흔한 일이므로 로저먼드에게 특이한 어리석음이랄 수는 없다. 그리고 바로 이런 인과 관계의 고리가 끊어질 때 가장 큰 충격을 일으킨다. 어떤 결과가 어떻게 빚어지는지를 살펴보면 까딱 빗나가거나 저지될 가능성을 종종 볼 수 있기 때문이다. 그러나 오로지 바람직한 원인만 보고 그 옆에서 바람직한 결과를 보면 의혹이 사라지고 우리 마음은 대단히 직관적이 된다. 바로 이런 과정이 가엾은 로저먼드의 마음속에서 일어나고 있었다. 그녀가 예전처럼 섬세한 손길로 다만 더 느릿느릿하게 주위 물건을 정리하거나 혹은 피아노 의자에 앉아서 연주를 하려다가 그만두고 흰 손가락을 나무 건반에 올려놓은 채 머뭇거리며 멍하니 권태로운 기분에 잠겨 앞을 바라보고 있을 때 말이다. 우울한 기색이 너무나 역력했기에 리드게이트는 끝없이 이어지는 침묵의 비난처럼 그 앞에서 기이하게도 겁을 먹었다. 그리고 그 튼튼한 남자는 자신이 어떻게 해서인지 상처를 준 이 아름답고 연약한 존재에 대한 예리한 감정에 압도되었고, 그녀의 시선을 피했으며, 때로 그녀가 다가오면 깜짝 놀랐고, 그녀에 대한 두려움과 그녀를 위한 두려움은 순간적 격분으로 몰아내고 나면 더욱 강력하게 밀려드는 느낌이었다.

그러나 오늘 아침에 로저먼드는 리드게이트가 외출한 후

때로 온종일 앉아 있던 위층의 자기 방에서 시내로 산책할 준비를 마치고 내려왔다. 그녀는 편지를 부쳐야 했다. 래디슬로 씨에게 보내는 매혹적이고 분별력 있는 편지였는데 자신의 고통을 암시함으로써 그의 도착을 앞당기려는 의도가 담겨 있었다. 이제 집에 한 명밖에 남지 않은 하녀는 그녀가 외출복 차림으로 내려오는 것을 보고 생각했다. '보닛을 쓰고 저렇게 예쁘게 보이는 사람은 없을 거야, 가엾은 여자.'

그동안 도러시아의 마음은 로저먼드를 찾아가려는 계획과 그 계획을 둘러싸고 모여든 과거의 기억과 앞으로 일어날 일에 대한 생각에 잠겨 있었다. 어제 리드게이트가 결혼 생활의 고충을 흘긋 암시할 때까지 리드게이트 부인의 이미지는 언제나 윌 래디슬로의 이미지와 결합되어 있었다. 가장 불안한 순간에도, 캐드월레이더 부인이 곤혹스럽게도 추문을 생생하게 전하는 바람에 무척 동요했을 때도 그녀는 윌의 명예를 더럽히려는 추측에 맞서 그를 두둔하려 애썼다. 아니 그렇게 하려는 더없이 강렬한 충동을 느꼈다. 나중에 윌을 만났을 때는 처음에 그의 말이 리드게이트 부인에 대한 감정을 암시한다고, 그 감정에 빠져들지 않기로 결심했다는 뜻이라고 이해했고, 그가 예쁜 여자와 끝없이 어울리면서 느꼈을 매력을 재빨리 슬프게 떠올리며 그를 변명해 주려 했다. 여자는 분명 음악을 좋아하는 그의 취향을 공유했듯이 다른 취미도 공유할 것이다. 그러나 그의 작별의 말이 이어졌고 — 몇 마디 격정적인 말로 그는 자신이 두려운 마음으로 품고 있는 사랑의 대상이 바로 그녀이며, 그가 밝히지 않은 채 가슴에 품고 유형을 떠나려는 것은 오직 그녀에 대한 사랑임을 암시했다. 작별의 순간부터 도러시아는 자신에 대한 윌의 사랑을 믿었고, 그의 섬세한 명예심과 누구에게서도 타당한 비난을 받지 않으려는 결의를 자랑스럽고 즐거운 마음으로 믿었기에 리드게이트 부인에 대해 그가 느낄 관심에 대해서는 전혀 불안하지 않았다. 그 관심은 조금도 나무랄 데가 없는 것이라고 믿었다.

어떤 사람들이 우리를 사랑하면 우리는 그들의 본성을 통해 일종의 세례를 받고 깨끗이 정화되었다고 느낀다. 그들은 우리에 대한 순수한 믿음으로 우리를 정직과 순수에 묶어 놓았으므로 우리가 죄를 지으면 최악의 신성 모독이 되어 눈에 보이지 않는 신뢰의 제단을 무너뜨리고 만다. "당신이 좋은 사람이 아니라면 세상에는 좋은 사람이 없어요." 이런 사소한 말들이 책임감에 엄청난 의미를 부여하고 양심의 가책에 통렬한 고통을 수반하게 할 것이다.

도러시아의 본성은 바로 이러했다. 그녀의 열정적 결함은 그 열렬한 성격이 나아가는 쉽게 헤아릴 수 있는 훤히 트인 길을 따라 흩어져 있었다. 그녀는 다른 사람들의 눈에 보이는 실수에 대해서는 풍부한 연민을 느낀 반면, 숨겨진 잘못을 교묘하게 해석하거나 의심할 재료는 그녀의 경험에 아직 들어 있지 않았다. 그러나 그런 단순함은 다른 사람들에 대한 믿음으로 그들을 위한 이상을 떠받쳤으며, 그것은 그녀의 여성성이 지닌 위대한 힘 가운데 하나였다. 그리고 그 힘이 처음부터 윌 래디슬로에게 강력한 영향을 미쳤던 것이다. 그녀와 헤어질 때 윌은 그녀에 대한 감정과 그녀의 재산이 그들을 갈라놓았음을 간결한 말로 전하려 했고 도러시아가 그 말을 해석할 때 그 간결함 덕분에 오로지 득을 볼 거라고 느꼈다. 그는 그녀의 마음속에서 자신에 대한 최고의 평가를 찾아냈다고 느꼈다.

그 점에서 그는 옳았다. 이별하고 몇 달이 지나는 동안 도러시아는 두 사람의 관계가 내적으로 완전하고 오점이 없다고 생각하면서 슬프지만 감미로운 평온함을 느꼈다. 그녀는 자신이 믿는 계획이나 사람을 옹호하려고 저항할 때 적극적으로 저항하는 내면의 힘이 있었다. 그녀가 생각하기에 윌이 남편에게서 받은 부당한 대우나 다른 사람들이 그를 무시하는 근거가 되었던 외적 조건들은 그에 대한 그녀의 애정과 찬탄 어린 판단을 더욱 강고하게 만들 뿐이었다. 그런데 이제 불스트로드 사건이 폭로되어 윌의 사회적 지위와 관련된 새로운 사실이 드러나면서 사유지의 울타리 안에 있는 그녀의 세계에서 그에 대한 말들이 오가자 도러시아의 내적 저항이 새롭게 일깨워졌다.

"래디슬로가 도둑질하던 유태인 전당포상의 손자라니." 이 말은 로윅과 팁턴, 프레싯에서 불스트로드에 관한 이야기가 오갈 때 강력한 어투로 등장했고, 가엾은 윌의 등에 달라붙은 꼬리표로 "흰 생쥐를 가진 이탈리아인"보다 더 고약했다. 강직한 제임스 체텀 경은 이 사실이 래디슬로와 도러시아의 사이를 가로막은 태산 같은 거리를 더 넓혀 주었다고 안심하면서 정당한 만족감을 느낄 수 있다고 믿었고, 그 점에서 일말의 불안감이라도 든다면 너무나 터무니없었기에 깨끗이 잊어버릴 수 있었다. 그리고 브룩 씨에게 그의 어리석음을 밝혀 줄 새로운 촛불로서 이처럼 추악한 래디슬로의 혈통을 주목하게 하면서 약간 의기양양한 기분도 느꼈을 것이다. 도러시아는 고통스러운 이야기에서 월과 관련된 부분이 여러 차례 적대적으로 언급되는 것을 보았지만 아무 말 하지 않았다. 예전에 월에 대해 말할 때와 달리 지금은 언제나 성스러운 비밀로 남아야 할 자신들의 더욱 깊은 관계를 의식하며 억제했던 것이다. 그러나 침묵은 그녀의 저항감을 뒤덮어 더욱 순수한 불꽃으로 타오르게 했다. 그리고 다른 사람들이 월의 등에 치욕의 딱지로 붙이려 한 불운한 태생은 그녀의 뇌리를 떠나지 않는 생각에 열정 같은 것을 더해 주었을 뿐이다.

자신들이 혹시 더 친밀한 결합을 이룰지 모른다는 환상을 품은 것은 아니었다. 그렇다고 체념적인 태도를 취한 것도 아니었다. 그녀는 월과의 모든 관계를 다만 자신의 결혼에서 빚어진 슬픔의 한 부분으로 받아들였다. 그리고 자기 운명의 남아도는 것들에 대해 곰곰 생각하며 자신이 완벽히 행복하지 않기 때문에 내면의 비탄을 계속한다면 큰 죄라고 생각했을 것이다. 그녀는 애정의 큰 기쁨이 기억에 남아 있는 것을 견딜 수 있었다. 그리고 결혼이라면 그녀가 현재 전혀 알지 못하는 어떤 구혼자의 불쾌한 청혼으로만 떠올랐을 뿐이다. 친지들이 생각하는 그 구혼자의 미덕은 그녀에게 고통의 원천이었을 것이다. "네 재산을 너 대신 관리해 줄 사람 말이다, 얘야." 브룩 씨는 구혼자에게 적합한 자질을 이렇게 매력적으로 제시했다. "재산으로 무엇을 해야 할지 알면 제가 직접 관리하고 싶어요." 도러시아가 말했다. 아니, 그녀는 결코 다시는 결혼하지 않겠다는 선언을 고수했다. 너무나 평탄하고 도로 표지도 없어 보이는 자기 인생의 긴 골짜기에서 길을 따라 걸으며 지나가는 동료 여행객들을 보다 보면 인도의 손길이 다가올 것이다.

월 래디슬로에 대한 이런 평소의 감정은 리드게이트 부인을 방문하겠다고 제안한 다음에 깨어 있는 시간 내내 강렬하게 이어졌고, 이런 감정을 배경으로 로저먼드의 모습이 떠올랐지만 그녀의 관심과 연민은 조금도 방해받지 않았다. 이 아내와 그녀의 행복을 철칙으로 삼은 남편 사이에 어떤 정신적 괴리가, 완벽한 신뢰를 가로막은 어떤 장벽이 있는 것은 분명했다. 그것은 제삼자가 직접 건드려서는 안 되는 고통이었다. 하지만 도러시아는 남편이 받는 혐의 때문에 로저먼드에게 틀림없이 밀려왔을 외로움을 생각하며 깊은 연민을 느꼈다. 리드게이트에 대한 존중과 그 아내에 대한 공감을 표현하면 분명 도움이 될 것이다.

'그녀의 남편에 대해 이야기하겠어.' 도러시아는 마차를 타고 시내로 가면서 생각했다. 청명한 봄날 아침과 축축한 땅 냄새, 반쯤 벌어진 엽초에서 주름진 풍성한 녹색 잎을 막 드러낸 싱싱한 이파리들은 페어브라더 씨와 긴 대화를 나누며 그녀가 느낀 쾌활함의 일부 같았다. 목사는 리드게이트의 행위를 해명하는 설명을 기쁘게 받아들였다. '리드게이트 부인에게 좋은 소식을 전해야지. 나와 이야기하는 걸 좋아하고 나와 친해질지 몰라.'

도러시아는 로윅 게이트에서 또 다른 볼일이 있었다. 학교

교실에 매달 섬세한 소리가 나는 새 종에 관한 것이었다. 그녀는 리드게이트의 집 가까운 곳에서 마차를 내려야 했기에 마부에게 어떤 꾸러미를 기다리라고 말하고는 길을 가로질러 그 집으로 걸어갔다. 대문은 열려 있었다. 가까이 멈춰 선 마차를 우연히 내다보던 하녀는 '마차의 주인'인 숙녀가 자기 쪽으로 걸어오는 것을 보았다.

"리드게이트 부인이 집에 계신가요?" 도러시아가 말했다.

"잘 모르겠습니다, 마님. 안으로 들어오시면 제가 찾아볼게요." 마르타는 부엌에서 입고 있던 앞치마 때문에 약간 당황했지만 침착함을 잃지 않았고, 쌍두 사륜마차를 타고 온 여왕 같은 젊은 미망인에게 '부인'은 적절한 칭호가 아닐 거라고 생각했다. "좀 들어오시면 제가 가서 찾아볼게요."

"캐소본 부인이라고 말해 줘요." 마르타가 그녀를 응접실로 안내하고 로저먼드가 산책에서 돌아왔는지 알아보기 위해 위층에 올라갈 생각으로 앞장서서 걸을 때 도러시아가 말했다.

그들은 현관의 널따란 곳을 가로질러 정원으로 연결되는 복도를 지났다. 응접실 문은 걸쇠가 풀려 있었다. 마르타는 문을 밀고 방 안을 들여다보지도 않은 채 캐소본 부인이 들어가도록 기다린 다음에 몸을 돌렸다. 문은 소리 없이 열렸다가 닫혔다.

오늘 아침에 도러시아는 과거에 있었던 일들과 앞으로 있을 일들의 심상에 몰입해 있었기에 외부 사물이 평소보다 눈에 잘 들어오지 않았다. 그래서 아무것도 선명하게 보이지 않는 가운데 안으로 들어섰지만 즉시 나지막한 목소리가 들려오는 바람에 대낮에 꿈을 꾸듯이 깜짝 놀랐다. 튀어나온 책장의 선반 너머로 자기도 모르게 한두 걸음 앞으로 옮기자 모든 윤곽을 갖춘 어떤 형체가 끔찍하게 밝혀지는 가운데 무언가 보였고, 당황한 나머지 그녀는 말도 못 하고 그 자리에 멈춰 섰다.

그녀가 들어온 문에 일직선으로 이어진 벽에 기댄 소파에 그녀 쪽으로 등을 돌리고 앉아 있는 사람은 윌 래디슬로였다. 바로 옆에는 눈물을 머금고 발갛게 달아올라 더욱 빛나는 얼굴로 그를 바라보며 로저먼드가 보닛을 뒤로 젖힌 채 앉아 있었다. 윌은 그녀 쪽으로 몸을 숙이고서 그녀의 양손을 두 손으로 꼭 잡아 들어 올린 채 나지막한 목소리로 열렬히 말하고 있었다.

로저먼드는 흥분하고 열중한 상태라서 조용히 다가오는 형체를 알아차리지 못했다. 그러나 도러시아가 그 광경을 처음 본 헤아릴 수 없이 긴 순간이 지나고 당황한 나머지 뒷걸음치다 가구에 부딪혔을 때 로저먼드는 갑자기 그녀의 존재를 알아차리고 흥분한 몸짓으로 양손을 빼고 일어서서는 어쩔 수 없이 멈춰 선 도러시아를 바라보았다. 윌 래디슬로도 깜짝 놀라 일어서서 돌아보았고, 전에 없이 번개처럼 빛나는 도러시아의 눈과 마주치고는 대리석으로 변해 버린 것 같았다. 그러나 도러시아는 즉시 그에게서 로저먼드에게로 시선을 돌리고 확고한 목소리로 말했다.

"실례해요, 리드게이트 부인. 하녀가 당신이 여기 있는 줄을 몰랐어요. 나는 리드게이트 씨에게 중요한 편지를 전하러 왔어요. 그걸 부인에게 직접 전해 주고 싶었어요."

그녀는 뒷걸음질을 막았던 작은 탁자에 편지를 내려놓고는 거리를 두는 시선으로 로저먼드와 윌을 동시에 바라보고 고개를 숙인 다음에 서둘러 방에서 나왔다. 복도에서 그녀와 마주친 마르타는 깜짝 놀라서 안주인이 집에 계시지 않아 죄송하다고 말했고, 대단한 인물들은 아마 평범한 사람들보다 더 참을성이 없는 모양이라고 생각하며 낯선 숙녀를 밖으로 안내했다.

도러시아는 더없이 활발한 걸음으로 거리를 가로질러 재빨리 마차에 올라탔다.

"프레싯 홀로 가요." 그녀는 마부에게 말했다. 그녀를 본 사람이라면 평소보다 조금 더 창백하기는 하지만 이보다 더 냉정한 힘으로 활기를 띤 적이 없었다고 생각했을 것이다. 그녀가 겪고 있는 것은 실로 그러했다. 마치 큰 잔 가득 담긴 조롱을 마신 것 같았고, 그것은 다른 감정들을 전혀 느낄 수 없도록 그녀를 자극했다. 그녀는 도무지 믿기지 않는 것을 보았고, 거기서 일어난 감정이 용솟음치듯 다시 밀려와 대상도 없이 흥분으로 고동치고 있었다. 흥분을 쏟아 내기 위해 뭔가 적극적인 것이 필요했다. 먹고 마시지 않아도 진종일 걷고 일할 수 있을 것 같았다. 아침에 집을 나설 때 생각했던 대로 프레싯과 팁턴에 가서 제임스 경과 큰아버지에게 리드게이트에 대해 알려 주고 싶은 사실을 이야기할 것이다. 시련에 처한 리드게이트가 결혼 생활에서 느낄 외로움은 이제 새로운 의미를 띠었고, 더욱 열렬히 그를 옹호하게 만들었다. 그녀는 늘 괴로운 마음을 재빨리 억눌러야 했던 결혼 생활의 몸부림 속에서도 이처럼 의기양양하고 힘찬 분노는 느껴 본 적이 없었다. 그녀는 이것을 새로운 힘의 징후로 받아들였다.

"도도, 언니 눈이 너무나 반짝거려!" 제임스 경이 방을 나서자 실리아가 말했다. "그런데 눈앞에 보이는 것을 전혀 보지 않아. 아서도, 다른 것도. 언니는 뭔가 불편한 일을 저지를 거야. 난 알아. 전부 다 리드게이트 씨 때문이야? 아니면 뭔가 다른 일이 있었어?" 실리아는 언니를 관찰하고 예측하는 데 익숙했다.

"그래, 아주 많은 일이 일어났어." 도도는 벅차오르는 목소리로 말했다.

"무슨 일인지 궁금해." 실리아는 편안하게 팔짱을 끼고 몸을 앞으로 숙이며 말했다.

"아, 지상에 사는 모든 사람의 온갖 고통이야." 도러시아가 양팔을 들어 머리 뒤에 대면서 말했다.

"맙소사, 도도, 모든 사람을 위해 계획을 세우겠다는 거야?" 햄릿 같은 헛소리에 약간 불안해진 실리아가 말해다.

그러나 제임스 경이 도러시아와 함께 그레인지에 가려고 들어왔다. 그녀는 원정을 잘 끝냈다. 자기 집 문 앞에 내릴 때까지 마음먹었던 일에서 한 치도 벗어나지 않았다.

78장

어제였다면, 내가 무덤 속에 있고
그녀가 감미로운 믿음으로 저 위에서 추모하고 있다면.

로저먼드와 윌은 꼼짝하지 않고 서 있었다. 얼마나 시간이
지났는지 몰랐다. 그는 도러시아가 서 있던 자리를 바라보았
고, 그녀는 의혹에 차서 그를 바라보았다. 로저먼드에게는 끝
없이 긴 시간 같았고, 그녀의 내밀한 영혼은 방금 일어난 일
에서 곤혹스러움보다는 만족감을 느꼈다. 천성이 얄팍한 사람
은 다른 이들의 감정을 쉽게 지배할 수 있으리라고 꿈꾸고, 자
기네 대단찮은 마술로 가장 깊은 물줄기를 돌려놓을 수 있다
고 맹신하며, 귀여운 몸짓과 말로 존재하지 않는 것을 존재하
는 듯이 만들 수 있다고 자신한다. 그녀는 윌이 극심한 충격을
받았다는 것을 알았다. 하지만 그녀는 다른 사람의 마음 상태
를 자신이 원하는 형체를 만들어 낼 재료로 생각하곤 했고,
달래거나 정복할 힘이 자기에게 있다고 믿었다. 남자 중에서

가장 고집이 센 터시어스도 결국에는 늘 굴복했다. 완강하게 저항한 사건들이 있었지만 로저먼드는 결혼 전에 그랬듯이 지금도 똑같이 말할 수 있었다. 자기는 마음먹은 것을 절대로 포기하지 않는다고.

그녀는 팔을 내밀어 윌의 소맷자락에 손가락 끝을 올려놓았다.

"날 건드리지 말아요!" 그가 휙 물러서며 채찍을 내리치듯 말했고, 온몸이 찌르는 고통으로 얼얼한 듯 얼굴이 붉어졌다가 창백해졌고 다시 붉어졌다. 그는 몸을 돌려 다른 쪽으로 걸어가서 그녀를 마주 보았다. 손가락 끝을 주머니에 찔러 넣고 머리를 젖힌 채 로저먼드가 아니라 그녀에게서 몇 센티미터 떨어진 곳을 맹렬히 응시했다.

그녀는 예리한 상처를 입었지만 그녀가 상처 입은 조짐을 알아차릴 수 있는 사람은 리드게이트뿐이었다. 그녀는 갑자기 차분해지며 자리에 앉아 늘어진 보닛을 풀어 숄과 함께 내려놓았다. 앞으로 포갠 그녀의 작은 손은 무척 차가웠다.

윌은 당장 모자를 들고 가 버리는 편이 더 안전했을 것이다. 그러나 그럴 마음이 들지 않았고, 오히려 그곳에 남아 자신의 분노로 로저먼드를 산산이 부숴 버리고 싶은 무시무시한 기분을 느꼈다. 창에 맞은 표범이 튀어 올라 물어뜯지 않고는 상처를 견딜 수 없듯이 분노를 발산하지 않고는 그녀가 일으킨 치명적인 불행을 견딜 수 없을 것 같았다. 하지만 어떻게 여자에게 저주를 퍼붓겠다고 말하겠는가? 그는 수용할 수밖에 없는 억압적 관습 때문에 씩씩거렸다. 그가 아슬아슬하게 위험한 균형을 잡고 있을 때 로저먼드의 목소리가 결정적인 진동을 일으켰다. 플루트처럼 낭랑한 목소리로 빈정댔던 것이다.

"캐소본 부인을 쫓아가서 당신이 누구를 좋아하는지 설명할 수 있잖아요."

"쫓아간다고!" 그는 날카롭게 날 선 목소리로 갑자기 말을 쏟아 냈다. "날 쳐다보기나 할 것 같아요? 아니, 내가 혹시라도 그녀에게 말한다면 그걸 더러운 깃털만큼이나 존중할 것 같아요? 설명한다고! 어떻게 남자가 여자를 희생시키면서 설명할 수 있겠어요?"

"당신이 원하는 대로 설명해도 괜찮아요." 로저먼드는 더 떨리는 목소리로 말했다.

"당신을 희생시키면 그녀가 나를 더 좋아할 것 같아요? 내가 스스로를 한심한 놈으로 만든다고 해서 우쭐해할 여자가 아니에요. 내가 당신에게 비열하게 굴었으니까 그녀에게는 진실할 거라고 믿는 여자가 아니라고요."

그는 먹잇감을 보면서도 잡지 못하는 야생 동물처럼 불안하게 방 안을 서성이기 시작했다. 그러다가 곧 다시 분노를 터뜨렸다.

"전에도 더 나은 일이 일어나리라는 희망은 없었어요. — 거의 없었지만. — 하지만 난 한 가지는 확신했어요. — 그녀가 나를 믿는다는 것. 사람들이 나에 대해 뭐라 말하든, 어떻게 행동하든 그녀는 나를 믿었어요. — 바로 그게 사라진 거예요! 그녀는 나를 지질한 거짓말이나 늘어놓는 놈으로 생각할 거예요. — 너무 거만해서 우쭐할 상황이 아니라면 천국도 받아들이지 않고, 그러면서 악마의 푼돈이나 얻으려고 은밀히 스스로를 팔고. 그녀는 나를 그녀에 대한 모욕의 화신이라고 생각할 거예요. 처음부터 우리가……."

윌은 내던져서 산산조각을 내서는 안 되는 무언가를 붙잡은 듯이 말을 멈췄다. 그러다가 로저먼드의 말을 다시 낚아채서 분노를 터뜨릴 다른 배출구를 찾아냈다. 그 말이 마치 목을 졸라 내던져 버려야 할 파충류이기라도 하듯이.

"설명하라고! 사람에게 어떻게 지옥에 빠졌는지 설명해 보라고 하지 그래요! 내가 누구를 좋아하는지 설명하라고! 난 그녀를 결코 좋아하지 않았어요. 숨 쉬는 걸 좋아하지 않는 것과 마찬가지지. 그녀 옆에서 다른 여자들은 전혀 존재하지 않으니까. 다른 여자의 살아 있는 손을 잡느니 차라리 그녀의 죽은 손을 잡을 거예요."

이 독화살이 퍼부어지는 동안 로저먼드는 자기 정체감을 거의 잃어 가고 있었고, 잠에서 깨어나 어떤 끔찍한 현실에 눈을 뜨는 것 같았다. 리드게이트가 험악하게 불만을 토로할 때처럼 차갑고 단호한 혐오감을 느끼지도 않았고, 자기가 옳다는 생각으로 입을 앙다물지도 않았다. 그녀는 어리둥절한 상태로 예전에 맛보지 못한 고통을 느꼈다. 전에 경험해 보지 않은 채찍질에 겁에 질려 처음으로 움찔했다. 그녀에게 맞선 타인의 감정이 의식을 태우고 들어가 물어뜯었다. 윌이 말을 멈췄을 때 그녀는 환자처럼 처참한 모습이었다. 입술이 새파랗게 질리고 눈에는 눈물도 없이 경악한 표정이 담겨 있었다. 만일 맞은편에 서 있는 사람이 터시어스였다면 그 처참한 표정은 그에게 크나큰 고통이었을 테고, 그는 그녀가 종종 하찮게 여기던 튼튼한 팔로 안아 주고 옆에 앉아 위로해 주었을 것이다.

월에게 그런 연민이 전혀 일지 않은 것을 용서해 주기로 하자. 그는 자기 삶의 비할 데 없이 완벽한 보물을 훼손한 이 여자에게 유대감을 느낀 적이 없고, 자신은 잘못이 없다고 생각했다. 잔인하다는 것은 알았지만 뉘우치는 마음은 아직 들지 않았다.

말을 마친 후 그는 반쯤 얼빠진 상태로 여전히 서성였고, 로저먼드는 미동도 없이 앉아 있었다. 마침내 월은 제정신을 차린 듯이 모자를 집어 들었으나 몇 순간 망설였다. 평범한 인사말을 예의 바르게 건넬 수도 없으리만치 심한 말을 퍼부은 것이다. 그러나 지금 말없이 돌아갈 때가 되자 그것이 잔인한 행동인 양 멈칫했다. 이제 감정이 억제되었고 분노에 휩싸여 바보처럼 굴었다고 느꼈다. 그는 벽난로 선반 쪽으로 걸어가서 팔을 올려놓고 말없이 기다렸다. 무엇을 기다리는지 그도 몰랐다. 보복의 불길이 여전히 타오르고 있었기에 앞서 한 말을 취소할 수는 없었다. 하지만 그럼에도 예전에 즐겁게 우정을 나누던 이 단란한 가정에 돌아왔을 때 그 안에 자리 잡은 재앙을 알게 되었음을 떠올렸다. 집 안팎에서 도사리고 있는 불화가 갑자기 눈앞에 떠올랐다. 그리고 어떤 예감 같은 것이 서서히 파고드는 집게처럼 마음을 짓눌렀다. 음울하고 슬픈 마음으로 자기에게 의존한 이 무력한 여자에게 그의 삶이 예속될지 모른다는 것이었다. 그러나 그는 예리한 직관이 예감한 운명에 침울하게 저항했고, 풀이 죽은 로저먼드의 얼굴을 보았을 때 둘 중에서 더 가련한 사람은 자기라고 생각했다. 고통이 연민으로 바뀌려면 먼저 그것이 기억으로 아름다워진 삶의 일부가 되어야 한다.

그래서 그들은 서로 멀리 떨어져 마주 보며 말없이 몇 분간 가만히 있었다. 윌의 얼굴은 아직 무언의 분노에 사로잡혔고, 로저먼드의 얼굴은 무언의 고통에 사로잡혀 있었다. 가엾은 여자는 울화를 터뜨리며 대꾸할 기운도 없었다. 필사적인 희망을 걸었던 환상이 무참히 깨진 충격으로 완전히 꺾여 버리고 말았다. 그녀의 작은 세계는 폐허가 되었고, 외롭고 어리둥절한 상태로 그 폐허에서 비틀거리는 느낌이었다.

윌은 그녀가 그의 잔인한 말을 가볍게 누그러뜨릴 말을 해 주기를 바랐다. 자신의 말이 우뚝 서서 그들을 바라보며 우정을 되살리려는 시도를 조롱하는 것 같았다. 그러나 그녀는 아무 말도 하지 않았고, 마침내 그는 감정을 억제하려고 필사적으로 노력하며 물었다. "오늘 저녁에 리드게이트를 만나러 와도 되겠어요?"

"좋으실 대로." 그녀의 대답은 들릴락 말락 흘러나왔다.

그런 다음 윌은 집을 나섰고, 마르타는 그가 왔던 것도 알지 못했다.

그가 나간 다음에 로저먼드는 자리에서 일어서려 했지만 정신을 잃고 쓰러졌다. 다시 정신을 차렸을 때는 너무 아픈 나머지 종을 울리려고 일어설 수도 없었다. 그래서 그녀가 오랫동안 보이지 않는 데 놀란 하녀가 아래층 방들을 찾아보려고 생각할 때까지 그 자리에 그대로 있었다. 로저먼드는 갑자기

아프고 어지러웠다고 말하며 위층으로 올라가게 도와 달라고
했다. 침실에 들어서자 옷을 입은 채 침대에 쓰러졌고, 예전에
도저히 잊을 수 없는 그 슬픈 날에 한번 그랬듯이 마비된 상
태로 누워 있었다.

리드게이트는 예상보다 일찍 5시 30분경 집에 돌아와서는
누워 있는 아내를 보았다. 그녀가 아프다는 것을 알자 다른
생각은 모두 뒷전으로 물러났다. 그가 맥박을 잴 때 그녀의
눈길은 최근에 한동안 그랬던 것보다 더 오래 그에게 머물렀
다. 그가 거기 있다는 사실에 다소 만족을 느낀 듯이. 그는 즉
시 달라진 점을 느꼈고, 옆에 앉아서 부드럽게 그녀를 감싸 안
으며 고개를 숙이고 말했다. "가엾은 로저먼드! 무슨 불쾌한
일이 있었소?" 그녀는 그에게 매달려 병적으로 흐느끼며 소리
를 질러 댔다. 리드게이트는 한 시간 동안 그녀를 달래고 보살
펴야 했다. 그는 도러시아가 만나러 왔으리라고 상상했고, 분
명 자신에게 의존적인 새로운 태도를 포함해서 그녀의 신경에
일어난 모든 변화는 그 방문으로 새로운 인상을 받고 흥분했
기 때문일 거라고 생각했다.

79장

"이제 그들이 이야기를 끝내고 벌판 한가운데 있던 더러운 진창에 다가가는 것을 꿈속에서 보았다. 부주의하게도 둘 다 갑자기 수렁에 빠졌다. 그 수렁의 이름은 낙담이었다."

— 버니언[104]

로저먼드가 잠잠해지자 리드게이트는 진통제의 효과로 곧 잠들기를 바라면서 그녀를 두고 나와 응접실로 들어갔다. 그곳에 두었던 책을 가져가 작업실에서 읽으며 저녁 시간을 보낼 생각이었다. 탁자 위에 그에게 보낸 도러시아의 편지가 놓여 있었다. 로저먼드에게 캐소본 부인이 방문했는지를 감히 물어보지 못했지만 이 편지를 읽으며 사실을 확인할 수 있었다. 도러시아는 편지를 직접 가져오겠다고 했다.

잠시 후 윌 래디슬로가 들어섰는데 리드게이트가 그를 보고 놀란 것으로 보아 앞서 찾아왔었다는 이야기를 듣지 못했음이 분명했다. 그래서 윌은 "내가 오늘 아침에 왔다고 부인이

---

104) 존 버니언의 『천로역정』.

말하지 않았나?"라고 말할 수 없었다.

"가엾게도 로저먼드가 아프다네." 인사를 하자마자 리드게이트가 말했다.

"심하지 않으면 좋겠군." 윌이 말했다.

"아니, 그저 약간 정신적 충격을 받았어. 신경이 흥분한 탓이지. 최근에 지나치게 긴장했거든. 사실은 말이지, 래디슬로, 나는 불운한 놈이라네. 자네가 떠난 후 우리는 몇 차례나 곤경을 겪었어. 그런데 최근에 더 고약한 암초에 걸렸지. 자네는 막 왔을 테니 시내에서 떠도는 소문을 들을 시간이 없었겠지. 지쳐 보이는군."

"밤새 여행해서 오늘 아침 8시에 화이트 하트에 도착했네. 그러고는 문을 걸어 잠그고 쉬었어." 윌은 슬그머니 빠져나갔다고 느꼈지만 이렇게 둘러댈 수밖에 없었다.

그런 다음에 그는 로저먼드가 이미 자기 나름대로 전해 준 사건에 대한 리드게이트의 설명을 들었다. 그녀는 자신과 직접적인 관련이 없었기에 사람들의 험담에 윌의 이름이 오르내린다는 사실을 언급하지 않았다. 그러므로 그 사실은 지금 처음 듣게 되었다.

"그 폭로에 자네 이름이 결부되었다는 것을 말해 주는 편이 낫겠지." 리드게이트는 래디슬로가 폭로된 사실에 얼마나 큰 상처를 받을지 대부분의 사람들보다 더 잘 이해할 수 있었다. "시내에 나가면 곧 듣게 될 테니까. 래플스가 자네에게 말을 건넨 것은 아마 사실이겠지."

"그래." 윌이 냉소적으로 말했다. "그 소문으로 내가 이 사건에서 가장 파렴치한 놈이 되지 않으면 다행이겠군. 최근에는 틀림없이 내가 래플스와 짜고 불스트로드를 살해하려고 일부러 미들마치에서 달아났다는 소문이 돌겠군.'

그는 생각했다. '그녀가 듣는 데서 내 이름이 새로운 가락으로 울리며 호감을 주겠군. 하지만 이제 무슨 상관이람?'

그러나 그는 불스트로드의 제안에 대해서는 입을 다물었다. 사적인 문제에서 솔직하고 무심한 편이었지만 그것에 대해 침묵하도록 주의를 기울인 섬세하고 너그러운 마음은 자연이 그를 만들 때 가장 정교하게 다듬은 부분이었다. 리드게이트가 불행히도 불스트로드의 돈을 받았다는 것을 알게 된 순간에 자기는 그의 돈을 거절했다고 말할 수는 없는 노릇이었다.

리드게이트 또한 솔직하게 털어놓으면서도 입을 다문 부분이 있었다. 시련을 겪는 와중에 로저먼드의 감정 상태가 어떠했는지는 언급하지 않고 도러시아에 대해서만 말했다. "캐소본 부인은 나에 대한 혐의를 조금도 믿지 않는다고 나서서 말해 준 유일한 사람이었네." 윌의 얼굴빛이 달라지는 것을 보고 그는 더 이상 언급하지 않았다. 그들의 관계에 대해 아는 바가 너무 없기 때문에 자기 말이 그 관계에 숨겨진 괴로운 의미를 건드릴지 몰라 염려스러웠다. 윌이 지금 도러시아 때문에 미들마치에 왔을 거라는 생각이 떠올랐다.

두 남자는 서로를 동정했지만 윌만이 상대의 고충을 전부 짐작할 수 있었다. 리드게이트가 절망적으로 체념하며 런던에 정착하는 일에 대해 이야기하고 희미한 미소를 지으면서 "거기서 우리는 자네를 다시 만날 걸세."라고 말했을 때 윌은 말할 수 없는 슬픔을 느끼고 아무 말 하지 않았다. 그날 아침에 로저먼드는 이런 결정을 내리도록 리드게이트를 설득해 달라고 간청했다. 그는 마치 마술경을 통해서 미래를 내다보는 것 같았다. 그 미래에서 자신은 아무 기쁨도 느끼지 못하면서 하찮은 상황의 요구에 굴복하는 데 빠져들고 있었다. 한 가지 중대한 거래보다 그것이 더 흔히 일어나는 영원한 파멸의 역사다.

우리 의식이 위험한 한계에 처했을 때 우리는 미래의 자아를 수동적으로 바라보기 시작하고, 무기력하게 동의하고 따분한 과오와 초라한 성취에 끌려들어 가는 제 모습을 본다. 가엾은 리드게이트는 그 한계에서 속으로 신음했고, 윌은 그곳에 다가서고 있었다. 그날 저녁 그는 로저먼드에게 잔인하게 분출한 감정이 갚아야 할 빚으로 여겨졌고, 그 의무가 두려웠다. 아무 의심도 없는 리드게이트의 호의가 두려웠다. 그를 목적 없이 경박하게 살아가도록 만들 망쳐 버린 자기 인생에 대한 역겨움이 두려웠다.

80장

준엄한 입법자여! 하지만 그대는
하느님의 자비로운 은총을 입고 있네.
그대의 얼굴에 어린 미소처럼
아름다운 것을 우리는 알지 못하네.
화단의 꽃들이 그대 앞에서 미소 짓고,
그대의 발자국에서 향기가 묻어나지.
그대는 별들이 빗나가지 않도록 지켜 주고,
가장 오랜 하늘은 그대를 통해 생기와 힘을 얻네.
— 워즈워스, 「의무에 바치는 송시」[105]

    도러시아는 아침에 페어브라더 씨를 만났을 때 프레싯에서
돌아오는 길로 목사관에서 정찬을 같이 하겠다고 약속했다.
그녀는 페어브라더 가족과 자주 왕래했다. 그렇기 때문에 로
윅에서 조금도 외롭지 않다고 말할 수 있었고, 말벗이 될 숙녀
가 함께 거주해야 한다는 엄격한 관습에 당분간은 저항할 수
있었다. 집에 도착하자 약속이 있음을 기억하고는 다행이라고
생각했다. 정찬을 위해 옷을 갈아입기 전에 아직 한 시간이
남아 있었기에 그녀는 곧장 학교로 걸어갔고, 새로 구입한 종
에 대해 교장과 여선생과 대화를 나누었으며, 되풀이되는 그
들의 사소한 설명에 열심히 귀를 기울이면서 자기 일상이 무

---

105) 윌리엄 워즈워스의 「의무에 바치는 송시」, 7연.

척 바쁘게 돌아간다는 과장된 느낌을 일깨웠다. 돌아가는 길에 정원에서 씨앗을 뿌리고 있는 늙은 버니 씨와 이야기를 나누기 위해 걸음을 멈추었고, 다섯 평의 땅에서 가장 많은 수확을 낼 작물에 대해 시골의 현인과 유식한 이야기를 나누었다. 육십 년간 땅을 경험한 바에 따르면 땅이 부드럽고 기름질 때는 괜찮지만 비가 내리고, 내리고, 또 내려서 온통 질퍽거리면, 아니 그때는…….

사람들과 어울리려는 기분 때문에 시간 가는 줄 몰라서 좀 늦었기에 그녀는 서둘러 옷을 갈아입고 필요 이상으로 일찍 목사관으로 건너갔다. 그 집은 결코 지루하지 않았다. 셀본의 화이트[106]처럼 페어브라더 씨는 말 못 하는 손님들과 보호물에 대해 늘 새로운 이야깃거리가 있었다. 그는 그것들을 괴롭히지 말라고 소년들을 타이르고 있었다. 바로 얼마 전에 그는 아름다운 염소 한 쌍을 데려와서 온 마을의 애완동물로 삼고 신성한 동물처럼 마음대로 돌아다니게 했다. 저녁 시간은 유쾌하게 지나갔다. 차를 마시고 난 후까지 도러시아는 평소보다 말을 더 많이 했고, 더듬이로 간편하게 대화를 나누는 생물들, 혹시 모르지만 어쩌면 개혁된 의회를 갖고 있을 생물들의 그럴 법한 변천사에 관해서 페어브라더 씨와 의견을 나누었다. 그때 갑자기 작고 불분명한 소리가 들려와서 모두의 관심을 끌었다.

---

106) 길버트 화이트(Gilbert White, 1720~1793)는 햄프셔주 셀본의 부목사이자 박물학자였다.

"헨리에타 노블⋯⋯." 체구가 작은 여동생이 어렵사리 가구 다리들 사이로 기어다니는 것을 보고 페어브라더 부인이 말했다. "대체 무슨 일이야?"

"거북 껍질로 된 마름모꼴 상자 말이에요. 고양이들이 그걸 굴려서 어디로 가 버렸나 봐요." 자그만 노부인이 의도치 않게 비버 같은 소리를 계속 내며 말했다.

"대단한 보물이에요, 이모님?" 페어브라더 씨가 안경을 쓰고 카펫을 보며 말했다.

"래디슬로 씨가 준 거란다." 노블 양이 말했다. "독일제 상자인데 아주 예뻐. 그런데 바닥에 떨어지면 꼭 뱅그르르 돌면서 멀리 가 버리거든."

"아, 래디슬로의 선물이라면야." 페어브라더 씨는 이해심이 담긴 깊은 목소리로 말하고는 일어서서 찾기 시작했다. 마침내 양복장 밑에서 상자를 찾았을 때 노블 양은 기뻐하며 꼭 쥐고 말했다. "지난번에는 난로 망 밑에서 찾았는데."

"이모님에게는 연애나 다름없답니다." 다시 자리에 앉으면서 페어브라더 씨는 도러시아에게 미소를 지으며 말했다.

"헨리에타 노블은 누구에게든 애정을 품으면, 캐소본 부인⋯⋯." 그의 어머니가 힘주어 말했다. "꼭 강아지 같다니까요. 그들의 신발을 베개 삼아 베고 더 잘 잘 거예요."

"래디슬로 씨의 신발이라면 베고 자겠어요." 헨리에타 노블이 말했다.

도러시아는 답변으로 미소를 지어 보이려 했지만 갑자기 심장이 격렬하게 고동치는 바람에 놀랍기도 하고 화가 나기도

했다. 조금 전의 활기를 되찾으려 해도 소용이 없었다. 스스로에게 놀랐고 — 여기서 너무 달라진 기색을 드러낼까 봐 걱정되어 그녀는 일어나 숨김없이 불안감을 드러내며 낮은 목소리로 말했다. "이제 가야겠어요. 좀 과로한 것 같아요."

페어브라더 씨는 재빨리 알아차리고 일어서면서 말했다. "정말 그렇습니다. 리드게이트에 대해 변호하시느라 기운이 다 빠지셨을 거예요. 그런 일은 흥분이 가라앉은 다음에 몸에 영향을 미치거든요."

그는 로윅 매너로 데려다주기 위해 그녀에게 팔을 내밀었다. 하지만 도러시아는 그가 작별 인사를 할 때도 대답하려고 애쓰지 않았다.

저항의 한계점에 이르러 그녀는 피할 수 없는 고뇌에 사로잡혀 기운 없이 주저앉았다. 힘없이 몇 마디 말로 탠트립을 내보내고는 방문을 잠그고 텅 빈 방을 향해 돌아서면서 양손으로 정수리를 꼭 누르며 신음하듯 내뱉었다.

"아, 그를 정말로 사랑했는데!"

그러자 고통의 파도가 몰아쳐서 온몸을 송두리째 뒤흔들어 놓았기에 생각할 기운도 남지 않았다. 그녀는 흐느껴 울면서 간간이 큰 소리로 속삭이듯 외칠 수 있을 뿐이었다. 로마에서 보낸 날들 이후로 아주 작은 씨를 심어 키워 왔던 믿음을 잃었다고, 다른 이들이 경시해도 자기 생각에는 가치 있는 사람에게 고요한 사랑과 믿음으로 매달렸던 기쁨을 잃었다고, 그의 기억 속에서 군림하는 여자라는 자부심을 잃었다고, 길을 따라가다 어쩌다 마주치면 서로를 변함없이 알아보고 지나가 버린 세월을 어제처럼 이야기하리라는 달콤하고 희망찬 전망이 사라졌다고.

그 시간에 그녀는 고독의 자비로운 눈길이 정신적으로 몸부림치는 인간에게서 오랜 세월 동안 보아 왔던 몸짓을 되풀이했다. 그녀는 신비롭고 형체가 없는 고뇌의 강력한 손아귀에서 풀려나기 위해 딱딱함과 차가움, 고통스러운 피로를 간절히 원했기에 맨바닥에 누워 밤기운에 냉기가 온몸을 휘감도록 내버려 두었다. 그러면서 성숙한 여자의 몸으로 절망한 아이처럼 흐느끼며 몸부림쳤다.

두 가지 이미지, 살아 있는 두 형체가 그녀의 마음을 두 가닥으로 찢어 놓았다. 마치 칼로 두 동강 난 아이를 바라보면서 피를 철철 흘리는 한쪽을 가슴에 안고는 어머니의 고통을 전혀 알지 못하는 거짓말쟁이 여자[107]가 끌고 가는 다른 반쪽을 고뇌에 찬 눈으로 응시하는 어머니의 심장처럼.

여기, 친밀한 미소로 응답하고 떨리는 유대감으로 서로 말을 나눌 수 있는 곳에 그녀가 신뢰한 빛나는 존재가 있었다. 지쳐 버린 삶의 신부로서 그녀가 앉아 있던 어둠침침한 지하 무덤을 찾아온 아침의 정령처럼 다가왔던 사람. 그리고 이제 예전에는 깨어나지 않았던 충일한 의식으로 그녀는 그에게 두 팔을 내밀고 그들의 친밀함이 이별의 장면이었다고 쓰라리게 소리쳤다. 그녀는 거리낌 없이 절망의 신음을 내뱉으며 숨어 있던 열정을 스스로에게 드러냈다.

---

107) 「열왕기」 3장 16~28행. 솔로몬의 재판에 대한 부분.

그리고 저기, 멀리 떨어진 곳에, 하지만 그녀가 어디로 움직이든 끈질기게 그녀를 따라 움직이는 윌 래디슬로가 있었다. 그는 희망이 고갈된 믿음의 변절이었고, 간파된 환상이었다. 아니, 그 살아 있는 사람을 향해서는 조롱과 분노와 질투로 상처 입은 자존심이 한창 들끓어서 안쓰러운 연민의 비탄을 아직은 짜낼 수 없었다. 도러시아의 분노의 불길은 쉽게 사그라지지 않았고, 그 불길은 발작적으로 되풀이되는 경멸 섞인 비난으로 불꽃을 일으키며 타올랐다. 그는 왜 그녀의 인생에 자기 인생을 밀어 넣은 것일까? 그녀의 인생은 그가 없어도 온전했을 텐데. 그는 왜 값싼 배려와 입에 발린 말들을 그녀에게 전했을까? 그녀에게는 그 대가로 줄 만한 하찮은 것들이 없었는데. 그는 그녀를 속이고 있다는 것을 알았고, 바로 이별의 순간에도 그녀의 마음에 값하는 온 마음을 바쳤다고 그녀를 믿게 만들려 했고, 그 마음의 절반은 이미 써 버렸다는 것을 알고 있었다. 그는 왜 자신이 속한 무리에 머물지 않았던가? 그녀는 그들에게 아무것도 바라지 않았고, 그저 그들이 덜 비열하기를 기도했을 뿐인데.

그러나 급기야는 큰 소리로 속삭이며 울거나 신음할 기운도 없었다. 그녀는 무력하게 흐느끼기 시작했고, 차가운 바닥에서 흐느끼다 잠이 들었다.

냉기가 도는 새벽의 여명에 주위 사물이 어둠에 잠겼을 때 그녀는 잠에서 깨었고, 자신이 어디 있는지, 무슨 일이 있었는지 몰라 놀라고 어리둥절한 것이 아니라 슬픔의 눈을 들여다보고 있음을 더없이 또렷하게 의식했다. 그녀는 일어서서 따뜻한 옷가지로 몸을 감싸고 전에도 종종 앉아 창밖을 바라보던 큰 의자에 앉았다. 건강했기에 그 괴로운 밤을 보내고도 약간 쑤시고 피로한 느낌 외에는 아픈 데가 없었다. 그러나 이제 깨어나 새로운 상태에 들어섰다. 영혼이 끔찍한 갈등에서 해방된 느낌이었다. 더 이상 슬픔과 씨름하지 않았고, 영원한 벗 삼아 슬픔과 함께 앉아서 자기 생각을 들려줄 수 있었다. 지금은 생각이 혼란스럽게 밀려들었다. 격한 감정의 폭발이 지속된 시간보다 더 오래 자신의 크나큰 불행의 좁은 감방에 앉아서 멍하니 비참한 의식 속에서 다른 사람의 운명을 그 자체의 사건으로만 바라보는 것은 도러시아의 성격에 맞지 않았다.

이제 그녀는 어제 오전에 일어난 일을 차분히 돌아보기 시작했고, 세세한 일들까지도 어떠한 의미가 있을지 곰곰이 생각해 보려 했다. 그 광경에 그녀만 있었던가? 그것이 오로지 그녀에게만 일어난 사건이었던가? 그녀는 그 장면에 다른 여자의 삶도 엮여 있다고 생각하려 애썼다. 그녀는 그 젊은 여자의 혼란스러운 마음에 해명과 위로를 전해 주고 싶어서 집을 나섰다. 그들을 처음 본 순간 질투 어린 분노와 혐오감을 쏟아내고 역겨운 방에서 나왔을 때 그녀는 자신을 방문길에 나서게 했던 자비로운 마음을 모두 내팽개쳤다. 타오르는 조롱의 눈으로 윌과 로저먼드를 덮어 버렸고, 로저먼드는 그 불길에 완전히 타서 영원히 보이지 않는 것 같았다. 그러나 내면에 우뚝 솟은 정의로운 마음이 일단 격정을 압도하고 더 진실한 사물의 척도를 보여 주자 부정한 애인보다 연적에게 더 잔인하게 구는 여자들의 비열한 충동은 도러시아에게서 다시 일어설 힘을 잃고 말았다. 예전에 리드게이트의 운명의 시련을 떠올려 보고 자신의 결혼과 마찬가지로 눈에 띄는 고통뿐 아니라 숨겨진 고통이 있는 것 같았던 젊은 부부의 결합을 그려 보았을 때의 적극적인 생각들, 그 생생한 공감의 경험이 이제 돌아와 힘이 되었다. 경험은 습득된 지식이 그렇듯 우리가 무지하던 시절에 보았던 대로 보도록 내버려 두지 않는다. 그녀는 돌이킬 수 없는 자기 슬픔에게 말했다. 그 슬픔이 자신을 더욱 유용한 존재로 만들어야 한다고. 그런 노력을 하지 못하도록 자신을 내쳐서는 안 된다고.

그리고 이것은 세 사람, 성스러운 나뭇가지를 든 탄원자들처럼 그녀의 삶에 접촉해 그녀에게 의무를 지워 준 사람들의 삶에 어떤 위기가 되지 않을까? 그녀가 구조할 대상은 자기 기분대로 찾아야 할 것이 아니었다. 그녀에게 이미 선택되어 있었다. 그녀는 완벽한 올바름을 열망했다. 그것이 내면에 군림해 빗나가려는 의지를 억눌러 주기를. '내가 무엇을 해야 할까? 지금, 바로 오늘 내가 어떻게 행동해야 할까? 내 고통을 단단히 붙잡아 억지로 침묵시키고 세 사람만 생각할 수 있다면?'

이 질문에 이르는 데 꽤나 긴 시간이 걸렸다. 방 안으로 빛이 스며들고 있었다. 그녀는 커튼을 열고 정문 밖으로 내다보이는 길과 그 너머 들판을 바라보았다. 길에 보따리를 짊어진 남자와 아기를 안은 여자가 걸어가고 있었다. 들판에서 움직이는 형체들이 보였다. 아마 양치기와 그의 개일 것이다. 저 멀리 둥근 하늘에 진주처럼 영롱한 빛이 감돌았다. 그녀는 드넓은 세상과 노동하고 인내하도록 깨어나는 많은 사람을 느꼈다. 그녀는 자기 의지와 상관없이 고동치는 삶의 한 부분이었고, 사치스러운 은신처에서 한낱 구경꾼으로 내다볼 수도 없고, 눈을 가리고 이기적인 불평만 늘어놓을 수도 없었다.

이날 그녀가 무엇을 하겠다고 결심할지 아직 분명하지 않았다. 하지만 그녀가 이룰 수 있을 무언가가 이내 똑똑히 들리는 속삭임처럼 다가와 그녀를 자극했다. 그녀는 고된 밤샘의 피로가 배인 듯한 옷을 벗고 몸을 씻기 시작했다. 곧 종을 울려 부르자 탠트립이 화장복 차림으로 들어왔다.

"아니, 마담, 밤새 잠자리에 들지 않으셨네요." 탠트립은 먼저 침대를 쳐다보고 나서 도러시아의 얼굴을 바라보고 소리쳤다. 세수를 했지만 얼굴은 '슬픈 어머니'[108]처럼 뺨이 창백하고 눈자위가 붉게 물들어 있었다. "이러다간 돌아가시겠어요. 정말이에요. 마담은 이제 좀 편안하게 지내실 권리가 있다고 누구나 생각할 거예요."

"걱정하지 마, 탠트립." 도러시아가 미소를 지으며 말했다. "잠은 잤어. 아프지도 않고. 되도록 빨리 커피를 마시면 좋겠어. 그리고 새 드레스를 갖다주면 좋겠고. 오늘은 새 모자도 필요할 거야."

"그 옷이 준비된 지 한 달도 넘었어요, 마담. 제발 크레이프

---

108) 성모 마리아의 칭호.

를 2파운드어치 적게 단 드레스를 입으시면 정말이지 고맙기 짝이 없겠어요." 탠트립은 난롯불을 피우려고 몸을 굽히며 말했다. "늘 말씀드렸듯이 상복 차림도 도리에 맞아야 해요. 치맛자락에 세 겹, 그리고 모자에 평범한 주름 리본 — 진짜 천사처럼 보이는 사람이 있다면 바로 망사 주름 리본을 달고 있는 마담이죠. — 그거면 이 년 차에 딱 맞는다니까요. 적어도 저는 그렇게 생각해요." 탠트립이 걱정스럽게 난롯불을 바라보며 말했다. "누군가 저와 결혼하면서 제가 그를 위해 이 년간 이 끔찍한 과부용 베일을 쓰고 다닐 거라고 우쭐해한다면 자기 허영심에 속아 넘어간 거죠. 그뿐이에요."

"난롯불은 괜찮아, 탠." 도러시아는 오래전에 로잔에서 그랬듯이 아주 낮은 목소리로 말했다. "커피를 좀 갖다 줘."

그녀는 큰 의자에 몸을 파묻고는 지쳐서 순응하듯이 머리를 기댔다. 탠트립은 방을 나서면서 이 젊은 안주인의 이상하게 상반되는 행동에 의아해했다. 얼굴은 어느 때보다 더 과부처럼 보이는 이날 아침에 전에는 밀어 놓던 가벼운 상복을 찾다니. 탠트립은 이 수수께끼의 실마리를 절대로 찾지 못했을 것이다. 도러시아는 자신의 내밀한 기쁨을 이제 묻어 버렸기 때문에 자기 앞의 활동적인 삶이 줄어든 것은 아니라는 의지를 표현하고 싶었다. 그리고 어느 입단식에서든 새 옷을 입는 전통이 있으므로 자신의 평온한 결의를 다지기 위해 그처럼 미약한 외적 도움이라도 붙들려 했다. 그 결심이 쉽지 않았으므로.

그럼에도 11시에 그녀는 미들마치를 향해 걷고 있었다. 되도록 조용히 눈에 띄지 않게 로저먼드를 만나서 다시 한번 도움을 주기 위해 시도하겠다고 결심했던 것이다.

81장

그대 대지도 이 밤에 고요히 서서
이제 싱그러운 숨결을 내 앞에 내뿜고
벌써 갈망으로 나를 감싸기 시작한다.
그대는 내 강렬한 결의를 일깨우고 일으킨다,
부단히 삶의 궁극적 가치를 얻으려는 결의를.

— 『파우스트』 2부[109]

　　도러시아가 다시 리드게이트네 현관에 서서 마르타에게 말을 건네고 있을 때 리드게이트는 가까이 자리한 방에서 문을 열어 둔 채 외출 준비를 하는 중이었다. 그녀의 목소리가 들리자 그는 즉시 그녀를 맞으러 나왔다.

　　"오늘 아침에 리드게이트 부인께서 저를 만나실 수 있을까요?" 그녀는 이전 방문에 대해서 언급하지 않는 편이 낫겠다고 생각했다.

　　"틀림없이 그럴 겁니다." 리드게이트는 로저먼드 못지않게 창백한 도러시아의 얼굴에 대해서는 언급하지 않으려 했다.

---

109) 요한 볼프강 폰 괴테(Johann Wolfgang von Goethe, 1749~1832)의 『파우스트』 2부, 69~73행.

"제발 들어오시지요. 부인께서 오셨다고 아내에게 말하겠습니다. 어제 여기 다녀가신 후로 아내가 몸이 무척 안 좋았어요. 하지만 오늘 아침에는 많이 나았습니다. 부인을 다시 만나면 기운을 얻을 거예요."

도러시아가 예상했듯이 리드게이트는 어제 방문의 구체적인 정황을 모르고 있음이 분명했다. 아니 그는 그녀가 의도한 대로 방문했다고 생각하는 것 같았다. 그녀는 로저먼드에게 자신을 만나 달라는 쪽지를 준비해 왔고, 그가 중간에 나서지 않았더라면 그 쪽지를 하녀에게 주었을 것이다. 그러나 이제 그가 직접 아내에게 알리면 결과가 어떨지 무척 걱정스러웠다.

그녀를 응접실로 안내한 후 그는 주머니에서 편지를 꺼내어 그녀의 손에 쥐여 주며 말했다. "어젯밤에 이 편지를 썼습니다. 로윅에 직접 가져갈 생각이었어요. 평범한 인사치레로는 도저히 표현할 수 없는 큰 고마움을 느낄 때 말로 하기보다는 글로 쓰는 편이 덜 불만스러울 것 같았습니다. 적어도 말이 얼마나 부적절한지를 듣지 않을 수 있으니까요."

도러시아의 얼굴이 환해졌다. "더 고마워해야 할 사람은 저예요. 제가 그 자리를 차지하도록 허락해 주셨으니까요. 동의하시는 거죠?" 그녀는 갑자기 의혹이 생긴 듯이 말했다.

"네, 수표를 오늘 불스트로드 씨에게 보내겠습니다."

그는 더 이상 아무 말 없이 2층으로 올라갔다. 로저먼드는 방금 옷을 갈아입었고 기운 없이 앉아서 이제 무엇을 해야 할지 생각하고 있었다. 소소한 일을 부지런히 하는 습성 때문에 슬픈 날에도 뭔가를 해야만 했고, 흥미가 없어 천천히 해 나가거나 중단하곤 했다. 그녀는 병자처럼 보였지만 평소의 조용한 태도를 되찾았고, 리드게이트는 이것저것 물어보면 아내가 심란해할까 봐 자제했다. 그는 도러시아의 편지에 수표가 동봉되어 있었다는 이야기를 들려주고는 덧붙였다. "래디슬로가 왔어요, 로지. 어젯밤에 나와 시간을 보냈지. 틀림없이 오늘 다시 올 거요. 좀 지치고 우울해 보이더군." 로저먼드는 아무 대답도 하지 않았다.

그런데 이제 그가 올라와서 아주 부드럽게 말했다. "로지, 여보, 캐소본 부인이 당신을 만나러 다시 오셨어. 부인을 만나고 싶겠지?" 어제의 만남으로 신경이 흥분했었기에 그녀가 깜짝 놀라서 몸을 움찔하며 얼굴을 붉혔어도 그는 놀라지 않았다. 그 흥분으로 인해 그녀가 다시 자기에게 마음을 돌린 것 같아서 유익한 흥분이라고 생각했다.

로저먼드는 감히 거절하지 못했다. 어제 일을 자기 목소리로 감히 언급할 수는 없었다. 캐소본 부인은 왜 다시 찾아왔을까? 그 공백의 답안을 로저먼드는 두려움으로 채울 수밖에 없었다. 마음을 갈가리 찢어 놓은 윌 래디슬로의 말 때문에 도러시아를 생각만 해도 상처가 다시 쑤시는 것 같았다. 그럼에도 난생처음 느끼는 굴욕적인 불안감으로 순응해야 했다. 긍정적인 답변은 하지 않았지만 그녀는 일어섰고, 리드게이트는 어깨에 얇은 숄을 둘러 주며 말했다. "나는 곧장 나가요." 그때 퍼뜩 든 생각에 그녀가 말했다. "마르타에게 누구도 응접실로 들이지 말라고 말해 줘요." 리드게이트는 이 요구가 무슨

뜻인지 이해한다고 생각했다. 그는 그녀를 응접실로 데려다주
고 돌아서면서 아내가 자신을 신뢰하도록 다른 여자의 영향
력에 기대다니 참 어줍은 남편이라고 생각했다.

얇은 숄로 몸을 감싸고 도러시아에게 걸어가면서 로저먼드
는 자기 영혼을 차가운 침묵으로 감싸고 있었다. 캐소본 부인
이 윌에 대해서 이야기하려고 온 걸까? 그렇다면 불쾌하게 받
아들이지 않을 수 없는 도를 넘은 행동이었다. 그녀는 모든 말
에 정중하면서도 무감각하게 대응하리라고 마음먹었다. 윌이
그녀의 자존심에 너무나 아픈 상처를 남겼으므로 그에 대해
서나 도러시아에 대해서나 미안한 마음이 조금도 들지 않았
다. 자기가 받은 모욕이 훨씬 더 컸으니까. 도러시아는 '애정을
받는' 여자였을 뿐 아니라 리드게이트의 후원자가 됨으로써
더욱더 우월한 인물이 되었다. 가여운 로저먼드의 고통스럽고
혼란스러운 의식에서 볼 때 이 캐소본 부인이라는 여자, 자신
과 관련된 모든 것에서 우위를 차지한 이 여자는 이제 우월감
을 의식하면서 악감정을 품고 그것을 이용하러 왔음에 틀림없
었다. 사실 로저먼드뿐 아니라 누구라도 도러시아를 이끈 소
박한 영감을 알지 못하고 외적으로 드러난 사실만 안다면 그
녀가 왜 왔을지 의아했을 것이다.

어린아이처럼 둥근 입술과 뺨은 부득이 온유하고 순진하게
보였지만 우아하고 날씬한 몸을 부드럽고 하얀 숄로 감싼 채
자신의 아름다운 유령처럼 보이는 모습으로 로저먼드는 3미
터쯤 떨어진 곳에 서서 손님에게 고개를 숙였다. 하지만 홀가
분하게 느끼고 싶을 때면 억누를 수 없는 충동으로 장갑을 벗

곤 했던 도러시아는 그녀에게 걸어가서 슬프지만 상냥하고 솔직한 얼굴로 손을 내밀었다. 로저먼드는 그녀를 바라보지 않을 수 없었고, 작은 손으로 도러시아의 손을 잡지 않을 수 없었다. 도러시아는 어머니처럼 다정하게 그 손을 꼭 쥐었다. 곧 로저먼드의 마음속에서 자신의 선입견에 대한 의혹이 일기 시작했다. 로저먼드의 눈은 사람들의 얼굴을 파악하는 데 예리했다. 캐소본 부인의 얼굴은 어제보다 창백해 보였지만 온유했고, 그녀의 손처럼 확고하면서도 부드러웠다. 그런데 도러시아는 자신의 힘을 지나치게 믿고 있었다. 아침 내내 명료하고도 강렬한 마음의 작용으로 신경이 계속 흥분한 상태였고, 그래서 몸이 극히 섬세한 베네치아의 크리스털처럼 위험할 정도로 민감하게 반응했다. 로저먼드를 바라보면서 그녀는 갑자기 가슴이 벅차오르는 것을 느끼고 말을 꺼낼 수 없었다. 그저 눈물을 참는 데 온 힘을 써야 했다. 가까스로 눈물을 억누르자 감정이 흐느낌처럼 얼굴에 퍼져 나갔다. 하지만 그것은 캐소본 부인의 마음 상태가 자기 예상과 전혀 다르다는 느낌을 로저먼드에게 알려 주었다.

그래서 그들은 인사말도 나누지 않고 가장 가까이 나란히 놓인 의자에 앉았다. 처음에 고개를 숙여 인사했을 때 로저먼드는 캐소본 부인에게서 멀리 떨어져 있겠다고 생각했지만, 이제 어떤 일이 어떤 결과를 낳을지 생각하기를 그만두었고, 그저 다음에 어떻게 될지 의아할 따름이었다. 도러시아는 아주 소박하게 말을 꺼냈고, 말을 해 나가면서 점점 확고한 어조를 띠었다.

"어제 하려던 일 중에 끝내지 못한 것이 있었어요. 그래서 이렇게 빨리 다시 찾아왔어요. 리드게이트 씨가 받은 불공정한 처사에 대해 이야기하러 왔더라도 나를 성가시게 생각하지 않으시겠죠? 리드게이트 씨는 자신을 변호하는 일이고 또 자기 명예를 지키는 문제이기 때문에 스스로에 대해 말하고 싶지 않으셨을 거예요. 그 문제에 관해 잘 알게 되면 부인은 기운이 나실 거예요……. 그렇지 않겠어요? 남편에게 다정한 벗들이 있고, 그들은 그의 고결한 인품에 대한 믿음을 버리지 않았다는 것을 알면 기쁘실 거예요. 내가 너무 무례하게 멋대로 군다고 생각하지 않고 이야기를 하도록 허락해 주시겠지요?"

자신과 이 여자 사이를 가로막고 증오하게 만들 거라고 로저먼드가 생각했던 사실들을 너그럽게도 다 잊어버리고 흘러나오는 듯이 간곡하게 요청하는 목소리는 잔뜩 겁을 먹고 움츠렸던 로저먼드의 몸 위로 흐르는 따스한 시냇물처럼 그녀를 달래 주었다. 물론 캐소본 부인은 그 사실을 기억하고 있었지만 그와 관련된 이야기는 조금도 꺼내지 않을 것이다. 그 순간 로저먼드는 너무도 큰 안도감에 다른 것을 느낄 여지가 없었다. 그녀는 새삼 영혼의 평온을 느끼며 귀엽게 대답했다.

"부인께서 대단히 친절하게 대해 주신 것을 알고 있습니다. 터시어스에 대한 말씀이라면 무엇이든 듣고 싶어요."

"그저께……." 도러시아가 말했다. "제가 리드게이트 씨께 로윅에 오셔서 병원에 관한 의견을 알려 달라고 청했을 때 그분은 무지한 사람들이 혐의를 씌운 이 슬픈 사건과 관련해 본인의 행동과 감정을 말씀해 주셨어요. 그 말씀을 해 주신 이유는 내가 아주 과감하게 물어보았기 때문이었어요. 불명예스럽게 행동할 분이 아니라고 믿었기에 전부 말해 달라고 간청했거든요. 리드게이트 씨는 전에 그 이야기를 누구에게도, 부인에게도 한 적이 없다고 하시더군요. 무슨 증거라도 되는 듯이 '나는 죄가 없소.'라고 말하기가 무척 싫으셨던 거죠. 죄를 짓고도 그렇게 말하는 사람들이 있으니까요. 실은 리드게이트 씨는 이 래플스라는 사람에 대해 전혀 모르셨어요. 나쁜 비밀이 있다는 것도요. 그리고 불스트로드 씨가 돈을 제공한 것은 앞서 거절하고 나서 친절한 마음으로 후회했기 때문이라고 생각하신 거예요. 환자에 대해서는 오로지 잘 치료하려고 염려하셨는데 병세의 결과가 본인의 예상대로 되지 않았기에 마음이 불편하셨대요. 하지만 그 문제에서는 누구에게도 잘못이 없을 거라고 생각했고 지금도 그렇게 생각하세요. 나는 페어브라더 씨와 브룩 씨, 제임스 체텀 경에게 이 이야기를 해 드렸고, 모두 남편분을 믿으세요. 이런 사실에 기운이 나지 않으세요? 당신에게 용기를 주겠지요?"

도러시아의 얼굴은 생기를 띠고 있었다. 그녀가 아주 가까이에서 미소를 짓자 로저먼드는 헌신적인 열정 앞에서, 우월한 존재 앞에서 느낄 수밖에 없는 수줍은 소심함 같은 것을 느꼈다. 그녀는 얼굴을 붉히며 당황해서 말했다. "감사합니다. 너무 친절하세요."

"그리고 리드게이트 씨는 그 사건에 관해 부인에게 솔직히 털어놓지 않은 것이 잘못이었다고 생각하세요. 하지만 그분을 용서해 주세요. 무엇보다도 부인의 행복을 중요하게 생각하시기 때문이었어요. 자신의 삶이 부인의 삶과 긴밀히 결합되어 있다고 느끼고, 자신의 불행으로 부인에게 상처를 준 것이 무엇보다도 고통스럽기 때문이었고요. 나는 무관한 사람이기 때문에 내게 말씀하실 수 있었던 거예요. 그래서 내가 부인을 만나러 와도 괜찮을지 물었어요. 그분과 당신이 받는 고통이 너무 안쓰러웠거든요. 그래서 어제 왔었고, 오늘 다시 온 거예요. 고통이란 견디기 너무 힘들지요. 그렇지 않아요? — 누군가 고통을…… 그것도 찌르는 듯한 고통을 겪고 있는데…… 우리가 그 사람을 도울 수 있다고 생각한다면 살면서 어떻게 도와주려는 시도조차 하지 않겠어요?"

도러시아는 자신이 언급한 감정에 압도된 나머지 자신의 가장 깊은 시련에서 나오는 말로 로저먼드의 시련을 언급하고 있다는 사실 외에는 모두 다 잊어버렸다. 감정이 점점 더 강렬해지면서 밖으로 새어 나왔고, 이윽고 그 목소리는 어둠 속에서 고통받는 동물의 나지막한 비명처럼 뼛속까지 스며들 것 같았다. 그녀는 자기도 모르게 아까 잡았던 작은 손에 다시 손을 얹었다.

로저먼드는 내면의 상처가 파헤쳐진 듯 날카로운 고통에 압도되어 전날 남편에게 매달렸을 때처럼 발작적인 울음을 터뜨렸다. 가엾은 도러시아는 자신의 슬픔이 커다란 파도처럼 밀려오는 것을 느꼈다. 로저먼드의 격정적인 흥분에 윌 래디슬로가 관련되어 있을 거라는 생각이 들었던 것이다. 이 만남이 끝날 때까지 스스로를 억제할 수 없을지도 모른다는 불안감이 들기 시작했다. 로저먼드의 손이 빠져나갔지만 손을 로저먼드의 무릎에 올려놓은 채 그녀는 솟구치는 흐느낌을 억누르려고 몸부림쳤다. 이 순간이 세 사람의 삶에, 위험과 번뇌를 공유한 귀중한 이웃으로 그녀의 삶과 접한 세 사람의 삶에 전환점이 되리라고 생각하며 감정을 억제하려고 애썼다. 자기 삶에 전환점이 되는 것은 아니었다. 아니, 거기에는 이미 되돌릴 수 없는 일이 일어났다. 옆에서 울고 있는 연약한 여자. 그녀를 공존할 수 없는 잘못된 인연의 불행한 속박에서 구할 시간이 있을지도 모른다. 그리고 이 순간은 어떤 순간과도 달랐다. 그녀와 로저먼드가 어제의 의식이 두 사람의 내면에서 똑같이 전율하는 상태로 다시 만날 수는 없을 테니까. 그녀는 자기 감정이 어떻게 관련되어 있는지를 리드게이트 부인이 잘 안다는 사실을 몰랐지만 그들 사이의 관계가 특이한 만큼 자신이 특이한 영향을 미칠 수 있을 거라고 느꼈다.

로저먼드의 경험에서 이 순간은 도러시아도 상상할 수 없던 새로운 위기였다. 그녀는 쉽게 자신감을 갖고 남들을 비판하던 꿈의 세계가 처음으로 산산조각 나 버린 큰 충격에서 아직 헤어나지 못하고 있었다. 그런데 혐오감과 두려움으로 겁내며 접근했던 이 여자, 자신에 대한 질투와 증오를 느낄 수밖에 없는 사람에게서 이처럼 뜻밖의 이상한 감정 표현을 듣게 되자, 이 여자가 알지 못하는 세계가 방금 자신에게 파고 들어 왔다는 느낌으로 그녀의 영혼은 더욱 비틀거렸다.

경련을 일으키듯 흐느끼던 로저먼드가 차츰 조용해졌고, 얼굴을 가리던 손수건을 떼고 푸른 꽃처럼 무력한 눈으로 도러시아를 바라보았다. 이처럼 울고 난 후에 예의 바른 품행에 대해 생각할 필요가 어디 있겠는가? 말없이 흘린 눈물 자국이 남아 있는 도러시아도 어린아이처럼 보였다. 두 사람 사이에 자존심은 부서져 버리고 말았다.

"남편분 이야기를 하고 있었지요." 도러시아가 약간 소심하게 말했다. "일전에 뵈었을 때 남편분의 얼굴이 고통을 받아 몹시 상한 것 같았어요. 그 이전에 몇 주일간 뵌 적이 없거든요. 시련을 겪으면서 무척 외로웠다고 하시더군요. 하지만 당신에게 솔직히 털어놓았더라면 더 잘 견디실 수 있었을 거라고 생각해요."

"내가 말만 하면 터시어스는 화를 내고 못 견뎌 했어요." 로저먼드는 남편이 자기에 관해서 도러시아에게 불평했을 거라고 생각하며 말했다. "괴로운 문제에 관해서 내가 그와 말하기 싫어하는 것을 그는 이상하게 생각하면 안 돼요."

"남편분은 솔직히 털어놓지 않은 데 대해서 스스로를 비난했어요." 도러시아가 말했다. "당신에 대해서는 당신을 불행하게 만들 일을 하면서 자신이 행복해질 수는 없다고 하시더군요. ― 결혼은 당연히 그분의 모든 선택에 영향을 미치는 구속이라고요. 그렇기 때문에 리드게이트 씨는 병원에서 계속 일해 달라는 내 제안을 거절했어요. 그러려면 미들마치에 계속 머물러야 하는데 당신에게 고통스러울 일을 하지 않겠다고 생각하셨으니까요. 리드게이트 씨가 내게 그런 말을 할 수 있었던 것은 내 남편이 병에 걸려서 연구를 중단하고 슬픔을 느꼈을 때부터 내 결혼 생활에 많은 시련이 있었던 것을 알기 때문이에요. 그리고 우리와 결합된 다른 사람의 감정을 상하게 할까 봐 늘 염려하며 사는 것이 얼마나 힘든 일인지 내가 느꼈다는 걸 알고 계시고요."

도러시아는 조금 기다렸다. 로저먼드의 얼굴에 희미하게 기쁜 기색이 감도는 것을 알아차릴 수 있었다. 그러나 아무 대답이 없었기에 더욱 떨리는 목소리로 말을 이었다. "결혼은 그 밖의 다른 일들과는 너무나 달라요. 결혼으로 맺어지는 가까운 관계에는 뭔가 무시무시한 것이 있어요. 우리가 다른 사람을…… 우리와 결혼한 사람보다 더 좋아하더라도 소용이 없을 거예요." 가엾은 도러시아는 불안감에 가슴이 두근거려서 말이 끊어지지 않을 수 없었다. "내 말은 결혼이 그런 종류의 사랑에 축복을 주거나 받을 우리의 능력을 모두 삼켜 버린다는 거죠. 그것이 무척 소중하리라는 것은 알고 있어요. ── 하지만 그것은 우리의 결혼을 파괴해요. ── 그러고 나면 결혼은 우리에게 지옥으로 남게 되고 ── 그 밖의 모든 것이 사라져 버리죠. 그러면 우리의 남편은…… 만일 그가 우리를 사랑하고 신뢰했다면, 그런데 우리가 그를 도와주지 않았고 그의 인생에 저주가 되었다면……."

그녀의 목소리는 아주 낮게 가라앉았다. 자신의 상상이 지나치게 멀리 나아갔고, 과오를 저지른 사람에게 훈계하는 완벽한 인간인 듯이 말했다는 두려움이 일었다. 그녀는 자신의 불안감에 사로잡힌 나머지 로저먼드도 떨고 있는 것을 알지 못했다. 도러시아는 비난이 아니라 연민 어린 우정을 표현하려는 욕망으로 로저먼드의 손에 두 손을 올려놓고 더욱 흥분해서 재빨리 말했다. "알아요. 그 감정이 무척 소중하다는 것을 — 그 감정은 알지 못하는 사이에 우리를 사로잡지요. — 그건 너무 힘들어요. 그것과 이별하는 것은 죽음처럼 여겨질 테고 — 그리고 우리는 나약해요. — 나는 약해요……."

자신의 슬픔에서 벗어나 다른 사람을 구하려고 몸부림치는 동안 슬픔의 파도가 압도적으로 세차게 밀어닥쳤다. 그녀는 흥분한 나머지 말을 멈췄고, 울음을 터뜨리지는 않았지만 속으로 무언가에 사로잡혀 꼼짝도 할 수 없는 느낌이었다. 얼굴은 죽은 듯이 창백해졌고 입술을 바들바들 떨며 자기 손 밑에 놓인 손을 힘없이 눌렀다.

로저먼드는 자신의 감정보다 더 강렬한 감정에 사로잡혀 모든 것을 새롭고 무시무시하고 뭐라 형언할 수 없게 보여 준 새로운 흐름에 휩쓸렸고 아무 말도 할 수 없었다. 그러나 자기도 모르게 바로 옆에 있던 도러시아의 이마에 입술을 댔고, 그리고 나서 잠시 두 여자는 난파선에 타고 있는 듯이 서로를 꼭 끌어안았다.

"부인께서 생각하시는 것은 사실이 아니에요." 로저먼드는 여전히 그녀를 감싸고 있는 도러시아의 팔을 느끼며 마치 살인죄라도 저지른 듯 자신을 억누른 무언가로부터 벗어나려는 알 수 없는 충동에 이끌려 열렬히 속삭였다.

그들은 몸을 떼고 서로를 바라보았다.

"어제 부인께서 들어오셨을 때…… 그건 부인께서 생각하신 것이 아니었어요." 로저먼드는 똑같은 목소리로 말했다.

도러시아는 놀라서 주의를 집중했다. 로저먼드의 자기 해명을 예상했다.

"그는 내게 다른 여자를 얼마나 사랑하는지 말하고 있었어요. 나를 결코 사랑할 수 없다는 것을 알려 주려고요." 로저먼드는 말을 이어 가면서 점점 더 허둥댔다. "지금 그는 나를 미워할 거예요. — 왜냐하면, 왜냐하면 부인께서 어제 그를 오해하셨으니까요. 나 때문에 부인이 자기를 나쁘게 생각하실 거라고…… 위선적인 사람으로 생각하실 거라고 그가 말했어요. 하지만 나 때문에 그렇게 되지는 않을 거예요. 그는 나를 전혀 사랑하지 않았고 — 그러지 않았다는 걸 나는 알아요. 늘 나를 대수롭지 않게 생각했어요. 자기한테는 부인 외에 어떤 여자도 존재하지 않는다고 말했어요. 어제 일어난 일은 순전히 내 탓이에요. 그는 부인에게 절대로 설명할 수 없다고 말했어요. — 나 때문에요. 부인이 자기를 다시는 좋게 생각하시지 않을 거라고 말했어요. 하지만 이제 내가 부인께 다 말했으니까 그는 나를 더 이상 비난할 수 없어요."

로저먼드는 이제껏 알지 못했던 충동에 사로잡혀서 자신의 영혼을 구한 것이다. 그녀는 고통을 달래 주는 도러시아의 감정에 감화되어 고백을 시작했고, 말을 하면서 윌의 힐난에 반박하고 있다는 느낌이 들었다. 그 비난은 여전히 그녀의 가슴에 칼로 베어 놓은 상처 같았다.

도러시아에게 일어난 급격한 감정의 변화는 너무 강렬했기에 기쁨이라고 부를 수도 없었다. 요동치는 격정이었고, 지난 밤과 아침나절의 지독한 정신적 긴장이 격정 속에서 저항하며 고통을 주었다. 기쁨을 느낄 힘을 회복한 다음에야 이것이 기쁨이라고 깨달을 터였다. 당장 의식할 수 있었던 것은 억제되지 않은 무한한 공감이었다. 그녀는 이제 애쓰지 않고도 로저먼드를 좋아할 수 있었다. 그녀는 로저먼드의 마지막 말에 진심으로 대답했다.

"그럼요, 그는 당신을 더는 비난할 수 없어요."

다른 사람의 좋은 점을 과대평가하는 평소 성향대로 그녀는 자신을 고통에서 구해 주려고 너그러운 노력을 기울인 로저먼드에 대해 솟아오르는 큰 애정을 느꼈고, 로저먼드의 노력이 바로 자기 힘이 반사된 것이었음을 짐작하지 못했다.

둘 다 잠시 입을 다물고 있다가 그녀가 말했다.

"내가 오늘 아침에 온 것을 유감으로 여기시지 않겠지요?"

"아뇨, 부인께서는 내게 너무 잘해 주셨어요." 로저먼드가 말했다. "이렇게 좋은 분일 줄 몰랐어요. 나는 무척 불행했어요. 지금도 행복하지 않아요. 모든 것이 너무 슬퍼요."

"하지만 좋은 날들이 올 거예요. 남편분은 정당하게 존중받으실 거고요. 그리고 그분은 당신의 위로에 의지하고 있어요. 당신을 가장 사랑하고요. 그것을 잃는 것이 최악의 상실일 테고 — 그리고 당신은 잃지 않았어요." 도러시아가 말했다.

그녀는 로저먼드의 애정이 다시 남편을 향하고 있다는 조짐을 놓치는 일이 없도록 자신이 느끼는 너무나 압도적인 안도감을 떨치려고 애썼다.

"그럼 터시어스가 저를 비난하지 않았어요?" 이제 로저먼드는 리드게이트가 캐소본 부인에게 어떤 말이라도 다 했을 테고, 그녀는 분명 다른 여자들과 확실히 다르다고 느꼈다. 어쩌면 이 질문에는 질투심도 약간 배어 있었을 것이다. 대답하는 도러시아의 얼굴에 미소가 번지기 시작했다.

"그럼요, 정말이에요! 어떻게 그런 상상을 하실 수 있어요?"

그런데 이때 문이 열리더니 리드게이트가 들어왔다.

"저는 의사 자격으로 되돌아온 겁니다." 그가 말했다. "밖에 나갔는데 창백한 두 얼굴이 자꾸 눈앞에서 어른거리더군요. 캐소본 부인도 당신만큼이나 보살핌을 받으셔야 할 것 같았어요, 로지. 두 분을 함께 두고 나가면서 제 의무를 다하지 않았다는 생각이 들더군요. 그래서 콜맨 씨 집에 갔다가 다시 돌아왔어요. 걸어오셨네요, 캐소본 부인. 그런데 하늘에 구름이 잔뜩 끼어서 비가 올 것 같습니다. 마차를 불러오도록 사람을 보낼까요?"

"아, 아니에요! 저는 튼튼해요. 걸어야 하고요." 도러시아는 생기가 도는 얼굴로 일어서며 말했다. "부인과 많은 이야기를 나누었어요. 이제 가야겠어요. 저는 늘 절제를 못 하고 말을 너무 많이 한다는 비난을 듣거든요."

그녀는 로저먼드에게 손을 내밀었고, 그들은 입을 맞추거나 다른 식으로 감정을 드러내지 않으며 조용히 진지하게 작별 인사를 나눴다. 그들 사이에 자리 잡은 너무나 깊고 진지한 감정은 겉으로 가볍게 드러낼 수 없는 것이었다.

리드게이트가 현관까지 배웅하는 동안 그녀는 로저먼드에 대해 아무 말 하지 않고 페어브라더 씨와 다른 친지들이 그에 관한 이야기를 듣고 믿었다고 말했다.

그가 다시 안으로 들어갔을 때 로저먼드는 이미 피로감에 몸을 내맡기고 소파에 파묻혀 있었다.

"자, 로지……." 그는 그녀의 머리맡에 서서 머리카락을 만지며 말했다. "이제 캐소본 부인과 이야기를 많이 나누고 나니 어떤 생각이 들어요?"

"부인은 누구보다도 좋은 사람 같아요." 로저먼드가 말했다. "그런 데다 무척 아름다워요. 당신이 그 부인과 이야기하러 너무 자주 가면 전보다 더 많이 내게 불만을 느낄 거예요."

"너무 자주"라는 말에 리드게이트는 웃었다. "그런데 부인의 말을 듣고 나서 나에 대한 불만이 좀 줄었어요?"

"그런 것 같아요." 로저먼드는 그의 얼굴을 올려다보며 말했다. "눈이 너무 움푹 들어갔어요, 터시어스. 그리고 머리카락을 뒤로 넘겨요." 그는 이 말에 순종하려고 크고 흰 손을 들어 올렸고 자기에 대한 이 사소한 관심의 표시를 고맙게 여겼다.

가엾은 로저먼드의 종잡을 수 없던 공상은 끔찍한 채찍질을 당한 후 되돌아왔고, 예전에 경멸했던 보금자리에 몸을 깃들일 만큼 온순해졌다. 그리고 보금자리는 여전히 거기 있었다. 리드게이트는 협소하게 제한된 자기 운명을 슬픈 체념으로 받아들였다. 그는 이 연약한 여자를 선택했고, 그녀의 삶이라는 짐을 두 팔에 떠맡았다. 그러니 연민을 느끼며 그 짐을 안고 능력껏 걸어가야 한다.

82장

"슬픔은 앞에 있고 기쁨은 뒤에 있네."

— 셰익스피어, 『소네트』[110]

망명자들이 대개 희망을 먹고 산다는 것은 주지의 사실이고, 그들은 어쩔 수 없는 경우가 아니면 유형길에 그대로 머물러 있지 않으려 한다. 윌 래디슬로가 미들마치에서 스스로 망명길을 떠났을 때 그가 돌아오는 데 방해가 되었던 것은 오로지 그의 결심뿐이었다. 그런데 그 결심이란 쇠로 만든 장벽도 아니고 그저 어떤 마음 상태에 불과하므로 다른 마음 상태에 녹아들어 박자에 맞춰 미뉴에트를 출 수도 있고 고개 숙여 절하고 미소 지으며 공손하고 신속하게 양보할 수도 있다. 몇 달 지나자 그는 왜 자신이 미들마치로 달려가지 않는지 이유를 점점 알 수 없었다. 그저 도러시아에 대한 소식을 듣기 위

---

110) 『소네트』 I, 14행.

해서라도 말이다. 잠시 미들마치를 방문하는 동안 혹시 신기한 우연의 일치로 그녀와 마주치더라도 가서는 안 된다고 예전에 생각했던 순진한 여행길에 나섰다고 부끄러워할 이유는 없었다. 이제 그는 아무 희망도 없이 그녀와 분리되었으므로 그녀의 이웃에게 과감하게 다가가도 분명 괜찮을 것이다. 용이 보물을 감시하듯이 그녀를 지키고 있는 의심 많은 친지들에 대해 말하자면, 시간이 지나고 장소가 달라지면서 그들의 의견은 점점 중요하지 않게 여겨졌다.

그리고 도러시아와 전혀 무관한 다른 이유도 있었기에 미들마치 여행은 일종의 박애적 의무처럼 보이기도 했다. 그는 북아메리카 극서부 지방의 새로운 정착지를 개발하려는 계획에 사심 없이 관심을 기울였고, 그 훌륭한 계획을 실행하려면 자금이 필요하기 때문에 속으로 논쟁을 벌여 왔다. 불스트로드가 제안했던 돈을 많은 사람에게 유익할 계획의 실행 수단으로 사용하도록 촉구한다면 그와 관련한 자신의 권리를 건전하게 이용하는 것이 아닐까 하고 말이다. 이 문제는 매우 미심쩍게 보였고 은행가와 어떤 관계라도 다시 맺는 것이 혐오스러웠기 때문에 미들마치를 방문해서 판단하는 편이 더 안전하겠다는 생각이 들지 않았으면 금세 잊어버렸을 것이다.

미들마치에 갈 이유라고 윌이 스스로에게 내세운 목적은 이것이었다. 그는 리드게이트에게 솔직히 털어놓고 돈 문제를 상의할 생각이었으며, 며칠간 머물면서 예쁜 로저먼드와 노래도 부르고 놀려 주면서 즐겁게 지내고 로윅 목사관의 벗들도 찾아보려 했다. 목사관이 로윅 매너 가까이 있는 것은 그의 잘못이 아니었다. 미들마치를 떠나기 전에 그는 도러시아를 은밀히 만나려 한다는 비난을 받을지 모르기에 자존심을 세워 저항하면서 페어브라더 가족을 찾아가지 않았다. 그러나 갈망은 우리를 약하게 만든다. 윌은 어떤 모습과 어떤 목소리를 갈구하게 되었다. 그 무엇도…… 오페라도, 열성적인 정치가들과의 대화도, 유력한 신문 기사들이 그의 새로운 필력을 칭찬하며 (눈에 띄지 않는 구석에서) 인정해 준 것도 그 갈망을 대치하지 못했다.

그리하여 그는 미들마치에 왔다. 그 익숙한 작은 세계에서 어떤 일이 일어나고 있을지를 자신 있게 예상했으며, 실은 이번 방문에서 놀랄 일이 전혀 없을까 봐 걱정이었다. 그러나 그 평범한 세계는 소름이 돋도록 역동적인 상태였고, 친근한 말장난이나 깊은 감정의 표현도 격해지기 쉬운 폭발성을 갖고 있었다. 그런 데다 방문 첫날 그의 생애에서 가장 치명적이고 획기적인 사건이 벌어졌다. 이튿날 아침에 그 악몽 같은 결과가 너무나 괴롭고 자기 앞에 놓인 문제들이 너무 두려워 그는 식사를 하고 있다가 리버스톤 마차가 도착하는 것을 보고는 서둘러 나가서 마차에 올라탔다. 적어도 하루 동안은 미들마치에서 행동하거나 말할 필요가 없게끔 멀리 벗어나고 싶었다. 윌 래디슬로는 우리가 예상보다 더 흔히 경험하는, 남자들의 피상적이고 절대적인 판단에서 비롯되는 뒤엉킨 위기에 빠져 있었다. 그는 누구보다도 존중하는 리드게이트가 온 마음으로 공감해 주기를 솔직히 요구하는 처지에 있다는 것을 알게 되었다. 그런 요구에도 불구하고 앞으로 리드게이트와의 친밀한 관계나 접촉마저 피하는 편이 더 나을 듯이 여겨진 것은 그에게 공감을 표현하는 것을 불가능하게 만든 이유 때문이었다. 윌처럼 민감한 기질을 가진 사람에게, 성격상 무심한 중립 지대가 없어서 자신에게 일어나는 모든 일을 격정적 드라마의 충돌로 쉽게 바꿔 놓는 사람에게 로저먼드가 그녀의 행복을 어떤 식으로든 자신에게 의지하고 있다는 뜻밖의 사실은 극히 난감한 일이었고, 그녀에게 분노를 퍼부었기에 그 고충은 한없이 커지고 말았다. 그는 자신의 잔인한 처사가 싫었지만 측은하게 여기는 마음을 드러내기도 두려웠다. 그녀에게 다시 가야 한다. 그들과의 우정을 돌연히 끝낼 수는 없다. 그녀의 불행이 자신에게 행사할 지배력이 두려웠다. 반면 자기 앞에 놓인 삶에서는 손발이 잘려서 목발을 짚고 새 출발을 해야 하는 사람처럼 더는 기쁨을 맛볼 수 없었다. 밤중에 마차를 타고 리버스톤이 아니라 런던으로 떠나 버리고 리드게이트에게 되는대로 핑계를 대는 편지만 남길지를 곰곰 생각했다. 하지만 그렇게 돌연히 떠나지 못하도록 그를 끌어당긴 강력한 끈이 있었다. 도러시아를 생각하면서 느꼈던 행복에 드리워진 어두운 그림자, 체념해야 할 필요성을 인정했음에도 불구하고 끈질기게 남아 있던 희망이 부서지고 만 것은 너무도 새로운 고통이었기에 곧바로 체념하고 멀리 떠나 거기서도 그를 기다릴 절망에 빠질 수는 없었다.

그래서 그가 단호하게 한 일은 고작해야 리버스톤 마차를 탄 것이었다. 아직 훤한 대낮에 마차를 타고 미들마치로 돌아오면서 그날 저녁에 리드게이트의 집을 다시 찾겠다고 결심했다. 알다시피 루비콘강은 실제로 보면 대단치 않은 개울에 불과하다. 그 의미는 보이지 않는 어떤 상황에 달렸다. 윌은 경계선을 이룬 자기만의 작은 도랑을 어쩔 수 없이 건너야 한다고 느꼈다. 그 너머에서 보이는 것은 제국이 아니라 불만에 종속되는 삶이었지만.

그러나 우리는 고귀한 성품이 다른 이들의 구원에 미칠 수 있는 영향력, 스스로를 억제하는 우애의 행동에 내재한 구원의 성스러운 감화력을 이따금 일상생활에서도 목격한다. 만일 도러시아가 밤새 괴로워한 다음에 로저먼드를 찾아가지 않았더라면, 글쎄, 그랬더라면 그녀의 분별력을 더 높이 사 줄 수도 있겠지만 그날 저녁 7시 30분에 리드게이트네 난롯가에 모여 있던 세 사람에게는 분명 그리 좋지 않았을 것이다.

로저먼드는 윌의 방문에 준비가 되어 있었고, 그를 활기 없이 차갑게 맞이했다. 리드게이트는 그녀의 태도를 극도의 신경 피로 때문이라고 설명했고, 그것이 윌과 조금이라도 관련이 있으리라고는 생각하지 않았다. 그녀가 말없이 앉아서 고개를 숙이고 일을 하고 있을 때 리드게이트는 순진하게도 그녀에게 몸을 뒤로 기대고 쉬라고 말하면서 간접적으로 그녀를 위해 변명했다. 윌은 속으로 어제의 사건 이후 그녀의 감정 상태가 어떨지를 바삐 생각하면서 겉으로는 로저먼드를 처음 만나 인사하는 친구처럼 굴어야 했기에 비참한 기분이었다. 그 사건은 이중의 광기를 드러낸 괴로운 장면처럼 두 사람을 여전히 무자비하게 감싸고 있는 것 같았다. 우연히도 리드게이트가 밖으로 불려 나갈 일이 없었다. 그러나 로저먼드는 차를 따랐고 월이 찻잔을 가지러 다가갔을 때 그의 받침 접시에 조그맣게 접힌 종잇조각을 올려놓았다. 그는 그것을 보고 재빨리 집었지만 여관에 돌아가서도 종이를 펼쳐 볼 생각이 들지 않았다. 로저먼드는 아마 그날 저녁의 괴로운 심정을 더 악화시킬 말을 썼을 것이다. 하지만 결국은 쪽지를 펼치고 침대 맡의 촛불에 비춰 보았다. 그녀의 단정한 글씨체로 그저 몇 줄만 적혀 있을 뿐이었다.

캐소본 부인에게 말했어요. 그녀는 당신에 대해 어떤 오해도 하고 있지 않아요. 그녀가 나를 찾아와서 무척 친절하게 대해 주었기 때문에 말한 거예요. 당신은 이제 나를 비난할 이유가 없어요. 나 때문에 당신에게 달라질 일은 전혀 없으니까요.

이 말이 오로지 기쁨을 안겨 준 것은 아니었다. 흥분한 마음으로 곰곰이 생각하면서 월은 도러시아와 로저먼드 사이에 일어났을 일을 상상해 보았다. 도러시아가 그의 행동에 대한 해명을 들어야 하는 상황에서 자신의 품위가 어느 정도나 손상되었다고 느꼈을지 알 수 없었기에 뺨과 귀가 달아오르는 것을 느꼈다. 그녀의 마음에는 그에 관해 예전과 다른 인상이 남았을지 모르고, 그것은 돌이킬 수 없는 차이, 영원한 흠집을 만들었을지 모른다. 상상의 나래를 펼치면서 그는 한밤중에 난파한 배에서 간신히 탈출했지만 칠흑 같은 어둠 속에서 미지의 땅에 서 있는 사람처럼 불안한 의혹에 빠져들었다. 그 참혹한 어제까지 — 오래전에 같은 방에서, 그리고 같은 사람이 있는 곳에서 몹시 화가 났던 순간을 제외하면 — 서로에 대한 그들의 온갖 상상과 생각은 동떨어진 세계에 있는 것 같았다. 키 큰 흰 백합에 햇살이 내려앉고, 어떤 사악함도 숨어 있지 않고, 다른 영혼이 들어오지 않은 세계에. 그러나 지금…… 그 세계에서 도러시아가 다시 그를 만나 줄까?

83장

그러니 두려움 없이 서로를 바라보는,
깨어나는 우리 영혼에게 이제 아침 인사를 하자.
사랑은 다른 곳에 대한 사랑을 모두 억제하고
하나의 작은 공간을 모든 곳으로 만들어 놓기에.

— 던 박사[111]

　　로저먼드를 방문하고 나서 이틀째 되는 날 아침에 도러시
아는 이틀간 잠을 푹 자서 피로의 흔적을 다 떨쳤을 뿐 아니
라 힘이 남아돈다고 느꼈다. 말하자면 무슨 일에든 힘을 쏟고
도 남을 것 같았다. 그 전날 사유지를 벗어나 멀리까지 산책했
고 목사관에도 두 번이나 갔다. 하지만 왜 그렇게 쓸데없이 시
간을 보내는지에 대해서는 누구에게도 말하지 않았고, 오늘
아침에는 어린아이처럼 들뜬 자신에게 다소 화가 나기도 했
다. 오늘은 전혀 다르게 보낼 것이다. 마을에서 할 일이 뭐 없
을까? 아, 저런! 전혀 없었다. 병이 든 사람도 없고 옷이 부족
한 사람도 없었다. 누구네 돼지도 죽지 않았다. 게다가 토요일

---

111) 존 던의 시 「안녕」, 8~11행.

아침이라서 모두 마룻바닥과 섬돌을 문질러 닦고 있을 테고, 학교에 가 봐야 소용이 없었다. 하지만 명확히 이해하겠다고 마음먹은 여러 주제가 있었기에 그중에서 가장 진지한 주제에 힘차게 매진하겠다고 결심했다. 그녀는 서재에서 정치 경제학 같은 주제에 관한 책들을 꺼내 특별히 모아 쌓아 놓고 그 앞에 앉아서는 그 책들을 통해 이웃에게 해가 되지 않도록, 아니면 결국 같은 말인데 이웃에게 가장 도움이 되도록 돈을 쓰는 최선의 방법을 알아내려고 애썼다. 눈앞에 있는 중요한 주제를 이해할 수만 있다면 분명 마음이 차분해질 것이다. 하지만 불행히도 그녀의 마음은 한 시간 내내 슬그머니 옆길로 새고 있었다. 마침내 자신이 여러 가지를 강렬하게 의식하고 있지만 책에 담긴 내용은 전혀 의식하지 못하면서 같은 문장들을 두 번씩 읽고 있음을 알게 되었다. 어쩔 도리가 없었다. 마차를 준비시켜 팁턴에 갈까? 아니, 어떤 이유에서인지 로윅에 있는 편이 더 좋았다. 하지만 정처 없이 떠도는 마음을 붙잡아 차분히 가라앉혀야 한다. 자기를 훈련하는 데도 기술이 필요하다. 그래서 그녀는 종잡을 수 없는 생각을 어떤 묘책으로 억누를지를 생각하면서 갈색이 도는 서재를 빙빙 돌았다. 어쩌면 단순한 작업을 끈기 있게 해 나가는 게 가장 좋은 방법이다. 소아시아 지리를 공부하면 어떨까? 그 부분에 소홀하다고 캐소본 씨가 종종 꾸짖지 않았던가? 그녀는 지도들이 든 캐비닛으로 갔다. 그 안에 지도 한 장이 펼쳐져 있었다. 오늘 아침에는 파플라고니아가 레반트 연안에 있지 않다는 것을 드디어 확인하고, 칼리베스 부족에 대한 깜깜무식을 붙잡아 흑해 연안에다 확실히 붙들어 매 놓을 것이다. 지도는 뭔가 다른 것을 생각하고 싶을 때 연구하기 좋다. 지명들로 이루어져서 그 지명들을 잘 살펴보면 노래처럼 울림을 만들곤 하니까. 도러시아는 지도에 몸을 숙이고 진지하게 들여다보면서 나직한 소리로 지명들을 발음해 보았다. 그것은 종종 선율을 만들어 냈다. 온갖 강렬한 경험에도 불구하고 그녀는 즐거워하는 어린 여자아이처럼 보였다. 입술을 조금 내밀고 고개를 끄덕이며 손가락에 지명들을 적어 보고, 이따금 멈추고는 두 손을 양쪽 뺨에 대고 "이것 참! 이것 참!" 하면서 말이다.

회전목마가 계속 돌아가듯이 이런 일은 끝날 이유가 없었지만 문이 열리고 노블 양이 왔다고 전하는 소리에 결국 중단되었다.

도러시아의 어깨에 모자도 닿지 않는 작은 노숙녀는 따뜻한 환영을 받았다. 하지만 도러시아가 손을 꼭 쥐고 있는 동안 그녀는 뭔가 꺼내기 어려운 이야기가 있는 듯이 계속 비버 같은 소리를 냈다.

"앉으세요." 도러시아는 의자를 돌려 앞에 밀어 놓으며 말했다. "제가 도와 드릴 일이 있을까요? 무슨 일이든 할 수 있으면 무척 기쁘겠어요."

"곧 갈 거예요." 노블 양은 작은 바구니에 손을 넣고 안에 있는 뭔가를 불안하게 잡고는 말했다. "교회 뜰에서 친구가 기다리고 있거든요." 그러고는 모호한 소리를 내더니 만지작거리던 것을 무의식적으로 끄집어냈다. 거북 껍질로 만든 마름모꼴 상자였다. 도러시아는 뺨이 붉어지는 것을 느꼈다.

"래디슬로 씨가……." 소심하고 작은 여자가 말을 이었다. "부인의 마음을 상하게 했다며 걱정하고 있어요. 그래서 부인이 몇 분간 그를 만나 주실 수 있을지 물어봐 달라고 내게 부탁했어요."

도러시아는 즉시 대답하지 않았다. 남편의 금지령이 남아 있는 듯한 서재에서 그를 만날 수는 없다는 생각이 스쳤다. 그녀는 창가를 바라보았다. 밖으로 나가 정원에서 그를 만나도 될까? 하늘은 음산했고, 폭풍우가 몰아치려는 듯 나무들이 흔들리고 있었다. 게다가 그를 만나러 밖으로 나가는 것이 망설여졌다.

"그를 만나 주세요, 캐소본 부인." 노블 양이 간절하게 말했다. "아니면 돌아가서 안 된다고 말해야 하는데, 그러면 그는 상처를 받을 거예요."

"네, 만나겠어요." 도러시아가 말했다. "그분께 들어오시라고 해 주세요."

달리 무엇을 할 수 있을까? 그 순간 윌을 만나는 것 말고는 갈망하는 것이 없었다. 그를 만날 가능성이 그녀와 주위의 사물 사이를 끈덕지게 비집고 들어왔던 것이다. 하지만 갑자기 경보가 울린 듯 가슴이 두근거렸고, 그를 위해 뭔가 과감하게 도전적인 일을 하고 있다는 느낌이 들었다.

작은 숙녀가 임무를 다하려고 종종걸음으로 돌아갔을 때 도러시아는 서재 한가운데에 서서 양손을 내려뜨려 꼭 맞잡았다. 마음을 가라앉혀 품위 있게 무심한 듯이 보이려고 한 것은 아니었다. 그 순간 그녀는 자기 몸을 조금도 의식하지 않왔다. 월의 마음속에 무엇이 있을지를 생각했고, 다른 사람들이 그에 대해 품은 냉혹한 감정을 생각했다. 그녀 자신을 그런 냉혹함에 묶어 둘 의무가 있을까? 처음부터 그에 대한 감정에는 부당한 비난에 대한 저항감이 섞여 있었고, 이제 고뇌를 겪고 난 후 그 반발로 마음속 저항감이 전보다 더 강해졌다. '내가 그를 너무나 사랑한다면 그건 그가 너무 부당한 취급을 받았기 때문이에요.' 그녀 내면의 목소리가 서재에서 자기 말을 듣고 있는 상상 속의 한 대상에게 말했다. 그때 문이 열렸고, 월의 모습이 그녀 앞에 있었다.

그녀는 가만히 서 있었고, 그는 전에 보지 못한 의혹이 담긴 소심한 표정으로 다가왔다. 그는 불안한 심정이었고, 자기 말이나 표정으로 그녀에게서 다시 멀어지는 형벌을 받을까 봐 두려웠다. 도러시아는 자신의 감정이 두려웠다. 마치 주문에 걸려 꼼짝할 수도, 양손을 풀 수도 없는 느낌이었고, 강렬하고 진지한 열망이 눈 속에 갇혀 있을 뿐이었다. 평소처럼 그녀가 악수를 청하지 않자 월은 1미터쯤 떨어진 곳에 멈춰 서서 당황한 기색으로 말했다. "만나 주셔서 감사합니다."

"당신을 보고 싶었어요." 도러시아는 다른 말을 할 수 없었다. 자리에 앉으려는 생각도 들지 않았다. 월은 이렇게 여왕처럼 맞이하는 그녀의 태도를 기분 좋게 해석할 수 없었지만 마음먹었던 이야기를 이어 갔다.

"제가 이렇게 빨리 돌아온 것이 어리석고 잘못된 일이라고 생각하실까 두렵군요. 그 조급함 때문에 벌을 받았습니다. 아마 아시겠지요. ─ 이제 모두들 알고 있으니까요. ─ 제 혈통에 대한 괴로운 이야기 말입니다. 저는 떠나기 전에 알고 있었어요. 부인께 그 이야기를 할 생각이었어요……. 혹시라도 다시 만난다면 말이지요."

도러시아가 약간 움직였고, 깍지 낀 손을 풀었지만 즉시 두 손을 포갰다.

"그런데 이제는 험담거리가 되었더군요." 윌이 말을 이었다. "그것과 관련된 어떤 일을 알려 드리고 싶었어요. — 제가 떠나기 직전에 있었던 일인데 — 다시 여기 내려오는 데 도움이 되었습니다. 적어도 여기 내려올 구실이 된다고 생각했지요. 공적인 목적에 돈을 좀 기부하도록 불스트로드 씨를 설득할 생각이었어요……. 그분이 제게 주려고 생각했던 돈 말이지요. 불스트로드 씨가 과거의 권리 침해에 보상하기 위해서 제게 돈을 주겠다고 은밀히 제안했다는 사실이 어쩌면 그의 명예에 보탬이 될지 모르겠군요. 아마 그 불쾌한 이야기를 알고 계시겠지요?"

의혹이 담긴 눈길로 도러시아를 바라보았지만 윌의 태도는 자기 운명에서 이 사실을 생각할 때마다 느꼈던 도전적 용기를 차차 회복하고 있었다. 그는 덧붙여 말했다. "그것이 제게 전적으로 고통스러운 일이라는 것을 아시겠지요."

"네…… 네…… 알아요." 도러시아가 서둘러 대답했다.

"저는 그런 재원에서 나온 수입은 받지 않겠다고 했어요. 그 돈을 받는다면 부인이 저를 좋게 생각하지 않을 거라고 믿었지요." 윌이 말했다. 이제 그런 이야기를 들려주지 않을 이유가 어디 있겠는가? 그가 그녀에 대한 사랑을 맹세했다는 것을 그녀는 알고 있었다. "저는 느꼈어요……." 그럼에도 그의 말이 끊어졌다.

"당신은 제가 당신에게 기대했을 행동을 하셨어요." 도러시아가 환한 얼굴로 아름다운 목 위에 머리를 약간 더 꼿꼿이 세우며 말했다.

"제 출생과 관련된 상황 때문에 부인께서 저에 대한 편견을 품으리라고는 생각하지 않았어요. 다른 사람들은 틀림없이 그랬겠지만." 윌은 예전처럼 고개를 뒤로 젖히고 진지한 호소를 담아 그녀의 눈을 바라보면서 말했다.

"그것이 새로운 곤경이라면 제가 당신에게 애착을 느낄 새로운 이유가 되겠지요." 도러시아는 열렬히 말했다. "무엇으로도 저는 달라질 수 없었을 거예요. 다만……." 그녀는 가슴이 벅차서 말을 이어 가기 힘들었다. 하지만 감정을 억제하려고 애쓰면서 떨리는 목소리로 나지막하게 말했다. "당신이 다르다는…… 당신이 제가 믿었듯이 그렇게 좋은 사람이 아니라는 생각만 아니라면……."

"분명 부인께서는 한 가지만 제외하고 모든 점에서 저를 실제보다 더 낫다고 믿으십니다." 윌은 분명히 드러난 그녀의 감정에 자신도 감정을 드러내며 말했다. "부인에 대한 제 진실한 마음 말입니다. 부인께서 그것을 의심한다고 생각했을 때 제게 남은 것이 무엇이든 전혀 개의치 않았어요. 제게는 모든 것이 다 끝났다고 생각했어요. 노력을 바쳐야 할 것이 없었어요…… 견딜 것만 남았지요."

"당신을 더는 의심하지 않아요." 도러시아가 손을 내밀면서 그에 대한 막연한 불안감 때문에 말로 할 수 없었던 애정을 드러냈다.

그는 그녀의 손을 잡고 흐느낌 같은 소리를 내며 그 손을 들어 입술에 댔다. 하지만 다른 손에는 아직 모자와 장갑을 들고 있었기에 그의 모습은 왕당파[112]의 초상화로 손색이 없었을 것이다. 아직 손을 빼기 어려웠지만 도로시아는 마음을 어지럽히는 혼란스러운 생각에 손을 빼고 다른 곳을 바라보며 걸어갔다.

"보세요. 구름이 시커멓게 몰려들고 나무들이 마구 흔들리네요." 그녀는 창가로 걸어가며 말했지만 자신이 무엇을 하고 있는지 거의 알지 못했다.

윌은 조금 떨어져서 그녀를 따라가 가죽 의자의 높은 등받이에 몸을 기댔다. 이제야 의자에 모자와 장갑을 감히 내려놓고 도로시아와 함께 있으면서 처음으로 격식을 차려야 했던 견딜 수 없는 긴장 상태에서 풀려났다. 의자에 기댄 순간 그는 매우 행복한 기분이었음을 고백해야 하리라. 지금 그녀가 어떤 감정이든 큰 두려움을 느끼지는 않았다.

그들은 말없이 서서 서로를 바라본 것이 아니라 점점 어두워지는 하늘을 배경으로 거칠게 흔들리면서 희끄무레한 이파리의 밑면을 드러내는 상록수들을 보았다. 윌은 폭풍우가 휘몰아칠 징후가 이렇게 기뻤던 적이 없었다. 저택을 곧 나서야

---

112) 특히 영국 역사에서 찰스 1세와 의회의 분쟁 기간에 스튜어트 왕조를 지지한 사람.

할 필요가 없었으므로. 나뭇잎과 작은 가지들이 휘날리고 천둥소리가 점점 가까워지고 있었다. 사방이 더욱 어둠침침해졌다. 갑자기 번쩍이는 번갯불에 그들은 깜짝 놀라 서로를 쳐다보고는 미소를 지었다. 도러시아는 생각하고 있던 것을 말하기 시작했다.

"당신이 노력을 바쳐야 할 일이 없을 거라는 말은 틀렸어요. 우리에게 중요한 좋은 것은 잃었더라도 다른 사람들에게는 좋을 것이 남아 있고, 그것은 노력을 바칠 가치가 있으니까요. 어떤 사람들이 행복해질 수 있겠지요. 저는 가장 비참한 상태였을 때 그 사실이 전보다 더 명확히 보이는 것 같았어요. 그런 감정이 힘이 되어 주지 않았더라면 그 곤경을 어떻게 견뎠을지 모르겠어요."

"부인은 제가 느낀 처참한 심정을 느낀 적이 없을 거예요." 윌이 말했다. "부인이 저를 경멸하리라는 것을 아는 참담함 말이죠."

"하지만 더 심한 것을 느꼈어요. ─ 그건 더 고약했어요. ─ 나쁘게 생각하는 것은……." 도러시아는 충동적으로 말하려다가 입을 다물었다.

윌은 얼굴을 붉혔다. 그녀가 무슨 말을 하든 그들을 떼어놓은 숙명을 바라보면서 하는 말 같았다. 그는 잠시 입을 다물었다가 열정적으로 말했다.

"우리는 적어도 서로 가식 없이 이야기를 나누는 위안을 얻겠지요. 저는 떠나야 하니까…… 우리는 언제나 헤어져야 하니까…… 부인은 저를 무덤에 들어가기 직전에 있는 사람으로 생각해도 좋을 겁니다."

그가 말하는 동안 번갯불이 번쩍이면서 두 사람의 모습을 상대에게 선명하게 비춰 주었고, 그 빛은 절망적인 사랑의 무시무시한 공포처럼 보였다. 순간 도러시아는 창가에서 재빨리 물러났다. 윌은 그녀에게 다가가서 충동적으로 손을 잡았다. 그렇게 그들은 손을 잡고 두 어린아이처럼 폭풍우를 내다보며 서 있었다. 천둥이 머리 위에서 엄청난 소리를 울리며 굴러갔고 폭우가 쏟아지기 시작했다. 그들은 그의 마지막 말을 떠올리면서 손을 잡은 채 얼굴을 돌려 서로를 보았다.

"제게는 희망이 없어요." 윌이 말했다. "제가 부인을 사랑하는 만큼 부인이 저를 사랑한다 해도 — 제가 부인에게 모든 것이라 해도 — 저는 언제나 가난뱅이일 거예요. 냉철하게 따져 보면 땅 위를 비천하게 기어다니는 운명 외에는 아무것도 기대할 수 없어요. 혹시라도 우리가 서로에게 속하는 일은 결코 없겠지요. 어쩌면 부인의 말 한마디를 듣고 싶어 한 제가 비열한 놈일 거예요. 저는 말없이 떠날 생각이었어요. 하지만 제 의지대로 할 수 없었어요."

"미안해하지 마세요." 도러시아가 맑은 목소리로 부드럽게 말했다. "이별의 고통을 함께 나누는 편이 더 좋으니까요."

그녀의 입술이 떨렸고 그도 마찬가지였다. 누구의 입술이 상대의 입술로 먼저 나아갔는지는 결코 알 수 없었다. 하지만 그들은 떨면서 입을 맞추었고, 잠시 후 몸을 떼었다.

분노의 정령이 안에 도사리고 있는 듯 빗줄기가 창유리를 거세게 때리고 그 너머에서 강풍이 몰아쳤다. 바쁜 사람이나 게으른 사람이나 모두 경외심을 느끼며 잠시 멈추고 바라볼 만한 장관이었다.

도러시아는 가까운 의자에 앉았다. 방 한가운데 놓인 길고 나지막한 의자에 앉아서 손을 무릎에 포개고는 음산한 바깥 세상을 바라보았다. 윌은 한순간 그녀를 보며 서 있다가 옆에 앉아서 그녀의 손에 손을 올려놓았고, 그녀는 손을 들어 그의 손이 자기 손을 꼭 감싸게 했다. 그들은 서로를 바라보지 않고 그렇게 앉아 있었다. 마침내 빗줄기가 잦아들어 조용히 내리기 시작했다. 그들은 각자 생각에 잠겨서 입을 열지 못했다.

그러나 빗소리가 잦아들었을 때 도러시아는 고개를 돌려 윌을 바라보았다. 그는 마치 고문용 나사가 돌아가며 그를 위협하는 듯이 벌떡 일어나 격렬하게 소리쳤다. "참을 수 없어요!"

그는 걸어가서 다시 의자 등받이에 몸을 기댔다. 자신의 분노와 싸우는 것 같았다. 그녀는 슬프게 그를 바라보았다.

"그건 살인이나 사람들을 떼어 놓는 다른 끔찍한 일들처럼 파멸을 가져올 거예요." 그가 다시 소리쳤다. "그건 더욱 참을 수 없어요……. 사소한 우연들로 우리 삶이 불구가 되다니."

"아뇨…… 그렇게 말하지 마세요……. 당신 삶은 불구가 될 필요가 없어요." 도러시아가 부드럽게 말했다.

"아니, 틀림없이 그럴 거예요." 윌이 화가 나서 말했다. "그런 식으로 말하다니 잔인해요……. 마치 무슨 위안이라도 있는 듯이 말이죠. 당신은 고통 그 너머를 볼 수 있는지 모르지만 나는 그렇게 못 해요. 그건 친절하지 못한 거예요……. 당신에 대한 내 사랑을 하찮은 듯이 내던져 버리는 거예요. 사실을 직면하며 그런 식으로 말한다는 건 말이죠. 우리는 절대로 결혼할 수 없을 거예요."

"언젠가는…… 할 수 있을지 몰라요." 도러시아는 떨리는 목소리로 말했다.

"언제 말이에요?" 윌이 쓰라린 말투로 말했다. "제가 조금이라도 성공하기를 기대해 봐야 무슨 소용이 있겠어요? 그냥저냥 자신을 부양하는 것 외에 뭘 더 할 수 있을지 자신 못 하겠어요. 단순한 문사나 대변인으로 저 자신을 팔지 않는다면 말이죠. 그것은 아주 명확하게 볼 수 있어요. 저는 어떤 여자에게도 구혼할 수 없어요. 그녀에게 포기해야 할 재산이 없더라도 말이죠."

침묵이 이어졌다. 도러시아의 마음에 뭔가 하고 싶은 말이 가득했지만 그 말이 너무 어려웠다. 그녀는 그 말에 완전히 사로잡혔다. 그 순간 내면에서 무언의 논쟁이 일어나고 있었다. 말하고 싶은 것을 말할 수 없어서 무척 고통스러웠다. 윌은 화가 나서 창밖을 내다보고 있었다. 그가 그녀를 바라보았더라면, 그녀에게서 멀리 있지 않았더라면 모든 것이 더 쉬웠을 거라고 그녀는 생각했다. 마침내 그는 몸을 돌렸고 여전히 의자에 몸을 기댄 채 모자를 집으려고 무의식적으로 손을 뻗으며 격앙된 목소리로 말했다. "안녕히 계세요."

"아, 견딜 수 없어요……. 마음이 찢어질 거예요." 도러시아가 의자에서 벌떡 일어서며 말했다. 젊은 열정이 넘쳐흘러 그녀를 침묵하게 했던 온갖 장애를 압도했고 곧 커다란 눈물방울이 솟아 굴러떨어졌다. "난 가난은 개의치 않아요……. 내가 가진 재산이 싫은걸요."

　즉시 윌은 그녀에게 다가가서 그녀를 두 팔로 감싸 안았
다. 그러나 그녀는 말을 계속하기 위해 고개를 뒤로 젖히고 그
를 부드럽게 밀어냈다. 눈물이 고인 커다란 눈으로 아주 소박
하게 그의 눈을 바라보며 어린아이처럼 흐느끼면서 말했다.
"우리는 내가 가진 재산으로 잘 살 수 있어요. — 너무 많아
요. — 일 년에 700파운드나 되니까요 — 나는 바라는 게 거
의 없어요. — 새 옷도 필요 없고요 — 그리고 물건값이 얼마
나 되는지 배울 거예요."

84장

노인네나 젊은이들이나
내 잘못이라고 읊어 대지만
그렇게 큰 소리로 내 이름에 먹칠한
그들에게 죄가 있다.

— 「암갈색 처녀」[113]

상원에서 개정 법안이 부결된 직후였기에 캐드월레이더 씨는 뒷짐 진 손에《타임스》를 들고 프레싯 홀의 큰 온실 옆 비탈진 잔디밭을 걸으면서 제임스 체텀 경에게 나라의 앞날에 대해 송어 낚시꾼답게 감정에 좌우되지 않는 어조로 말하고 있었다. 캐드월레이더 부인과 미망인 레이디 체텀, 실리아는 이따금 정원에 있는 의자에 앉았다가 어린 아서를 보려고 걸어갔다. 아이는 어린 부처에게 어울릴 법한 멋진 실크 술이 달린 성스러운 파라솔로 햇빛을 가린 호화로운 유모차에 타고 있었다.

숙녀들도 정치에 관한 이야기를 나누기는 했지만 잠깐씩

_____

113) 여성의 정조를 칭송한 15세기의 시.

하다 말았다. 캐드월레이더 부인은 앞으로 귀족을 마구 만들어 낸다는 것에 관해 강경한 의견을 피력했고, 사촌이 전해 준 소식을 통해서 트루베리가 순전히 아내의 꼬임 때문에 반대파로 넘어갔다고 확신했다. 그 아내는 개정 법안 문제가 처음 거론되었을 때부터 공중에 떠도는 귀족의 냄새를 맡았고, 준남작과 결혼한 여동생을 앞서기 위해서라면 영혼도 팔 여자였다. 체텀 부인은 그런 행위가 매우 혐오스럽다고 생각했고, 트루베리 부인의 어머니가 멜스프링의 윌싱엄 양이었던 때를 기억했다. 실리아는 그냥 '부인'보다는 '레이디'라는 호칭이 더 근사하고, 도도는 자기 마음대로만 할 수 있다면 남보다 앞서는 일 따위는 전혀 신경 쓰지 않는다고 말했다. 캐드월레이더 부인은 핏줄에 귀족의 피가 한 방울도 흐르지 않는 사람이 모두들 그 사실을 아는데도 앞선다는 것은 한심한 만족감에 불과하다고 주장했다. 실리아는 다시 아서를 바라보면서 말했다. "하지만 아서가 자작이라면 무척 근사할 거예요······. 경의 작은 이가 나오고 있군요! 제임스가 백작이었다면 아서가 그렇게 되었을 텐데."

"사랑하는 실리아······." 미망인이 말했다. "제임스의 작위는 새로 생기는 백작보다 훨씬 더 가치 있는 거란다. 난 그의 부친이 제임스 경이 아니라 귀족이었기를 바란 적이 없어."[114]

"아, 전 그저 아서의 작은 이에 대해 말한 거였어요." 실리아

---

114) 준남작은 엄밀히 말하면 귀족이 아니었고 신사 계층과 귀족의 경계에 속했으며 작위는 세습되었다.

가 기분 좋게 대답했다. "아, 보세요, 큰아버지께서 오시네요."

그녀는 경쾌한 걸음으로 백부를 맞으러 갔고, 제임스 경과 캐드월레이더 씨가 다가와서 부인들에게 합세했다. 실리아가 백부의 팔짱을 끼자 그는 "그래, 얘야!" 하고 다소 우울하게 말하며 그녀의 손을 토닥였다. 두 사람이 무리에 가까이 갔을 때 브룩 씨의 낙담한 표정이 두드러졌다. 하지만 정치적 상황 때문이라고 충분히 설명할 수 있었다. "그래, 모두들 여기 계셨군." 하고는 그가 아무 말 없이 모두와 악수를 나누었을 때 목사가 웃으며 말했다.

"개정 법안 부결을 너무 심각하게 받아들이지 마십시오, 브룩 씨. 온 나라의 하층민이 모두 당신 편이니까요."

"법안이라고, 어?" 브룩 씨는 약간 어수선한 표정으로 말했다. "부결되었다고? 정말이오? 상원에서 너무 지나치게 구는 군. 앞으로 나아가야 할 텐데. 그런데 슬픈 소식이 있네. 내 말은 여기, 바로 이곳에서 말이지. 슬픈 소식이야. 하지만 나를 탓해서는 안 되네, 체텀."

"무슨 일이 있으세요?" 제임스 경이 말했다. "사냥터지기가 또 총에 맞지는 않았겠지요? 트래핑 바스 같은 작자가 그리 쉽게 처벌을 면하면 당연히 그런 일을 예상하게 되거든요."

"사냥터지기라고? 아닐세. 들어가세. 안에 들어가서 모두에게 이야기할 테니." 브룩 씨는 속사정을 털어놓는 데 캐드월레이더 부부를 포함시킨다는 의미로 그들에게 고개를 끄덕이며 말했다. "트래핑 바스 같은 밀렵꾼들에 대해서 말하자면, 체텀……." 집 안으로 들어가면서 그가 말했다. "자네가 행정 판사가 되면 그런 문제를 명확히 처리하기가 쉽지 않다는 걸 알게 될 걸세. 엄격하게 하는 거야 좋은 일이지. 하지만 그런 일은 다른 사람에게 대신 시키는 편이 훨씬 더 쉽다네. 자네 마음에는 너그러운 부분이 있지. 자네는 드라콘이나 제프리스[115] 같은 사람이 아니까."

브룩 씨의 마음이 혼란스러운 것은 분명했다. 말을 꺼내기 어려운 문제가 있을 때 그는 늘 여러 가지를 섞으면 맛이 순해지는 약이라도 되는 듯이 무관한 이야기들을 뒤죽박죽 섞어서 말하곤 했다. 모두들 자리에 앉을 때까지 그는 제임스 경과 밀렵꾼에 대한 이야기를 계속했다. 이런 시답지 않은 이야기를 참을 수 없었던 캐드월레이더 부인이 말했다.

"슬픈 소식을 알고 싶어 좀이 쑤실 지경이에요. 사냥터지기가 총에 맞지 않았으면 그걸로 됐어요. 그럼 무슨 일이지요?"

"글쎄, 무척 괴로운 일이오." 브룩 씨가 말했다. "부인과 목사님이 함께 있어 줘서 고맙소. 가족 문제인데 우리 모두가 잘 견디도록 도와 주시겠지. 네게 이 소식을 전해야겠구나, 애야." 이 부분에서 브룩 씨는 실리아를 바라보았다. "넌 무슨 일인지 도통 모르겠지. 그리고 체텀, 자네는 무척 화가 날 걸세. 하지만 알다시피, 나도 자네도 그걸 막을 수 없었네. 일이 되어 가는 방식이 참 묘하군. 결국에는 돌아와서 일어나니까."

"도도에 대한 말씀이군요." 늘 언니를 가족이라는 조직의

---

115) 기원전 7세기 아테네의 입법자 드라콘과 영국의 법관 제프리스 (1648~1689)는 엄격한 재판으로 악명 높다.

위험한 부분으로 생각하던 실리아가 말했다. 그녀는 낮은 의자에 앉아 남편의 무릎에 기대고 있었다.

"제발 무슨 일인지 말씀해 주세요!" 제임스 경이 말했다.

"그래, 알다시피, 체텀, 나는 캐소본의 유언장을 막을 수 없었어. 그 유언장 때문에 상황이 악화되었지."

"맞습니다." 제임스 경이 급히 말했다. "그런데 대체 무엇이 악화된 겁니까?"

"도러시아가 재혼할 거라네." 브룩 씨는 실리아에게 고개를 끄덕이며 말했고, 그녀는 즉시 겁에 질린 시선으로 남편을 올려다보고는 손을 남편의 무릎에 올려놓았다.

제임스 경은 분노로 얼굴이 하얗게 질렸지만 아무 말도 하지 않았다.

"맙소사!" 캐드월레이더 부인이 말했다. "설마 래디슬로와 하는 건 아니겠죠?"

브룩 씨가 고개를 끄덕이며 말했다. "그렇소. 래디슬로와 한다오." 그런 다음에는 신중하게 입을 다물었다.

"이봐요, 험프리!" 캐드월레이더 부인이 남편에게 팔을 휘저으며 말했다. "다음에는 당신이 인정하겠죠. 내게 선견지명이 있다는 걸 말이에요. 아니면 내 말에 반박하면서 늘 눈을 감고 살든지. 당신은 그 젊은 신사가 이 고장을 떠났다고 생각했잖아요."

"그랬을 거요. 하지만 돌아온 모양이지." 목사가 조용히 말했다.

"이 이야기를 언제 들으셨어요?" 제임스 경은 말을 하려고 입을 열기 힘들었지만 다른 사람들의 말을 듣고 싶지 않았다.

"어제 들었네." 브룩 씨가 순순히 대답했다. "로윅에 갔었지. 도러시아가 사람을 보내서 와 달라고 했거든. 아주 갑자기 일어난 일이었네. 두 사람도 이틀 전에는 생각하지 않은 일이었어. 전혀 생각하지 않았다고. 반대해 봐야 소용없었네. 난 강력하게 반대 의사를 밝혔어. 내 의무를 다했다네, 체텀. 하지만 그 애는 자기가 원하는 대로 할 수 있어."

"제가 일 년 전에 그를 불러내서 총으로 쏴 죽였더라면 더 좋았을 겁니다." 제임스 경이 정말로 피를 보려는 마음에서가 아니라 뭔가 강력한 말을 하지 않을 수 없어서 말했다.

"정말이지, 제임스, 그랬더라면 몹시 불쾌했을 거예요." 실리아가 말했다.

"이성적으로 생각하게, 체텀. 그 문제를 좀 차분하게 보라고." 캐드월레이더 씨는 선량한 이웃이 분노에 압도된 것을 보고 유감스러워하며 말했다.

"그건 조금이라도 품위가 있는 사람에게는 그리 쉽지 않아요. ─ 조금이라도 정의감이 있는 사람이라면 ─ 자기 가족에게 이런 일이 일어날 때……." 제임스 경이 여전히 분노로 핏기가 가신 얼굴로 말했다. "말할 수 없이 수치스러운 일이에요. 래디슬로가 명예심이 한 톨이라도 있는 작자였다면 즉시 이 고장을 떠나서 다시는 얼굴을 들이밀지 않았을 겁니다. 어쨌든 예상치 못했던 일은 아닙니다. 캐소본의 장례식 다음 날에 무엇을 해야 할지 제가 말씀드렸죠. 그런데 백부님께서 제 말을 듣지 않으셨어요."

"자네는 불가능한 일을 바랐네, 체텀." 브룩 씨가 말했다. "그를 배에 태워 쫓아버리기를 바랐으니. 난 래디슬로가 우리 마음대로 할 수 있는 사람이 아니라고 말했네. 그는 이념을 가진 사람일세. 남다른 사람이지……. 그는 놀라운 사람이라고 나는 늘 말해 왔네."

"그래요." 제임스가 반박하려는 마음을 억누르지 못하고 말했다. "백부님께서 그에 대해 그렇게 높이 평가하신 것이 유감스러운 일입니다. 바로 그 존중심 때문에 그가 근방에 와서 살게 되었으니까요. 그 존중심 때문에 도러시아 같은 여자가 품위를 떨어뜨리며 그와 결혼하는 꼴을 보게 되었으니까요." 말이 쉽게 나오지 않았기에 제임스 경은 절마다 잠깐씩 멈추었다. "남편의 유언장에 그렇게 적시되었으니 조심스러운 마음으로 다시는 만나지 말았어야 할 남자를…… 그녀에게 적합한 사회적 지위에서 끌어내려…… 가난한 생활에 끌어들이고…… 비열하게도 그런 희생을 받아들이고…… 늘 불쾌하기 짝이 없는 신분이었던 데다…… 혈통도 나쁘고…… 정말이지 원칙도 없고 성격도 경박하기 짝이 없는 인간입니다. 제 의견은 그렇습니다." 제임스 경은 힘주어 말을 끝내고는 몸을 돌리고 다리를 꼬았다.

"나도 그 모든 점을 도러시아에게 지적했네." 브룩 씨가 변명조로 말했다. "그 애가 사회적 지위를 버리고 가난하게 사는 것 말이야. 내가 말했네. '얘야, 너는 일 년에 700파운드로 생활하는 게 어떤 건지 몰라. 마차나 그런 것도 없이 네가 누군지 알지도 못하는 사람들 사이에서 살아가는 것 말이다.' 그

점에 대해 강력하게 말했어. 하지만 자네가 직접 도러시아에 게 말해 보면 좋겠네. 실은 그 애는 캐소본의 재산을 싫어했어. 그 애가 무슨 말을 하는지 듣게 될 걸세."

"아뇨, 죄송합니다만 저는 듣지 않겠습니다." 제임스 경이 더욱 냉정하게 말했다. "처형을 차마 다시 볼 수 없겠어요. 너무 괴로우니까요. 도러시아 같은 여자가 그릇된 일을 하다니 너무나 괴로운 일입니다."

"공정하게 판단하게, 체팀." 입술이 넓고 마음이 느긋한 목사는 이런 불필요한 고통에 대해 반박하며 말했다. "캐소본 부인이 경솔하게 행동하는지도 모르지. 한 남자를 위해서 재산을 포기하고 있으니까. 우리 남자들은 서로를 너무 형편없이 생각하기 때문에 그렇게 행동하는 여성을 현명하다고 말하지 않겠지. 하지만 엄밀한 의미에서 그것을 그릇된 행동이라고 비난해서는 안 된다고 생각하네."

"아니, 난 그렇게 생각해요." 제임스 경이 대답했다. "도러시아가 래디슬로와 결혼하는 것은 그릇된 행동을 저지르는 거라고요."

"이보게, 우리는 어떤 행동이 우리에게 불쾌하기 때문에 그릇되다고 생각하는 경향이 있지." 목사가 조용히 말했다. 삶을 느긋하게 받아들이는 많은 사람이 그러듯이 그도 스스로 고결한 입장에서 분개한다고 느끼는 사람들에게 때로 불쾌한 진실을 말하는 재주가 있었다. 제임스 경은 손수건을 꺼내 가장자리를 물어뜯기 시작했다.

"하지만 도도가 그러다니 너무 심해요." 실리아는 남편을 두둔하려고 말했다. "언니는 절대로 재혼하지 않겠다고 말했어요. 누구와도 하지 않겠다고요."

"그렇게 말하는 것을 나도 직접 들었단다." 레이디 체텀이 법정에서 증언이라도 하듯이 당당하게 말했다.

"아, 그럴 때는 대개 묵시적인 예외가 있는 법이죠." 캐드월레이더 부인이 말했다. "내가 볼 때 단 하나 놀라운 점은 당신들 모두가 놀랐다는 거예요. 그것을 막으려고 아무 일도 하지 않았잖아요. 트리턴 경이 여기 내려와서 박애주의 이념을 늘어놓으며 구애하도록 당신들이 주선했더라면 일 년도 안 되어 그녀를 데려갔을 거예요. 다른 방법으로는 안전하지 않았어요. 캐소본 씨가 이 모든 일을 더할 나위 없이 멋지게 준비해놓았죠. 그는 불쾌하게 처신했고 — 아니면 그를 그렇게 만드신 것이 하느님의 뜻에 맞았든지요. — 그러고는 그녀에게 자기 뜻에 거역할 수 있으면 해보라고 도전한 거예요. 그런 식으로 비싼 값을 붙여 놓으면 아무리 하찮은 물건이라도 유혹적으로 보이거든요."

"당신이 생각하는 그릇된 행동이 무엇인지 모르겠군요, 캐드월레이더 씨." 제임스 경이 여전히 아픔을 느끼면서 의자에서 몸을 돌려 목사를 바라보았다. "그는 우리가 가족으로 받아들일 수 있는 사람이 아니에요. 적어도 내 입장에서는 그래요." 그는 브룩 씨를 바라보지 않으려고 애쓰며 말을 이었다. "다른 분들은 그와 교류하는 것이 너무나 유쾌해서 온당한 도리를 개의치 않으실 테지만."

"자, 알다시피, 체텀……." 브룩 씨가 다리를 문지르며 사근사근하게 말했다. "나는 도러시아에게 등을 돌릴 수 없네. 그 애에게 나는 어느 정도 아버지와 다름없으니 말이야. 내가 말했네. '애야, 내가 결혼식에서 너를 신랑에게 인도하는 것은 거절하지 않겠다.' 그 말을 하기 전에 강력하게 반대했거든. 하지만 나는 한사 상속의 제한을 해제할 수 있네.[116] 돈이 들고 성가신 일이기는 하지만 그렇게 할 수 있어."

브룩 씨는 제임스 경에게 고개를 끄덕이며 말했고, 자신의 결의를 보여 주면서 동시에 준남작이 속상하게 느낄 부분을 달래고 있다고 느꼈다. 그는 자신이 준남작의 공격을 피해 나갈 매우 기발한 방법을 찾아냈음을 알지 못했다. 제임스 경이 부끄럽게 여기는 속마음을 건드린 것이었다. 제임스 경이 도러시아와 래디슬로의 결혼에 대해 느낀 감정의 대부분은 용서해 줄 만한 편견이나 심지어 정당한 의견에서 비롯되었고, 부분적으로는 래디슬로의 경우에도 캐소본의 경우보다 덜하지 않은 질투 어린 혐오감 때문이었다. 그는 그 결혼이 도러시아에게 치명적이라고 믿었다. 그러나 그런 감정들 사이에는 그가 너무 선량하고 명예로운 인간이기에 스스로도 인정하고 싶지 않았던 지하 수맥이 흐르고 있었다. 한 울타리 안에 매혹적으로 붙어 있는 두 사유지 팁턴과 프레싯을 합치는 것이 그의 상속자인 아들을 위해서 대단히 기쁜 전망이라는 것은 부정할 수 없었다. 그러므로 브룩 씨가 고개를 끄덕이며 그 동기에

---

116) 팁턴 그레인지를 도러시아의 장남에게 한정하여 상속하게 되어 있는 한사 상속을 해제하면 결국 실리아의 장남에게 상속될 것이다.

호소했을 때 제임스 경은 갑자기 당황했고 목구멍에 무언가 걸린 것 같았으며 얼굴이 붉어지기까지 했다. 처음에 분노를 터뜨리며 평소보다 더 말을 많이 했지만 브룩 씨가 달래려고 제시한 제안은 캐드월레이더 씨의 통렬한 비판보다 더 확실히 그의 혀를 막았다.

큰아버지가 결혼식을 언급했기에 실리아는 다행히도 말할 여지를 찾았다. 하지만 정찬 초대와 관련된 질문처럼 가급적 열의를 보이지 않으며 물었다. "도도가 곧 결혼할 거라는 말씀이세요, 큰아버지?"

"삼 주일 내로 할 거란다." 브룩 씨는 기운 없이 말했다. "나는 그걸 막기 위해 아무것도 할 수 없네, 캐드월레이더." 그는 목사의 지지를 바라며 덧붙였다. 목사가 말했다.

"저라면 그 문제에 관해 소란을 떨지 않겠습니다. 가난하게 살아도 좋다면 그건 그녀의 문제입니다. 만일 그 청년이 부자였다면 그녀가 결혼하더라도 반대할 사람이 없었겠지요. 성직록을 받는 목사들도 그보다 더 가난한 사람이 많습니다. 여기 엘리너를 보세요." 화를 돋우는 남편이 말을 이었다. "아내는 저와 결혼하면서 자기 친지들을 분개하게 했어요. 제 수입은 일 년에 1000파운드도 되지 않았고…… 저는 시골뜨기인데다…… 어느 누구도 제게서 봐줄 만한 점을 찾을 수 없었고…… 구두도 제대로 재단된 것이 아니었고…… 모두들 어떻게 저를 좋아하는 여자가 있는지 놀라워했지요. 맹세코, 저는 래디슬로에 대해 더 나쁜 이야기가 들려올 때까지는 그의 편을 들겠어요."

"험프리, 다 궤변일 뿐이에요. 당신도 그걸 알고요." 그의 아내가 말했다. "모든 일이 다 매한가지죠. — 당신에게는 그것이 시작이자 끝이에요. 당신이 캐드월레이더이니 당연하죠! 다른 이름이었으면 내가 당신 같은 기인을 선택했을 거라고 아무도 생각하지 않을 거예요."

"그리고 목사님이시죠." 레이디 체텀이 동의하듯이 말했다. "엘리너가 자기 신분 밑으로 내려갔다고는 볼 수 없어요. 래디슬로 씨는 어떤 사람인지 모르겠군요. 자, 제임스?"

제임스 경은 작게 툴툴거리는 소리를 내면서 평소보다 어머니에게 덜 공손하게 굴었다. 실리아는 생각에 잠긴 고양이처럼 그를 올려다보았다.

"그의 혈통은 끔찍하게도 오합지졸이라는 걸 인정해야 해요!" 캐드월레이더 부인이 말했다. "처음에는 캐소본이라는 오징어처럼 흐느적거리는 사람이더니, 다음에는 반항적인 폴란드인 바이올린 연주가인가 춤 선생인가 그렇죠? 그리고 또 늙은……."

"터무니없는 말이오, 엘리너." 목사가 일어서면서 말했다. "이제 가야겠소."

"어쨌든 그는 어여쁜 젊은이예요." 캐드월레이더 부인도 일어서면서 자기 말을 바로잡으려고 덧붙였다. "그는 백치들이 들어오기 이전의 멋진 노인 크리즐리의 초상화처럼 보여요."

"나도 같이 가겠소." 브룩 씨가 재빨리 일어서며 말했다. "모두 내일 우리 집에서 정찬을 같이 합시다. 알겠지, 어, 실리아?"

"당신도 그럴 거죠, 제임스, 안 그래요?" 실리아는 남편의 손을 잡으며 말했다.

"아, 물론, 당신이 원한다면." 제임스 경은 조끼를 잡아당기며 말했다. 하지만 아직 기분 좋은 표정을 지을 수는 없었다. "말인즉 다른 사람을 만나지 않는다면."

"그럼, 그럼." 브룩 씨는 그 조건을 알아들었다. "자네가 그 애를 만나러 가지 않는 한 도러시아는 오지 않을 걸세."

제임스 경과 단둘이 남았을 때 실리아가 말했다. "내가 마차를 타고 로윅에 간다면 반대하겠어요, 제임스?"

"아니 당장 가겠다는 말이오?" 그는 약간 놀라서 대답했다.

"네, 아주 중요한 일이에요." 실리아가 말했다.

"잊지 말아요, 실리아. 난 처형을 만날 수 없어요." 제임스 경이 말했다.

"언니가 결혼을 포기한다면요?"

"그런 말을 해 봐야 무슨 소용이오? 어떻든 지금 마구간에 가서 브릭스에게 마차를 대령하라고 이르겠소."

말은 하지 않았어도 실리아는 도러시아의 마음에 영향을 미치려면 적어도 로윅에 가는 것이 큰 도움이 될 거라고 생각했다. 소녀 시절 내내 그녀는 적절한 때에 한마디를 던져 자신의 분별력의 햇살이 도도가 늘 바라보는 기이한 색채의 램프 불빛 사이로 들어가도록 창문을 약간 열어 놓음으로써 언니에게 영향을 미칠 수 있다고 느껴 왔다. 그리고 부인이 된 실리아는 아이가 없는 언니에게 충고할 능력이 당연히 더 커졌다고 느꼈다. 자기만큼 도도를 잘 이해하고 다정하게 사랑할 사람이 또 누가 있을까?

내실에서 분주히 움직이던 도러시아는 예정된 결혼 소식이 밝혀진 후 아주 빨리 동생이 나타나자 큰 기쁨을 느꼈다. 그녀는 친지들이 느낄 혐오감을 약간 과장해서 예상했고, 실리아와 멀어질 거라는 걱정도 들었었다.

"아, 키티, 너를 봐서 기뻐!" 도러시아는 실리아의 어깨에 손을 올려놓고 밝게 미소를 지으며 말했다. "네가 오지 않을 줄 알았어."

"서둘러 오느라 아서를 데려오지 못했어." 실리아가 말했다. 그들은 작은 의자에 무릎을 대고 마주 앉았다.

"알다시피, 도도, 그건 무척 나쁜 일이야." 실리아가 평온하게 들리는 후음으로 가급적 익살스럽지 않게 들리도록 애쓰며 말했다. "언니는 우리 모두를 실망시켰어. 그리고 난 그런 일이 혹시라도 일어날 거라고는 생각도 못 하겠어……. 언니가 그런 식으로 떠나서 살 순 없잖아. 그런 데다 언니에게는 계획도 많고! 언니가 그런 생각을 했을 리가 없어. 제임스는 언니를 위해서 어떤 수고도 마다하지 않을 거고, 언니는 평생 언니가 하고 싶은 것을 하면서 살 수 있을 거야."

"그 반대야." 도러시아가 말했다. "난 내가 바라는 일을 하나도 할 수 없었어. 아직 어떤 계획도 실행하지 못했어."

"언니가 늘 되지 않을 일을 원했으니까 그렇지. 하지만 다른 계획들은 이룰 수 있을 거야. 그리고 언니가 어떻게 래디슬로 씨와 결혼할 수 있어? 우리 모두 언니가 결혼한다고는 생각해 본 적도 없는데. 제임스는 너무 끔찍하게 충격을 받았어. 더구나 지금까지 언니가 해 왔던 것과는 완전히 다르잖아. 언니는 캐소본 씨가 위대한 영혼을 가졌고 아주 늙고 음울한 데다 학식이 많다고 결혼하려 했어. 그런데 이제 래디슬로 씨와 결혼할 생각을 하다니. 그는 토지도, 아무것도 없는데. 이건 언니가 어떤 식으로든 스스로를 불편하게 만들지 않으면 못 배기기 때문에 일어난 일이야."

도러시아는 웃었다.

"정말 무척 심각한 일이야, 도도." 실리아가 더욱 진지하게 보이려 애쓰며 말했다. "언니는 어떻게 살 거야? 게다가 멀리 떠나서 이상한 사람들 사이에서 살 거잖아. 그럼 난 언니를 다시는 보지 못할 테고…… 언니는 어린 아서에 대해 신경도 쓰지 않겠지……. 그런데 난 생각했단 말이야. 언니가 늘……."

실리아의 눈에 드물게 보이는 눈물이 맺히고 입꼬리가 떨렸다.

"사랑하는 실리아." 도러시아가 다정하고 진지하게 말했다. "네가 나를 다시 만나지 못한다면 그건 내 탓이 아닐 거야."

"아냐, 언니 잘못이야." 실리아가 작은 얼굴을 여전히 찡그리고 애처롭게 말했다. "제임스가 그걸 참을 수 없다면 내가 어떻게 언니에게 가거나 언니를 오게 하겠어? 그는 옳지 않다고 생각하니까. 그는 언니가 무척 잘못했다고 생각해, 도도. 하지만 언니는 늘 잘못했어. 다만 난 언니를 사랑하지 않을 수 없는 거지. 그리고 언니가 어디에서 살지 아무도 모르잖아. 언니는 어디로 갈 수 있어?"

"난 런던으로 갈 거야." 도러시아가 말했다.

"언니가 어떻게 길거리에서 살아? 게다가 무척 가난할 텐데. 언니에게 내 것을 절반은 줄 수 있는데. 다만 어떻게 주겠어? 언니를 보지 못하면?"

"하느님의 축복이 있기를, 키티." 도러시아는 다정하고 열렬히 말했다. "마음을 편하게 먹어. 어쩌면 제임스가 언젠가는 나를 용서할 거야."

"하지만 언니가 결혼하지 않으면 훨씬 더 나을 거야." 실리아는 눈물을 닦으면서 다시 주장을 되풀이했다. "그러면 불편한 일이 전혀 없을 거 아냐. 누구도 언니가 하리라고 생각지도 않았던 일을 하지 않는 거고. 제임스는 늘 언니가 여왕이 되어야 한다고 말했어. 그런데 이건 여왕처럼 되는 게 아니잖아. 언니가 늘 어떤 실수를 저질러 왔는지 알지, 도도? 이건 또 다른 실수인 거야. 래디슬로 씨가 언니에게 적합한 남편이라고는 누구도 생각하지 않아. 그리고 언니는 절대 재혼하지 않을 거라고 말했잖아."

"사실 내가 더 나은 인간이라면 더 현명한 사람이 되고 더 나은 일을 할 수 있었겠지." 도러시아가 말했다. "하지만 이건 내가 하려는 일이야. 난 래디슬로 씨와 결혼하기로 약속했고, 그와 결혼할 거야."

도러시아가 이렇게 말했을 때의 어조를 실리아는 오랜 경험을 통해 잘 알고 있었다. 그녀는 잠시 입을 다물었고, 그러고 나서는 온갖 반론을 깨끗이 잊어버린 듯이 말했다. "그가 언니를 몹시 좋아해, 도도?"

"그러기를 바라. 나는 그를 무척 좋아해."

"멋진 일이네." 실리아가 편안하게 대답했다. "다만 언니가 제임스 같은 남편을 얻으면 더 좋겠어. 내가 마차를 타고 찾아갈 수 있도록 아주 가까이 집이 있고."

도러시아는 미소를 지었고, 실리아는 다소 생각에 잠긴 듯이 보였다. 곧 그녀가 말했다. "대체 어떻게 이런 일이 일어났는지 모르겠어." 실리아는 그 이야기를 들으면 즐겁겠다고 생각했다.

"말하지 않는 게 좋겠어." 도러시아가 동생의 턱을 꼬집으며 말했다. "어떻게 일어났는지를 알더라도 네게는 경이롭게 보이지 않을 거야."

"말해 줄 수 없어?" 실리아는 편안하게 팔을 내려놓으며 말했다.

"응, 네가 나처럼 느껴야 할 거야. 그러지 않으면 절대 알지 못할걸."

85장

그러자 배심원들이 밖으로 나갔다. 그들의 이름은 눈먼 자, 쓸모없는 자, 악의적인 자, 육욕을 탐하는 자, 방탕한 자, 완고한 자, 교만한 자, 반목하는 자, 거짓말하는 자, 잔인한 자, 빛을 증오하는 자, 무자비한 자였다. 자기들끼리 모여서 저마다 남자에게 적대적인 의견을 내놓았고, 후에 판사 앞에서 유죄 평결을 내리기로 만장일치를 보았다. 그러고 나서 그들 가운데 첫 번째로 눈먼 자가 말했다. 나는 이 남자가 이교도라는 것을 분명히 볼 수 있소. 그러자 쓸모없는 자가 말했다. 그런 사람은 이 세상에서 쫓아 버리시오! 악의적인 자가 말했다. 그래. 나는 그자의 꼴도 보기 싫으니. 그런 다음에 육욕을 탐하는 자가 말했다. 나는 그를 절대 참아 줄 수 없소. 방탕한 자가 말했다. 나도 그렇소. 그는 늘 내가 하는 것을 비난하려 드니까. 완고한 자가 말했다. 교수형에 처하시오, 교수형에 처해요. 교만한 자가 말했다. 한심하게도 지질한 인간이군. 반목하는 자가 말했다. 내 마음은 그에 대한 반감으로 끓어오르고 있소. 거짓말하는 자가 말했다. 그는 악당이오. 잔인한 자가 말했다. 교수형은 그에게 너무나 과분해. 빛을 증오하는 자가 말했다. 그를 속히 죽여서 치워 버리자고. 그러자 무자비한 자가 말했다. 내가 온 세상을 얻는다 해도 그와는 화해할 수 없소. 그러니 즉시 그에게 사형 평결을 내리도록 합시다.

— 『천로역정』

불멸의 버니언이 유죄 평결을 내리는 박해자들의 격정을 묘사할 때 '믿음'[117]을 동정하는 사람은 누구인가? 저주하는 대중 앞에서 스스로 무죄임을 알고 자신이 매도되는 것은 오로지 자기 내면의 선량함 때문이라고 확신한다면 그것은 희귀하고 축복받은 운명이며 어떤 위대한 사람들은 이루지 못

---

117) Faithful. 『천로역정』에서 주인공 크리스천과 함께 천국을 찾아 순례하는 인물로 허영의 시장에서 무고를 당해 재판받고 화형을 당해 순교한다.

한 운명이다. 자기에게 돌을 던지는 사람들이 추악한 정념의 화신이라고 확신하면서도 스스로를 순교자라고 부를 수 없는 사람, 자신이 정의를 믿는다고 공언해서가 아니라 스스로 공언한 바의 인간이 아니기 때문에 돌을 맞고 있음을 아는 사람의 운명이야말로 가련하다.

불스트로드는 미들마치를 떠나 쓸쓸한 은신처의 무관심하고 낯선 얼굴들 속에서 불행에 찌든 삶을 마감하려고 준비하며 이런 생각으로 의기소침해 있었다. 의무감이 강한 아내의 한결같고 자비로운 마음 덕분에 한 가지 두려움에서 벗어났지만, 그래도 아내를 심판관으로 느끼지 않을 수 없었기에 그 앞에서 고백과 하고 싶은 변명을 못 하고 움츠러들었다. 그는 래플스의 죽음에 관해 애매한 말로 둘러대며 기도를 올리고 전지하신 신의 눈을 버텨 냈지만 공포에 짓눌려 있었기에 아내에게 온전히 고백함으로써 심판을 받으려 하지 않았다. 이미 속으로 주장하고 이유를 들어서 씻어내고 희석해 놓은 행동들, 그리고 비교적 쉽게 눈에 보이지 않는 용서를 받은 그 행동들 —— 그것을 아내는 어떤 이름으로 부를 것인가? 아내가 속으로 그의 행위를 살인이라 부를지 모른다는 것을 도저히 견딜 수 없었다. 그는 아내의 의혹이 자신을 뒤덮고 있다고 느꼈다. 아내가 아직은 최악의 저주를 내릴 정당한 근거를 알지 못한다는 생각에서 그녀의 얼굴을 마주 볼 힘을 얻었다. 언젠가는, 어쩌면 그가 죽어 갈 때 아내에게 모두 고백할 것이다. 깊은 어둠이 드리워진 그 시간에, 점점 짙어지는 어둠 속에서 손을 잡고 있을 때 아내는 그의 손길에 움찔하지 않고 귀를 기울일 것이다. 어쩌면. 그러나 은폐는 그의 삶의 고질적인 습성이었고, 고백의 충동은 더 깊은 치욕에 대한 두려움 앞에서 무력했다.

그는 아내의 가혹한 판단을 면하기를 빌었을 뿐 아니라 그녀의 고통을 보면서 깊은 괴로움을 느꼈기에 아내를 위해 소심하게 배려하려는 마음으로 충만했다. 그녀는 딸들을 멀리 해안가의 기숙 학교에 보냈고, 그렇게 해서 이 위기를 가급적 딸들에게 감추려 했다. 딸들이 없었기에 자기 슬픔을 설명하거나 딸들의 겁에 질린 놀란 표정을 봐야 하는 견디기 어려운 고통에서 놓여났으므로 그녀는 거리낌 없이 슬픔과 더불어 살 수 있었고 그 슬픔은 나날이 머리카락을 흰 줄로 물들이고 눈꺼풀을 늘어뜨렸다.

"내게 바라는 것이 있으면 무엇이든 말해 주구려, 해리엇." 불스트로드가 말했다. "재산을 정리하는 일에 대해서 말이오. 이 근방의 땅은 팔지 않고 안전한 대비책으로 당신에게 남길 생각이오. 그런 문제에 대해 바라는 것이 있으면 숨기지 말고 말해요."

며칠 후 오빠를 만나고 돌아와서 그녀는 얼마간 마음속에 간직했던 문제에 대해 말을 꺼냈다.

"오빠 가족에게 뭔가 해 주고 싶어요, 니콜라스. 그리고 로저먼드와 그 애 남편에게도 보상을 좀 해 줘야 한다고 생각해요. 월터 말로는 리드게이트 씨가 도시를 떠나야 한대요. 의료업이 거의 폐업 상태이고 다른 곳에서 정착하는 데 필요한 돈도 거의 없다고요. 가엾은 오빠 가족에게 조금 보상을 해 주기 위해서 우리가 좀 부족하게 지내는 편이 더 좋겠어요."

불스트로드 부인은 남편이 자기 말을 알아들으리라는 것을 알았기에 "조금 보상을 해 준다."라는 것 이상으로 표현하고 싶지 않았다. 그는 그녀의 제안에 주춤할 수밖에 없는, 그녀가 알지 못하는 특별한 이유가 있었다. 그는 주저하다가 말했다.

"당신이 원하는 것을 당신이 생각하는 방식으로는 할 수 없겠소, 여보. 실은 리드게이트 씨가 더 이상 내 도움을 받기를 거절했소. 내가 그에게 빌려준 1000파운드를 돌려줬고. 캐소본 부인이 그렇게 하도록 돈을 빌려주었다더군. 여기 그의 편지가 있소."

그 편지는 불스트로드 부인의 마음에 예리한 상처를 낸 것 같았다. 캐소본 부인이 돈을 빌려주었다는 사실은 모두들 남편과의 관계를 피하는 것을 당연시하는 일반의 감정을 보여주는 것 같았다. 한동안 그녀는 잠자코 있었다. 눈물이 한 방울씩 흘러내렸고, 떨리는 턱에서 눈물을 훔쳤다. 맞은편에 앉아 있던 불스트로드는 두 달 전만 해도 밝고 화사하던 얼굴이 슬픔에 젖은 것을 보고 마음이 아팠다. 그 얼굴은 그의 시들어 버린 얼굴과 슬픔의 동반자가 되느라 늙어 버렸다. 그녀를 위로하려고 애쓰면서 그가 말했다.

"당신 오라버니 가족에게 도움을 줄 다른 방법이 있어요, 해리엇. 당신이 어떤 역할을 해 준다면. 그리고 당신에게도 유익할 거요. 당신의 소유로 넘기려는 땅을 운영하는 유리한 방법이 될 거요."

그녀는 관심을 기울였다.

"전에 가스가 당신 조카 프레드를 스톤 코트에서 살게 하려고 그곳의 운영을 떠맡겠다고 생각한 적이 있소. 농장의 자산은 그대로 두고 일반적인 임대료 대신 이윤의 일정 몫을 지급받는 방식이오. 프레드도 가스에게 고용되어 함께 일하면 바람직한 출발이 될 거요. 그것이 만족스럽겠소?"

"네, 그럴 거예요." 불스트로드 부인은 약간 기운을 얻으며 말했다. "가엾은 오빠는 너무 낙담하고 있어요. 떠나기 전에 조금이라도 도움을 줄 수 있다면 무엇이든 하고 싶어요. 우리는 언제나 남매였으니까요."

"당신이 직접 가스에게 제안해야 해요, 해리엇." 불스트로드 씨는 자신이 할 말이 마음에 들지 않았지만 아내를 달래는 것 외에도 다른 이유가 있어서 그 목적이 이뤄지기를 바랐다. "당신은 가스에게 그 땅이 실제로 당신 소유라고, 나와는 거래할 필요가 없다고 말해야 해요. 스탠디시를 통해서 연락을 취할 수 있을 거요. 이 말을 하는 이유는 가스가 내 관리인이 되기를 포기했기 때문이오. 그가 직접 작성한 조건들이 명시된 서류를 당신에게 주리다. 당신은 그에게 그것을 다시 받아들여 달라고 제안할 수 있겠지. 당신이 조카를 위해서 제안하면 그가 받아들일 가능성이 없지 않을 거요."

86장

마음은 그것을 보존하는 성스러운 향료에 젖듯이 사랑에 흠뻑 젖어 있다. 그
러므로 인생의 새벽부터 서로를 사랑한 사람들의 범접할 수 없는 애정과 한
결같이 지속되는 옛사랑의 싱그러움이 피어난다. 향유를 발라 오래 보존되는
사랑 같은 것이 있다. 다프니스와 클로에는 필로멘과 보시스가 된다. 그러면
노년도 그래서 새벽을 닮은 저녁과 같다.

— 빅토르 위고, 『웃는 남자』[118]

  오후에 차 마실 시간이 되어 케일럽이 복도에 들어서는 소
리가 들리자 가스 부인은 응접실 문을 열고 말했다. "왔군요,
여보. 식사는 했어요?" (가스 씨의 식사는 '사업'보다 훨씬 아래
순위를 차지했다.)

  "아, 그래요, 잘 먹었소. 차가운 양고기와 뭔지 모를 것을 먹
었지. 메리는 어디 있소?"

  "레티와 정원에 있을 거예요."

  "프레드는 아직 오지 않았소?"

  "네, 차를 마시지 않고 다시 나갈 건가요, 케일럽?" 얼빠진

---

118) 빅토르 위고(Victor Marie Hugo, 1802~1885)의 『웃는 남자』 2부, 3권,
9장.

듯이 남편이 방금 벗은 모자를 다시 쓰는 것을 보고 가스 부인이 말했다.

"아니, 아니오. 잠깐 메리를 보러 갈 거요."

메리는 잔디가 깔린 정원 한구석에 있었고, 거기에는 배나무 두 그루 사이에 그네가 높이 매달려 있었다. 그녀는 낮게 비치는 햇빛으로부터 눈을 가리기 위해 분홍색 스카프로 챙을 만들어 머리에 묶고는 레티를 그네에 태워 힘차게 밀고 있었다. 아이는 흥분해서 웃으며 소리를 질러 댔다.

아버지를 보자 메리는 그네를 내버려 두고 아버지를 맞으러 걸어가면서 분홍 스카프를 뒤로 젖히고는 멀리서 사랑과 기쁨으로 무심결에 우러나오는 미소를 보냈다.

"너를 찾으러 왔단다, 메리." 가스 씨가 말했다. "조금 걷기로 하자."

메리는 아버지가 특별히 할 말이 있는 것을 알아차렸다. 그의 눈썹이 애처롭게도 뾰족하게 각을 이루었고 목소리는 부드럽고 엄숙했다. 그녀가 레티의 나이였을 때 이것이 늘 신호였다. 그녀는 아버지의 팔짱을 꼈고, 그들은 늘어선 개암나무 옆을 돌아갔다.

"안타깝게도 한참 기다려야 결혼하겠구나, 메리." 아버지는 그녀를 바라보지 않고 다른 손에 들고 있던 지팡이 끝을 보며 말했다.

"그 기간이 슬픈 건 아니에요, 아버지. 저는 명랑하게 지낼 생각이거든요." 메리는 웃으며 말했다. "이십사 년간 결혼하지 않고 명랑하게 지냈어요. 다시 그만큼 기다리지는 않겠지요."

그러고는 잠시 말을 멈추었다가 얼굴을 아버지의 얼굴 가까이 대고 더욱 진지하게 말했다. "아버지가 프레드에게 만족하신다면!"

케일럽은 입을 찡그리고는 현명하게 고개를 옆으로 돌렸다.

"저, 아버지, 지난 수요일에 프레드를 칭찬하셨잖아요. 가축에 대해 남다른 생각을 가졌고 사물을 보는 눈이 정확하다고 하셨잖아요."

"그랬나?" 케일럽이 장난치듯이 말했다.

"네, 저는 모든 걸, 날짜와 연도까지 다 적어 놓았어요." 메리가 말했다. "아버지는 말끔하게 기록하는 것을 좋아하시니까요. 그리고 프레드가 아버지를 대하는 태도는 정말 나무랄 데 없어요. 아버지에 대해 깊은 존경심을 품고 있고요. 프레드보다 더 성격이 좋은 사람은 없어요."

"아, 그래, 듣기 좋은 말로 날 설득해서 그 애를 훌륭한 신랑감으로 생각하게 만들려 하는구나."

"아뇨, 아버지. 저는 프레드가 훌륭한 신랑감이라서 사랑하는 게 아니에요."

"그럼 무엇 때문이지?"

"아, 그를 늘 사랑했기 때문이에요. 다른 사람을 야단치는 건 그렇게 즐겁지 않을 거예요. 그리고 그건 남편의 자질로 고려해야 할 점이죠."

"그럼 네 마음은 완전히 결정된 게로구나, 메리?" 케일럽은 처음 어조로 돌아가면서 말했다. "최근에 있었던 대로 일이 진행된 후에 다른 소망이 끼어든 적은 없고? (케일럽은 그 모호한 말에 많은 의미를 담았다.) 왜냐하면 늦더라도 안 하느니보다는 나으니까. 여자는 자기 애정을 억지로 끌어내서는 안 된단다. 그래서는 남자에게 도움이 될 수 없어."

"제 감정은 변하지 않았어요, 아버지." 메리가 조용히 말했다. "프레드가 저에 대해서 변치 않는 한 저도 변치 않을 거예요. 우리 둘 다 상대 없이도 잘 지내거나 다른 사람을 너무 존경해서 그 사람을 더 좋아하거나 하는 일은 없을 거예요. 그런 일은 저희에게 너무나 엄청난 변화라서 익숙한 장소들이 모두 달라지거나 모든 물건의 이름이 바뀐 것 같겠지요. 저희는 오래 기다려야 해요. 하지만 프레드는 그걸 알고 있어요."

케일럽은 즉시 대답하지 않고 가만히 서서 풀 덮인 보도에 지팡이를 대고 눌렀다. 그러고는 감정이 듬뿍 실린 목소리로 말했다. "자, 새로운 소식이 있단다. 프레드가 스톤 코트에 살면서 거기 땅을 관리한다면 어떻겠니?"

"어떻게 그런 일이 있을 수 있어요, 아버지?" 메리가 놀라서 물었다.

"그 애 고모 불스트로드를 위해서 농장을 관리할 거야. 가엾은 부인이 내게 와서 간청하더구나. 부인은 그 애에게 좋은 일을 해 주고 싶어 하고, 그것은 그에게 멋진 일이 될 거다. 저축을 하면서 차츰 농가의 자산을 사들일 수 있겠지. 농사에 재주가 있어."

"아, 프레드가 너무나 기뻐할 거예요! 너무 좋은 소식이라서 믿어지지 않아요."

"그래, 하지만 기억해라." 케일럽이 주의를 주듯이 고개를 돌리며 말했다. "내가 그것을 내 어깨에 짊어지고 책임을 지면서 모든 것을 보살펴야 한단다. 그건 네 어머니에게 약간 가슴 아픈 일일 게야. 그렇게 말은 하지 않겠지만. 프레드가 좀 조심해야 해."

"너무 무거운 짐일지 몰라요, 아버지." 메리는 기쁨을 억누르며 말했다. "아버지에게 새로운 걱정거리를 안겨 드린다면 전혀 행복하지 않을 거예요."

"아니, 아니야. 네 어머니가 애를 태우지만 않으면 일은 내게 늘 즐거움이란다, 얘야. 그리고 너와 프레드가 결혼하면……." 이 부분에서 케일럽의 목소리는 간신히 알아차릴 정도로 떨렸다. "그 애는 성실하게 일하면서 저축하겠지. 너는 네 어머니의 영리함을 물려받았고, 또 내 재주를 여자에게 맞게 물려받았어. 그러니 네가 프레드를 잘 바로잡겠지. 그 애가 곧 올 테니 네게 먼저 말하고 싶었단다. 네가 그 애와 단둘이 이야기하고 싶어 할 것 같아서. 그런 다음에 내가 이야기를 나누지. 사업과 현재 상태에 관해 자세히 살펴볼 수 있겠지."

"아, 사랑하는 좋은 아버지!" 메리는 양팔로 아버지의 목을 끌어안고 소리쳤다. 그는 기꺼이 애정 표현을 받으려고 흐뭇해하며 고개를 숙였다. "자기 아버지를 세상에서 제일 좋은 사람이라고 생각하는 여자아이가 또 있을지 모르겠어요!"

"터무니없는 소리. 너는 네 남편이 더 낫다고 생각할 게다."

"그럴 리 없어요." 메리가 평소의 어조로 돌아가며 말했다. "남편이란 바로잡아 줘야 할 열등한 남자예요."

달려온 레티와 함께 그들이 집으로 들어가고 있을 때 메리는 과수원 문을 들어선 프레드를 보고 맞으러 갔다.

"아주 멋진 옷을 입었네, 사치스러운 젊은이!" 프레드가 멈춰 서서 장난스럽게 격식을 차리듯 모자를 들어 인사하자 메리가 말했다. "아직 검소함을 배우지 못했구나."

"너무 심한 말이야, 메리." 프레드가 말했다. "이 코트의 소맷동을 봐! 오로지 열심히 솔질한 덕에 내 매무새가 멋지게 보이는 거야. 난 옷 세 벌을 남겨 두었어. 그중 하나는 결혼식 예복으로."

"네가 얼마나 우습게 보일까! 낡은 패션 잡지에 나오는 신사처럼."

"아, 아냐. 그 옷들이 앞으로 이 년간은 유행에 뒤떨어지지 않을 거야."

"이 년이라고! 사리에 맞게 생각해, 프레드." 메리는 몸을 돌려 걸어가며 말했다. "멋대로 기대를 부풀리지 말라고."

"그래서는 안 될 이유가 있어? 희망을 품지 않는 것보다는 희망적인 기대를 품을 때 더 잘 살아. 우리가 이 년 내에 결혼할 수 없다면 그때 가서 고약한 진실을 알게 되어도 충분해."

"마음대로 기대를 부풀렸던 젊은 신사에 대한 이야기를 들은 적이 있어. 그 기대 때문에 해를 입었지."

"메리, 네가 실망스러운 이야기를 할 작정이면 난 당장 달아나겠어. 집에 들어가서 가스 씨와 이야기를 나눌 거야. 몹시 울적하거든. 아버지가 너무나 속상해하시고. 집이 집 같지 않아. 더 이상의 나쁜 소식은 참지 못하겠어."

"네가 스톤 코트에 살면서 농장을 관리하고, 놀랍도록 신중해지고, 가축과 가구가 모두 네 것이 될 때까지 매년 돈을 저축하고, 보스롭 트럼블 씨가 말하듯이 네가 농사에 뛰어난 인물이 되리라는 말을 듣는다면 그걸 나쁜 소식이라고 하겠어? 유감스럽게도 좀 뚱뚱해지고 그리스어책과 라틴어책들이 슬프게도 비바람에 상하겠지만."

"그냥 실없는 소리 하는 거지, 메리?" 이렇게 말했지만 프레드의 얼굴이 약간 붉어졌다.

"그게 앞으로 일어날 일이라고 아버지가 방금 말씀하셨어. 그리고 우리 아버지는 절대 실없는 소리를 하지 않으셔." 메리는 이제 프레드를 올려다보며 말했다. 그가 손을 아프도록 움켜쥐었지만 그녀는 불평하지 않았다.

"아, 그럼 난 기막히게 훌륭한 사람이 될 거야, 메리. 그리고 당장 결혼할 수 있어."

"그렇게 빨리는 안 돼. 내가 결혼을 몇 년 미루고 싶어 할지 어떻게 알아? 몇 년이면 네가 나쁜 짓을 하기에 충분한 시간이고, 내가 다른 사람을 더 좋아하게 된다면 너를 차 버릴 핑계가 생기겠지."

"제발 농담하지 마, 메리." 프레드는 강렬한 감정을 담아서 말했다. "이게 모두 사실이라고 진지하게 말해 줘. 그래서 행복하다고. 나를 가장 많이 사랑하니까."

"그래, 모두 사실이야, 프레드. 난 그래서 행복해. 널 가장 많이 사랑하니까." 메리가 순종적으로 암송하듯이 말했다.

그들은 지붕이 가파른 현관 밑 층계에서 머뭇거렸고, 프레드가 속삭이듯이 말했다.

"우리가 우산 고리를 갖고 처음 약혼했을 때 말이야, 메리, 네가 하곤 했었어……."

메리의 눈에서 빛나는 기쁨이 웃음기를 띠기 시작했지만 벤이 요란하게 짖어 대는 브라우니를 발꿈치에 달고 뛰어나와 그들에게 부딪치며 분위기를 깼다.

"프레드, 메리! 안 들어올 거야? 아님 내가 누나와 형의 케이크를 먹어도 돼?"

피날레

모든 한계는 끝이면서 동시에 시작이다. 젊은이들과 오랫동안 어울리다가 이제 그들의 삶과 작별하면서 그 이후 그들에게 무슨 일이 일어났는지를 알고 싶지 않을 사람이 있을까? 인생의 단편이 아무리 전형적이더라도 일정한 거미집의 표본은 아니다. 약속은 지켜지지 않을 수 있고, 열성적인 시도가 탈선으로 이어질 수 있으며, 잠재된 힘이 오래 기다려 온 기회를 얻을 수도 있고, 과거의 과오가 원대한 복구를 촉구할 수도 있다.

수많은 이야기의 도달점이었던 결혼은 아담과 하와에게 그랬듯이 지금도 위대한 시작이다. 그들은 에덴동산에서 신혼을 보냈지만 황야의 가시밭과 엉겅퀴 덤불에서 첫아이를 낳았다. 결혼은 지금도 가정 서사시의 시작이니 다가오는 세월을 절정으로 이끌고 노년이 되어 함께 나눈 다정한 기억들을 수확하는 완벽한 결합을 차차 이루어 내거나 아니면 돌이킬 수 없이 잃어버리고 만다.

어떤 이들은 옛날의 십자군처럼 명예롭게 희망과 열정을 품고 시작했다가 서로에 대해, 그리고 세상에 대해 참을성이 부족해서 도중에 꺾이기도 한다.

프레드 빈시와 메리 가스를 좋아한 독자들은 두 사람이 그런 실수를 저지르지 않았고 서로에게서 확고한 행복을 얻었다는 말을 들으면 기쁠 것이다. 프레드는 여러 면에서 이웃을 놀라게 했다. 이론적이고 실천적인 농부로서 그가 사는 주에서 제법 유명해졌고, 『청과물 재배와 효율적인 가축 사육법』이라는 책을 냈으며, 그 책으로 농경 회의에서 대단한 찬사를 받았다. 미들마치에서의 찬사는 다소 유보적이었다. 이곳 주민들은 프레드의 책이 대체로 아내의 덕이라고 생각하려 했다. 그들은 프레드 빈시가 순무와 사료용 근대에 관한 책을 쓰리라고는 도무지 상상할 수 없었던 것이다.

그러나 메리가 아들들을 위해 쓴 『플루타르크 영웅전에서 발췌한 위인들의 이야기』라는 작은 책이 미들마치의 그립 출판사에서 인쇄되고 출판되었을 때 도시 사람들은 그 책의 공을 프레드에게 돌리며 그가 '고대인들을 연구하는' 대학을 나왔고, 원한다면 목사가 될 수도 있었다고 말했다.

이렇게 미들마치 사람들은 자기들이 절대로 속지 않으며, 누군가 책을 썼다고 해서 칭찬해 줄 필요가 없다는 것을 분명히 드러냈다. 그 책은 누군가 다른 사람이 썼으니 말이다.

게다가 프레드는 빗나가지 않고 변함없이 착실했다. 결혼하고 몇 년이 지난 후 그는 자기가 누리는 행복의 절반은 페어브라더 씨 덕분이라고 메리에게 말했다. 목사가 적절한 순간에 그를 강력하게 억제했던 것이다. 프레드가 자신의 낙관적인 기대에 두 번 다시 속지 않았다고는 말할 수 없다. 농작물 수확과 가축 판매 수익은 늘 그의 예상치를 밑돌았다. 또 말을 사서 돈을 벌 수 있다고 언제나 믿었지만 그 결과는 늘 나쁘게 나왔다. 메리가 말했듯이 이런 일은 물론 말의 결함 때문이지 프레드의 판단이 잘못되어서가 아니었다. 그는 늘 승마를 좋아했지만 단 하루라도 사냥을 나가는 일이 거의 없었다. 어쩌다 나가더라도 가로대가 다섯 개 달린 대문 위에 앉아 있거나 산울타리와 도랑 사이에서 곱슬머리를 드러낸 아들들과 메리를 쳐다보느라 장애물에서 쭈뼛거리는 바람에 남들의 비웃음을 샀다는 것은 주목할 만한 일이다.

그들은 아들을 셋 두었다. 메리는 사내아이들만 낳은 것을 불만스러워하지 않았고, 프레드가 그녀를 닮은 딸을 갖고 싶어 할 때면 웃으며 말했다. "그러면 시어머니에게 너무 가혹한 시련일 거야." 빈시 부인은 인생의 내리막길에서 살림이 광택을 잃어 갈 때 프레드의 아들 중 적어도 두 명은 진짜 빈시이고 "가스 집안의 외모"를 전혀 물려받지 않았다는 생각에서 큰 위안을 얻었다. 그러나 메리는 세 아들 중 막내가 짧은 아이 옷을 입었을 때 자기 부친의 모습과 무척 닮았을 거라 생각했고, 아이가 공기놀이를 하거나 잘 익은 배를 따려고 돌을 던져서 놀랍게도 정확하게 목표물을 맞혔을 때 속으로 기뻐했다.

십 대가 되기도 전에 외삼촌과 이모가 된 벤과 레티는 조카와 조카딸 중 어느 쪽이 더 나은지에 대해서 숱하게 말다툼을 벌였다. 벤은 여자아이들이 남자아이들보다 훨씬 쓸모가 없다고 주장했다. 그렇지 않다면 여자아이들이 늘 치마만 입지 않을 테고, 그것을 보면 여자아이들이 얼마나 쓸모가 없는지를 알 수 있다. 이런 주장에 대해 레티는 책에서 읽은 것들을 끌어내서 하느님은 아담과 하와를 똑같이 살갗으로 덮어 주셨다고 화를 내며 대답했다. 또 동양에서는 남자도 치마를 입는다는 생각을 떠올렸다. 그러나 두 번째 주장은 첫 번째 주장의 권위를 떨어뜨렸고 좀 지나친 말이었다. 벤이 경멸하듯이 "그러니 더 얼간이들이지!"라고 대답하고는 곧바로 어머니에게 사내아이들이 계집아이들보다 더 낫지 않으냐고 물어보았던 것이다. 가스 부인은 사내아이들이나 계집아이들이나 똑같이 버릇이 없지만 사내아이들이 물론 더 튼튼하고 더 빨리 달리고 더 멀리 더 정확하게 던질 수 있다고 단언했다. 이런 신탁 같은 판결에 벤은 매우 만족했고, 버릇없다는 말에 대해서는 개의치 않았다. 하지만 레티의 우월감은 자신의 근육보다 더 강했으므로 이 말을 불만스럽게 받아들였다.

프레드는 결코 부자가 되지 못했다. 그는 희망에 부풀었지만 부자가 되기를 기대하지는 않았다. 그러나 차차 돈을 저축해서 스톤 코트의 모든 가축과 가구를 소유하게 되었다. 그리고 가스 씨가 맡긴 일 덕분에 농부들에게 늘 있기 마련인 '불황기'에도 풍족하게 지냈다. 메리는 부인이 되자 자기 어머니처럼 몸이 튼튼해졌지만 어머니와는 달리 사내아이들을 정식으로 가르치지 않았다. 그래서 가스 부인은 손자들이 문법과 지리의 기본 지식을 확고히 다지지 못할까 봐 불안해했다. 그럼에도 아이들은 학교에 다니면서 꽤 빨리 지식을 습득했는데 아마도 어머니와 함께 있는 것을 무엇보다도 좋아했기 때문일 것이다. 겨울날 저녁에 말을 타고 집으로 돌아오면서 프레드는 징두리널을 두른 응접실의 난롯불이 활활 타오르는 쾌적한 광경을 보았고, 메리를 아내로 맞지 못한 다른 남자들, 특히 페어브라더 씨에 대해서 미안함을 느꼈다. "목사님은 당신을 아내로 맞을 자격이 나보다 열 배는 더 많은 분이었어." 이제는 너그럽게 이렇게 말할 수 있었다. "물론 그렇지." 메리가 대답했다. "그리고 그렇기 때문에 그분은 나 없이도 더 잘 지내실 수 있었어. 하지만 너는! 네가 무엇이 되었을지 생각하면 몸서리가 쳐져. 말을 빌리고 흰 삼베 손수건을 장만하느라 잔뜩 빚을 진 부목사였겠지!"

사람들에게 물어보면 프레드와 메리가 지금도 스톤 코트에 살고 있다는 것을 알 수 있을 것이다. 여전히 멋진 석벽 위에 늘어진 덩굴식물이 호두나무들이 당당하게 줄지어 서 있는 들판으로 거품 같은 꽃들을 내밀고 있고, 햇살이 화창한 날이면 오래전에 우산 고리를 끼워 주며 결혼을 약속한 두 연인이 피터 페더스톤 노인이 생존했던 시절에 메리가 종종 리드게이트 씨를 기다리며 내다보았던 열린 창가에서 이제 은발의 평온한 얼굴로 앉아 있다는 것도.

리드게이트의 머리카락은 은발로 변하지 않았다. 그는 쉰

살밖에 되지 않은 나이에 죽었고, 거액의 생명 보험금으로 아내와 자식들에게 생활 자금을 마련해 주었다. 그는 의사로서 탁월한 명성을 얻었고, 철 따라 런던과 대륙의 해수욕장을 번갈아 오갔으며, 통풍으로 상당한 돈을 벌었고, 그에 관한 논문도 썼다. 많은 환자가 그의 의술을 믿었지만 그는 스스로를 늘 실패작이라 여겼다. 과거에 하고자 했던 일을 못 했기 때문이었다. 그를 아는 사람들은 너무나 매력적인 아내가 있는 그를 부러워했고, 그들의 부러운 마음을 뒤흔들어 놓을 일은 일어나지 않았다. 로저먼드는 남부끄러운 과오를 두 번 다시 저지르지 않았던 것이다. 그녀의 태도는 여전히 부드러웠고, 자기 판단을 굽히지 않았으며, 남편에게 훈계하려는 경향이 있었고, 계략을 부려 남편의 뜻을 좌절시킬 수 있었다. 세월이 흐르면서 그가 그녀의 의도에 반대하는 경우가 점점 줄었으므로 로저먼드는 자기 의견의 가치를 남편이 알게 되었다고 결론을 내렸다. 한편 이제는 그가 많은 돈을 벌어들였고, 예전에 위협했듯이 브라이드가의 새장이 아니라 그녀를 닮은 낙원의 새가 살기에 적합한, 꽃이 만발하고 금박이 번쩍거리는 새장을 제공했으므로 그녀는 그의 재능을 더 신뢰하게 되었다. 간단히 말해서 리드게이트는 이른바 성공한 사람이었다. 그러나 그는 디프테리아에 걸려서 너무 이른 나이에 죽었고, 그 후 로저먼드는 자신의 네 아이를 너그럽게 받아 준 나이 많고 부유한 의사와 결혼했다. 그녀는 딸들을 마차에 태워 다니면서 예쁘게 과시했고, 종종 자신의 행복을 '보상'이라고 말했다. 무엇에 대한 보상인지는 말하지 않았지만 아마 터시어스에게 베

피날레

푼 인내심에 대한 보상을 뜻했을 것이다. 그는 기질적 결함을 결코 고치지 못했기에 끝까지 이따금 가혹한 말을 흘렸으며, 그런 말은 그가 후회하는 마음을 드러낸 말보다 더 오래 기억에 남았다. 한번은 그녀를 그의 바질이라고 부른 적이 있었다. 그녀가 그 뜻을 물어보자 바질은 살해된 사람의 뇌에서 놀랍게도 잘 자라는 식물이라고 말했다. 그 말에 대해 로저먼드는 차분하지만 대차게 대답했다. 그렇다면 왜 나를 선택했어요? 당신이 래디슬로 부인을 선택하지 않은 것은 유감이군요. 늘 그 부인을 나보다 높이 평가하고 칭찬하잖아요. 이런 식으로 해서 말다툼은 언제나 로저먼드의 승리로 끝났다. 그러나 그녀가 도러시아를 폄훼하는 말을 단 한마디도 하지 않았다는 것을 밝히지 않으면 공정치 못할 것이다. 그녀는 자기 인생에서 가장 큰 위기에 처했을 때 도와주러 왔던 그 너그러움을 경건하게 기억했다.

도러시아는 자신이 다른 여자들보다 찬사를 받으리라고는 꿈에도 생각하지 않았다. 오히려 자신이 더 나은 인간이고 아는 것이 많았더라면 더 훌륭한 일을 할 수 있었을 거라고 생각하곤 했다. 하지만 지위와 재산을 포기하고 윌 래디슬로와 결혼한 것은 결코 후회하지 않았다. 그녀가 후회했더라면 그는 자신에게 슬픈 일일 뿐 아니라 가장 수치스러운 일로 여겼을 것이다. 그들은 사랑을 훼손할지 모를 어떤 충동보다도 더 강한 사랑으로 결합되어 있었다. 도러시아는 감정으로 충일하지 않은 삶은 살 수 없었을 것이다. 이제 그녀의 일상은 의혹에 찬 고통 없이 스스로 찾아내고 결정한 유익한 활동으로 채워졌다. 윌은 열성적인 정치가가 되었다. 우리 시대에는 많은 제약을 받았지만, 개혁이 즉각적인 이득을 가져오리라는 낙관적 기대로 시작되었던 시기에 그는 일을 잘해 나갔고, 그의 경비를 지급한[119] 어느 선거구를 대표하여 마침내 국회 의원이 되었다. 도러시아는 잘못된 일이 존재하는 한 남편은 그에 대항하는 투쟁의 한복판에 서 있고 자신은 아내로서 그를 돕는 것이 무엇보다도 기뻤을 것이다. 그녀를 아는 많은 사람은 그녀처럼 자립적이고 보기 드물게 탁월한 여성이 다른 사람의 삶에 흡수되어 어떤 집단에서만 누구의 아내이자 어머니로 알려진 것을 안타까운 일이라고 생각했다. 그러나 그녀가 그 대신 자기 힘으로 무엇을 해야 했을지 콕 집어서 말할 수 있는 사람은 없었다. 제임스 체텀 경도 윌 래디슬로와 결혼하지 않았어야 한다는 소극적인 방안밖에 제시하지 못했다.

그러나 체텀 경의 이런 견해 때문에 그들이 끝까지 의절하고 살았던 것은 아니고, 가족이 다시 화해를 이룬 방식은 당사자들 모두의 본성에 걸맞았다. 브룩 씨는 윌과 도러시아와 편지를 주고받는 기쁨을 뿌리칠 수 없었다. 어느 날 아침 그의 펜은 도시 개혁안의 전망에 관해 유난히 유창한 달변을 늘어놓다가 우연찮게 빗나가서는 그레인지에 초대하는 말로 빠져들었다. 일단 그런 문장이 쓰였으니 그것을 없애려면 귀중한 편지를 전부 다 희생시키는 (생각조차 할 수 없는) 대가를 치러야 했다. 이처럼 편지가 오가던 몇 달 동안 브룩 씨는 제임스

---

119) 국회 의원은 20세기에 들어서기까지 정규적인 보수를 받지 못했다.

체텀 경과 이야기를 나눌 때마다 늘 한사 상속 제한을 해제하려는 의도에 변함이 없다는 취지를 전제하거나 암시했다. 펜이 과감하게 빗나가서 초대하는 문장을 쓴 바로 그날 그는 브룩 가문의 후계자에게 저급한 피가 섞이지 않도록 강력한 조치를 취해야 할 이유를 전보다 더 강렬하게 의식하고 있다는 점을 분명히 암시하려고 프레싯에 갔다.

그러나 그날 아침에 프레싯 홀에서는 흥미로운 일이 일어났다. 실리아가 편지를 받고는 그것을 읽으며 말없이 눈물을 줄줄 흘렸던 것이다. 그녀가 우는 것을 본 적이 없던 제임스 경이 걱정스러워 무슨 일인지를 묻자 그녀는 그가 예전에 들어보지 못한 목소리로 울부짖었다.

"도러시아가 사내아이를 낳았대요. 그런데 당신은 언니를 보러 가지 못하게 하잖아요. 언니는 정말로 날 보고 싶을 거예요. 그런 데다 언니는 아기를 어떻게 돌봐야 하는지 모를 거라고요. 틀림없이 아기를 잘못 돌볼 거예요. 그런데 언니가 죽을 거라고 모두들 생각했대요. 너무 끔찍해요! 만일 나와 어린 아서가 그런 상태였는데 도도가 나를 보러 오지 못하게 금지되었다면! 당신에게 인정머리가 좀 있으면 좋겠어요, 제임스!"

"맙소사, 실리아!" 제임스 경은 그 말에 큰 충격을 받았다. "뭘 바라는 거요? 당신이 원하는 거라면 무엇이든 하겠소. 원한다면 내일 당신을 런던에 데려다주겠소." 실리아는 진심으로 원했다.

이런 일이 있은 후에 브룩 씨가 도착했고, 정원에서 준남작과 마주쳐서 그 소식을 알지 못한 채 이야기를 나누기 시작했다. 어떤 이유에선지 제임스 경은 소식을 신속히 전하고 싶지 않았다. 그러나 브룩 씨가 평소처럼 한사 상속에 대한 의도를 암시했을 때 그가 말했다. "백부님, 제가 백부님께 뭐라 말씀드릴 사안은 아닙니다만 저로서는 그것을 그냥 두는 편이 좋겠습니다. 저라면 지금 그대로 놔두겠습니다."

이 말에 너무 놀란 브룩 씨는 자신에게 특별히 기대하는 바가 없다는 것을 알고 얼마나 큰 안도감을 느꼈는지 당장은 알지 못했다.

실리아의 마음이 간절히 원했으므로 제임스 경은 도러시아 부부와 화해하는 데 동의할 수밖에 없었다. 여자들이 서로를 사랑할 때 남자들은 서로에 대한 혐오감을 억누르는 법을 배운다. 제임스 경은 래디슬로를 결코 좋아하지 않았고, 윌은 제임스 경과 동석할 때 다른 사람들도 함께 있는 것을 더 좋아했다. 그들은 서로를 참아 주어야 하는 관계였으며 도러시아와 실리아가 옆에 있을 때만 완전히 편안해졌다.

래디슬로 부부가 일 년에 적어도 두 번은 그레인지를 방문해야 한다고 서로 간에 양해되었다. 프레싯에 차차 조그만 사촌들이 줄지어 태어났고, 그 아이들은 팁턴을 방문하는 두 사촌의 뒤섞인 혈통이 그리 수상쩍지 않은 듯이 즐겨 어울려 놀았다.

브룩 씨는 대단히 연로할 때까지 살았고, 그의 사유지는 도러시아의 아들에게 상속되었다. 그 아들은 미들마치를 대표하는 국회 의원이 될 수 있었지만 자신의 터전 밖에 있어야 자기 의견이 억눌릴 가능성이 적다고 생각하고는 거절했다.

제임스 경은 늘 도러시아의 재혼을 실패로 간주했다. 사실 미들마치에서는 그녀에 관한 이야기가 내려오면서 젊은 세대에게 전해졌다. 그 이야기에서 그녀는 멋진 아가씨로 아버지뻘의 늙고 병든 목사와 결혼했지만 남편이 죽은 지 일 년도 채 지나지 않아 자식뻘의 젊고 재산도 없고 혈통도 나쁜, 남편의 조카와 결혼하기 위해 모든 재산을 버렸다고 묘사되었다. 도러시아를 만난 적이 없는 사람들은 대개 그녀가 '좋은 여자'였을 리가 없다고 말하곤 했다. 좋은 여자라면 첫 번째 남자와도 두 번째 남자와도 결혼하지 않았을 테니까.

분명 그녀의 삶을 결정지은 행동들이 이상적으로 아름다운 것은 아니었다. 그 행동들은 젊고 고결한 충동이 불완전한 사회에서 힘겹게 고투하다가 빚어진 혼란스러운 결과였다. 그런 상황에서 위대한 감정은 과오로 나타나기도 하고, 위대한 믿음은 망상의 형태를 띠기도 할 것이다. 주위 사물에 그리 영향받지 않을 만큼 내면의 존재가 강한 인간은 존재하지 않을 터이므로. 새로 태어난 테레사는 수도원 체제를 개혁할 기회를 얻지 못할 테고, 새로 태어난 안티고네[120]는 오빠의 장례식을 치르기 위해 모두에게 도전하느라 자신의 영웅적 신심을 소진하지 않을 것이다. 이들의 열정적 행위에 구체적 형태를 부여한 삶의 조건은 영원히 사라졌다. 그러나 우리 변변찮은 인간들은 일상적인 말과 행동에서 수많은 도러시아의 생

---

120) 그리스 신화에서 안티고네는 테베의 왕 크레온에게 도전하여 오빠의 시신을 거두어 화장했기 때문에 사형 선고를 받는다.

애를 준비하고 있고, 그중 어떤 이들은 우리가 아는 도러시아보다 훨씬 더 슬픈 희생을 보여 줄지 모른다.

섬세하게 조각된 그녀의 정신은 널리 눈에 띄지는 않아도 섬세한 결실을 거두었다. 키루스가 그 힘을 꺾어 버린 강물[121]처럼 그녀의 충일한 성품은 지상에서 위대한 이름이 붙지 못한 여러 물줄기로 흘러 들어가 소진되었다. 하지만 그녀의 존재가 주위 사람들에게 미친 영향은 헤아릴 수 없이 퍼져 나갔다. 세상의 점진적 개선은 역사에 기록되지 않은 행위 덕분이기도 하고, 당신이나 내가 처한 상황이 대단히 나쁠 수도 있었지만 그렇지 않은 것은 충실히 무명의 삶을 살다가 아무도 찾지 않는 무덤에서 쉬고 있는 많은 사람들 덕분이기도 하다.

---

121) 페르시아 제국을 건설한 키루스 대제(기원전 585?~기원전 529?)는 자신의 신성한 백마 한 마리가 긴데스강에 빠져 죽자 그에 대한 보복으로 그 강을 360개의 수로로 나누어 버렸다.

빅토리아시대 문학의 최고봉 『미들마치』

1. 지방 생활의 고찰

제인 오스틴의 유작 『설득』(1818)이 출간된 지 오십여 년 후에 발표된 조지 엘리엇의 『미들마치』(1871~1872)는 기존의 로맨스 소설이 비워 두었던 결혼 이후의 행로를 본격적으로 파헤친다. 전통적인 로맨스 소설이 '결혼하여 행복하게 살았다.'라는 해피엔딩으로 소망 충족을 그렸다면, 엘리엇은 결혼과 삶의 실상을 치밀한 사실주의적 서술로 그려 넘으로써 해피엔딩의 신화를 전도한다. 버지니아 울프는 『미들마치』에 대해 "성인을 위해 쓰인 극소수의 훌륭한 영국 소설 중 하나"라고 평가했는데, 그 한 가지 의미는 결혼을 둘러싼 남녀의 복잡미묘한 심리 관계를 생생하게 그린다는 뜻일 것이다.

울프의 평가가 갖는 다른 의미는 이 작품이 개인의 삶과 사회의 다양한 역학 관계를 특히 폭넓고 깊게 다룬다는 점에서 찾을 수 있다. 영국의 산업화와 제국주의적 기획이 절정에 이른 1860년대 말에 이 작품을 집필하면서 엘리엇은 사십여 년 전 영국 중부 지방의 소도시를 배경으로 선거권 개정 논의가 뜨겁게 달아오르고 철도 부설 사업이 시작되며 가톨릭 해방령으로 종교 논쟁이 가열되고 의회가 해체된 후 총선을 치르면서 귀족에게 제한되어 있던 선거권이 일반 서민에게 확대되는 등 변화하는 사회상을 충실하게 그려 낸다. 빅토리아 시대의 본격적인 시발점이자 일면 현대 문명의 시발점이라 볼 수 있는 한 시대의 중요한 면모를 총체적으로 구현한다는 점에서 이 작품은 19세기 영국 문학의 대표적인 작품이라 할 만하다.

미들마치라는 제조업 중심의 소도시는 전통적인 신분 사회와 생활 방식이 아직 남아 있지만 변화와 방향을 모색하는 에너지가 꿈틀대고 각자 소명을 찾으려는 인물들의 다양한 몸부림이 전개된다. 질병 연구에서 획기적인 발견을 꿈꾸며 패기만만하게 의료 개혁을 추구하는 터시어스 리드게이트, 삶의 방향을 찾지 못해 방황하는 윌 래디슬로, 신사가 되기 위한 대학 교육을 받고도 성직이 성향에 맞지 않아 갈등하는 프레드 빈시, 모든 신화의 실마리를 찾으려는 연구에 몰두하면서도 정작 당대의 혁신적인 연구에 무지하고 지엽적 파편에 매몰된 에드워드 캐소본 목사, 박물학 연구에 심취한 캠던 페어브라더 목사 등이 등장한다. 이들은 변화하는 사회 분위기에 열망을 품고 도전하고 내적 결함이나 외적 제약으로 좌절하기도 하면서 다양한 삶의 궤적을 그려 간다.

엘리엇은 각 개인의 삶을 역사적 발전이라는 횡적 흐름과

한 사회의 고유한 특성이 발현한 종적 흐름의 교차점에서 바라보고 고대 그리스와 로마 시대부터 이집트나 멕시코에 이르기까지 다양한 사회와 문화의 전승을 숙고하며 당대 사회와 비교 고찰한다. 가령 주인공 도러시아를 성녀 테레사나 안티고네와 비교하면서 이타적이고 열렬한 신심을 지닌 인물이 여성에게 억압적이고 세속적인 빅토리아 사회에서 태어나 자기 본성을 실현할 기회를 얻지 못했음을 시사한다. 개인의 삶과 사회를 통시적으로 조망하는 작가의 역사 인식은 작품 전체의 얼개를 이루고, 이런 넓은 시각 덕분에 엘리엇은 감상적이거나 패배주의적인 분노에 빠지지 않으며 빅토리아 시대를 관조할 수 있었을 것이다.

2. 심리적 사실주의

사회의 외적 환경이 개개인의 삶을 조건 짓는다면 개인은 사회적 조건에 반응하면서 독자적인 선택으로 삶을 결정한다. 엘리엇은 한 개인이 처한 상황을 세밀하게 그리면서 동시에 그런 상황에서 개인이 어떤 선택을 내리는가, 그런 선택에 이르게 한 심리적 동인은 무엇인가를 파헤친다. 그러므로 개인의 선택에 영향을 미치는 성향이나 내밀한 욕구, 선입관이나 편견, 주위 인간들에 대한 태도에 초점을 맞추면서 엘리엇은 심리적 사실주의 소설을 구축한다.

개인이라는 주체와 외적 사회 환경이라는 객체의 역학 관계를 잘 보여 주는 인물 중 하나는 리드게이트다. 파리에서 의학을 공부하고 원시 세포를 발견하려는 열망과 의료 체계를 개혁하려는 야심을 품고 영국에 돌아와 번잡한 인간관계를 피하기 위해 미들마치에 정착한 그는 처음에 놀라운 의술을 가진 의사로 각광을 받는다. 하지만 당시로서는 흔치 않은 청진기를 사용하여 진찰하고 약을 제공하지 않으며 시신을 해부한다는 소문으로 점점 환자들에게 도외시되면서 금전적 고통을 받는다. 더구나 다른 의사들에게 질시와 분노를 일깨우며 의사 집단에서 소외되고, 불스트로드가 설립한 열병 병원의 관리를 맡으면서 다른 의사들과 반목은 극에 달한다. 열병 병원의 목사를 선출하는 투표 장면은 거미줄처럼 뒤얽힌 여러 이해관계의 갈등과 집단의 압박 및 질곡을 잘 보여 준다. 인습적인 관계로 엮여 있고 민간요법이 관행인 소도시의 의료계에서 개혁 추구는 지난한 일이며, 이상주의적 신념은 관행의 벽에 부딪쳐 쉽게 좌절할 수 있다.

그러나 리드게이트의 좌절은 내적 요인에서 기인한 바도 크다. 인류를 위해 봉사하겠다는 순수한 열망을 품은 매력적인 인물임에도 불구하고 그는 자부심과 우월감으로 인해 주위 사람들과 융화를 이루지 못하고 귀족적이고 세속적인 취향으로 인해 경제적 고충을 겪는다. 무엇보다도 결혼을 통해서 쓰라린 좌절을 경험한다. 그는 당대의 많은 남성과 마찬가지로 남편을 존경하는 우아하고 아름다운 장식 같은 아내를 원하며 로저먼드에게서 그런 여자를 찾았다고 믿는다. 하지만 제조업자이자 미들마치 시장인 빈시의 딸로 미들마치의 답답한 중산층 집단에서 벗어나 귀족 계층으로 상승할 기회를 갈망하던 로저먼드는 리드게이트가 준남작의 조카라는 사실에 매력을 느낄 뿐 그의 정신적 열망에는 철저히 무관심하다. 그러므로 이 커플은 애초에 상대의 내밀한 욕구를 알지 못한 채 자기 소망을 상대에게 투사하고 그에 따른 오해와 갈등이 점철되는 관계를 이어 간다.

결혼 후 상대에 대한 허상이 부서지고 상대방도 고유한 "자아의 중심"을 가졌다는 것을 깨닫게 되었을 때 과연 관계를 어떻게 이어 갈 것인가? 리드게이트는 자기 선택에 대해 책임지려 애쓰고 상대에 대한 연민을 배우기도 하지만 실패한 인생에 대한 패배적이고 냉소적인 의식에 짓눌리고 만다. 도러시아는 캐소본의 위대한 연구에 동참함으로써 가치 있는 일에 헌신하기를 기대하며 스물일곱 살 연상의 현학적인 목사를 남편으로 선택하지만 오래지 않아 그 선택이 세상에 대한 무지와 자신의 열망으로 빚어진 것이었음을 깨닫는다. 그녀는 남편에 대한 분노와 배신감을 느끼면서도 그의 감정과 내밀한 고통을 이해하려 애쓴다. 이런 이타적인 태도는 남편의 치욕적인 과거를 알게 된 후 굴욕적인 삶에 동참하겠다고 나서는 불스트로드 부인에게서도 볼 수 있다. 허영심이 강하고 세속적이며 교육도 받지 못한 평범한 부인의 이런 결단은 예기치 않은 곳에서 발견하는 인간적 숭고함을 느끼게 한다.

엘리엇은 로저먼드 빈시나 캐소본 같은 자기중심적 인물을 묘사할 때도 "가엾은" 같은 형용사를 붙여 부르며 그들에 대한 이해심을 독자에게 호소한다. 이런 서술이 자칫 교훈적이

거나 설교적이라는 거부감을 일으킬 수 있지만, 상대가 우리에게 너무 많은 공감을 요구한다고 불평할 때 실은 우리가 그들을 위해 비워 둔 공감의 자리가 너무 적기 때문이라는 화자의 지적에는 수긍할 수밖에 없다. 젊은 시절에 열렬한 신앙심으로 전도에 열중하지만 부정하게 남의 재산을 가로채고는 하느님의 일을 수행한다고 자신과 세상을 속이는 위선자 불스트로드 같은 인물에 대해서도 그의 고뇌에 공감은 아니더라도 이해와 연민을 느끼게 만드는 힘이 작가로서 엘리엇의 강점이고 곧 그녀의 윤리 의식과 넓은 마음의 탁월한 성취라 볼 수 있다.

엘리엇은 첫 장편 소설 『아담 비드』(1859) 17장 「이야기가 잠시 중단된 곳」에서 사실주의적 미학에 대한 신념을 피력한 바 있다. 당대의 문학 작품에 흔히 등장하는 목가적 풍경이나 영웅적 인물은 현실에서 찾아볼 수 없으므로 진실이 아니다. 따라서 자연을 충실하게 연구함으로써 진실과 아름다움을 얻을 수 있다는 신념을 바탕으로 엘리엇은 평범한 사람들의 일상적인 삶과 그들의 복합적인 심리를 그리고자 한다. 이런 미학이 지향하는 바는 개인의 경험과 주위 인간에 대한 이해와 공감의 확대라고 볼 수 있다. 1856년 엘리엇은 《웨스트민스터 리뷰》에 기고한 글에서 "예술의 위대한 기능"은 바로 "공감을 확대하고 우리의 개인적 운명의 경계를 넘어 경험을 증폭하고 동료 인간들과의 접촉을 확대하는 것"이라고 말한 바 있으며, 이를 확실성이 무너진 시대를 살아가는 사람들에게 가능한 대안적 가치로 제시한다. 유명한 영국 비평가 F. R. 리비스가 역설했듯이 엘리엇의 심리적 사실주의 미학은 삶에 대한 진지한 윤리적 감수성의 결실이고, 이런 미학을 통해 엘리엇은 19세기 영국 소설을 도덕적, 철학적, 윤리적 문제를 탐구하는 진지한 장르로 발전시켰다.

3. 평범한 사람들의 영웅적 삶

이 작품에 등장하는 군상은 크게 보아 좁은 자아에 갇힌 인물과 이타적인 자아를 구축해 가려는 인물로 나눌 수 있다. 서로 영향을 주고받으며 유기적으로 결합하여 살아가는 인물들 가운데 가장 이타적인 사람은 케일럽 가스다. 그는 『아담 비드』의 주인공인 목수 아담과 마찬가지로 토지 관리인이었던 엘리엇의 부친을 모델로 그린 듯하다. 이들은 특징적으로 노동 윤리를 신성시하고 부서진 다리를 세우거나 버려진 농장을 개간하는 등 환경을 개선하는 일에 열정을 느끼며 주위 인간들의 더 나은 삶을 위한 밑거름이 되려는 헌신적인 자세를 지녔다. 삶에 대한 경건한 태도를 가진 이들은 인류에 회자하는 업적을 남기지 않더라도 사회와 인간의 발전에 기여한 이름 없는 영웅들이다. 엘리엇은 「피날레」에서 이처럼 평범한 인물들의 알려지지 않은 노고에 주목하며 경의를 표한다.

주인공 도러시아도 이런 시각에서 바라볼 수 있다. 일부 평자들은 그녀가 정신적 열망을 충족할 삶을 찾지 못하고 자기보다 못한 윌 래디슬로와 재혼함으로써 남편을 내조하는 평범한 아내로 전락했다고 비판한다. 그러나 19세기 초에 교육 받지 못한 젊은 여성이 과연 어떤 위업을 이룰지 상상하기 어렵지만 도러시아의 자선 활동이나 주위 사람들에게 베푼 선행이 과연 영웅적 위업보다 못한지는 쉽게 판단할 수 없다. 사소한 행위라도 이 세상을 더 살 만한 곳으로 만들고 사람들의 삶을 더 윤택하게 만든다면 영웅적 행위라고 불릴 수 있겠기 때문이다.

엘리엇이 역설한 인간관계의 신성함과 타인에 대한 공감적 태도 및 우애, 평범한 인간의 헌신적 삶에 대한 강조는 19세기 초 낭만주의 시인들의 세계관과 토머스 칼라일의 신념을 연상시키는 바가 크다. 기존의 기독교 중심적인 윤리와 확신이 무너진 19세기 영국 사회에서 유기적 사회와 인간 중심적 가치에서 대안을 발견한 낭만주의 사상은 빅토리아 시대를 관통하여 면면히 흐르며 아름답고 위대한 유산을 남겼음을 실감할 수 있다.

4. 올곧은 지식인 엘리엇

이 작품과 관련하여 영웅적 성취를 논한다면 바로 이 작품을 집필한 작가 엘리엇의 창조적 업적을 들 수 있다. 지방 토지 관리인의 딸로 태어나 어린 시절을 기숙 학교에서 보내고 열여섯 살에 집에 돌아와 어머니가 돌아가신 후 가사를 떠맡아 아버지를 돌보며 15년간 독자적으로 공부를 해 온 여성이 빅토리아 시대의 대표적 지성인으로 불리게 되었다는 사실은 그 자체로 놀라운 일이다. 이 작품에 인용한 수많은 고전과 학술 서적을 보더라도 엘리엇이 얼마나 폭넓게 공부하고 역사, 과학, 신학, 의학 등 다방면의 학문을 얼마나 깊이 섭렵했는지 알 수 있다.

엘리엇은 프랑스 사회학의 창시자 오귀스트 콩트의 인도적 철학이나 스피노자의 윤리학, 포이어바흐의 인간 중심 신학에 대해 잘 알았고 당대 영국 자유주의 사상가들의 사상에도 공감했다. 존 로크와 에드먼드 버크, 존 스튜어트 밀 같은 영국의 전통적 자유주의자들은 언론과 사상의 자유뿐 아니라 노예제 철폐를 주장하고 여성 참정권을 옹호하며 영국의 인도 식민지 운영을 비판하는 등 당대로서는 획기적인 개혁을 주장했는데 엘리엇은 진보에 대한 전반적 믿음을 공유했으며 개혁을 지지했다는 점에서 그들과 맥을 같이한다.

전통적 자유주의자들이 강조한 타인에 대한 관용과 이해는 윌 래디슬로를 비중 있는 인물로 설정한 점에서도 찾아볼 수 있다. 작품 초반에 윌 래디슬로는 내세울 집안도 없고 뿌리 없이 방황하며 변덕스럽고 불안정한 감정에 시달리는 아마추어 예술가적 인물로 보인다. 하지만 작품 후반에 빅토리아 시대 소설 특유의 멜로드라마적 전개로 밝혀진 '출생의 비밀'에 따르면 아버지는 망명한 폴란드인이고, 어머니는 전당포를 운영하는 집안에 반발하여 배우가 되기 위해 집을 뛰쳐나온 여성이며, 그의 혈통에는 유대인의 피가 흐르고 있다. 영국 중산층 사회가 경멸하거나 터부시하는 아웃사이더이자 소수 집단에 속하는 인물인 셈이다. 영국의 주류 사회에 이질적인 이런 인물을 중요 인물로 설정한 작가의 의도는 명확하다. 엘리엇은 어느 편지에서 반유대주의야말로 동양인에 대한 영국인의 전형적인 우월감의 소산이며 그처럼 오만무례한 전제적 태도는 국가적 수치라고 밝힌 바 있다. 이 작품에서 유대인을 작품 표면에 내세우고 공감적으로 제시한 것은 영국인의 집단심리에서 어둡고 비합리적인 부분을 노출하고 포용의 영역을 소수 집단으로까지 확대하려는 지식인의 자기비판과 지적 정직성을 보여 준다고 하겠다.

월 래디슬로의 형상화가 다른 인물들에 비해 박진감이 떨어지는 것은 아쉬운 점이고 이상주의적 신념을 실현하려는 인물에 대한 작가의 기대감이 개입한 것이 아닌지 의심이 들기는 하지만 그의 존재가 19세기 후반 이후 영국 사회가 나아갈 한 방향을 제시한다는 데는 의심할 여지가 없다. 위대한 문학이 늘 그렇듯 이 작품도 과거와 현재를 그리면서 미래를 지향한다. 유대인 문제에 대한 엘리엇의 진단이 과연 옳았는지에 대한 판단은 차치하고, 빅토리아 시대와 사회에 대한 엘리엇의 진단과 평가가 그 시대 최고의 지성과 상상력이 결합한 노력의 산물이라는 점은 명확하다. 이런 성취가 대학 교육도 받지 못한 중하층 출신 여성의 협소하고 제한된 환경에서 이루어졌다는 것은 그야말로 놀라운 일이다.

『미들마치』를 읽으면 높은 산에서 내려다보는 파노라마처럼 드넓은 전망이 펼쳐진다. 멀리 구릉이 펼쳐지고 물줄기가 감돌아 흐른다. 우거진 덤불 옆에 아담하고 아름다운 나무가

고요히 서 있고 커다란 바위 위에 잔뜩 비틀리고 옹이 진 나무가 힘겹게 하늘을 받치고 있다. 구불구불 흐르는 계곡물 옆에 곧게 자라다가 꺾인 거대한 나무와 화려한 꽃을 피운 작은 독초도 있다. 이 작품은 이처럼 다양한 군상을 생생하게 형상화하고 그들의 고뇌와 사랑을 그리면서 동시에 예술과 종교, 정치, 과학, 자아와 사회 등의 주제를 탐구함으로써 빅토리아 시대를 총체적으로 담아 낸 최고의 풍경화를 선사한다. 또한 모든 위대한 작품이 그렇듯이 인간과 관계에 대한 근원적 물음을 제기하고 천착함으로써 시대를 초월한 의미와 감동을 전한다. 그러므로 높은 산을 오르느라 수고를 아끼지 않은 독자들은 놀라운 의식의 확장을 경험하고 넓고 깊은 인간애에 마음이 따뜻해지는 귀중한 순간으로 보답을 받으리라 믿는다.

2023년 11월
이미애

작가 연보

1819년 11월 22일 워릭셔의 아버리, 사우스 팜에서 토지 관리
인이던 아버지 로버트 에번스와 어머니 크리스티나 피
어슨의 세 자녀 중 막내로 태어났다. 세례명은 메리 앤
에번스.

1820년 부친이 관리한 프랜시스 뉴디게이트의 사유지 그리프
하우스로 이사했다.

1824년 근방 미스 래팀 학교에 입학하여 1827년까지 기숙했다.

1828년 월링턴 부인의 학교에 입학하여 1832년까지 기숙하며
열렬한 복음주의자인 교사 루이스 양과 친분을 맺었다.

1832년 침례교 목사의 딸들이 운영한 프랭클린의 학교에 입학
하여 1835년까지 기숙했다.

1836년 2월 어머니 사망 후 가사를 떠맡았고, 코번트리의 교사

에게 이탈리아어, 그리스어, 라틴어를 배웠다.

1837년   이후 1839년까지 약 삼 년간 신학, 종교사, 낭만주의 작품 등 광범위하게 독서를 이어 갔다.

1841년   아버지와 코번트리로 이사했고 그곳에서 자유사상가인 찰스 브레이와 그 아내 캐롤라인을 만났으며 종교적 신념에 대한 회의를 갖게 되었다.

1846년   19세기에 많은 신학적 논쟁을 일으킨 다비트 프리드리히 슈트라우스의 『예수의 생애』를 번역 출간했다.

1849년   5월 부친 사망 후 브레이 부부와 유럽을 여행했다.

1850년   작가로 살아가기로 결심했으며, 맥케이의 『지성의 진보』에 관한 서평을 《웨스트민스터 리뷰》에 기고했다.

1851년   런던으로 이주하여 존 채프먼이 운영하던 《웨스트민스터 리뷰》의 실질적인 편집장으로 일하기 시작했다.

1852년   허버트 스펜서와 교류하고 그를 통해 《리더》의 편집장이던 조지 헨리 루이스를 만났다.

1854년   정통 신앙을 비판한 루트비히 포이어바흐의 『기독교의 본질』을 번역 출간했다. 루이스와 독일을 여행했다. 기혼자인 루이스는 아내의 간통을 묵인했기 때문에 이혼 허가를 받을 수 없었다.

1855년   영국에 돌아와 리치먼드에서 루이스와 동거를 시작했고, 이후 24년간 루이스는 충실한 조언자이자 동반자로서 생애를 함께했다. 《웨스트민스터 리뷰》와 《리더》에 정기적으로 기고했다.

1856년   단편 소설 「아모스 바턴 목사의 슬픈 운명」을 집필했

고, 《웨스트민스터 리뷰》에 빌헬름 하인리히 폰 릴의
『독일 생활의 자연사』에 대한 서평과 「여성 소설가들의
유치한 소설」을 기고했다.

1857년 조지 엘리엇이라는 가명을 사용하기 시작했고, 루이스
와의 관계를 밝힌 후 가족과 의절하게 되었다.

1858년 첫 소설집 『성직자의 생활 풍경』이 출간되어 디킨스의
찬사를 받았다.

1859년 첫 장편 소설 『아담 비드』가 세 권으로 출간되어 비평
가들의 절찬을 받았고 첫해에 1만 6000부가 팔렸다.

1860년 『플로스강의 물방앗간』이 출간되었다.

1861년 『사일러스 마너』가 출간되었고, 이탈리아를 여행하며
사보나롤라의 생애에 입각한 역사 소설 『로몰라』를 집
필하기 시작했다.

1863년 《콘힐 매거진》에 연재하던 『로몰라』를 완성하고 세 권
으로 출간했다.

1864년 무운시로 비극 『스페인 집시』를 쓰기 위한 자료 조사
와 집필을 시작했다.

1865년 『스페인 집시』를 중단하고 『급진주의자 펠릭스 홀트』
를 집필하기 시작했다.

1866년 『급진주의자 펠릭스 홀트』를 완결하여 출간했다.

1868년 『스페인 집시』를 출간했다.

1869년 「미들마치」(페더스톤-빈시 부분)를 쓰기 시작했다. 이탈
리아 여행 중 로마에서 젊은 미국 증권 중개인 존 월터
크로스를 만났다.

1870년　「미들마치」를 중단하고 새 이야기 「브룩 양」을 집필하다가 두 이야기를 결합하여 『미들마치』 1권으로 구성하고 12월에 출간했다.

1871년　『미들마치』의 연재를 끝내고 전체를 네 권으로 출간했다.

1873년　「다니엘 데론다의 스케치」를 작성하고 자료를 조사했다. 시집 『유발의 전설과 다른 시들』을 출간했다.

1874년　『다니엘 데론다』를 집필하기 시작했으며, 처음으로 신장 결석 질환을 앓았다.

1876년　『다니엘 데론다』를 8부로 연재하기 시작하여 9월에 끝냈다.

1878년　11월 루이스가 사망한 후 그의 중요한 철학 저서 『인생과 마음의 문제』의 마지막 2권을 준비하고 완결하는 데 몰두했다.

1879년　마지막 실험적 소설 『테오프라스터스 서치의 인상』을 출간했다.

1880년　5월 크로스와 결혼했고, 23년간 의절한 끝에 오빠 아이작에게서 결혼 축하 편지를 받았다. 12월 초 음악회에서 감기에 걸린 후 고질적인 신장 질환으로 12월 22일 61세로 사망했다. 하이게이트 묘지에 매장되었다.

세계문학전집 437

미들마치 2 지방 생활의 고찰

1판 1쇄 펴냄 2024년 1월 15일
1판 2쇄 펴냄 2024년 4월 25일

지은이 조지 엘리엇
옮긴이 이미애
발행인 박근섭, 박상준
펴낸곳 (주)민음사

출판등록 1966. 5. 19. (제 16-490호)
서울특별시 강남구 도산대로1길 62(신사동) 강남출판문화센터 5층 (우편번호 06027)
대표전화 02-515-2000 팩시밀리 02-515-2007
www.minumsa.com

ISBN 978-89-374-6437-9
ISBN 978-89-374-6000-5 (세트)

* 잘못 만들어진 책은 구입처에서 교환해 드립니다.

세계문학전집 목록

세계문학전집은 계속 간행됩니다.